ECHO DES BLUTES

RICHARD
MONTANARI

ECHO DES BLUTES

THRILLER

Aus dem Amerikanischen
von Karin Meddekis

Weltbild

Die englische Originalausgabe erschien 2011 unter dem Titel
The Echo Man bei William Heinemann,
The Random House Group Limited, London.

Besuchen Sie uns im Internet:
www.weltbild.de

Genehmigte Lizenzausgabe für Verlagsgruppe Weltbild GmbH,
Steinerne Furt, 86167 Augsburg

Published by Arrangement with Richard Montanari.
Dieses Werk wurde im Auftrag der Jane Rotrosen Agency LLC vermittelt
durch die Literarische Agentur Thomas Schlück GmbH, 30827 Garbsen
Übersetzung: Karin Meddekis
Umschlaggestaltung: Alexandra Dohse - www.grafikkiosk.de, München
Umschlagmotiv: Alexandra Dohse
Gesamtherstellung: GGP Media GmbH, Pößneck
Printed in the EU
ISBN 978-3-86365-089-6

2015 2014 2013 2012
Die letzte Jahreszahl gibt die aktuelle Lizenzausgabe an.

Der Mann
Alles erscheint mir übel,
bis ich mich schlaflos niederlege und sterbe.

Das Echo
Leg dich nieder und stirb.

William Butler Yeats
Der Mann und das Echo

Prolog

Wo Licht ist, ist auch Schatten. Wo Geräusche sind, ist auch Stille.

Von dem Augenblick an, als Detective Kevin Francis Byrne den Anruf bekam, schwante ihm, dass diese Nacht sein Leben für immer verändern würde und dass er sich an einen Ort begab, wo das abgrundtief Böse seine dunklen Spuren hinterlassen hatte.

»Bist du bereit?«

Byrne warf Jimmy einen Blick zu. Detective Jimmy Purify, der auf dem Beifahrersitz des verbeulten und verkratzten Ford des Police Departments saß, war nur ein paar Jahre älter als Byrne. Doch in den Augen des Mannes spiegelten sich tiefe Weisheit und hart erkämpfte Erfahrungen. Jimmy hatte in diesem Job nicht einfach seine Zeit abgesessen, sondern sich tatsächlich immer voll eingesetzt. Sie kannten sich schon eine ganze Weile, doch es war der erste Fall, in dem sie als Partner ermittelten.

»Ich bin bereit«, sagte Byrne.

Er war es nicht. Sie stiegen aus und gingen auf den Eingang des großen, gepflegten Hauses in Chestnut Hill zu. Diese vornehme Wohngegend im Nordwesten der Stadt war ein historisches Viertel und zu einer Zeit gebaut worden, als Philadelphia nach London die zweitgrößte englischsprachige Stadt der Welt war.

Der erste Polizist, der am Tatort ankam, war ein blutiger Anfänger namens Timothy Meehan. Er stand in der Eingangshalle, geschützt vor dem kalten Herbstwind, der über das Grundstück fegte. Die Garderobe brach unter der Last der vielen Mäntel, Hüte und Schals fast zusammen. Dem Geruch nach zu urteilen, mussten die Sachen schon eine ganze Weile dort hängen. Noch vor wenigen Jahren hatte Byrne denselben Job gemacht wie Officer Meehan. Er erinnerte sich gut, was es für ein Gefühl war, wenn die Detectives am Tatort eintrafen, an diese Mischung aus Neid, Erleichterung und Bewunderung. Die Chancen, dass Meehan eines Tages Byrnes Job machen würde, waren gering. Es erforderte schon eine gewisse Charakterstärke, um an diesem Job festzuhalten, und das vor allem in einer Stadt wie Philly. Die meisten Polizisten in Uniform, zumindest die cleveren, schauten sich irgendwann nach einem anderen Betätigungsfeld um. Byrne unterschrieb das Tatortprotokoll, betrat die warme Eingangshalle und nahm die Bilder, die Geräusche und die Gerüche in sich auf. Er würde diesen Tatort nur jetzt zum ersten Mal betreten und diese Luft atmen, die unbändige Gewalt rot gefärbt hatte. Als Byrne einen Blick in die Küche warf, sah er einen blutüberströmten Mordtatort, scharlachrote Wandgemälde auf marmorierten weißen Kacheln, das niedergemetzelte Opfer auf dem Boden. Während Jimmy den Rechtsmediziner und die Kriminaltechniker an den Tatort rief, durchquerte Byrne die Eingangshalle. Der Officer, der dort stand, war ein erfahrener Streifenbeamter um die fünfzig, der mit dem Job zufrieden war, ohne besonderen Ehrgeiz zu haben. In diesem Augenblick beneidete Byrne ihn. Der Polizist wies mit dem Kopf auf das Zimmer auf der anderen Seite des Korridors.

Und jetzt hörte Byrne die Musik.

Sie saß auf einem Stuhl hinten im Raum. Die Wände waren mit waldgrünen Seidentapeten verkleidet, und auf dem Boden lag ein feiner burgunderroter Perser. Die Einrichtung bestand aus massiven Möbeln im Queen-Anne-Stil. Es duftete nach Jasmin und Leder.

Byrne wusste, dass der Raum überprüft worden war, doch er schaute sich dennoch aufmerksam um. In einer Ecke stand eine antike Vitrine mit facettierten Glastüren, deren Fächer mit kleinen Porzellanfiguren dekoriert waren. In einer anderen Ecke lehnte ein wunderschönes Cello. Auf der goldenen Oberfläche schimmerte Kerzenlicht. Die schlanke, elegante Frau Ende zwanzig hatte glänzendes rotbraunes Haar, das ihr bis auf die Schultern fiel, und Augen in der Farbe hellen Kupfers. Sie trug ein langes schwarzes Kleid, High-Heel-Slings und eine Perlenkette. Das Make-up war ein wenig aufdringlich – wie das einer Schauspielerin, hätten manche gesagt –, doch es schmeichelte ihren feinen Zügen und ihrer blassen Haut.

Als Byrne den Raum betrat, musterte die Frau ihn, als wäre er ein Gast, den sie zum Thanksgiving-Dinner erwartete, ein ungeliebter Cousin aus Allentown oder Ashtabula. Das war nicht der Fall. Byrne war hier, um sie zu verhaften.

»Hören Sie es?«, fragte die Frau. Ihre Stimme hatte einen fast mädchenhaften Klang.

Byrne warf einen Blick auf die durchsichtige CD-Hülle, die auf einer kleinen Ablage aus Holz über der teuren Stereoanlage lag. *Chopin: Nocturne in G-Dur.* Dann sah er sich das Cello genauer an. Auf den Saiten und dem Griffbrett waren frische Blutflecken, ebenso auf dem Bogen, der auf dem Boden lag. Sie hatte anschließend gespielt.

Die Frau schloss die Augen. »Hören Sie genau hin«, sagte sie. »Die Blue Notes.«

Byrne lauschte. Er hatte diese Melodie nicht vergessen und erinnerte sich noch gut, wie sie ihn damals berauschte und gleichzeitig erschütterte.

Kurz darauf verstummte die Musik. Byrne wartete, bis der letzte Ton verhallt war. »Stehen Sie jetzt bitte auf, Ma'am«, forderte er sie auf.

Als die Frau die Augen öffnete, stockte Byrne einen kurzen Augenblick der Atem. Als Streifenpolizist hatte er es auf den Straßen von Philadelphia schon mit den unterschiedlichsten Menschen zu tun gehabt, von seelenlosen Drogendealern bis zu aalglatten Betrügern, von geschickten Dieben, die auf das Einschlagen und Ausrauben von Schaufenstern spezialisiert waren, bis zu vollgekifften Jugendlichen, die wild durch die Gegend bretterten. Doch nie zuvor hatte er einen Menschen getroffen, der so losgelöst von dem Verbrechen war, das er soeben begangen hatte. In ihren hellbraunen Augen sah Byrne Dämonen, die von Schatten zu Schatten sprangen.

Die Frau stand auf, drehte sich zur Seite und streckte die Hände nach hinten. Byrne nahm die Handschellen, klammerte sie ihr um die schmalen weißen Handgelenke und drückte sie zu.

Sie drehte sich wieder zu ihm um. Schweigend standen sie sich gegenüber, nur ein paar Zentimeter voneinander entfernt. Sie waren sich nicht nur fremd, sie wussten auch nicht, was für ein scheußliches Spektakel sie erwartete.

»Ich habe Angst«, sagte sie.

Byrne hätte ihr gerne gesagt, dass er sie verstand und dass wir alle Augenblicke der Wut kannten, in denen die Mauern der Vernunft bebten und Risse bekamen. Er wollte ihr sagen, dass sie für ihr Verbrechen büßen musste, wahrscheinlich für den Rest ihres Lebens und vielleicht sogar *mit* ihrem Leben. Er wollte ihr auch sagen, dass sie mit Würde und Respekt behandelt werden würde, solange sie sich in seiner Obhut befand.

Er sagte nichts dergleichen.

»Ich bin Detective Kevin Byrne«, sagte er stattdessen. »Alles wird gut.«

Es war der 1. November 1990.

Diese Behauptung bewahrheitete sich nicht.

Erster Teil

Allegro

1.

SONNTAG, 24. OKTOBER

Hören Sie es?

Hören Sie genau hin. Hinter dem Lärm des Weges, hinter dem unaufhörlichen Summen und Brummen der Menschen und Maschinen hören Sie die Geräusche des Gemetzels, die Schreie der Bauern kurz vor ihrem Tod, das Flehen eines Kaisers, dem ein Schwert an die Kehle gehalten wird.

Hören Sie es?

Wenn man geweihten Boden betritt, den der Wahnsinn mit Blut getränkt hat, hören Sie es: Nanking, Thessaloniki, Warschau. Wenn Sie genau hinhören, werden Sie begreifen, dass es immer da ist und niemals vollkommen zum Verstummen gebracht werden kann, weder durch Gebete, noch durch Gesetze und auch nicht durch den Lauf der Zeit. Die Geschichte der Welt und die Chroniken ihrer Verbrechen sind die langsame, düstere Musik der Toten.

Da.

Hören Sie es?

Ich höre es. Ich bin der, der im Schatten geht und dessen Ohren an die Nacht gewöhnt sind. Ich bin der, der sich in den Räumen versteckt, wo Verbrechen begangen wurden und in denen niemals wieder Stille einkehrt, denn alle Ecken beherbergen jetzt und für alle Zeit wispernde Geister. Ich höre Fingernägel, die über Granitwände kratzen, das Tröpfeln von Blut auf Natursteinfliesen, die zischende Luft, die in eine tödliche Brustwunde dringt. Manchmal wird das alles zu viel und zu laut, und dann muss ich es herauslassen.

Ich bin der Mann, der alles hört.
Jedes Geräusch.

Sonntagmorgens stehe ich früh auf, dusche und frühstücke zu Hause. Ich trete auf die Straße. Es ist ein herrlicher Herbsttag. Der Himmel ist klar und strahlend blau. In der Luft liegt der zarte Duft von welkem Laub.

Als ich die Pine Street hinuntergehe, spüre ich das Gewicht der drei Mordinstrumente im Rücken unter dem Hosenbund. Ich betrachte die Augen der Passanten oder zumindest jener, die meinen Blick erwidern. Immer wieder bleibe ich stehen, lausche intensiv und höre die Geräusche der Vergangenheit. In Philadelphia wohnt der Tod an so vielen Orten. Ich sammle die geisterhaften Geräusche wie andere Menschen Kunstwerke, Andenken an den Krieg oder Liebhaber sammeln.

Wie bei so vielen anderen auch, die sich im Laufe der Jahrhunderte mit der Kunst abgeplagt haben, bleibt meine Arbeit größtenteils unbemerkt. Daran soll sich etwas ändern. Dies wird mein Meisterwerk sein, an dem alle anderen für immer gemessen werden. Es hat schon begonnen.

Ich schlage den Kragen hoch und setze meinen Weg fort.

Klipp-klapp, klipp-klapp.

Wie ein Skelett bahne ich mir rasselnd den Weg durch die belebten Straßen.

Kurz nach acht bin ich auf dem Fitler Square, auf dem sich wie erwartet viele Menschen aufhalten – Radfahrer, Jogger, die Obdachlosen, die sich aus einer nahe gelegenen Passage hierhergeschleppt haben. Einige dieser Obdachlosen werden

den Winter nicht überleben. Bald werde ich ihren letzten Atemzug hören.

Ich stehe in der Nähe der Widderskulptur am östlichen Ende des Platzes, beobachte alles und warte. Nach ein paar Minuten sehe ich sie: Mutter und Tochter.

Sie sind genau das, was ich brauche.

Ich überquere den Platz, setze mich auf eine Bank, packe die Zeitung aus und falte sie zwei Mal. Es ist unbequem mit den Mordinstrumenten im Kreuz. Ich verändere meine Haltung, als der Geräuschpegel steigt: das Flattern und Gurren der Tauben, die sich um einen Mann scharen, der ein Brötchen isst; die Hupe eines Taxis; das laute Dröhnen eines Basslautsprechers. Ich schaue auf die Uhr und stelle fest, dass nicht mehr viel Zeit bleibt. Bald wird mein Kopf von Schreien erfüllt sein, und dann kann ich nicht mehr das tun, was ich tun muss.

Ich betrachte die junge Mutter und ihr Baby, wechsle einen Blick mit der Mutter und lächle.

»Guten Morgen«, sage ich.

Die Frau lächelt zurück. »Hallo.«

Das Kind liegt in einem teuren Baby-Jogger mit einem wasserdichten Verdeck und einem Einkaufskorb. Ich stehe auf, überquere den Weg und spähe hinein. Es ist ein Mädchen, das in einem rosafarbenen Strampler und mit einer passenden Mütze auf dem Kopf unter einer schneeweißen Decke liegt. Über seinem Kopf baumeln helle Plastiksterne.

»Und wer ist dieses *kleine Filmsternchen?«, frage ich.*

Die Frau strahlt. »Das ist Ashley.«

»Ashley. Sie ist sehr hübsch.«

»Danke.«

Ich achte darauf, dem Baby nicht zu nahe zu kommen. Noch nicht. »Wie alt ist sie?«

»Vier Monate.«

»Das ist ein fantastisches Alter«, erwidere ich augenzwinkernd. »Ich glaube, das war die beste Zeit meines Lebens.«

Die Frau lacht.

Es hat geklappt.

Ich schaue zum Baby-Jogger. Das Baby lächelt mich an. Ich sehe so vieles in seinem engelhaften Gesicht. Aber es ist nicht der hübsche Anblick, der mich antreibt. Die Welt ist voll von schönen Bildern, atemberaubenden Aussichten, die oft in Vergessenheit geraten, sobald man die nächste idyllische Landschaft sieht. Ich habe vor dem Tadsch Mahal, der Westminster Abbey und dem Grand Canyon gestanden. Einmal habe ich einen ganzen Nachmittag vor Picassos Guernica *verbracht. All diese herrlichen Bilder verblassen in relativ kurzer Zeit in den düsteren Winkeln der Erinnerungen. Doch ich erinnere mich ganz deutlich an das erste Mal, als ich jemanden vor Angst habe schreien hören, an das Jaulen eines Hundes, der von einem Auto angefahren wurde, den sterbenden Atem eines jungen Polizisten, der auf einem heißen Bürgersteig verblutete.*

»Schläft sie nachts schon durch?«

»Nicht ganz«, erwidert die Frau.

»Meine Tochter schlief schon mit zwei Monaten durch. Wir hatten nie Probleme mit ihr.«

»Sie Glückspilz.«

Ohne die geringste Eile an den Tag zu legen, greife ich in meine rechte Manteltasche, umfasse das, was ich brauche, und ziehe es heraus. Die Mutter steht nur zwei Schritte von mir entfernt auf meiner linken Seite. Sie sieht nicht, was ich in der Hand halte.

Das Baby strampelt unter der Decke mit den Beinen. Ich warte. Ich bin ein sehr geduldiger Mensch. Das Baby muss ruhig sein und darf sich nicht bewegen. Bald beruhigt es sich wieder und starrt mit seinen blauen Augen zum Himmel hoch.

Ich strecke die rechte Hand langsam aus, um die Mutter nicht zu erschrecken. Dann berühre ich behutsam die linke Handfläche des Babys. Die Kleine schließt ihre winzige Faust um meinen Finger und gluckst. Wie ich gehofft habe, beginnt sie darauf, vor Vergnügen zu kreischen.

Alle anderen Geräusche verstummen. In diesem Moment gibt es nur das Baby und diese himmlische Atempause von den Dissonanzen, die mich bei Tage bestürmen.

Ich drücke auf Aufnahme, halte das Mikrofon ein paar Sekunden vor den Mund des kleinen Mädchens, sammle die Töne, sammle einen Augenblick, der sonst im Nu verloren gegangen wäre.

Die Zeit vergeht nur langsam, zieht sich in die Länge wie eine nachklingende Coda.

Ich ziehe meine Hand zurück. Ich möchte nicht zu lange bleiben, um die Mutter nicht zu beunruhigen. Vor mir liegt ein ganzer Tag, und nichts kann mich davon abhalten, das zu tun, was ich tun muss.

»Sie hat Ihre Augen«, sage ich.

Das kleine Mädchen hat eindeutig nicht ihre Augen, doch keine Mutter widerspricht einem solchen Kompliment.

»Danke.«

Ich schaue auf den Himmel und die Häuser am Fitler Square. Es ist Zeit. »Es hat mich gefreut, mit Ihnen zu plaudern.«

»Mich auch«, erwidert die Frau. »Schönen Tag noch.«

»Danke. Den werde ich haben.«

Ich greife noch einmal in den Baby-Jogger, nehme eine der winzigen Hände des Babys in meine und schüttele sie leicht. »Es war schön, dich kennenzulernen, kleine Ashley.«

Mutter und Tochter kichern.

Es ist alles in Ordnung.

Kurz darauf gehe ich die Dreiundzwanzigste Straße hinauf Richtung Delancey Street. Ich nehme das digitale Aufnahmegerät heraus, stöpsle den kleinen Stecker für die Ohrhörer ein und spiele die Aufnahme ab. Gute Qualität mit wenig Hintergrundgeräuschen. Die Stimme des Babys ist klar und deutlich.

Als ich in den Transporter steige und in den Süden von Philadelphia fahre, denke ich über diesen Morgen nach und freue mich, dass sich alles gut zusammenfügt.

In mir leben Harmonie und Melodie Seite an Seite, gewaltige Stürme an einem sonnenbeschienenen Ufer.

Ich habe den Beginn des Lebens eingefangen.

Jetzt nehme ich das Ende auf.

2.

»Ich heiße Paulette, und ich bin Alkoholikerin.«

»Hallo, Paulette.«

Ihr Blick wanderte über die Gruppe. Heute waren mehr Leute gekommen als in der letzten Woche. Es waren fast doppelt so viele wie beim ersten Mal, als sie das Gruppentreffen in der Methodistenkirche vor fast einem Monat besucht hatte. Vorher war sie bei drei Treffen an drei unterschiedlichen Orten gewesen – im Norden, im Westen und im Süden von Philadelphia. Sie erfuhr jedoch schnell, dass die meisten Menschen, die regelmäßig zu Treffen der Anonymen Alkoholiker gingen, irgendwann eine Gruppe fanden, in der sie sich wohlfühlten und in der sie blieben.

Etwa zwanzig Personen, unter denen sich ebenso Männer wie Frauen, Junge wie Alte, Nervöse wie Ruhige befanden, saßen in einem lockeren Kreis. Die Jüngste war eine Frau um die zwanzig und der älteste Teilnehmer ein Mann in den Siebzigern, der in einem Rollstuhl saß. Schwarze, Weiße, Hispanoamerikaner und Asiaten nahmen an dem Treffen teil. Die Alkoholsucht kann Menschen aller Nationalitäten, jeden Geschlechts und Alters gleichermaßen treffen. Die Größe der Gruppe wies darauf hin, dass Feiertage bevorstanden. Wenn irgendetwas dazu angetan war, Gefühle wie Unzulänglichkeit, Groll und Wut wachzurufen, dann waren es Feiertage.

Der Kaffee schmeckte wie immer scheußlich.

»Einige von euch haben mich bestimmt schon mal hier gesehen«, begann sie und versuchte, einen unbeschwerten Ton anzuschlagen. »Ach, wem will ich denn hier was vormachen? Vielleicht irre ich mich auch. Vielleicht ist es egoistisch, nicht wahr? Vielleicht denke nur ich, ich sei nichts wert, und sonst denkt das niemand. Vielleicht ist genau das das *Problem*. Jedenfalls habe ich heute zum ersten Mal den Mut zu sprechen. Hier bin ich also, und ihr könnt euch anhören, was ich zu sagen habe. Zumindest für eine Weile. Ihr habt Glück.«

Als sie ihre Geschichte erzählte, wanderte ihr Blick über die Leute hinweg. Rechts von ihr saß ein junger Mann Mitte zwanzig mit stahlblauen Augen, in einer zerrissenen Jeans und einem bunten Ed-Hardy-T-Shirt, unter dem sich die Muskeln abzeichneten. Sie schaute mehrmals zu ihm hinüber und sah, dass sein Blick über ihren Körper glitt. Er war vielleicht Alkoholiker, mit Sicherheit aber auf ein Abenteuer aus. Neben ihm saß eine Frau um die fünfzig. Geplatzte Äderchen im Gesicht zeugten von jahrzehntelangem starkem Alkoholmissbrauch. Sie ließ das Handy immer wieder über ihre verschwitzte Handfläche rollen und trat mit einem Fuß zu einem längst verhallten Takt auf den Boden. Ein paar Plätze weiter saß eine kleine Blondine in einem grünen Sweatshirt mit dem Aufdruck der Temple University. Sie hatte eine sportliche Figur, und das Gewicht der Welt war nur eine Schneeflocke auf ihren Schultern. Neben ihr saß Nestor, der Gruppenleiter. Nestor hatte das Treffen mit seiner eigenen kurzen, traurigen Geschichte eröffnet und dann gefragt, ob noch jemand sprechen wolle.

Ich heiße Paulette.

Als sie ihre Geschichte beendete, klatschten alle höflich. Anschließend standen andere Teilnehmer auf, sprachen und weinten. Es wurde wieder geklatscht.

Nachdem alle ihre Geschichten erzählt und ihre Gefühle

herausgelassen hatten, streckte Nestor beide Arme zur Seite aus. »Lasst uns danken und beten.«

Sie reichten sich die Hände, sprachen ein kurzes Gebet, und dann war das Treffen vorüber.

»Es ist nicht so einfach, wie es aussieht, nicht wahr?«

Sie drehte sich um. Es war der Typ mit den stahlblauen Augen. Es war kurz nach zwölf, und sie standen vor dem Haupteingang der Kirche zwischen zwei verkrüppelten braunen Nadelbäumen, denen die Jahreszeit schon zu schaffen machte.

»Weiß nicht«, erwiderte sie. »Es fiel mir jedenfalls nicht leicht, mich dazu durchzuringen.«

Der Typ lachte. Er hatte eine kurze cognacfarbene Lederjacke angezogen und eine bernsteinfarbene Serengeti-Sonnenbrille über den Saum seines T-Shirts gehängt. Er trug schwarze Stiefel mit dicken Sohlen.

»Ja, ich glaube, du hast recht.« Er faltete die Hände vor der Brust und wippte auf den Absätzen. Ich bin in Ordnung, mach dir keine Sorgen, sollte die Pose ihr vermitteln. »Es ist eine Weile her, seitdem ich es zum ersten Mal gemacht habe.« Er reichte ihr die Hand. »Du heißt Paulette, richtig?«

»Und ich bin Alkoholikerin.«

Der Typ mit den stahlblauen Augen lachte. »Ich auch, und ich heiße Danny.«

»Freut mich, dich kennenzulernen, Danny.« Sie schüttelten sich die Hand.

»Eines kann ich dir jedenfalls versprechen«, erklärte er ihr, ohne gefragt worden zu sein. »Es wird einfacher.«

»Der Verzicht?«

»Ich wünschte, das könnte ich behaupten. Nein, ich meine das Sprechen. Sobald du dich in die Gruppe integriert hast, wird es etwas einfacher, deine Geschichten zu erzählen.«

»Geschichten? Im Plural? Ich dachte, das wäre es gewesen.«

»Nein, das ist ein Irrtum. Es ist ein Prozess, der eine ganze Weile andauert.«

»Okay. Und wie lange?«

»Hast du den Mann in dem roten Flanellhemd gesehen?«

Danny meinte den alten Mann in den Siebzigern, der im Rollstuhl saß. »Was ist mit dem?«

»Er kommt seit sechsunddreißig Jahren zu den Treffen.«

»*Mein Gott.* Er hat seit sechsunddreißig Jahren keinen Alkohol getrunken?«

»Das behauptet er jedenfalls.«

»Und er hat noch immer das Bedürfnis zu trinken?«

»Das hat er gesagt.«

Danny schaute auf seine Uhr, einen auffallend großen Fossil-Chronografen. Die Geste sah nicht ganz so kalkuliert und einstudiert aus, wie sie es wahrscheinlich war. »Hör zu. Ich brauche erst in ein paar Stunden wieder zu arbeiten. Darf ich dich zu einer Tasse Kaffee einladen?«

»Ich weiß nicht«, entgegnete Paulette misstrauisch.

Danny hob die Hände. »Ganz unverbindlich. Nur eine Tasse Kaffee.«

Sie lächelte. »Irish?«

»Böse Paulette. Böse, *böse* Paulette.«

Sie lachte. »Okay.«

Sie wählten ein Lokal in der Germantown Avenue und suchten sich einen Tisch am Fenster. Ihr Gespräch drehte sich um Filme, Mode und die Wirtschaft. Paulette aß einen Obstsalat.

Er trank einen Kaffee und aß einen Cheeseburger. Weder das eine noch das andere hatte einen Stern verdient. Etwa eine Viertelstunde später hielt Paulette ihr iPhone hoch und tippte auf den Touchscreen. Sie wählte keine Nummer und verschickte keine SMS oder E-Mail. Sie nahm weder einen Eintrag in die Kontaktliste vor, noch fügte sie einen Termin in iCal hinzu. Stattdessen machte sie ein Foto von dem Typen mit den stahlblauen Augen. Heute Morgen hatte sie die Option ausgeschaltet, die das Geräusch einer klickenden Kamera mit dem Vorgang selbst verband. Anschließend schaute sie scheinbar enttäuscht aufs Display, als stimme etwas nicht. Das war nicht der Fall. Das Foto, das der junge Mann nicht sehen konnte, war perfekt.

»Probleme?«, fragte er.

Paulette schüttelte den Kopf. »Nein, ich bekomme nur in dieser Gegend nie ein Signal.«

»Vielleicht bekommst du draußen ein Signal«, sagte Danny. Er stand auf und zog sich die Jacke über. »Willst du es mal probieren?«

Sie drückte auf eine andere Taste, wartete, bis der Fortschrittsbalken auf der rechten Seite ankam, und sagte: »Klar.«

»Komm«, sagte Danny. »Ich bezahl schnell.«

Sie gingen langsam die Straße hinunter und sahen sich schweigend die Schaufenster an.

»Wolltest du nicht telefonieren?«, fragte Danny.

Sie schüttelte den Kopf. »Ist nicht wichtig. Wollte nur meine Mutter anrufen. Sie sagt mir sowieso nur immer, was für eine Loserin ich bin. Das kann warten.«

»Wir könnten verwandt sein«, meinte Danny. »Eng verwandt. Ich glaube, wir haben dieselbe Mutter.«

»Du kamst mir gleich bekannt vor.«

Danny schaute sich um. »Wo hast du geparkt?«

»Hier entlang.«

»Soll ich dich zum Auto bringen?«

Paulette blieb stehen. »Nein, nein.«

»Wie bitte?«

»Du willst mir doch wohl nicht erzählen, dass du ein Gentleman bist, oder?«, sagte sie in kokettem Ton.

Danny hob die Hand und streckte wie ein Pfadfinder drei Finger in die Luft. »Nein, bin ich nicht. Ich schwöre.«

Sie kicherte. »Klar.«

Sie bogen an einer Ecke in eine düstere Gasse ein und steuerten auf den Parkplatz zu. Noch bevor sie drei Schritte gegangen waren, sah sie einen Revolver aufblitzen.

Mit seinen starken Armen presste Danny sie gegen die Mauer und näherte sich ihrem Gesicht bis auf wenige Zentimeter.

»Siehst du den roten Sebring da hinten?«, flüsterte er und wies mit dem Kinn auf den Chrysler, der am Ende der Gasse parkte. »Hör genau zu, was ich sage. Wir gehen jetzt zu dem Wagen, und du steigst ein. Wenn du Schwierigkeiten machst oder auch nur einen einzigen Laut von dir gibst, schieße ich dir eine Kugel in den Kopf, kapiert?«

»Ja.«

»Zweifelst du an meinen Worten?«

Sie schüttelte den Kopf.

»Ich will, dass du es laut sagst. Ich will, dass du sagst: ›Ich habe es verstanden, Danny.‹«

»Ich habe es verstanden, Danny.«

»Gut, gut«, sagte er. *»Paulette.«* Er legte eine Hand auf ihren Körper und lehnte sich zurück. »Weißt du, du hast echt geile Titten. Du hast zwar so ein schlabberiges Scheißding an, um sie zu verbergen, aber das klappt nicht. *Und* du bist eine verdammte Säuferin. Weißt du, wie heiß mich das macht?«

Sie starrte ihn an.

»Ich persönlich habe noch nie in meinem Leben getrunken. Ich habe nur diese Schwäche für schwache Frauen. Hatte ich schon immer.«

Er strich mit der linken Hand langsam über ihre rechte Hüfte, mit der anderen umklammerte er die Waffe. Er lächelte.

»Ich glaube, wir machen es gleich hier. Was meinst du?«

»Du tust mir doch nichts?«

»Nein. Aber gib es zu, Paulette. Es ist doch sehr erregend, es in der Öffentlichkeit zu tun, und dann auch noch mit einem völlig Fremden.« Er zog den Reißverschluss seiner Hose herunter. »Und das ist der Grund, warum du trinkst, nicht wahr? Weil du dich selbst hasst? Weil du eine Nutte bist?«

Sie wusste nicht, ob das wirklich Fragen waren, und schwieg.

Er fuhr fort.

»Natürlich. Und weißt du was? Ich wette, du hast im Laufe der Jahre ganz schön gesoffen und mit vielen Typen in dunklen Gassen gevögelt. Stimmt's?«

Das war jetzt auf jeden Fall eine Frage. Als sie ihm keine Antwort gab, zog er den Revolver unter dem Hosenbund hervor und stieß ihn ihr zwischen die Beine. Mit voller Wucht.

»Beantworte meine Frage, *verdammt!*«

»Ja.«

Er stieß ihr immer wieder den Revolver zwischen die Beine. »Sag es.«

»Ich habe mit vielen Typen in dunklen Gassen gevögelt.«

»Und es hat dir Spaß gemacht.«

»Und es hat mir Spaß gemacht.«

»Weil du eine Scheißnutte bist.«

»Weil ich eine Scheißnutte bin.«

»Das dachte ich mir.« Er steckte die Waffe wieder unter den Hosenbund. »Kanntest du die andere Frau? Sie hat es mir schwer gemacht. Sie hätte nicht zu sterben brauchen.«

»Die andere Frau?«

»Die Rothaarige. Die Dicke. *Marcy* oder so ähnlich stand in den Zeitungen. Sie roch wie eine billige Nutte, und das war sie auch.«

Er beugte sich vor und schnüffelte an ihrem Haar.

»Du riechst nicht billig. Du riechst gut.«

Ein Schatten kroch langsam über die Erde, bis er vor ihren Füßen ankam. Danny sah es und wirbelte herum.

Hinter ihm stand, keine zwei Schritte entfernt, die kleine Blondine aus der Gruppe der Anonymen Alkoholiker, die mit dem grünen Kapuzenshirt der Temple University. Sie hielt eine Glock 17 in der Hand, die auf Dannys Brust gerichtet war.

»Ich heiße Nicci«, sagte die Blondine. »Und ich bin Polizistin.«

»Hi, Nicci«, begrüßte Detective Jessica Balzano sie.

Während des Undercover-Einsatzes in den vergangenen drei Wochen hatte Jessica Paulette gespielt, um den Killer der Anonymen Alkoholiker zu schnappen. Sie hieß nur Paulette – ohne Familiennamen. Jessica stellte schnell fest, dass bei den Anonymen Alkoholikern niemand einen Familiennamen hatte.

Hinter Detective Nicolette Malone standen zwei weitere Detectives und ein erfahrener Streifenbeamter namens Stan Keegan. An beiden Enden der Gasse standen zwei Streifenwagen.

Danny warf Jessica einen Blick zu. Seine Hände zitterten jetzt. »Du bist *Polizistin?*«

Jessica trat zurück, zog ihre Waffe aus dem Rückenholster unter dem Hosenbund und richtete sie auf ihn. »Hände hinter den Kopf!«

Danny zögerte. Sein Blick wanderte von einer Seite zur anderen.

»Brauchst du eine Einladung?«

Danny erstarrte.

»Wie du willst«, sagte Jessica. »Aber wenn du nicht tust, was ich sage, wirst du hier sterben. Und dann auch noch in einem Ed-Hardy-T-Shirt. Mit offener Hose. Deine Entscheidung.«

Der Verdächtige, der mit richtigem Namen Lucas Anthony Thompson hieß, schien nun zu begreifen, in welcher Lage er sich befand. Entweder verließ er diese Gasse in Handschellen oder in einem Sarg. Sein Wille war gebrochen. Er ließ die Schultern hängen und faltete die Hände hinter dem Kopf.

Jessica hatte das schon hundertmal erlebt. Und es wärmte ihr immer wieder das Herz.

Sie hatten ihn geschnappt!

Nicci Malone trat vor, zog die Waffe unter dem Hosenbund des Verdächtigen hervor und reichte sie Officer Keegan, der sie in eine Beweistüte steckte. Dann trat Nicci dem Verdächtigen die Beine weg. Er stürzte bäuchlings zu Boden. Sofort darauf drückte Nicci ihm ein Knie ins Kreuz und legte ihm Handschellen an.

»Kaum zu glauben, wie blöd du bist«, sagte sie.

Jessica steckte ihre Waffe ins Holster und trat vor. Sie packten beide einen Arm des Verdächtigen und rissen ihn hoch.

»Wir verhaften dich wegen Mordes an Marcia Jane Kimmelman«, sagte Jessica. Sie las ihm seine Rechte vor. »Hast du das verstanden?«

Thompson nickte. Er war noch immer wie benommen.

»Du musst laut antworten«, sagte sie. »Du musst laut ›Ja‹ sagen.«

»Ja.«

»Ich möchte, dass du sagst: ›Ja, ich habe es verstanden, Detective Balzano.‹«

Thompson sagte kein Wort. Er hatte sich noch nicht von dem Schock erholt.

Gut, dachte Jessica. Den Versuch war es wert. Sie griff in die Hosentasche und zog ein kleines Aufnahmegerät heraus. Sie spulte zurück und drückte auf Play.

Kanntest du die andere Frau? Sie hat es mir schwer gemacht. Sie hätte nicht zu sterben brauchen.

Jessica schaltete das Gerät aus. Thompson ließ den Kopf hängen.

Sie hatten genug gegen ihn in der Hand. Eine Augenzeugin, eine verwertbare DNA-Probe, die Ergebnisse der Ballistik. Die Aufnahme war nur das Tüpfelchen auf dem i. Die Staatsanwaltschaft liebte derartige Beweise. Manchmal war eine Aufnahme auch ausschlaggebend.

Als Thompson von Streifenbeamten abgeführt wurde, lehnte Officer Stan Keegan sich gegen die Mauer, verschränkte die Arme über seiner breiten Brust und grinste übers ganze Gesicht.

»Was ist denn daran so lustig?«, fragte Jessica.

»Ihr beide«, sagte er. »Ich überlege die ganze Zeit, wer von euch beiden Batman und wer Robin ist.«

»Batman? Träum weiter, Sterblicher«, erwiderte Jessica. »Ich bin Wonder Woman.«

»Und ich bin She-Hulk«, meinte Nicci.

Die beiden Frauen stießen ihre Fäuste aneinander.

Neben dem Streifenwagen stand ein junger Mann und sprach mit einem der uniformierten Polizisten. Es war ein großer, schlaksiger, dunkelhaariger Typ, der überschüssige Energie zu haben schien. Er hatte einen digitalen Camcorder bei sich, der ziemlich teuer aussah. Jessica überlegte kurz, und dann fiel ihr ein, wer das war und was er hier machte.

Sie hatte in der letzten Woche sein Memo bekommen und es dann ganz vergessen. Jemand von der Pennsylvania State University drehte einen Dokumentarfilm über die Mordkommission nach dem Motto: *normaler Arbeitstag eines Detectives*. Sie waren von höchster Stelle angewiesen worden zu kooperieren. In dem Memo stand, dass der Filmemacher sie eine Woche lang begleiten würde.

Als Jessica auf den jungen Mann zuging, bemerkte er sie. Er strich sich mit der freien Hand übers Haar und reckte sich.

»Hallo«, sagte er. »Ich bin David Albrecht.«

»Jessica Balzano.«

Sie reichten sich die Hand. David Albrecht trug ein langärmeliges T-Shirt mit dem Logo der Nittany Lions und eine Kette mit einem goldenen Kreuz. Er war glatt rasiert bis auf einen kleinen blondierten Fleck unter der Unterlippe. Und dieses winzige Unterlippenbärtchen war das Einzige, was seinen femininen Gesichtszügen einen männlichen Touch verlieh.

»Ich kenne Sie irgendwoher«, sagte er und schüttelte begeistert ihre Hand.

»Ach ja? Und woher?«, fragte Jessica und zog ihre Hand zurück, ehe er ihr den Arm abriss.

Albrecht lächelte. »Ich habe recherchiert. In diesem Artikel vor ein paar Jahren im *Philadelphia Magazine* über die neue Generation der weiblichen Detectives stand auch etwas über Sie. Erinnern Sie sich?«

Jessica erinnerte sich gut an den Artikel. Sie hatte sich dagegen gewehrt, den Kampf jedoch verloren. Natürlich war sie nicht gerade versessen darauf, dass Details ihres Privatlebens veröffentlicht wurden. Auch ohne dies dienten Polizisten und vor allem Detectives Verrückten oft genug als Zielscheibe.

»Ich erinnere mich«, sagte Jessica.

»Und ich habe den Fall des Rosenkranzmörders intensiv verfolgt.«

»Verstehe.«

»Damals ging ich noch zur Highschool«, sagte Albrecht. »Ich habe eine katholische Schule besucht. Der Fall hat uns alle furchtbar mitgenommen.«

Highschool, dachte Jessica. Der Typ ging damals zur Highschool. Ihr kam es vor, als wäre es gestern gewesen.

»Das war übrigens ein tolles Foto von Ihnen auf dem Cover der Zeitschrift«, fuhr Albrecht fort. »Wie Lara Croft. Viele Mitschüler von mir hatten Ihr Foto eine Zeit lang an der Wand hängen.«

»Sie wollen also einen Film drehen?«, fragte Jessica, um das Thema zu wechseln.

»Ich will es versuchen. Es ist etwas ganz anderes, eine Dokumentation oder einen Kurzfilm zu drehen. Bisher habe ich hauptsächlich Webisodes gemacht.«

Jessica wusste nicht genau, was Webisodes waren.

»Sie sollten mal auf meine Seite gehen und sich ein paar ansehen«, schlug Albrecht vor. »Ich glaube, sie werden Ihnen gefallen.«

Er reichte ihr eine Karte mit seinem Namen und einer Webadresse.

Jessica war so höflich, einen Blick auf die Karte zu werfen, ehe sie sie einsteckte. »Okay«, sagte sie. »Ich habe mich gefreut, Sie kennenzulernen, David. Wir stehen Ihnen jederzeit zur Verfügung.« Das meinte sie selbstverständlich nicht ernst. Sie deutete auf den Polizei-Transporter, der soeben eingetroffen war. »Jetzt muss ich aber.«

Albrecht hob eine Hand. »Kein Problem. Ich wollte mich nur kurz vorstellen.« Er strich sich wieder übers Haar. »Ich bleibe in Ihrer Nähe, aber Sie werden es gar nicht merken. Ich verspreche Ihnen, dass ich Ihnen nicht in die Quere komme. Ich mache mich unsichtbar.«

Unsichtbar, dachte Jessica. Da war sie aber gespannt.

Zwei Stunden später hatten sie den Papierkram erledigt, die Berichte geschrieben und den Verdächtigen im Verwaltungsgebäude der Polizei Ecke Achte und Race Street – im sogenannten Roundhouse – abgeliefert. Jetzt saß das Team im Restaurant Hot Potato Café auf der Girard Avenue.

Außer Jessica und Nicci Malone waren auch der erfahrene Detective Nick Palladino und Detective Dennis Stansfield – ein relativ neuer Kollege – mit dabei. Dennis Stansfield war Anfang vierzig und – zumindest seiner Meinung nach – der Traum aller Frauen. Seine Anzüge aus dem Ausverkauf saßen nie richtig, und er legte immer zu viel Aftershave auf. Zu seinen zahlreichen nervtötenden Angewohnheiten gehörte es, dass er ständig auf dem Sprung zu sein schien, als müsste er gerade woanders sein oder hätte etwas anderes zu tun, was viel wichtiger war als ein Gespräch mit den Kollegen.

Dennis Stansfield war erst ein paar Monate in der Abteilung und hatte sich noch mit niemandem angefreundet. Keiner wollte mit ihm zusammenarbeiten. Seine unangenehme Art war einer der Gründe. Seine nachlässige Arbeitsweise und seine verblüffende Fähigkeit, Zeugen dazu zu bringen, vollkommen dichtzumachen, waren zwei andere.

Jessica und Nicci saßen auf einer Seite des Tisches, Stansfield und Nick Palladino auf der anderen.

Nick Palladino, der von allen Dino genannt wurde, arbeitete schon eine halbe Ewigkeit beim Police Department Philadelphia. Er war ein Junge aus South Philly und verfügte über das Talent, Betrüger und Diebe aufzuspüren, an denen es in Philadelphia nicht mangelte.

Sie mussten alle noch ein paar Stunden arbeiten und tranken nur Kaffee oder Cola. Sie stießen miteinander an.

Lucas Anthony Thompson, sechsundzwanzig Jahre alt, wohnhaft in Port Richmond, war jetzt Gast mit Vollpension in den Zellen im Untergeschoss des Roundhouse. Er wurde des vorsätzlichen Mordes und der Vergewaltigung einer jungen Frau namens Marcia Jane Kimmelman angeklagt. Zeugenaussagen zufolge hatten die beiden sich bei einem Treffen der Anonymen Alkoholiker im Westen von Philadelphia kennengelernt. Da sich dort keiner mit Nachnamen vorstellte, wusste niemand, wer Thompson war. Sie hatten eine grobe Beschreibung, aber das war auch alles.

Auf einem unbebauten Grundstück in der Baltimore Avenue in der Nähe der Siebenundvierzigsten Straße fanden sie Marcias Leichnam. Sie war vergewaltigt und aus nächster Nähe mit einer .38er durch einen Kopfschuss getötet worden. Drei Monate später griff Thompson nach einem Treffen der Anonymen Alkoholiker in Kingsessing eine andere junge Frau namens Bonnie Silvera an, die als Sekretärin bei Comcast arbeitete. Diese Frau überlebte. Die DNA ihres Angreifers, die anhand seines Spermas ermittelt werden konnte, stimmte mit der von Marcia Kimmelmans Mörder überein. Bonnie Silvera lieferte der Polizei eine detaillierte Beschreibung von Thompson. Daraufhin wurde eine Undercover-Operation eingeleitet, an der ein Dutzend Detectives beteiligt waren, die in sechs Stadtteilen ermittelten.

»Wie hast du ihn identifiziert?«, fragte Dino.

Nicci gab die Frage an Jessica weiter. »Erkläre es unserem Genie.«

»Die Audio-Videoabteilung hat uns ein bisschen geholfen«, sagte Jessica. »Als ich mit Thompson in dem Café saß, habe ich mit dem Handy ein Foto von ihm gemacht. Dieses Bild habe ich per MMS an Niccis Handy geschickt. Nicci und zwei Streifenbeamte saßen einen halben Block entfernt mit Bonnie Silvera im Transporter. Ein paar Sekunden später erhielt Nicci das Foto und zeigte es Bonnie. Die Zeugin erkannte ihren Angreifer zweifelsfrei wieder. Nicci schickte mir die Nachricht, dass wir ihn hatten und dass es losging.«

»*Du* hast diese Show abgezogen?«, fragte Dino.

Jessica pustete auf ihre Fingernägel und polierte sie demonstrativ an ihrer Bluse.

»Mein Gott, du bist eine gefährliche Frau.«

»Sag das der Welt.«

»Ich sollte es deinem Mann sagen.«

»Als ob der das nicht wüsste. Er streicht gerade den Zaun hinter unserem Haus. Später bitte ich ihn, mir ein Schaumbad einzulassen.«

Detective Dennis Stansfield, der sich vermutlich ausgeschlossen fühlte, meldete sich zu Wort. »Neulich habe ich in irgendeiner Zeitung eine Statistik gesehen, nach der die Durchschnittsamerikanerin in ihrem Leben zweiundvierzigeinhalb Kilometer Schwanz in sich aufnimmt.«

Wenn Jessica etwas hasste, dann einen Cop, der Witze über Sex riss, nachdem sie soeben über eine Vergewaltigung gesprochen hatten. Es war sogar noch schlimmer: Vergewaltigung und Mord. Eine Vergewaltigung hatte nichts mit Sex zu tun. Eine Vergewaltigung war ein brutaler Übergriff, der Macht demonstrieren sollte.

Stansfield schaute Jessica an. Hoffte er tatsächlich, dass sie jetzt nervös wurde, errötete und wegen seines blöden Witzes in Verlegenheit geriet? Sollte das ein Scherz sein? Jessica war in South Philly geboren und aufgewachsen, und dann auch noch als Tochter eines Cops. Sie konnte schon mit fünf Jahren fluchen wie ein Kutscher und kam immer total verdreckt vom Spielen nach Hause.

»Zweiundvierzig Kilometer, hm?«, fragte Jessica.

»Zweiundvierzig*einhalb*«, erwiderte Stansfield.

Jessicas Blick glitt von Nicco zu Dino und zurück zu Stansfield. Dino schaute auf den Tisch. Er wusste nicht genau, was jetzt kam, aber er war sicher, dass *irgendetwas* kommen würde.

»Nur damit ich das richtig verstehe«, sagte Jessica und straffte die Schultern.

»Klar.«

»Wird bei diesen zweiundvierzigeinhalb Kilometern jedes einzelne Eindringen gezählt, oder werden die Schwänze aller Männer im Leben einer Durchschnittsamerikanerin addiert?«

Jetzt errötete Stansfield selbst ein wenig. »Hm, das weiß ich nicht. Das stand nicht in der Statistik.«

Nichts ruinierte einen dreckigen Witz so gründlich wie eine Diskussion darüber oder Analysen. »Nicht sehr wissenschaftlich, nicht wahr?«

»Hm, das war ...«

»Wenn man jetzt jedes Eindringen zählt«, fuhr Jessica unbeirrt fort, »könnte das schon ein einziges heißes Wochenende bringen.« Sie lehnte sich zurück und verschränkte die Arme. »Wenn man allerdings jeden Schwanz nur einmal zählt ... Da muss ich rechnen.« Sie wechselte einen Blick mit Nicci und zeigte auf Stansfield. »Wie oft gehen zehn Zentimeter in zweiundvierzig Kilometer?«

»Zweiundvierzigeinhalb«, sagte Nicci.

»Stimmt. Zweiundvierzigeinhalb.«

Jetzt war Stansfield so rot wie eine italienische Tomate. »Zehn Zentimeter? Hm, das glaube ich kaum, meine Liebe.«

Jessica drehte sich zu der Frau um, die am Nebentisch saß. »Hi, Kathy, habt ihr ein Lineal im Büro?« Kathy war Mitinhaberin des Hot Potato Cafés.

»Klar«, erwiderte Kathy augenzwinkernd. Auch sie war in Philly aufgewachsen und hatte das ganze Gespräch verfolgt. Wahrscheinlich hätte sie liebend gern ihren Senf dazugegeben.

»Okay, okay«, sagte Stansfield.

»Kommen Sie, Dennis«, sagte Jessica. »Legen Sie Ihr großes, heißes Prachtexemplar auf den Tisch.«

Auf einmal musste Stansfield ganz schnell weg. Er schaute auf die Uhr, trank seinen Kaffee aus, murmelte Tschüss und machte sich davon.

An einem Tag wie diesem waren Jessica alle Cro-Magnon-Männchen dieser Welt vollkommen gleichgültig. Sie hatten einen Mörder in Gewahrsam genommen und einen Haufen Beweise gegen ihn. Kein Bürger oder Polizist war im Verlauf der Verhaftung verletzt worden, und auf den Straßen trieb sich ein Verbrecher weniger herum. Besser ging es kaum.

Zwanzig Minuten später trennten sie sich. Jessica ging allein zu ihrem Wagen. Sie hatte den Einsatz gemeinsam mit ihren Kollegen mit Bravour gemeistert. In solchen Situationen durfte man keine Schwäche zeigen. Die erschreckende Wahrheit war jedoch, dass jemand eine Waffe auf sie gerichtet hatte. Im Bruchteil einer Sekunde hätte alles vorbei sein können, wenn der Schütze abgedrückt hätte.

Jessica trat in einen Hauseingang und überzeugte sich davon, dass sie nicht beobachtet wurde. Als sie die Augen schloss, glitt eine Woge der Angst über sie hinweg. Sie hatte ihren Ehemann Vincent, ihre Tochter Sophie und ihren Vater Peter vor Augen. Peter Giovanni, der schon seit Jahren im Ruhestand war, und Vincent Balzano waren beide Cops und kannten die Risiken. Jessica stellte sich vor, wie sich beide über ihren Sarg in der St.-Paul's-Kirche beugten. Sie hörte die Klänge der Dudelsäcke.

Mein Gott, Jess, dachte sie. Lass es sein. Wenn du zulässt, dass deine Gedanken diese Richtung einschlagen, bist du verloren. Andererseits war sie im Grunde eine toughe Frau, oder nicht? Sie war Detective beim Philadelphia Police Department. Sie war die Tochter von Peter Giovanni.

Verdammt, vor ihr musste man sich in Acht nehmen.

Als sie dann an ihrem Wagen ankam, zitterten ihre Beine nicht mehr. Noch bevor sie die Tür öffnen konnte, bemerkte sie jemanden auf der anderen Straßenseite. Es war David Albrecht, über dessen Schulter die Kamera hing. Er filmte sie.

Los geht's, dachte Jessica. Das wird eine lange Woche.

Als sie einstieg und den Motor startete, klingelte ihr Handy. Sie meldete sich und erfuhr etwas, was sie schon immer vermutet hatte.

Sie war nicht die Einzige in ihrer Familie, vor der andere sich in Acht nehmen mussten.

3.

Ich höre, dass ein Lieferwagen in die Einfahrt fährt. Kurz darauf klopft es an der Tür. Ich öffne sie. Vor mir steht ein Mann um die vierzig, der schon einen kleinen Bauchansatz hat. Er trägt einen roten Blouson, eine mit Farbflecken übersäte Jeans und ein paar schmutzige Laufschuhe mit ausgefransten Schnürsenkeln. Er hält ein Klemmbrett in der Hand.

»Mr. Marcato?«, fragt der Mann.

Marcato. Ich muss lächeln, als ich den Namen höre.

»Ja.« Ich reiche ihm die Hand. Die Hand des Mannes ist rau und von Schwielen und Farbflecken übersät. Er riecht nach Nikotin und Terpentin.

»Ich bin Kenny Beckman«, sagt er. »Wir haben telefoniert.«

»Stimmt. Kommen Sie doch rein.«

Im Eingangsbereich stehen nur ein paar Plastikmülltonnen und verstaubte Glasvitrinen.

»Puh, was ist denn das für ein Gestank?«, fragt Beckman.

»Das kommt von nebenan. Da war früher mal eine Metzgerei. Ich glaube, die haben in dem Laden Fleisch vergessen, das jetzt verrottet. Ich muss es ihnen sagen.«

»Das sollten Sie tun. Sie können hier kein Geschäft betreiben, wenn es so stinkt.«

»Natürlich nicht.« Ich zeige auf den Raum. »Wie Sie sehen, ist ganz schön was zu tun.«

»Das kann man wohl laut sagen.«

Langsam durchquert Beckman den Raum und streicht

über die halb verfallene Wand und über die verstaubten Fensterbänke. Mit der Taschenlampe beleuchtet er die Fußbodenleisten. Er zieht einen Zollstock aus der Tasche, nimmt ein paar Maße und schreibt sie auf das Klemmbrett.

Ich beobachte ihn aufmerksam und versuche einzuschätzen, wie schnell und beweglich er ist.

»Die Bodenbalken hängen durch«, sagt er nach etwa einer Minute. Er hüpft mehrmals auf und nieder, um die morsche Stelle zu finden. Die alten Balken knarren unter seinem Gewicht. »Als Erstes müssen wir die Balken abstützen. Erst wenn der Boden eben ist, kann ich mit den anderen Arbeiten beginnen.«

»Machen Sie alles, was notwendig ist, um das in Ordnung zu bringen.«

Beckman lässt den Blick noch einmal durch den Raum gleiten, um sich eine endgültige Meinung zu bilden. »Es ist eine Menge Arbeit, aber ich glaube, das kriegen wir hin.«

»Gut. Mir wäre es am liebsten, wenn Sie gleich anfangen.«

»Hört sich gut an.«

»Sie wurden mir übrigens wärmstens empfohlen.«

»Ach ja? Von wem denn? Falls Sie mir die Frage gestatten.«

»Ich erinnere mich nicht mehr genau. Es ist schon eine Weile her.«

»Wie lange?«

»Es war am 21. März 2002.«

Als ich das Datum nenne, versteift Kenneth Beckman sich. Er tritt einen Schritt zurück und schaut auf die Tür. »Verzeihung? 2002? Habe ich das richtig verstanden?«

»Ja.«

»März 2002?«

»Ja.«

Er schaut wieder auf die Tür. »Das ist unmöglich.«

»Und warum?«

»Schon allein aus dem Grund, weil ich damals noch gar nicht im Geschäft war.«

»Das kann ich Ihnen erklären«, sage ich. »Kommen Sie. Ich möchte, dass Sie sich noch etwas ansehen.« Ich zeige auf den dunklen Korridor, der zum letzten Zimmer im Erdgeschoss führt. Beckman zögert. Vielleicht spürt er, dass hier etwas nicht ganz stimmt, ohne es genau benennen zu können. Aber er braucht den Auftrag, auch wenn er für einen Sonderling arbeiten soll, der in Rätseln spricht.

Wir gehen den Korridor hinunter. Als wir vor dem Zimmer ankommen, stoße ich die Tür auf. Hier ist der Gestank noch viel intensiver.

»Verdammt!«, ruft Beckman und weicht zurück. Er greift in die Gesäßtasche, zieht ein schmutziges Taschentuch heraus und presst es sich auf den Mund. »Warum zum Teufel stinkt es hier so?«

Der kleine, quadratische Raum ist makellos sauber. In der Mitte stehen zwei Stahltische, die beide im Boden verschraubt sind. Die pechschwarzen Wände wurden aufwendig schallgedämpft. Die niedrige Decke ist mit Akustikplatten verkleidet, die ich per Post bei einer Schweizer Firma bestellt habe, die sich darauf spezialisiert hat, die besten Aufnahmestudios der Welt auszurüsten. Über den Tischen hängt ein Mikrofon. Der Boden ist mit Hochglanzlack gestrichen, aus praktischen Gründen in roter Farbe. Unter den Tischen befindet sich ein Abflussloch.

Auf einem der Tische liegt unter einer weißen Plastikplane eine Gestalt auf dem Rücken, die bis zum Hals zugedeckt ist.

Als Beckman die Leiche sieht und begreift, was das ist, bekommt er weiche Knie.

Ich drehe mich zur Wand um und nehme ein Foto ab. Es ist ein Zeitungsausschnitt und die einzige Dekoration in dem Raum. »Sie war hübsch«, sage ich. »Keine ausgesprochene Schönheit wie zum Beispiel Grace Kelly, aber hübsch unter der ganzen Schminke.« Ich zeige ihm das Foto. »Finden Sie nicht?«

Das unbarmherzige Neonlicht beleuchtet Beckmans vor Angst verzerrtes Gesicht.

»Sagen Sie mir, was passiert ist«, fordere ich ihn auf. »Finden Sie nicht, es ist an der Zeit?«

Beckman weicht zurück und hebt abwehrend die Hand. »Sie sind verrückt, Mann. Ein Psychopath. Ich hau ab.« Er dreht sich um und versucht, die Tür zu öffnen. Sie ist verschlossen. Er drückt und zieht, drückt und zieht und wird immer hektischer, doch die Tür bleibt verschlossen. »Machen Sie die verdammte Tür auf!«

Anstatt die Tür zu öffnen, trete ich vor und ziehe das Tuch von dem Leichnam auf dem Tisch. Der Verwesungsprozess hat bereits eingesetzt. Die Augen sind in die Augenhöhlen gesunken; die Haut ist fahl und hat die Farbe überreifen Korns angenommen. Die Gestalt ist noch als Mensch zu erkennen, obwohl sie ausgemergelt ist und an der Schwelle zur vollständigen Verwesung steht. Die Hände sind grau und schrumpelig, die steifen Finger flehend ausgestreckt. Der ekelerregende Gestank löst bei mir keinen Brechreiz aus. Mittlerweile freue ich mich sogar immer ein wenig darauf.

Ich schaue auf den Zeigefinger der linken Hand des Leichnams. Er trägt das kleine Tattoo eines Schwans. Ich wende mich Beckman zu und sage in meinem besten gebrochenen Italienisch:

»Benvenuto al carnevale!«

Willkommen im Karneval.

Beckman taumelt und prallt gegen die Wand. Der Anblick der Leiche und der frische Verwesungsgestank erschrecken ihn zu Tode. Er versucht zu sprechen, doch die Worte bleiben ihm in der Kehle stecken.

Ich hebe den Taser und drücke ihn auf die Seite von Beckmans Brust. Blaue Blitze zucken durch die Luft. Der Mann bricht auf dem Boden zusammen.

Einen Augenblick lang herrscht Stille.

Grabesstille.

Ich ziehe die drei Mordinstrumente aus den Scheiden und lege sie neben den Profi-Haartrimmer auf den Tisch. Dann öffne ich den Geheimschrank, der hinter einer Tür mit Magnetschloss versteckt ist und in dem die Aufnahmegeräte stehen. Der Anblick des mattschwarzen Lacks der sechs staubfreien antistatischen Komponenten törnt mich geradezu an. Die Wärme, die die Geräte ausstrahlen – ich wärme immer alles mindestens eine Stunde vor einer Session vor –, treibt mir Schweißperlen auf die Stirn. Vielleicht ist es auch nur die Vorfreude.

Beckman ist an den Tisch gefesselt. Ich habe ihm Klebeband auf den Mund geklebt. Sein Kopf steckt in einer neurochirurgischen Kopfzwinge. Dieses Präzisionsgerät wird benutzt, um den Kopf des Patienten während eines stereotaktischen Eingriffs zu fixieren, bevor die Elektroden platziert werden. Bei dieser OP muss der Kopf absolut unbeweglich sein. Vor einem Jahr habe ich das Gerät bei einer deutschen Firma bestellt und per internationaler Postanweisung bezahlt. Ich habe es über mehrere Nachsendeaufträge erhalten.

Ich streife einen Operationskittel über, stelle mich neben den Tisch und klappe ein scharfes Rasiermesser auf. Mit dem

Zeigefinger der linken Hand drücke ich auf die weiche Haut auf der Stirn des Mannes. Beckman brüllt in den Knebel, doch es ist nichts zu hören.

Das wird sich ändern.

Mit sicherer Hand füge ich ihm einen ersten Schnitt auf der Stirn zu, genau unterhalb des Haaransatzes. Ich lasse mir Zeit. Ich schaue zu, wie die Haut sich langsam teilt und das glänzende rosafarbene Gewebe darunter sichtbar wird. Die chirurgische Kopfzwinge funktioniert hervorragend. Der Mann kann den Kopf keinen Millimeter bewegen. Mit einem Fußpedal drücke ich auf Aufnahme und ziehe ihm anschließend den Knebel aus dem Mund.

Der Mann schnappt nach Luft. Aus den Mundwinkeln rinnt rosafarbener Schaum. Er hat sich auf die Zunge gebissen.

Er beginnt zu schreien.

Ich überprüfe die Lautstärke und reguliere sie ein wenig. Beckmann schreit wie am Spieß. Jetzt rinnt über beide Seiten seines Gesichts Blut auf den polierten Stahltisch und tropft dann auf den lackierten Boden.

Ein paar Minuten später wische ich das Blut mit einem Alkoholtupfer von Beckmans Stirn. Ich beginne mit der Arbeit an seinem rechten Ohr. Als ich fertig bin, nehme ich ein Maßband, messe von dem Schnitt auf der Stirn hinunter zum Ohr und markiere die Stelle mit einem roten Filzstift. Dann nehme ich das zweite Mordinstrument in die Hand und halte es ins Licht. Der Bohrer aus Carbonstahl schimmert dunkelblau.

Nach einem letzten Check der Lautstärke beginne ich mit dem vorletzten Akt. Bedächtig und besonnen – largo, *könnte man sagen – fahre ich fort, in der Gewissheit, dass nur ein paar Schritte von hier auf der anderen Seite der Mauer das Leben in der Stadt Philadelphia seinen Lauf nimmt, ohne dass sie etwas von der Symphonie ahnt, die in diesem unscheinbaren Haus komponiert wird.*

Sind nicht die größten Kunstwerke der Geschichte in bescheidener Umgebung entstanden?

Klipp-klapp, klipp-klapp.

Ich bin der rhythmische Tod.

Als der Bohrer die höchste Drehzahl erreicht und die rasiermesserscharfe Spitze sich der Haut nähert, die den Stirnknochen genau über dem rechten Auge bedeckt, erreichen die Schreie von Kenneth Arnold Beckman ein wunderbares Volumen, eine zweite Oktave. Die Stimme trifft nicht den richtigen Ton, aber das kann ich später noch korrigieren. Im Augenblick besteht kein Grund zur Eile. Nicht im Geringsten.

Wir haben den ganzen Tag Zeit.

4.

Sophie Balzano saß am einen Ende der langen Couch und sah noch kleiner aus als sonst.

Jessica betrat das Sekretariat, sprach mit der Sekretärin, betrat dann das Büro und sprach mit einer von Sophies Lehrerinnen der Sonntagsschule. Nach dem kurzen Gespräch kehrte sie zurück und setzte sich neben ihre Tochter. Sophie starrte auf ihre Schuhe.

»Möchtest du mir erzählen, was passiert ist?«, fragte Jessica.

Sophie zuckte mit den Schultern und schaute aus dem Fenster. Sie hatte langes Haar, das mit einer hübschen Spange im Nacken zusammengehalten wurde. Die Siebenjährige war etwas kleiner als ihre Freundinnen, dafür aber schnell und clever. Jessica war ohne Schuhe circa eins zweiundsiebzig, und sie hatte diese Größe irgendwann zwischen der sechsten und siebten Klasse erreicht. Sie fragte sich, ob es ihrer Tochter ähnlich ergehen würde.

»Schatz? Du musst Mama sagen, was passiert ist. Ich kann dir nur erklären, wie du es beim nächsten Mal besser machen kannst, wenn ich weiß, was passiert ist. Deine Lehrerin hat gesagt, du hast gerauft. Stimmt das?«

Sophie nickte.

»Hast du dir wehgetan?«

Sophie schüttelte den Kopf, allerdings recht verhalten. »Nein, es ist alles in Ordnung.«

»Sprechen wir im Auto darüber?«

»Okay.«

Als sie die Schule verließen, sah Jessica, dass einige Schüler die Köpfe zusammensteckten. Anscheinend hatte auch heutzutage und in dieser Altersstufe eine Rangelei auf dem Schulhof Tuscheleien zur Folge.

Sie fuhren die Academy Road hinunter. Als sie in die Grant Avenue einbogen und der Verkehr wegen einer Baustelle zum Erliegen kam, fragte Jessica: »Kannst du mir sagen, worum es bei dem Streit ging?«

»Es ging um Brendan.«

»Brendan Hurley?«

»Ja.«

Brendan Hurley ging in Sophies Klasse. Der dünne, ruhige Junge mit der Brille schien wie dazu geschaffen, von Mitschülern gehänselt zu werden. Sonst wusste Jessica nicht viel über ihn. Zum letzten Valentinstag hatte Brendan Sophie eine Karte geschenkt. Eine große, *glitzernde* Karte.

»Was ist mit Brendan?«, fragte Jessica.

»Ich weiß nicht«, sagte Sophie. »Ich glaube, es könnte sein ...«

Der Verkehr lief weiter. Sie bogen vom Boulevard ab und in die Torresdale Avenue ein.

»Was, mein Schatz? Du glaubst, Brendan könnte was sein?«

Sophie schaute aus dem Fenster und dann zu ihrer Mutter. »Ich glaube, er ist schwuuul«, flüsterte sie.

Oje, dachte Jessica. Sie war auf vieles vorbereitet. Gespräche über das friedliche Miteinander, über Nationalitäten und Klassenunterschiede, über Geld und sogar über Religion. Auf ein Gespräch über geschlechtliche Identität war sie überhaupt nicht vorbereitet. Die Tatsache, dass ihre Tochter das Wort im Flüsterton sagte, sprach Bände. Offenbar hielten Sophie und ihre Klassenkameraden dieses Thema für ein heißes Eisen, über das man sich besser nicht laut äußerte. »Verstehe. Und wie kommst du darauf?«, fragte Jessica.

Sophie strich ihren Rock glatt. Es war nicht leicht für sie. »Er läuft wie ein Mädchen«, sagte sie schließlich. »Und er wirft auch die Bälle wie ein Mädchen.«

»Okay.«

»Aber das tue ich doch auch, oder?«

»Ja, tust du.«

»Dann ist es doch nicht schlimm.«

»Nein. Es ist überhaupt nicht schlimm.«

Sie fuhren in die Einfahrt, und Jessica schaltete den Motor aus. Sie hatte keine Ahnung, was Sophie über die sexuelle Orientierung eines Menschen wusste. Schon allein der Gedanke an den Begriff »sexuelle Orientierung« in Verbindung mit ihrem kleinen Mädchen ließ sie ausflippen.

»Was ist denn passiert?«, fragte Jessica.

»Dieses Mädchen hat gemeine Sachen über Brendan gesagt.«

»Welches Mädchen?«

»Monica«, sagte Sophie. »Monica Quagliata.«

»Geht sie in deine Klasse?«

»Nein. Sie ist in der dritten. Sie ist sehr groß und stark.« Sophie ballte die Fäuste – bewusst oder unbewusst.

»Was hast du zu ihr gesagt?«

»Ich hab gesagt, sie soll aufhören, so was zu sagen. Dann hat sie mich geschubst und mich Schlampe genannt.«

Dieses *Miststück*, dachte Jessica. Insgeheim hoffte sie, dass Sophie es diesem kleinen Biest ordentlich gezeigt hatte. »Was hast du dann getan?«

»Ich hab sie auch geschubst. Sie ist hingefallen, und alle haben gelacht.«

»Hat Brendan auch gelacht?«

»Nein. Brendan hat Angst vor Monica Quagliata. *Alle* haben Angst vor Monica Quagliata.«

»Aber du nicht.«

Sophie schaute aus dem Fenster. Es hatte zu regnen begonnen. Sie fuhr mit dem Finger über die beschlagene Scheibe und wandte den Blick dann wieder ihrer Mutter zu. »Nein. Ich nicht.«

Ja, dachte Jessica. Meine mutige kleine Tochter. »Ich möchte, dass du mir zuhörst, okay, Liebling?«

Sophie setzte sich gerade hin. »Kommt jetzt wieder einer deiner Vorträge?«

Jessica hätte beinahe gelacht, doch sie hielt sich im letzten Augenblick zurück. »Ja, ich glaub schon.«

»Okay.«

»Ich möchte, dass du daran denkst, dass eine Prügelei immer der allerletzte Ausweg ist, okay? Wenn du dich verteidigen musst, ist es in Ordnung. Immer. Und manchmal müssen wir auch auf Menschen aufpassen, die nicht selbst auf sich aufpassen können. Verstehst du, was ich meine?«

Sophie nickte, doch sie sah verwirrt aus. »Und was ist mit dir, Mama? Du hast dich doch ständig geprügelt.«

Oh, Scheiße, dachte Jessica. Die Logik einer Siebenjährigen.

Nachdem Sophie geboren wurde, hatte Jessica das Boxen für sich entdeckt. Dieser Sport unterstützte auch hervorragend ihre Bemühungen, nach der Schwangerschaft wieder abzunehmen. Aus irgendeinem Grund gefiel ihr diese Sportart. Sie ging sogar so weit, ein paar Amateurboxkämpfe zu bestreiten, ehe sie sich von ihrem großartigen Onkel Vittorio überreden ließ, in den Profisport einzusteigen. Wenn für weibliche Boxerinnen über fünfunddreißig keine Seniorenklasse eingerichtet wurde, lagen diese Zeiten nun endgültig hinter ihr. Jetzt hatte Jessica sich bei Joe Hand's Gym angemeldet, wo sie sich auf eine Reihe von Schaukämpfen vorbereitete, um Geld für die Police Athletic League zu sammeln. Diese Organisation widmete sich der Jugendarbeit, wobei der Schwerpunkt auf sportlichen Aktivitäten lag.

Weder das eine noch das andere half ihr im Augenblick, ihrer Tochter den Unterschied zwischen Prügeln und Boxen zu erklären.

Plötzlich sah Jessica einen Schatten im Außenspiegel.

Vincent lief mit einer Pizzaschachtel von Santucci's die Einfahrt hinauf. Ihr Mann mit den karamellbraunen Augen, den langen Wimpern und dem durchtrainierten Körper ließ Jessicas Herz noch immer höher schlagen. Jedenfalls an den Tagen, an denen sie nicht den Wunsch hatte, ihn umzubringen. Manchmal trug er Anzug und Krawatte, rasierte sich sorgfältig und kämmte sein dunkles Haar nach hinten. An anderen Tagen machte er auf betont lässig. Heute war einer dieser lässigen Tage. Jessica musste zugeben, dass sie ihn dann unwiderstehlich fand. Für einen verheirateten Mann sah Detective Vincent Balzano wirklich verdammt gut aus.

»Liebling?«, sagte Jessica.

»Ja, Mama?«

»Du weißt, worüber wir gerade gesprochen haben? Über den Unterschied zwischen Prügeln und Boxen?«

»Was ist damit?«

Jessica tätschelte die Hand ihrer Tochter. »Frag deinen Vater.«

Sie wohnten seit über fünf Jahren in Lexington Park im Nordosten von Philadelphia, wenige Straßen vom Roosevelt

Boulevard entfernt. An guten Tagen brauchte Jessica fünfundvierzig Minuten bis zum Roundhouse. An schlechten Tagen – und das war meistens der Fall – noch länger. Doch das sollte sich bald ändern.

Sie hatten beschlossen, in ein Haus in South Philly zu ziehen, ein dreigeschossiges Reihenhaus, das alten Freunden gehörte. Auf diese Weise wechselten Häuser in Philadelphia oft die Besitzer. Es kam selten vor, dass sie im Kleinanzeigenteil der Zeitungen ausgeschrieben wurden.

Das Haus stand in unmittelbarer Nähe ihrer neuen Kirche, der Sacred Heart of Jesus, wo auch Sophies neue Schule war. Neue Freunde, neue Lehrer. Jessica fragte sich, welche Auswirkungen der Umzug wohl auf das kleine Mädchen haben würde.

Jessicas Vater, Peter Giovanni, gehörte zu den Cops mit den meisten Auszeichnungen in der Geschichte des Philadelphia Police Departments. Er lebte noch immer Ecke Sechste und Catharine in South Philly in dem Haus, in dem Jessica aufgewachsen war. Noch war Peter ein rüstiger, aktiver Mann, der sich in der Gemeinde engagierte. Doch er wurde älter, und eines Tages würde es für ihn eine große Anstrengung sein, die Fahrt zu seiner einzigen Enkeltochter auf sich zu nehmen. Aus diesem und vielen anderen Gründen zogen sie wieder zurück nach South Philly.

Als ihre Tochter fest schlief und Vincent sich mit seinen Brüdern im Keller vergnügte, stand Jessica auf der obersten Stufe der schmalen Treppe zum Speicher.

Es kam ihr fast so vor, als stecke ihr ganzes Leben in diesen Kartons in dem vollgestellten, verwinkelten Raum unter dem Dach. Fotos, Andenken, Auszeichnungen, Geburts- und Sterbeurkunden, Zeugnisse.

Sie nahm einen der Kartons, einen weißen Geschenkkarton

von Strawbridge's, um den grünes Garn gewickelt war, in die Hand. Mit diesem Garn hatte ihre Mutter früher ihr Haar im Herbst, wenn die Sommersonne ihrem brünetten Haar einen kastanienbraunen Ton verliehen hatte, zusammengebunden.

Jessica zog das Garn von dem Karton und öffnete ihn: eine mit künstlichen Perlen besetzte Puderdose, ein kleines Lederportemonnaie, ein Stapel Polaroid-Fotos. Wie immer in solchen Situationen spürte sie die vertrauten Stiche des Schmerzes, der Trauer und des Verlustes, obwohl es schon über fünfundzwanzig Jahre her war, dass ihre Mutter gestorben war. Jessica schob das Garn wieder über den Karton, stellte ihn neben die Treppe und ließ ihren Blick noch einmal durch den Speicher wandern.

Sie war schon eine ganze Weile bei der Polizei und hatte fast alles gesehen. Es gab nicht viel, das sie aus dem Gleichgewicht warf.

Das schon.

Sie zogen zurück in die Stadt.

5.

»Diese verdammte Stadt«, schimpfte der Mann. »Zuerst klemmen sie eine Kralle an mein Auto, dann schleppen sie es ab, dann muss ich zum Amt für Parkraummanagement und steh da zwei Stunden mit einem Haufen stinkender, zwielichtiger Typen herum. Und dann schicken sie mich zur Ecke Neunte und Filbert Street. *Dann* sagen sie mir, dass ich dreihundertneunzig Dollar Strafe zahlen muss. *Dreihundertneunzig Dollar.*«

Der Mann kippte den Drink herunter und spülte mit einem Schluck Bier nach.

»Diese Scheißstadt. Dieses verdammte Parkraumamt. Das ist die reinste Mafia. Die nehmen dich aus wie eine Weihnachtsgans.«

Detective Kevin Byrne schaute auf die Uhr. Es war Viertel vor zwölf. Die Stadt erwachte zum Leben. Der Typ neben ihm war nach seinem dritten Jim Beam zum Leben erwacht. Der Mann jammerte in einer Tour. Er meckerte über seine Frau (fett, laut und faul), über seine beiden Söhne (ebenfalls faul, keine Angaben zu ihrem äußeren Erscheinungsbild), über sein Auto (einen Chevrolet Prizm, der es gar nicht wert war, ihn auszulösen) und seinen ständigen Kampf mit dem für das Parken zuständigen Amt von Philadelphia. Das Amt hatte nicht viele Fans in der Stadt. Ohne das Amt wäre allerdings das Chaos ausgebrochen.

Sie saßen an der Theke von The Well, einer kleinen Eckkneipe in Kensington. Das Lokal war halb voll. Die Jukebox spielte Kool & the Gang. Über der Theke hing ein Fernseher.

ESPN brachte eine Zusammenfassung der Sportereignisse des Tages.

Byrne steckte die kleinen Kopfhörer ins Ohr, blendete das Gezeter des Falschparkers aus, schaute auf das Display seines iPods und wählte die Playlist mit den klassischen Bluestiteln aus. Die Jukebox in der Kneipe spielte nun etwas von den Commodores. In Byrnes Kopf war es 1957, und Muddy Waters ging nach Louisiana und erzählte etwas von *mojo hand*.

Byrne nickte dem Wirt zu, der ebenfalls nickte. Byrne war nie zuvor in dieser Kneipe gewesen, doch der Wirt war ein Profi in seinem Job, und das war Byrne auch.

Byrne war in Süd-Philadelphia aufgewachsen. Er hatte sein ganzes Leben dort verbracht und die besten und schlechtesten Tage der Stadt miterlebt. Nun ja, vielleicht nicht ihre besten. Immerhin war an diesem Ort die Unabhängigkeitserklärung unterzeichnet worden. Hier hatten sich die Gründungsväter zusammengesetzt und die Gesetze ausgearbeitet, nach denen die Amerikaner, zumindest bis zu einem gewissen Grad, noch heute lebten.

Andererseits hatten die Phillies die World Series 2008 gewonnen, und für einen Phillies-Fan war das viel wichtiger als irgendein verblichenes, altes Dokument.

Byrne hatte schon in Tausenden von Verbrechen ermittelt, Hunderte von Mordfällen bearbeitet und fast sein halbes Leben unter Toten, zerbrochenen Seelen und Vergessenen verbracht.

Wie lautete das Zitat von Thomas de Quincey noch gleich?

Sobald ein Mensch einen Mord begeht, findet er einen Diebstahl nicht mehr so schlimm. Und vom Stehlen kommt er zum Trinken und zum Sabbatschänden und von dort zur Unhöflichkeit und zu der Unart, alles aufzuschieben.

Byrne hatte seinen eigenen Begriff dafür.

Schlamperei.

Für Kevin Byrne bedeutete dieses Wort, Verhaltensweisen zu akzeptieren, die vorherige Generationen als undenkbar angesehen hätten, Standards, die allmählich die Norm geworden waren, neue Tiefpunkte, an denen der Kreislauf wieder beginnen konnte, wobei die Spirale immer weiter abwärts führte.

In letzter Zeit musste er ständig an die unschuldigen Opfer denken, deren Tod ungerächt blieb. Er dachte an das kurze, unbedeutende Leben der dreijährigen Kitty Jo Morris, die vom Freund ihrer Mutter verbrüht worden war, was zu ihrem Tod führte. Der Mann war wütend, weil das kleine Mädchen immer die Fernbedienung verbummelte. Und Byrne dachte an Bonita Alvarez, noch keine elf Jahre alt, die vom Dach eines dreigeschossigen Hauses in North Philly gestoßen worden war, weil sie einen der Rice Krispies Treats ihrer älteren Schwester im Besenschrank versteckt hatte. Und an Max Pearlman, achtzehn Monate alt, den sein Vater im Januar über Nacht im Auto hatte sitzen lassen, während er unter der Platt Bridge Crack rauchte.

Diese Fälle schafften es nicht in die Schlagzeilen. Auch nicht in die NBC-Dokureihe *White Paper* über den Zustand amerikanischer Familien. Nur der Platz auf den Friedhöfen war danach etwas weniger geworden. Es waren nur Schlampereien.

Jetzt war es in Byrnes Kopf 1970. Die Blues-Legende Willie Dixon behauptete, nicht abergläubisch zu sein. Das war Kevin Byrne auch nicht. Er hatte zu viel gesehen, um noch an etwas anderes als an Gut und Böse zu glauben. Und das Böse war in diesem Raum, dachte Byrne, als er den Mann auf der anderen Seite der Theke beobachtete. An den Händen dieses Mannes, eines Mörders namens Eduardo Robles, klebte das Blut von mindestens zwei Menschen.

An einem heißen Sommernachmittag im Jahre 2007 ging Eduardo Robles mit seiner Freundin eine Straße in Fishtown hinunter. Nach Robles' Angaben fuhr gegen halb zwei ein Auto langsam an ihnen vorbei. Der tiefe Bass eines Rapsongs dröhnte so laut, dass die Fenster der umliegenden Häuser klirrten. Plötzlich hielt jemand eine Waffe aus dem Fenster des Wagens und schoss. Robles' Freundin, eine Siebzehnjährige namens Lina Laskaris, wurde von drei Kugeln getroffen.

Robles rief die Polizei. Als er in der Wache ankam, nachdem ein Streifenbeamter seine Aussage auf der Straße zu Protokoll genommen hatte, gelangte ein Detective dort zu dem Schluss, dass der junge Mann ein Verdächtiger und kein Zeuge war. Der Detective legte Robles Handschellen an und steckte ihn in eine Zelle.

Byrne bekam den Anruf gegen dreiundzwanzig Uhr. Als Robles im Roundhouse eintraf – fast zehn Stunden nach dem Ereignis –, nahm Byrne ihm die Handschellen ab und setzte ihn in einen der Verhörräume. Robles sagte, er habe Hunger und Durst. Byrne ließ Sandwiches und Mountain Dew kommen und fing mit dem Verhör an.

Das übliche Spiel begann.

Um drei Uhr am nächsten Morgen knickte Robles ein und gab zu, Lina Laskaris erschossen zu haben. Um 3.06 Uhr verhaftete Byrne Robles wegen Mordes und las ihm seine Rechte vor.

Das Problem in diesem Fall war, dass der Polizei nach dem Gesetz sechs Stunden Zeit für die Entscheidung blieben, ob es sich bei der Person um einen Zeugen oder einen Verdächtigen handelte.

Drei Tage später entschied die Grand Jury, dass für eine Anklageerhebung die gesetzliche Grundlage fehle. Die Verhaftung hatte nämlich offiziell in dem Augenblick stattgefunden, als Robles irrtümlicherweise auf der Wache die Handschellen angelegt worden waren. Schon in diesem Moment wurde Robles vom Zeugen zum Verdächtigen, und ab da war die Zeit gelaufen.

Fünf Tage, nachdem Eduardo Robles seine Freundin kaltblütig ermordet hatte, war er infolge der ungeheuer inkompetenten Arbeit eines Detectives auf einem Polizeirevier wieder ein freier Mann. Und dann wurde dieser Detective dank unergründlicher politischer Beziehungen kürzlich auch noch für seine Inkompetenz mit einer Versetzung in die Mordkommission und einer Gehaltserhöhung belohnt. Es war wirklich unglaublich!

Dieser Detective hieß Dennis Stansfield.

Robles lebte weiterhin in Freiheit, und wenige Monate später war er an der Ermordung eines gewissen Samuel Reese beteiligt, der nachts in einem kleinen Geschäft in Chinatown arbeitete. Die Polizei war der Ansicht, dass Robles zwei Mal auf Reese schoss und anschließend die CD des Überwachungssystems aus dem Rekorder im Hinterzimmer nahm. Mit sechsundsechzig Dollar und einer Dose Bremsflüssigkeit verließ er den Tatort.

Sie hatten nur Indizienbeweise – keine Tatwaffe, keine verwertbaren Spuren, fragwürdige Zeugenaussagen –, nichts, was vor Gericht Bestand gehabt hätte. Nach dem Buchstaben des Gesetzes nur einen Haufen Scheiße.

Seit zwei Tagen bemühte sich Byrne, Beweismaterial gegen Robles zusammenzutragen, aber er kam nicht gut voran. Die Tatwaffe konnte nicht sichergestellt werden. Byrne verhörte vier Leute, die hätten bestätigen können, dass Robles sich zur Tatzeit in dem Geschäft aufgehalten hatte. Keiner von ihnen war bereit, mit der Polizei zu sprechen, jedenfalls nicht offiziell. Byrne sah die Angst in ihren Augen. Wenn man an einer Straßenecke oder im Wohnzimmer oder sogar auf der Arbeitsstelle mit einem Polizisten sprach, war das eine Sache. Vor der Grand Jury unter Eid auszusagen und von einem Staatsanwalt befragt zu werden, stand auf einem ganz anderen Blatt. Jeder, der in den Zeugenstand gerufen wurde, wusste, dass eine Falschaussage vor der Grand Jury mit einer Haftstrafe von fünf Monaten und neunundzwanzig Tagen geahndet wurde. Und das für jede einzelne Lüge.

Morgen früh wollte Byrne sich mit Michael Drummond treffen, dem Stellvertretenden Bezirksstaatsanwalt, der für den Robles-Fall zuständig war. Wenn sie vier Zeugen fanden, die den Mann belasteten, müsste es gelingen, einen Durchsuchungsbeschluss für seinen Wagen und seine Wohnung zu bekommen. Vielleicht fanden sie dann etwas, was ihnen weiterhalf und zu einer hieb- und stichfesten Beweiskette führte.

Oder vielleicht kam es gar nicht dazu. Vielleicht stieß Robles ja auch etwas zu.

In einer Stadt wie Philadelphia konnte man das nie wissen. Traf die Polizei eine Mitschuld am Tod von Samuel Reese? Ja, in diesem Fall war sie mitschuldig. Robles hätte niemals wieder auf freien Fuß gesetzt werden dürfen.

Schlamperei.

An dem Tag, als Robles verhaftet wurde, besuchte Byrne Lina Laskaris' Großmutter, eine griechische Immigrantin Anfang siebzig. Anna Laskaris hatte Lina alleine großgezogen. Byrne versprach der Frau, dass der Mann, der für Linas Tod verantwortlich war, zur Rechenschaft gezogen werden würde. Er erinnerte sich an die Tränen der Großmutter, ihre Umarmung und den Zimtduft ihres Haars. Sie war gerade dabei gewesen, einen *Pantespani* zu backen.

Am lebhaftesten erinnerte Byrne sich daran, dass Anna Laskaris ihm vertraut hatte und bitter enttäuscht worden war.

Byrne sah sich in dem angelaufenen Spiegel hinter der Theke. Er hatte eine Baseballcap und die Brille auf, die er seit kurzem gezwungenermaßen tragen musste. Wenn Robles nichts getrunken hätte, hätte er Byrne wahrscheinlich erkannt. Doch nun nahm er ihn – wie die anderen in dieser kleinen Kneipe vermutlich auch – nur noch schemenhaft wahr. Das hier war keine vornehme Bar in Center City. Hier verkehrten Säufer und knallharte Männer.

Um 00.30 Uhr verließ Robles schon ein wenig wankend die Kneipe. Er stieg in seinen Wagen und fuhr die Frankford Avenue hinunter. Als Robles die York Street erreichte, bog er rechts ab, fuhr noch ein paar Blocks weiter und parkte.

Byrne saß in seinem Wagen auf der anderen Straßenseite und beobachtete ihn. Robles stieg aus und blieb zwei Mal stehen, um mit jemandem zu sprechen. Er war auf der Suche nach Stoff. Nach ein paar Minuten kam ein Mann auf ihn zu.

Robles ging mit dem anderen Mann unsicheren Schrittes die Gasse hinunter. Kurz darauf sah Byrne auf der schmutzigen Mauer der Gasse Licht aufflackern. Robles steckte sich eine Crackpfeife an.

Byrne stieg aus und schaute die Straße in beide Richtungen hinunter. Niemand zu sehen. Sie waren allein. Philadelphia schlummerte allmählich wieder ein, abgesehen von jenen, die im Schutz der Dunkelheit leise durch die Nacht schlichen.

Byrne trat in den Schatten. Von irgendwoher, vermutlich tief aus seinem Inneren, begann eine längst vergessene Melodie zu spielen.

Sie klang wie ein Requiem.

6.

Montag, 25. Oktober

Das Joggen am frühen Morgen durch den Pennypack Park war ein heiliges Ritual geworden, das Jessica nicht gerne aufgab. Die Menschen, die sie allmorgendlich sah, waren nicht nur Teil der Landschaft, sondern auch Teil ihres Lebens.

Die im 1960er-Pillbox-Stil immer tadellos gekleidete, ältere Frau, die ihre vier Jack Russell Terrier jeden Morgen ausführte. Die Hunde besaßen eine Garderobe, die teurer und exakter der Jahreszeit angepasst war als Jessicas. Die Tai-Chi-Gruppe, die bei Wind und Wetter ihre morgendlichen Übungen auf dem Baseballfeld in der Nähe der Holme Avenue machte. Dann ihre Laufbekanntschaften, die beiden Russen, Halbbrüder, die beide Iwan hießen. Sie waren schon in den Sechzigern, aber unglaublich fit. Da sie im Sommer beide in lindgrünen Badehosen joggten, wusste Jessica auch, dass sie eine furchtbar starke Körperbehaarung hatten. Für Halbbrüder sahen sie sich verdammt ähnlich. Manchmal konnte Jessica sie kaum unterscheiden, aber das war auch nicht so wichtig. Wenn sie einem der beiden begegnete, sagte sie immer: »Guten Morgen, Iwan«, worauf dieser ihr ein freundliches Lächeln schenkte.

Auch nach dem Umzug der Familie nach South Philly würde es ein paar Orte geben, an denen Jessica joggen konnte. Es würde aber eine Weile dauern, bis sie dort genauso sorglos laufen konnte wie hier.

In diesem Park, wo sie ihre Strecke und die Wege in- und auswendig kannte, konnte sie in Ruhe nachdenken und sich über manches Klarheit verschaffen. Das würde sie am meisten vermissen.

Als Jessica der Biegung folgte und den Hang hinauflief, dachte sie an Marcia Kimmelman und das, was Thompson ihr angetan hatte. Sie dachte an Lucas Anthony Thompson und seinen ungläubigen Blick, als sich die Handschellen um seine Handgelenke schlossen und er begriff, dass es vorbei war. Besonders schön war der Augenblick, als sie ihn mit Dreck und Kies in Gesicht und Klamotten vom Boden hochrissen. Jessica musste zugeben, dass ihr die Nummer mit dem dreckigen Gesicht immer gut gefiel. Schlamm war noch besser, aber da musste das Wetter mitspielen.

Mit diesem tröstlichen Bild vor Augen bog sie in ihre Straße ein und sah jemanden am Ende der Einfahrt stehen. Einen Mann im dunklen Anzug. Dennis Stansfield.

Im ersten Augenblick war Jessica ein wenig beunruhigt, doch dann stieg Verärgerung in ihr auf. Was zum Teufel machte dieser Idiot vor ihrem Haus?

Auf den letzten dreißig Metern verlangsamte sie ihre Schritte und rang nach Luft. Sie lief auf den Mann zu, der zu begreifen schien, dass er hier fehl am Platz war.

»Detective«, sagte Jessica, die sich plötzlich ihrer Aufmachung bewusst wurde. Sie trug eine weite Jogginghose und ein enges Oberteil mit einem Sport-BH darunter. Als sie ins Schwitzen geraten war, hatte sie ihr Fleece-Kapuzenshirt ausgezogen und um die Hüfte gebunden. Stansfields Blick glitt über ihren Körper, ehe er ihr in die Augen sah. Jessica schnappte noch einmal nach Luft und starrte ihn ungerührt an. Stansfield wandte den Blick als Erster ab.

»Guten Morgen«, sagte er.

Jessica hätte ihr Kapuzenshirt jetzt wieder anziehen und den Reißverschluss bis oben zuziehen können, doch dann hätte Stansfield geglaubt, sie hätte ein Problem. Sie hatte kein Problem. Keineswegs. Sie stemmte die Hände in die Hüften. »Was gibt's?«

Stansfield wandte ihr wieder den Blick zu. Offenbar kostete es ihn einige Mühe, ihr ins Gesicht zu sehen. »Der Boss hat gesagt, dass Detective Burns heute wahrscheinlich nicht zur Arbeit kommt und dass ich, falls es Ihnen recht ist ...«

»Byrne«, sagte Jessica. »Sein Name ist Kevin Byrne.« Jessica fragte sich, ob Stansfield es darauf anlegte, sie auf die Palme zu bringen, oder ob er es wirklich nicht wusste. Beides war möglich. Kevin war nicht Superman, aber er genoss in der Abteilung, wenn nicht sogar im ganzen Department, einen guten Ruf. Jessica und Byrne hatten in den letzten Jahren in einigen stark im Fokus der Öffentlichkeit stehenden Fällen gemeinsam ermittelt. Wenn man nicht gerade ein blutiger Anfänger war, musste man ihn kennen. Außerdem versuchte Byrne gerade, das, was Stansfield angerichtet hatte, auszubügeln, und das konnte dem guten Mann unmöglich entgangen sein.

»Byrne«, korrigierte Stansfield sich. »Tut mir leid. Der Boss meinte, dass er heute noch länger am Gericht zu tun haben könnte und dass ich solange mit Ihnen zusammenarbeiten soll. Zumindest bis Detective Byrne zurückkommt.« Er scharrte mit den Füßen. »Wenn es Ihnen recht ist.«

Jessica erinnerte sich nicht, diesbezüglich jemals nach ihrer Meinung gefragt worden zu sein. »Haben Sie die schriftliche Bestätigung?«

Stansfield griff in seine Anzugjacke, zog das Formular heraus und zeigte es ihr.

Jessica schaute aufs Haus. Am Schlafzimmerfenster stand jemand und zog die Gardine ein winziges Stück zur Seite. Auch wenn Jessica Polizistin war, gingen bei Vincent alle

Alarmsirenen an, sobald er sah, dass sie vor dem Haus mit jemandem sprach, den er nicht kannte. Die Zahl der getöteten Polizisten war in den letzten Jahren stark in die Höhe geschossen, und Jessica wie Vincent waren ständig auf der Hut. Heutzutage trug sie sogar eine Waffe bei sich, wenn sie joggen ging. In diesem Augenblick steckte eine süße kleine Browning.25 hinten unter ihrem Hosenbund.

Jessica nickte fast unmerklich, worauf Vincent ein paar Sekunden später die Gardine zuzog. Sie wandte sich wieder Stansfield zu.

»Wenn's sein muss, Detective«, sagte Jessica. »Dann arbeiten wir eben zusammen.«

Stansfields verzerrtes, aufgesetztes Lächeln bewies, wie sehr ihn ihre unfreundliche Antwort enttäuschte. »Das freut mich«, sagte er. »Wir haben nämlich einen Fall.«

Wir, dachte Jessica. Ein großes Vergnügen würde das mit Sicherheit nicht werden. Jessica wusste, dass sie im Dienstplan an erster Stelle stand und den nächsten Mordfall übernehmen musste. Wenn man einen neuen Fall hatte, rückte man ans Ende der Liste, bearbeitete den Fall und rückte langsam wieder an die Spitze vor. Wenn man erneut an erster Stelle stand, musste man den nächsten Fall übernehmen. Dabei spielte es keine Rolle, an wie vielen laufenden Ermittlungen man noch arbeitete. Es kam selten vor, dass jemand alle Fälle abgeschlossen hatte, wenn der nächste Mord auf dem Tisch lag.

»Okay«, sagte Jessica. »Ich dusche schnell. In zehn Minuten bin ich wieder da.«

Stansfields Gedanken standen ihm ins Gesicht geschrieben. Erstens die Vorstellung, dass Jessica duschen wollte. Und zweitens, dass sie ihn nicht ins Haus bat.

Der Tatort befand sich am nördlichen Ende von Pennsport im Süden von Philadelphia. Dieses typische Arbeiterviertel lag zwischen dem Passyunk Square im Westen, dem Delaware River im Osten, Queen Village im Norden und Whitman im Süden.

Pennsport gehörte zu den ältesten Vierteln der Stadt, und die Entwicklung neuer Projekte ging nur schleppend voran. Einige Häuser stammten noch aus dem Jahr 1815. Es konnte gut sein, dass hier neue Reihenhäuser neben alten Häusern entstanden, die noch aus der Zeit stammten, als James Madison Präsident der Vereinigten Staaten war.

Als Jessica und Stansfield am Tatort anhielten – ein mit Brettern vernageltes Geschäft nahe der Kreuzung Fifth und Federal Street –, parkte bereits ein Streifenwagen schräg gegenüber. Sowohl die Federal als auch die Fifth waren Einbahnstraßen, und an beiden Einmündungen der nächsten Querstraßen standen zwei Streifenbeamte und leiteten den Verkehr um. Die Kriminaltechnik war noch nicht eingetroffen und der Tatort daher nicht mit Flatterband abgesperrt. Budgetkürzungen zwangen die Stadt, Neueinstellungen drastisch zu reduzieren und die Anschaffung von neuem Material zu verschieben. Heutzutage kam es tatsächlich vor, dass die Kriminaltechniker erst nach zwei Stunden oder noch später am Tatort ankamen.

David Albrecht hingegen war bereits da.

»Morgen!«, rief er von der gegenüberliegenden Straßenseite herüber.

Großartig, dachte Jessica. Noch ein Morgenmensch. Ihr Mann und Sophie waren auch Morgenmenschen. Alle Leute in ihrer Umgebung schienen Morgenmenschen zu sein. Außer Byrne. Das war einer der Gründe, warum ihre Zusammenarbeit so gut klappte. Meistens knurrten sie sich beide bis zur Mittagszeit nur an.

Jessica winkte David Albrecht zu, der sofort seine Kamera hob und die Geste filmte. Dann wanderte Jessicas Blick zu Dennis Stansfield. Als dieser bemerkte, dass er gefilmt wurde, knöpfte er sein Jackett zu, zog den Bauch ein und warf sich in Pose.

Sie unterschrieben das Tatortprotokoll. Der Streifenbeamte deutete in die Gasse.

»Drinnen oder draußen?«, fragte Jessica.

»Im Haus«, erwiderte er. »Im Keller.«

Der Tatort war über den Hintereingang eines mittlerweile geschlossenen Schuhgeschäftes namens All Soles erreichbar. Eine Treppe führte hinunter in den Keller und zu einer Tür. Durch diese Tür hatten die verschiedenen ehemaligen Einzelhandelsgeschäfte ihre Lieferungen erhalten. Auf dem kleinen Hof hinter dem Geschäft lagen überall Fastfood-Abfälle und ausrangierte Reifen herum. Es handelte sich um die Art städtischen Müll, den die Leute achtlos irgendwohin warfen, weil sie zu bequem waren, das Zeug in die Müllcontainer zu schaffen, die nur ein paar Meter entfernt standen.

Jessica und Stansfield blieben vor der Treppe stehen. Ein Eisengeländer führte hinunter. Jessica nahm sich gerade vor, die Kriminaltechniker zu bitten, das Geländer auf Fingerabdrücke zu untersuchen, als Stansfield eine Hand darauflegte und sich in die Brust warf, sodass alle mittlerweile versammelten Kollegen seine goldene Dienstmarke sehen konnten.

Jessica räusperte sich. »Detective?«

Stansfield hob den Blick. Jessica zeigte auf seine Hand. Stansfield begriff, dass er möglicherweise Spuren verwischte, und zog die Hand blitzschnell zurück, als hätte er auf eine heiße Herdplatte gefasst.

Jessica wandte ihre Aufmerksamkeit dem Eingang zum Tatort und den vier Stufen zu.

Ihr Blick glitt über den Bereich in unmittelbarer Nähe. Sie sah keine Blutspuren. Die Tür war einen kleinen Spalt geöffnet. Jessica stieg die Treppe hinunter, stieß die Tür auf und spürte, dass Stansfield ihr auf den Fersen folgte. Sein Aftershave verursachte ihr Übelkeit. Doch gleich würde sie es zu schätzen wissen.

»Verdammt«, rief Stansfield.

Das Alter des Opfers konnten sie nicht bestimmen, denn das Gesicht des weißen Mannes war zum Teil verdeckt. Er lag in der Mitte des kleinen, dreckigen Lagerraumes zwischen Kartons, Plastikeimern und Holzpaletten. Jessica sah sofort die bläulichen Striemen an den Hand- und Fußgelenken des Opfers, die vermutlich von Fesseln stammten. In diesem Raum gab es keine Blutspuren, und nichts wies auf einen Kampf hin.

Zwei Dinge fielen Jessica besonders ins Auge. Die Stirn und die Augen des Opfers waren mit zehn bis zwölf Zentimeter breitem weißem Papier umwickelt. Über den oberen Teil des Streifens zog sich ein bräunlicher Strich, eine gerade Linie, die offenbar aus getrocknetem Blut bestand. Darunter befand sich ein etwa zwei Zentimeter breiter Fleck, der eine fast perfekt ovale Form hatte. Das Papier überlappte sich auf der linken Seite des Kopfes. Es schien mit rotem Siegelwachs zusammengeklebt worden zu sein. Ein Fleck aus verschmiertem Blut auf der rechten Seite sah beinahe aus wie die Zahl Acht.

Noch schlimmer fand sie, dass das Opfer vollkommen nackt und von Kopf bis Fuß sauber rasiert war. Die Scham- und Brusthaare waren ebenso entfernt worden wie die gesamte Körperbehaarung an Armen und Beinen. Die aufgescheuerte und zum Teil abgeschürfte Haut des Opfers wies darauf hin, dass die Rasur ziemlich brutal durchgeführt worden sein musste, vielleicht am Vortag. Es schien nichts nachgewachsen zu sein.

Jessica brauchte einen Augenblick, um den grotesken Anblick zu verdauen. Sie hatte schon einiges gesehen, aber so etwas noch nie. Mit einem Mord waren zahlreiche Demütigungen verbunden. Doch die letzte Entwürdigung, irgendwo nackt abgelegt zu werden, machte es noch schlimmer. Es war eine Botschaft des Mörders an den Rest der Welt, dass die Demütigung eines gewaltsamen Todes nicht das letzte Wort war. Meistens starb man in diesem Leben nicht einfach, sondern man wurde tot *aufgefunden*.

Instinktiv übernahm Jessica die Führung, und das hatte nichts mit Pflichtgefühl zu tun. In diesem Job bewegte sie sich in einer Männerwelt, und je eher man in die Ecke pinkelte, desto besser. Sie hatte das Image einer *blöden Tusse* längst abgelegt und den Jungs gezeigt, was sie draufhatte.

Stansfield räusperte sich. »Äh, ich befrage die Anwohner«, sagte er und haute schnell ab.

Es gab Detectives, denen der *Gedanke*, in Mordfällen zu ermitteln, ausgezeichnet gefiel – Ansehen, gute Bezahlung, das Prestige, zu einer Gruppe Auserwählter zu gehören. Sich an einem Tatort aufzuhalten, das war für sie hingegen unerträglich. Anscheinend gehörte Stansfield ebenfalls zu dieser Gruppe. Auch gut, dachte Jessica.

Sie kniete sich neben das Opfer, legte zwei Finger auf dessen Hals und überprüfte den Puls. Der Mann war definitiv tot. Sie untersuchte die Vorderseite des Opfers auf Eintritts- oder Austrittswunden. Keine Löcher, kein Blut.

Sie hörte draußen Stimmen. Als sie den Blick hob, stieg Tom Weyrich gerade mit der Tasche in der Hand die Treppe herunter. Sein Fotograf folgte ihm. Weyrich blickte auf fast zwanzig Jahre Erfahrung als Rechtsmediziner zurück.

»Schönen guten Morgen, Tom.«

Weyrich war Anfang fünfzig. Der Rechtsmediziner verfügte über einen trockenen Humor und stand im Ruf, gründlich und sorgfältig zu arbeiten. Jessica hatte ihn vor fünf Jahren als sehr gepflegten, klassisch gekleideten Mann kennengelernt. Jetzt war sein Schnurrbart schief geschnitten, und er hatte rote, müde Augen. Weyrichs Frau war nach langem Kampf gegen den Krebs vor kurzem gestorben. Der Tod seiner Frau setzte Tom Weyrich arg zu, und sein Leben geriet vollkommen aus der Spur. Weyrich trug zwar eine gebügelte Hose, aber das Hemd sah aus, als hätte er darin geschlafen.

»Ich hatte diesen Doppelmord oben in Torresdale«, sagte Weyrich und fuhr sich übers Gesicht, um die Erschöpfung zu vertreiben. »Ich bin erst vor zwei Stunden da rausgekommen.«

»Keine Ruhe für die Rechtschaffenen.«

»Ja, immer dasselbe.«

Als Weyrich in den Kellerraum trat, sah er die Leiche. »Ach du liebe Güte!« Ein Tier huschte unter dem Müll und den zerrissenen Pappkartons hindurch. »Ich wünsche mir die guten, alten Hinrichtungsmethoden zurück. Zwei Schüsse in den Hinterkopf. Ich hätte nie gedacht, dass ich die Drogenkriege einmal vermissen würde.«

»Ja«, sagte Jessica. »Die guten, alten Zeiten.«

Weyrich stopfte die Krawatte unters Hemd und knöpfte sein Jackett zu. Dann streifte er Latexhandschuhe über und begann mit der Arbeit. Jessica beobachtete ihn und fragte sich, wie oft er wohl schon seine Hände auf das kalte Fleisch eines Toten gelegt hatte. Sie fragte sich auch, was es wohl für einen Mann, der sich noch stärker als andere danach sehnte, die warme Haut eines Lebenden zu spüren, für ein Gefühl war, jetzt alleine schlafen zu müssen. Als Jessica und Vincent vor ein paar Jahren eine Weile getrennt waren, hatte sie am stärksten den Hautkontakt zu ihrem Mann vermisst, die täglichen Berührungen und Umarmungen.

Jessica ging hinaus und wartete. Auf der anderen Straßenseite stand David Albrecht und filmte das Gebäude. Hinter ihm sah sie seinen glänzenden neuen Transporter, auf dessen Seite eine Web-Adresse aufgemalt war und offenbar auch der Titel seines Films.

In Kürze: AREA 5292

Clever. Es schien sich um eine Anspielung auf Area 51 zu handeln, ein militärisches Sperrgebiet im Süden von Nevada, das Gegenstand vieler UFO-Verschwörungstheorien war. 5292 lautete der Fachjargon der Polizei in Philadelphia für eine Leiche.

Fünfzehn Minuten später kam Tom Weyrich heraus.

»Jetzt kommt meine ganze Erfahrung zum Tragen«, begann er. »Ich würde sagen, es handelt sich um einen Toten.«

»Ich hätte eine bessere Schule besuchen sollen«, erwiderte Jessica. »Die Todesursache?«

»Bevor wir den Kopf nicht ausgewickelt haben, kann ich nicht einmal Mutmaßungen anstellen.«

»Sind Sie so weit?«

»Aber sicher.«

Sie kehrten in den Lagerraum zurück. Jessica streifte Latexhandschuhe über, die neuerdings lila waren. Dann knieten sie sich beide jeweils an einer Seite des Opfers auf den Boden.

Der Papierstreifen war mit einem kleinen, leuchtend roten

Klecks Siegelwachs befestigt. Das Beweisstück zu entfernen, ohne es zu beschädigen, würde schwierig sein.

Jessica nahm ihr Messer heraus – ein zehn Zentimeter langes, gezacktes Gerber, das immer in einer kleinen Scheide am Fußknöchel steckte, wenn sie eine Jeans trug. Sie schob es unter das harte Wachsstück und versuchte, es vorsichtig abzulösen. Zuerst sah es so aus, als würde es zerbrechen, doch sie hatte Glück. Es gelang ihr, das Beweisstück abzuheben, ohne es zu beschädigen. Jessica legte es in einen Asservatenbeutel. Anschließend fassten sie beide eine Seite des Papierstreifens an und zogen ihn vom Kopf des Toten.

Eine Horrormaske starrte ihnen entgegen.

Jessica schätzte das Opfer auf etwa fünfunddreißig bis vierzig Jahre. Der Leichnam wies die typischen Totenflecken auf, und die Haut war bereits eingefallen.

Auf dem oberen Abschnitt der Stirn befand sich ein ungefähr zehn bis zwölf Zentimeter langer gerader Schnitt. Er hatte nur eine schmale bläuliche Wunde hinterlassen, ohne den Knochen zu verletzen. Dieser Schnitt konnte dem Opfer mit einer Rasierklinge oder einem sehr scharfen Messer zugefügt worden sein.

Eine kleine Stichwunde unmittelbar über dem rechten Auge war so groß wie die Spitze eines Eispickels oder einer Stricknadel. Sie schien ebenso wie der Schnitt nicht sehr tief zu sein. Vermutlich handelte es sich in beiden Fällen nicht um tödliche Wunden. Das rechte Ohr des Opfers war verstümmelt. Es wies oben und an der Seite bis hinunter zum Ohrläppchen, von dem ein Stück fehlte, Schnitte auf.

Eine starke Schwellung rings um den Hals ließ darauf schließen, dass das Opfer möglicherweise erdrosselt worden war.

»Glauben Sie, das könnte die Todesursache sein?«, fragte

Jessica, obwohl sie wusste, dass erst eine Obduktion die Todesursache endgültig klären würde.

»Schwer zu sagen«, erwiderte Weyrich. »In der Lederhaut der Augen sind winzige rote Flecken. Daher wäre es gut möglich.«

»Er wurde also erstochen, aufgeschlitzt und erdrosselt«, sagte Jessica. »Aller guten Dinge sind drei.«

»Und das ist nur das, was wir bis jetzt wissen. Vielleicht wurde er auch vergiftet.«

Jessica schaute sich in dem kleinen Raum um, drehte Kartons um und schob Paletten zur Seite. Sie fand nichts, keinen Hinweis auf die Identität des Opfers.

Als sie ein paar Minuten später hinausgingen, entdeckte Jessica Detective Joshua Bontrager. Er überquerte soeben die Federal Street und befestigte die Dienstmarke an seiner Jackentasche.

Josh Bontrager, der erst seit ein paar Jahren in der Mordkommission arbeitete, zählte inzwischen zu den besten Ermittlern. Er war in einer amischen Familie im ländlichen Pennsylvania aufgewachsen, ehe er nach Philadelphia zog und bei der Polizei anfing. Bevor die Mordkommission ihn um Mithilfe in einem bestimmten Fall bat, arbeitete er ein paar Jahre in verschiedenen Abteilungen. Josh – ein blonder Junge vom Lande – war Mitte dreißig, unglaublich fit und sportlich. Ihm fehlte ein wenig die Cleverness, die man sich auf den Straßen einer Großstadt aneignete – die meisten Straßen seiner Kindheit waren kaum gepflastert gewesen –, und die Fähigkeit, logische Schlussfolgerungen zu ziehen. Dafür verfügte er von Natur aus über eine entwaffnende Freundlichkeit, die sogar die hartgesottensten Verbrecher in die Knie zwang.

Einige Kollegen in der Abteilung hielten Josh Bontrager

für einen Bauerntrottel, der in einer der angesehensten Mordkommissionen des Landes nichts verloren hatte. Jessica wusste jedoch, dass er oft unterschätzt wurde, und das konnte denen, die etwas zu verheimlichen hatten, zum Verhängnis werden.

Bontrager kam quer über die Gasse auf Jessica zu. »Wie gefällt es dir, mit Stansfield zu arbeiten?«, flüsterte er ihr ins Ohr.

»Super, abgesehen davon, dass er ein Rassist, ein Sexist, ein Schwulenhasser und unglaublich eingebildet ist.«

Bontrager lachte. »So schlimm?«

»Ja. Das sind nur die Highlights.«

»Wie kommt es, dass ihn keiner leiden kann?«

Jessica erzählte ihm von dem Robles-Fall und von Stansfields unglaublicher Schlamperei, die letztendlich zum Tod von Samuel Reese geführt hatte.

»Man könnte meinen, so etwas müsste er wissen«, sagte Bontrager.

»Sollte man meinen.«

»Und dieser Robles hat definitiv auch den zweiten Mord begangen?«

»Ja. Kevin sagt heute vor der Grand Jury aus.«

Bontrager nickte. »Und nachdem Stansfield diese Scheiße gebaut hat, wird er befördert *und* bekommt eine Gehaltserhöhung?«

»Die Entscheidungen der Chefetage sind unergründlich.«

Bontrager steckte die Hände in die Taschen und wippte auf den Absätzen. »Falls du wieder einmal ohne deinen Partner dastehst, wenn du einen neuen Fall übernehmen musst, sag mir Bescheid.«

»Danke, Josh, mach ich«, erwiderte Jessica und hielt eine Mappe hoch. »Hilfst du mir?«

»Klar.«

Bontrager nahm die Mappe, zog eine Körperskizze heraus und befestigte sie auf einem Klemmbrett. Es handelte sich um ein Standardformular der Polizei mit vier Skizzen des menschlichen Körpers – Vorderseite, Rückseite, linke und rechte Seite –, das auch Platz für eine grobe Beschreibung des Tatortes bot. Auf diese Körperskizze griffen die Detectives im Laufe der Ermittlungen am häufigsten zurück, und sie war das erste Formular in der Akte, die für den Fall angelegt wurde.

Die beiden Detectives kehrten in den Keller zurück. Jessica beschrieb die Leiche, und Josh Bontrager schrieb alles auf.

»Es handelt sich bei dem Opfer um einen weißen Mann zwischen dreißig und fünfundvierzig. Der Tote hat auf der Stirn eine Schnittwunde und über dem rechten Auge eine Stichwunde. Das rechte Ohr ist verstümmelt. Ein Stück des Ohrläppchens fehlt. Am Hals sind Würgemale.«

Bontrager markierte alles auf der Skizze.

»Das Opfer ist nackt. Der Körper scheint kürzlich von Kopf bis Fuß rasiert worden zu sein. An den Hand- und Fußgelenken sind Striemen, die darauf hinweisen, dass das Opfer gefesselt war.«

Anschließend beschrieb Jessica den Tatort, an dem sich ihr Weg mit dem des namenlosen toten Mannes gekreuzt hatte.

Als Josh Bontrager zwanzig Minuten später ins Roundhouse zurückkehrte und Dennis Stansfield Befragungen in der Nachbarschaft durchführte, stand Jessica auf der obersten Stufe der Treppe. Sie drehte sich im Kreis und betrachtete die Umgebung. Unmittelbar hinter dem Geschäft war ein freies

Grundstück, nachdem dort kürzlich zwei Häuser abgerissen worden waren. Die hohen Beton-, Stein- und Schuttberge lagen noch dort. Das Grundstück war nicht eingezäunt. Rechter Hand standen mehrere Reihenhäuser. Linker Hand befand sich die Rückseite eines Gewerbebaus ohne Fenster zur Gasse. Falls ein Zeuge jemanden gesehen haben konnte, der die Rückseite des Tatorthauses betreten hatte, musste er sich in einem Zimmer auf der Rückseite eines der Reihenhäuser oder auf dem freien Grundstück aufgehalten haben. Der Blick über die Straße war teilweise durch die hohen Schuttberge versperrt.

Jessica ging auf den Streifenbeamten zu, der mit dem Tatortprotokoll an der Einmündung der Gasse stand. Zu seinen Aufgaben gehörte es unter anderem, jeden, der den Tatort betrat und verließ, das Protokoll unterschreiben zu lassen.

»Wer hat die Leiche gefunden?«, fragte Jessica ihn.

»Wir haben einen anonymen Anruf bekommen«, erwiderte der Beamte. »Gegen sechs Uhr heute Morgen hat jemand den Notruf verständigt.«

Anonym. In der Stadt lebten eineinhalb Millionen Menschen, und sie blieben alle am liebsten anonym. Bis es jemanden aus der eigenen Familie traf.

7.

Als Byrne aus einem unruhigen Schlaf erwachte, war er wie benommen, und die Träume hielten ihn noch gefangen. Als das Tageslicht an diesem Morgen durch die Jalousien schimmerte, träumte Kevin Byrne, dass er in einem höhlenartigen, von unzähligen Votivkerzen erhellten Gerichtssaal auf dem Platz des Angeklagten saß. Er konnte die Geschworenen nicht sehen, aber er wusste, wer sie waren. Es waren die stummen Opfer, und zwar mehr als zwölf. Es waren Tausende, und sie hielten alle eine Kerze in der Hand.

Byrne stieg aus dem Bett, schlurfte in die Küche und spritzte sich kaltes Wasser ins Gesicht. Er hatte nur vier Stunden geschlafen und in der Nacht davor drei. Seit ein paar Monaten wurden seine Schlafstörungen immer schlimmer. Mittlerweile waren sie fast schon ein fester Bestandteil seines Lebens, und er konnte sich gar nicht mehr vorstellen, dass es auch anders sein könnte. Nichtsdestotrotz hatte er einen Termin – auf Anordnung seines Arztes und gegen seinen Willen – bei einem Neurologen im Schlaflabor der University of Pennsylvania.

Byrne stellte sich unter die heiße Dusche und spülte die vergangene Nacht von der Haut. Er trocknete sich ab, zog sich an und nahm ein sauberes Hemd aus der Tüte der Reinigung. Dann zog er einen neuen Anzug an, band seine Lieblingskrawatte um und setzte sich an den Tisch in der kleinen Essecke. Während er Kaffee trank, schaute er auf den Fragebogen des Schlaflabors. Einhundertsechzig bohrende Fragen.

Frage 87: Schnarchen Sie?

Wie sollte er diese Frage beantworten, wenn er die Nächte alleine verbrachte?

Plötzlich erinnerte Byrne sich an sein Experiment. Als er gestern Nacht gegen zwei Uhr immer noch nicht eingeschlafen war, hatte er das kleine Aufnahmegerät von Sony hervorgekramt.

Er ging wieder ins Bett, nahm zwei Schlaftabletten, schaltete den Rekorder ein, das Licht aus und schloss die Augen. Vier Stunden später wachte er auf.

Jetzt hatte er die Ergebnisse seines Experiments vorliegen. Byrne goss sich Kaffee nach und spielte die Aufnahme von vorn ab. Zuerst hörte er ein Rauschen, als die automatische Aufnahmeregelung das Gerät auf dem Nachttisch aussteuerte. Unmittelbar danach hörte er, dass er die Lampe ausschaltete, das Gerät wieder rauschte und er gegen den Tisch stieß. Das Geräusch war so laut, dass er zusammenzuckte. Byrne stellte die Lautstärke leiser. In den nächsten circa fünf Minuten hörte er nichts, außer ein leises Rauschen und ab und zu ein Auto, das an seiner Wohnung vorbeifuhr.

Byrne lauschte eine Weile seiner gleichmäßigen Atmung, die immer langsamer zu werden schien. Dann hörte er das erste Schnarchen. Es klang wie eine Fehlzündung. Oder auch wie ein wütender Rottweiler.

Großartig, dachte er. Er schnarchte also tatsächlich. Nicht immer, aber fünfzehn Minuten später schnarchte er wieder ein paar Minuten lang laut, dann gar nicht und dann wieder laut. Er starrte auf den Rekorder und dachte:

Was zum Teufel tue ich hier?

Die Antwort? Kaum richtig wach, saß er in seinem kleinen Esszimmer und lauschte der Aufnahme seines Schlafes. War das nicht echt bescheuert?

Mann, es musste sich etwas ändern.

Byrne drückte auf den Schnellvorlauf, und immer wenn er ein Geräusch hörte, drückte er auf Stop, spulte kurz zurück und spielte die Stelle ab.

Er wollte das Experiment gerade beenden, als er etwas anderes hörte. Er drückte auf Stop und dann auf Play.

»Du weißt es«, sagte seine Stimme vom Rekorder.

Wie bitte?

Er spulte wieder zurück.

»Du weißt es.«

Byrne ließ das Band weiterlaufen. Kurz darauf hörte er ein anderes Geräusch, das Klicken, als die Lampe eingeschaltet wurde, und seine Stimme, die klar und deutlich sagte:

»2.52 Uhr.«

Dann hörte er wieder das Klicken, als die Lampe ausgeschaltet wurde, ein Rauschen und anschließend Stille bis zum Ende der Aufnahme. Byrne erinnerte sich nicht daran, aber er musste aufgewacht sein und das Licht eingeschaltet haben. Offenbar hatte er auf die Uhr gesehen, laut die Zeit gesagt und war wieder eingeschlafen.

Allerdings stand keine Uhr in seinem Schlafzimmer. Seine Armbanduhr und das Handy lagen immer auf der Anrichte in der Küche.

Woher wusste er, wie spät es gewesen war?

Byrne spulte alles noch einmal zurück, um sicherzugehen, dass er sich das alles nicht nur einbildete. Nein, das war nicht der Fall.

2.52 Uhr.

Du weißt es.

Während Byrne im Park wartete, dachte er an einen anderen Tag in diesem Park, als seine Welt noch in Ordnung gewesen war. Seine Tochter Colleen war damals vier Jahre alt und versuchte verzweifelt, einen Drachen steigen zu lassen. Sie lief mit ihren blonden in der Luft wehenden Haaren kreuz und quer über die Wiese, streckte die Arme in die Höhe und verfing sich immer wieder in der Leine. Wütend stampfte sie mit den Füßen auf den Boden, ballte die Faust, wickelte die Drachenleine von ihrem Körper und versuchte es immer wieder. Aber sie bat ihn nicht um Hilfe. Kein einziges Mal.

Byrne kam es fast so vor, als wäre das erst ein paar Wochen her. Das war ein Irrtum. Es lag schon recht lange zurück. Colleen litt an Mondini-Dysplasie, einer Fehlbildung des Innenohres, und war von Geburt an gehörlos. In Kürze begann sie ihr Studium an der Gallaudet University, der ältesten und besten Universität des Landes für Gehörlose und Studenten mit Hörschäden.

Heute übernachtete sie mit ihrer Freundin Lauren auf dem Gallaudet-Campus in Washington, D. C. Angeblich wollten sie sich die Universität ansehen und nach einer Studentenbude Ausschau halten. Vermutlich ging es ihnen aber eher darum, sich erste Eindrücke von dem Nachtleben und den jungen Männern zu verschaffen. Die Studiengebühren waren hoch, doch Byrne hatte Geld angelegt und sparte schon seit vielen Jahren für Colleens Studium, und zudem bekam sie ein Teilstipendium.

Er hätte sich gewünscht, Colleen wäre nicht so weit weggezogen. Es war aber schon lange her, dass er ihr etwas, das sie sich in den Kopf gesetzt hatte, wieder ausreden konnte.

Lauren kannte er noch nicht, doch Colleen hatte bisher einen guten Geschmack bei Freunden bewiesen. Byrne hoffte, dass Lauren ebenfalls ein vernünftiges Mädchen war und er keinen Anruf von der Polizei in Washington bekam, die ihm mitteilte, dass die beiden bei einer aus dem Ruder gelaufenen Uni-Party aufgegriffen worden waren.

Byrne spürte, dass sich jemand von rechts näherte. Er schaute in diese Richtung und erblickte seine Tochter, die gerade den Platz überquerte. In dem marineblauen Hosenanzug sah sie nicht aus wie eine Studentin, sondern eher wie eine Geschäftsfrau. War ihm etwas entgangen? Hatte er die letzten vier Jahre verschlafen?

Sie war bildhübsch, aber da stimmte etwas nicht. Sie hielt Händchen mit einem Typen, den Byrne mindestens auf dreißig schätzte. Und sie hielten nicht einfach nur Händchen, sondern hatten ihre Hände um die Handgelenke des anderen geschlungen, und ihre Körper berührten sich während des Gehens ständig.

Als sie näher kamen, stellte Byrne fest, dass der Typ doch jünger war, vielleicht so um die zweiundzwanzig. Für seinen Geschmack trotzdem zu alt und zu gefährlich.

Leider zählte Kevin Byrnes Meinung in diesen Dingen nicht im Geringsten.

Colleen ließ den jungen Mann los und küsste Byrne auf die Wange. Sie hatte Parfum aufgelegt. Es wurde von Sekunde zu Sekunde schlimmer.

»Dad, ich möchte dir meinen Freund Laurent vorstellen«, sagte Colleen in der Gebärdensprache.

Natürlich! Der Name war nicht Lauren, sondern *Laurent*, und es handelte sich gar nicht um ein Mädchen. Seine Tochter würde mit einem *Mann* in einer fremden Stadt übernachten.

»Wie geht es Ihnen?«, fragte Byrne, den das überhaupt nicht interessierte. Sie reichten sich die Hand. Guter Händedruck, nicht zu fest, dachte Byrne. Er überlegte, ob er den Jungen niederstrecken, ihm Handschellen anlegen und ihn verhaften solle, weil er es gewagt hatte, Colleen Byrne vor seinen Augen anzufassen, und weil er glaubte, seine einzige Tochter sei bereits eine Frau. Er gab diesem Impuls jedoch nicht nach.

»Danke, Sir, gut. Ich freue mich, Sie kennenzulernen.«

Laurent war nicht nur ein Junge, er sprach auch noch mit einem Akzent.

»Sind Sie Franzose?«, fragte Byrne.

»Frankokanadier«, erwiderte Laurent.

Gut geraten, dachte Byrne. Seine Tochter flirtete mit einem *Ausländer.*

Sie plauderten eine Weile über belanglose Dinge, über die junge Männer sprachen, wenn sie einerseits den Vater ihrer Freundin beeindrucken und andererseits ihre Freundin nicht in Verlegenheit bringen wollten. Byrne erinnerte sich gut daran, was für ein schwieriger Balanceakt das immer gewesen war. Der Junge schlug sich gut, dachte Byrne, wenn man bedachte, dass seine Situation noch erschwert wurde, weil er mit ihm sprach und alles für Colleen in die Gebärdensprache übersetzen musste.

Als das Gespräch allmählich ins Stocken geriet, sagte Laurent: »Ich weiß, dass Sie beide etwas zu besprechen haben. Ich lasse Sie mal allein.«

Laurent entfernte sich ein paar Schritte von ihnen. Byrne sah, dass der junge Mann sich entspannte, und er hörte ihn laut seufzen.

Byrne konnte es gut verstehen. Vielleicht war der Junge auch ganz in Ordnung.

Colleen warf ihrem Vater einen fragenden Blick zu. *Was meinst du?*

Byrne schwenkte eine Hand durch die Luft und lächelte. *Na ja.*

Colleen stieß ihm mit dem Ellbogen in die Rippen.

Byrne langte in die Tasche und reichte Colleen den Scheck, der diskret in einem kleinen Umschlag steckte. Er verschwand blitzschnell in Colleens Handtasche.

»Danke, Dad. Höchstens für ein paar Wochen.«

Byrne schwenkte wieder eine Hand durch die Luft. »Wie oft hab ich dir schon gesagt, dass du es nicht zurückzahlen musst?«

»Ich will es aber.«

Byrnes Blick wanderte zu Laurent und wieder zurück zu Colleen. »Darf ich dich etwas fragen?«, gebärdete Byrne. Er hatte die Gebärdensprache erlernt, als Colleen sieben Jahre alt war. Wenn man bedachte, was für ein schlechter Schüler er gewesen war, fiel es ihm erstaunlich leicht. Als Colleen älter wurde und ein Großteil ihrer Kommunikation nonverbal – über Körpersprache, Gestik und Mimik – ablief, hörte er mit dem Unterricht auf. Er konnte sich noch immer recht gut verständigen, doch wenn zwei oder mehr Gehörlose angeregt miteinander kommunizierten, war er verloren.

»Klar«, sagte Colleen. »Und?«

»Bist du in den Jungen verliebt?«

Colleen warf ihm diesen Blick zu. Den Blick ihrer Mutter. Diesen Blick, der sagte: Du stehst vor einer Mauer, und wenn du glaubst oder hoffst, du könntest sie überwinden, brauchst du eine Leiter, ein Seil und Abseilhaken.

Sie strich ihm über die Wange, und der Kampf war vorbei. »Ich liebe *dich*«, sagte sie.

Wie machte sie das? Genauso hatte ihre Mutter ihn vor zwei Jahrzehnten beschwichtigt. Byrne war im Laufe seiner Dienstjahre von zwei Kugeln getroffen worden. Die Erschütterung dieser beiden Ereignisse verblasste im Vergleich zu einem einzigen Blick seiner Exfrau oder Tochter.

»Warum stellst du mir nicht einfach die Frage, die dir auf der Zunge brennt?«, fragte sie.

Byrne bemühte sich um einen verwirrten Blick. »Ich weiß nicht, was du meinst.«

Colleen verdrehte die Augen. »Ich beantworte die Frage dennoch. Die Frage, die du mir nicht stellen willst.«

Byrne zuckte mit den Schultern. *Wie du meinst.*

»Nein, wir schlafen nicht im selben Raum, Dad. Okay? Laurents Tante hat ein großes Haus in Stanton Park mit tausend Schlafzimmern. Dort schlafe ich. Schlösser an der Tür, Wachhunde vor dem Bett, Ehre und Tugend bleiben unversehrt.«

Byrne lächelte.

Plötzlich war die Welt wieder in Ordnung.

Byrne trank im Starbuck's in der Walnut Street einen Kaffee. Als er bezahlte, vibrierte das Handy in seiner Tasche. Er nahm es heraus und schaute aufs Display. Es war eine SMS von Michael Drummond, dem Stellvertretenden Bezirksstaatsanwalt, der die Ermittlungen der Staatsanwaltschaft im Robles-Fall leitete.

Wo sind Sie?

Byrne schrieb Drummond, wo er sich aufhielt. Ein paar Sekunden später erhielt er eine Antwort.

Wir treffen uns am Marathon.

Zehn Minuten später stand Byrne vor dem Restaurant Ecke Achtzehnte und Walnut. Kurz darauf näherte sich Drummond, der gerade telefonierte. Michael Drummond war Mitte dreißig – gepflegt, sportlich und gut gekleidet. Er sah wie der typische Strafverteidiger aus, und doch arbeitete er seit fast zehn Jahren im Büro des Staatsanwalts. Das würde sich bald ändern. Nachdem er seit Jahren von jeder angesehenen Anwaltskanzlei in der Stadt umworben wurde, wechselte er nun tatsächlich den Job. Im Finnigan's Wake sollte in ein paar Tagen eine Abschiedsparty für ihn stattfinden. An dem Abend würde Drummond auch verraten, für welche noble Kanzlei er sich entschieden hatte.

»Herr Staatsanwalt«, sagte Byrne und reichte ihm die Hand.

»Guten Morgen, Detective.«

»Wie ist die Lage?«

Drummond lächelte. »Erinnern Sie sich an die Tigerszene im *Gladiator?*«

»Klar.«

»Ungefähr so.«

»Ich bin nur ein Bulle«, sagte Byrne. »Das müssen Sie mir erklären.«

Drummond warf einen Blick über Byrnes Schulter und drehte sich dann kurz um. »Eddie Robles wird vermisst.«

Byrne starrte Drummond an, ohne eine Miene zu verziehen. »Wissen Sie das genau?«

»Hundertprozentig«, erwiderte Drummond. »Ich habe heute Morgen bei Robles' Mutter angerufen, und sie hat gesagt, dass er gestern Nacht nicht nach Hause gekommen ist. Sein Bett war unberührt.«

»Der Typ hat zwei Leichen auf dem Gewissen und lebt bei seiner Mutter?«

»Das hat ein bisschen was von Norman Bates, jetzt wo Sie es sagen.«

»Wir brauchen ihn nicht unbedingt, um ihn anzuklagen, nicht wahr?« Das war eine rhetorische Frage. Alle kannten die Redensart, dass der Staatsanwalt auch ein Schinkensandwich anklagen konnte, ohne dass das Sandwich anwesend sein musste.

»Nein«, sagte Drummond. »Aber vor der Grand Jury wird heute noch ein anderer Fall verhandelt. Der Dreifachmord im Fontana.«

Das Fontana war ein kürzlich eröffneter Komplex mit Luxuseigentumswohnungen in Northern Liberties. Die Umbauarbeiten hatten über vier Jahre gedauert und hundert Millionen Dollar verschlungen. Drei Menschen waren in einer der Wohnungen erschossen worden, und es sah ganz nach einem Bandenkrieg aus. Wie sich herausstellte, hatte eines der Opfer – ein ehemaliges Partyluder – ein geheimes Leben geführt. Dazu gehörten auch Striptease, Drogenhandel und Dates mit lokalen Sportgrößen. Die ganze Sache war ziemlich brisant, und das bedeutete, dass die Geschichte sich innerhalb weniger Stunden wie ein Lauffeuer verbreitet hatte.

Bis zum heutigen Tag hatte die Polizei sieben Verdächtige festgenommen. Sie rechneten im Roundhouse bald mit den ersten Geständnissen. Die Spieler der Sixers, Eagles, Phillies und Flyers würden alle mächtig ins Schwitzen geraten.

»Ich hab 'ne Menge Zeit in den Fall investiert«, sagte Byrne. Er musste gute Miene zum bösen Spiel machen, und das konnte er so gut wie jeder andere, wenn nicht noch besser.

»Ich weiß, Byrne. Tut mir leid. Der Fontana-Fall genießt oberste Priorität, und Sie wissen, wie so etwas läuft. Menschen vergessen, Menschen laufen weg, Menschen verschwinden auf mysteriöse Weise. Vor allem bei einem Mord im Drogenmilieu.«

Byrne wusste, was er meinte. Bei so schockierenden, brutalen Morden wie im Fontana-Fall kochten die Emotionen hoch.

»Wie geht es weiter?«

Drummond schaute auf seinem BlackBerry nach. »Die Geschworenen treten in drei Tagen wieder zusammen, und dann verhandeln sie den Robles-Fall. Versprochen.«

Vielleicht spielte es gar keine Rolle. Philadelphia hatte seine eigenen Methoden, Probleme zu lösen.

»Danke, dass Sie Zeit für mich hatten, Michael.«

»Kein Problem. Kommen Sie zu meiner Party?«

»Die lasse ich mir nicht entgehen.«

Sie schüttelten sich wieder die Hand. »Machen Sie sich keine Sorgen, Kevin. Dazu besteht nicht der geringste Grund. Eddie Robles ist Geschichte.«

Byrne starrte ihn ungerührt an. »Halten Sie mich auf dem Laufenden.«

Byrne überlegte, ob er zum Roundhouse fahren sollte, doch dort wurde er noch nicht erwartet. Er musste nachdenken. Er fuhr zur York Street und parkte gegenüber der Gasse, in die Eduardo Robles hineingegangen war.

Eddie Robles wird vermisst.

Byrne stieg aus und schaute die Straße in beide Richtungen hinunter. Ein paar Häuser weiter entdeckte er das, was er gesucht und am Tag zuvor nicht gesehen hatte.

Hoch über dem Bürgersteig hing eine Überwachungskamera der Polizei und beobachtete gleichgültig das Treiben auf der Straße.

8.

In der Mordkommission im Roundhouse herrschte ständig ein kontrolliertes Chaos. In dem Dezernat arbeiteten neunzig Detectives in drei Schichten, sieben Tage die Woche. Das Erdgeschoss bestand aus labyrinthartigen Gängen mit halbrunden Büros. Es war eine echte Herausforderung, Schreibtische, Aktenschränke und Computertische – mit anderen Worten alles, was man in einem Büro brauchte – aufzustellen. Niemand machte sich die Mühe, über eine angenehme Gestaltung der Räume auch nur nachzudenken.

Aber es gab ein System, und das System funktionierte. Die Aufklärungsrate der Mordkommission von Philadelphia gehörte zu den höchsten im ganzen Land.

Mittags, als die meisten Detectives Pause machten oder auf den Straßen unterwegs waren, betrat Dana Westbrook das Büro, in dem Jessica saß.

Sergeant Dana Westbrook, die Tochter eines pensionierten Polizeiinspektors, war die neue Chefin, die Nachfolgerin von Ike Buchanan, der in den Ruhestand getreten war. Die in Kensington aufgewachsene Endvierzigerin hatte während der Operation Desert Storm in der Elitetruppe der Marines gedient.

Auf den ersten Blick wirkte sie keineswegs einschüchternd. Mit dem kurz geschnittenen Haar, das allmählich ergraute, und ihrer Größe von gerade mal eins fünfundsechzig überragte sie niemanden. Doch sie war körperlich gut in Form und nahm noch immer vier Mal pro Woche am Zirkeltraining der Marines teil. Sie konnte schneller laufen und erbrachte bessere Leistungen beim Training als zwanzig Jahre jüngere Frauen und auch als viele Männer.

Da sie als Frau in einem Bereich arbeitete, der vermutlich immer eine Männerdomäne bleiben würde, war ihre militärische Ausbildung von großem Vorteil.

Wie in allen Polizeibehörden und paramilitärischen Organisationen gab es auch hier eine Befehlskette. Vom Commissioner zu seinem Stellvertreter, vom Chief Inspector über den Staff Inspector zum Captain und bis hinunter zum Lieutenant und zum Sergeant, dann zum Detective, Officer und den Neueinsteigern war es eine straff organisierte Institution. Und der Druck wurde immer von oben nach unten weitergegeben. Und, wie man beim Militär sagte, Scheiße floss nun mal nicht bergauf.

Dana Westbrook musste vom ersten Tag an eine Menge einstecken.

Wenn während der Tagschicht von acht bis vier Uhr ein Notruf hereinkam, wurden die Informationen in der Telefonzentrale entgegengenommen und an den diensthabenden Schichtleiter weitergeleitet. Es war seine Aufgabe, Ermittlungen einzuleiten und alle Bemühungen, den Mörder zu schnappen, in den ersten entscheidenden Stunden zu koordinieren. Dazu gehörte es auch, Männern, von denen einige schon seit über zwanzig Jahren bei der Mordkommission arbeiteten und die alle ihre eigene Arbeitsweise und ihren eigenen Rhythmus hatten, zu sagen, wohin sie gehen, mit wem sie sprechen und wann sie zurückkommen sollten. Dana Westbrook musste auch deren Ermittlungsarbeit beurteilen und sie manchmal auf den Teppich zurückholen.

Für die Männer der Mordkommission, die sich für Auserwählte hielten, war es mitunter nicht einfach, sich von anderen etwas sagen zu lassen. Und dann auch noch von einer Frau? Das war eine bittere Pille.

Westbrook setzte sich neben Jessica, schlug eine neue Akte auf und drückte auf die Mine ihres Kugelschreibers. Jessica gab ihr die Informationen, die bisher vorlagen, und begann ihren Bericht mit dem anonymen Anruf bei der Polizei. Westbrook machte sich Notizen.

»Gibt es Spuren eines gewaltsamen Eindringens in das Gebäude?«, fragte Westbrook.

»Schwer zu sagen. Dort wurde mit Sicherheit schon häufiger eingebrochen, aber am Türpfosten sind keine frischen Absplitterungen.«

»Was ist mit Fahrzeugen, die in der Nähe des Tatortes geparkt hatten?«

Jessica bemerkte zum ersten Mal, dass Dana Westbrook außer den schlichten Ohrringen, die sie trug, vier Piercinglöcher im rechten Ohr hatte, in denen keine Ringe steckten. »Wir überprüfen die Kennzeichen aller Fahrzeuge im Umkreis von zwei Blocks und ebenfalls die der Fahrzeuge, die auf dem Parkplatz der Schule standen. Die Fahrzeughalter werden auf Vorstrafen und Haftbefehle gecheckt. Bis jetzt noch nichts.«

Westbrook nickte und machte sich eine Notiz.

»Wir können auch einen Blick auf das Filmmaterial unseres angehenden Oscar-Gewinners werfen. Ich habe gesehen, dass Albrecht die Schaulustigen auf der gegenüberliegenden Straßenseite gefilmt hat.«

»Gute Idee«, meinte Westbrook.

Manchmal kehrten Verbrecher, vor allem Mörder, an den Tatort zurück. Die Polizei rechnete stets damit, dass die gesuchte Person sich unter die Menge mischte, die sich an einem Tatort oder bei einem Begräbnis versammelte.

»Apropos Albrecht ... Darf er uns überallhin folgen?«, fragte Jessica.

»Natürlich nur innerhalb eines vertretbaren Rahmens«, erwiderte Westbrook. »Die Rechtsmedizin oder ein Krankenhaus darf er nicht betreten.«

»Und warum tun wir das überhaupt?«

»Er ist der Sohn des Cousins der Frau des Stellvertretenden Commissioner. Oder so ähnlich. Er hat jedenfalls gute Beziehungen. Der Deputy Commissioner hat an der Penn State studiert, wissen Sie.«

»Darf Albrecht einen Tatort filmen?«

»Nun, soviel ich weiß, schaut der oberste Boss sich den Rohschnitt des Films an und gibt erst dann seine endgültige Zustimmung. Wenn irgendetwas eine laufende Ermittlung gefährdet oder die Würde eines Opfers oder die der Familie eines Opfers verletzt, wird es nicht veröffentlicht. Darauf können Sie sich verlassen.«

»Wir dürfen ihn also auch von einem Tatort verjagen?«

»Klar. Achten Sie nur darauf, dass Kevin nicht gerade auf die Idee kommt, wenn Sie mit hundert über die I-95 brettern.«

Jessica lächelte. Wenn man bedachte, dass Dana Westbrook erst seit kurzem dabei war, wusste sie schon ziemlich gut Bescheid. »Ich denk dran.«

»Halten Sie mich auf dem Laufenden.«

»Mach ich, Boss.«

Solange sie die Identität des Opfers nicht kannten, konnten sie nicht allzu viel tun. Je schneller sie seine Identität feststellten, desto eher konnten sie Informationen über das Opfer sammeln. Wo hatte es gewohnt, gearbeitet, die Schule besucht, und wo war es aufgewachsen? Dann konnten sie auch anfangen, Zeugen zu befragen. Wenn die Identität eines Opfers feststand, ließen sie den Namen durch die verschiedenen Datenbanken laufen, vor allem durch das National Crime Information Center und dessen regionalen Ableger, das Philadelphia Crime Information Center.

Sobald der Leichnam in der Rechtsmedizin lag, wurden die Fingerabdrücke genommen. Im Augenblick konnten sie nur Befragungen rund um den Tatort durchführen, die vorhandenen Spuren auswerten und hoffen, dass etwas dabei herauskam. Wenn ein Opfer nicht identifiziert werden konnte, blieb nur die Hoffnung, dass bis zum nächsten Tag jemand von dem Leichenfund erfahren hatte und sich meldete, weil der Ehemann, Bruder oder Sohn vermisst wurde.

Jessica wollte an den Tatort zurückkehren, sobald ihr Bericht über die ersten Ermittlungsergebnisse fertig war. Die Leute, deren Frühschicht gleich zu Ende ging, konnten etwas gesehen haben.

Sie machte sich eine Notiz, Kevin zu bitten, einen seiner Freunde zu kontaktieren, einen Detective, der im Polizeibezirk Süd arbeitete. Je mehr Leute in die Ermittlungen eines Mordfalls einbezogen wurden – vor allem zu diesem frühen Zeitpunkt –, desto besser. Die Detectives vor Ort kannten ihr Revier und ihre Kriminellen besser als jeder andere.

Ehe Jessica sich darum kümmern konnte, spürte sie, dass jemand auf sie zukam. Sie drehte sich um. Dennis Stansfield stand hinter ihr. Er war wie ein Virus, das sie offenbar nicht abschütteln konnte.

»Was kann ich für Sie tun, Detective?«, fragte Jessica.

Stansfield deutete auf den Notizblock auf dem Schreibtisch. »Ich wollte Ihnen nicht über die Schulter schauen.«

»Und warum tun Sie es dann?«

»Hm, ich habe kürzlich etwas über ihn gehört.«

»Ihn?«

»Ja. Detective Byrne.«

Jessica schlug die Akte und den Notizblock zu, drehte sich auf dem Stuhl um und stand auf. Sie hatte nicht vor, sich im Sitzen mit diesem Typen zu unterhalten. »Und was genau?«

Stansfield sah sich im Büro um und wandte sich Jessica dann wieder zu. »Nun, dass er nicht mehr mit Herz und Seele dabei ist«, sagte er leise.

»Ach ja?«

»Ja, und dass er mit dem Gedanken spielt aufzuhören. Und dass er vielleicht nicht mehr der Polizist ist, der er einmal war.«

Jessica nickte. »Interessant.«

»Ich sage nur das, was ich gehört habe, verstehen Sie? Und das haben mehrere Leute gesagt.«

»Okay, *Dennis*«, sagte Jessica. »Vielleicht haben Sie recht.«

»Tatsächlich?« Stansfield schien überrascht zu sein.

»Ja. Kann ich ihm sagen, dass Sie mir das erzählt haben? Er wird sich sicher freuen, das zu erfahren, wenn es hier die Runde macht.«

»Hm, mir wäre es lieber, wenn Sie es nicht tun«, sagte Stansfield. »Ich meinte nur, dass ...«

»Warum sagen Sie es ihm nicht selbst?«

»Wie bitte?«

»Er steht genau hinter Ihnen.«

Stansfield wirbelte herum und schaute ungläubig auf Kevin Byrne, der ihn um einen halben Kopf überragte. Im ersten Augenblick sah es so aus, als wolle Stansfield die Hand ausstrecken, um Byrne zu begrüßen. Und es sah so aus, als würde

Byrne Stansfield gleich aus dem Fenster werfen. Beide Männer hielten sich zurück.

»Detective«, stammelte Stansfield.

Byrne starrte Stansfield an, bis dieser sich nur noch für die Uhrzeit interessierte. Er warf einen Blick auf die Uhr und wandte sich dann sofort an Jessica.

»Ich versuche, den Besitzer des Hauses ausfindig zu machen«, sagte er. »Mein Handy ist eingeschaltet, falls Sie mich brauchen.«

»Garantiert nicht«, murmelte Jessica, als Stansfield außer Hörweite war. »Hast du die Anhörung vor der Grand Jury hinter dir?«, fragte sie Byrne dann.

Er schüttelte den Kopf. »Verschoben. Heute wird der Fontana-Fall verhandelt.«

»Hat Drummond dir gesagt, wann es mit deinem Fall weitergeht?«

»Eventuell nächste Woche.«

»Scheiße.« Je länger eine Sache sich hinzog, desto größer war die Gefahr, dass die Leute plötzlich an Amnesie litten.

Byrne zeigte auf Stansfield, der gerade das Büro verließ. »Seit wann arbeitet er mit dir zusammen?«

»Seit heute. Der Boss hat ihn mir heute Morgen aufs Auge gedrückt. Ich habe einen neuen Fall.«

Jessica informierte Byrne über den Stand der Dinge. Fotos vom Tatort lagen noch nicht vor, aber Jessica hatte ein paar Aufnahmen mit ihrem Handy gemacht. Normalerweise druckte sie niemals Tatortfotos von ihrer privaten Kamera aus, obwohl das nicht verboten war. Das Risiko, dass sich Privatfotos daruntermischten, war zu groß, und solche Pannen liebten Verteidiger ganz besonders. Mit PhotoShop hatte sich alles geändert.

Byrne sah sich die Fotos der Reihe nach an.

»Noch keine Identifizierung?«, fragte er.

»Bis jetzt nicht. Die Leiche liegt noch am Tatort.«

Byrne gab Jessica das Handy zurück. »Zeugen?«

»Keine. Ich fahre gleich noch mal hin.«

Byrnes Blick glitt durch das Büro. David Albrecht saß an einem der Schreibtische und sah sich auf dem Display das Bildmaterial an.

»Wer ist der Typ mit der Kamera?«

Jessica erklärte ihm, warum David Albrecht sich im Büro der Mordkommission aufhielt.

»Großartig«, murmelte Byrne. »Der hat uns gerade noch gefehlt.«

Byrne schaute sich die auf der Körperskizze eingezeichneten Wunden des Opfers und die Lage des Leichnams an. »Soll ich dich begleiten?«

»Ich fahre«, sagte Jessica.

»Ich muss nur schnell meine Sachen aus dem Auto holen.«

Sie gingen gemeinsam zu Byrnes Auto, das auf dem Parkplatz hinter dem Roundhouse stand. Es war ein Kia Sedona Minivan. Jessica hatte den Wagen noch nie gesehen.

»Seit wann hast du denn diesen Wagen?«

»Er gehört meinem Cousin Patrick. Colleen zieht bald um, und wir versuchen, die Kosten möglichst gering zu halten. Ich bringe einige Sachen von ihr diese Woche in ein Möbellager.«

»Gefällt dir der Wagen?«

»Klar. Kias scheinen tolle Frauen geradezu anzuziehen. Neulich haben mich ein paar Cheerleaders mit der Lichthupe angeblinkt.«

Byrne schloss die Beifahrertür auf, langte in den Wagen und nahm ein paar Sachen von der Rückbank. Als er die Tür wieder schloss und sich umdrehte, riss Jessica erstaunt die Augen auf.

Über Kevin Byrnes Schulter hing eine modische Tasche aus Leder.

»Mein Gott«, rief Jessica.

»Was ist?«

»Moment mal.« Jessica nahm ihr Handy heraus, klappte es auf und tat so, als würde sie eine ellenlange Telefonnummer eintippen. Eine *verdammt* lange Telefonnummer. Sie hob einen Finger. »Ist da die Hölle?«

Byrne schüttelte den Kopf.

»Ja«, fuhr Jessica fort. »Ich rufe an, um mich nach der aktuellen Temperatur zu erkundigen. Was sagen Sie? Minus fünfzehn Grad? Es wird ein Schneesturm erwartet?«

»Sehr komisch«, knurrte Byrne. »Ich hol schnell einen Stuhl, damit ich mir die ganze Show ansehen kann.«

Jessica lächelte und klappte das Handy zu. Sie lehnte sich gegen den Wagen und verschränkte die Arme. »Ich kann es nicht glauben. Kevin Byrne trägt eine Tasche. Ich bin echt baff.«

»Das ist eine Schultertasche für Herren.«

»Ah.«

»Und sie ist von Tumi. Tumi macht gute Sachen.«

»Daran besteht nicht der geringste Zweifel. Ich habe selbst eine Tumi-Handtasche.«

»Das hier ist keine Handtasche, okay? Das ist …«

»… eine Herrentasche«, sagte Jessica.

»Und damit es keine Missverständnisse gibt, ich möchte niemals die Wörter *metro* und *sexuell* im selben Satz hören. Okay?«

»Versprochen«, sagte Jessica und kreuzte den Zeige- und Mittelfinger hinter dem Rücken. »Und warum hast du dir eine Tasche gekauft?«

Byrne beugte sich vor. »Es wird immer schwieriger, das Haus zu verlassen, verstehst du? Man braucht die Schlüssel, das Handy, den Pager, die Sonnenbrille, die normale Brille, den iPod …«

»Warte. Du hast einen iPod?«

»Ja, ich habe einen iPod. Was ist denn daran so komisch?«

»Nun, du kaufst dir doch noch immer Vinylschallplatten. Ich dachte, du würdest in ein paar Jahren den gigantischen Schritt zu Tonkassetten wagen. Vielleicht sogar eines Tages zu CDs.«

»Ich kaufe mir Vinylplatten, weil sie einen Sammlerwert haben. Vor allem die alten Bluesscheiben.«

»Okay.«

»Erinnerst du dich an die Zeiten, als du noch Uniform getragen und alles an deinen Gürtel gehängt hast? Und was nicht an den Gürtel passte, kam in die Hemdtasche.«

»Ich erinnere mich. Aber vergiss nicht, dass es für Polizistinnen noch weniger Platz da oben gibt.«

»Ich bin Detective. Ich habe es gemerkt.«

Byrne trat ein paar Schritte zurück und deutete auf seinen neuen Anzug. Jessica musste zugeben, dass er ihm ausgezeichnet stand. Es war ein dunkelgrauer Anzug mit einem Jackett mit zwei Knöpfen.

»Überleg mal«, sagte er. »Wenn ich das ganze Zeug in die Taschen stecken würde, würde das vollkommen die Silhouette ruinieren.«

»Die Silhouette?« Jessica legte eine Hand auf den Griff ihrer Waffe. »Okay, wer sind Sie und was haben Sie mit meinem Partner gemacht?«

Byrne begann zu lachen.

»Okay, da du nun eine Tasche trägst«, fuhr Jessica fort, »musst du immer an das denken, was sie uns an der Akademie als Erstes beigebracht haben.«

»Ich bin zwar schon steinalt, aber ich erinnere mich, diese Akademie selbst besucht zu haben. In der State Road, richtig?«

»Genau die«, sagte Jessica. »Allerdings meinte ich mit *uns*, uns *Frauen*.«

Byrne war gespannt, was jetzt kam.

»Sie haben uns beigebracht, niemals die Waffe in eine Handtasche zu stecken.«

Da war das Wort wieder. Byrne verdrehte die Augen und wandte Jessica dann wieder den Blick zu. »Das geht jetzt eine Weile so weiter, richtig?«

»Glaub schon.«

Die Kriminaltechniker sicherten noch immer die Spuren in der Federal Street. Mittlerweile war die Gasse an beiden Enden mit Flatterband abgesperrt. Wie immer beobachteten zahlreiche Schaulustige das Geschehen. Jessica wunderte sich immer maßlos, dass nie jemand etwas gehört oder gesehen hatte. Aber sobald die Ermittlung begann und den Anwohnern ein kostenloses Spektakel geboten wurde, hatten plötzlich alle Zeit, sich den Hals zu verrenken und zu gaffen. Dann mussten alle zufällig gerade nicht arbeiten und nicht zur Schule gehen.

Als Jessica und Byrne um die Ecke bogen, sahen sie ein paar Vorgesetzte, unter ihnen auch den Stellvertretenden Bezirksstaatsanwalt Michael Drummond.

»Herr Staatsanwalt«, sagte Byrne.

»Schon das zweite Mal heute«, erwiderte Drummond. »Die Leute werden reden.« Er wandte sich an Jessica. »Ich freue mich, Sie zu sehen, Jessica.«

»Ich freue mich auch. Und was führt Sie hierher?«

»In einer Stunde habe ich eine Gerichtsverhandlung, aber der Befehl kam von Walhall. Ein neuer Staatsanwalt mit seinen eigenen Vorstellungen. Alles, was in der Nähe einer Schule passiert, hat oberste Priorität. Mein Boss möchte von Beginn an auf dem Laufenden gehalten werden. Er brüllt, und ich renne los.«

»Verstehe.«

»Könnten Sie mir von allem Kopien schicken?«, fragte Drummond.

»Kein Problem.«

Jessica und Byrne schauten Drummond nach, als er die Straße überquerte und möglichst weit vom Tatort entfernt Position bezog. Jessica wusste, warum. Wenn ein Stellvertretender Bezirksstaatsanwalt sich in der Nähe des Tatortes aufhielt, konnte er möglicherweise auch etwas bezeugen und daher in seinem eigenen Fall in den Zeugenstand gerufen werden. Und das war Grund genug, diese Aussage abzulehnen. Es war ein Spiel, und alle kannten die Spielregeln.

Byrne ging bis zur Einmündung der Gasse und sprach mit dem Streifenbeamten. Dieser wies auf die beiden Häuser hinter dem Tatort und nickte. Byrne zog sein Notizbuch aus der Tasche und schrieb sich etwas auf.

Jessica kannte ihren Partner.

Sobald Kevin Byrne sich an einem Mordtatort aufhielt, war er in seinem Element.

9.

Mit wachsamem Blick und geschärften Sinnen ging Byrne auf das Tatorthaus zu. Sein Adrenalinspiegel stieg steil an. Das war seltsam, vorsichtig ausgedrückt. Gleichgültig, wie müde er war – heute lag seine Müdigkeit auf einer Skala von eins bis zehn bei sieben –, sobald er an einen Tatort kam, fiel alle Erschöpfung von ihm ab. Tatorte waren für Ermittler wie eine Droge, die sie süchtig machte, in Euphorie versetzte, aufputschte und die ihnen letztendlich jegliche Energie raubte. Es gab kein vergleichbares Gefühl. Das beste Essen, der beste Wein und sogar fantastischer Sex konnten damit nicht konkurrieren.

Okay, dachte Byrne. *Sex vielleicht.*

Er konzentrierte sich auf die ummittelbare Umgebung des Hauses, in dem sie die Leiche gefunden hatten. In der Luft hing der Gestank von verfaultem Obst. Er kam aus dem Müllcontainer, der ein paar Meter entfernt stand. Und aus dem ehemaligen Schuhgeschäft drang der unverkennbare Geruch des Todes.

Byrne stieg die Treppe hinunter und betrat das Haus. Obwohl der Gestank fast unerträglich war, nahm er ihn nicht als Erstes wahr. Stattdessen hatte er das Gefühl, soeben eine Grenze überschritten zu haben und in die Psyche eines Killers, in das Reich eines Wahnsinnigen eingetaucht zu sein.

Es ist ein Einvernehmen, ein Gleichgewicht, eine Partnerschaft.

Byrne blieb stehen und wartete auf mehr. Nichts. Noch nicht.

Nicht nur der Termin im Schlaflabor stand ihm bevor, sondern auch die jährliche Magnetresonanztomografie. Seitdem Byrne vor fünf Jahren bei einem Schusswechsel beinahe tödlich verwundet worden war, musste er sich jedes Jahr einem MRT unterziehen. Er kannte alle Leute in der Radiologie des Krankenhauses, und die Stimmung war bei seinen Besuchen dort immer unbeschwert. Doch sie wussten alle, warum er kommen musste. Es bestand die Gefahr, dass er einen Hirntumor bekam. Byrne hatte alles über diese Krankheit und ihre Symptome gelesen – Blackouts, Stimmen im Kopf, mitunter unerklärliche Gerüche.

Bei einer anderen Ermittlung viele Jahre zuvor hatte er einen Verdächtigen in einer Kneipe unter der Walt Whitman Bridge gestellt. Bei der Verhaftung kam es zu einem Kampf, und Byrne stürzte mit dem Verdächtigen in den eiskalten Delaware River. Als sie ihn schließlich aus dem Wasser zogen, wurde er für tot erklärt. Eine volle Minute später kam er wieder zu sich.

Kurz danach begannen die Visionen, es waren jedoch nie ganz deutliche Erscheinungen. Man durfte es sich nicht etwa so vorstellen, dass er einen Tatort betrat, die Augen schloss und das Verbrechen dann in Technicolor und mit THX-Sound vor ihm ablief. Vielmehr war es eher ein Gefühl, das ihn mitunter ins Reich der Sinne und Empfindungen führte, und meistens bekam er ein Gespür für das Opfer und den Täter. Ein Gedanke, ein Traum, ein Wunsch, eine Gewohnheit.

Byrne hatte Gruppentherapiesitzungen jeder Art und sogar eine Regressionstherapiegruppe besucht. Er hatte gehofft, dadurch wieder zu dem Augenblick vor dem Unfall und dem

Sturz in den eisigen Fluss zurückkehren zu können und wieder der Mensch zu werden, der er vor dem Unfall gewesen war. Mittlerweile wusste Byrne, dass ihm keine Therapie helfen konnte.

In den folgenden Jahren ließen die Visionen genauso nach wie die Migräneanfälle, die immer gleichzeitig auftraten. Inzwischen litt er nur noch selten darunter.

In letzter Zeit hatte Byrne keinen schlimmen Migräneanfall mehr gehabt, aber er wusste, dass in seinem Inneren etwas geschah. Mehr als einmal hatte er in den letzten Monaten etwas gespürt … keine Schmerzen, sondern nur ein dumpfes Gefühl im Kopf, verbunden mit einer leichten Trübung des Blicks. Und mit diesen Empfindungen gingen die deutlichsten Visionen einher, die er jemals gehabt hatte, und sie waren nun von Tönen begleitet. Manchmal folgte dann ein Blackout.

Byrne wusste noch nicht, ob er mit seinem Arzt darüber sprechen wollte. Wenn er es tat, zöge das unweigerlich weitere Untersuchungen nach sich.

Byrne betrat im Keller den Raum, in dem der tote Mann auf dem Boden lag. Als er daran dachte, dass vor knapp vierundzwanzig Stunden an dieser Stelle ein Mörder gestanden und dieselbe Luft geatmet hatte, beschleunigte sich sein Herzschlag.

Er wollte sich die Leiche gerade genauer anschauen, da spürte er, dass sein Kopf warm wurde. Byrne hielt sich am Türrahmen fest und blieb einen Augenblick reglos stehen. Mit der Wärme kam das Wissen, dass …

… etwas viele Jahre lang geschwelt hatte, ein Gefühl des Verlusts und des Begehrens, eine heimliche Leidenschaft, die

für immer unerfüllt bleiben wird, eine nicht gelebte, unbeschreibliche Lovestory, der Wunsch, ein Vermächtnis zu hinterlassen …

Byrne kniete sich auf den Boden, streifte einen Latexhandschuh über und zog ihn dann sofort wieder aus. Er musste das Fleisch spüren. Zwischen der Haut des Toten und seinen Empfindungen entspann sich ein Dialog. Ein Vorgesetzter oder ein Mitarbeiter aus der Rechtsmedizin hätten sicherlich Einwände erhoben. Doch das interessierte Byrne im Augenblick nicht. Er war allein mit dem Toten und dem, was sich hier in diesem Raum abgespielt hatte, allein mit dieser unsäglichen Wut, die jemanden dazu getrieben hatte, einem Menschen auf so brutale Weise das Leben zu nehmen.

Er war mit sich allein.

Kevin Byrne legte einen Finger auf die Lippen des Toten. Er schloss die Augen und lauschte, und der Tote sprach.

10.

Jessica und Byrne trennten sich und verbrachten die nächste Stunde damit, selbst Befragungen in der Nachbarschaft durchzuführen. Sie erfuhren eine Menge über betrogene Ehefrauen, Hauseigentümer, die ihren Pflichten nicht nachkamen, Falschparker, mögliche internationale Drogenkartelle, Invasionen Außerirdischer, noch mehr Falschparker und – ein Lieblingsthema – Verschwörungen der Regierung. Mit anderen Worten, sie erfuhren nichts.

Um drei Uhr trafen Jessica und Byrne sich Ecke Fünfte und Federal und verglichen ihre Ergebnisse.

»Jess«, sagte Byrne und streckte den Arm aus.

Jessica schaute in die angegebene Richtung und sah zwei Gestalten auf einem unbebauten Grundstück zwischen zwei alten Reihenhäusern sitzen. Sie wurden beobachtet.

Jessica und Byrne liefen ein Stück die Federal hinunter. David Albrecht, der gerade Filmaufnahmen aus der Vogelperspektive von nahe gelegenen Dächern gemacht hatte, folgte ihnen, hielt aber Abstand.

Die beiden alten Männer saßen auf Gartenstühlen in der Nähe der Straße gegenüber dem Baseballplatz. Auf ihren Knien lagen Rennprogramme und die Sportteile des *Inquirer* von heute Morgen. Sie waren Ende siebzig und hatten ihre Stühle so hingestellt, dass sie beide sehen konnten, was in der Umgebung vor sich ging, und sich dabei gut unterhalten konnten. Jessica hatte das Gefühl, dass ihnen nicht viel entging.

Einer der Männer trug mindestens drei Strickjacken in verschiedenen Brauntönen. Der andere hatte einen Anglerhut mit einem Button auf, auf dem stand: *Kiss Me I'm Italian*, doch die meisten Buchstaben waren schon verblasst. Aus zwei Metern Entfernung konnte man nur noch *Kiss It* erkennen. Jessica fragte sich, ob das nicht vielleicht sogar beabsichtigt war. Sie zeigte den Männern ihre Dienstmarke und stellte sich und Kevin Byrne vor.

Als die beiden erfuhren, dass sie von der Polizei waren, setzten sie sich kerzengerade hin.

»Sind Sie jeden Tag hier?«, fragte Jessica.

»Jeden Morgen und jeden Nachmittag«, sagte der Mann mit den Strickjacken. »Bei Regen und bei Sonnenschein. Wenn es regnet, sitzen wir da hinten.« Er zeigte auf ein altes Geschäft mit einem Vordach aus Metall.

»Im Winter treffen wir uns im Mulroney's«, fügte der Mann mit dem Anglerhut hinzu.

Mulroney's war eine Kneipe hinter dem Spielplatz, eine Art Institution, die es schon seit der Truman-Regierung gab.

Jessica fragte die Männer, ob sie am Vortag irgendetwas gesehen hatten. Zuerst lieferten sie ihnen eine kurze Zusammenfassung der gestrigen Ereignisse. Ein Auslieferungswagen des *Philadelphia Inquirer* hatte einen Platten. Irgendein Idiot schrie seine Frau oder Freundin am Handy an und lief beinahe in die Autos auf der Federal Street hinein. Ein Hund klaute eines ihrer Lunchpakete, das unter ihrem Stuhl lag. Schließlich kamen sie zu dem, was sie am oder in der Nähe des Tatorthauses gesehen hatten.

Nichts.

»Sie haben niemanden gesehen, der sich verdächtig verhalten hat, niemanden, den Sie vorher noch nie in dieser Gegend gesehen haben?«, fragte Byrne.

»Nee«, erwiderte der Strickjackenmann. »Wir sind die einzigen verdächtigen Typen hier in der Gegend.«

Jessica notierte sich die mageren Informationen.

»Die Polizei war heute Morgen verdammt schnell da«, fügte er hinzu.

»Wir waren gerade in einem Donut-Laden gleich um die Ecke«, sagte Jessica. »Es lag auf dem Weg.«

Der Strickjackenmann lächelte. Er mochte sie.

»Nicht so wie beim letzten Mal«, warf der Mann mit dem Anglerhut ein.

Jessicas Blick wanderte zu Byrne und zurück zu dem Mann. »Wie bitte? Wie beim letzten Mal?«

»Ja. Die andere.«

»Die andere?«

»Die andere *Leiche*, die sie da gefunden haben.« Er zeigte auf das Tatorthaus und sagte das in einem Ton, als gehöre es zur Allgemeinbildung.

»In diesem Haus wurde schon einmal eine Leiche gefunden?«, fragte Jessica.

»Oh, ja«, sagte er. »Der Ort ist ein richtiger Schlachthof.«

Jessica wechselte wieder einen Blick mit Byrne. Es wurde von Minute zu Minute besser. Oder schlimmer. »Wann war denn das?«

»2002«, sagte der Mann mit dem Anglerhut. »Im Frühjahr 2002.«

»Nee«, widersprach der Strickjackenmann. »Es war 2004.«

Sein Kumpel sah ihn an, als hätte er gerade gesagt, der Papst sei eine Frau. »*2004?* Bist du betrunken? Es war 2002. Am 21. März. Mickey Quindlens Enkel hat sich den Arm auf dem Spielplatz gebrochen. Der Bruder meiner Frau kam aus Cinnaminson und rammte mit seinem Scheißauto unser

Haus.« Er warf Jessica einen Blick zu. »Entschuldigen Sie meine krasse Ausdrucksweise.«

»Damit hab ich kein Problem«, sagte Jessica.

»Gegen Mittag kamen die Uniformierten. Die Anzugträger tauchten erst gegen Mitternacht auf. Ich glaube, das kann ich sagen, ohne Angst vor Konsequenzen haben zu müssen.«

Sein Kumpel nickte zustimmend.

»Uniformierte? Anzugträger?«, hakte Jessica nach. »Waren Sie früher bei der Polizei?«

»Polizei? Nee. Ich hab am Hafen gearbeitet. Einundvierzig Jahre. Ich schaue mir nur gerne *Law & Order* an. Der Typ mit den großen Zähnen redet ständig so.«

»Er ist jetzt tot«, sagte der Strickjackenmann.

Der Mann mit dem Anglerhut musterte seinen Kumpel. »Tatsächlich? Seit wann?«

»Schon lange.«

»In der Serie war er aber nicht tot.«

»Nein. In der Serie nicht, aber im richtigen Leben.«

»Verdammt.«

»Ja.«

Die Gruppe schwieg einen Augenblick respektvoll.

»Er war auch Hafenarbeiter«, sagte er und zeigte mit dem Daumen auf den Strickjackenmann. »Damals haben alle in unserer Gegend am Hafen gearbeitet. Alle. Von der Oregon Avenue bis zur South Street, Front Street, Third Street. Nicht wie heute. Jetzt wohnt ein Anwalt bei mir nebenan. *Ein Anwalt.* Das ist aus dem Viertel geworden.«

Jessica machte sich noch ein paar Notizen, während der Strickjackenmann Byrne intensiv musterte. »Sie kommen mir bekannt vor«, sagte er. »Haben Sie auch mal am Hafen gearbeitet?«

»Mein Vater«, erwiderte Byrne. »Fünfunddreißig Jahre.«

Der Alte schnippte mit den Fingern. »Paddy Byrne.«

Byrne nickte.

»Sie sehen genauso aus wie er.« Er drehte sich zu seinem Kumpel um. »Kanntest du Paddy?«

Der Mann mit dem Anglerhut schüttelte den Kopf.

»Dieser Typ war eine Legende am Pier 96.« Er wandte sich wieder Byrne zu. »Wie geht es ihm?«

»Gut«, sagte Byrne. »Danke der Nachfrage.«

»Und warum sind Sie nicht in seine Fußstapfen getreten und haben sich eine ehrenwerte Arbeit gesucht?«

»Der Hafen ist mir zu gefährlich«, erklärte Byrne ihm. »Mit Kleinkriminellen gebe ich mich nicht ab.«

Der Strickjackenmann lachte. »Ja. Sie sind Paddys Sohn.«

»Was können Sie mir noch über das andere Opfer sagen?«, fragte Jessica, um das Gespräch wieder auf ihr Thema zurückzulenken.

Beide Männer zuckten mit den Schultern. »Nicht viel, nur dass es eine Frau war«, sagte der eine. »Das Haus war viele Jahre verschlossen. Selbst der Besitzer konnte es nicht betreten. Er hat gesagt, er hätte Angst vor Geistern. Er hat es an einen Mann aus Pittsburgh verkauft, der es wieder an jemand anderen weiterverkauft hat.«

Jessica schaute sich um. »Welches Viertel ist das hier?«

»Einige sagen Queen Village, aber die haben keine Ahnung.«

»Und was sagen *Sie?*«

»Wir sagen Pennsport, weil hier Pennsport *ist*. Wir sind südlich von *Washington*, verdammt.«

»Hat ein Detective mit Ihnen über den Fall von 2002 gesprochen?«

»Nur mit mir«, erwiderte der Strickjackenmann.

»Erinnern Sie sich an den Namen des Detectives?«

Der Mann schüttelte den Kopf.

»Er erinnert sich nicht einmal an die Namen seiner Kinder«, warf sein Kumpel ein. »Und er hat nur vier.«

»Kannten Sie das Opfer?«

»Nein. Ich hab aber gehört, es soll ein ganz steiler Zahn gewesen sein. Eine Schande ist das.«

Sich die Informationen zu beschaffen war kein Problem, aber vermutlich waren sie nicht relevant. Jessica bedankte sich bei den beiden Männern, schrieb sich ihre Namen, Adressen und Telefonnummern auf und gab ihnen ihre Karte mit der Bitte, sie anzurufen, falls ihnen noch etwas einfiel.

»Sie können jederzeit zu uns kommen«, sagte der Alte mit dem Anglerhut. »Wir haben immer Zeit, mit hübschen jungen Mädchen zu sprechen.«

Jessica lächelte. *Hübsche junge Mädchen.* Okay, sie würde gleich morgen wiederkommen.

Jessica und Byrne kehrten ins Roundhouse zurück, verglichen ihre Zeugenaussagen und hefteten sie in die Akte. Während sie auf den vorläufigen Bericht des Rechtsmediziners und auf die Ergebnisse der Spurensicherung warteten, wandten sie sich anderen wichtigen Dingen zu.

Beide Detectives arbeiteten noch an anderen Fällen. Die Ermittlungen waren ins Stocken geraten, und für einen Detective gab es kein schlimmeres Gefühl als die Angst, dass ihm ein Fall entglitt. Byrne telefonierte mit vier Zeugen, die er für die Verhandlung vor der Grand Jury im Robles-Fall brauchte, damit es mit der Sache irgendwie weiterging. Währenddessen suchte Jessica ein paar Adressen heraus und glich die Zeugenaussagen in einem anderen Fall ab.

Vor zwei Wochen hatten sie am Schauplatz eines Mordes im Drogenmilieu eine Waffe sichergestellt. Die Waffe konnte zu einer Frau namens Patricia Lentz, einer bekannten Drogenabhängigen und Prostituierten, zurückverfolgt werden.

Die Wohnung dieser Frau lag in der Neunzehnten Straße in der Nähe der Cecil B. Moore Avenue. Als Jessica und Byrne eintrafen, stand die Tür offen, der Fernseher lief mit voller Lautstärke, und auf dem Herd kochte etwas. Stinkender Rauch vernebelte das Erdgeschoss, in dem es aussah wie auf einer Müllhalde: verdreckte Matratzen, kaputte Möbel, leere Crackröhrchen und leere Schnapsflaschen.

Patricia Lentz lag im Keller bewusstlos unter einem Berg Kleidung. Zuerst befürchtete Jessica schon, sie hätte das Zeitliche gesegnet, doch die Frau war nur besinnungslos. Nachdem die Sanitäter sie wiederbelebt hatten, wurde sie ohne weiteren Zwischenfall in Gewahrsam genommen.

Während die Streifenbeamten die benommene Frau ins Roundhouse brachten, durchsuchten Byrne und Jessica die Wohnung. Jessica kannte den Schnitt dieser Reihenhäuser und wusste, dass im ersten Stock zwei Zimmer waren. Sie stieg die Treppe hinauf und schaute in das kleine Schlafzimmer und das Bad. Als sie das zweite Zimmer betrat, fiel ihr Blick sofort auf den großen Wandschrank. Vorsichtig öffnete sie die Tür.

Jessica erstarrte. Vor ihr auf dem Boden des Schrankes saß unter einem großen Plastikmüllsack, der mit stinkenden Abfällen so vollgestopft war, dass er beinahe platzte, ein kleiner Junge. Er war nicht älter als zwei Jahre. Ein dunkelhaariger kleiner Junge, der ein zerrissenes T-Shirt und eine Windel trug. Offenbar war er unter den Müllsack gekrochen, um sich zu wärmen.

Jessica hob den Jungen aus dem Schrank. Er zitterte vor Angst und bot in seiner schmutzigen Windel einen erbarmungswürdigen Anblick. Seine Arme und Beine waren mit Ausschlag bedeckt.

»Alles ist gut, kleiner Mann«, sagte Jessica. »Alles ist gut.«

Als Jessica das Haus verließ, entdeckte sie auf einem kleinen Tisch neben der Eingangstür einen Stapel Papiere. Es waren größtenteils unbezahlte Rechnungen, Werbeflyer von Pizzerien und chinesischen Schnell-Restaurants und Bescheide, dass Wasser, Strom oder Telefon abgestellt wurden. Auf dem Tisch lag auch das Foto eines Babys auf einem schmutzigen Betttuch. Jessica erkannte die Augen sofort wieder. Es war der kleine Junge, den sie in den Armen hielt. Sie drehte das Bild um. Dort stand: *Carlos mit drei Monaten.*

Der kleine Junge hieß Carlos.

Jessica nahm den Jungen mit ins Roundhouse. Ein Mitarbeiter des Jugendamtes würde ihn später abholen. Sie hatte unterwegs an einem Geschäft angehalten und Windeln, Pflegetücher, Körperlotion und Puder gekauft. Es war schon eine Weile her, dass sie Sophie wickeln musste, doch das war wie mit dem Radfahren: Man verlernte es nicht.

Nachdem Jessica Carlos' Windel gewechselt hatte, saß der kleine Knirps sauber und gekämmt auf einem Stapel Telefonbücher an einem der Schreibtische. Sie hatten ihn mit einem leeren Munitionsgurt an den Stuhl gebunden. Jemand hatte irgendwo ein Kinder-Sweatshirt von den Philadelphia Eagles aufgetrieben. Da es etwas zu groß war, krempelten sie die Ärmel hoch und klebten sie behutsam mit Tesafilm an den Handgelenken des Jungen fest.

Die Mutter des Jungen, Patricia Lentz, musste sich auf eine Mordanklage gefasst machen, und eine Verurteilung war so gut wie sicher. Sie hatten die Mordwaffe, und die Ergebnisse der ballistischen Untersuchungen lagen vor. Patricia Lentz würde lange Zeit nicht zurückkehren. Wenn sie das Gefängnis eines Tages wieder verlassen durfte, würde Carlos selbst schon Kinder haben.

»Was passiert jetzt mit Carlos?«, fragte Byrne und holte Jessica in die Gegenwart und zu dem neuen Fall zurück.

Jessica atmete tief durch. Auf keinen Fall würde sie in diesem Raum, außer Wut, irgendwelche Gefühle zeigen – auch ihrem Partner gegenüber nicht, der sie besser kannte als jeder andere.

»Nichts«, sagte sie. »Sie haben Patricias Schwester bis jetzt nicht gefunden. Sie soll auch drogenabhängig sein, und zwar noch schlimmer als ihre Schwester.«

Es war kein Geheimnis – Kevin Byrne wusste es auf jeden Fall –, dass Jessica und Vincent seit zwei Jahren ein zweites Kind zu bekommen versuchten. Sophie war jetzt sieben Jahre alt, und je länger sie warteten, desto größer würde der Altersunterschied zwischen den Geschwistern sein. Davon rieten alle Ratgeber ab. Schon allein der Gedanke, die gewaltige Aufgabe auf sich zu nehmen und Carlos zu adoptieren, war natürlich lächerlich. Auf jeden Fall bei Licht betrachtet. Wenn Jessica mitten in der Nacht wach im Bett lag, schien alles möglich zu sein. Doch dann ging die Sonne wieder auf, und sie begriff, dass es niemals wahr würde.

»Wie geht es ihm?«, fragte Byrne.

»Gut, nehme ich an.« Jessica wusste nicht, ob das der Wahrheit entsprach, aber was sollte sie sonst sagen?

»Wenn du möchtest, können wir am Kinderheim vorbeifahren und nachsehen, wie es ihm geht.«

Je eher Jessica den Jungen losließ, desto besser. »Klar. Das wäre schön«, sagte sie dennoch.

Ehe sie weiter über den Jungen sprechen konnten, steckte Nicci Malone den Kopf in den Raum. »Kevin, da ist ein Anruf für dich.«

Byrne durchquerte das Büro, drückte auf die Taste und meldete sich. Kurz darauf zog er das Notizbuch aus der Tasche, schrieb etwas hinein und streckte die Faust in die Luft. Offenbar hatte er gute Nachrichten erhalten. Jessica konnte gute Nachrichten gebrauchen.

Byrne legte auf und griff nach seiner Jacke. »Das war die Kriminaltechnik. Sie haben die Fingerabdrücke überprüft.«

»Sind sie im System?«, fragte Jessica.

»Ja, sind sie. Unser glatt rasierter toter Mann hat einen Namen. Kenneth Arnold Beckman.«

11.

Die Beckmans wohnten in einem heruntergekommenen Reihenhaus aus der Nachkriegszeit in der West Tioga Street in Nicetown, im Norden von Philadelphia. Nicetown war ein Arbeiterviertel, das sich nach drei Jahrzehnte lang andauerndem langsamem Verfall, der mit der Schließung der Großbäckerei Tastykake 2007 seinen Höhepunkt erreichte, allmählich wieder erholte. Irgendwann hieß es mal, Trump Entertainment wolle ein Kasino auf der Hunting Park Avenue bauen. Das geschah aber nicht. Die Diskussionen der Bewohner und Geschäftsbesitzer in Nicetown, ob sie ihre Anwesen verkaufen sollten oder nicht, nahmen kein Ende.

Ehe sie das Roundhouse verließen, bat Jessica Josh Bontrager, Kenneth Arnold Beckman zu überprüfen. Bontrager würde sie anrufen, falls er etwas herausfand.

Als Jessica und Byrne gegenüber des Beckman-Hauses in der Nähe der Schuyler Street anhielten, begann es zu regnen. Der Wind frischte auf, und als sie auf die Veranda traten, sammelte sich zu ihren Füßen das nasse Laub.

Jessica klingelte drei Mal, ehe sie bemerkte, dass unten aus der verrosteten Klingel ein Draht heraushing. Sie funktionierte nicht. Ein schneller Blick auf die verfallene Veranda mit den schiefen Stützpfeilern und dem Mauerwerk, das dringendst neu verfugt werden musste, erklärte, warum. Sie klopfte – zuerst leise. Beim zweiten Mal klopfte sie lauter.

Schließlich hörten sie, dass die Riegel zur Seite geschoben wurden. Es waren drei.

Die Frau, die ihnen öffnete, war Ende vierzig. Ihr Make-up sah aus, als hätte sie es mit einem Spachtel aufgetragen. Sie hatte graues, dauergewelltes Haar und trug eine schwarze Capri-Hose und verschlissene, rosafarbene Laufschuhe. In einem Mundwinkel hing eine brennende Zigarette.

Sie musterte Byrne von oben bis unten und warf Jessica einen Seitenblick zu.

»Sind Sie Mrs. Beckman?«, fragte Byrne.

»Nun ja«, erwiderte die Frau. »Das hängt von zwei Dingen ab, oder nicht?«

»Und die wären?«

»Wer Sie sind und was zum Teufel Sie von mir wollen.«

Oje, dachte Jessica. Eine reizende Person.

Byrne zog seine Dienstmarke heraus und hielt sie ihr unter die Nase. Sie starrte viel zu lange darauf. Jessica nahm an, dass die Frau es auf ein Machtspielchen anlegte. Allerdings wusste sie nicht, dass Kevin Byrne sich in solchen Situationen durch absolut nichts aus der Ruhe bringen ließ. Sie schaute Jessica an und runzelte die nachgezogenen Augenbrauen. Jessica langte in die Tasche und zeigte Mrs. Beckman ebenfalls ihre Dienstmarke. Die Frau schniefte und wandte sich wieder Byrne zu.

»Gut, das beantwortet eine meiner Fragen«, sagte sie.

»Können wir reinkommen?«, fragte Byrne.

Die Frau blinzelte mehrmals, als spräche Byrne eine fremde Sprache. »Können Sie mich hören?«, fragte sie.

»Ma'am?«

»Hören Sie meine Stimme?«

»Ja«, sagte Byrne. »Ich höre Ihre Stimme.«

»Gut. Ich höre Sie auch. Dann können wir gleich hier draußen sprechen.«

Jessica spürte, dass nicht mehr viel fehlte, bis Byrne doch der Geduldsfaden riss. Er zog sein Notizbuch aus der Tasche und blätterte darin. »Wie heißen Sie mit Vornamen, Ma'am?«

»Sharon«, erwiderte sie zögernd.

»Ist Kenneth Arnold Beckman Ihr Ehemann?«

Die Frau schnaubte verächtlich. »Ehemann? So kann man es auch ausdrücken.«

»Sind Sie mit ihm verheiratet, Ma'am?«

Die Frau zog an der Zigarette. Die Nikotinflecken auf den Fingern reichten bis zu den Knöcheln. Sie blies den Rauch aus und sagte: »Nur noch auf dem Papier.«

»Wann haben Sie ihn zum letzten Mal gesehen?«

»Warum?«

»Wenn Sie bitte meine Frage beantworten würden, Ma'am. Ich erkläre Ihnen gleich, warum.«

Sie zog wieder an der Zigarette. Jessica schätzte, dass Sharon Beckman während der Befragung anderthalb Packungen Zigaretten schaffen würde, wenn das in diesem Tempo weiterging. »Gestern Nachmittag.«

»Um wie viel Uhr?«

Sharon seufzte. »Gegen drei.«

»Und wo?«

»Im MGM Grand in Las Vegas. Ich arbeite da als Tänzerin.«

Byrne starrte die Frau an. Sie verdrehte die Augen.

»Genau da, wo Sie jetzt stehen. Ich glaube, er hat gesagt: ›Mach die Küche sauber, du faule Schlampe.‹ Er kann ausgesprochen nett sein.«

Der Wind wurde stärker und trieb den kalten Nieselregen über die Veranda. Byrne trat ein Stück zur Seite, sodass Sharon der Regen nun voll im Gesicht traf.

»War er allein?«

»Ja«, sagte Sharon Beckman und trat einen Schritt zurück. »Ausnahmsweise.«

»Und er ist gestern Nacht nicht nach Hause gekommen?«

Die Frau schnaubte wieder. »Warum sollte er mit seinen Gewohnheiten brechen?«

Byrne setzte die Befragung unbeirrt fort. »Wohnt sonst noch jemand hier im Haus?«

»Nur mein Sohn.«

Mein Sohn, dachte Jessica. Nicht *unser* Sohn.

»Wie alt ist er?«

Die Frau lächelte. Die Zähne hatten dieselbe Farbe wie ihre vom Nikotin verfärbten Fingerknöchel. »Ich bitte Sie, Officer. Wenn ich es Ihnen sagen würde, wüssten Sie ja, wie alt ich bin.« Als Byrne nichts erwiderte, sich nicht rührte und sich durch die kokette, charmante Art nicht aus der Ruhe bringen ließ, funkelte sie ihn böse an und zog wieder an der Zigarette. »Er ist neunzehn«, sagte sie schließlich. »Ich habe ihn bekommen, als ich sechs war.«

Byrne machte sich eine Notiz und fragte sie nach dem Namen des Jungen. Er hieß Jason Crandall.

»Wo arbeitet Ihr Mann?«

»*Eh*, verdammt! Wollen Sie ein Buch schreiben? Meine Autobiografie vielleicht?«

»Ma'am, wir versuchen nur ...«

»Nein. Sagen Sie mir jetzt endlich, was Sie von mir wollen, oder Sie können mich mal. Ich kenne meine Rechte.«

Sie mussten ihr sagen, warum sie hier waren. Jessica beobachtete die Frau aufmerksam, um zu sehen, wie sie die Information aufnahm. Für Ermittler war die erste Reaktion auf die Nachricht, dass ein geliebter Mensch – oder auch ein nicht so geliebter – getötet worden war, äußerst aufschlussreich.

»Mrs. Beckman, Ihr Mann wurde gestern getötet.«

Die Frau atmete tief ein, zeigte aber ansonsten kaum eine Reaktion. Nur ihre Hände zitterten leicht, worauf die Zigarettenasche auf den Boden fiel. Sie starrte einen Moment auf die Straße und sah dann Jessica wieder an. »Wie ist es dazu gekommen?«

Dazu gekommen, dachte Jessica. Die meisten Menschen riefen »Was?« oder »O mein Gott!« oder »Nein!« oder etwas in der Art. *Wie ist es dazu gekommen?* Nein, kaum jemand fragte, warum ein Toter tot war. Solche Fragen wurden meist erst viel später gestellt.

»Dürfen wir reinkommen, Ma'am?«, fragte Byrne. »Es ist ziemlich unangenehm hier draußen.«

Durch die Nachricht hatten die Entschlossenheit und die Feindseligkeit der Frau einen Dämpfer bekommen. Ohne ein Wort zu sagen, öffnete sie die Tür und trat zur Seite.

Jessica und Byrne betraten das dreigeschossige Haus, eines dieser typischen Reihenhäuser mit einer langen Veranda auf der Vorderseite. Das heruntergekommene Haus war vergleichsweise groß und verfügte vermutlich über knapp hundertvierzig Quadratmeter Wohnfläche. Es hatte sein Haltbarkeitsdatum längst überschritten.

Linker Hand lag das Wohnzimmer, und der Flur führte zur Küche und zu der Treppe im hinteren Teil des Hauses. Die Wände waren in einem tristen, verblichenen Babyblau gestrichen. Die Einrichtung bestand aus bunt zusammengewürfelten, abgenutzten Möbeln und einer durchgesessenen Polstergarnitur. Auf dem Couchtisch standen neben einem vollen Aschenbecher die Reste eines Gerichts von Weight Watchers. Auf nahezu allen Oberflächen lagen Katzenhaare. Es roch nach Popcorn aus der Mikrowelle.

Sharon Beckman bot ihnen keinen Platz an. Jessica hätte auch dankend abgelehnt.

»Ma'am«, fuhr Byrne fort. »Wir sind hier, weil Ihr Mann einem Mord zum Opfer gefallen ist. Wir versuchen herausfinden, wer das getan hat, damit wir den Täter vor Gericht stellen können.«

»Ja? Dann sehen Sie mal in den Spiegel, verdammt!«, zischte Mrs. Beckman.

»Ich verstehe Ihre Wut«, sagte Byrne. »Aber wenn Ihnen irgendetwas einfällt, was uns helfen könnte, wären wir Ihnen sehr dankbar.«

Mrs. Beckman zündete sich an der Zigarette eine neue Salem an und hielt sie einen kurzen Augenblick beide fest – in jeder Hand eine.

»Fällt Ihnen jemand ein, der Probleme mit Ihrem Mann hatte?«, fragte Byrne. »Schuldete er jemandem Geld? Hatte er mit jemandem geschäftliche Probleme?«

Die Frau nahm sich fünf Sekunden Zeit für die Antwort. Vielleicht hatte sie etwas zu verbergen.

»Brauche ich einen Anwalt?«, fragte Sharon Beckman dann und drückte den Zigarettenstummel aus.

»Haben Sie etwas Unrechtes getan, Mrs. Beckman?« Diese Frage gehörte zum Standardrepertoire eines jeden Polizisten in der ganzen Welt, wenn Verdächtige nach einem Anwalt riefen.

»Eine Menge«, sagte sie.

Falsche Antwort, dachte Jessica. Sharon hielt ihre Antwort für clever, aber sie wusste nicht, dass sie ein Bild von ihr zeichneten und dass jeder Strich von Bedeutung war.

»Dann kann ich Ihre Frage beantworten«, sagte Byrne. »Wenn Sie das Gefühl haben, jetzt einen Anwalt zu brauchen, rufen Sie ihn auf jeden Fall an. Ich kann Ihnen aber versichern, dass wir nicht den geringsten Verdacht gegen Sie hegen. Sie sind eine Zeugin, und eine sehr wichtige dazu. Wir müssen Ihnen lediglich ein paar Fragen stellen. Je mehr Sie uns erzählen, desto größer ist die Chance, dass wir die Person finden, die Ihrem Mann das angetan hat.«

Jessica ließ ihren Blick noch einmal schnell durch den Raum schweifen. Auf dem Sims über dem gemauerten Kamin standen keine Bilder der Beckmans, keine weichgezeichneten Hochzeitsfotos in kitschigen Goldrahmen.

»Wenn Sie uns noch ein paar Minuten ertragen«, fuhr Byrne fort, »werden wir alle Informationen haben, die wir brauchen. Dann lassen wir Sie allein, damit Sie sich fassen und darüber nachdenken können, was Sie nun alles regeln müssen.«

Sharon Beckman starrte ihn an. Byrne stellte ihr die Fragen, die er stellen musste, und versicherte ihr immer wieder, dass sie nichts zu befürchten habe. Schließlich bat er sie um ein Foto ihres Mannes.

Während Sharon Beckman im Korridor stand und in einem großen Pappkarton ein Foto suchte, wurde die Eingangstür geöffnet.

Der Junge, der das Haus betrat, sah jünger als neunzehn aus. Ein supercooler Typ mit strähnigem blondem Haar und in einem Kapuzenshirt. Sein glasiger Blick wies darauf hin, dass er Drogen konsumiert hatte. Als er Byrne erblickte, schien er sofort zu erraten, dass dieser Polizist war. Diese Erkenntnis veranlasste den Jungen, die rechte Hand tief in seine Baggy-Shorts zu stecken. Das Dope-Versteck.

»Guten Tag«, murmelte der Junge.

»Guten Tag«, erwiderte Byrne. »Bist du Jason?«

Der Junge starrte ihn schockiert an, als wundere er sich maßlos, dass Byrne das wusste. »Ja«, flüsterte Jason kaum hörbar. Er stellte sich auf die Absätze, als könnte er die Distanz zwischen ihnen dadurch vergrößern. Jessica roch den Marihuana-Geruch in seiner Kleidung aus drei Metern Entfernung.

»Kenny ist tot«, sagte Sharon Beckman, als sie mit ein paar alten Fotos ins Wohnzimmer zurückkehrte. Sie reichte sie Jessica.

Jason starrte seine Mutter an und blinzelte. Es sah fast so aus, als hätten die Worte sein Gehirn nicht erreicht. »Tot?«

»Ja. Er lebt nicht mehr, verstehst du?«

Jessica beobachtete den Jungen. Er zeigte keinerlei Regung.

In den nächsten Minuten stellte Byrne Jason die Standardfragen und erhielt die erwarteten Antworten. Jason sagte aus, dass er seinen Stiefvater seit mehr als drei Tagen nicht mehr gesehen habe.

»Ich möchte Ihnen noch einmal unser Beileid aussprechen«, sagte Byrne zu den beiden und steckte sein Notizbuch ein. Er warf zwei Visitenkarten auf den vollgestellten Couchtisch. »Wenn Ihnen noch etwas einfällt, was uns helfen könnte, rufen Sie uns bitte an.«

Sie kehrten schweigend zu ihrem Wagen zurück und überlegten beide, was die zurückhaltenden Reaktionen von Beckmans Witwe und seinem Stiefsohn wohl bedeuteten. Sharon und Jason hatten, gelinde gesagt, nicht so reagiert, wie es üblich war, wenn jemand vom Tod eines nahestehenden Menschen erfuhr.

Seitdem sie das Haus der Beckmans betreten hatten, war die Temperatur um ein paar Grad gesunken. Es regnete noch immer und wurde kälter. Zum ersten Mal in diesem Jahr roch es nach Schnee.

Als sie auf dem Parkplatz des Roundhouse ankamen, stieg Josh Bontrager gerade in einen Wagen der Mordkommission.

Als er sie sah, schlug er die Tür zu und lief auf sie zu. Dennis Stansfield, der im Auto saß, blieb wohlweislich darin sitzen.

»Was ist los, Josh?«, fragte Byrne ihn.

»Habt ihr die Witwe schon informiert?«

»Ja, wir waren gerade da. Hast du was für uns?«

»Ich hab Kenneth Beckman überprüft. Die Polizei hat sich schon mal für ihn interessiert.«

»In welchem Zusammenhang?«, fragte Jessica.

»Mord.«

Jessicas Herzschlag beschleunigte sich. »Dieser Typ wurde in Zusammenhang mit einem Mord unter die Lupe genommen? Wann war das?«

»2002.«

»Wie weit gingen die Ermittlungen?«

»Er musste zum Verhör antreten, hat aber nicht gestanden«, sagte Bontrager. »Der Detective, der den Fall damals bearbeitet hat, blieb noch ein paar Jahre an Beckman dran und fügte noch ein paar Vermerke hinzu. Schließlich wurden die Ermittlungen eingestellt, und 2006 wurde der Fall zu den Akten gelegt.«

»Wer war das Opfer?«

Bontrager zog sein Notizbuch aus der Tasche. »Ein neunzehnjähriges Mädchen namens Antoinette Chan. Sie wurde durch mehrere kräftige Schläge mit einem Klauenhammer getötet. Die Waffe konnte am Tatort sichergestellt werden. Sie war abgewischt worden und wies keine Fingerabdrücke auf.«

»Und das genaue Datum?«

Bontrager blätterte in seinem Notizbuch. »21. März 2002.«

Jessica lief ein kalter Schauer über den Rücken. Das war exakt das Datum, das die beiden alten Käuze genannt hatten. Sie warf Byrne einen Blick zu. Diese Information ließ ihn ebenfalls aufhorchen.

»Ich fahre ins Archiv und suche mir die Akten heraus«, sagte Bontrager.

»Das machen wir«, erwiderte Byrne. »Versuch du herauszufinden, wer die nächsten Verwandten von Antoinette Chan sind und wo sie wohnen. Wenn sie Beckmann für schuldig hielten, wäre es gut, wenn wir uns die mal genauer ansehen.«

»Kein Problem.«

Josh Bontrager stieg in den Wagen und fuhr davon. Auf dem Beifahrersitz saß Dennis Stansfield und verzog keine Miene.

»Was hältst du davon?«, fragte Jessica.

Byrne überlegte einen Augenblick. Gedankenverloren strich er über die kleine V-förmige Narbe über dem rechten Auge, eine Erinnerung an die Kugel, die ihn vor einigen Jahren gestreift hatte. Wenn er über die Narbe strich, dachte er angestrengt nach.

»Wir müssen uns die Akte ansehen.« Er schaute auf die Uhr. »Aber zuerst möchte ich noch einmal mit der liebenswerten, cleveren Mrs. Beckman sprechen. Interessant, dass sie diese Sache nicht erwähnt hat.«

»Stimmt. Als ich sie gefragt habe, wer das getan haben könnte, hat sie gesagt: ›Sehen Sie mal in den Spiegel, verdammt!‹ Ich wusste gar nicht, was sie meinte. Jetzt weiß ich es. Sie gibt der Polizei die Schuld.«

»Das ist ja ganz was Neues«, meinte Byrne. »Und sie war so eine nette Person.«

»Ja, eine richtige Schlampe«, sagte Jessica. »Ich überprüfe sie und ihren bekifften Sohn. Mal sehen, wo sie sich im März 2002 aufgehalten und was sie gemacht haben.«

»Wir treffen uns im Archiv«, sagte Byrne. »Ruf mich an, wenn gegen sie was vorliegt. Mir ist es egal, dass Sharon

Beckman gerade ihren Mann verloren hat. Ich würde sie gerne für eine Weile in eine Zelle sperren.«

»Ach, Kevin. Dir macht es doch nur Spaß, Frauen Handschellen anzulegen.«

12.

Nachdem die Polizei ihr Haus verlassen hatte, stand Sharon Beckman zehn Minuten lang wie versteinert neben der Eingangstür.

Jason verzog sich sofort wieder. Gott allein wusste, wo er sich in letzter Zeit herumtrieb. Der Junge hatte den Detectives nicht verraten, dass die letzte Begegnung zwischen ihm und seinem Stiefvater mit einer Prügelei geendet hatte. Die letzten Worte, die Jason zu seinem Stiefvater gesagt hatte, waren: »Wenn du mich noch einmal anfasst, bring ich dich um.«

Solche Dinge erzählte man der Polizei natürlich nicht. *Sharon* wusste, dass Jason so etwas niemals tun würde, aber die *Polizei* wusste es nicht.

Es herrschte Stille im Haus.

Kenny war tot.

Sharon wartete darauf, dass sich ein Gefühl wie Kummer oder Leid einstellte, aber sie empfand nichts. Sie spürte nur nackte Angst und begriff, dass sie handeln musste. Schnell.

Als sie Kenny kennenlernte, war ihr vom ersten Augenblick klar, dass alles eines Tages ein schlimmes Ende nehmen würde. Sie wusste von Beginn an, wer er war und was für ein Leben sie an seiner Seite erwartete. Sharon war auch kein Engel. Aber als Kenny vor acht Jahren diese ganzen Häuser ausraubte und ins Visier der Polizei geriet, war ihr bewusst, dass eines Tages so etwas passieren würde.

Als sie 2002 in dem Haus auf der Lenox Avenue Feuer

legte, um alle Spuren zu beseitigen, ahnte sie, dass sie eines Tages dafür würde bezahlen müssen. Dieser Tag war nun gekommen. Es hatte ihr ein wenig leidgetan, dass die ganze Straße in Brand geriet, aber es wurde niemand verletzt. Daher bereitete ihr die Sache kaum schlaflose Nächte. Zwischen ihr und ihren Nachbarn auf der Lenox Avenue gab es keinerlei Sympathie. Dieses verdammte asoziale Pack.

Sharon drehte sich im Wohnzimmer drei Mal im Kreis, während sie einen klaren Gedanken zu fassen versuchte.

Sie hätte dieses Haus schon vor langer Zeit verlassen sollen. Wenn die Polizei eine Spur verfolgte, war das ein sicheres Zeichen, dass sie jemanden im Visier hatte. Cops wussten immer viel mehr, als sie preisgaben. Es war wie bei diesen Jobs, bei denen sie ihren Vater als kleines Kind begleitet hatte. Ihr Vater reparierte die Rohrleitungen in einem Haus, und sobald er fertig war, legte er stets ein Blatt Zeitungspapier unter die Rohre. Wenn ein Wassertropfen auf die Zeitung fiel, hatte er Mist gebaut. Ihr Vater riss alles wieder heraus und begann noch einmal von vorn. Wenn ein einziger Tropfen auf die Zeitung fiel, würden weitere folgen.

Mit der Polizei war es genauso.

Wenn sie genug gegen einen in der Hand hatte, war man dran.

Kenny hatte das gesamte Diebesgut in einem Lagerraum in der Linden Avenue versteckt. Zum Glück war er wenigstens so clever, nie etwas mit nach Hause zu schleppen. Sharon hatte keine Ahnung, was er im Augenblick in dem Lagerraum aufbewahrte, und das war auch gut so. Je weniger sie wusste, desto besser.

Sharon versuchte angestrengt zu verdrängen, was Kenny dem Mädchen 2002 angetan hatte. Kein Gericht der Welt würde sich davon beeindruckt zeigen. Sie waren einmal ungeschoren davongekommen, aber nun, da Kenny tot war, spürte sie die ganze Last auf ihren Schultern. Allein würde sie es nicht schaffen. Sharon kannte mindestens ein Dutzend Leute, die Kenny gerne um die Ecke gebracht hätten, ein Dutzend Leute, die einen Groll gegen ihn hegten. Sobald die Polizei das herausbekam, würden sie die Verbindung zu ihr herstellen. Es war nur eine Frage der Zeit, bis sie sich erneut mit dem Fall von Antoinette Chan beschäftigen würden. Bei Einbrüchen blieb die Polizei hartnäckig. Sie gab nicht auf, bis der Täter in einer Zelle saß.

Und bei einem Mord ließ sie schon gar nicht locker.

Sharon rannte die Treppe hinauf. Sie würde alles, was hineinging, ins Auto packen und Jason suchen. Dann würde sie die Schlüssel für das Sicherheitsschloss an der Tür des Lagerraumes in den Delaware River werfen. Wenn die Polizei hier noch mal auftauchte, wären sie und ihr Sohn längst verschwunden.

Aber wohin sollten sie gehen? Zu ihrer Schwester in Toledo konnten sie nicht fahren. Da würde die Polizei sie als Erstes suchen. Sharon besaß genau achthundertsechsundzwanzig Dollar auf ihren Namen. Dazu kamen das Kleingeld, das sie in einem Glas sammelte, und die Tankfüllung.

Sharon war erst vierundvierzig, im Grunde noch recht jung, und sie sah noch ganz gut aus, obwohl … eine echte Schönheit war sie nie gewesen. Sie würde ein neues Leben beginnen und einen Mann kennenlernen, der sein Geld mit ehrlicher Arbeit verdiente.

Kenny war tot.

Ehe sie ihre Sachen aus den Schubladen im Schlafzimmer im ersten Stock nehmen konnte, hörte sie ein Geräusch.

»Jason?« Keine Antwort.

Sie lauschte einen Augenblick, hörte aber nichts mehr. Das

waren bestimmt die Gören von nebenan, dachte sie. Einmal hatten sie drei Stunden lang einen Basketball an die angrenzende Mauer geworfen. Sharon würde sie nicht vermissen.

Sie holte die beiden abgewetzten Koffer aus dem obersten Fach des Schlafzimmerschrankes und stopfte Kleidung hinein. Schnell stellte sie fest, dass sie ein paar große Plastikmülltüten brauchte, um alles einzupacken.

Sharon lief die Treppe hinunter und dachte angestrengt nach. Als sie um die Ecke bog und auf die Küche zuging, sah sie den Schatten an der Wand. Sie blieb stehen und wirbelte herum. Ihr Herz klopfte laut. »Jason, wir ...«

Es war nicht Jason.

13.

In dem Gebäude Ecke Einunddreißigste und Market Street, wo alte Polizeiakten aufbewahrt wurden, befanden sich früher die Verlagsräume des *Evening Bulletin*. Das *Bulletin*, das von 1847 bis 1982 erschien, war mal die größte Abendzeitung in den Vereinigten Staaten.

Jetzt war das große, täuschend harmlos aussehende Gebäude eingezäunt und wie Fort Knox gesichert. An den Seiten, die an öffentliche Bereiche grenzten, sorgte Stacheldraht für zusätzlichen Schutz. Die Mauer zum Parkplatz hin war drei Stockwerke hoch und hatte nur fünf kleine Fenster unter dem Dach. Etwa ein Dutzend Lampen ragten wie verrostete Bugspriete aus der Mauer und beleuchteten den Parkplatz.

Jessica unterschrieb an der Pforte, fuhr hinein und parkte den Wagen. Sie kam ungefähr zwanzig Minuten zu spät, aber sie sah nirgendwo Byrnes Van. Sie beschloss, im Wagen zu warten.

Ehe sie losgefahren war, hatte sie Sharon Beckman und Jason Crandall durch die Datenbanken laufen lassen. Im letzten Jahr war gegen Jason wegen Drogenbesitzes Anklage erhoben, aber wieder fallen gelassen worden, nachdem er Sozialstunden absolviert hatte.

Gegen Sharon Beckman lag nichts vor.

Jessica dachte darüber nach, wie sich der Fall entwickelt hatte. Der sonderbare Zustand von Kenneth Beckmans Leichnam stellte sie noch immer vor ein Rätsel. Alles wies darauf hin, dass tief im Herzen des Mörders eine Wut schwelte, die eine persönliche Kränkung hervorgerufen und ihn zu dieser Wahnsinnstat getrieben hatte. Sie dachte an den Papierstreifen, der um den Kopf des Opfers gewickelt war, an den geraden Schnitt auf der Stirn und ...

Als Jessica plötzlich ein lautes Geräusch unmittelbar neben ihrem linken Ohr hörte, zuckte sie zusammen. Sie wirbelte herum und öffnete instinktiv das Waffenholster.

Byrne hatte mit seinem Ring an die Scheibe geklopft. Jessica öffnete langsam das Fenster und ließ ihn im Regen stehen.

»Und dann wundern die Leute sich, wenn sie plötzlich eine Kugel im Kopf haben«, sagte sie.

»Ich könnte die Ruhe brauchen.«

Jessica konnte es sich nicht verkneifen, sich beim Aussteigen viel Zeit zu lassen, um sich für das laute Klopfen zu rächen. Eine Minute später betraten sie das Gebäude, schüttelten den Regen ab und gingen auf die Aufzüge zu.

»Hast du noch mal mit Sharon Beckman gesprochen?«, fragte Jessica.

Byrne schüttelte den Kopf. »Sie war nicht zu Hause«, sagte Byrne. »Und Spicoli auch nicht.«

Er meinte natürlich Jason Crandall und spielte auf die Rolle von Sean Penn in *Ich glaub, ich steh im Wald* an. Jessica wunderte sich immer wieder, wie gut Kevin sich mit Filmen auskannte.

In dem großen Kellergeschoss wurden die Akten von Tausenden von Verbrechen aufbewahrt, einige waren schon zweihundert Jahre alt. Es war die Hinterlassenschaft der dunklen Seite dieser Stadt: Namen, Daten, Waffen, Wunden, Zeugen. Was fehlte, waren die Beweise für den Verlust, den die Menschen erlitten hatten. Es gab keine Akten über die Tränen eines Vaters, die Einsamkeit eines Sohnes oder die einsamen Sonntage einer Großmutter.

Stattdessen standen in dem riesigen Keller unzählige Reihen hoher Stahlregale, von denen einige sieben Meter hoch und die alle mit Tausenden von Kartons gefüllt waren. Auf allen klebte ein weißer Aufkleber mit dem Namen des Verstorbenen, der Nummer des Falls und der Jahreszahl.

Sie teilten die Beckman-Akten auf. Byrne las die Zeugenaussagen sowie die rechtsmedizinischen und kriminaltechnischen Berichte, während Jessica die Polizeiberichte und die Anmerkungen des leitenden Detectives durchsah.

In der Akte befand sich auch ein Foto von Antoinette Chan. Sie war eine hübsche junge Frau gewesen, mit makelloser Haut und einem betörenden Lächeln. Jessica schaute sich das Foto an und las dann den Polizeibericht über Beckman.

Kenneth Arnold Beckman, geboren 1970, stammte aus Brewerytown in Philadelphia. Zu der Zeit, als Antoinette Chan ermordet wurde, arbeitete er als Handwerker in zwei großen Mietshäusern in Camden und wohnte auf der Lenox Avenue in Nicetown/Tioga.

Im Alter von neunundzwanzig Jahren war er bereits fünf Mal wegen Einbruchs verhaftet und zwei Mal wegen des Besitzes von Diebesgut verurteilt worden.

An Halloween 2001 ging Beckman mit seinem zehnjährigen Stiefsohn zur Achtzehnten Straße, wo der Junge zwischen der Westmoreland und der Venango Street an die Türen klingelte und um Süßigkeiten bat. Sie liefen von Tür zu Tür, und Beckman begleitete den Jungen jeweils bis zur Veranda der Häuser. Einige Leute aus der Nachbarschaft gaben später zu Protokoll, dass Beckman sich immer in der Nähe der Tür aufgehalten und mit großem Interesse in die Häuser geschielt habe, als der Junge seine Süßigkeiten bekam.

Innerhalb der nächsten fünf Monate gab es sechs Einbrüche in dieser Gegend, die alle tagsüber verübt wurden, wenn die Bewohner arbeiteten. Jedes Mal wurden dieselben Dinge gestohlen: Kameras, Schmuck, Bargeld, MP3-Player. Nichts, was zu groß war, um es in einen Kopfkissenbezug zu stecken.

Nachdem zwei clevere Detectives der zuständigen Polizeiwache das System durchschaut hatten, fertigten sie eine Fotoserie der Personen an, die im Umkreis von einer Meile um die betreffenden Häuser herum wohnten und bereits wegen Einbruchs vorbestraft waren. Eine dieser Personen war Kenneth Beckman.

Nachdem Beckman von Zeugen als der Mann identifiziert worden war, der einen Jungen an Halloween zu den Häusern begleitet hatte, stellten die Detectives ihn unter Beobachtung. Ein paar Tage später folgten sie ihm zu einem Pfandhaus in Chinatown, das bekannt dafür war, mit Diebesgut zu handeln. Innerhalb von zwei Tagen stellten sie eine verdeckte Ermittlung auf die Beine. Ein Detective gab sich als Mitarbeiter des Pfandhauses aus, doch Beckman, der die Falle vielleicht roch, kehrte nie mehr dorthin zurück.

Mitte März 2002 erhielten sie einen Anruf von einer jungen Frau, mit der sie schon einmal gesprochen hatten. Sie hieß Antoinette Chan und war die Tochter eines Bestohlenen. Sie sagte aus, sie sei zum ersten Mal seit Wochen in den Keller gegangen, um zu waschen, und habe in der kleinen Toilette neben dem Heizungskeller einen Schuhabdruck entdeckt. Der Einbrecher musste durch das Kellerfenster in das Haus eingestiegen sein. Offenbar hatte er die Toilette benutzt. Bei den ersten Ermittlungen hatte niemand einen Blick in die Toilette im Keller geworfen.

Der Schuhabdruck stammte von einem Frye-Stiefel Größe 44. Fotos einer Überwachungskamera bewiesen, dass Kenneth Beckman genau solche Stiefel trug. Detectives suchten Beckmans Arbeitsstelle auf und mussten feststellen, dass er sie aufgegeben hatte.

Als die Detectives mit einem Durchsuchungsbefehl am Haus der Beckmans auf der Lenox Avenue ankamen, standen dort zwei Löschfahrzeuge der Feuerwehr und brannten vier Reihenhäuser lichterloh. Innerhalb weniger Stunden waren die alten Holzhäuser vollkommen niedergebrannt.

Sharon Beckman saß auf der gegenüberliegenden Straßenseite auf dem Bordstein und rauchte eine Zigarette. Niemand hegte die geringsten Zweifel, wer das Feuer gelegt hatte und warum. Unglücklicherweise hatten die Ermittler keine hieb- und stichfesten Beweise. Sharon wurde nicht offiziell verhört und nicht angeklagt.

Nach Angaben der Polizei kidnappte Kenneth Beckman Antoinette Chan später an diesem Abend, brachte sie in ein Haus in South Philly und erschlug sie. Als er drei Tage später in einem Motel in Allentown aufgegriffen und zum Verhör aufs Revier gebracht wurde, verweigerte er die Aussage und verlangte einen Anwalt.

Da sie keine Zeugen und nicht die Möglichkeit hatten, sein Haus zu durchsuchen, wurden alle Anklagepunkte gegen Kenneth Arnold Beckman fallen gelassen.

Und jetzt war er tot.

Als Jessica die Akte mit den Tatortfotos aufschlug, setzte ihr Herzschlag für den Bruchteil einer Sekunde aus. »Verdammter Mist!«

»Was ist?«, fragte Byrne.

Jessica legte zwei der Tatortfotos von Antoinette Chan auf den Tisch, nahm ihr iPhone aus der Tasche und öffnete den

Fotoordner. Sie suchte die neuesten Aufnahmen heraus und legte das Handy neben die Fotos auf den Tisch.

Es bestand nicht der geringste Zweifel.

Heute Morgen hatten sie in einem Gebäude in der Federal Street Kenneth Arnold Beckman tot aufgefunden, den Hauptverdächtigen in einem acht Jahre zurückliegenden Mordfall. Damals war eine junge Frau namens Antoinette Chan erschlagen und in demselben Haus in der Federal Street tot aufgefunden worden.

Der Tatort des Chan-Mordes war acht Jahre später der Tatort des Beckman-Mordes.

»Der Verdächtige in einem ungelösten Mordfall wird nun selbst ermordet und in demselben Haus abgelegt wie sein Opfer«, fasste Jessica zusammen.

»Ja«, murmelte Byrne.

»An *genau demselben* Ort. Und in *genau derselben* Position wie das erste Opfer.« Jessica zeigte Kevin das Foto und ihr Handy. »Das sind vollkommen identische Tatortfotos, nur dass der zweite Mord, unser Mord, acht Jahre später verübt wurde, Kevin.«

»Acht Jahre und ein paar Monate«, sagte Byrne. »Ja, das sind die Fakten, die uns vorliegen.«

Die beiden Detectives wechselten einen Blick. Sie hatten soeben einen ersten Durchbruch erzielt. Das war kein Mord, der nur aus Rache oder blinder Wut verübt worden war. Da steckte mehr dahinter.

Jessica betrachtete noch einmal die beiden Fotos. In Momenten wie diesen spürte sie die ganze Last ihres Jobs auf den Schultern. In der Geschichte Philadelphias gab es ebenso wie in der Geschichte jeder Großstadt viele ungelöste Mordfälle, Opfer von Wahnsinn und Wut, die jahrelang ungesühnt blieben, während das Böse durch Zeit und Raum hallte.

Die Stadt der Brüderlichen Liebe hatte schwer an ihrem Vermächtnis zu tragen, an Scham und Schuld und Irrsinn, die wie eine Blutspur unter den gepflasterten Straßen hinwegflossen. Jessica starrte auf die Fotos, die im Abstand von acht Jahren aufgenommen worden waren, und auf die misshandelten Leichen der beiden Opfer. Sie waren auf eine Weise miteinander verbunden, die weder sie noch ihr Partner bisher durchschauten. Detective Balzano fragte sich, ob es ihnen gelingen würde, die ganze Geschichte ans Licht zu bringen.

14.

Ich schwebe durch die Dunkelheit. Ich war immer ein Nachtmensch, der den Schlaf meidet und den Wachträume gefangen halten.

Hier sind die Schreie verborgen und still. Es ist ein Ort der Ruhe und des Nachdenkens, ein Ort winterlicher Stille. Viele Jahre lang habe ich mich hier zu Hause gefühlt.

Ich lege den Leichnam auf die Erde. Es ist die dritte Note. Es sind acht in diesem Takt. Harmonie und Melodie. Ich lege das Bein auf den niedrigen Grabstein. Die Musik wird lauter, als ich in die Luft springe und mit meinem ganzen Gewicht auf der Leiche lande. Der Knochen bricht. Das Geräusch hallt über den nassen Granitstein und das mondbeschienene Gras. Ich nehme den Rekorder in die Hand und spule die Stelle zurück. Das Brechen des Knochens klingt wie der helle Ton eines Schlagzeugs.

Ich schreite zwischen den Toten umher und lausche. Die Verstorbenen sprechen leise mit mir, Etüden der Anmut und Demut. Bald sind meine Bewegungen fließend, eine Erhöhung dieses Augenblicks, ein Totentanz. La danse macabre. *Ich drehe mich immer wieder im Kreis. Hier bin ich frei.*

Um Mitternacht spielt der Tod eine Tanzmelodie,
Klipp-klapp, klipp-klapp, auf seiner Violine.

Ich drehe mich zwischen den Verstorbenen, denke an die kommenden Tage vor Allerheiligen, dem Halloweenfest, an dem die Verstorbenen der ganzen Welt jubeln werden.

Bald werden wir tanzen, die Polizistin und ich. Wir werden tanzen und in unserer Umarmung spüren, dass wir beide gleich fühlen und denken, zwei verletzte Seelen, die beide von dem Blut in dem angelaufenen Becher nippen.

Zweiter Teil

Scherzo

15.

DIENSTAG, 26. OKTOBER

Lucinda Doucette schaute auf den Badezimmerboden und dachte: Ich lebe in einer Welt voller Schweine.

Das Le Jardin, ein modernes Hotel mit dreihundert Zimmern in der Nähe Siebzehnter und Sansom im Herzen der Innenstadt, war ein gigantisches graues Gebäude mit eckigen schwarzen Geländern aus Schmiedeeisen vor den siebzig Balkonen. Das Hotel galt als Beispiel moderner europäischer Architektur an der Ecke des Stadtteils, der nun als Philadelphias neues Französisches Viertel angesehen wurde. Es wurde von einem internationalen belgischen Unternehmen geleitet, das auch Immobilien in Paris, Monaco und London verwaltete. Das Le Jardin war 2005 komplett renoviert worden. Mit den auf Hochglanz polierten Wandverkleidungen aus Mahagoni, den Mattglas-Türen und den luxuriösen Annehmlichkeiten der französischen Lebensart zog es vor allem Manager großer Firmen und vermögende Touristen an.

Neben den Hotelzimmern gab es auch sechs Suiten auf der vorletzten Etage, alle mit Blick auf die Stadt, und eine Präsidentensuite im obersten Stockwerk mit einer atemberaubenden Aussicht auf den Delaware River und weit darüber hinaus.

Für Lucinda Doucette war, wie für das gesamte Hauspersonal, das, was sie zu sehen bekam, nicht so malerisch, aber manchmal in gewisser Hinsicht ebenfalls atemberaubend.

Wie für alle Hotels war auch für das Le Jardin die Anzahl

seiner Sterne – bei Orbitz, Hotels.com, Expedia, Hotwire, Priceline – von allergrößter Bedeutung.

Die Hotelleitung schaute sich zwar auf den Internetseiten gerne die Kommentare und Kritiken an, aber es gab nur zwei Rankings, die wirklich wichtig waren: Mobil und AAA.

Mobil testete die Hotels alle paar Jahre. Der amerikanische Automobilklub allerdings war viel strenger – einige würden sogar sagen, knauserig – mit der Vergabe seiner Sterne. Daher war der AAA von allen Organisationen, von deren Einschätzung der Unterkunft, Gastronomie und Lage der Erfolg aller Hotels abhing, am meisten gefürchtet und respektiert. Wenn man den amerikanischen Automobilklub enttäuschte, spürte man innerhalb weniger Monate einen Rückgang an Gästen.

Bei der Bewertung ganz oben rangierten der Komfort, das Personal, der Service und die Sauberkeit.

Das Le Jardin wurde zu Recht als ein Hotel der gehobenen Klasse angesehen und bekam immer vier Sterne verliehen. Es verstand sich von selbst, dass die Hotelleitung darauf bedacht war, diese auch zu behalten.

Lucy Doucette arbeitete schon seit über einem Jahr als Zimmermädchen im Le Jardin. Sie hatte kurz nach ihrem achtzehnten Geburtstag dort angefangen. Anfangs loggte sie sich ständig in die verschiedenen Reiseportale ein und las die Gästebewertungen und die Kommentare, vor allem was die Sauberkeit betraf. Natürlich hätte sie von der Hausdame schon etwas gehört, wenn sie ihren Job nicht anständig machte. Sie war eine kühle, rationale Frau namens Audrey Balcombe, die – wie es hieß – an der *Université d'Avignon* ihren Master in Kommunikationswissenschaft gemacht hatte. Zur Hotelfachfrau soll sie bei Kurt Wachtveitl, dem legendären ehemaligen Direktor des Mandarin Oriental in Bangkok, ausgebildet worden sein.

Lucy war stolz auf ihre Arbeit und wünschte sich, von den Gästen selbst zu hören, ob sie zufrieden oder unzufrieden waren. Ein Kritiker auf tripadvisor.com hatte dem Le Jardin für die Sauberkeit nur einen Stern gegeben (für null Sterne gab es keine Option, sonst hätte dieser Kritiker sie bestimmt gewählt). Er ging sogar so weit, das Hotel hinsichtlich der Sauberkeit mit einer Umkleidekabine im YMCA in der Stadtmitte zu vergleichen. Der Kritiker beklagte sich vor allem, er habe, als er nach dem Einchecken das Badezimmer betrat, feststellen müssen, dass auf der Toilette nicht abgezogen worden war. In Lucys Augen war der Typ, der diese Kritik geschrieben und ins Netz gestellt hatte, ein Scheißkerl und die Toilette garantiert nicht schmutzig gewesen. Die Gefahr, dass so etwas jemals passierte, tendierte praktisch gegen null. Dennoch arbeitete Lucy in den nächsten zwei Wochen mit doppelter Energie auf ihrer Etage, der zwölften, und überprüfte die Toiletten zwei Mal, ehe sie das Zimmer für die neuen Gäste freigab.

Meistens war der hohe Anspruch, den sie an ihre Arbeit stellte, für sie die größte Belohnung – Gott wusste, dass es die Bezahlung nicht war –, aber manchmal – nicht oft – gab es auch unerwartet ein Trinkgeld.

Ungefähr vor fünf Monaten hatte ein Gast, ein älterer, vornehmer Herr, der sechs Tage geblieben war, nach dem Auschecken einen Hundert-Dollar-Schein mit einem Zettel unters Kopfkissen gelegt, auf dem stand: *Für das Mädchen mit dem gehetzten Blick – gute Arbeit.*

Gehetzter Blick, musste Lucy damals immer denken. Anschließend trug sie wochenlang auf dem Weg von und zur Arbeit eine Sonnenbrille.

Im Augenblick hätte Lucy gerne den Mann in Zimmer 1212 erwürgt. Es war schier unglaublich: verschütteter Kaffee auf dem Stuhl, befleckte Kissenbezüge, zerbrochene Bierflaschen in der Badewanne, ein umgekipptes Frühstückstablett, ein mit Haaren verstopftes Waschbecken, Tuben mit Shampoo und Haarspülung unter dem Bett, wo auch zwei Garnituren schmutzige Unterwäsche lagen; alle Handtücher tropfnass und auf dem Boden. Lucy war einiges gewohnt, aber so etwas hatte sie noch nicht erlebt. In einem der Handtücher klebte ein großer Klumpen Erbrochenes.

Mein Gott, was für ein Schwein!

Lucy musste sich ranhalten. Vor der Mittagspause musste sie noch vier Zimmer sauber machen und hatte dafür knapp zwei Stunden Zeit. Die Hausdame wusste ganz genau, wann sie mit einem Zimmer begann. Wenn Lucy länger als vierzig Minuten brauchte, merkte sie es sofort.

An normalen Tagen musste jedes Zimmermädchen vierzehn Zimmer reinigen. Wenn man schnell war – und die neunzehnjährige Lucy sprühte nur so vor Energie –, konnte man »Pluspunkte« sammeln, indem man andere Zimmer übernahm. Das war bei Lucy oft der Fall. Sie machte ihre Arbeit gut und verwickelte die Gäste auf den Gängen nur selten in Gespräche. Lucy war stets höflich und bot mit dem dezenten Make-up, den kornblumenblauen Augen und dem karamellbraunen Haar einen hübschen Anblick. Die Arbeitskleidung passte der schlanken jungen Frau immer wie angegossen. Mehr als einmal hatte sie bemerkt, dass männliche Gäste ihr mit den Blicken folgten.

Obwohl die Arbeit nicht sehr anspruchsvoll war, musste man sich verdammt konzentrieren. Der Unterschied zwischen einem Hotel mit dreieinhalb Sternen und mit vier Sternen lag oft nur in der Einstellung und den Details.

Auf einige Dinge hatten die Angestellten keinerlei Einfluss. Dazu gehörten zum Beispiel die Qualität der Bettwäsche und der Handtücher und die Entscheidung, ob Mundwasser ins Badezimmer gestellt wurde oder nicht und ob es am Abend einen Zimmerservice gab, der das Aufdecken des Bettes einschloss. Andere Dinge hingegen fielen in die Verantwortung der Zimmermädchen.

Heute checkten die Teilnehmer einer dreitägigen Tagung im Hotel ein. Es handelte sich um eine Gruppe namens *Société Poursuite*. Wie Lucy es verstanden hatte, befassten sich diese Leute mit ungelösten Mordfällen, was sie als eine Art ausgefallenes Hobby betrieben. Sie hatten ein Drittel aller Zimmer gebucht, inklusive der gesamten zwölften Etage.

Lucy ging mit ihrem gesunden Menschenverstand davon aus, dass *Société* Society bedeutete, und sie hoffte nur, dass das andere Wort nicht Schwein hieß.

Als Lucy mit Zimmer 1212 fertig war, dachte sie über ihren Termin in der Mittagszeit nach.

Sie hatte in den letzten neun Jahren so viele sogenannte Fachleute kennengelernt, so viele Menschen, die zu wissen glaubten, was mit ihr nicht stimmte. Lucy hatte sogar an einem Pilotprojekt zur Regressionstherapie im Klinikum der University of Pennsylvania teilgenommen. Ihr fehlte das Geld für diese Therapie, doch nach drei Einzelgesprächen wurde ihr die Teilnahme bewilligt. Es lief nicht gut. Fünf Tage lang saß sie in einer aus acht Personen bestehenden Gruppe, die darüber sprachen, wie sie im früheren Leben von Attila, dem Hunnen, vergewaltigt worden waren oder mit Marie Antoinette gefüßelt oder den abgeschlagenen Kopf von Johannes dem Täufer geküsst hatten. Sie verstanden ihr Problem nicht richtig. Lucy hoffte, dass sie doch einmal jemanden fand, der es verstand.

Sie lernte dort aber ein paar nette Leute kennen. Den Mann, der gestorben und wieder ins Leben zurückgeholt worden war. Die Frau, die nach einem Schlag auf den Kopf drei Monate durch die Stadt irrte und nicht mehr wusste, wer sie war.

Lucy hatte auch einen Verhaltenstherapeuten aufgesucht – genau zehn Mal. Die Krankenversicherung ihres Arbeitgebers gestattete ihr, in einem Kalenderjahr zehn Mal zu einem Psychologen zu gehen. Sie musste den Eigenanteil von fünfundzwanzig Dollar bezahlen. Das Geld konnte sie so eben aufbringen.

Wenn sie Glück hatte, würde sich das alles heute ändern. Heute traf sie sich mit dem Traumweber.

Als Lucy eines Tages auf ihrem Putzwagen saß, fand sie seine Visitenkarte, die vermutlich ein Gast weggeworfen hatte. Aus irgendeinem Grund steckte sie die Karte in die Tasche und behielt sie. Vor einer Woche kam sie plötzlich auf die Idee, diese Nummer anrufen. Lucy führte ein kurzes Gespräch mit dem Mann, der ihr erklärte, was er genau machte.

Er sagte, er würde den Menschen helfen, ihre Träume zu erforschen, und behauptete, er könne sie von ihren Albträumen befreien. Heute Mittag hatte sie eine Verabredung mit ihm.

Lucy strich die Bettdecke glatt und warf einen prüfenden Blick ins Zimmer. Perfekt. Das Zimmer war fertig, sie jedoch nicht.

Sie ging zum Schrank, trat hinein, schloss die Tür und setzte sich hin. Dann nahm Lucy die Binde aus der Tasche, legte sie sich auf die Augen und knotete sie am Hinterkopf zusammen.

Leise brach die Dunkelheit über sie herein, und sie war froh darüber.

Das war seit neun Jahren so, seitdem die Erde unter Lucys Füßen gebebt und der Teufel ihre Hand genommen hatte. Drei Tage ihres Lebens waren ihr geraubt worden.

Während Lucy Doucette in dem Schrank saß und die Geister der Vergangenheit um sie herumwirbelten, betrat zwölf Stockwerke tiefer ein Mann die Hotelhalle.

Wie es bei vielen anderen auch der Fall war, die jetzt auf dem Weg zum Le Jardin waren, galt sein Interesse den krankhaften, dunklen Seiten der menschlichen Natur, den düsteren, Furcht erregenden Bereichen des psychopathischen Geistes. Besonders interessierte er sich für die Entführung und Ermordung junger Mädchen, für die Denkweise der Pädophilen.

Er hatte Zimmer 1208 gebucht. Dieses Zimmer hatte eine Geschichte, eine düstere Vergangenheit, die der Mann gut kannte.

Zimmer 1208 lag, wo sonst, im zwölften Stock.

Lucinda Doucettes Etage.

16.

Kurz nach zehn bekamen Jessica und Byrne einen Anruf aus der Rechtsmedizin. Die Obduktion von Kenneth Beckman war für neun Uhr an diesem Morgen angesetzt, aber Tom Weyrich sagte, er wolle den Detectives etwas zeigen, ehe er mit der Autopsie begann.

Auf dem Weg zur Rechtsmedizin rief Jessica im Kinderheim an. Sie erfuhr, dass Carlos die ganze Nacht durchgeschlafen hatte und jetzt spielte. Wie benommen legte sie auf. Jessica hatte das Gefühl, dass Carlos in die Mühlen der Bürokratie geriete, wenn sie jetzt nichts unternahm. Eigentlich hatte sie mit Vincent über eine Adoption sprechen wollen, aber durch den bevorstehenden Umzug und den damit verbundenen Stress ergab sich keine Gelegenheit.

Vielleicht würde sie das Thema heute Abend anschneiden. Vielleicht würde sie Vincent heute Nacht mit heißem Sex milde stimmen.

Die Rechtsmedizin des Philadelphia Police Departments befand sich an der University Avenue. Unter anderem fiel es in ihre Zuständigkeit, die Ursache bei allen plötzlichen und gewaltsamen Todesfällen in Philadelphia County zu untersuchen und die Todesursache zu bestimmen, und das vor allem bei Mord, Selbstmord, Unfällen und Drogentoten.

In den vergangenen Jahren hatte die Rechtsmedizin es durchschnittlich mit sechstausend Todesfällen jährlich zu tun, von denen etwa fünfzig Prozent eine Obduktion erforderten. Daneben mussten die Rechtsmediziner Identifizierungen vornehmen, Autopsieberichte schreiben, als Experten vor Gericht aussagen und Trauerbeistand für betroffene Familienangehörige leisten.

Während Jessica und Byrne im Vorraum neben dem Obduktionssaal warteten, brachten ihnen die unzähligen Insekten, die von den großen Insektenfallen – rechteckigen blauen Lampen an der Wand – angezogen wurden, ein Ständchen. Das ständige Summen der Fliegen, größtenteils Schmeißfliegen, die auf den Lampen geröstet wurden, war nervtötend.

Jessica schaute auf den Plan an der Wand, auf dem die in der vergangenen Woche durchgeführten Obduktionen standen. Schließlich kam Tom Weyrich zu ihnen.

»Das verstehe ich nicht, Tom«, sagte Jessica. »Auf dem Plan stehen zwölf Obduktionen, aber nur elf Namen.«

»Das möchten Sie bestimmt gar nicht wissen«, sagte Weyrich.

»Jetzt *muss* ich es wissen. Ich bin von Natur aus neugierig.«

Weyrich strich sich übers Kinn. Er hatte sich heute Morgen vier Mal beim Rasieren geschnitten. »Sind Sie sicher?«

»Jetzt sagen Sie schon.«

»Okay, letzte Woche bekamen wir einen Anruf von der Universität. Offenbar hatte jemand ein inneres Organ auf die Eingangstreppe der Tanenbaum Hall geworfen.«

In der Nicole E. Tanenbaum Hall an der University of Pennsylvania befand sich unter anderem die Biddle Law Library.

»Jemand hat da Körperteile hingeworfen?«

Weyrich nickte. »Was für eine Welt, was?«

»Was für eine *Stadt*.«

»Wir mussten das Ding jedenfalls wie die sterblichen Überreste eines nicht identifizierten Verstorbenen behandeln. Wir haben alle üblichen pathologischen Tests und Untersuchungen durchgeführt.«

»Ich verstehe immer noch nicht, warum auf dem Plan kein Name steht. Konnten Sie die sterblichen Überreste niemandem zuordnen?«, fragte Jessica.

»Ja und nein.«

»Tom.«

»Es war der Magen einer Kuh.«

Jessica wechselte einen Blick mit Byrne. Er lächelte und schüttelte den Kopf.

»Noch eine Frage«, sagte Jessica.

»Okay.«

»Hat die Untersuchung interessante Erkenntnisse gebracht?«

»Sehr komisch«, sagte Weyrich. »Mit diesem Job habe ich das Studium meiner beiden Kinder an der Villanova University finanziert.«

Jessica gab sich geschlagen und hob die Hände.

»Ich muss Ihnen etwas zeigen.« Weyrich schob einen Leichnam in die Mitte des Vorraums.

Der Leichnam von Kenneth Arnold Beckman lag ausgestreckt auf dem Stahltisch und war bis zur Brust mit einem Laken bedeckt.

Weyrich richtete das Oberlicht auf die rechte Hand des Opfers. Er streifte einen Handschuh über und zog die Finger vorsichtig zurück.

»Ich wollte, dass Sie sich das hier mal ansehen«, sagte er und deutete auf eine winzige Zeichnung auf der Fingerkuppe des rechten Zeigefingers, die ungefähr ein mal zwei Zentimeter groß war.

»Was ist das?«, fragte Jessica.

»Ob Sie es glauben oder nicht, es ist ein Tattoo.«

»Auf seinem Finger?«

»Auf seinem Finger. Als wir die Hände gereinigt haben, um die Fingerabdrücke zu nehmen, haben wir es entdeckt.«

Jessica ärgerte sich, dass sie es am Fundort übersehen hatte. Sie setzte ihre Brille auf und schaute sich das Tattoo genauer an. Es handelte sich um einen stilisierten Löwen. Die kräftigen Farben und die kräftigen Ränder erinnerten an ein Bild im Malbuch eines Kindes.

»Ich habe das Vorstrafenregister dieses Mannes gelesen«, sagte Jessica. »Ich hatte nicht den Eindruck, als würde dieser Typ auf Tattoos stehen.«

»Dafür können sich Menschen aus allen Schichten begeistern«, sagte Weyrich. »Ich habe eine Probe genommen und sie ins Labor geschickt. Die Kollegen müssten uns sagen können, was für eine Tinte benutzt wurde.«

»Sie haben eine Probe genommen?«, fragte Jessica. »Eine Hautprobe?«

»Das ist kein echtes Tattoo, es ist ein Abziehtattoo.«

Jessica schaute es sich noch einmal an. Da es sehr klein war, konnte sie aus dieser Entfernung den Unterschied nicht erkennen. Weyrich reichte ihr eine starke Lupe. Jessica betrachtete aufmerksam das Bild des Löwen. Die Tinte und die kräftige Farbe standen in starkem Kontrast zu der blutleeren, bleichen Haut des toten Mannes.

»Es ist nicht mehr feucht, oder?«

»Nein«, sagte Weyrich. »Aber es ist neu. Ich würde sagen, es wurde vor weniger als zweiundsiebzig Stunden auf die Haut geklebt.«

Als Kind ging Jessica manchmal in das kleine Kaufhaus in South Philly und kaufte kleine Tattoos, die man nur feucht machen musste und dann auf die Haut kleben konnte. Wenn man ein oder zwei Mal durch den Rasensprenger lief oder einmal in ein Schwimmbecken sprang, gingen sie normalerweise ab.

»Hat er noch andere Tattoos?«

»Erstaunlicherweise nicht«, sagte Weyrich.

»Und warum, glauben Sie, ist dieses hier interessant für uns?«

Weyrich richtete Jessicas Lupe auf eine Stelle der linken Schulter des Opfers. Jessica sah einen blassen Fleck, der nur ein paar Millimeter groß war und dieselbe Farbe hatte wie das Gelb des Löwentattoos.

»Ich glaube, das hier ist zu derselben Zeit entstanden«, sagte Weyrich. »Ich glaube, der Täter hat das Tattoo aufgetragen und dann diesen Fleck hinterlassen, als er die Leiche umgedreht hat.«

Jessica sah keine Rillen auf dem Fleck. Das war kein Fingerabdruck, was darauf schließen ließ, dass der Täter Handschuhe getragen hatte.

»Und das führt uns zu den beiden anderen Kunstwerken auf dem Körper der Leiche«, sagte Weyrich. Er zog das Laken nach unten, worauf der Bereich genau über dem Rippenbogen auf der rechten Seite sichtbar wurde. Dort waren die beiden unverkennbaren Wunden einer Elektroschockpistole, rotviolette Flecken, die aussahen wie der Biss eines Vampirs.

»Er wurde mit einem Taser außer Gefecht gesetzt«, sagte Jessica.

Weyrich nickte. Jessica dachte an die minutiöse Planung bei diesem Mord. Der Schnitt auf der Stirn des Mannes, die

Stichwunde, die ihm offenbar an einer ganz bestimmten Stelle zugefügt wurde, die Rasur des gesamten Körpers. Das war jedenfalls kein Mord im Affekt, sondern ein eiskalter, geplanter, vorsätzlicher Mord.

»Was ist mit der Rasur?«, fragte Jessica.

»Ich glaube, sie wurde nach Eintritt des Todes durchgeführt, ohne eine Lotion oder eine Rasiercreme aufzutragen.« Weyrich zeigte auf ein paar Stellen, wo die Haut stark aufgescheuert war. »Ich nehme an, der Täter hat ihn schnell mit einem Haartrimmer rasiert und nicht mit einem Rasierapparat. Darum musste er das Gerät fester auf die Haut drücken. Er hat aber dennoch nicht die gesamte Behaarung abrasiert.«

Jessica machte sich Notizen, während Byrne nur zuhörte. Das war ihre übliche Vorgehensweise in der Rechtsmedizin.

Weyrich richtete die Lupe auf die Stirn des Opfers und deutete auf den geraden Schnitt unterhalb des Haaransatzes. Im grellen Licht sah er wie eine tödliche Wunde aus, als hätte der Mörder versucht, Kenneth Beckmans Schädeldecke aufzusägen.

»Dieser Schnitt wurde ihm mit einem scharfen Rasiermesser oder einem Skalpell beigebracht«, erklärte Weyrich ihnen. »Der Täter hat darauf geachtet, nicht zu tief in die Haut zu schneiden. Es gehört schon etwas Geschicklichkeit dazu. Der Schnitt am rechten Ohr wurde nicht annähernd so sauber ausgeführt.«

Jessica schaute auf das Ohr des Opfers. Das geronnene Blut hatte eine schuppige braune Masse gebildet. »Können Sie uns sagen, ob der Täter Rechts- oder Linkshänder ist?«, fragte sie.

»An dieser Wunde können wir das leider nicht erkennen. Wenn er Rechtshänder ist, hätte er vermutlich auf der linken

Seite begonnen und das Messer nach rechts gezogen. Das wäre die normale Vorgehensweise. Aber nur, wenn er mit gespreizten Beinen über dem Opfer stand.« Weyrich beugte sich über die Leiche und tat so, als würde er eine Klinge von links nach rechts über die Stirn des Opfers ziehen. »Wenn er jedoch hier gestanden hat ...« Weyrich stellte sich genau neben den Kopf der Leiche. »... dann könnte er denselben Schnitt als Linkshänder von rechts nach links ausgeführt haben.«

»Und der Schnitt wurde dem Opfer zugefügt, als es noch gelebt hat?«, fragte Byrne.

»Ja.«

»Was hat er gemacht, damit das Opfer den Kopf nicht bewegt?«

»Gute Frage.« Weyrich zeigte auf vier kleine bläuliche Flecken am Kopf des Toten. Auf beiden Seiten der Stirn unmittelbar über den Schläfen befanden sich runde, etwa einen Zentimeter große Abdrücke und auf beiden Seiten des Unterkiefers ebenfalls. »Sein Kopf wurde an diesen vier Punkten fixiert.«

»Mit einer Art Schraubzwinge?«, fragte Byrne.

»Ich glaube, der Täter hat ein Gerät benutzt, das sich viel besser eignet und viel teurer ist. Es könnte eine Art chirurgischer Zwinge gewesen sein. Wenn Schädeloperationen durchgeführt werden, ist es von größter Bedeutung, dass der Patient sich nicht bewegt. Zum Glück haben wir dieses Problem hier bei uns nicht. Unsere Patienten zappeln nicht mehr herum.«

»Meinen Sie, unser Täter könnte eine medizinische Ausbildung haben?«

»Könnte sein.«

Jessica betrachtete die blauen Flecken und dachte an das

grausame Gefühl, den Kopf nicht bewegen zu können, weil er in einer Zwinge steckte. »Wo bekommt man so ein Gerät her?«

»Im Fachhandel. Und sie sind sehr teuer. Ich gebe Ihnen eine Liste mit Händlern für medizinische Geräte.«

Jessica machte sich eine Notiz, damit sie nicht vergaß, dieser Spur nachzugehen.

»Da ist noch etwas«, fuhr Weyrich fort. Er wies auf die Stichwunde auf der Stirn und reichte Jessica die Lupe. Sie schaute sich die Wunde an. »Worauf soll ich achten?«

»Sehen Sie den Bereich rings um die Wunde? Die Farbe?«

Unter der Lupe sah der Einstich nicht mehr wie eine saubere Stichwunde aus. Das ausgefranste, zerrissene Gewebe wölbte sich wie nach einer kleinen Explosion nach außen. Jessica sah einen kleinen roten Kreis um die Wunde. Ein unnatürlich *leuchtendes* Rot. »Das ist kein getrocknetes Blut, nehme ich an.«

»Nein, das wäre viel dunkler. Dieser Kreis wurde mit einem Marker gezogen. Vielleicht mit einem Filzstift.«

Jessica wechselte kurz einen Blick mit Byrne. »Mit einem Marker?«

Weyrich nickte.

»Sie meinen, der Mörder hat die Stelle zuerst markiert?«

Weyrich nickte wieder. Er war stolz auf die Entdeckung, ohne sich etwas darauf einzubilden. »Ich habe schon ganz andere Sachen gesehen.«

»Warum sollte er das tun?«

Weyrich nahm die Lupe in die Hand und zog das Laken wieder über die Leiche. »Das müssen Sie herausfinden, Detective. Dafür werde ich nicht bezahlt. *Sie* sind die Küchenchefin, ich bin nur der Commis.«

Als sie die Rechtsmedizin verließen, wartete David Albrecht draußen auf sie. Die Rechtsmedizin durfte er aus verschiedenen Gründen nicht betreten.

»Was habe ich verpasst?«, fragte er.

»Eine Menge Leichen«, sagte Byrne. »Ich habe ›Aufnahme!‹ gebrüllt, aber niemand hat sich bewegt.«

David Albrecht begriff, dass er von Kevin Byrne nichts erfahren würde. Er wandte sich an Jessica.

»Wohin jetzt?«, fragte er.

»Wir gehen einen Kaffee trinken«, sagte Jessica. »Kommen Sie doch mit.«

»Sie können ein paar Aufnahmen von uns machen, wenn wir uns die Speisekarte ansehen, Sahne in den Kaffee gießen und uns streiten, wer bezahlt«, sagte Byrne.

Albrecht lachte. »Okay, okay. Ich baue nachträglich noch ein paar Spannungsmomente ein.«

Byrne lächelte und blinzelte Jessica zu. Man konnte noch nicht vom Beginn einer großen Freundschaft sprechen, aber es war immerhin ein Anfang. Byrne war nicht besonders begeistert, dass ihnen ständig jemand mit der Kamera hinterherlief, und das war Jessica auch nicht.

Die Detectives nahmen Albrecht in ihrem Wagen mit. Er ließ seinen Transporter vor der Rechtsmedizin stehen. Sie fuhren die University Avenue hinunter.

»Haben Sie, was Sie haben wollten?«, fragte Jessica.

»Mehr oder weniger«, erwiderte Albrecht. »Heute Morgen war ich bei der Bezirksstaatsanwaltschaft. Ich verbinde zwei Handlungsstränge miteinander. Ich filme auch zwei Bezirksstaatsanwälte bei der Arbeit. Das hat bestimmt noch nie jemand gemacht.«

»Sie meinen, Detectives und Staatsanwälte bei der Arbeit beobachten und filmen?«, fragte Byrne.

»Genau.«

»Sie meinen, wie in allen Episoden von *Law & Order?*«

Albrecht schwieg.

»Ich bin sicher, Sie drücken Ihrem Film einen eigenen Stempel auf«, sagte Jessica und warf Byrne einen bösen Blick zu.

Sie fuhren zu einem Coffee Shop in der Spruce Street. Albrecht, der zwei Tische entfernt saß, bot sich tatsächlich die Gelegenheit, die beiden beim Lesen der Speisekarte zu filmen. Als sie ihre zweite Tasse Kaffee tranken, ließ er die Kamera sinken und schob einen Stuhl an ihren Tisch.

»Wir sind also nicht Ihre einzigen Stars?«, fragte Byrne.

»Nein«, erwiderte Albrecht lächelnd. »Ich zeichne ein großes buntes Bild.«

»Übrigens, was ich Sie noch fragen wollte«, sagte Byrne. »Haben Sie die Menschenmenge am Tatort in der Federal Street gefilmt?«

»Ja. Die Aufnahmen sind ganz gut geworden.«

»Wir würden uns das Filmmaterial gerne ansehen, wenn Sie nichts dagegen haben. Könnte sein, dass unser Täter sich dazugesellt hat, um alles zu beobachten.«

»Okay, okay«, erwiderte Albrecht und nickte. »Ich kopiere die Szene auf eine DVD.«

»Das wäre nett.«

Die Kellnerin kam mit drei Tassen Espresso an den Tisch, die alle drei für Albrecht waren. Jessica und Byrne wechselten einen Blick.

Albrecht zuckte mit den Schultern. »Sie kennen sicher die Redensart: *Schlaf ist ein Symptom für Koffeinmangel.*« Er trank die erste kleine Tasse in einem Zug leer.

Byrne zeigte auf den digitalen Camcorder auf dem Stuhl neben ihm. »Erzählen Sie uns doch mal, wie es dazu kam, dass Sie diese Richtung eingeschlagen haben.«

Albrecht schüttete Zucker in den zweiten Espresso und rührte ihn um. »Es hat sicherlich mit meinem Vater zu tun. Als ich klein war, ging er oft mit mir ins Kino. Er war sehr an Kunst und Kultur interessiert und in diesem Bereich sehr engagiert, wissen Sie. Aus irgendeinem Grund haben mich schon relativ früh Dokumentarfilme fasziniert.«

»Wissen Sie noch, welcher Film Ihnen am besten gefallen hat?«

»Ich glaube, der Film, der für mich entscheidend war, hieß *Im Schatten der Stars*.« Sein Blick wanderte zwischen Jessica und Byrne hin und her. »Hat einer von Ihnen den Film mal gesehen?«

Jessica kannte den Film nicht.

»War das nicht die Dokumentation über die Mitglieder des Opernchores?«, fragte Byrne.

»Ja!«, rief Albrecht begeistert und schaute sich sofort in dem Café um. »Verzeihung. Das war ziemlich laut, nicht wahr?«

Byrne lächelte. »Das ist hier kein Problem.«

»Als ich den Film im zarten Alter von sieben Jahren gesehen habe, ging mir auf, dass ich Filme über ganz normale Menschen drehen könnte. Nichts langweilt mich mehr als berühmte Persönlichkeiten. Ich sehe niemals fern.«

»Ich finde, der Film ist für einen Siebenjährigen recht anspruchsvoll«, meinte Byrne.

Albrecht trank den zweiten Espresso aus und nickte. »Wie schon gesagt, ging das Interesse meines Vaters an Kunst und Kultur mit großem Engagement einher. Wenn ich mich nicht irre, haben wir den Film im Rahmen einer Benefizveranstaltung gesehen. Dieser Film hat mich geprägt. Vor allem die Musik hat mich beeindruckt. Insbesondere die Möglichkeiten der Tonbearbeitung.«

Plötzlich ging Jessica ein Licht auf. »Warten Sie mal. Ihr Vater war Jonas Albrecht?«

»Ja.«

Mehr als fünfundzwanzig Jahre lang war Jonas Albrecht eine echte Naturgewalt in der Kunstszene, Geschäftswelt und Politik von Philadelphia gewesen – einer der Direktoren der renommierten Pennsylvania Society. Albrecht war ein reicher Mann, der sein Vermögen mit Immobilien gemacht hatte. Er gründete eine Reihe von Organisationen und war eng mit dem Philadelphia Orchestra verbunden. 2003 kam er auf tragische Weise ums Leben, als er von Autodieben überfallen und erschossen wurde. Jessica hatte damals schon bei der Polizei gearbeitet, aber noch nicht in der Mordkommission. Sie wusste nicht genau, ob der Fall jemals aufgeklärt worden war.

»Das war eine entsetzliche Tragödie«, sagte Byrne. »Es tut uns schrecklich leid.«

Albrecht nickte. »Danke.«

Wir sind die Summe unserer Erfahrungen, dachte Jessica. Vielleicht hätte David Albrecht einen anderen Weg gewählt, wenn sein Vater nicht bei diesem schrecklichen Überfall zu Tode gekommen wäre. Es hatte lange gedauert, bis Jessica begriff, dass auch ihr Leben ohne ihre eigenen Tragödien sicherlich eine andere Richtung genommen hätte. Eine dieser Tragödien war der Tod ihres Bruders Michael, der 1991 in Kuwait ums Leben kam. Bis zu diesem schicksalhaften Tag hatte Jessica an der juristischen Fakultät studiert. Michael wollte in die Fußstapfen seines Vaters treten und zur Polizei gehen. Das Leben nahm oft unerwartete Wendungen.

Byrne und David Albrecht unterhielten sich über Dokumentarfilme, doch das war nicht Jessicas starke Seite. Darum klinkte sie sich aus dem Gespräch aus. Als sie sich den Film *This is Spinal Tap* angesehen hatte, begriff sie erst nach einer Stunde, dass es sich um eine Parodie handelte. Jessica holte ihr iPhone aus der Tasche und suchte Tattoo-Studios in Philadelphia. Sie rief bei einigen an und erfuhr, dass sie keine Abziehtattoos verkauften. Die letzte Nummer, die sie wählte, war die eines Kaufhauses in der South Street. Dort nannte man ihr die Adresse eines Studios in der Chestnut Street, das kürzlich eröffnet hatte und Ephemera hieß. Die junge Frau sagte, dieses Studio verkaufe auch Abziehtattoos und habe einen guten Ruf.

Ephemera befand sich im ersten Stock eines Reihenhauses, das in Geschäftsräume umgebaut worden war. In dem kleinen Laden im Erdgeschoss wurden asiatische Spezialitäten verkauft.

Während David Albrecht ein paar Außenaufnahmen des Gebäudes machte, stiegen Jessica und Byrne die schmale Treppe hinauf und öffneten die Mattglastür.

Im Eingangsbereich von Ephemera brannten Dutzende von Kerzen. An den Wänden hingen Wandteppiche in Magentarot und Gold. Möbel und Stühle gab es hier keine, nur Kissen auf dem Boden. Es roch stark nach Räucherstäbchen, und das Wartezimmer war leer.

Sie brauchten nicht lange zu warten, bis eine Frau durch den Vorhang trat und sie begrüßte. Die zierliche Inderin um die vierzig trug eine türkisfarbene Seidentunika und eine schwarze Hose. »Ich bin Dalaja«, sagte sie. »Wie kann ich Ihnen helfen?«

Jessica zog ihre Dienstmarke aus der Tasche und zeigte sie ihr. Dann stellte sie sich und Byrne vor.

»Gibt es Probleme?«, frage Dalaja.

»Nein«, erwiderte Jessica. »Wir haben nur ein paar Fragen. Haben Sie einen Moment Zeit für uns?«

»Sicher.«

Dalaja wies auf die großen Kissen vor dem Fenster mit Blick auf die Chestnut Street. Jessica und Byrne setzten sich hin. Nun ja, *hinsetzen* war vielleicht nicht das richtige Wort für Byrnes Verrenkungen. Für einen Mann seiner Größe stellte es sich als schwierig heraus, aus der Höhe auf dem Kissen zu landen.

»Möchten Sie einen Tee?«, fragte Dalaja, nachdem sie sich alle gesetzt hatten.

»Nein danke«, sagte Jessica.

»Würde eine Tasse Masala Chai zu große Umstände machen?«, fragte Byrne.

Dalaja lächelte. »Überhaupt nicht. Es dauert aber ein paar Minuten.«

»Kein Problem.«

Dalaja verschwand im Hinterzimmer.

»Masala Chai?«, fragte Jessica leise.

»Was ist damit?«

»Führst du heimlich ein Doppelleben, von dem ich nichts weiß?«

»Wenn ich es dir erzählen würde, würde es auffliegen, nicht wahr?«

Jessica schaute sich um. An der hinteren Wand standen Glasregale voller bunt gefärbter Kleidungsstücke. Auf einem anderen Glasregal waren geschnitzte Kunstwerke und Schmuck ausgestellt. Leise Klänge moderner indischer Musik drangen aus dem Bereich hinter dem Vorhang in den Verkaufsraum.

Es dauerte nicht lange, bis Dalaja zurückkehrte und sich gegenüber von ihnen auf ein großes Kissen setzte. Sie war so leicht, dass sie kaum einen Abdruck hinterließ. Man hätte meinen können, sie schwebe über dem Kissen. »Der Tee ist gleich fertig.«

»Danke«, sagte Byrne.

»Darf ich Sie fragen, was genau Sie hier anbieten?«, fragte Jessica.

»Das ist ein Mehndi-Studio.«

»Könnten Sie das bitte buchstabieren?«, bat Jessica sie.

Dalaja buchstabierte das Wort und erklärte ihr, dass es unterschiedliche Schreibweisen gab. Jessica schrieb sie sich alle auf. »Und was bedeutet das?«

»Mehndi ist eine besondere Hautdekoration, die in Südasien, Südostasien, Nordafrika und am Horn von Afrika praktiziert wird.«

»Sind das Abziehtattoos?«

»Nein. Ein Tattoo ist immer permanent und wird in die Haut eingebracht. Mehndi ist nichts Dauerhaftes, es wird auf die Haut nur aufgemalt.«

»Woraus besteht es?«

»Mehndi wird mit Henna aufgetragen. Größtenteils auf die Handflächen und die Füße, wo die Hornschicht der Haut am dicksten ist.«

»Und wie lange hält so etwas?«

»Ein paar Tage bis zu ein paar Monaten. Das kommt ganz darauf an, welche Hennapaste benutzt wird und wo genau auf dem Körper sie aufgetragen wird.«

Eine junge Inderin kam mit einer Tasse Tee auf einem verzierten schwarzen Lacktablett aus dem Hinterzimmer. Sie war noch keine zwanzig und trug traditionelle südasiatische Kleidung. Die junge Frau war bildschön. Nachdem Jessica sich noch ein paar Notizen gemacht hatte, hob sie den Kopf und stellte fest, dass das Mädchen noch immer vor ihnen stand. Jessica warf Byrne einen Blick zu. Reglos und mit offenem Mund betrachtete er das Mädchen, ohne ein Wort zu sagen. Sie war wirklich unglaublich hübsch.

»Kevin.«

»Okay«, sagte er schließlich. Er schloss den Mund und nahm die Tasse mit der Untertasse entgegen. »Danke.«

Das Mädchen verschwand wortlos im Hinterzimmer.

Dalaja nahm von dem Tisch neben ihr einen schönen, ledergebundenen Katalog und reichte ihn Jessica, die eine Weile darin blätterte. Er enthielt verschnörkelte, kunstvolle Zeichnungen. Eine Seite nach der anderen mit prächtigen Kunstwerken in bunten Farben, die größtenteils auf Hände oder Füße gemalt worden waren.

»Ich fürchte, das, was wir suchen, ist etwas anderes«, sagte Jessica. »Viel schlichter.«

»Verstehe.«

Als Jessica das Aroma des Tees – Ingwer und Honig – in die Nase stieg, ärgerte sie sich, dass sie das Angebot nicht auch angenommen hatte.

»Darf ich Ihnen ein Foto zeigen?«, fragte Jessica.

»Gerne.«

Jessica zog ihr iPhone aus der Tasche und vergrößerte das Foto des Löwentattoos auf Kenneth Beckmans Finger.

»Ah, verstehe«, sagte die Inderin. »Das ist wirklich etwas anderes.«

»Wissen Sie, was das ist?«

Dalaja nickte. »Es ist sehr klein, nicht wahr?«

»Ja. Vielleicht zwei Zentimeter groß.«

»Ich glaube, es handelt sich um ein Abziehtattoo. Sie sind relativ preiswert. Und die Qualität, nun ja ...«

Sie hatte recht. Im Vergleich zu den Fotos in dem ledergebundenen Katalog sah das Löwentattoo aus, als wäre es mit einem Buntstift gemalt worden.

»Ich nehme an, Sie bieten diesen Service nicht an und verkaufen keine Abziehtattoos«, sagte Jessica.

»Nein. Aber ich glaube, ich kann Ihnen einen Tipp geben.«

»Das wäre großartig.«

»Wenn Sie mich bitte kurz entschuldigen würden.«

Dalaja stand mühelos auf und verschwand im Hinterzimmer. Ein paar Minuten später kehrte sie mit ein paar Ausdrucken aus einem Farbdrucker zurück.

»Ich glaube, das ist das, was Sie suchen.«

Sie reichte Jessica ein Blatt mit einer Kopie des Abziehtattoos mit dem Löwen.

»Super«, sagte Jessica. »Das ist es.«

Dalaja reichte ihr ein zweites Blatt. »Oben steht die Webseite, von der ich das Bild heruntergeladen habe. Auf diesem Blatt stehen noch zehn andere, aber World Ink, die erste Firma, ist die größte. Das Bild dieses Löwen habe ich bei den anderen nicht gefunden, was aber nicht heißt, dass es nicht auch woanders verkauft wird.«

Jessica und Byrne standen auf.

»Der Chai war köstlich«, sagte Byrne. »Vielen Dank.«

»Gern geschehen«, erwiderte die Inderin. »Kann ich sonst noch etwas für Sie tun?«

»Im Augenblick nicht«, sagte Jessica.

»Dann sage ich erst einmal *alvida*.« Sie drehte sich um und verschwand geräuschlos im Hinterzimmer.

Nach ihrer Rückkehr ins Roundhouse loggte Jessica sich sofort ins Internet ein und rief die Webseite von World Ink auf. Die Firma verkaufte nicht nur Abziehtattoos, sondern auch weitere ausgefallene Artikel wie zum Beispiel spezielle Taschenkalender, große Laken zum Bemalen und nach Kundenwünschen gestaltete Rubbellose.

Jessica interessierte sich jedoch nur für das Angebot an Tattoos. Und da gab es Hunderte, wenn nicht sogar Tausende von Bildern. Engel, Autos, Flaggen, Blumen, Sportarten, Urlaubsmotive, Mythen und Märchen sowie religiöse und stammesspezifische Symbole.

Nachdem Jessica sich sechs Seiten des Online-Kataloges angesehen hatte, fand sie das Bild des Löwen. Es gehörte zu einer Serie namens TinyToos und stimmte genau mit dem Löwen auf Beckmans Finger überein. Sie zog das Handy aus der Tasche und suchte das Foto von Kenneth Beckmans Leichnam heraus. Es bestand nicht der geringste Zweifel. Wenn das Opfer sich das Tattoo nicht selbst auf den Finger geklebt hatte, und das konnte Jessica sich nicht vorstellen, da es nicht zu Beckmans Charakter passte, musste es jemand anderes getan haben. Sehr wahrscheinlich die Person, die ihn erwürgt und verstümmelt hatte.

Byrne versuchte schon seit einer halben Stunde, Sharon Beckman telefonisch zu erreichen, um sie zu fragen, ob ihr Mann ein Tattoo auf dem Finger gehabt hatte. Leider vergebens.

Jessica rief bei World Ink an und folgte ein paar Minuten lang den Anweisungen der Computerstimme. Sie drückte die Eins, die Fünf, die Zwei und schließlich die Null, worauf sich endlich jemand meldete. Nachdem sie sich vorgestellt hatte, wurde sie mit dem Verkaufsleiter des Online-Kataloges verbunden.

Jessica lieferte ihm nur die allernötigsten Erklärungen. Der Mann druckste ein wenig herum und sagte schließlich, dass er ihr gerne helfen würde, aber um sich abzusichern, eine schriftliche Anfrage brauche. Jessica fragte ihn, ob ein Fax mit dem Briefkopf des Police Departments ausreiche. Ja, das reichte aus. Jessica machte sich noch ein paar Notizen und legte auf. Sie informierte Byrne über das, was sie erfahren hatte, und zeigte ihm das Foto des Löwentattoos.

»Dieses Bild gibt es nur bei dieser Firma«, sagte sie. »Es ist eine Originalzeichnung. Das heißt aber nicht, dass unser Täter es dort gekauft hat. Er kann es auch selbst kopiert haben. Der Mitarbeiter von World Ink meinte, das sei mit einem Scanner, mit PhotoShop und dem richtigen Zubehör ganz einfach. Ich bin ziemlich sicher, dass Kenneth Beckman sich nicht so ein Abziehtattoo auf die Haut geklebt hätte. Selbst wenn es nicht direkt etwas mit dem Fall zu tun hat, wette ich, dass es jemand anderes war.«

»Zum Beispiel der Mörder.«

»Könnte sein. *Wenn* er es war, könnte er das Tattoo online bei der Firma bestellt haben. Ich faxe ihnen unsere Bitte, uns die Liste der Personen zuzuschicken, die dieses Tattoo gekauft haben.«

»Denkst du, wir brauchen dafür eine Genehmigung der Bezirksstaatsanwaltschaft?«, fragte Byrne.

»Könnte sein.«

»Ich rufe Mike Drummond an und informiere ihn über den Stand der Dinge.«

Während Byrne telefonierte, druckte Jessica das Bild des Löwentattoos aus. Als sie Lachen auf dem Gang hörte, hob sie den Blick und sah, dass Nicci Malone – verknallt wie ein Schulmädchen – mit Detective Russell Diaz den Raum betrat.

Russell Diaz war der Leiter einer kürzlich gegründeten Einsatzgruppe, die zum Dezernat Sonderermittlungen des Police Departments Philadelphia gehörte. Kevin Byrne hatte das Angebot, diese Stelle zu übernehmen, abgelehnt. Bei der neuen Spezialeinheit handelte es sich um eine Art schnelle Eingreiftruppe für Fälle, die stark im Fokus der Öffentlichkeit standen und bei denen besondere Umstände vorlagen. Diaz hatte zehn Jahre in der FBI-Außenstelle Philadelphia gearbeitet. Dieser Job sei mit zu vielen Reisen verbunden gewesen, sagte er, und daher habe er zur Polizei gewechselt, um öfter bei seiner Familie zu sein. Beim FBI war Diaz auch als Profiler tätig gewesen und hatte in den vergangenen Jahren die Mordkommission mehrmals beraten.

Außerdem war Russell Diaz ein ausgesprochen gut aussehender Mann – über eins achtzig groß, muskulös, kurz geschnittenes braunes Haar und verträumte Augen. Er trug gerne diese engen marineblauen T-Shirts des Police Departments, unter denen sich die Muskeln abzeichneten. Seltsamerweise schien er gar nicht zu merken, welch großen Eindruck er sowohl auf das starke als auch das schwache Geschlecht und alles, was dazwischen lag, machte. Das erhöhte seine Attraktivität noch mehr.

Morgen begann seine Arbeit in der neuen Abteilung.

Diaz durchquerte den Raum und ging lächelnd auf Jessica zu. »Hallo, Detective. Lange nicht gesehen.«

»Ja, zu lange«, erwiderte Jessica. Sie schüttelten sich die Hand. Während ihrer Zeit im Dezernat Autodiebstahl hatte Jessica gemeinsam mit Diaz in einer Einsatzgruppe ermittelt. Es war ihnen gelungen, einen international operierenden Ring auszuheben, der Nobelkarossen nach Südamerika verschob. »Ich freue mich, dass Sie jetzt in unserem Team sind. Wie geht es Marta?«

Marta war Diaz' Tochter. Soviel Jessica wusste, war sie eine Art musikalisches Wunderkind. Die Tatsache, dass er seit langem geschieden und alleinerziehender Vater war, machte aus ihm nicht nur einen attraktiven, sondern geradezu unwiderstehlichen Mann.

»Danke, großartig. Sie ist erst vierzehn, aber schon eine richtige junge Dame.«

Jessica sah auf den Stapel Papier und Bücher in Diaz' Händen.

»Was ist das?«, fragte sie und zeigte auf das Buch. Diaz reichte es ihr. Es war ein Exemplar von Dantes *Inferno*.

»Nur ein bisschen Unterhaltungslektüre«, entgegnete Diaz mit einem Grinsen.

Jessica fächerte die Seiten mit dem Daumen auf. Das war mit Sicherheit keine Unterhaltungslektüre. »Sie lesen das auf Italienisch?«

»Ich arbeite daran. Marta möchte als Austauschschülerin nach Italien, und ich möchte, dass ihre Freunde mich hip finden.«

»Beeindruckend.«

»Che c'è di nuovo?«, fragte Diaz.

Jessica lächelte. *»Non molto.«*

Sie nahm an, dass Diaz sie gefragt hatte, was es Neues gab, und ihre Antwort lautete »nicht viel«. Viel umfangreicher waren Jessicas Italienischkenntnisse, von ein paar Schimpfwörtern abgesehen, nicht.

Byrne betrat das Büro. Jessica winkte ihn zu sich und stellte die beiden Männer einander vor.

»Kevin Byrne, Russell Diaz«, sagte sie.

»Ich freue mich, Sie kennenzulernen«, sagte Diaz. »Ich habe schon eine Menge über Sie gehört.«

»Geht mir ebenso.«

Sie sprachen eine Weile über den Job, bis Diaz auf die Uhr schaute. »Ich muss noch zur Arch Street, um ein paar Dinge zu regeln.« Die FBI-Außenstelle Philadelphia war in der Arch Street 6000. Diaz nahm seine Sachen und Dantes *Inferno*. Er packte alles in einen Rucksack und warf ihn sich über seine breite Schulter. »Sollen wir später noch was trinken gehen?«

Nicci Malone, die hinter Diaz stand, nickte wie ein Wackeldackel.

Jessica und Byrne brachten die nächsten Stunden damit zu, die Zeugenaussagen abzutippen, die sie in der Federal Street gesammelt hatten. Leider war nicht mehr dabei herausgekommen als: *Ich weiß nichts. Ich habe nichts gehört. Ich habe nichts gesehen.*

»Ich finde, du solltest an dieser Tattoo-Firma dranbleiben«, sagte Byrne. »Mal sehen, ob ich dem Labor ein bisschen Dampf machen kann, damit wir bald erfahren, welches Papier der Mörder benutzt hat, um Beckmans Kopf so hübsch einzuwickeln.«

»Hört sich gut an«, meinte Jessica.

Im Hintergrund klingelte das Telefon. Jessica und Byrne schauten automatisch zur Zentrale hinüber, die sich fast genau in der Mitte des vollgestellten Raumes befand. Heute hatte Nick Palladino Telefondienst. Er griff in eine Schreibtischschublade, um ein Formular herauszuholen, und das konnte nur eines bedeuten.

Die Mordkommission wurde immer dann eingeschaltet, wenn es einen verdächtigen Todesfall gab. Einige entpuppten sich als Unfälle, andere als Selbstmorde. Aber immer, wenn irgendwo im Philadelphia County ein Mensch weder in einem Krankenhaus noch in einem Hospiz starb, klingelte nur ein Telefon.

Jessica und Byrne wandten ihre Aufmerksamkeit wieder dem Fall zu. Wenigstens versuchten sie es.

Ein paar Minuten später sah Jessica aus den Augenwinkeln, dass jemand das Büro durchquerte. Nick Palladino steuerte mit finsterer Miene genau auf Jessica und Byrne zu. Dino war ein umgänglicher, ausgeglichener Kollege, jedenfalls für einen Mann mit italienischen Wurzeln in South Philly, und hatte immer einen Scherz auf den Lippen. Wenn allerdings etwas Wichtiges anstand, zählte für ihn nichts anderes mehr.

Dies schien einer dieser Augenblicke zu sein.

»Jetzt sag nicht, wir haben noch eine Leiche in diesem Fall«, sagte Jessica. »Wir haben doch keine neue Leiche in diesem Fall, Dino?«

»Nein«, erwiderte Nick Palladino und zog seine Jacke an. »Haben wir nicht.« Er nahm einen Schlüsselbund und ein Funkgerät aus dem Regal. »Wir haben zwei.«

17.

Lucy Doucette brauchte für die sechs Häuserblocks keine vier Minuten. Das könnte ein Rekord gewesen sein. Unterwegs überholte sie zwei SEPTA-Busse und wich in letzter Sekunde einem SUV aus, der in der Achtzehnten Straße bei Rot über die Ampel fuhr. Seitdem Lucy drei Jahre alt war, wich sie dem Verkehr aus. Das hatte aber nicht zur Folge, dass sie langsamer ging.

Es war ein dreigeschossiges Haus in der Nähe der Cherry Street. Auf einem kleinen Schild neben der Tür stand Tillman Towers, doch das Haus war alles andere als ein Turm. Die verrostete Klimaanlage über ihrem Kopf drohte, sich jeden Augenblick aus der Verankerung zu lösen. Die Stufen, die zur Tür führten, neigten sich um zehn Grad zur rechten Seite. Lucy schaute unten auf das Schild. Dort stand: EINGANG ZU 106 HINTEN. Sie ging in die Gasse hinein, bog um die Ecke und sah eine kleine, rot gestrichene Tür. Auf der Tür war dasselbe Symbol wie auf der Visitenkarte, ein stilisierter, goldener Schlüssel.

Lucy suchte eine Klingel, fand aber keine. Daraufhin drückte sie gegen die Tür. Sie war offen. Vor ihr lag ein langer, düsterer Korridor.

Lucy ging den Korridor hinunter. Wie so oft in alten Häusern roch es nach Fett, nassen Hunden und fruchtigem Raumspray, und das alles wurde überlagert vom Gestank voller

Windeln. Lucy hatte einen ausgeprägten Geruchssinn, was in ihrem Job sehr hilfreich war. Manchmal lauerten in den Hotelzimmern an den verrücktesten Stellen die sonderbarsten Dinge. Sie aufstöbern und entsorgen zu können war ein großer Vorteil und natürlich auch unbedingt notwendig.

Als Lucy am Ende des Korridors ankam, sah sie, dass die Tür zur Wohnung 106 nur angelehnt war. Aus Gewohnheit klopfte sie am Türrahmen und hätte beinahe »Zimmerservice« gerufen, doch sie konnte sich gerade noch zurückhalten.

Sie klopfte noch einmal. »Hallo?«

Keine Antwort.

Lucy atmete tief durch und betrat den Raum.

Er war klein und beengt. In den Ecken stapelten sich fast bis zur Decke alte, ledergebundene Bücher. In der Mitte standen zwei verschiedene Sessel. Lucy hatte sofort den Geschmack abgestandenen Kaffees auf der Zunge.

»Hallo«, hörte sie eine Stimme rufen.

Lucy wirbelte herum. Ihr Herzschlag beschleunigte sich. Vor ihr stand ein drahtiger, mittelgroßer, schlanker Mann um die vierzig oder fünfzig. Sein weißes Hemd, das am Kragen und an den Manschetten vergilbt war, schien ihm ein paar Nummern zu groß zu sein. Darüber trug er ein abgewetztes marineblaues Jackett. Seine Schuhe waren staubig. Doch beeindruckend waren vor allem seine Augen. Er hatte die dunklen, glänzenden Augen eines wütenden Terriers.

»Hallo«, sagte sie in quiekendem Ton. Sie hasste es, wenn ihre Stimmte ihr nicht gehorchte. »Ich bin Lucy Doucette.«

»Ich weiß.«

Im Gegensatz zu ihrer war seine Stimme sanft und selbstsicher. Lucy hatte den Eindruck, er hätte noch nie in seinem Leben geschrien.

Er nahm ihre Hand, schüttelte sie jedoch nicht so, wie man

es normalerweise tat. Stattdessen hielt er sie nur fest und starrte ihr in die Augen. Einen Augenblick lang verschwamm alles ringsherum, als würde Lucy durch einen Duschvorhang schauen. Für seine geringe Körpergröße hatte er einen überraschend kräftigen Händedruck.

Schließlich ließ er ihre Hand wieder los.

»Wie soll ich Sie ansprechen?«, fragte Lucy, als sie wieder klar sehen konnte.

Der Mann lächelte verhalten, doch seine Augen blieben kühl. »Ich heiße Adrian Costa«, sagte er. »Du kannst mich Adrian oder Mr. Costa nennen. Wie du möchtest.«

Er deutete auf den großen grünen Sessel mit den verstaubten Armlehnen. Lucy hätte ihn am liebsten sofort abgesaugt.

»Ich würde Sie gerne zunächst Mr. Costa nennen«, sagte sie. »Wenn das für Sie okay ist.«

»Wie du möchtest.«

Lucy nahm Platz. Der Sessel war viel bequemer, als er aussah. Ehrlich gesagt sah er nämlich aus, als wären einige Federn herausgesprungen. Lucy war mit Möbeln aus dritter Hand aufgewachsen. Sie hatte in zugigen Mietshäusern und in Wohnungen im ersten Stock gewohnt, die über Bowlingbahnen, Kneipen oder chinesischen Restaurants lagen. Die Möbel hatten nie zusammengepasst und immer gewackelt. Lucy wusste nie, ob die Böden uneben oder ob die Tisch- oder Stuhlbeine unterschiedlich lang waren. Sie erinnerte sich jedenfalls, dass sie immer ein oder zwei Streichholzheftchen unter die Tischbeine schieben musste, damit ihre Bleistifte nicht herunterrollten, wenn sie Hausaufgaben machte. Sie erinnerte sich auch an die vielen Abende, an denen sie mit ihrer Mutter an den Tagen vor der Müllabfuhr durch die Straßen ihrer Heimatstadt lief. Gemeinsam suchten sie nach brauchbaren Gegenständen, mit denen ihre Mutter ihr Haus einrichten oder die sie verkaufen oder gegen Drogen und andere Dinge eintauschen konnte. Sie nannten diese Aktionen »Einkaufen bei Lawn-Mart.«

»Was weißt du über Hypnose?«, fragte Mr. Costa.

Über diese Frage musste Lucy nicht lange nachdenken. Sie wusste nicht viel darüber. Nur das, was sie in gruseligen Filmen oder in Komödien gesehen hatte, in denen Menschen hypnotisiert wurden und dann wie Hühner herumliefen. Lucy hoffte, dass sie nicht auch gleich wie ein Huhn hier herumlief. Das sagte sie Mr. Costa.

»Keine Angst«, beruhigte er sie und presste die Fingerspitzen zusammen. Lucy fiel auf, dass sechs seiner Finger Einkerbungen aufwiesen, als hätte er kürzlich sechs Ringe abgenommen. »Ich vermittle dir die Fähigkeit, die du brauchst, um dein Ziel zu erreichen«, fügte er hinzu. »Hast du ein Ziel, Lucy Doucette? Es hat doch einen Grund, warum du zu mir gekommen bist, nicht wahr?«

Wenn Sie wüssten, Mister, dachte Lucy. Sie versuchte, ihm eine ruhige, wohldurchdachte Antwort zu geben. »Oh, ja.«

»Gut. Wir konzentrieren uns auf das Unterbewusstsein und versuchen herauszufinden, wie es dein Leben beeinflusst. Die Methoden, die ich anwende, sind erprobt und zuverlässig. Sie gehen zurück bis ins Viktorianische Zeitalter.«

»Es wird also nicht passieren, dass ich mich wie ein Huhn benehme?«

Mr. Costa schüttelte den Kopf. »Die Hypnotiseure auf der Bühne wollen den Eindruck erwecken, dass der Hypnotisierte die Kontrolle verloren hat«, sagte er. »Ich mache genau das Gegenteil. Ich will dir die Kontrolle *zurückgeben.* Die Kontrolle über dein Leben. Meine Methode besteht darin, dir zu helfen, dich so tief wie möglich zu entspannen, damit du einen beeinflussbaren Zustand erreichst, in dem du deine Erinnerungen – Dinge, die du vergessen haben könntest – mühelos wieder abrufen und somit verstehen und bewältigen kannst.«

»Okay«, sagte Lucy. Sie hoffte, dass sie sich zuversichtlicher anhörte, als sie war. »Es gibt da aber etwas, was ich wissen muss, ehe wir weitermachen. Ist das okay?«

»Natürlich.«

»Wie viel wird das alles kosten?«

Jetzt war es schon wieder passiert. Sie war einfach mit der Frage herausgeplatzt. Schon mit fünf oder sechs Jahren hatte sie gelernt, in den Lebensmittelgeschäften oder den Drogenshops einzukaufen. Sie sprach auch mit den Leuten von der Telefongesellschaft oder den Versorgungsbetrieben und setzte den Charme des kleinen Mädchens ein, um das Abstellen des Telefons oder des Stroms zu verhindern.

Mr. Costa lächelte wieder verhalten. »Vorerst brauchst du gar nichts zu bezahlen. Wir schauen erst einmal, wohin der Weg uns führt. Danach sprechen wir über Geld.«

Lucy wunderte sich sehr darüber. »Gut, Mr. Costa, dafür bin ich wirklich überaus dankbar. Aber ich mag keine Überraschungen. Das war schon immer so. Es würde mir gar nicht gefallen, wenn ich nach den Sitzungen bei Ihnen feststelle, dass ich Ihnen Tausende von Dollar schulde. Das wäre uns beiden gegenüber nicht fair. Ich könnte Sie nicht bezahlen, und dann wären Sie furchtbar sauer.«

Mr. Costa ließ sich einen Augenblick Zeit mit der Antwort. »Erstens werde ich niemals wütend, denn ich habe festgestellt, dass es nichts bringt. Du etwa?«

Tatsächlich hatte auch Lucy festgestellt, dass das nichts brachte. Dieses Wissen hatte sie aber nie davon abgehalten, wütend zu werden. »Nein. Ich glaube nicht.«

»Zweitens, wenn wir unsere dritte und letzte Sitzung beendet haben und du der Meinung bist, dass du mit meinen Diensten zufrieden warst und wirklich davon profitiert hast, gibst du mir, was du für richtig hältst.« Er wies mit dem Arm auf den Raum. »Wie du siehst, lebe ich sehr bescheiden.«

Erst jetzt betrachtete Lucy die Wände. Ihr Blick fiel auf die Spinnweben unter der Decke, die dünne Schicht Staub überall und die Risse im Putz. Das Bedürfnis, hier sauber zu machen, war fast übermächtig. Dann schaute sie sich die Fotos an den Wänden an, die anscheinend planlos aufgehängt worden waren. Dutzende von Fotos, viele in abgesplitterten Lackrahmen, einige hintereinandergesteckt hinter gesprungenem Glas, auf dem Spinnweben klebten. Es schienen alles Schnappschüsse ähnlicher Motive zu sein, die Reisefotos ähnelten – Pavillons, Festzelte, Lebkuchenstände, Marktplätze vermutlich kleiner Städte, die von Händlern an bunt bemalten Ständen und öffentlichen Bänken mit Werbung für örtliche Unternehmen gesäumt waren. Auf einem Bild sah Lucy einen Konzertpavillon in der Form eines großen Kürbisses. Auf einem anderen schien eine Szene aus dem Amerikanischen Bürgerkrieg nachgestellt worden zu sein. Auf vielen Bildern war der jüngere Mr. Costa mit einer Geige abgebildet.

»Sind Sie da überall gewesen?«, fragte Lucy.

»Ja.«

Mr. Costa ging auf die hintere Wand zu, die dem Fenster gegenüberlag. Dort hing ein Samtvorhang, der beinahe die gesamte Breite des Raumes einnahm. Er griff hinter die rechte Seite des Vorhangs und zog vorsichtig an einer ausgefransten goldenen Schnur.

Hinter dem Vorhang befand sich eine circa zwei Meter breite und ebenso hohe Kabine. Sie hatte wie die kleinen Kirmesbuden oder die Kassenhäuschen vor dem Zirkus kein

Fenster. In die Vorderseite war nicht gerade fachmännisch eine Tür mit einem Türknauf aus rotem Glas eingesetzt worden. Auf die geschnitzte Volute über der Tür war ein dunkler purpurroter Himmel mit Quellwolken gemalt. Hinter einer der Wolken lugte ein silberner Herbstmond hervor, der schwach glitzerte. Links und rechts neben der Tür stand das Wort *Traumweber.* Quer über die Tür zog sich über einer ebenfalls aufgemalten schwarzen Öffnung noch ein Schriftzug in Gold, diesmal:

Was träumst du?

»Das ist echt cool«, sagte Lucy. Sie hatte recht. Lucy Doucette war ein Kind der Kleinstadt und in furchtbarer Armut aufgewachsen. Wenn ihre Mutter nüchtern genug war, um das Haus zu verlassen, und oft, wenn sie schon einiges an Alkohol intus hatte, besuchte sie mit Lucy Jahrmärkte, Stadtfeste, Karnevalsumzüge, Paraden, Festivals und manchmal sogar einen Leichenschmaus, wenn er im Park stattfand. Allerdings besuchten sie nur Feste, bei denen kein Eintrittsgeld verlangt wurde. Bei diesen Veranstaltungen ging es oft feuchtfröhlich und laut zu. Dann setzte ihre Mutter Lucy auf einer Bank ab und sah regelmäßig nach ihr. Jedes Mal, wenn sie wiederkam, war sie etwas betrunkener oder bekiffter und brachte oft schon kalte und angeknabberte Würstchen im Schlafrock, Schweinsohren oder Strauben mit. Erst Jahre später begriff Lucy, dass es sich bei diesen Leckereien wohl um Reste gehandelt haben musste, die jemand weggeworfen hatte. Dennoch führte dieses Wissen selbst im Rückblick nicht dazu, dass es schlechter schmeckte. Wenn man vier Jahre alt ist, ist Zuckerwatte – auch die von jemand anderem – das Beste, was es auf der Welt gibt. Mr. Costa schloss den Vorhang, durchquerte den Raum und setzte sich gegenüber von Lucy hin. »Wollen wir anfangen?«

»Klar«, sagte Lucy. Sie holte tief Luft und versuchte, ihre Schultern zu entspannen, was ihr nicht ganz gelang. Seit ihrer Kindheit spürte sie immer eine gewisse Anspannung. An manchen Tagen war es zwar etwas besser, aber ganz ging es nie weg. Sie schaute in die strahlenden, kleinen Hundeaugen des Traumwebers. »Wir können anfangen.«

»Heute in unserer ersten Sitzung gehen wir zurück zu einer bestimmten Zeit in deinem Leben. Zu einer Zeit, an die du dich scheinbar nicht erinnern kannst. Okay?«

Lucys Hände begannen zu zittern. Sie faltete sie im Schoß. »Okay.«

»Du wirst dieses Ereignis aber nicht noch einmal erleben. Es ist nicht nötig, dich damit zu belasten. Stattdessen wird es so sein, als ob du es beobachtest.«

»Beobachten? Ich sehe zu?«

»Ja«, sagte Mr. Costa. »Genau. Du schaust von oben zu.«

»Als würde ich fliegen?«

»Als würdest du fliegen.«

»Das ist echt cool. Was muss ich tun?«

»Du brauchst gar nichts zu tun. Du schließt einfach die Augen und lauschst meiner Stimme.«

»Ich muss Ihnen etwas sagen«, begann Lucy. »Ich wollte es Ihnen schon sagen, als ich gekommen bin.«

»Und was möchtest du mir sagen?«

»Ich glaube nicht, dass man mich hypnotisieren kann.«

»Warum sagst du das?«

Lucy zuckte mit den Schultern. »Ich weiß nicht. Ich glaube, ich bin zu angespannt, wissen Sie? Ich kann kaum schlafen. Ich bin immer nervös. Sagen andere Leute das auch?«

»Sicher.«

»Es gibt doch bestimmt einige Leute, die anscheinend nicht ...«

Mr. Costa hob einen Finger, um sie zu unterbrechen. Auf dem Finger steckte ein Ring. Plötzlich steckten alle sechs Ringe wieder an seiner Hand.

Wann hatte er das gemacht?

»Ich unterbreche dich nur ungern, aber ich fürchte, unsere heutige Sitzung ist zu Ende.«

Lucy meinte, sich verhört zu haben. »Was haben Sie gesagt? Haben Sie gesagt ...?«

»Ja.«

Lucy brauchte ein paar Sekunden, um dies zu verarbeiten. Sie war tatsächlich einen Augenblick lang hypnotisiert gewesen. Sie stand auf und nahm ihre Handtasche. Als sie auf die Tür zuging, war ihr ein wenig schwindlig. Sie hielt sich am Türrahmen fest, um das Gleichgewicht wiederzufinden. Plötzlich stand Mr. Costa neben ihr. Lucy wunderte sich, denn sie hatte nichts gehört.

»Ist alles in Ordnung?«, fragte er.

»Ja«, sagte Lucy. »Es geht schon wieder.«

Mr. Costa nickte. »Sollen wir morgen weitermachen? Um zwölf Uhr?«

»Klar.« Plötzlich spürte Lucy, dass sie sich gut fühlte. *Richtig* gut. Wie nach einem kurzen Nickerchen.

»Ich glaube, du hast heute Fortschritte gemacht«, sagte Mr. Costa.

Pfeifenrauch.

»Habe ich?«

»Ja.« Er nahm die Brille ab und steckte sie in die Innentasche seines Jacketts. »Es war kein Durchbruch – ich fürchte, das passiert vielleicht nie –, doch du hast eine Tür geöffnet. Ein Stückchen weit.«

Pfeifenrauch und Äpfel.

»Eine Tür?«, fragte Lucy.

»Eine Tür zu deinem Unterbewusstsein. Eine Tür zu dem, was du vor neun Jahren erlebt hast.«

Hatte sie ihm erzählt, dass es vor neun Jahren geschehen war? Sie konnte sich nicht daran erinnern.

Mr. Costa legte eine Hand auf den Türknauf. »Ich habe noch eine Frage«, sagte er. »Liegen in dem Hotel, in dem du arbeitest, Notizblöcke in den Zimmern?«

»Notizblöcke?«

»Notizblöcke mit dem Hotellogo. Für die Gäste.«

»Ja«, sagte Lucy. Sie hatte schon Tausende solcher Blöcke auf die Schreibtische gelegt – sieben Zentimeter vom linken Rand entfernt –, und in der Mitte des Blocks musste der Stift in einem Winkel von fünfundvierzig Grad liegen.

»Ausgezeichnet. Bring mir bitte morgen einen dieser Blöcke mit«, bat Mr. Costa sie. »Geht das?«

»Klar. Ich bringe Ihnen einen mit.«

Mr. Costa öffnete die Tür. »Bis morgen dann, meine liebe Lucinda.«

Auf dem Weg durch die Tür blickte Lucy auf das kleine Bild auf der Wand neben dem Türrahmen, genau über dem schmutzigen Lichtschalter. Sie sah es nur einen flüchtigen Augenblick, aber lange genug, um darauf einen weiteren schon halb verfallenen, mit Efeu überwucherten Pavillon zu erkennen. Erst als Lucy über die Schwelle trat und Mr. Costa die Tür hinter ihr schloss, begriff sie, dass sie den baufälligen Bungalow mit der schiefen Veranda, den verrosteten Dachrinnen und dem zerfallenen Steinplattenweg im Hintergrund kannte.

In diesem Haus war sie aufgewachsen.

18.

Mozart wird nachgesagt, dass er nie still sitzen konnte, wenn sein Barbier ihm das Haar frisierte, und stattdessen immer, wenn er einen Einfall hatte, zu seinem Klavier lief und den Mann zwang, mit den Bändern in der Hand hinter ihm herzurennen.

Ich kann das verstehen. Wenn die Musik der Toten laut ist, kann ich mitunter auch nicht still sitzen. Dann muss ich hinausgehen und die Jagd von Neuem beginnen.

Einstweilen bleibe ich untätig. Ich beobachte alles und warte. Meine Mordinstrumente liegen bereit.

Mein Blick gleitet über den Boden. Der Friedhof sieht am Tag ganz anders aus. Keine finster blickenden Grabschänder, keine schwebenden Gespenster. Nur die Toten. Nur ein Chor klagender Stimmen, die nach Gerechtigkeit, Antworten und Wahrheit verlangen.

Ich beobachte die herzlosen Menschen, die hier herumlaufen, die verwesenden Toten unter den Füßen, unter dem Gewicht der Pflicht zertrampelte Seelen. Wir wissen alle, warum wir hier sind.

Da. Von der anderen Seite.

Können Sie es hören?

Es ist der Hahn, eine neue Stimme im Chor.

In der Stadt ist Karneval.

19.

Der Mount Olive war ein alter Friedhof im Westen der Stadt, auf dem Hunderte von Toten des Amerikanischen Bürgerkrieges sowie einige der namhaftesten und schändlichsten Bürger Philadelphias ihre letzte Ruhestätte gefunden hatten.

Wie auch andere Bereiche der Stadt der Brüderlichen Liebe, etwa der Benjamin Franklin Parkway, der den Champs-Élysées ähnelte, war der idyllische Friedhof einem Pariser Vorbild nachempfunden.

An drei Seiten grenzte der Mount Olive an Wohngebiete und im Nordwesten an den Fairmount Park. Er wurde Mitte des achtzehnten Jahrhunderts angelegt, war kein konfessioneller Friedhof und hatte einst eine Größe von über hundertfünfzig Hektar. Er war entstanden, als ältere, kleinere, innerstädtische Friedhöfe, die mitten in Wohnvierteln und neben Kirchen lagen, der Entwicklung Philadelphias weichen mussten. Im Laufe vieler Jahre hatte man zahlreiche Gräber zum Mount Olive verlegt. Der Friedhof stand auf den Listen der historischen Stätten des Landes wie Philadelphias. Dennoch blieb er nicht von Vandalismus und Diebstahl verschont. Es kam sogar vor, dass die Leute hier ihren Müll abluden. Da viele Familien der Verstorbenen inzwischen in anderen Städten wohnten, waren einige Ecken des Friedhofs vom Verfall bedroht.

Jessica und Byrne standen auf der Kingsessing Avenue. Zwei Streifenwagen, ein Sedan der Mordkommission sowie ein Van der Spurensicherung waren bereits vor Ort.

Ein zweites Team fuhr in diesem Augenblick zu dem anderen Tatort. Die zweite Leiche war auf einem Parkplatz in Northern Liberties gefunden worden. Nicci Malone leitete die Ermittlungen in diesem Fall. Dana Westbrook würde Jessica und Byrne telefonisch auf dem Laufenden halten.

David Albrecht tauchte hinter einer Baumgruppe am nördlichen Ende des Friedhofs auf. Er hob sich die Kamera auf die Schulter und machte Aufnahmen von dem Friedhof, dem Mausoleum und den Polizisten. Nach ein paar Minuten ging er auf Jessica und Byrne zu.

»Ich hätte Sie vorher fragen müssen«, sagte er. »Ist es okay, wenn ich hier filme?«

»Warum nicht?«, erwiderte Jessica. »Sie müssen sich nur zurückhalten, bis die Kriminaltechniker ihre Arbeit gemacht haben.«

»Ich möchte nicht, dass Sie meinen, ich würde mich den Toten gegenüber respektlos verhalten.«

»Ich glaube, es ist okay.«

Albrechts Blick wanderte über den Friedhof. Er zeigte auf einen kleinen Grabstein aus Georgia-Graugranit. »Das ist das Grab meines Vaters. Ich war schon lange nicht mehr hier«, sagte er und zuckte – vielleicht ein wenig reumütig – mit den Schultern. »Ich sollte das Grab mal wieder besuchen.«

Die drei schwiegen einen kurzen Moment. Schließlich brach Byrne die Stille. »Wir werden noch eine ganze Weile hier sein, David. Lassen Sie sich ruhig Zeit.«

»Okay. Danke.«

Albrecht hängte sich die Kamera über die Schulter und ging zu dem Grab hinüber. Er bekreuzigte sich und senkte den Kopf.

Jessica sah sich um. Ein Stück entfernt stand Josh Bontrager und sprach mit einem Mann. Jessica nahm an, dass es ein Friedhofsangestellter war. Nach dem Gespräch winkte Bontrager Jessica und Byrne zu sich.

»Was haben wir?«, fragte Byrne.

»Das Opfer ist eine Frau«, sagte Bontrager und deutete über die Schulter nach hinten. Jessica sah in etwa zwanzig Metern Entfernung das weiße Tuch, das die Leiche bedeckte. Daneben stand ein Kollege von der Spurensicherung. Weil es sich bei dem möglichen Tatort um ein riesiges Gebiet handelte, hatten sie rings um die Leiche einen großen Bereich mit Flatterband abgesperrt. Das Tuch auf der Leiche war mit Heringen im Boden befestigt.

»Wissen wir, wie lange die Leiche schon da liegt?«, fragte Byrne.

»Noch nicht allzu lange.« Bontrager zog sein Notizbuch aus der Tasche. »Heute findet hier eine Beerdigung statt. Ein Friedhofsangestellter hat heute Morgen das Grab ausgehoben und dabei die Leiche gegen sechs Uhr entdeckt. Er sagt, dass er gestern Nachmittag an der Grabstelle war und nichts gesehen hat. Die Leiche muss also zwischen gestern Nachmittag vier Uhr und heute Morgen sechs Uhr hier abgelegt worden sein.«

Byrne schaute auf den Zaun. »Kann man den Friedhof jederzeit betreten?«

»Im Grunde schon«, erwiderte Bontrager. Er zeigte auf den Teil des Friedhofs, der an den beiden Hauptverkehrsstraßen lag. »Ich bin um den halben Friedhof herumgelaufen, als ich hier ankam. Es gibt viele Stellen, an denen man den Friedhof betreten kann, ohne gesehen zu werden. Überall stehen Bäume, die die Sicht versperren.«

»Hat der Friedhofsangestellte irgendetwas verändert oder angefasst?«

»Er sagt, nein. Wie ihr euch vorstellen könnt, war der Anblick der Leiche kein großer Schock für ihn. Trotzdem ist es etwas anderes, wenn man hier plötzlich ein Mordopfer findet. Als er die Leiche gesehen hat, hat er sich eine Zigarette angesteckt, einen Schluck Tequila aus seiner kleinen Flasche getrunken – was natürlich verboten ist – und seinen Boss angerufen.«

»Hat er den Ort nach dem Telefonat verlassen?«

»Er sagt, nein, und ich glaube ihm.«

»Liegt die Leiche in der Nähe einer Grabstelle?«, fragte Jessica.

»Direkt auf einem Grab.«

»Gibt es Hinweise auf die Identität des Opfers?«

»Nein. Bis jetzt haben wir jedenfalls nichts gefunden. Ich habe das ganze Gebiet ringsum aber noch nicht abgesucht.«

Byrne schaute sich noch einmal um. »Ist es derselbe Täter, Josh?«

»Oh ja. Das ist unser Täter. Daran besteht kein Zweifel.«

»Okay«, sagte Byrne. »Dann wollen wir uns die Leiche mal ansehen.«

Die drei gingen einen schmalen, mit Unkraut überwucherten Pfad zwischen den Grabsteinen entlang, die aus der Mitte des achtzehnten Jahrhunderts stammten. Etwa jedes zehnte Grab konnte man noch als einigermaßen gepflegt bezeichnen. Einige zierten sogar Plastikblumen. Die meisten Gräber waren jedoch furchtbar verwahrlost.

Auf der Anhöhe warf Jessica einen Blick über die Schulter. Allmählich wimmelte es hier von Polizisten. Ein halbes Dutzend Kollegen und auch Vertreter der Bezirksstaatsanwaltschaft waren eingetroffen. Die Tatsache, dass die Bezirksstaatsanwaltschaft anwesend war, verriet den Detectives, dass diesen Morden höchste Priorität eingeräumt wurde.

Die drei Detectives standen am Fundort. Josh Bontragers Blick wanderte zu Jessica und dann zu Byrne. Er kniete sich neben die Leiche. Jessica nickte. Bontrager hob das Tuch hoch.

»O mein Gott!«, murmelte Byrne. Der Anblick der Leiche erschütterte sie alle.

Wie das erste Opfer war die Frau mittleren Alters nackt, und auch hier hatte jemand die gesamte Körper- und Kopfbehaarung abrasiert. Jessica fielen sofort die blauen Striemen an den Fußknöcheln auf. Der Mörder hatte sie gefesselt.

Um den Kopf dieser Leiche war wie bei Kenneth Beckman ein Papierstreifen gewickelt, und auf den beiden Enden, die sich überlappten, klebte rotes Wachs. Die Wunden ähnelten sich stark: ein gerader Schnitt auf der Stirn, darunter etwas weiter links ein runder Blutfleck und neben dem rechten Ohr die mit Blut gemalte Zahl Acht.

Das waren die Gemeinsamkeiten zwischen dieser Leiche und der von Kenneth Beckman, aber es gab auch einen Unterschied. Diese Leiche lag mit einem Bein über dem niedrigen Grabstein auf der Seite neben der Grabstätte. Das linke Bein war in einem unnatürlichen Winkel vollständig abgewinkelt. Jessica sah den Knochen, der aus dem Oberschenkel herausragte.

»Ist der Rechtsmediziner schon da?«, fragte Jessica.

»Noch nicht.«

»Wurden Fotos gemacht?«

Bontrager nickte und zeigte auf den Kriminaltechniker, der an einem Baum in der Nähe lehnte und eine Zigarette rauchte. »Auch Videoaufnahmen.«

Jessica schaute auf den Grabstein. Das rechte Bein des Opfers lag auf dem Stein, der zur Hälfte mit Kieselsteinen und Unkraut bedeckt war. Der Fuß lag genau in der Mitte.

»Kevin. Hilf mir mal bitte.«

Die beiden Detectives streiften Latexhandschuhe über und knieten sich jeweils auf einer Seite der Leiche auf den Boden. Vorsichtig hoben sie das rechte Bein des Opfers ein paar Zentimeter hoch, achteten jedoch darauf, keine Spuren zu verwischen, und legten das Bein dann wieder ab. Der Grabstein sah nicht annähernd so alt aus wie die anderen ringsum, fast als wäre er erst vor ein paar Jahren aufgestellt worden. Er war ein wenig in den Boden eingesunken und die Inschrift mit Erde bedeckt.

Byrne winkte den Kriminaltechniker herbei. Dieser warf die Zigarette weg, kam zu ihnen und schoss noch ein paar Fotos. Als er fertig war, nahm Byrne sein Taschenmesser heraus und kratzte die Erde weg. Als Erstes kam ein Symbol zum Vorschein, das Jessica nicht kannte. Es schien kein katholisches oder christliches Symbol zu sein, wie zum Beispiel betende Hände, ein Engel oder ein Kreuz. Als sie die Erde noch weiter abtrugen, glaubte Jessica, eine Blume, eine rote Blume mit schmalen Blütenblättern zu erkennen.

Byrne fegte den Rest der Erde mit den Händen weg. Wie sich nun herausstellte handelte es sich nicht um eine Blume, sondern vielmehr um ein chinesisches Schriftzeichen. Es folgten noch drei weitere Schriftzeichen in Rot, die jeweils untereinander standen.

Als der untere Teil des Steins ein paar Minuten später vollständig von Erde befreit war, sahen sie das, was sie gesucht hatten. Die Person, die hier begraben lag, war am 21. März 2002 gestorben.

Sie hieß Antoinette Chan.

Jessica und Byrne wechselten einen Blick. Die Erkenntnis traf sie wie ein Schlag.

Auf der anderen Seite der Stadt hatten sie einen ermordeten Mann gefunden, dessen Kopf mit einem weißen Papierstreifen umwickelt war. Der Mann hieß Kenneth Beckman. Hier im Westen von Philadelphia fanden sie nun eine zweite Leiche – ebenfalls mit einem weißen Papierstreifen um den Kopf, der Augen und Stirn verhüllte. Dieses Opfer, dessen Namen sie noch nicht kannten, lag auf dem Grab einer jungen Frau, die gleichfalls ermordet worden war.

Mit an Sicherheit grenzender Wahrscheinlichkeit von Kenneth Beckman.

»Wir müssen uns ihre Hände ansehen«, sagte Byrne.

Er hob die rechte Hand des Opfers hoch und untersuchte sie. Nichts. Dann ging er um die Leiche herum und hob vorsichtig deren linke Hand hoch. Auf dem Zeigefinger war ein kleines Tattoo, aber dieses Mal kein Löwe, sondern ein Hahn.

Jessica machte ein paar Fotos. Ihr Herzschlag beschleunigte sich. Sie sah zu Byrne hinüber. Seine Miene sprach Bände. Jessica kannte ihn gut und wusste, dass er seine Wut kaum zügeln konnte.

Byrne hockte sich neben die Leiche und schickte sich an, das Papier vom Kopf des Opfers zu entfernen.

»Kevin, der Rechtsmediziner ist unterwegs«, sagte Jessica. »Du solltest damit noch warten.«

»Ja, ich sollte auch mit den Corr Sisters auf Cozumel leben«, erwiderte Byrne. »Beides wird nicht passieren.«

Behutsam löste er das Wachssiegel von dem Papier ab, warf es in einen kleinen Asservatenbeutel und wickelte dann den Papierstreifen vom Kopf des Mordopfers. Als Erstes fiel Jessica auf, dass sich der Schnitt auf der Stirn und die Stichwunde fast an denselben Stellen befanden wie beim ersten Opfer.

Erst dann realisierte Jessica, dass die tote Frau Sharon Beckman war.

20.

Byrne merkte, wie die Visionen mit aller Macht in sein Bewusstsein aufstiegen. Er lief wie ein Tiger im Käfig hin und her.

Als die Sinneseindrücke wie die Wassermassen eines gebrochenen Dammes auf ihn einstürzten, trat er hinter einen Baum. Dann wurde ihm kurz schwindlig. Byrne stützte sich ab, wartete darauf, dass es vorüberging, und bemühte sich, es nicht zu beachten, als …

… der Mann in der Dunkelheit über den Friedhof geht … er ist stark … das Gewicht von Sharon Beckmans Leiche ist für ihn kein Problem … er braucht das Grab nicht zu suchen, denn er weiß, wo es ist. Er kennt diesen Friedhof. Er kennt alle Friedhöfe. Er legt die Leiche auf den Boden und bereitet sich innerlich auf das vor, was er vorhat. Noch ist er nicht fertig. Er springt mit voller Wucht auf die Leiche der Frau und bricht ihr ein Bein. Er zieht es nach hinten, weil es eine Bedeutung für ihn hat und …

Als Byrne die Augen aufschlug, musste er sich erst einmal orientieren. Er hatte vergessen, wo er war und was er hier tat.

Es wurde schlimmer.

Am Tatort wimmelte es von Menschen. Byrne schaute auf die Uhr. Es waren nur zehn Sekunden vergangen. Sie kamen ihm vor wie eine Stunde.

Er kehrte zu dem Grab zurück. Sie hatten schon erste Informationen über den zweiten Leichnam erhalten. Er war in einem Müllcontainer hinter einem Haus Ecke Zweite und Poplar gefunden worden. Es handelte sich um einen Mann mittleren Alters. Er war nackt, sein gesamter Körper rasiert und seine Stirn war mit einem weißen Papierstreifen umwickelt.

Drei Leichen innerhalb von zwei Tagen. Dieser Fall würde für riesengroße Schlagzeilen sorgen. TV-Sender und Printmedien würden in großer Aufmachung darüber berichten, und vielleicht fand diese Mordserie sogar landesweit Beachtung. Ein Ungeheuer lief durch die Straßen Philadelphias, es erwürgte Menschen, rasierte ihre Leichen und markierte sie. Nach dem Fund von Kenneth Beckmans Leiche hatten sie alle gehofft, dass es sich um eine Einzeltat und um eine Art persönliche Rache handelte. Das konnten sie jetzt vergessen. Dahinter steckte viel mehr. Nun hatten sie drei Leichen, und sie alle ahnten, dass noch weitere folgen würden.

Byrne ging auf Jessica zu. »Ich hab heute den Termin für das MRT. Ich muss los.«

»Wir haben so weit alles«, sagte Jessica. »Mach dir keine Gedanken.«

Byrne wollte nicht gehen. Weder er noch Jessica waren zwar die leitenden Ermittler in diesem Fall, aber die ersten beiden Stunden galten bei einem Mord als die entscheidenden. Danach verblassten die Erinnerungen; die Menschen hielten es für besser, sich nicht in die Sache hineinziehen zu lassen; die Spuren verflüchtigten sich in kürzester Zeit.

»Kevin«, sagte Jessica. »Geh ruhig zu deinem Termin.«

»Ich möchte noch kurz an dem anderen Fundort vorbeifahren. Die Sache gerät außer Kontrolle.«

»Ich mach das schon«, sagte Jessica. »Du brauchst nicht …«

Doch Byrne war schon auf dem Weg. Er hielt sein Handy hoch, als er auf seinen Wagen zuging. »Ruf mich an«, rief er.

Als Byrne den Friedhof verließ, sah er die Namen der Toten, die in die verwitterten Steine gemeißelt worden waren, die Daten, die die kurzen Leben markierten, die Spanne zwischen Geburt und Tod. Aus Respekt und in der beunruhigenden Gewissheit, dass eines Tages jemand über seine letzte Ruhestätte laufen würde, bemühte er sich, den Grabstellen auszuweichen.

21.

Zuerst ist es ein gedämpfter Laut wie der eines verwundeten Tieres. Ich höre ihn sofort, als ich den Raum betrete. Bald darauf ist er kristallklar.

Lange will ich mich hier nicht aufhalten, denn ich habe viel zu tun. Ich bin nur ein armer Wagenbauer, aber meine Markgräfin erwartet mich.

Ich bin nicht allein in diesem Raum. Es sind noch andere da. Wir sind alle ein Teil von etwas, ein Fragment eines Ganzen. Sie reden mit mir und miteinander, doch ich höre sie nicht. Ich höre, was hier vor Jahren geschah.

Ich stehe in der Ecke und schließe die Augen. Die Szene spielt sich ab wie ein Bühnenstück hinter einer Mattglasscheibe. Zwei Gestalten, für immer verloren in einer dunklen und schrecklichen Vignette der Geschichte.

Es ist ein schüchternes Mädchen, nicht älter als elf Jahre. Es hat langes blondes Haar, das zu einem Zopf geflochten ist.

»Wer bist du? Bist du ein Freund von meiner Mama?«

»Ja, wir sind alte Freunde.«

»Du solltest nicht hier sein.«

»Es ist okay. Mir gefällt dein Kleid. Es ist sehr hübsch.«

»Danke.«

»Ich habe noch ein schöneres Kleid, das eigens für dich genäht wurde.«

»Für mich?«

»Ja. Es hat deine Lieblingsfarbe.«

»Blau?«

»Ein sehr schönes *Blau.«*

»Darf ich es sehen?«

»Alles zu seiner Zeit.«

»Woher kennen Sie meine Mutter?«

»Wir arbeiten zusammen.«

»Meine Mutter arbeitet nicht mehr.«

»Wir kennen uns von früher. Schon sehr lange.«

»Okay.«

»Kennst du die Geschichte von Eva?«

»Eva?«

»Ja. Eva im Paradies. Eva, die durch einen Apfel in Versuchung geführt wurde.«

Die Klinge, die aus der Scheide gezogen wird, das Knistern des alten Leders, das Pochen eines kleinen Herzens, das vor Angst laut schlägt ...

»Ich möchte nicht, dass Sie hier sind.«

»Ich tue dir nichts.«

»Ich möchte, dass Sie gehen, Mister.«

»Möchtest du dein hübsches, neues Kleid nicht haben?«

»Nein.«

Die Klinge glitzert in der hellen Nachmittagssonne ...

»Ich hole meine Schwester. Ich will, dass Sie jetzt gehen.«

Die Klinge bebt und saust durch die Luft ...

»Eva.«

Die Nachbarn sagen, sie hätten an jenem Tag einen Schrei gehört, ein unheimliches Jammern, das ihnen das Blut in den Adern gefrieren ließ.

Ich höre es auch.

Es ist ein Ton, der vor Abertausenden von Jahren einsetzte, ein roter Wind, der durch die Zeit wehte und Risse in der Welt fand, eine Brise, die hier in der Seele eines Killers, in dem eiternden Herzen von Zimmer 1208 zu einem heulenden Schirokko anschwoll.

22.

In einem Zustand, der – wie ihr einmal irgendein Therapeut erklärt hatte – Dissoziative Fugue genannt wurde, ging Lucy die Achtzehnte Straße hinunter.

Sie musste unablässig an das Foto denken.

Das *konnte nicht* ihr Haus in der Melbourne Road gewesen sein. Das war schier unmöglich. Es musste einfach das Foto irgendeines x-beliebigen Bungalows sein, wie es sie zu Tausenden gab. Sie sahen doch alle gleich aus, oder nicht? Vor allem die hässlichen Häuser.

Aber was ist mit der Fahne, Lucy? Hing auf allen Veranden diese zerfetzte Fahne an einem verrosteten Nagel, dieses alberne Fähnchen, das den Frühling symbolisieren sollte? Diese Fahne, die man alle drei Monate wechseln sollte, was aber niemand tat, nicht ein einziges Mal in all der Zeit, in der sie dort wohnten? Sie hatten sie alle – Frühling, Sommer, Herbst und Winter, alle vier Jahreszeiten, und eine war zerfetzter als die andere –, aber sie tauschten die Frühlingsfahne nie aus.

Was ist *damit*, Lucy? *Was ist mit der Frühlingsfahne?*

Auf diese Frage fand sie keine Antwort. Und sie wusste auch nicht, was in den zwanzig Minuten geschehen war, an die sie sich nicht erinnern konnte. Sie musste wohl über den Tag gesprochen haben, an dem sie verschwunden war. Was hatte sie gesagt? Und warum sprach Mr. Costa nicht mit ihr darüber? War sie nicht aus diesem Grund zu ihm gegangen?

Das gehörte alles zur Therapie, vermutete sie. Und zwei Sitzungen lagen noch vor ihr.

Seit Lucy sechs oder sieben Jahre alt war, besaß sie erstaunlich viel handwerkliches Geschick. Autos konnte sie allerdings nicht reparieren, wenngleich sie die einfachen Wartungsarbeiten mittlerweile bei den meisten Wagen durchführen konnte – Öl, Zündkerzen und Keilriemen wechseln, manchmal auch Bremsbeläge erneuern, wenn nicht zu viel ausgebaut werden musste. Nein, ihre Stärke lag darin, kleine Elektrogeräte zu reparieren. Wenn man ihr einen Kassettenrekorder, einen Tischbackofen oder eine Lampe brachte, die nicht mehr funktionierten – und eine Reihe von Mitarbeitern des Le Jardin taten das oft –, war sie nach der Mittagspause mit der Reparatur fertig.

Lucy hatte keine Berufsfachschule und keine Seminare besucht und sich auch nicht in Fernkursen weitergebildet. Sie verfügte über ein angeborenes Geschick, das sie aus der Notwendigkeit ihres ärmlichen Lebens heraus weiterentwickelt hatte.

Während der nächtlichen Beutezüge in ihrer Kindheit, wenn sie mit ihrer Mutter den Müll durchwühlte, fanden sie oft alle möglichen weggeworfenen Dinge – Tischbacköfen, Mixer und Kassettenrekorder. Glücklich über die Beute, schleppte Lucys Mutter die Sachen in ihre Wohnung und vergaß sie dann oft. Wochen später warf sie die Sachen wieder weg, und Lucy rettete sie ein zweites Mal. Sie begann, einfache Geräte zu reparieren und wurde mit der Zeit immer besser darin.

Learning by doing hieß das Prinzip, doch das wusste sie nicht.

Mit zehn Jahren ging Lucy alleine zu Müllhalden und suchte dort Dinge, die sie reparieren konnte. Sie kannte jeden Secondhand-Laden in ihrer kleinen Stadt. Während die meisten Kinder *Dick und Jane* lasen, brütete Lucy über Reparaturhandbüchern wie *Sam's Photofact*.

Außerdem stahl Lucy bei ihren Ausflügen in die Kaufhäuser immer Kleidung in denselben Farben – Pullover, Sweatshirts, Röcke. Manchmal ersetzte sie sogar ein paar Kleidungsstücke ihrer Mutter. Diese fiel ständig hin und zerriss ihre Sachen. Mittlerweile war Lucy eine richtige Expertin geworden. Sie konnte ein nagelneues Kleid stehlen und das Material so bearbeiten, dass ihre Mutter gar nicht merkte, dass sie etwas Neues trug. Ihre Mutter war in vielerlei Hinsicht eine stolze Frau, und es brach Lucy das Herz, wenn sie in zerrissener Kleidung herumlief.

Heute bummelte Lucy durch Macy's am Rathaus. Sie ging auf die Kinderabteilung zu und suchte einen Pulli in der richtigen Größe. Lucy nahm zwei Pullover aus dem Regal und spazierte eine Weile damit durch das Geschäft. Als sie in die Damenabteilung kam, suchte sie ein Kleid aus und ging damit in die Umkleidekabine.

Dort stellte sie sich mit dem Rücken zu den Spiegeln, nahm ihr kleines Werkzeugset heraus – sie kannte alle Tricks – und entfernte die elektronischen Diebstahlsicherungen von einem Pulli und dem Kleid. Anschließend befestigte sie die Sicherungen an dem zweiten Pullover. Sie steckte den ersten Pullover und das Kleid in ihre Tasche, verließ die Umkleidekabine und legte den anderen Pullover wieder zurück ins Regal. Ehe sie das Geschäft verließ, schlenderte sie noch eine Weile herum, um sicherzugehen, dass sie nicht beobachtet wurde.

Als Lucy ins Le Jardin zurückkehrte, blieben ihr bis zum Beginn ihrer Schicht nur noch ein paar Minuten Zeit. Die Mitglieder der *Société Poursuite* liefen durch die Hotelhalle. Natürlich übernachteten nicht alle in diesem Hotel. Die Tagung zog ebenso Ortsansässige wie auch Leute aus dem Dreistaateneck an, die für drei Tage in die Stadt kamen, um an den Seminaren, Vorträgen und gemeinsamen Abendessen teilzunehmen.

Insgesamt checkten in den nächsten Stunden zweiundneunzig neue Gäste im Hotel ein. Sie alle mussten mit einem Lächeln und freundlichen Worten begrüßt und schnell und professionell abgefertigt werden. Die Empfangsdamen lauschten aufmerksam ihren Anliegen und bemühten sich, den Gästen alle Wünsche von den Augen abzulesen, sodass sie in den kommenden drei Tagen in Philadelphia und vor allem im Le Jardin den Himmel auf Erden erlebten.

Lucy ging im Überwachungsraum vorbei und holte den Schlüssel zu ihrer Etage.

Eine Tür zu deinem Unterbewusstsein, hatte Mr. Costa es genannt. *Eine Tür zu dem, was du vor neun Jahren erlebt hast.*

Um Viertel vor vier war Lucy mit ihrem letzten Zimmer, Nummer 1214, fertig.

Sie trat in den Kleiderschrank, schloss die Tür und setzte sich hin. Es dauerte nicht lange, bis sie in die Dunkelheit eintauchte. Als sie die Augen schloss, sah sie die Stadt Shanksville in Pennsylvania von oben, die Schule in der Cornerstone Road, den Lake Stonycreek und die Kirche an der Hauptstraße.

Der Traumweber hatte ihr Fragen gestellt. Wie eine warme Brise schwebte seine sanfte Stimme über ihr, hinter ihr und um sie herum. Ihre eigene Stimme gehörte einem kleinen Mädchen.

Was für ein Tag ist heute, Lucy?

Dienstag.

Morgens, nachmittags oder abends?

Es ist morgens. Dienstagmorgen.

Welche Uhrzeit?

Ungefähr zehn. Ich bin nicht zur Schule gegangen.

Warum nicht?

Mama ist gestern Abend ausgegangen und nicht rechtzeitig aufgestanden.

Wo bist du?

Ich stehe gegenüber der Kirche.

Bist du allein?

Nein. Mama ist bei mir. Sie trägt ihren langen Ledermantel. Den mit dem Riss in der rechten Tasche. Sie trägt eine Sonnenbrille. Sie hat eine Frau nach einer Zigarette gefragt, und die Frau hat ihr eine gegeben.

Was ist dann passiert?

Es gab einen großen Knall. Er war sehr laut. Sogar die Erde hat gebebt.

Was hast du getan?

Ich erinnere mich nicht genau.

Versuch dich zu erinnern. Riechst du etwas? Schmeckst du etwas?

Ich schmecke einen Milchshake.

Welche Sorte?

Schokolade. Aber es ist warmer Milchshake. Ich mag keine warmen Milchshakes.

Und der Geruch?

Ich rieche Rauch, aber er riecht anders als normaler Rauch. Nicht so, als ob Blätter oder Holzscheite in einem Kamin brennen. Eher so, als würden Leute ihre Plastikmülltüten verbrennen.

Was passiert dann?

Ich stehe eine ganze Weile hier und beobachte das Feuer und den Rauch, der in den Himmel steigt.

Wo ist deine Mutter?

Sie steht neben mir. Oder vielleicht auch nicht.

Wie meinst du das?

Neben mir steht jemand, aber ich sehe die Person nicht an. Ich kann meinen Blick nicht von dem Rauch über den Bäumen abwenden. Er hinterlässt hübsche Muster am Himmel.

Was für Muster?

Zuerst sieht es aus wie das Gesicht von Jesus. Dann sieht es aus wie Vögel.

Was passiert dann?

Ich strecke die Hand nach meiner Mutter aus, damit sie mich von hier wegbringt. Irgendwohin. Ich habe Angst.

Nimmt sie deine Hand?

Ich nehme die Hand der Person, die neben mir steht. Aber als wir weggehen, merke ich, dass es nicht meine Mutter sein kann.

Warum nicht?

Die Hand ist zu groß. Und rau. Es ist die Hand eines Mannes.

Erinnerst du dich noch an etwas anderes?

Ja. Wir steigen in ein Auto. Und ich rieche etwas anderes. Zwei neue Gerüche.

Was sind das für Gerüche?

Ein anderer Rauch. Es riecht anders als dieser Gestank von brennendem Plastik. Wie von einer Pfeife, glaube ich. Eine Pfeife, die die Leute rauchen. Eine Pfeife, die Männer rauchen.

Und was noch?

Äpfel. Empire-Äpfel. Im Westen von Pennsylvania gibt es viele Äpfel. Vor allem, wenn der Herbst naht.

Erinnerst du dich, was an dem Tag noch geschehen ist?

Das Feuer. Die Erde bebte. Ich hatte Angst.

Was ist mit dem Mann? Was ist mit ihm geschehen?

Ich weiß es nicht.

Was ist mit seinem Gesicht? Kannst du sein Gesicht sehen?

Wenn ich ihm ins Gesicht sehe, ist es nicht da.

Was ist mit dem Feuer? Erinnerst du dich, warum es gebrannt hat?

Ja. Ich weiß es. Ich habe es später erfahren.

Was war der Grund?

Es war Flug 93. Es war der 11. September 2001, und das Flugzeug stürzte in der Nähe von Shanksville, Pennsylvania, ab.

Lucy schaute auf ihre Hände. Sie hatte sie so fest zu Fäusten geballt, dass ihre Handflächen nun acht kleine rote Halbmonde aufwiesen. Sie öffnete die Hände, trat aus dem Schrank heraus und sah sich um. Einen kurzen Augenblick lang wusste sie nicht, in welchem Zimmer sie war. Die meisten Leute, sogar die, die im Le Jardin arbeiteten, hatten Probleme, die Standardzimmer auseinanderzuhalten. Nur die Aussicht aus den verschiedenen Fenstern lieferte ihnen mitunter Anhaltspunkte. Lucy hingegen kannte jedes Zimmer auf der zwölften Etage. Es war ihre Etage.

Sie strich ihre Arbeitskleidung glatt, betrat das Badezimmer, ging im Geiste die Checkliste durch und überprüfte das Zimmer.

Fertig.

Sie öffnete die Tür und trat auf den Gang. Vom Aufzug näherten sich zwei ältere Männer. Sie gehörten vermutlich zu den Tagungsteilnehmern. In dieser Woche waren alle Gäste auf dieser Etage Tagungsteilnehmer. Sie nickten ihr zu und lächelten. Lucy lächelte zurück, obwohl ihr nicht danach zumute war.

Als Lucy das Businesscenter auf der zwölften Etage erreichte, das in Wahrheit nur ein winziger Raum mit Computer, Faxgerät und Drucker war, spürte sie, dass ein anderer Gast den Gang entlangging. Das ungeschriebene Gesetz lautete, dass die Gäste, ebenso wie die Mitarbeiter der Rezeption und die Pagen auf den Gängen, in den Aufzügen und in fast allen öffentlichen Bereichen Vortritt genossen. Man sollte sich nicht verstecken oder zur Seite treten, aber wenn man seinen Job gut machte, wusste man, wie man den Gästen elegant auswich.

Lucy trat in eine Nische, als der Mann an der Tür des Businesscenters vorbeiging. Richtig erkennen konnte sie ihn nicht, aber sie sah seinen dunklen Mantel.

Sie brauchte ihn auch gar nicht zu sehen. Es war nämlich nicht sein Anblick, der ihr den Boden unter den Füßen wegriss, sondern ihr Geruchssinn.

Der Geruch des Hotels nach Reinigungsmitteln und gefilterter, geheizter Luft wurde von einem anderen Duft überlagert, der wie eine kalte Hand an ihr Herz griff. Dieser Duft hatte ohne Zweifel dem Mann angehaftet, der gerade auf dem Gang an ihr vorbeigegangen war.

Der Duft von Äpfeln.

Lucy schaute den Gang hinunter und wusste, dass der Mann eines der Zimmer verlassen hatte. War es die 1208? Es musste so sein. Die beiden anderen Zimmer am Ende des Ganges, die beide nicht belegt waren, hatte sie gerade gereinigt.

Mit einem unguten Gefühl im Bauch schob Lucy den Putzwagen den Gang hinunter und fuhr mit dem Personalaufzug ins Kellergeschoss. Dort ließ sie den Putzwagen stehen und lief die Stufen zum Personaleingang im Erdgeschoss hoch.

Sie versuchte sich zu beruhigen, als sie auf die Eingangshalle zuschritt. Lucy wusste nicht, was sie tun würde, wenn sie dem Mann gegenüberstand, ja sie wusste nicht einmal, wen sie suchte.

Schließlich betrat sie von der Nordseite die Hotellobby. Dort standen drei Männer. Keiner von ihnen trug einen dunklen Mantel oder hatte einen über dem Arm hängen. Die anderen Personen gehörten alle zum Personal.

Lucy trat durch die Seitentür auf die Sansom Street. Auf dem Bürgersteig wimmelte es von Menschen. Männer, Frauen, Kinder, Auslieferungsfahrer, Taxifahrer. Sie bog um die Ecke und schaute vor dem Hotel nach. Zwei Pagen holten das Gepäck eines älteren Ehepaars aus einer Limousine.

Lucys Herzschlag beruhigte sich wieder. Sie wartete einen Augenblick und ging dann die Einfahrt auf der Ostseite des Hotels entlang.

Der Duft von Äpfeln.

Sie musste es sich eingebildet haben. Sie war selbst schuld. Warum musste sie auch diesen verrückten Typen aufsuchen? Sie würde nie herausfinden, was in diesen drei Tagen geschehen war. Nicht die ganze Wahrheit.

Lucy lief zur Rückseite des Hotels und bog um die Ecke.

»Hallo, Lucy.«

Sie blieb stehen. Ihre Kehle war wie zugeschnürt, und sie bekam weiche Knie. Lucy kannte den Mann, der vor ihr stand. Sie kannte sein *Gesicht*.

»Sie sind es«, sagte sie.

»Ja, Lucy«, erwiderte er. »Ich bin es. Detective Byrne.«

23.

Jessica verbrachte den frühen Nachmittag damit, Daten in *ViCAP*, dem Violent Criminal Apprehension Program, zu überprüfen. Diese nationale Straftäterdatei war 1985 vom FBI für die zentrale Erfassung von Gewaltverbrechen – Mord, Vergewaltigung, vermisste Personen und nicht identifizierbare sterbliche Überreste – eingeführt worden. Die in ViCAP gespeicherten Informationen zu den einzelnen Fällen standen autorisierten Polizeibehörden in der ganzen Welt zur Verfügung. Das System bot den Ermittlern die Möglichkeit, ihre Beweise und Spuren mit allen anderen Fällen in der Datenbank zu vergleichen und nach Ähnlichkeiten zu suchen.

Jessica durchforstete die Datenbank nach den markantesten Punkten des Falles. Dazu gehörten die Signaturen der Rasur der Opfer und der Papierstreifen, mit dem ihnen die Augen verbunden worden waren.

Sie fand einen ähnlichen Fall aus dem Jahr 2006 in Kentucky. Ein Mann hatte drei Prostituierten die Haare abrasiert, sie erstochen und die Leichen am Ufer des Cumberland River abgelegt. Hier waren nur die Köpfe der Opfer und die Augenbrauen rasiert worden, nicht aber der ganze Körper. In Eureka, Kalifornien, gab es 1988 einen anderen Fall, bei dem ein Mann ein sonderbares Muster in die Schädel seiner Opfer rasiert hatte. Durch das Geständnis des Mannes erfuhren sie später die Bedeutung dieser Muster. Es waren seiner Meinung nach die ersten vier Buchstaben eines fremden Alphabetes.

Es gab eine Reihe von Morden, bei denen dem Opfer die

Augen verbunden worden waren. Zumeist handelte es sich dabei um regelrechte Hinrichtungen. Es gab außerdem zahlreiche Fälle von Verstümmelungen vor oder nach dem Eintritt des Todes. Jessica fand aber keinen Mord, der mit ihrem aktuellen Fall übereinstimmte und der alle drei Signaturen aufwies.

Jessica wollte gerade alles ausdrucken, was sie brauchte, als im Büro die Hölle losbrach. Sie trat zur Seite, als ein halbes Dutzend Kollegen aus der Fahndungsabteilung den Gang entlang, durch die Tür und zur Treppe liefen. Ihnen folgten drei Männer in den Blousons der US-Marshals.

Warum waren die US-Marshals hier? Zu ihrem Aufgabengebiet gehörte unter anderem die Ergreifung von Flüchtigen, der Transport von Häftlingen und der Schutz von Zeugen.

Jessica drehte sich um und sah, dass Dana Westbrook auf sie zukam. »Was ist passiert?«, fragte sie ihre Chefin.

»Wir hatten einen Ausbruch.«

»Hier im Roundhouse?« Im zweiten Untergeschoss des Roundhouse waren die Zellen des Philadelphia Police Departments untergebracht. Bewachung und Versorgung der Häftlinge fiel in den Aufgabenbereich des Sheriff-Büros des Countys und nicht in den der Polizei.

Westbrook schüttelte den Kopf. »Aus der CF.«

Die Curran-Fromhold Correctional Facility in der State Road war eine Justizvollzugsanstalt im Nordosten von Philadelphia. Jessica hatte während ihrer gesamten Karriere bei der Polizei noch nie von einem Ausbruch aus der CF gehört. »Was ist passiert?«

»Bis jetzt wissen wir noch nichts Genaues, aber es sieht so aus, als hätte der Gefangene irgendwoher einen Besucherausweis und Straßenkleidung aufgetrieben. Auf dem Video ist zu sehen, wie er aus dem Besucherbereich hinausspaziert.«

In der CF herrschten strenge Sicherheitsstandards, und das bedeutete, dass der geflohene Häftling einen Komplizen haben musste. Jessica wusste, welche Maßnahmen jetzt ergriffen wurden. Die Fahndungsabteilung des Police Departments arbeitete sowohl mit den US-Marshals als auch mit Beamten der Staatspolizei von Pennsylvania zusammen. Sie würden Motels, Bahnhöfe und Busbahnhöfe absuchen und natürlich die Wohnungen des Insassen und die seiner bekannten Kontaktpersonen überwachen. Vermutlich würden in der Curran-Fromhold ein oder zwei Köpfe rollen.

»Die Kollegen von der Fahndung suchen ihn bereits, und wie Sie sehen, werden sie von den Marshals unterstützt«, sagte Westbrook. »Es ist nur eine Frage der Zeit, bis wir ihn haben. Der Captain wollte, dass ich Sie informiere.«

»Mich? Warum?«, fragte Jessica verwundert.

»Der Gefangene? Der Mann, der ausgebrochen ist?«

»Was ist mit ihm?«

»Es ist unser Verdächtiger im Mordfall der Anonymen Alkoholiker. Lucas Anthony Thompson.«

Kurz nach drei kehrte Byrne ins Roundhouse zurück. Jessica hatte ihn zwei Mal angerufen, aber nur die Mailbox erreicht.

»Wie ist es gelaufen?«, fragte sie.

»Gut.«

Jessica starrte ihn an. Byrne wusste genau, dass Jessica sich nicht mit dieser Kurzversion abspeisen lassen würde. Er versuchte es dennoch. Sie funkelte ihn böse an, bis er klein beigab.

»Sie haben das MRT gemacht, und jetzt wird es ausgewertet. Sobald die Ergebnisse vorliegen, rufen sie mich an.«

»Wann?«

Byrne atmete tief durch. Er musste die Fragen beantworten, sonst würde Jessica keine Ruhe geben. »Vielleicht morgen.«

»Sag mir sofort Bescheid, wenn du was gehört hast.«

»Ja, Mama.«

»Pass bloß auf, sonst gibt's Hausarrest.«

Jessica und Byrne sprachen über Thompson und die spärlichen Informationen, die sie im ViCAP gefunden hatte. Dann nahm Jessica ihre Notizen und informierte Byrne über die Details, die das zweite heute aufgefundene Opfer betrafen. Ein Schwarzer Mitte fünfzig, nicht identifiziert. Die ersten Befragungen brachten keine neuen Erkenntnisse.

»Wurden seine Fingerabdrücke schon genommen?«, fragte Byrne.

»Die Leiche ist auf dem Weg in die Rechtsmedizin. Der Boss hat Russ Diaz und sein Team auf den Fall angesetzt. Russ hat vier Jahre als Profiler gearbeitet. Ich hab das Gefühl, wir werden ihn brauchen.«

»Was ist mit den Signaturen?«

»Identisch«, sagte Jessica.

Sie wandten sich den Akten auf dem Schreibtisch zu. Drei Leichen. Drei identische Mordmethoden. Kenneth und Sharon Beckman standen in einer Beziehung zu dem Mord an Antoinette Chan. Im Fall von Serienmorden war es oberstes Gebot, eine Verbindung zwischen den Opfern herzustellen, Übereinstimmungen aufzuspüren, die zu einem gemeinsamen Nenner in allen Fällen führen konnten – Job, Familie, Freundeskreis – und schließlich zum Mörder. Die Verbindung zwischen Kenneth und Sharon Beckman lag auf der Hand. Ob es auch zwischen ihnen und dem neuen Opfer eine Verbindung gab, mussten sie erst noch herausfinden.

»Ich hatte übrigens Knoblauchgarnelen für dich bestellt«, sagte Jessica. »Aber die sind schon alle weg. Du weißt ja, dass die Leute hier wie die Heuschrecken über chinesisches Essen herfallen.«

»Ich hab im Krankenhaus gegessen und Nachtisch mitgebracht.« Byrne hielt eine weiße Tüte hoch.

Jessica setzte sich kerzengerade hin. Nachtisch! Das hörte sich gut an. Sie streckte den Arm aus, worauf Byrne ihr die Tüte reichte.

Jessica öffnete sie und sah, dass es ein Apfelring aus der Bäckerei in der Siebzehnten war, wo sie besonders gut schmeckten.

»Was hast du denn in der Siebzehnten gemacht?«, fragte sie.

»Ich hab bei jemandem einen Vorverstärker abgeholt.«

»Und was hast du damit vor?«

»Ich will alle meine alten Schallplatten digitalisieren. Einige davon sind noch Schellackplatten mit 78 Umdrehungen, und ich möchte versuchen, den Klang zu verbessern.«

Jessica nahm den Apfelring aus der Tüte. Sie konnte nicht warten, bis sie in die Jahre gekommen war, wo ihr das Gewicht völlig egal wäre und sie das Hüftgold ohnehin nicht mehr abwenden könnte.

Oder wenn sie wieder schwanger sein würde. Schwanger war besser.

Sie biss in den Apfelring. Er schmeckte himmlisch. »Du kannst so oft zum MRT gehen, wie du willst.«

»Wir müssen unsere Aussagen machen.«

Jessica nickte und wischte sich die Lippen ab. Sie hatten Sharon Beckman gestern befragt, und jetzt war die Frau einem Mord zum Opfer gefallen. Vielleicht waren sie die Letzten, die sie lebend gesehen hatten.

Der Anruf kam kurz nach vier. Nicci Malone und Nick Palladino waren in der Rechtsmedizin, wo nun die dritte Leiche untersucht werden sollte. Jessica schaltete den Lautsprecher ein.

»Wir sind in der Rechtsmedizin«, sagte Nicci. »Ich sollte doch anrufen, oder?«

»Ja«, sagte Jessica. »Habt ihr die Hände des Opfers auf Tattoos überprüft?«

»Nein. Wir haben ihm am Tatort Beutel über die Hände gestülpt. Sollen wir es jetzt tun?«

»Ja.«

Die nächste Minute dauerte für Jessica und Byrne eine gefühlte Stunde. Sie liefen beide schweigend auf und ab. Dann hörten sie etwas rascheln, und Nicci meldete sich wieder.

»Jess?«

»Ja, Nicci. Hat er ein Tattoo?«

»Ja. Es ist das Tattoo eines Schwans. Ein winziger blauer Schwan. Er ist auf dem Zeigefinger der linken Hand.«

Jemand zog mordend durch Philadelphia, und sie mussten alle Kräfte mobilisieren, um ihn zu stoppen. Die Tatsache, dass sie Kenneth Beckmans Leiche in der Nähe einer Grundschule gefunden hatten, rief zwei weitere Behörden auf den Plan. Diese hatten bereits Mitarbeiter zur Washington Elementary School geschickt.

In den kommenden Stunden würde die Maschinerie für Ermittlungen in einer Mordserie anlaufen. Detectives, die frei hatten, müssten zum Dienst gerufen werden, und für verschiedene Sektionen des kriminaltechnischen Labors würde Bereitschaftsdienst angeordnet.

»Kannst du ein Foto von dem Tattoo machen und es mir schicken?«, fragte Jessica.

»Klar.«

Ein paar Minuten später erhielt Jessica das Bild auf ihrem Handy. Sie hielt es neben die Fotos der Tattoos von Kenneth und Sharon Beckman. Es war ein Tattoo derselben Machart. Jessica loggte sich auf der Webseite von World Ink ein, gab das Wort »Schwan« in das Suchfeld ein und drückte auf Enter. Kurz darauf erschien eine Seite mit sechs verschiedenen Bildern eines stilisierten Schwans. Das dritte Tattoo stimmte exakt überein.

Um halb sechs kam Michael Drummond ins Büro. Der Stellvertretende Bezirksstaatsanwalt hatte Neuigkeiten für sie.

»Ehe ich das Büro verlassen habe, hat die Rechtsabteilung von World Ink mich kontaktiert. Ich habe das Gefühl, es könnte ein Anwalt gewesen sein, der von seinem Wagen aus arbeitet«, sagte Drummond. Er zog ein Fax aus der Tasche und reichte es Jessica. »Man kann die Tattoos, die man kaufen möchte, beliebig zusammenstellen. Es müssen aber immer mindestens sechs bestellt werden. Sie haben ihre Datenbank überprüft und festgestellt, dass es im letzten Jahr nur eine Bestellung gab, die die Tattoos der ersten beiden Opfer, den Löwen und den Hahn, umfasste.«

Drummond zog ein zweites Fax aus der Tasche.

»Sie haben die Sendung an ein Postfach in Jersey City, New Jersey, geschickt. Es stellte sich heraus, dass es von dort wieder an ein anderes Postfach in Allentown weitergeleitet wurde.«

Das bedeutete, dass ihre heißeste Spur in diesem Fall zunächst blockiert war. Informationen darüber zu bekommen, wer das Postfach gemietet hatte, stellte sie vor ganz neue Probleme. Sobald sie es mit einer Bundesbehörde zu tun hatten, taten sich vor ihnen unglaublich hohe bürokratische

Hürden auf. Wahrscheinlich waren sie gezwungen, die Ermittlungsabteilung der Post einzuschalten.

Drummond blickte auf die Einträge in Jessicas Notizblock.

»Es gab also einen dritten Mord«, sagte er. Das war eine Feststellung und keine Frage.

Jessica nahm ihr iPhone in die Hand und zeigte Drummond das Foto des Opfers und eine Nahaufnahme des Tattoos. Drummond sah sich die Fotos flüchtig an und warf dann einen Blick auf die Uhr. »Okay. Ich weiß, wo die Richter sich in circa einer Stunde zu einem Drink treffen. Da werde ich mal vorbeischauen, wenn sie ihren zweiten Martini intus haben.« Er nahm seine Unterlagen. »Apropos Martini … Kommen Sie zu meiner Party, Jess?«

Jessica hatte die Party ganz vergessen. Sie hoffte, dass er ihr nichts anmerkte. »Natürlich. Ich freue mich schon.«

»Ich setze mich mit dem FBI in Verbindung.« Drummond hielt lächelnd sein Handy hoch. »Ich ruf Sie dann an.«

Als Jessica und Byrne zehn Minuten später alles ausgedruckt hatten, nahmen sie das Material unter die Lupe. Es bestand nicht der geringste Zweifel, dass es sich bei den Tattoos auf den Fingern der Opfer um die bei World Ink bestellte Lieferung handelte.

Es gab aber auch eine schlechte Nachricht. Den Informationen zufolge, die sie gerade von Drummond erhalten hatten, enthielt das Päckchen, das World Ink dem Killer zugeschickt hatte, noch fünf andere Tattoos. Schildkröte, Esel, Elefant, Känguru und ein Fisch.

Es waren insgesamt acht Tattoos. Dieser Gedanke jagte ihnen kalte Schauer über den Rücken.

Hatte der Mörder tatsächlich acht Morde geplant?

24.

Das Haus in Lexington Park war bis auf Hunderte von Kartons auf dem Speicher, im Flur des ersten Stocks, im Wohnzimmer und in der Küche nahezu leer. Die Möbel hatten sie schon ausgeräumt. Der Kronleuchter aus dem Esszimmer, ein Familienerbstück, das Jessica von ihrer Großmutter geerbt hatte, war, ebenso wie die Gläser aus geschliffenem Kristall, von ihrer Mutter sorgfältig eingepackt und in Sicherheit gebracht worden.

Im Erdgeschoss drängten sich drei Dutzend Menschen und aßen Krabbenchips und Chicken-Wings von Chickie's & Pete's. Darunter war das Who's Who des Police Departments, der Kriminaltechnik und der Bezirksstaatsanwaltschaft. Jessica und Vincent hatten Verwandte, Freunde, Bekannte und Kollegen seit Monaten an ihren Umzug erinnert und mit unterschiedlichen Strategien versucht, sie zur Mithilfe zu gewinnen.

Im Erdgeschoss hielten sich Jessicas Vater Peter Giovanni, die meisten ihrer Cousins und Cousinen, Colleen Byrne und ihr Freund Laurent sowie Byrnes Vater Paddy auf. Fast alle, denen nicht rechtzeitig eine Ausrede eingefallen war, packten heute mit an.

Byrne hatte sich verspätet.

Jessica und Byrne standen oben auf der Treppe zum Speicher, der mit unzähligen Kartons vollgestopft war.

»Wow«, sagte Byrne.

»Meinst du, ich leide unter Sammelwut?«

Byrne schaute sich um und zuckte mit den Schultern. »So schlimm finde ich es nicht. Ich habe schon Schlimmeres gesehen. Erinnerst du dich an die alte Dame am Osage River mit den zweihundert Katzen?«

»Danke.«

Jessica entdeckte ein paar Haare auf Byrnes Schultern. Sie bürstete sie mit den Händen weg.

»Warst du beim Friseur?«

»Ja«, erwiderte er. »Ich bin einfach da rein und hab mir die Haare schneiden lassen.«

»Du bist da *einfach so* rein?«

»Ja. Nicht gut?«

»Doch, sieht gut aus. Ich bin nur noch nie spontan zum Friseur gegangen. Ich brauche vier bis sechs Wochen, um mich zu entscheiden, dann ringe ich noch einen Monat mit der Entscheidung und frage hundert Leute nach ihrer Meinung. Irgendwann melde ich mich dann tatsächlich an und sag den Termin in letzter Minute wieder ab. Für mich verändert ein Friseurbesuch mein ganzes Leben.«

»Für mich ist es nur ein Haarschnitt.«

»Du hast es leicht.«

»Ja. Mein Leben ist ein Wunschkonzert.«

Jessica hob ein paar Kartons hoch, die zum Glück leicht waren. Wenigstens hatte sie die Kartons in den letzten Jahren mit Etiketten versehen. Auf einem stand DEKOMATERIAL ST. PATRICK'S DAY. Jessica konnte sich nicht erinnern, jemals Dekomaterial für den St. Patrick's Day gekauft oder das Haus an dem Tag geschmückt zu haben. Wahrscheinlich würde sie das Zeug trotzdem aufheben, auch wenn sie es nie benutzen würde. Sie stellte den Karton oben an die Treppe und drehte sich um.

»Darf ich dich etwas fragen?«, sagte sie.

»Nur zu.«

»Wie oft bist du in den letzten zehn Jahren umgezogen?«

Byrne dachte kurz nach. »Vier Mal. Warum?«

»Ich weiß nicht. Mich würde interessieren, ob du an vollkommen wertlosem, nutzlosem Zeug hängst.«

»Nein«, sagte Byrne. »Alles, was ich habe, brauche ich unbedingt. Ich lebe spartanisch.«

»Okay. Du solltest wissen, dass ich mal mit Donna über dieses Thema gesprochen habe.«

»Ach ja?«

Jessica hatte sich im Laufe der letzten Jahre mit Byrnes Exfrau Donna angefreundet.

»Ja. Und sie hat mir erzählt, dass du damals, als ihr von der Wohnung in das Haus gezogen seid, als Erstes dein Roger-Ramjet-Nachtlicht eingepackt hast.«

»Eh! Aus reinen Sicherheitsgründen, okay?«

»Ach so. Hast du es noch?«

»Nein. Jetzt hab ich ein Steve-Canyon-Nachtlicht. Roger Ramjet ist nur was für Kinder.«

»Pass auf. Ich sag's dir, wenn du es sagst.«

Dieses Spiel, das sie mitunter spielten, ähnelte dem Spiel Wahrheit oder Pflicht, ohne die Pflicht. In neunundneunzig Prozent der Fälle war die Stimmung unbeschwert, selten auch ernst, aber heute nicht. Es gab dennoch Regeln.

»Klar«, stimmte Byrne zu. »Du fängst an.«

»Okay. Was ist das peinlichste Kleidungsstück, das du noch besitzt? Ich meine etwas, das du nie mehr anziehen wirst, nicht in tausend Jahren, aber von dem du dich trotzdem nicht trennen kannst.«

»Die Frage kann ich leicht beantworten.«

»Wirklich?«

»Klar. Eine knallenge grüne Samthose in Größe 33, unter der sich alles abgezeichnet hat.«

Jessica hätte beinahe losgelacht. Stattdessen räusperte sie sich. Zu den Regeln des Spiels gehörte es, nicht zu lachen. »Wahnsinn«, stieß sie schließlich hervor.

»Wahnsinn, weil mir mal eine Hose in 33 gepasst hat oder weil sie aus grünem Samt ist?«

Egal, wie sie die Frage beantwortete, sie würde auf jeden Fall ins Fettnäpfchen treten. Jessica entschied sich für den grünen Samt.

»Tja, ich hab sie in meiner Thin-Lizzy-Zeit in New York gekauft. Ich wollte wie Phil Lynott aussehen. Du hättest mich sehen sollen.«

»Dafür würde ich eine Menge Geld hinlegen. Viele Kolleginnen bestimmt auch.«

»Und was ist mit dir?«

Jessica schaute auf die Uhr. »Oje. Sieh mal, wie spät es ist.«

»Jess.«

»Okay. Als ich neunzehn war und zur Temple University ging, hatte ich ein Date mit diesem Jungen – Richie Randazzo. Er lud mich zur Hochzeit seines Cousins in Cheltenham ein, und ich habe drei Monate gespart, um mir das süßeste, kleine rote Kleid bei Strawbridge's zu kaufen. Es ist in Größe 36. Ich hab es noch immer.«

»Jetzt sag nicht, Größe 36 passt dir nicht mehr?«

»Du bist der großartigste Mann, der jemals gelebt hat.«

»Das ist doch wohl klar. Eine Frage noch.«

»Ja?«

»Du bist mit einem Jungen namens Richie Randazzo ausgegangen?«

»Wenn man mal von der Mantamatte, dem durchgerosteten Toronado mit dem mit Pelz umrandeten Rückspiegel und der Tatsache, dass er Southern Comfort und Vernor's getrunken hat, absieht, war er eigentlich ganz süß.«

»*Ich* hatte wenigstens nie eine Mantamatte. Nie.«

»Ich könnte Donna mal fragen.«

Byrne warf einen Blick auf die Uhr. »Sieh mal, wie spät es ist.«

Jessica begann zu lachen und ersparte es Byrne, dass sie der Sache doch noch auf den Grund ging. Dann schwieg sie einen Augenblick und schaute sich auf dem Speicher um. Sie musste daran denken, dass sie diesen Speicher nie wieder betreten würde. »Oh, Mann.«

»Was ist?«

»Mein ganzes Leben steckt in diesen Kartons.« Jessica öffnete einen Karton und nahm ein paar Fotos heraus. Ganz oben lagen Fotos von der Hochzeit ihrer Eltern.

Aus den Augenwinkeln sah sie, dass Byrne sich ein paar Sekunden wegdrehte, um sie mit ihren Erinnerungen allein zu lassen. Jessica legte die Fotos zurück in den Karton.

»Darf ich dich noch etwas fragen?«

»Sicher.«

Jessica holte zuerst tief Luft und hoffte, dass ihre Stimme einen festen Klang hatte. Sie legte eine Hand auf den Karton, der mit dem grünen Garn umwickelt war. »Wenn du etwas hättest, eine Erinnerung, die ein Teil deines Lebens ist, und du weißt, dass es dir das Herz bricht, wenn du es dir ansiehst, behältst du es dann trotzdem? Hebst du es trotzdem auf? Obwohl du weißt, dass es dir immer Kummer bereitet, wenn du es dir ansiehst?«

Byrne wusste, dass sie über ihre Mutter sprach.

»Erinnerst du dich gut an sie?«, fragte er.

Jessica war fünf Jahre alt, als ihre Mutter starb. Ihr Vater hatte nie wieder geheiratet und nie wieder eine andere Frau geliebt. »Ja. Manchmal. Aber nicht an ihr Gesicht. Ich erinnere mich an ihren Duft. Ihr Shampoo, ihr Parfum. Ich erinnere mich, dass sie im Sommer, wenn wir nach Wildwood fuhren, nach Sonnencreme von Coppertone und Kirschdrops von Life Savers duftete. Ich erinnere mich an ihre Stimme. Sie hat immer die Songs im Radio mitgesungen.«

Heaven must have sent you. Das war einer der Lieblingssongs ihrer Mutter. Jessica hatte seit Jahren nicht mehr an den Song gedacht.

»Und du?«, fragte sie. »Denkst du oft an deine Mutter?«

»Oft genug, um die Erinnerung an sie wachzuhalten.« Byrne lehnte sich gegen die Wand. Das machte er immer, wenn er etwas erzählen wollte.

»Wenn mich mein Vater in meiner Kindheit mal wieder zur Schnecke gemacht hat, beschützte meine Mutter mich immer, indem sie sich zwischen uns stellte. Es war nicht so, dass sie mich verteidigte, und letztendlich wurde ich immer bestraft. Aber während mein Vater mir Vorwürfe machte, stand sie mit den gefalteten Händen auf dem Rücken vor mir. Ich schaute auf ihre Hände, und sie hatte immer eine 50-Cent-Münze für mich. Mein Vater erfuhr es nie. Ich musste meine Strafe abbrummen, aber hinterher besaß ich immer fünfzig Cent, die ich für ein Wassereis oder ein Comic-Heft verprassen konnte.«

Jessica musste lächeln, als sie daran dachte, dass irgendjemand – vor allem Paddy Byrne – ihren Partner einschüchtern konnte.

»Sie starb an meinem Geburtstag, weißt du«, fuhr Byrne fort.

Nein, das wusste Jessica nicht. Byrne hatte es ihr nie erzählt. Sie konnte sich kaum etwas Traurigeres vorstellen. »Das wusste ich nicht.«

Byrne nickte. »Du weißt doch auch, dass man immer an seinen Geburtstag denkt, wenn das Datum irgendwo steht oder wenn man es im Kino oder im Fernsehen hört, nicht wahr?«

»Ja. Man dreht sich zu den anderen um und sagt: *Eh, an dem Tag hab ich Geburtstag.*«

Byrne lächelte. »So ist es jetzt immer, wenn ich zum Friedhof gehe. Ich muss immer zwei Mal hinsehen, wenn ich das Datum auf dem Grabstein sehe, obwohl ich es eigentlich *weiß.*« Byrne steckte die Hände in die Taschen. »Es wird nie mehr das Datum meines Geburtstags sein, sondern das ihres Todestages, egal wie lange ich lebe.«

Jessica wusste nicht, was sie sagen sollte. Es spielte aber auch keine Rolle, denn sie kannte niemanden, der einfühlsamer war als Byrne. Er wusste immer, wann es Zeit war, das Thema zu wechseln.

»Und deine Frage?«, sagte er. »Du hast mich gefragt, ob man etwas aufheben soll, obwohl man weiß, dass es einem das Herz bricht, wenn man es sich ansieht.«

»Was ist damit?«

Byrne griff in die Hosentasche und zog etwas heraus. Es war eine 50-Cent-Münze. Jessica schaute auf die Münze und dann auf ihren Partner. Seine smaragdgrünen Augen glänzten und waren noch dunkler als sonst.

»Es ist so eine Sache mit Dingen, die dir das Herz brechen«, sagte Byrne. »Manchmal ist es das Beste, was passieren kann. Manchmal erinnert es dich daran, dass dein Herz noch schlägt.«

Sie standen schweigend auf dem zugigen Speicher und hingen ihren traurigen Erinnerungen nach. Ein lautes Klirren unterbrach jäh die Stille. Jemand hatte eine Porzellanschüssel fallen lassen. Iren und Italiener und Alkohol, da ging zwangsläufig immer etwas zu Bruch. Jessica und Byrne lächelten einander zu und kehrten in die Realität zurück.

»Bist du bereit für die große, böse Stadt?«

»Nein.«

Byrne nahm einen Karton und ging auf die Treppe zu. Dann blieb er stehen und drehte sich um. »Weißt du, für eine Tusse aus South Philly bist du irgendwie ein Waschlappen.«

»In einem der Kartons liegt eine Waffe«, sagte Jessica.

Byrne lief die Stufen hinunter.

25.

Um zehn Uhr hatten sie alles ins neue Haus getragen. Das ganze Inventar, mit dem das Haus in Lexington Park hübsch eingerichtet gewesen war, füllte nun jeden Raum, jede Ecke und jeden Schrank. Wenn sie die Couch und zwei Esszimmerstühle aufs Dach stellten, konnten sie alles unterbringen.

Byrne stand gegenüber dem Reihenhaus. Zwei Teenies kamen vorbei, sie erinnerten ihn an Lucy Doucette.

Als er Lucy in der Rückführungsgruppe zum ersten Mal gesehen hatte, wirkte sie furchtbar verloren. Viel wusste er nicht über sie, aber offenbar machte ihr ein traumatisches Erlebnis in der Kindheit schwer zu schaffen. Byrne wusste noch, wie sehr sie sich in der Therapiegruppe bemühte und doch nicht in der Lage war, sich an irgendetwas zu erinnern. Er wusste nicht, ob sie vergewaltigt worden war oder nicht. Als er sie zufällig in der Stadt getroffen hatte, war ihm schlagartig sein Versprechen wieder eingefallen, ab und zu nach ihr zu sehen. Er hatte es nicht getan.

»Kevin?«, hörte er eine zarte Stimme rufen.

Byrne drehte sich um. Jessicas Tochter Sophie stand dick eingemummelt auf dem Bürgersteig vor der Veranda. Die Eingangstür war offen, und Byrne erhaschte einen Blick auf Peter Giovanni im Haus. Er lehnte sich gegen das Treppengeländer und hatte ein Auge auf seine Enkeltochter. Einmal Vater, immer Polizist.

Byrne überquerte die Straße. Jessica hatte lange Zeit darauf bestanden, dass Sophie ihn Mr. Byrne nannte. Byrne hatte lange gebraucht, um das zu ändern, aber es schien ihm nun endlich gelungen zu sein. Er hockte sich vor Sophie hin und stellte fest, dass sie nicht mehr so klein war wie noch im letzten Jahr um diese Zeit. »Hallo, mein Schatz.«

»Danke, dass du uns geholfen hast.«

»Gern geschehen. Gefällt dir das neue Haus?«

»Es ist klein.«

Byrne warf einen Blick über ihre Schulter. »So klein ist es auch wieder nicht. Ich finde es cool.«

Sophie zuckte mit den Schultern. »Ist ganz okay.«

»Und außerdem ist deine neue Schule nur eine Straße entfernt. Dann kannst du länger schlafen und brauchst nicht so früh ins Bett zu gehen.«

Sophie kicherte. »Da kennst du meine Mutter aber schlecht.«

Doch, Byrne kannte sie gut. Er begriff sofort, was für einen Unsinn er geredet hatte.

Sophie schaute die Straße hinunter. Die aufragenden Umrisse der Konfessionsschule Sacred Heart zeichneten sich vor dem schwarzblauen Nachthimmel ab. »Bist du auch in eine katholische Schule gegangen?«

»Oh ja.« Byrne wollte ihr schon erzählen, dass er noch immer Abdrücke von dem Lineal auf den Fingerknöcheln hatte, behielt es dann aber doch lieber für sich.

»Hat es dir gefallen?«

Wie sollte er diese Frage beantworten? »Ist in deiner Schule auch ein Kind, das laufend Blödsinn macht und ständig Ärger bekommt?«

»Ja«, sagte Sophie. »In meiner Schule ist das Bobby Tomasello.«

»Nun, in *meiner* Schule war ich das.«

»Du hattest immer Ärger?«

»Ständig.«

»Musstest du in der Ecke sitzen?«

Byrne lächelte, als er sich daran erinnerte. »Wie soll ich sagen? Schwester Mary Alice hat meinen Tisch schließlich in die Ecke gestellt. Dadurch konnte ich mir den Weg dahin sparen. Ehrlich gesagt hatte ich in allen Klassenräumen einen Platz in der Ecke.«

Sophies Gesicht nahm einen Ausdruck an, den Byrne schon tausendmal bei Jessica gesehen hatte, eine Mischung aus Mitleid und Verständnis. »Mach dir keine Gedanken, Kevin«, sagte sie. »Du bist in Ordnung.«

Darüber würde das Gericht noch zu entscheiden haben, dachte Byrne. Doch es war schön, das zu hören, auch aus dem Munde einer Siebenjährigen. Vielleicht gerade von einer Siebenjährigen. »Danke.«

Sie schwiegen einen Augenblick und lauschten dem Lärm der Party im Haus.

»Ich mag Colleen«, sagte Sophie.

»Ja. Sie ist ein ganz besonderer Mensch.«

»Sie hat mir etwas beigebracht.«

»Ach ja?«

Sophie nickte. Sie dachte kurz nach und runzelte die Stirn. Dann ballte sie die Fäuste, streckte einen Finger aus, hielt inne, dachte wieder nach und begann von Neuem. Dieses Mal streckte sie die Hände aus, rieb die Handflächen aneinander, streckte die Zeigefinger beider Hände aus, ballte die Fäuste und zeigte auf Byrne.

Das hieß in der amerikanischen Gebärdensprache: »Ich freue mich, dich zu sehen.«

»Sehr gut«, sagte Byrne. »Hast du das gerade gelernt?«

Sophie nickte. »Es hat ein bisschen gedauert.«

Byrne lächelte. »Bei mir hat es viel länger gedauert.«

Kurz darauf küsste er Sophie auf den Kopf und sah ihr nach, als sie ins Haus zurückkehrte. Byrne blieb dort stehen und beobachtete Jessicas Familie eine Weile durch das Fenster. Es war schon lange her, dass er zu einer Familie gehört hatte.

Er dachte über Sophies Gebärdensprache nach, wie entschlossen sie war und wie hartnäckig sie übte, bis sie es konnte. Er dachte daran, wie viel Wahrheit in alten Sprichwörtern steckte, zum Beispiel in dem von dem Apfel, der nicht weit vom Stamm fällt.

Byrne ging die Dritte Straße hinunter und stieg in seinen Van. Nicht weit von hier entfernt war er aufgewachsen. Er erinnerte sich an einen kleinen Eckladen, in dem er immer seine Wasserpistolen und Comic-Hefte gekauft und manchmal einen Schokoriegel abgestaubt hatte. Er erinnerte sich auch an einen Jungen, der mal in der Gasse hinter dem Geschäft verprügelt worden war, weil er ein Mädchen aus der Nachbarschaft belästigt haben sollte. Byrne saß mit seinem Cousin Patrick an der Ecke, als es passierte. Er erinnerte sich an die Schreie des Jungen. Zum ersten Mal erlebte er damals aus unmittelbarer Nähe Gewalt und hörte jemanden vor Schmerzen schreien. Er glaubte, dass all diese Schreie, all die dunklen Echos der Gewalt irgendwie erhalten blieben.

Eine ganze Weile saß Byrne reglos in seinem Wagen. Er rollte die 50-Cent-Münze zwischen den Fingern und hing den Erinnerungen an sein altes Viertel nach.

Dann sah er einen Schatten neben dem Fenster auf der Fahrerseite des Vans. Byrne richtete sich auf. Es war Jessica. Er ließ das Fenster herunter.

»Was gibt's?«, fragte er. »Willst du schon wieder zurück?«

»Es geht um das Papier, das um die Köpfe der Opfer gewickelt war.«

»Und?«

»Wir haben die Papiersorte.«

26.

Das kriminaltechnische Labor war in dem massiven Gebäude einer ehemaligen Schule untergebracht. Es lag ein paar Blocks vom Roundhouse entfernt Ecke Achte und Poplar Street.

Sergeant Helmut Rohmer, der unumschränkte Herrscher der Dokumentenabteilung, war fünfunddreißig Jahre alt und mit seinen über eins neunzig ein wahrer Riese. Er brachte gut einhundertzwanzig Kilo auf die Waage. Neben seinem außergewöhnlichen und breit gefächerten Musikgeschmack, der von Iron Maiden bis Kitty Wells reichte, war er für seine stets schwarzen und immer mit neuen Aufdrucken versehenen T-Shirts bekannt. Er musste Hunderte davon besitzen. Mittlerweile bekam er sie schon per Post zugesandt, sogar von Leuten, die unter anderem mit seiner Unterstützung ins Gefängnis gewandert waren. Heute stand auf dem T-Shirt:

PADDLE SCHNELLER.
ICH HÖRE BANJOS.

Seine muskulösen Arme waren mit kunstvollen Tattoos verschiedenster Rosen verziert. Neuerdings rankte sich Efeu über seine Handgelenke bis auf die Handrücken. Rohmer war bis hin zu seinen unglaublich sorgfältig manikürten Händen stets sehr gepflegt. Jessica nahm an, dass die Maniküre etwas mit dem Tastsinn zu tun hatte. Hell Rohmer wollte nicht, dass irgendetwas seinen Tastsinn beeinträchtigte. Wie er an die kriminaltechnische Untersuchung von Dokumenten heranging, hatte schon fast etwas Übersinnliches. Das war einer der Gründe, warum er und Byrne dieselbe Sprache sprachen.

»Guten Abend, Schnüffler«, sagte Hell.

»Guten Abend, Alchemist«, erwiderte Byrne.

Hell lächelte. »Ich hab Ihr Papier«, sagte er. »Meinem Röntgenblick bleibt nichts lange verborgen.«

An der Wand hingen sechs vergrößerte Fotografien des Papiers – Vorder- und Rückseite –, mit dem die Köpfe der Opfer umwickelt gewesen waren. Auf den Fotos konnte man auch das Blut sehen, das von den Schnittwunden und kleinen Stichwunden auf der Stirn der Opfer durchgesickert war. Ein Strich, ein Punkt und die unbeholfen gemalte Zahl Acht an den verstümmelten Ohren.

»Was haben wir?«, fragte Jessica.

Hell nahm ein kleines, quadratisches Stück Papier in die Hand, das er vom Ende eines der Streifen abgeschnitten hatte. »Das ist teuer«, sagte er und strich mit dem Finger über das Papier mit der leicht gerauten Oberfläche. »Es ist wirklich schön. Unser Täter hat einen erlesenen Geschmack.« Hells Blick wanderte einen Augenblick durch den Raum und wurde ein wenig unscharf. Hell Rohmer verfügte definitiv über einen ausgeprägten Tastsinn.

»Hell?«

»Okay. Sorry. Das Papier ist handgeschöpft, hundert Prozent Baumwolle, säurefrei. Damit gehört es in die gleiche Kategorie wie zehntausend andere Papiersorten auch. Ich habe nicht die Möglichkeiten, einen Vergleichstest durchzuführen, um zu bestimmen, um welches Produkt es sich genau handelt. Daher wollte ich das Papier schon zum FBI schicken – und es kann, wie Sie wissen, ein bis zwei Monate dauern, bis Ergebnisse vorliegen –, als ich etwas entdeckt habe.« Hell hielt ein kleines Stück hoch. »Das haben wir von dem Papierstreifen abgeschnitten, mit dem der Kopf des weiblichen Opfers umwickelt war. Schauen Sie mal. Sie können einen kleinen Ausschnitt des Wasserzeichens erkennen.« Hell hielt das Papier vor eine grelle Lampe, aber nicht zu dicht. Jessica sah etwas, das aussah wie der Teil einer Schulter.

»Ist das vielleicht ein Engelskopf?«, fragte Jessica.

Hell schüttelte den Kopf. »Das Wasserzeichen zeigt die Venus von Milo. Auf dem anderen Papierstreifen ist es nicht. Daher nehme ich an, dass es von einem größeren Bogen abgeschnitten wurde.«

Hell zeigte ihnen einen anderen Ausdruck. Es war die durch ein Mikroskop gemachte Makroaufnahme vom Rand des Papiers. »Der Streifen wurde mit einer langen Klinge abgeschnitten. Man erkennt es daran, dass die Fasern leicht gerissen sind. Ich glaube, er hat eine Papierschneidemaschine und kein X-Actor-Messer, keine Schere oder Rasierklinge benutzt. Der Schnitt ist auf beiden Seiten gleichmäßig, und die Fasern wurden nach unten gedrückt. Zu gleichmäßig, als dass es jemand mit der Hand geschnitten haben könnte.«

Hell zeigte auf das Papier.

»Auf den ersten Blick sieht es weiß aus. Es ist aber ein ganz helles Grau. Der Büttenrand an zwei Seiten führt mich zu der Annahme, dass das Papier an allen vier Seiten einen Büttenrand hat. Der Papierstreifen ist sechzig Zentimeter lang. Daher nehme ich an, dass er von einem Bogen in der Größe sechzig mal sechsundsechzig Zentimeter abgeschnitten wurde. Das ist in der Drucktechnik eine Standardgröße.«

»Dieses Papier wird also zum Drucken verwendet?«

»Unter anderem.«

Hell legte das kleine Stück Papier auf den Tisch und nahm ein paar Computerausdrucke in die Hand.

»Das Wasserzeichen hat mich auf die richtige Spur gebracht. Ohne das Wasserzeichen hätten wir auf die Ergebnisse aus Washington warten müssen.« Er deutete auf eine Zeile auf dem Ausdruck, die in Lindgrün hervorgehoben war. »Der Hersteller dieses Papiers hat seinen Firmensitz in Mailand, und dieses Produkt heißt *Atriana*. Wirklich sehr gute Qualität. Größtenteils für hochwertige Druckerzeugnisse. Aber die Papiermühle stellt auch andere Papiere für die verschiedensten Verwendungen her – Schreibpapier, Leinwand, Pergament, Leinen. In unserem Fall handelt es sich um ein Spitzenprodukt. Ein Bogen davon kostet im Einzelhandel rund siebzig Dollar.«

»Was?«

»Ja. Und stellen Sie sich vor, die Firma liefert auch das Papier für den Euro.«

»Sagen Sie bloß.«

»In den USA bieten es nur zwei Großhändler an. Wenn ich mich nicht irre, kann man dieses Papier im ganzen Land nur in zwanzig Geschäften kaufen. Größtenteils Fachgeschäfte für Künstlerbedarf und Büroartikel. Allerdings kann man das Papier in einem Dutzend Online-Shops bestellen – Pech für uns, aber nicht für unseren Täter.«

»Gibt es auch in Philadelphia Läden, wo man es kaufen kann?«, fragte Jessica.

»Nein.« Hell lächelte und hielt eine Karteikarte mit einer Adresse hoch. »Aber in Doylestown gibt es ein Geschäft.«

Jessica nahm die Karte entgegen.

»Kein Applaus?«

Jessica klatschte.

»Danke. Und jetzt zu dem Wachs.« Auf dem Tisch stand

eine kleine zugedeckte Schüssel, in der das Wachssiegel lag. »Das ist ganz normales Kerzenwachs und kein Siegelwachs. Darum löst es sich auch bereits auf.«

»Was ist der Unterschied?«

»Nun, vor ungefähr fünfhundert Jahren wurde Siegelwachs hauptsächlich aus Bienenwachs und dem sogenannten venezianischen Terpentin hergestellt, das aus dem Lärchenbaum gewonnen wird. Damals war Wachs noch ungefärbt, doch ab der Renaissance begannen die Menschen, es mit Zinnober zu färben. Wollen Sie das wirklich alles wissen?«

»Vielleicht später mal«, sagte Jessica. »Im Augenblick würde mich brennend interessieren, wo unser Täter das Zeug gekauft hat. Ich hätte gerne ein Video von ihm, wie er das Geschäft verlässt, und eine Kopie seines Führerscheins. Haben Sie das?«

»Nein, und noch schlimmer ist, dass dieses Kerzenwachs in jeder Filiale von Rite-Aid, Wal-Mart und Target im ganzen Land zu bekommen ist. Aber nicht in dieser Farbe.«

»Was soll das heißen?«

»Was ich sagen wollte, bevor ich so abrupt unterbrochen wurde, ist, dass dieses Wachs nicht mit altem Zinnober gefärbt wurde.«

Jessica brauchte eine Sekunde, um zu begreifen, was Hell Rohmer meinte. Ein Blick in Byrnes Augen sagte ihr, dass er es offenbar ebenfalls begriffen hatte. Sie wandte sich wieder an Hell.

»Nein.«

»Ich fürchte, ja. Das Wachs wurde mit Blut gefärbt. Unser Täter ist ein ganz, ganz übler Typ.«

Jessica warf Byrne wieder einen Blick zu, als jemand das Labor betrat und an der Tür stehen blieb. Hell durchquerte den Raum und verschwand aus Jessicas Blickfeld. In der

Spiegelung eines Glasschrankes erkannte sie Irina Kohl. Irina hatte ein paar Akten mitgebracht und drückte Hell eine in die Hand. Dann stellte die zierliche Irina sich auf Zehenspitzen und küsste Hell Rohmer auf den Mund. Hell drehte sich um und bemerkte, dass Jessica sie in der Spiegelung des Glasschrankes sehen konnte.

Die beiden, nun rot wie Tomaten, gingen auf Jessica und Byrne zu.

»Hm, Sie haben nichts gesehen«, flüsterte Hell Jessica ins Ohr.

»Was gesehen?«

Hell zwinkerte ihr zu.

»Ich bin froh, dass Sie hier sind«, sagte Irina und kam sofort zur Sache. »Ich glaube, wir haben etwas über die Mordwaffe.«

Irina Kohl arbeitete in der Ballistik, die auch die Spuren von Tatwerkzeugen aller Art untersuchte. Die junge Frau Ende zwanzig war eine gepflegte Erscheinung und zeichnete sich wie die meisten ihrer Kollegen in der Kriminaltechnik durch eine sorgfältige Arbeitsweise und präzise Formulierungen aus. Für die Mitgliedschaft bei Mensa war sie vermutlich ein wenig zu clever. Unter ihrem Arbeitskittel trug sie eine Kostümjacke, eine weiße Button-Down-Bluse und eine lavendelfarbene Strickkrawatte.

Irina öffnete die Mappe und nahm ein paar Vergrößerungen heraus.

»Bei dem Draht, mit dem die Opfer erdrosselt wurden, handelt es sich um mehrsträngigen Titandraht.« Sie wies auf eine Makroaufnahme der Strangulationsmarken der beiden ersten Opfer. Sogar mit bloßem Auge konnte man das Muster der drei ineinandergedrehten Drähte im Fleisch erkennen. »In der Wunde haben wir Spuren des Metalls gefunden.«

»Wozu benutzt man so etwas?«, fragte Jessica.

»Es gibt zahlreiche Verwendungsmöglichkeiten. Titandraht wird vor allem für medizinische Geräte, Knochenschrauben und kiefernorthopädische Apparaturen verwendet. In verschiedenen Stärken findet man ihn überall in Produkten für die Raumfahrt, Medizin und Seefahrt. Er hat eine niedrige Dichte und eine hohe Korrosionsbeständigkeit.«

Irina nahm eine Vergrößerung und zwei Objektträger in die Hand.

»Ich habe in den Wunden der ersten beiden Opfer auch Haare gefunden. Bei dem dritten Opfer sind wir noch nicht so weit.« Sie deutete auf die beiden Objektträger. »Diese hier habe ich bei Sharon Beckman und Kenneth Beckman gefunden.«

»Glauben Sie, das sind Haare von unserem Killer?«

»Nein. Ich fürchte, nein. Diese Haare stammen definitiv nicht von einem Menschen.«

Jessica wechselte kurz einen Blick mit Byrne. »Nicht von einem Menschen, sondern ...«

»Von einem Tier.« Irina schob ihre dicke Brille hoch und verzog das Gesicht, als würde sie einen unangenehmen Geruch wahrnehmen. Offenbar wartete sie, bis sich alle von dem Schock erholt hatten. Jessica fiel auf, dass Irinas Unter- und Oberlippe in zwei unterschiedlichen Farbtönen schimmerten.

»Mann, Jess, du *Dummkopf*«, schimpfte Jessica. »Ich meine, von wem denn sonst?«

Irina fuhr unbeirrt fort. »Von einem Haustier.«

»Reden wir von einem Hund oder einer Katze?«, fragte Jessica.

»Ich meinte eher Haustiere im weiteren Sinne, also Nutztiere wie Kühe, Schafe oder Pferde.« Irina geriet richtig in

Fahrt. »Wenn wir über die Haare von Haus- und Nutztieren sprechen, so gibt es da eine ganze Reihe von Unterschieden in Farbe und Länge. Viele dieser Kennzeichen sind sehr allgemein. Um zum Beispiel den Unterschied zwischen einem Hunde- und einem Katzenhaar oder zwischen dem einer Kuh und eines Elchs herauszufinden, muss man normalerweise die Haarwurzel haben. Und die haben wir in diesem Fall leider nicht.«

Sie schob einen Objektträger unter das Mikroskop und klemmte ihn fest.

»Aber wir haben eben erst angefangen.« Irina lächelte Hell an. Hell strahlte.

Irina schaute durch das Okular des Mikroskops und stellte es schärfer ein. »Wenn Sie hier durchschauen, können Sie es sehen«, sagte sie und trat zur Seite.

Jessica stellte sich vor das Mikroskop und schaute hindurch.

»Wie Sie sehen, ist die Oberfläche rau. Die Medulla ist nicht gebrochen«, sagte Irina. »Das Pigment ist fein und gleichmäßig verteilt.«

»Ja«, sagte Jessica. »Das mit der Medulla wollte ich auch gerade sagen.« Unter dem Mikroskop sah das Haar aus wie ein langes dunkelbraunes Rohr. Sie hätte sich genauso gut ein Schokoröllchen ansehen können. Hell Rohmer beobachtete Irina. In seinem Blick spiegelten sich Bewunderung und die Freude des Kriminalisten an seiner Arbeit. Jessica und Byrne hatten mit den beiden schon in vielen Fällen zusammengearbeitet. Hell und Irina gefiel es, wenn Detectives oder andere Ermittler, die von Kriminaltechnik nicht die geringste Ahnung hatten, durch Mikroskope schauten. Dadurch wurden sie als Kriminalisten gewürdigt, was sie ja auch waren.

»Die eiförmigen Strukturen haben mich darauf gebracht«, fügte Irina hinzu.

»Immer das Gleiche«, sagte Jessica und trat vom Mikroskop zurück. »Aber was meinen Sie jetzt genau? Ich meine, *ich* habe es verstanden. Nur damit Kevin es auch versteht.«

Byrne lächelte.

»Nun, das ist nicht unbedingt mein Fachgebiet. Ich schicke es daher an ein Speziallabor. Spätestens morgen müssten wir eine Rückmeldung haben.«

Jessica reichte Irina eine Karte mit ihrer Handynummer. »Rufen Sie mich sofort an, wenn Sie was gehört haben.«

»Mach ich. Und unser irrer Killer muss sich warm anziehen.«

»Warum denn das?«

Irina lächelte. Jessica sah, dass sie verstohlen Hell Rohmers Hand berührte. »Wir machen ihm das Leben zur Hölle.«

Auf dem Weg zum Wagen dachte Jessica an das Labor und die seltsamen Wesen, die dort schufteten. Spuren und Beweismittel waren – wie sie sagten – stumme Zeugen eines jeden Verbrechens und aufgrund des simplen Phänomens der Übertragung stets an Tatorten vorhanden. Kein Mensch konnte einen bestimmten Bereich betreten oder verlassen, ohne Beweismaterial von diesem Ort mitzunehmen oder dort zu hinterlassen. Doch die Beweismittel und Spuren allein hatten keinen Wert. Erst wenn sie entdeckt, gesammelt, analysiert, interpretiert und bei Gericht vorgelegt wurden, erhielten sie Bedeutung und konnten in einen Gesamtkontext eingeordnet werden.

In der Regel hatten Kriminelle keine Ahnung, wer die Leute waren, die in kriminaltechnischen Laboren in der ganzen Welt schufteten, und wie engagiert sie die Wahrheit ans Licht zu bringen suchten. Wüssten sie das, würden sie am Tatort nicht so unbekümmert Hautzellen, von denen sich täglich Millionen abschuppen, oder Haare, von denen wir täglich Hunderte verlieren, zurücklassen, von Speichel, Fußabdrücken, Blut oder Textilfasern gar nicht zu reden.

Als Jessica in den Wagen stieg, musste sie auch daran denken, dass ihr Job manchmal einer Episode aus *Akte X – Die unheimlichen Fälle des FBI glich.*

Diese Haare stammten definitiv nicht von einem Menschen.

27.

Byrne parkte gegenüber vom Friedhof Mount Olive. Er hatte in der Friedhofsverwaltung vorbeigeschaut und mit dem Wachmann, der heute Nacht Dienst hatte. In Anbetracht dessen, was an diesem Tag auf dem Mount Olive passiert war, hätte ihm ein schießwütiger Ex-Cop des Philadelphia Police Departments, der ausflippte, weil er mitten auf dem Friedhof einen Mann stehen sah, gerade noch gefehlt.

Immer wieder dachte Byrne an seine Visionen am Fundort des Toten. Was hatten sie zu bedeuten?

Er versuchte, die Stunden Schlaf, die er in der letzten Woche versäumt hatte, zusammenzuzählen, doch es gelang ihm nicht. Er war zu erschöpft, um noch richtig zählen zu können.

Byrne lehnte sich zurück. Nur einen Augenblick. Er sehnte sich nach einem Moment der Ruhe.

Kurz darauf schlief er ein. Er träumte, dass er als einziger Besucher in einem großen Konzertsaal saß. Auf der Bühne hatte ein vollständiges philharmonisches Orchester Platz genommen. Byrne schaute sich die elegante Ausstattung an. Der Boden war voller Blut. Auf jedem Sitz lag ein abgetrennter Finger.

Als die Musik anschwoll, sprang er auf und lief durch den Gang zur Eingangshalle. Dort standen auf einer Wand drei Wörter in leuchtend rotem Blut:

Du weißt es.

Byrne rannte hinaus und den Bürgersteig entlang. Alle Menschen, denen er begegnete, hatten die Gesichter von Opfern, die er kannte, weil er in den Fällen ermittelt hatte. Sein Van stand auf dem leeren Parkplatz. Er sprang hinein. Sein Herz klopfte zum Zerspringen. Ihm stieg sofort der eigentümliche Geruch in die Nase. Byrne drehte sich um und entdeckte eine verweste Leiche, die er kannte, auf der Rückbank, rasiert, ohne Kopfhaar und mit offenen Augen ...

Er richtete sich auf, trotz der Kälte war er schweißgebadet. Rundum war alles schwarz und still. Nur ab und zu das Geräusch eines Motors, wenn ein Auto vorbeifuhr. Die Toten ringsum waren mausetot.

Byrne stieg aus und sog tief die kalte Nachtluft ein.

Du weißt es.

Er schaute auf die Uhr.

Es war 2.52 Uhr.

28.

Mittwoch, 27. Oktober

Lucy war den ganzen Morgen über wie auf Autopilot. Ihre Gefühle wechselten zwischen Auseinandersetzung und Verdrängung. Beides waren Termini, die sie in Bezug auf ihre Gemütsverfassung nie benutzt hatte, bevor sie zu Psychologen gegangen war. Sie sprachen eine andere Sprache, diese Leute, und verfügten über einen vollkommen anderen Wortschatz. Wenn man sich zum Beispiel einmal nicht an etwas erinnerte, betraf es das *deklarative Gedächtnis*. Oder wenn man ein Problem durch schlichte Logik löste, wurde das *fluide Intelligenz* genannt. Und dann ihr Lieblingsterminus. Wenn man zu den Leuten gehörte, die sich durch ihre eigenen Gedanken und Handlungen definierten, war man nicht einfach nur selbstsicher oder fühlte sich wohl in seiner Haut. Nein, nein. Man hatte ein *Bewusstsein seiner Ich-Identität*.

Lucy hätte fast gelacht. Es kam nicht oft vor, dass sie über ihre eigenen Gedanken lachte. Heute fand sie die Vorstellung lustig, dass sie dabei war, das Bewusstsein ihrer Ich-Identität zu erlangen.

Jedenfalls wurde Lucy an diesem Tag von ihren neuen Gefühlen beinahe überwältigt. Sie konnte kaum glauben, dass sie Detective Byrne gestern in die Arme gelaufen war. Sie hatte sich so gefreut, als sie ihn sah. Doch obwohl ihr klar war, dass sie ihn kannte, wusste sie im ersten Augenblick nicht, wer er war. Bis er lächelte.

Sie hatte diesen Mann, der eine volle Minute tot gewesen war, in der Regressionstherapie kennengelernt. Einmal tranken sie gemeinsam einen Kaffee und sprachen über ihre jeweiligen Erlebnisse. Nun ja, Lucy hörte ihm größtenteils nur zu, weil sie nicht genau wusste, was ihr zugestoßen war. Gestern gab er ihr seine Visitenkarte und bot ihr an, ihn jederzeit anzurufen. Lucy fragte sich, ob er ihr helfen konnte. Sie fragte sich auch, ob er über ihren Verdacht gegen den Mann lachen würde, von dem sie glaubte, er habe gestern Zimmer 1208 verlassen. Nein, er würde *nicht* lachen, aber vermutlich sagen, sie habe sich das nur eingebildet.

Während der Arbeit schaute Lucy alle fünf Minuten auf die Uhr. Zum ersten Mal seit langem fehlte ihr jedes Zeitgefühl. Es gelang ihr nicht, anhand der in den einzelnen Zimmern verbrachten Zeit die Uhrzeit zu schätzen.

Jedes Zimmermädchen besaß Schlüssel für seinen eigenen Bereich, eine elektronische Karte, die jener der Gäste ähnelte. Die Karte öffnete den Zimmermädchen die Türen in ihrem Arbeitsbereich, aber zu keinen anderen Zonen des Hotels. Wenn ein Zimmermädchen sagte, es habe ein Zimmer um 9.08 Uhr betreten, es in Wahrheit aber 9.21 Uhr war, fand die Hausdame das sofort heraus. Viele entlassene Zimmermädchen mussten auf die harte Tour lernen, dass Computer niemals logen. Es wurde nur registriert, wann man ein Zimmer betrat, nicht jedoch, wann man es verließ.

Heute verschmolzen alle Zimmer miteinander, und Lucy hatte keine Ahnung, wie lange sie für jedes einzelne brauchte.

Er roch nach Äpfeln.

Es konnte alles Mögliche gewesen sein. Es gab eine Million Erklärungen dafür. Viele Leute trugen dunkle Mäntel. Sogar Detective Byrne trug einen dunklen Mantel, verdammt.

Lucy stand am Ende des Korridors neben den Aufzügen. Sie schaute den Gang hinunter zum Ostflügel. Auf diesem Abschnitt lagen acht Zimmer. Zimmer 1201 bis Zimmer 1208.

Heute konnte sie diesen Bereich mit einem Mädchen tauschen, das in der siebten Etage arbeitete. Als Gegenleistung hatte Lucy versprochen, deren tragbaren CD-Player zu reparieren. Diese Vereinbarung galt aber nur für heute. Morgen musste Lucy Zimmer 1208 betreten. Darauf freute sie sich wahrlich nicht.

Allen Zimmermädchen stand morgens eine Viertelstunde Pause zu. In dieser Zeit saß Lucy meistens in der Cafeteria und las, und wenn schönes Wetter war, lief sie zum Rittenhouse Square, um sich für fünf Minuten in die Sonne zu setzen. Es war erstaunlich, wie sehr fünf Minuten Sonne ihre Stimmung hoben. Heute ging sie in den kleinen Hof hinter dem Hotel. Dort hing so dichter Zigarettenrauch in der Luft, dass sie einen Augenblick brauchte, um sich zu orientieren. Niemand durfte im Umkreis von fünfzig Metern rund um das Hotel rauchen, aber an das Verbot hielt sich keiner, und es wurde auch nichts zu seiner Durchsetzung unternommen.

Als Lucy hinter dem Hotel um die Ecke bog, sah sie ihre Freundin Amanda auf einer Palette sitzen und eine Mandarine essen.

»Hey«, sagte Amanda.

»Hi.« Lucy setzte sich neben Amanda. Amanda Cuaron war all das, was Lucy nicht war. Exotisch, dunkeläugig, eine wahre Latina-Schönheit, die immer flirtete. Sobald Amanda in ihrer Nähe war, fühlte Lucy sich wie ein Mauerblümchen.

»Ach, ich hab ganz vergessen, dich zu fragen, ob du gestern bei diesem Typen warst«, sagte Amanda.

Mit *diesem Typen* meinte sie den Traumweber. Mr. Costa. Lucy wusste nicht, was genau sie Amanda erzählen sollte. Sie war zwar ihre Freundin, aber Geheimnisse hatte sie ihr noch nie anvertraut. Sie vertraute nie jemandem Geheimnisse an. »Ja«, sagte sie. »Ich war da.«

»Und wie ist es gelaufen?«

»Ganz okay.«

Amanda starrte sie an. Sie würde sich mit einer so kurzen Erklärung nicht abspeisen lassen. »Und? War er sonderbar? Trug er einen spitzen Hut, und hatte er einen Zauberstab?«

»Klar. Und er hatte einen langen weißen Bart. Hab ich dir nichts von dem Bart erzählt?«

Amanda lächelte. »Ist er süß?«

Lucy schnaubte verächtlich. *»Hör auf.* Der ist mindestens hundert Jahre alt.«

»Ist er süß?«

Lucy verdrehte die Augen. »Ich gehe heute wieder zu ihm.« Erst in dieser Sekunde wurde Lucy bewusst, dass sie sich dazu entschlossen hatte.

Amanda lächelte lasziv. *»Mala chica.«*

Sie sahen beide gleichzeitig auf die Uhr. Noch sechs Minuten.

Amanda zeigte auf die Mauer neben der Warenannahme. Dort war etwas in den Stein geritzt. RL *liebt* TJ.

»Ich frage mich, ob sie sich noch immer lieben«, sagte Amanda.

Lucy zweifelte daran. Sie glaubte nicht an wahre Liebe. »Es ist in Stein gemeißelt.«

Amanda lachte. »Wahrscheinlich damals, als das hier noch ein Wohnhaus war.«

»Wann war das denn ein Wohnhaus?«

»Ich weiß nicht genau. Bis 1999 oder so. Es soll auch ganz berühmt gewesen sein.«

»Wieso?«

»Vor allem wegen des kleinen Mädchens. Das weißt du doch, oder?«

»Wovon sprichst du?«

»Ich weiß nicht genau, was passiert ist. Frag mal den Sergio. Der müsste es wissen.«

Sergio war ein älterer Mann, der in der Haustechnik arbeitete. Er war schon lange dabei.

»Aber wie ich gehört habe, wurde hier ein kleines Mädchen getötet«, fügte Amanda hinzu.

Lucy lief ein kalter Schauer über den Rücken. »Wie meinst du das, getötet? War es ein Unfall oder etwas in der Art?«

»Nein. Getötet wie *ermordet.*«

»Wie bitte? Es wurde *ermordet?*«

»Ja.« Amanda fuchtelte mit den Fingern vor Lucys Gesicht herum und machte unheimliche Halloween-Geräusche. »Es heißt, der Geist der Kleinen wandle noch immer durch die Gänge.«

»Hör auf.«

Amanda kicherte. »Dich kann man aber schnell aus der Fassung bringen.«

»Wie alt war das Mädchen?«

Amanda zuckte mit den Schultern und bot Lucy einen Schnitz ihrer Mandarine an. Diese lehnte ab. »Keine Ahnung. Aber nicht sehr alt. Ungefähr zehn oder elf.«

»Und wie ist sie ... Du weißt schon.«

»Wie sie gestorben ist?« Amanda zuckte wieder mit den Schultern. »Keine Ahnung. Aber ich glaube, sie haben den Kerl, der das getan hat, nie geschnappt.«

Lucy, der heute sowieso schon furchtbar unheimlich zumute war, kroch die Angst in die Glieder.

»Ich glaube, das ist einer der Fälle, in dem diese Spinner, die hier diese Woche übernachten, Nachforschungen anstellen wollen«, sagte Amanda. »Oder sie wollen über die Ermittlungen sprechen. Keine Ahnung, was sie vorhaben.«

Lucy war sprachlos. Amanda stand auf und warf die Mandarinenschalen in einen Mülleimer.

»Und, bleibt's dabei?«, fragte Amanda.

Im ersten Augenblick wusste Lucy nicht, was ihre Freundin meinte. Dann fiel es ihr wieder ein. Sie hatte Amanda versprochen, am Halloween-Abend, an dem es in Philadelphia immer total verrückt zuging, mit ihr im Fluid, einem Tanzklub in der Vierten Straße, etwas trinken zu gehen. Amanda glaubte zu wissen, dass dort immer haufenweise süße Collegejungs auftauchten. In diesem Jahr würden sie sich bestimmt alle wie Robert Pattinson kleiden.

»Ja«, sagte Lucy. »Warum nicht?«

»Super. Und du erlaubst mir, dir eine andere Frisur zu machen. Wir brezeln dich richtig auf, *Chica*. Vielleicht legt dich dann mal einer flach.«

»Amanda.«

Amanda kicherte wieder. »Ich hol dich um acht Uhr ab.«

»Super.«

Amanda kehrte ins Hotel zurück, doch Lucy blieb noch auf dem Hof. Sie musste immerzu an das kleine Mädchen denken, das Amanda erwähnt hatte. *Ermordet.* In dem Haus, in dem Lucy *arbeitete*. Sie musste mehr darüber erfahren, aber sie wusste nicht, warum. Vielleicht weil es in ihrem eigenen Leben auch einen weißen Fleck gab. Vielleicht weil sie sich seit neun Jahren auf seltsame Weise mit allen jungen Mädchen verbunden fühlte, die das Böse berührt hatten. Sie waren ihre Schwestern.

Es hieß, ihr Geist wandle noch immer durch die Gänge.

Danke, Amanda, dachte Lucy. Vielen Dank.

29.

Doylestown, ein malerischer Ort in Bucks County, hatte etwa achttausend Einwohner. *Ulrich Art Supply*, ein Geschäft für Künstlerbedarf, war in einem frei stehenden, mit Efeu bewachsenen Gebäude, einem umgebauten Wagenschuppen, in der North Main Street gegenüber vom Mercer Square Shopping Center untergebracht. Im Schaufenster waren Farben, Leinwände, Pinsel und Staffeleien ausgestellt. Halloween-Dekorationen zierten die Fenster und die Tür.

Auf dem Weg nach Doylestown beschlossen Jessica und Byrne, sich in dem Geschäft nicht als Detectives zu erkennen zu geben. Dies war das einzige Geschäft im näheren Umkreis der Stadt, welches das bei diesen Morden verwendete Papier verkaufte. Daher bestand die Gefahr, dass sie sich verrieten, wenn sie sich als polizeiliche Ermittler auswiesen, die Informationen haben wollten. Wenn jemand in dem Laden den Mörder kannte, könnte er den Betreffenden sofort anrufen, sobald sie das Geschäft verließen. Wenn Plan A scheiterte, konnten sie den Laden immer noch mit gezogenen Waffen und glitzernden Dienstmarken stürmen.

Sie beobachteten das Geschäft ein paar Minuten lang. Hinter der Theke stand eine Frau und ordnete ein paar Dinge auf einem kleinen Verkaufsständer. Niemand betrat den Laden, und sie sahen auch keine weiteren Verkäufer.

»Sieht so aus, als wärst du dran«, sagte Jessica.

»Ich dachte, *du* wärst unsere Undercover-Queen.«

»Bin ich auch, aber metrosexuell liegt mir nicht so.«

»Was hatten wir vereinbart?«

»Tut mir leid.«

Byrne ließ seinen Blick schweifen. »Wer bin ich noch mal?«

Jessica dachte kurz nach. »Ich glaube, Bennett Strong.«

Byrne nickte. Das war angesichts der Situation eine gute Wahl. Ein tougher Typ mit hellseherischen Fähigkeiten. »Und wo war die Messe?«

Jessica hielt Byrne ihr iPhone hin. Bei ihrer Internetrecherche auf dem Weg nach Doylestown war sie auf eine Druck- und Papier-Messe gestoßen, die kürzlich in Philadelphia stattgefunden hatte. Auf der Webseite dieses Geschäftes für Künstlerbedarf stand auch der Name der Besitzerin. Alicia Webster.

Byrne nahm seine Dienstmarke, die Waffe und das Holster vom Gürtel und legte alles auf die Rückbank. Dann zog er sein Jackett aus.

»Möchtest du ein bisschen Haargel?«, fragte Jessica.

Byrne warf ihr einen bösen Blick zu.

Alicia Webster war Mitte bis Ende dreißig. Sie trug eine beigefarbene Strickjacke und eine schwarze Cordsamthose.

Als Byrne den Laden betrat und gleichzeitig eine Klingel ertönte, hob sie den Blick. »Was kann ich für Sie tun?«, fragte sie. Strahlendes Lächeln, freundlicher Blick.

Byrne zeigte ihr eine Visitenkarte, auf der nur ein Name stand – keine Telefonnummer, keine Anschrift, keine E-Mail-Adresse und keine Webseite. Er hatte einen ganzen Stapel davon in der Brieftasche. Zehn verschiedene Namen. Man konnte nie wissen.

»Mein Name ist Bennett Strong«, stellte er sich vor. »Ich bin der Besitzer von Strong Galleries in New York City.«

Das Gesicht der Frau begann zu strahlen.

»Sind Sie Miss Webster?«

Sie schien sich zu wundern, dass er ihren Namen kannte.

»Ja, die bin ich.« Sie hob die linke Hand und zeigte ihm ihren Ringfinger. »Aber Misses.«

Byrne presste eine Hand aufs Herz. »Mea culpa«, sagte er lächelnd. »Misses. Natürlich.«

Sie errötete. »Was kann ich für Sie tun, Mr. Strong?«

»Ach, übrigens ... Ihr Laden gefällt mir sehr. Kann es sein, dass ich vorne an der Tür Kolinsky-Zobelpinsel gesehen habe?« Byrne hatte sie auf der Webseite des Geschäfts entdeckt. Er wusste, dass man diese Pinsel hier kaufen konnte.

»Ja. Sie kennen sich gut aus mit Pinseln.«

»Darum bin ich aber nicht hier. Ich habe kürzlich die Port-Philio-Messe in Philadelphia besucht. Waren Sie auch dort?«

Sag Nein, dachte Byrne. Sag bitte Nein.

»Nein. Ich wollte dorthin, aber ich bin ganz allein im Geschäft, seitdem mein Sohn wieder zur Schule muss. Ich konnte hier nicht weg.«

»Es war fantastisch.«

Die Tür wurde geöffnet, und die Klingel ertönte wieder. Eine Frau betrat den Laden. Alicias Blick wanderte von der neuen Kundin zurück zu Byrne.

»Jedenfalls habe ich dort einen Grafiker kennengelernt, der mir Ihr Geschäft empfohlen hat. Er hat mir einige seiner Arbeiten gezeigt, und sie waren hervorragend.«

»Wie schön.«

»Ich würde ihn gerne kontaktieren, aber leider habe ich seine Visitenkarte verloren, und ich erinnere mich nicht mehr an seinen Namen.«

»Und er hat gesagt, er habe hier bei uns Material gekauft?«

»Ja.«

»War er aus Doylestown?«

»Das weiß ich nicht.«

»Wie sah der Mann denn aus?«

Mist, dachte Byrne. Was sollte er jetzt sagen? Er wusste ja nicht einmal, ob es ein *Mann* gewesen war. Byrne entschied sich, einen typischen Durchschnittsmann zu beschreiben. »So etwas liegt mir gar nicht. Ich würde sagen, er war zwischen dreißig und vierzig. Mittelgroß und mittelschwer. An die Haarfarbe kann ich mich nicht erinnern, weil er eine Basecap trug.« Das war so vage wie möglich. Er lächelte Alicia an. »An Frauen kann ich mich immer besser erinnern.«

Sie errötete wieder. »Nun, diese Angaben sind nicht sehr hilfreich.«

»Ah, das könnte Ihnen helfen. Während unserer Unterhaltung sprach er über seine Drucktechniken und erwähnte, dass er eine bestimmte Papiersorte bevorzuge. Italienisches Papier. Sehr teuer.«

»Erinnern Sie sich an den Hersteller?«

»Nein, aber er zeigte mir einen Bogen mit dem Wasserzeichen der Venus von Milo.«

»Atriana.«

Byrne schnippte mit den Fingern. »Genau.«

Die Frau runzelte die Stirn. »Das haben wir normalerweise nicht vorrätig. Ich habe im letzten Jahr höchstens ein paar Dutzend Bögen verkauft.«

Alicia drehte sich zu ihrem Computer um und tippte auf ein paar Tasten. Kurz darauf erschien eine neue Seite auf dem Monitor. Byrne sah die Spiegelung auf ihrer Brille. Es war eine Datenbank, und sie hatte offenbar einen Eintrag gefunden. Sie nickte. Vielleicht erinnerte sie sich an den Mann.

»Tut mir leid, aber ich kann Ihnen keine Namen nennen. Unsere Kundenliste ist natürlich vertraulich.«

»Natürlich.«

»Wenn Sie möchten, kann ich Ihre Frage weitergeben und den Kunden bitten, sich mit Ihnen in Verbindung zu setzen.«

»Das wäre großartig.«

In diesem Augenblick hörten sie ein lautes Scheppern hinten im Laden. Alicia wirbelte herum und sah eine Frau neben einem umgestürzten Regal mit Ölfarben stehen.

»Verflixt!«, rief die Frau.

»Oje«, sagte Byrne. »Kümmern Sie sich ruhig um diese ungeschickte Dame. Bin gleich wieder da. Ich muss sowieso noch zum Geldautomaten.«

»Gute Idee.«

Als Alicia auf Jessica zuging und ihr half, die Ölfarben aufzusammeln, die überall auf dem Boden verstreut lagen, drehte Byrne schnell den LCD-Monitor zu sich herum und überflog die Seite. Unglücklicherweise trug er seine Brille nicht. Der Kundenname war etwas größer als der Rest des Eintrags, und daher konnte er ihn problemlos lesen. Es war eine Firma namens Marcato LLC.

Darunter stand: *Ansprechpartner JP Novak*. Byrne schaute auf den unteren Rand der Seite. Philadelphia. Alles dazwischen verschwamm vor seinen Augen.

Er drehte den Monitor zurück und verließ das Geschäft.

Sie fuhren aus der Parklücke heraus und steuerten auf die Route 611 zu.

»Haben wir alles?«

»Ich hab den Namen«, erwiderte Byrne. »Und einen Teil der Adresse.«

»Einen *Teil* der Adresse?«

Byrne schwieg.

»Du hattest deine Brille nicht auf.«

Byrne ging auf die Bemerkung nicht ein. Er überflog die Notizen, die er sich sofort gemacht hatte, als er wieder auf der Straße stand. »Eine Firma namens Marcato LLC hat das Papier gekauft. Der Ansprechpartner heißt JP Novak. Es ist eine Adresse in Philly. So ähnlich wie ... wie ... wie Ashingdale Road. Oder Arlington. Ich glaube, die Nummer war 8180 oder 5150. Vielleicht auch 6160.«

Jessica schüttelte den Kopf. »Du weißt aber schon, dass eine Brille einen bestimmten Zweck erfüllt, oder?«

»Du trägst deine doch auch nicht immer.«

»Wäre schon mal gut, wenn du deine tragen würdest, Mr. Strong. Konzentriere dich auf die Straße, und ich recherchiere ein bisschen.«

Auf dem Weg zurück nach Philadelphia suchte Jessica den Namen in diversen Datenbanken. Ein JP Novak war bei keiner Telefongesellschaft aufgeführt, und in der regionalen Straftäter-Datenbank PCIC gab es auch niemanden dieses Namens. Jessica fand mehr als drei Dutzend Einträge für Novaks mit Vornamen, die mit J begannen: John, Joseph, Jerry, Jerszy, Jacob, Joshua.

Sie suchte auch nach Marcato, fand aber keine Firma mit diesem Namen. Stattdessen fand sie eine Definition des Wortes. Es stammte aus dem Italienischen und hieß so viel wie *markiert* und bezogen auf die Musik *hervorgehoben*. Es bedeutete, eine Note kräftig anzuspielen, den Ton über zwei Drittel der ursprünglich notierten Länge zu halten und ihn dann hörbar ausklingen zu lassen.

Einer weiteren Quelle zufolge war dieser *Marcato*-Ton

»ein starkes, rhythmisches Anspiel, gefolgt von einem Abschwellen des Tons«.

Warum sollte jemand seine Firma so nennen?, fragte Jessica sich.

Zurück im Roundhouse, durchsuchten sie alle Datenbanken nach JP Novak und einer Straße in Philadelphia, die Ashingdon oder so ähnlich hieß. Sie fragten jeden in der Abteilung, ob er in der Stadt eine Straße, einen Platz oder einen Weg mit diesem oder einem ähnlichen Namen kannte. Es gab einige ähnlich lautende Straßen, aber keine mit genau diesem Namen.

Nachdem Jessica zwanzig Minuten lang vergeblich gesucht hatte, stand sie auf und betrachtete den großen Stadtplan an der Wand genauer. Wenn man allzu lange auf einen Monitor starrte, begannen die Augen zu brennen. Schließlich zeigte sie mit dem Finger auf zwei Straßen, die es eventuell gewesen sein konnten.

»Seht mal«, sagte sie. »In West Philly gibt es eine Straße namens Abingdon.«

Byrne sprang auf. »Das ist sie.«

»Es gibt auch eine, die Ashingdale heißt.«

»Mist.«

Josh Bontrager nahm seine Jacke. »Ich übernehme die Ashingdale.«

Jessica und Byrne liefen zur Tür. »Kevin?«

»Ja?«

»Nimm deine Brille mit.«

30.

Die Hausnummern in der Abingdon Road gingen nur bis 7000. Daher konnte es hier kein Haus mit der Nummer 8180 geben. Jessica und Byrne fuhren bis zum Ende der Straße und dann zurück bis 5150. Es war eine Autowerkstatt namens D & K Motor Cars. In der Werkstatt kannte keiner einen Novak und auch keine Firma mit dem Namen Marcato LLC.

Das Haus 6160 – ein aufwendig restauriertes Mietshaus namens Beau Rive – hatte eine hübsche Fassade, die erst kürzlich mit Stuck verziert worden war. Es konnte früher einmal ein Lagerhaus gewesen sein. Alle vier Wohnungen auf der Vorderseite hatten Erkerfenster aus Bleiglas.

Byrne hielt vor dem Haus an und schaltete den Motor aus.

»Bin gleich wieder da«, sagte Jessica und stieg aus dem Wagen.

Sie ging die Treppe zu dem Wohnhaus hinauf, betrat die kleine Eingangshalle und steuerte auf die Briefkästen zu. Es gab sechs Wohnungen. Jessica überflog die Namen. Auf dem vorletzten Briefkasten, der zur Wohnung 204 gehörte, stand ein Joseph Paul Novak.

Volltreffer.

Sie klingelte zwei Mal. Keine Reaktion.

Jessica verließ das Haus und kehrte zum Wagen zurück. »In Wohnung 204 wohnt ein Joseph Novak. Ich habe geklingelt. Macht niemand auf.«

Byrne schaute in den Seitenspiegel, wendete auf der Straße und parkte den Taurus gegenüber vor dem Thai-Takeaway. Sie hatten noch nichts zu Mittag gegessen, und der Essensduft war verlockend. Byrne schaltete den Motor aus. »Sollen wir das Haus überwachen?«

»Würde ich sagen.«

Sie beobachteten die Leute auf der Abingdon Road. Nach circa zehn Minuten wurde Jessica unruhig. Sie stieg aus, ging über die Straße, lehnte sich gegen einen Laternenpfahl und zog das Handy aus der Tasche. Sie tat so, als würde sie telefonieren. Handys waren für eine Überwachungsaktion die beste Tarnung, die jemals erfunden wurde.

Schließlich wurde die Tür zum Beau Rive geöffnet. Eine gut gekleidete und hübsch zurechtgemachte Frau um die sechzig verließ das Haus. Auf dem Bürgersteig blieb sie stehen, wühlte in ihrer Handtasche, drehte sich verärgert um und lief zurück ins Haus. Offenbar hatte sie etwas vergessen.

Kurz darauf verließ ein Mann das Haus. Ein Schwarzer Ende zwanzig, der es furchtbar eilig hatte. Als er auf die Straße trat, knöpfte er seine weiße Kochjacke zu. Jessica lehnte sich wieder gegen den Laternenpfahl und rief: »Joseph?«

Keine Reaktion. Er nahm sie gar nicht wahr. Ein paar Minuten später kam die Frau wieder heraus und lief die andere Straßenseite hinunter. Jetzt schien sie es ebenfalls eilig zu haben. Frauen vergaßen ständig etwas zu Hause, dachte Jessica, die auch ein Lied davon singen konnte.

Sie überquerte die Straße, lehnte sich neben dem geöffneten Fahrerfenster gegen den Wagen und tat wieder so, als würde sie telefonieren. Endlose zehn Minuten später verließ ein anderer Mann das Haus.

»Das ist er«, sagte Jessica.

»Woher weißt du das?«

»Ich weiß es.«

Jessica schlenderte über den Bürgersteig und strich sich kurz durchs Haar. *»Joseph?«* Der Mann drehte sich um. Es war ein großer, breitschultriger Typ Mitte dreißig in einem dunklen Mantel. Er hatte fast schulterlanges braunes Haar, ganz kurze modische Bartstoppeln und sehr helle Haut.

»Kennen wir uns?«, fragte er. Seine Körperhaltung deutete weder Aggression noch den Wunsch an, flugs das Weite zu suchen. Stattdessen schaute er Jessica angenehm überrascht an.

Diese ging auf ihn zu. »Wir haben uns letztes Jahr kennengelernt. Sie sind Joseph Novak, nicht wahr?«

Der Mann lächelte verhalten, als zögere er noch immer, sich auf ein Gespräch einzulassen. »Der bin ich, aber ich muss gestehen, dass ich mich nicht an Ihren Namen erinnere.«

»Ich heiße Jessica Balzano.« Sie zeigte ihm ihren Dienstausweis. »Ich muss kurz mit Ihnen sprechen.«

Joseph Novak blickte auf die Dienstmarke und dann in Jessicas Augen. Seine Augen waren in diesem Licht hellblau, fast farblos. »Wir kennen uns gar nicht, nicht wahr?«

»Nein. Das war nur ein Vorwand. Ein bisschen dreist vielleicht.«

Jetzt lächelte der Mann. »Gut gespielt. Ich wüsste aber nicht, was ich Ihnen erzählen könnte.« Er warf einen Blick über die Schulter. »Oder Ihrem Partner.«

Jetzt musste Jessica lächeln. Manchmal vergaß sie, wie schnell sie und Byrne als Polizisten zu erkennen waren. »Es dauert nur eine Minute.«

Novak hielt einen normalen Briefumschlag in DIN lang hoch. »Ich muss nur schnell den Brief einwerfen.« Er zeigte auf den Briefkasten an der Ecke in circa fünfzig Metern Entfernung. »Ich verspreche Ihnen, dass ich nicht weglaufe.«

Jessica warf einen Blick auf den Umschlag. Das Papier sah nicht aus wie das der Papierbänder an den Tatorten. »Okay, dann verspreche ich Ihnen, nicht die Verfolgung aufzunehmen.«

Der Mann lächelte wieder. »Okay, entschuldigen Sie mich bitte kurz.«

»Klar.«

Novak warf Byrne noch einen Blick zu, drehte sich dann um und ging auf den Briefkasten zu. Byrne stieg aus dem Wagen und überquerte die Straße. Es war ein schöner Nachmittag, und die Sonne schien.

»Das war gut«, sagte er.

»Ich weiß.«

Novak warf den Brief ein und kehrte wie versprochen zu seinem Haus zurück. Der große, gut gebaute Mann war eine beeindruckende Erscheinung.

»Ruf doch Josh an und sag ihm, wo wir sind«, schlug Byrne vor.

Jessica wählte die Nummer und brachte Bontrager auf den neuesten Stand der Dinge. Als sie das Handy zuklappte, kehrte Novak zu der Treppe vor seinem Wohnhaus zurück. Er wandte sich Byrne zu.

»Ich bin Joseph Novak«, sagte er.

»Kevin Byrne.«

»Was kann ich für Sie tun?«

Jessica deutete auf die Eingangstür zum Beau Rive. »Meinen Sie, wir könnten das Gespräch in Ihrer Wohnung fortsetzen? Wie gesagt, es wird nicht lange dauern.«

Novak antwortete nicht sofort. Als er jedoch feststellte, dass die beiden Detectives sich nicht abschütteln ließen, gab er nach und zeigte auf die Tür. »Bitte.«

31.

Joseph Novak wohnte auf der Rückseite des Hauses in einer großzügig geschnittenen Zwei-Zimmer-Wohnung mit drei Meter hohen Wänden. Sie war mit modernen Möbeln überwiegend aus gebürstetem Aluminium und Leder eingerichtet. An einer Wand standen einzeln angefertigte CD-Regale aus Birkenholz, die fast bis zur Decke reichten. Novak musste Tausende von CDs besitzen. Jessica sah, dass sie nach Kategorien geordnet waren: Klassik, Electronica, New Age, Jazz. Es gab auch Unterkategorien nach Komponisten, Künstlern und Epochen. Brahms, Beethoven, Bach, Enya, Parker, Mingus, Tyner, Mulligan, Chemical Brothers. Durch die Sonne, die durch die Fenster drang und sich auf den durchsichtigen Kunststoffhüllen in Regenbogenfarben brach, entstanden hübsche Lichteffekte.

Nachdem Novak seine Wohnung betreten hatte, ging er schnurstracks zu dem großen Schreibtisch an der hinteren Wand des Wohnzimmers und klappte den Laptop zu.

»Es wird nicht lange dauern«, versprach Byrne ihm.

»Kein Problem«, erwiderte Novak. »Wenn ich Ihnen helfen kann.«

»Wissen Sie, warum wir hier sind, Mr. Novak?«, fragte Byrne ihn.

Novak setzte sich hinter den Schreibtisch und schlug seine langen Beine übereinander. »Ich fürchte, nein.«

Byrne legte ein Blatt mit sechs Fotos vor Novak auf den Schreibtisch. Kenneth Beckmans Bild war in der oberen rechten Ecke. Sie hatten beschlossen, so zu beginnen und sich nach Beckman zu erkundigen, als suchten sie einen Zeugen.

Jessica beobachtete Novak ganz genau, als sein Blick auf die Fotos fiel. Falls er Beckman sofort erkannte, sah man es ihm jedenfalls nicht an.

»Kennen Sie eine dieser Personen?«, fragte Byrne.

Novak schaute sich die Fotos noch einmal an. »Nein«, sagte er dann. »Tut mir leid.«

»Kein Problem.« Byrne ließ die Fotos auf dem Schreibtisch liegen. Er lehnte sich gegen die Wand neben dem großen Fenster und sah sich im Zimmer um. Dann wanderte sein Blick zu dem Rack mit kompliziert aussehendem Musikequipment und einem Gerät, das wie ein Mischpult aussah.

»Darf ich fragen, was Sie beruflich machen, Mr. Novak?«

»Ich bin von Haus aus Tonmeister«, erwiderte er. »Aber ich habe in allen Bereichen der Musikwelt die Finger drin. Ich schreibe auch Kritiken für Jazz- und Klassikzeitschriften.«

»Interessant«, sagte Byrne. »Ich persönlich stehe auf traditionellen Blues.«

Novak lächelte. »Ich habe eine kleine, aber interessante Sammlung alter Bluesplatten. Mein besonderer Schatz ist eine Box Schellackplatten mit frühen Aufnahmen von Mary Johnson, Scrapper Blackwell und Kokomo Arnold.«

»Toll. Was von Roosevelt Sykes dabei?«

»Bis jetzt noch nicht.«

Jessica trat ein paar Schritte vor. In so einer Situation wechselten sie und ihr Partner sich gerne bei der Befragung ab. Wenn der Befragte seine Aufmerksamkeit auf zwei Personen verteilen musste, hatte einer von ihnen die Möglichkeit, sich umzusehen und die kleinen Dinge im Raum zu begutachten. An einer Wand standen Regale mit Kunstobjekten. Kleine

Skulpturen, Maori-Schnitzereien und ein Armreif aus Edelstahl mit einem gefassten Granat.

Jessica wandte ihre Aufmerksamkeit den CDs zu. »Sie haben eine beeindruckende CD-Sammlung.«

»Danke«, erwiderte Novak. »Ich sammle schon eine Weile. Aber die meisten habe ich nicht gekauft. Es ist einer der Vorteile eines Musikkritikers, kostenlose Promotion-CDs zugeschickt zu bekommen.«

»Und die Nachteile?«

»Man muss sich fürchterliche Musik anhören.«

Jessicas Blick glitt über die Wand. »Und haben Sie unter all diesen Musikern einen Lieblingskomponisten?«

Novak lächelte wieder. »Ich glaube, das ist so, als würden Sie einen Eskimo nach seiner Lieblingsschneeflocke fragen. Wenn ich die Frage beantworten müsste, würde ich für Johann Sebastian Bach plädieren, und dann folgen alle anderen.«

»Entschuldigen Sie bitte, aber dürfte ich mal Ihre Toilette benutzen?«, fragte Jessica.

Das war ein alter Ermittler-Trick. Man konnte sich schnell ein wenig in der Wohnung umschauen, während der Partner die Unterhaltung fortsetzte. Ganz zu schweigen von der Gelegenheit, sich den Arzneischrank anzusehen und vielleicht festzustellen, welche Medikamente der Verdächtige nahm. Medikamente waren überaus aussagekräftig. Und außerdem konnte kaum jemand den Wunsch, die Toilette aufzusuchen, ablehnen.

Novak zögerte. Sein Blick glitt zum Korridor und wieder zurück. Die Frage hing in der Luft.

»Ja, natürlich«, sagte er schließlich. »Die zweite Tür auf der rechten Seite.«

»Danke.«

Jessica ging den Korridor hinunter. Die Küche lag linker und das Badezimmer rechter Hand. Am Ende befand sich das Schlafzimmer, dessen Tür nur angelehnt war.

Jessica betrat das Bad. Es war makellos sauber. An einer Wand hing ein großer Druck, das Schwarz-Weiß-Foto eines Mannes, der ein Orchester dirigierte. Es war ein dunkelhaariger, gut aussehender Mann mit südländischem Teint in einem Frack und mit einer weißen Krawatte. Unter dem Foto stand: RICCARDO MUTI, 1986. Muti war ein italienischer Dirigent, der Eugene Ormandy als musikalischen Direktor des Philadelphia Orchestra 1980 abgelöst hatte.

Jessica warf schnell einen Blick in den Wäschekorb aus Bambus rechts neben der Toilette. Dann öffnete sie vorsichtig den Arzneischrank. Vorsichtig, weil sie in einer ähnlichen Situation einmal gedankenlos die Tür eines Medizinschranks aufgerissen hatte, woraufhin ein paar Tablettenfläschchen laut klirrend ins Waschbecken fielen.

In dem Schrank standen eine ganze Reihe von Hautpflegeprodukten. Keine Medis. Falls Joseph Novak Medikamente nahm, bewahrte er sie jedenfalls nicht im Badezimmer auf.

Als Jessica ihre Suche abgeschlossen hatte, betätigte sie die Toilettenspülung. Die Hände wusch sie sich auch, um erstens den Schein zu wahren, und zweitens, weil sie das in fremden Badezimmern stets tat.

Sie verließ das Bad und lauschte. Byrne und Novak unterhielten sich. Jessica huschte über den Flur und stieß leise die Schlafzimmertür auf. Auch das Schlafzimmer sah fast aus wie in einem Möbelkatalog. Ein Kingsize-Bett, zwei Nachttischchen mit Lampen aus Edelstahl und mit rechteckigen Schirmen aus Leinen.

Doch es war nicht das Mobiliar, das Jessica den Atem nahm.

Der ganze Raum war mit Papier tapeziert. Sie musste noch ein zweites Mal hinschauen, um zu begreifen, was sie sah. Zuerst dachte Jessica, es wäre eine künstlerisch gestaltete Tapete. War es aber nicht. Was sie zuerst als Tapete gehalten hatte, setzte sich in Wahrheit aus Hunderten von Fotos, Zeitungsausschnitten, Titelblättern von Zeitschriften und Zeichnungen zusammen. Es schien immer um ein und dasselbe Thema zu gehen. Mord.

Jessicas Blick wanderte zu einer großen Korkwand, auf die zahlreiche Seiten aus der Boulevardpresse geheftet waren. Die Seite ganz oben ließ sie erstarren. Es war ein herausgerissener Artikel aus dem örtlichen Boulevardblatt *The Report*. Die Schlagzeile lautete:

Totgeschlagen in Pennsport!

In dem Artikel ging es um einen brutalen Mord im Jahr 2002, genauer gesagt am 21. März 2002.

Auf dem Foto war die lächelnde Antoinette Chan abgebildet.

Jessica warf einen Blick auf den Flur, um sich zu vergewissern, dass die Luft rein war. Dann nahm sie ihr iPhone aus der Tasche und betrat wieder das Schlafzimmer. Sie fotografierte die Wände, wobei sie nur hoffen konnte, dass das Licht ausreichte. Anschließend kehrte sie ins Wohnzimmer zurück und hielt ihr Handy hoch.

»Detective?«

Byrne und Novak drehten sich zu ihr um.

»Entschuldige bitte, aber da ist ein Anruf für dich.«

Byrne stand auf und ging in den Korridor, sodass Novak ihn nicht mehr sehen konnte. Jessica deutete auf die offene Schlafzimmertür. Byrne lief aufs Zimmer zu, warf einen Blick hinein und trat einen Schritt zurück.

Sie wechselten einen Blick und verständigten sich wortlos.

Byrne schaute zur Wohnungstür. Jessica würde die Tür und Byrne würde Novak übernehmen.

Das ganze Manöver dauerte nur ein paar Sekunden, aber offenbar doch zu lange. Sie hörten ein lautes Geräusch. Als sie ins Wohnzimmer zurückkehrten, sahen sie den umgekippten Schreibtischstuhl auf dem Boden liegen. Novak war verschwunden.

»Scheiße!«, schrie Byrne.

Er rannte zum Fenster, hinter dem die Feuertreppe nach unten führte. Jessica lief zur Wohnungstür.

Sie öffnete sie und sah in den Hausflur. Er war nicht sehr lang. Nur vier Wohnungen und das Treppenhaus auf dieser Etage. Sie lief zum Aufzug. Stille. Novak hatte bestimmt keine Zeit gehabt, den Aufzug zu rufen und auch nur ein Stockwerk weit zu fahren. Jessica rannte, die Hand an der Waffe, zum Treppenhaus und riss die Tür auf.

Im Treppenhaus war niemand.

Mit der Waffe im Anschlag stieg Jessica leise die Stufen hinunter. Sie bog um die Ecke, stieg die nächsten Stufen hinab und lauschte. Verkehrslärm und Fernsehgeräusche aus einer Wohnung im Erdgeschoss. Keine Schritte.

Als Jessica im Erdgeschoss ankam, musste sie eine Entscheidung treffen. Sollte sie in den Keller gehen oder das Erdgeschoss überprüfen? Sie entschied sich für Letzteres und öffnete leise die Tür in einen kurzen Korridor. Die Eingangshalle lag genau vor ihr. Sie ging den Gang hinunter. Als sie die Eingangshalle erreichte, sah sie Joseph Novak mit zerknirschter Miene auf einem der Stühle sitzen. Sein rechter Fuß tappte nervös auf den Boden.

Jessica ging auf ihn zu und wollte gerade ihre Waffe hochreißen, als sie spürte, dass da noch jemand war. Sie schaute sich um. Es war Josh Bontrager. Mit einem großen Sandwich in der einen und einer Waffe in der anderen Hand lehnte er an der Haustür. Er lächelte und zwinkerte Jessica zu. In diesem Augenblick sahen sie Byrne, der auf die Eingangstür zurannte.

Er betrat das Haus und rang nach Luft. Josh Bontrager biss in sein Sandwich. Jessica trat vor, steckte die Waffe ein und nahm Joseph Novak in Gewahrsam.

32.

Lucy stand vor der Tür, der kleinen roten Tür mit dem angelaufenen goldenen Schlüssel darauf. Sie erinnerte sich kaum noch, wie sie zur Cherry Street gekommen war. Sie wusste nur noch, dass sie vor der Mittagspause ausgestempelt hatte, und jetzt stand sie wie durch ein Wunder hier.

Lucy ging den Korridor hinunter. Es war viel ruhiger als am Tag zuvor, oder kam es ihr nur so vor, weil es in ihrem Kopf so laut war?

Kurz darauf stand sie vor der Tür des Traumwebers. Heute war sie geschlossen. Lucy klopfte und wartete. Sie hörte Musik in der Wohnung, klassische Musik. Von klassischer Musik verstand sie nichts. Sie klopfte noch einmal. Nun verstummte die Musik, und sie hörte leise Schritte. Dann wurde die Tür geöffnet.

»Lucinda.«

Lucy starrte Mr. Costa verblüfft an. Möglicherweise gab sie sogar unwillkürlich einen Laut von sich. Mr. Costa machte heute einen viel jüngeren Eindruck. Nicht etwa, dass er jetzt wie ein junger Mann aussah, aber er wirkte lebendiger und bewegte sich schneller. Seine Haare waren ordentlich mit rechtem Seitenscheitel gekämmt. Offenbar trug er auch ein sauberes weißes Hemd. Die Schuhe waren poliert, und er roch nach einer guten Seife.

Lucy stellte fest, dass sie leicht zitterte, als sie den Raum betrat. Beim Eintreten drehte sie sich ein kleines Stück zur Seite, doch das Foto, auf dem sie gestern geglaubt hatte, das Haus ihrer Kindheit zu erkennen, war ersetzt worden. Über dem Lichtschalter hing nun ein anderes Foto von einem Tal voller Blumen und mit einer kleinen Hütte, aus deren Schornstein Rauch quoll.

Hatte sie sich das nur eingebildet?

Mr. Costa schloss hinter ihr die Tür. Gemeinsam gingen sie ins Wohnzimmer.

Der Mann wirkte heute jugendlicher, und auch der Raum sah ordentlicher aus. Er hatte ein wenig aufgeräumt und sogar *Staub gewischt*.

Mr. Costa wies auf den grünen Sessel. Lucy zog ihren Mantel aus und setzte sich.

»Ich hoffe, du hast gut geschlafen«, sagte er.

»Nicht wirklich. Ich weiß gar nicht, ob ich überhaupt geschlafen habe«, erwiderte Lucy.

»Das ist verständlich.«

»Ich glaube, Sie hatten recht.«

»Inwiefern?«

Lucy stellte ihre Handtasche ab und machte es sich auf dem Sessel bequem. Auch er kam ihr heute anders vor. Irgendwie größer. Sie fühlte sich wie ein kleines Kind oder vielleicht sogar wie Alice, die durch den Spiegel sieht. »Als Sie gesagt haben, es könnte sein, dass ich gestern eine Tür geöffnet habe. Ich glaube, das habe ich getan.«

Mr. Costa lächelte. »Das sind wunderbare Nachrichten. Und wie kommst du darauf?«

Auf dem Weg hierher hatte sie überlegt, ob sie Mr. Costa von dem Mann im Hotel erzählen sollte oder nicht. Sie beschloss, bis nach der Sitzung zu warten, um zu sehen, ob sie ihr etwas gebracht hatte. »Ich weiß nicht. Es ist nur so ein Gefühl.«

Mr. Costas Miene deutete an, dass er ihr das nicht ganz abnahm, aber dass es okay war. Lucy vermutete, dass viele Leute solche Dinge zu ihm sagten – Halbwahrheiten über ihr Leben und ihre Gefühle.

»Sitzt du bequem?«, fragte er.

Bequemer geht es kaum, dachte Lucy. Und das aus einem ganz bestimmten Grund.

»Ja«, sagte sie. »Ich sitze bequem.«

»Hast du den Notizblock mitgebracht? Den Notizblock aus dem Hotel?«

Lucy langte in ihre Tasche und holte den Notizblock heraus. Sie reichte ihn Mr. Costa, doch dieser streckte eine Hand aus und wies den Block zurück. »Nein, er ist für dich. Du wirst etwas darauf schreiben. Hast du einen Stift?«

»Nein. Tut mir leid.«

Mr. Costa zog aus seiner Jackentasche einen schönen, alten Füller heraus. Er nahm die Kappe ab und reichte ihn Lucy. »Du wirst später etwas auf den Block schreiben.«

»Okay.«

»Bist du bereit für die nächste Sitzung?«

»Ja.«

»Ich möchte, dass du die Augen schließt und meiner Stimme lauschst.«

Diesmal schwebte Lucy nicht über der Stadt. Diesmal saß sie. Nein, sie kniete. Sie kniete, saß aber mit dem Po auf den Fersen. Und sie hatte Angst.

Wo bist du?

Rings herum ist es dunkel. Meine Augen sind verbunden.

Weißt du, wo du bist?

Nein.

Bist du drinnen oder draußen?

Ich bin drinnen. In einem Haus.

Ist es ein großer oder ein kleiner Raum?

Klein. Eher wie eine Kammer oder so.

Wo ist der Mann?

Ich weiß nicht.

Hat er dir wehgetan?

Ich glaube nicht.

Bist du allein?

Ja. Aber ich habe jemanden getroffen. Ein Mädchen.

Wie alt ist es?

So alt wie ich.

Was kannst du sehen?

Wenn ich die Augenbinde abnehme, sehe ich ein Schlüsselloch in der Tür. Ich kann durch das Schlüsselloch schauen. Neben dem Sofa steht ein Tisch. Auf dem Tisch liegt etwas.

Was liegt auf dem Tisch?

Es glänzt und ist oval.

Was ist es? Was ist das für ein glänzender Gegenstand?

Es ist eine Dienstmarke. Die Dienstmarke eines Polizisten.

Was hast du an?

Ein Kleid. Er hat mir ein Kleid angezogen.

Was für ein Kleid?

Ein Paillettenkleid. Ein Frauenkleid. Und er nennt mich Eve.

Eve? Wer ist Eve? Kennst du jemanden, der so heißt?

Nein. Er meint Eva aus dem Garten Eden. Eva, die durch den Apfel in Versuchung geführt wurde.

Kannst du sein Gesicht sehen?

Nein. Noch nicht. Aber ich kann seine Hand sehen. Er trägt einen großen Ring.

Was ist das für ein Ring?

Er sieht aus wie eine Schlange. Der Ring hat die Form einer Schlange.

Plötzlich spürte Lucy Doucette in ihrer Traumwelt, dass sie fiel. Sie spürte, dass jemand versuchte, sie zu retten. Jemand oder etwas.

Nein. Es war die Dunkelheit selbst. Sie streckte einen Arm aus …

… ein Ring in der Form einer Schlange … die Schlange aus dem Garten Eden …

… und dann brach die Dunkelheit über sie herein.

33.

Joseph Novak saß in Verhörraum A, einem der beiden beengten, beklemmenden Vernehmungszimmer der Mordkommission.

Sie hatten nicht viel gegen ihn in der Hand, und wenn er nicht weggerannt wäre, hätten sie ihn vermutlich nicht ohne sein Einverständnis ins Roundhouse zitieren können. Die Leute begriffen nicht, dass sich, sobald sie wegrannten, für die Polizei eine Menge Möglichkeiten eröffneten. Und auch sofort eine feindselige Atmosphäre entstand. Was eine ganz normale Unterhaltung hätte werden können, in deren Verlauf dann auch freundlich ein paar Fragen gestellt worden wären, begann nun mit Zweifeln und Misstrauen.

Selbst wenn sie jemanden wieder laufen lassen mussten, hatten sie manchmal Glück. Das hatte größtenteils mit dem Fall selbst zu tun, mit der Empörung, die er nicht nur in der Mordkommission und der Bezirksstaatsanwaltschaft, sondern auch in der Öffentlichkeit auslöste. Wenn ein Fall im öffentlichen Bewusstsein Aufsehen erregte, wurde Druck auf die Polizeibehörden ausgeübt, damit diese schnellstens Ermittlungsergebnisse vorlegten. Die Detectives wiederum setzten die Staatsanwälte unter Druck, die die Richter bearbeiteten, was dazu führte, dass Genehmigungen für Hausdurchsuchungen und Leibesvisitationen etwas großzügiger erteilt wurden. Wenn man ein Haus oder einen Wagen durchsuchte, wusste man im Voraus nie, was die Suche bringen würde. Jedenfalls waren Durchsuchungsbeschlüsse ein hervorragendes Hilfsmittel für eine Anklage, selbst wenn man nicht wusste, was man eigentlich suchte.

Sie ließen Novak ein paar Minuten in Verhörraum A schmoren. Das Vernehmungszimmer sah überhaupt nicht so aus wie die Verhörräume im Fernsehen.

Im Fernsehen hatten sie hellgraue Wände, grelles Licht, einen sauberen Teppichboden, teure Möbel und in der Regel die Größe eines normalen Wohnzimmers. In Wirklichkeit waren sie – jedenfalls bei der Mordkommission des PPD – etwa vier Quadratmeter groß, also nicht viel größer als eine durchschnittliche Gefängniszelle. Und das war keineswegs ein Planungsfehler.

Es gab in dem Raum keine Fenster, sondern nur die Spiegelglasscheibe, die nicht größer war als eine Zeitschrift. Dann waren da noch die Neonröhre an der Decke, die festgeschraubten Stühle und der Tisch mit den niedrigen Beinen. Gleichgültig, wie oft der Raum gewischt oder sogar gestrichen wurde, es hing stets ein leichter Gestank nach Urin und Desinfektionsmitteln in der Luft. Alles in allem glich ein Besuch in diesem Verhörraum dem eines in George Orwells Zimmer 101. Das hoffte die Mordkommission jedenfalls.

Wenn man unter Klaustrophobie litt und hörte, dass die Tür geschlossen und der Riegel auf der anderen Seite vorgeschoben wurde, brach man innerlich zusammen. Schon mehr als ein harter Kerl war mit seinem Geständnis herausgeplatzt, nachdem er ein oder zwei Stunden in diesem netten Ambiente zugebracht hatte.

Jessica saß Novak gegenüber. Byrne lehnte neben der Spiegelglasscheibe an der Wand. Novak saß mit ruhiger, ausdrucksloser Miene auf dem festgeschraubten Stuhl.

Byrne legte die dicke Aktenbox auf den Tisch. Sie war fast leer, aber das brauchte Novak nicht zu wissen. Dieser sah kurz auf die Box und wandte den Blick dann Byrne zu.

»Wo waren wir stehen geblieben?«, fragte Byrne.

Novak schwieg.

»Wir hatten uns so nett unterhalten. Warum sind Sie weggerannt?«

Novak schwieg beharrlich.

»Wohin wollten Sie denn?«

Keine Antwort.

Byrne ließ die Fragen einen Augenblick im Raum stehen und streckte dann die Hand aus. Jessica reichte ihm ihr iPhone. Byrne zeigte Novak das Display und scrollte durch die Fotos, die Jessica in Novaks Schlafzimmer gemacht hatte.

Novak schaute ungerührt auf die Fotos.

»Eine sehr interessante Collage«, sagte Byrne.

Novak dachte kurz nach, ehe er sich äußerte. »Ist das bei der Polizei die übliche Praxis, heimlich Fotos zu machen, wenn Ihnen jemand freundlicherweise Zutritt zu seinem Haus gewährt?«

»Die übliche Praxis?«, fragte Byrne. »Nein, ich glaube nicht.«

»Ich bin sicher, dass hier eine Reihe von Grundrechten verletzt wurden. Meine Anwälte werden sich freuen. Zum einen schon mal Durchsuchung und Beschlagnahme.«

»Soweit ich mich erinnere, haben Sie uns ins Haus gebeten, Mr. Novak.« Byrne wandte sich an Jessica. »Und was sagt deine Erinnerung dazu?«

»Ich sehe das genauso.«

»Keine Schläger haben mit Stiefeln Ihre Tür eingetreten, niemand hat sich an der Seite Ihres Hauses abgeseilt und Ihre Fenster eingeschlagen. Es haben sich lediglich drei Personen unterhalten, und zwei davon wurden ins Haus gebeten.« Byrne tippte mit dem Finger auf die Fotos auf dem Handy. »Das alles hier konnte jeder sehen.«

Novak reagierte nicht.

»Haben Sie uns etwas zu sagen?«, fragte Byrne.

»Zum Beispiel?«

»Zum Beispiel, warum Sie einen ganzen Raum mit Berichten über Mordfälle in der Stadt der Brüderlichen Liebe gepflastert haben.«

Novak zögerte. »Das sind Nachforschungen. Ich interessiere mich für echte Kriminalfälle.«

»Wie Sie sich sicherlich vorstellen können, geht es mir ebenso«, sagte Byrne und zeigte auf eines der Fotos. »Ich erinnere mich an viele dieser Menschen. In einigen Fällen habe ich selbst ermittelt.«

Novak schwieg wieder.

Byrne tippte auf das Display des iPhones und wählte ein anderes Foto aus. Dieses zeigte einen Teil der Wand, der dem Mordfall Antoinette Chan gewidmet war. Man sah eine Collage von Zeitungsausschnitten aus dem *Inquirer*, den *Daily News* und dem Boulevardblatt *Report* und von späteren Artikeln, als Kenneth Beckman zum Verhör aufs Revier gebracht wurde.

»Wie ich sehe, haben Sie den Mordfall Antoinette Chan aufmerksam verfolgt«, sagte Byrne.

Novak faltete die Hände im Schoß und strich mit einem Finger über seine linke Faust. Eine verbreitete Geste nervöser Menschen. Allmählich wurde es Novak unbehaglich. »Das ist ein interessanter Fall. Einer von vielen. Ich habe schon über Fälle recherchiert, die hundert Jahre zurückliegen. Sie stimmen mir sicherlich zu, dass in dieser Stadt an Kapitalverbrechen kein Mangel herrscht.«

Byrne hob die Hände und verzichtete darauf, Novak zu widersprechen. »Darüber brauchen wir nicht zu diskutieren. Aber wir sollten zunächst einmal über aktuelle Fälle sprechen, okay?«

Keine Antwort.

»Was finden Sie an dem Chan-Fall so interessant?«

Novak lehnte sich zurück, senkte den Kopf und brach den Blickkontakt zu Byrne ab. »Ich fand ihn besonders brutal. Die Waffe, die benutzt wurde, war ein Klauenhammer, wenn ich mich nicht irre.«

»Das ist richtig.«

»Eine solche Waffe zu benutzen zeugt von ungeheurer Wut«, sagte Novak. Er hob kurz den Blick, wandte ihn aber schnell wieder ab.

»Kennen Sie einen Mann namens Kenneth Beckman?«, fragte Byrne.

»Nein.«

Die Antwort war zu schnell gekommen. Jessica sah Novak an, dass er es auch sofort bemerkte, nachdem er die Worte ausgesprochen hatte.

»Sie sind aber mit ihm zur Grundschule gegangen«, sagte Byrne. »Der kleine Kenny war vom zweiten bis zum sechsten Schuljahr in Ihrer Klasse.«

»Ach ja?«

»Nein«, sagte Byrne. »Jedenfalls glaube ich das nicht. Aber so schnell, wie Sie geantwortet haben, könnte es jemand sein, den Sie kennen, denn Sie haben die Frage verneint, ohne eine Sekunde darüber nachzudenken. Warum?«

Novak rutschte unruhig hin und her. »Dieser Mann, nach

dem Sie mich gefragt haben ... Ich nehme an, er war auf einem der Fotos, die Sie mir in meiner Wohnung gezeigt haben.«

»Ja.«

»Ich kenne niemanden, der so heißt.«

Byrne griff in die Aktenbox und legte das Blatt mit den Fotos auf den Tisch. Novaks Blick wanderte aufmerksam über die sechs Gesichter, offenbar um zu beweisen, dass die Detectives auf seine Mithilfe zählen konnten. Dann schüttelte er den Kopf.

Byrne tippte auf das Foto im iPhone und vergrößerte es. Es war ein neuer Zeitungsausschnitt im Mordfall Antoinette Chan. »Sie sagten, Sie würden Nachforschungen anstellen. Welche Art von Nachforschungen?«

»Ich schreibe eine Oper.«

»Eine Oper?«

»Ja.« Novak rutschte wieder auf dem Metallstuhl hin und her. Sie waren wirklich furchtbar unbequem. »Es ist ein monumentales Werk über Mord und Bestrafung in dieser Stadt. Es umfasst mehr als hundert Jahre. Das, was Sie sich da ansehen, sind meine Recherchen.«

»In einigen Ihrer Recherchen im Fall Antoinette Chan wird Kenneth Beckman als Verdächtiger genannt.«

Novak zögerte. »Ich kann mich nicht an die Namen aller Personen erinnern. Echte Namen sind für das Thema meiner Arbeit nicht von Belang.«

»Was ist das Thema Ihrer Arbeit?«

»Verbrechen, Strafe, Schuld und Sühne.«

»Kenneth Beckman ist tot.«

Keine Reaktion.

»Er wurde ermordet«, fuhr Byrne fort. »Sein Leichnam wurde an demselben Tatort wie der von Antoinette Chan gefunden.«

Novak schwieg weiter.

»Ein seltsamer Zufall, nicht wahr? Ich könnte mir diese Szene als Ende des ersten Aktes vorstellen.«

Novak hob den Blick und schaute Byrne mit selbstgefälliger Miene an. Das war nicht der Blick eines Mannes, der nichts zu verbergen hatte, sondern eher von jemandem, der glaubte, alle Spuren sorgfältig verwischt zu haben.

»Wenn er in den Mord an Antoinette Chan verwickelt war, könnte ich auch auf Karma und Schicksal anspielen. Nichts davon hat etwas mit mir zu tun.«

»Der Name Kenneth Beckman sagt Ihnen also nichts?«

»Nein.«

»Und der Name Sharon Beckman?«

»Ist das seine Frau?«

Byrne starrte ihn an.

Novak zauberte ein verhaltenes Lächeln auf seine Lippen und schüttelte den Kopf. »Kommt jetzt die Stelle, wo Sie sagen: ›Habe ich *Frau* gesagt? Ich habe nichts von *Frau* gesagt. Woher wollen Sie wissen, dass es nicht seine Tochter oder seine Schwester war?‹ Kommt das jetzt, Detective?« Novak faltete die Hände wieder im Schoß. »Ich habe *Sleuth* gesehen. Das Original. Den Film mit ...«

»Laurence Olivier und Michael Caine.«

Novak schien beeindruckt.

»Sie haben meine Frage noch nicht beantwortet«, sagte Byrne.

Novak starrte auf den Boden.

»Mr. Novak, sagt Ihnen der Name Sharon Beckman etwas?«

Novak hob den Blick. »Nein.«

Byrne wartete einen Augenblick und zog dann den durchsichtigen Asservatenbeutel mit dem Atriana-Papier aus der Aktenbox.

»Kennen Sie das?«, fragte er.

Novak hielt den Beutel ins Neonlicht. Der Rand des Wasserzeichens war deutlich erkennbar.

»Ja.«

»Woher kennen Sie das?«

»Ich kenne dieses Produkt. Das ist Atriana-Papier.«

»Und was ist Marcato LLC?«

»Ein Verlag«, erwiderte Novak nach kurzem Zögern.

»Bücher? Zeitschriften?«

»Musik.«

Byrne nickte. »Und Sie benutzen dieses Papier?«

»Ja. Ich benutze dieses Papier für Sondereditionen.«

»Wo finde ich ein Exemplar einer dieser Editionen?«

»Überall auf der Welt.«

»Wann haben Sie dieses Papier zum letzten Mal gekauft?«

»Daran erinnere ich mich nicht mehr.«

»Wenn wir Ihre Wohnung durchsuchen, finden wir dieses Papier dann? In zwölf Zentimeter breite Streifen geschnitten?«

»Nein«, erwiderte Novak. »Das ganze Papier, das ich hatte, wurde mir gestohlen. Bei mir wurde eingebrochen.«

»Ach, sagen Sie bloß. Und wann war das?«

»Vor sechs Monaten.«

»Haben Sie den Einbruch der Polizei gemeldet?«

»Ja.«

Novak war sicherlich clever genug, um zu wissen, dass sie das nachprüfen würden. Vermutlich hätte er es nicht gesagt, wenn es nicht stimmte. »Was wurde noch gestohlen?«

»Eine Uhr, ein MP3-Player.«

»Und Papier«, fügte Byrne hinzu.

Keine Antwort.

Byrne starrte den Mann ein paar Sekunden an, als würden

sie beide den sonderbaren Zustand der Welt bedauern. »Ich war heute Morgen in Ihrer Wohnung. Wenn ich bei Ihnen eingebrochen wäre, hätte ich da aber mehr wertvolle Dinge gefunden als eine Armbanduhr, einen MP3-Player und ein bisschen Papier. Teile Ihrer Musikanlage könnte man für eine Menge Kohle an jeder Ecke verscherbeln, oder nicht? Pioneer Elite, McIntosh. Das sind ganz tolle Geräte.«

»Damals hatte ich diese Geräte noch nicht alle.«

»Ah, verstehe. Sie haben aber doch bestimmt noch die Rechnungen, oder? Vielleicht würden wir gerne mal einen Blick darauf werfen.«

Novak verzog keine Miene. »Ich nehme an, ich würde sie irgendwo finden.«

»Großartig. Das wäre sehr hilfreich.«

Jessica entschuldigte sich und verließ den Verhörraum. Sie rief im zuständigen Revier in West Philly an und bat um die entsprechende Information. Ein paar Minuten später erhielt sie ein Fax mit dem Bericht über den Einbruch. Novak hatte die Wahrheit gesagt. Jedenfalls was den Einbruch betraf. Jessica kehrte in den Verhörraum zurück und gab Byrne das Fax, der es schnell überflog.

»Offenbar haben Sie die Wahrheit gesagt.«

»Stellen Sie sich vor.«

Byrne legte das Fax in die Akte und klappte sie zu. »Wissen Sie, was ich seltsam finde?«

»Was denn?«

»Trotz Ihrer intensiven Recherchen im Fall Antoinette Chan erinnern Sie sich nicht an den Namen Kenneth Beckman. Sein Name stand in allen Zeitungen und wurde auch im Fernsehen genannt.«

Novak zuckte mit den Schultern. »Das muss mir wohl entgangen sein. Stellen Sie sich vor.«

»Ich erkläre Ihnen mal, warum wir uns für Sie interessieren, Mr. Novak.« Byrne hielt den Beutel mit dem Papier hoch. »Hier ist etwas, das Ihnen gehört und das am Tatort eines Mordes gefunden wurde.«

»Es wurde mir *gestohlen*«, sagte Novak. »Und obwohl das Unrecht, das mir angetan wurde, im Vergleich zu dem, was Mr. Beckman angetan wurde, ein Klacks ist, bin ich in diesem Fall ebenso ein Opfer wie er.«

Byrne dachte kurz nach. »Bisschen übertrieben, finden Sie nicht?«

Novak schwieg zunächst und sagte dann fast wie auf ein Stichwort: »Ich glaube, wir haben den Punkt erreicht, an dem ich meinen Anwalt kontaktieren sollte. Er wird sich sicher unter anderem für die Fotos interessieren, die Sie von meinem persönlichen Eigentum gemacht haben, und auch dafür, unter welchen Umständen sie entstanden sind.«

Byrne warf Jessica einen Blick zu. Dann hielt er das iPhone hoch, sodass Novak das Display sehen konnte. Er tippte auf ein paar Symbole, und kurz darauf sahen sie alle, wie der Fortschrittsbalken von links nach rechts wanderte. Byrne hatte die Bilder gelöscht. Er warf Novak einen Blick zu.

»Welche Bilder?«, fragte er.

Die beiden Männer starrten sich an.

»Wir sind hier fast fertig«, sagte Byrne schließlich. »Wenn Sie uns bitte kurz entschuldigen würden.«

Byrne und Jessica verließen den Verhörraum, schlossen die Tür und schoben den Riegel vor. Sie stießen die Fäuste aneinander. Natürlich hatten sie die Fotos auf Jessicas iPhone vor Beginn der Befragung ausgedruckt. Außerdem hatte Jessica das iPhone im Verhörraum nicht nur hochgehalten, um Joseph Novak das Display zu zeigen, sondern auch, um ein Foto von ihm zu machen.

Sie trafen sich mit Dana Westbrook im Pausenraum und beobachteten Novak auf dem Monitor.

»Leider reicht das alles nicht aus, um ihn festzuhalten oder einen Durchsuchungsbeschluss zu erwirken«, sagte Westbrook.

»Wir müssen berücksichtigen, dass er ganze Wände mit Zeitungsberichten über Morde gepflastert hat.«

»Soviel ich weiß, ist das keine Gesetzesübertretung. Wenn dem so wäre, müsste ich auch im Knast sitzen. Gestern Abend habe ich mir *Blutmond* und gleich anschließend *Das Schweigen der Lämmer* angesehen.« Westbrook schaute auf die Uhr. Sie mussten höllisch aufpassen, dass sie Novak nicht zu lange festhielten. Es blieb nicht mehr viel Zeit, um ihn entweder unter Anklage zu stellen oder laufen zu lassen. Das Fiasko im Fall Eduardo Robles hatte ihnen allen das noch einmal deutlich vor Augen geführt. »Außerdem würde keiner Ihrer Schnappschüsse vor Gericht zugelassen werden. Kein hinreichender Verdacht, und die Umstände, wie Sie an diese Fotos gekommen sind, wären für jeden Verteidiger ein gefundenes Fressen.«

Jessica warf einen Blick auf den Monitor. Novak saß mit gekreuzten Beinen und geschlossenen Augen reglos auf dem Stuhl.

»Können wir ihn observieren lassen?«, fragte Jessica.

Westbrook lief in ihr Büro und kehrte nach zwei Minuten zurück. Sie hatte kurz einen Blick auf den Dienstplan geworfen. »Ich habe keinen einzigen freien Beamten für diese Aufgabe. Vielleicht kann jemand von der Nachtschicht die Beschattung übernehmen. Ich spreche mit dem Diensthabenden und sehe, was ich tun kann.«

In der Zwischenzeit konnte alles Mögliche passieren, dachte Jessica, doch so war es eben.

»Lassen Sie ihn laufen«, sagte Westbrook.

Fünf Minuten später standen Jessica und Byrne in ihrem Büro und beobachteten Novak, wie er den Gang entlang zu den Aufzügen schlenderte.

Ehe er um die Ecke bog, blieb er kurz stehen, als hätte er etwas vergessen. Ein paar Sekunden später drehte er sich auf dem Absatz um, lief schnell zurück und steuerte genau auf Jessica und Byrne zu.

Was zum Teufel hatte das zu bedeuten?, fragte Jessica sich.

34.

Als Novak näher kam, behielt Byrne dessen Hände im Auge. Das war eine Vorsichtsmaßnahme, die er sich als junger Polizist angeeignet und nie wieder vergessen hatte. Beobachte die Hände, beobachte den Mann.

Novak blieb vor ihnen stehen. Sein Blick war auf Byrne gerichtet.

»Ich wollte nur sagen, dass ich keinen Groll gegen Sie hege«, sagte Novak.

Es ist noch nicht vorbei, dachte Byrne. Du könntest deine Meinung bald ändern.

Novak streckte eine Hand aus.

Byrne hatte vor vielen Jahren von seinem Vater gelernt, sich niemals zu weigern, einem Mann die Hand zu schütteln, selbst wenn man ihn für das abscheulichste Wesen auf Erden hielt. Paddy Byrne erklärte seinem Sohn damals, dass dieser Mann, falls man ihn irgendwann einmal in der Zukunft niederstrecken musste, dann niemals damit rechnen würde.

Byrne reichte ihm die Hand.

Die Hände der beiden Männer berührten sich, und Byrne sah …

… das in Dunkelheit gehüllte Haus; aus den oberen Fenstern dringt Licht; das trübe Licht des gelben Herbstmonds taucht alles in ein milchiges Blau.

Vier Personen. Musik im Hintergrund. Vertrautes Geträllere, in das sich bald qualvolle Todesschreie mischen. Der Geruch von Blut in der Luft. Blut und Jasmin.

Um Mitternacht beugen sich drei Personen über eine Leiche. Blut breitet sich auf den weißen Fliesen aus; in den glänzenden roten Blutlachen spiegeln sich Gesichter, die …

… Byrne konnte sie nicht sehen. Noch nicht. Er umklammerte Novaks Hand eine unangenehme Sekunde zu lang. Novak entging das nicht. Er drehte sich schnell um und trat wieder auf den Korridor.

Während die verwirrenden Visionen noch immer auf Byrne einstürmten, schoss ihm eine Frage durch den Kopf, auf die er nicht unbedingt eine Antwort haben wollte.

Waren das Joseph Novaks Erinnerungen oder seine eigenen?

35.

Die Besprechung fand in Dana Westbrooks Büro statt. Außer ihr waren Russell Diaz, Nicci Malone, Nick Palladino, Josh Bontrager und Dennis Stansfield anwesend.

Byrne zeichnete zwei Dreiecke auf die weiße Tafel. Über das erste Dreieck schrieb er einen Namen. Antoinette Chan. Unten links schrieb er Kenneth Beckman hin und rechts unten Sharon Beckman.

»Beginnen wir mit Antoinette Chan«, sagte Byrne. »Gehen wir einfach davon aus, dass Beckman sie getötet hat und dass Sharon Beckman seine Komplizin war. Sie hat ihr Haus in Brand gesetzt, um Spuren zu vernichten. Den Leichnam von Kenneth Beckman haben wir am Tatort von Antoinette Chan gefunden. Sharon Beckmans Leiche wurde auf Antoinette Chans Grab abgelegt. Mörder, Komplizin und Opfer. Sie sind alle drei in diesem Dreieck miteinander verbunden. Jede Ecke ist besetzt.«

Byrne stellte sich vor das zweite Dreieck. Auf die Spitze setzte er ein Fragezeichen. Links unten schrieb er »nicht identifizierte Leiche«, und in die rechte Ecke unten setzte er ein weiteres Fragezeichen.

»Nehmen wir mal an, unser Täter ist Mitglied in einer Art Bürgerwehr und will altes Unrecht ahnden. Nehmen wir weiter an, er geht so vor, dass er den Hauptverdächtigen in einem ungelösten Fall tötet und den Leichnam am Originaltatort ablegt. Dann tötet er einen Komplizen und legt dessen Leichnam auf dem Grab des damaligen Opfers ab. Ich glaube, wenn wir dieses Schema zugrunde legen, können wir eine Menge daraus ableiten.«

Byrne zeigte auf die untere linke Ecke des zweiten Dreiecks.

»Da unser noch nicht identifizierter Toter auf der Straße gefunden wurde, können wir davon ausgehen, dass der Mörder ihm die Schuld an einem Mord gibt, der an diesem Ort verübt wurde. Wir wissen nicht, wer in dem Fall das Opfer und wer der Komplize war, bis wir den damaligen Mord aufgespürt haben. An diesem Punkt müssen wir ansetzen. Falls wir keinen Zeugen finden, ist das unsere einzige Chance.«

Byrne wandte sich Nicci zu. »Habt ihr schon Fingerabdrücke von der Leiche des Unbekannten?«

Nicci schüttelte den Kopf. »Der Typ war cracksüchtig. Seine Finger sind so stark verbrannt, dass wir keine brauchbaren Abdrücke nehmen konnten. Wir arbeiten aber noch daran.«

Byrne nickte. »Okay, dann müssen wir jetzt einen Mord suchen, der an der Ecke Zweite und Poplar verübt wurde.«

Ein Stöhnen ging durch den Raum. Das bedeutete, dass sie sich durch riesige Aktenberge wühlen mussten.

Sechs Detectives brüteten über den Akten von Mordfällen aus den letzten dreißig Jahren. Zu ihrem Leidwesen boten die elektronischen Datenbanken nicht die Option, nach Tatorten und dem Status, ob der betreffende Mordfall gelöst oder ungelöst war, zu suchen. Sie mussten jede Akte einzeln in die Hand nehmen und durchackern. Das war eine mühselige Arbeit. Nicht alle Unterlagen waren sauber oder auch nur lesbar ausgefüllt. Man hätte fast meinen können, sie wollten die Detectives kontrollieren, die in den letzten drei Jahrzehnten in der Mordkommission gearbeitet hatten.

Jessica übernahm die Akten von 2003 bis 2007. Ihr Blick wanderte jeweils über die Namen der Opfer, die Daten und die Tatorte. Ein Fall nach dem anderen führte sie auf einer grotesken Reise durch die Stadt zu ihren Gewaltverbrechen, ihren Opfern und ihren Tätern. Fast all diese Orte hatte sie mehr als ein Mal besucht, oft als Kind mit ihrer Familie oder mit Sophie und Vincent, ohne zu ahnen, dass dort jemand ermordet worden war.

Ab und zu stand Jessica auf und holte sich eine frische Tasse Kaffee, um nicht einzuschlafen. Allmählich verschwammen Namen und Adressen ihr vor den Augen. Wenn sie mit offenen Augen vor sich hinträumte, lief sie Gefahr, hinterher nicht mehr zu wissen, wie lange sie mit den Gedanken abgeschweift war und wie weit sie nochmals in dem Aktenberg zurückgehen musste.

Eine frische Tasse Kaffee, kurz die Glieder strecken und weiter. Mitte 2004. Die Seite, bei der sie eben stehen geblieben war, erzählte die reizende Geschichte eines Mannes, der elf Mal auf seine Frau geschossen hatte, weil sie mit dem UPS-Auslieferungsfahrer ins Bett gestiegen war. Jessica fragte sich, ob der Typ häufig mit Sex belohnt wurde, wenn er seine Pakete auslieferte.

Jetzt drehst du langsam durch, Jess.

Sie blätterte wieder eine Seite um.

»Ich hab's!«, schrie sie, fast ehe sie es selbst begriffen hatte.

Die anderen fünf Detectives sprangen auf und rannten zu ihr.

»21. Juni 2004. In einem Müllcontainer Ecke Zweite und Poplar Street wurde ein Toter gefunden. Der Name des Opfers war Marcellus Palmer.«

Sie überflogen die Seite. Marcellus Palmer war ein mittelloser, einundvierzig Jahre alter Mann. Der Täter hatte ihn erschlagen und seine Taschen nach außen gestülpt. Seine Schuhe fehlten. Jessica speicherte die interessante Information ab, dass die Mordmethode dieselbe war wie bei Antoinette Chan, und sie nahm an, dass Byrne es ebenfalls tat. Erschlagen. Vielleicht gab es hier eine Verbindung.

Sie mussten zum Archiv fahren, um die vollständige Akte zu holen, aber es war ein Anfang.

Jessica schaute auf das Foto, das an die Zusammenfassung geheftet war. Der neue Tatort lag buchstäblich nur ein paar Schritte von dem Ort entfernt, wo Palmers Leichnam damals gefunden worden war. In dem Viertel hatte Kevin Byrne einst Streifendienst verrichtet.

»Und der Status?«, fragte Bontrager.

»Ein ungelöster Fall«, sagte Jessica.

»Verdächtige?«

»Der Hauptverdächtige – ein Mann namens Preston Braswell – war ebenfalls obdachlos und damals einunddreißig Jahre alt. Er wurde nicht angeklagt.«

Nicci Malone setzte sich vor einen Computer und tippte den Namen ein. Ein paar Sekunden später hatte sie einen Treffer. Und ein Bild. »Das ist er. Der Tote ist Preston Braswell.«

Die anderen Detectives drängten sich um den Computer. Auf dem Foto sah der Tote jünger und gepflegter aus. Es war tatsächlich Preston Braswell.

Jetzt hatten sie zwei verschiedene Mordfälle, in denen der Hauptverdächtige des ersten Mordes umgebracht und genau am selben Ort abgelegt worden war. In einem der beiden Fälle war die Komplizin auf dem Grab des damaligen Mordopfers abgelegt worden. Sie hatten Grund zu der Annahme, dass das erneut geschehen würde. Falls es nicht sogar schon passiert war.

Nicci sprang auf. Ganz Gentleman half Dino ihr in den Mantel, ehe er seinen eigenen anzog. »Wir fahren zum Archiv«, sagte Dino. »Wir melden uns.«

Als Nicci und Dino das Büro verließen, kehrten Jessica und Byrne zur weißen Tafel zurück. Byrne wischte das Fragezeichen oben auf dem zweiten Dreieck aus und schrieb stattdessen Marcellus Palmer hin. Dann wischte er das Fragezeichen in der unteren linken Ecke aus und ersetzte es durch den Namen Preston Braswell.

Jessica trat einen Schritt zurück und dachte über die neuen Erkenntnisse nach. Sie schaute auf die drei Aktenordner, die immer dicker wurden, und warf Byrne einen Blick zu.

Er starrte in eine andere Richtung.

Er starrte auf das letzte Fragezeichen auf der weißen Tafel.

Zwanzig Minuten später rief Nicci Malone an. Sie hatte die Box mit den Akten des Mordes an Marcellus Palmer im Jahr 2004 herausgesucht. Sie würde ihnen die Liste mit den Verdächtigen und den Zeugen gleich faxen. Jessica schaltete den Lautsprecher ein.

»Wie schlimm ist es?«, fragte Jessica.

»Zieh deine Nikes an. Auf der ursprünglichen Liste stehen einundsiebzig Namen.«

»Einundsiebzig?«

»Ja. Die Obdachlosen sind ein geselliges Völkchen«, sagte Nicci. »Aber es sieht so aus, als hätten wir uns neben Preston Braswell noch für vier weitere Männer intensiver interessiert. Sie wurden alle verhört und wieder freigelassen. Ich glaube, wir sollten zuerst versuchen, sie aufzuspüren.«

Bevor unser Täter es tut, dachte Jessica.

Ein paar Minuten später erhielten sie das Fax mit den vier Namen. Jessica fand sie alle im System. Sie druckte die Informationen, die sie über die Männer hatten, und die neusten Fotos von ihnen aus.

Da keine Informationen darüber vorlagen, wo Marcellus Palmer begraben worden war, mussten sie auf der Straße anfangen.

Seit Jahren trafen sich viele Obdachlose – und das entbehrte nicht einer gewissen Ironie – in dem Park genau gegenüber vom Polizeipräsidium, dem Franklin Square. Normalerweise strömten die Obdachlosen dort zusammen, wo sie etwas zu essen bekamen. In den letzten fünfundzwanzig Jahren hatte sich nicht viel verändert.

Die Detectives teilten die Namen und Fotos der vier Männer sowie deren Lieblingstreffpunkte unter sich auf. Sie würden die Befragung jeweils alleine durchführen. Es fehlte die Zeit, und es waren zu viele Orte, um in Teams zu arbeiten.

Jessica übernahm Old City.

36.

An der Stelle, wo die I-95 unter der Benjamin Franklin Bridge entlanglief, befand sich seit langer Zeit ein Unterschlupf der Obdachlosen. Die Polizei sprach seit Jahren nur noch vom »Obdachlosen-Wohnpark«. Jessica parkte den Wagen, suchte ein Schlupfloch im Maschendrahtzaun und steuerte auf den Platz unter der Brücke zu. Ein paar Dutzend Menschen hatten sich dort eingefunden. Am Zaun türmten sich vollgestopfte Pappkartons und prall gefüllte Plastiktüten. In der Nähe stand ein Kindersportwagen mit drei Rädern. Tassen, Flaschen, Milchkartons, Fastfood-Abfälle. Natürlich keine Aludosen. Dosen waren Bargeld.

An der Nordseite des Camps hielten sich zehn oder zwölf Leute auf, größtenteils Männer. Als Jessica näher kam, hoben sie die Köpfe, ohne irgendeine Reaktion zu zeigen, obwohl sie als Polizistin oder zumindest als Vertreterin des Systems zu erkennen war. Das hatte zwei Gründe. Erstens war Jessica eine Frau, und zweitens stürmte sie nicht mit gezogener Waffe in ihr Quartier, um sie von da zu vertreiben.

Es waren drei verschiedene Gruppen, und ein paar Männer hatten sich etwas abseits ein separates Plätzchen gesucht. Jessica näherte sich der ersten Gruppe und zeigte den Leuten die Fotos. Niemand gab zu, jemanden zu kennen. Bei der zweiten und dritten Gruppe verhielt es sich ebenso.

Als Jessica von der dritten Gruppe wegging, rief ein Mann ihr etwas hinterher. Jessica drehte sich um. Es war einer der älteren Männer. Er lag auf einer dicken Schicht Pappkartons.

»Sag mal, Schätzchen, warst du schon mal mit einem Obdachlosen zusammen?« Er grinste, wobei er seine zahlreichen Zahnlücken entblößte, und begann stark zu husten. Die beiden anderen Männer der Gruppe kicherten. »Das würde mit Sicherheit dein ganzes Leben verändern. Interesse?«

»Klar«, erwiderte Jessica. »Du brauchst nur zu duschen und dir einen Job zu suchen.«

Der Mann schaute sie schockiert an. Er kroch wieder unter seine Decke und drehte sich zur Seite. *»You ain't all that.«*

Jessica lächelte, drehte noch eine Runde durch das Camp, stellte überall dieselben Fragen, ohne etwas zu erfahren. Der Letzte deutete auf einen Mann auf der anderen Seite des Geländes. Jessica hatte den gar nicht bemerkt. Als sie auf ihn zuging, sah sie, dass der Mann seinen Platz mit Müllsäcken abgegrenzt hatte und seine Beine mit einer offenbar neuen Wolldecke zugedeckt waren. Als Jessica vor ihm stand, fiel ihr Blick auf das Preisschild, das noch an der Decke hing.

Der Mann lehnte mit dem Oberkörper am Zaun und las in einem Taschenbuch. Das Cover fehlte, aber Jessica konnte den Titel auf dem Buchrücken lesen. *Große Erwartungen.*

»Verzeihung, Sir?«

Er hob den Blick. Es war ein Schwarzer zwischen fünfzig und siebzig. Er trug eine zerschlissene Cordjacke und ein vergilbtes Hemd. Seine Krawatte sah ebenfalls neu aus. Jessica fragte sich, ob an der Krawatte auch noch das Preisschild hing. Er hatte strahlende intelligente Augen.

»Madam.«

»Darf ich fragen, wie Sie heißen?«

»Abraham Coltrane.«

Vielleicht stimmte der Vorname, aber bei dem Nachnamen

war Jessica sich nicht so sicher. »Darf ich Ihnen ein paar Fragen stellen?« Jessica zeigte ihm ihren Dienstausweis. Der Mann warf einen Blick darauf.

»Kein Problem.«

Jessica zeigte ihm drei der Fotos. »Kennen Sie einen dieser Männer?«

Coltrane betrachtete die Bilder. »Nein. Sind das auch Müßiggänger, so wie ich?«

»Ja.«

Abraham Coltrane nickte. Jessica zeigte ihm das vierte Foto mit dem Mann, von dem sie annahmen, dass er in den Mord an Marcellus Palmer 2004 verwickelt war. Der Name des Mannes war Tyvander Alice. »Und den hier?«

Coltrane sah sich das Foto an. Diesmal bemerkte Jessica eine winzige Reaktion in seinen Augen. »Auch nicht. Tut mir leid.«

»Dieses Foto ist schon ein paar Jahre alt.«

»Ich erinnere mich an alle Menschen, die ich jemals kennengelernt habe, Madam.«

Jessica glaubte ihm, und deshalb glaubte sie ihm auch nicht, dass er Tyvander Alice nicht kannte. Sie zog einen Fünf-Dollar-Schein aus der Tasche und hielt ihn so in der Hand, dass der Mann ihn sehen konnte.

»Schöne Decke«, sagte sie.

»Sie erfüllt ihren Zweck.«

Jessica zog an dem Preisschild. »Haben Sie die Rechnung dafür, Mr. Coltrane?«

»Die Decke ist das Geschenk einer meiner vielen Verehrerinnen.«

»Jemand hat Ihnen eine Decke geschenkt, an der noch das Preisschild hängt?«

Coltrane zuckte mit den Schultern. »Ich fürchte, die jungen Leute sind mit den Sitten und Bräuchen nicht so recht vertraut.«

»Zum Glück ist das bei unseren Richtern anders«, sagte Jessica. »Die wissen genau Bescheid. Anklage, Gerichtsverfahren, Verurteilung, Gefängnis. Man kann sagen, es sind Verfechter der Tradition.«

Coltrane starrte sie an. Jetzt schien er bereit zu sein, ihr die Wahrheit zu sagen. »Kann ich das Foto noch mal sehen?«

»Natürlich.« Jessica zeigte es ihm. Coltrane rieb sich die Bartstoppeln und betrachtete es einen Augenblick.

»Nachdem ich nun Zeit hatte, noch mal in Ruhe darüber nachzudenken, glaube ich, dass ich diesen Gentleman schon mal getroffen habe.«

»Ist das Tyvander Alice?«

»Tyvander?«, fragte er. »Nein. Unter dem Namen kenne ich ihn nicht. Ich kenne ihn als Hoochie.«

»Hoochie?«

»Ja. Ein bedauerlicher, würdeloser Spitzname, den er seiner Liebe zu billigem Wein zu verdanken hat, glaube ich.«

Jessica reichte Coltrane die fünf Dollar. Er drückte den Schein auf die Stirn, schnupperte daran und steckte ihn schnell unter die Decke.

Jessica wollte Coltrane gerade noch weitere Fragen stellen, als die Decke sich plötzlich bewegte. Ein paar Sekunden später streckte ein Jack Russel Terrier seine Schnauze heraus. Seine *graue* Schnauze. Der Hund blinzelte mit den Augen, um sich an das helle Licht zu gewöhnen.

»Und wer ist das?«, fragte Jessica.

»Das ist der böse Biscuit. Mein ältester Freund.« Coltrane strich dem Hund über den Kopf. Als der Hund mit dem Schwanz wedelte, bewegte sich die Decke mit. »Gibt es etwas Besseres auf der Welt als einen warmen Biscuit?«

Jessica dachte nach. Ihr fiel nichts ein. Es gab Dinge, die ebenso gut waren, aber nicht besser. Okay, es wurde Zeit, auf das eigentliche Thema zurückzukommen. »Wissen Sie, wo ich Hoochie finden könnte?«

Coltrane zuckte mit den Schultern. *»I wander'd lonely as a cloud that floats on high o'er vales and hills.«*

Jessica runzelte die Stirn und wartete auf weitere Informationen, doch es folgten keine. »Bon Jovi?«

Coltrane lächelte. »Wordsworth.«

Mit anderen Worten, die Antwort lautete Nein. Bei Obdachlosen wusste man nie genau, wo sie sich aufhielten. Jessica zog das Foto von Marcellus Palmer aus der Tasche, des Opfers, das 2004 Ecke Zweite und Poplar gefunden wurde. »Kennen Sie diesen Mann?«

»Oh, ja«, sagte Coltrane. »Marcellus. Wir haben so manche Flasche gemeinsam geleert. Aber das ist eine Ewigkeit her.«

»Wissen Sie, was aus ihm geworden ist?«

Coltrane nickte mit trauriger Miene. »Ich habe gehört, dass es mit ihm ein schlimmes Ende genommen hat. Die Stadt hat ihn beerdigt.«

»Wissen Sie, wo?«

Coltrane schaute auf die Uferböschung. Einen Augenblick lang hörten sie nur die Autos über ihren Köpfen. »Ich wusste es mal. Die Erinnerung scheint an den Rand meines Gedächtnisses verdrängt worden zu sein.«

Jessica zog noch einen Fünf-Dollar-Schein aus der Tasche. »Meinen Sie, Sie können die Erinnerung wieder aufs Parkett locken?«

»Ich glaub schon«, sagte er und kassierte den Schein ein. »Oben in Parkwood, glaube ich.«

Jessicas Handy klingelte. Sie schaute aufs Display. Es war Byrne.

»Danke, dass Sie mir Ihre Zeit geopfert haben, Mr. Coltrane.«

»Ich bin immer gerne bereit zu helfen.«

Jessica trat zur Seite und meldete sich.

»Wo bist du?«

»Noch in West Philly.«

Jessica erzählte ihm, was sie von Abraham Coltrane erfahren hatte. Byrne informierte sie über das, was sie noch nicht wusste. Zwei der anderen Obdachlosen, die in Zusammenhang mit dem Mord an Marcellus Palmer damals befragt wurden, waren tot. Der dritte Mann war seit langem verschwunden. Jemand hatte jemandem erzählt, dass der Freund von jemandem wiederum jemandem erzählt hatte, dass er in Florida sei. Informationen aus dritter Hand brachten sie keinen Schritt weiter.

Als sie sich im Roundhouse trafen, überprüfte Jessica auf einem Plan, wo in der Stadt es überall Friedhöfe gab.

In Parkwood gab es keinen Friedhof.

37.

Im Finnigan's Wake, dem bekannten irischen Pub an der Ecke Dritte und Spring Garden in Northern Liberties, hatten sich viele Mitarbeiter des Police Departments und der Bezirksstaatsanwaltschaft, Rechtsanwälte, Rechtsassistenten, Richter, FBI-Agenten und Rechtsmediziner versammelt. Wie immer standen alle mit ihren Kollegen zusammen. David Albrecht filmte von der Seitenlinie. Russ Diaz hatte sich zu seinen neuen Kollegen gesellt. Jessica fand, dass Tom Weyrich, der ebenfalls anwesend war, heute etwas besser aussah als in den vergangenen Monaten. Vielleicht lag es am Guinness. Dennis Stansfield stand mit zwei seiner alten Kollegen vom Revier in einer Ecke.

Im ersten Stock, dem sogenannten Lincoln Level, wo die Party stattfand, war es gerammelt voll. Nachdem Abraham Lincoln ermordet worden war, wurde sein Leichnam für das Staatsbegräbnis in der Independence Hall nach Philadelphia überführt. In der Nacht davor lag der Verstorbene in einer Leichenhalle in Northern Liberties, deren Türen später im ersten Stock des Finnigan's Wake eingebaut worden waren. In diesem Raum hatten die Gäste schon so manches Glas auf den ehrlichen Abe geleert.

Im Laufe des Abends standen viele Leute auf und gaben Geschichten über Michael Drummond zum Besten. Wie auf allen Abschiedspartys waren die Anekdoten in der ersten Stunde noch relativ harmlos, nur etwas spöttelnde Geschichten über Ereignisse rund um die Arbeit. Da Michael Drummond nun für die meisten Leute hier auf die andere Seite wechselte, wurden die Geschichten in der zweiten Stunde, als einige schon reichlich Alkohol getankt hatten, etwas kühner und manchmal sogar geradezu beleidigend.

Um elf Uhr stellte Michael Drummond sich selbst ans Mikrofon. Obwohl er noch keine vierzig Jahre alt war, hatte er viele jüngere Kollegen in der Bezirksstaatsanwaltschaft und wurde daher oft »der Alte« genannt.

»Ja, stimmt, als ich damals in diesem Job anfing, hatte ich gerade diesen kleinen Unfall mit dem Ford Model A«, sagte er, worauf einige höflich lachten.

Er bedankte sich bei allen, mit denen er in all den Jahren sowohl auf Seiten der Staatsanwaltschaft wie auch der Verteidigung zusammengearbeitet hatte. Vor allem achtete er darauf, alle Richter mit Lob zu überschütten – Männer und Frauen, vor denen er in Kürze als Verteidiger auftreten würde –, gleichgültig, ob sie zu seiner Party gekommen waren oder nicht.

Dann wurde es endlich Zeit, die Katze aus dem Sack zu lassen. Drummond klopfte mit einem Löffel gegen sein Glas, worauf sich die Blicke aller auf ihn richteten.

»Ich bitte um Ihre Aufmerksamkeit«, sagte Drummond.

Alle verstummten. Das war mehr oder weniger der Grund, warum sie alle hierhergekommen waren.

»In zwei Wochen fange ich als Juniorpartner bei Paulson Derry an. Bis dahin bin ich noch im Dienst. Seid also alle auf der Hut.«

Ein Raunen ging durch den Raum. Paulson Derry Chambers war eine der bedeutendsten Anwaltskanzleien der Stadt. Alle hatten damit gerechnet, dass Drummond einen gut bezahlten Job annehmen würde, aber eine Juniorpartnerschaft bei Paulson Derry war wie der Einzug in Walhall. Alle klatschten.

»Obwohl ich ihn nicht persönlich kenne, möchte ich mit den weisen Worten von Perikles schließen«, fügte Drummond hinzu. *»Was man hinterlässt, ist nicht das, was in Stein gemeißelt ist, sondern das, was in den anderen weiterlebt.«*

»Hört, hört«, sagte jemand.

Alle hoben ihre Gläser.

»Auf die schlauen Füchse«, sagte der leicht angesäuselte Nick Palladino.

Drummond lachte. »Und die fetten Gänse.«

Anschließend fanden die kleinen Gruppen sich wieder zusammen. Die Detectives sammelten sich vor dem großen Fenster mit Blick auf die Spring Garden Street und die Ben Franklin Bridge.

»Oh, *Scheiße!*«, rief Dino, als sich alle hingesetzt hatten.

»Was ist los?«, fragte Jessica.

Dino stand auf, langte in die Jackentasche und strich mit den Händen über seinen Körper, als würde er einen Verdächtigen abtasten. »Ich glaub's nicht.«

»Was ist los?«

»Ich glaub, ich hab mein Lipgloss zu Hause vergessen«, sagte Dino mit ungerührter Miene.

Einer in der Runde begann laut zu lachen.

Dino zeigte auf die Tasche, die an Byrnes Stuhllehne hing. »Hey, Kev. Du hast nicht zufällig deins dabei?«

Leises Gelächter am ganzen Tisch. Byrne schüttelte den Kopf. »Ich bin viel größer als du. Das weißt du, nicht wahr?«

»Ich weiß«, sagte Dino. »Aber du bist älter.«

»Wie viel? Fünf oder sechs Monate?«

»Immerhin.«

»Das bedeutet nur, dass ich ein paar Sekunden länger brauche, um den Raum zu durchqueren.«

Dino hob beide Hände. »Schlag mich nicht mit deinem Herrentäschchen.«

Byrne sprang auf.

Nick Palladino rannte zur Theke.

Um Mitternacht waren die meisten Jüngeren entweder weitergezogen oder nach Hause gegangen. Es war mitten in der Woche. Die jungen Familien warteten. Nach Mitternacht waren nur noch die schweren Trinker anwesend.

Jessica, die gerade aufbrechen wollte, stand mit Byrne in der Nähe des Aufzugs. Als Michael Drummond sie entdeckte, kam er auf sie zu. Er hatte genug Schulterklopfer bekommen.

»Danke, dass Sie gekommen sind.«

Drummond umarmte Jessica freundschaftlich, dann schüttelte er Byrne die Hand und klopfte ihm auf die Schulter.

»Ihnen ist klar, dass wir demnächst bestimmt mal gegeneinander antreten werden«, sagte Byrne.

Drummond nickte. »Ja. Mir kommt es vor, als hätte ich auf die dunkle Seite gewechselt.«

»Das Geld wird helfen, den Schmerz zu lindern.«

Drummond lächelte und sah auf die Uhr. »Ich muss in drei Stunden aufstehen und beim Umzug helfen. Meine Mutter zieht in eine betreute Wohngruppe.«

»Brauchen Sie noch Hilfe?«, fragte Byrne.

»Nein, vielen Dank.« Drummond zog seinen Mantel an. »Ich muss nur um halb sieben in Parkwood sein.«

Jessicas Blick wanderte zu Byrne und zurück zu Drummond. »Parkwood?«

»Was ist damit?«

»Es ist heute das zweite Mal, dass der Name fällt.«

»Ach ja?«, sagte Drummond.

Jessica erzählte ihm, was sie am Nachmittag gemacht hatten. Sie informierte ihn auch über Abraham Coltranes Behauptung, dass Marcellus Palmer, das Mordopfer, das sie 2004 in einem Müllcontainer nur wenige Blocks von ihrem Standort entfernt gefunden hatten, in oder in der Nähe von Parkwood begraben worden sein sollte. Drummond dachte kurz nach.

»Nun, ich bin ziemlich sicher, dass in Parkwood einmal ein Armenfriedhof war«, sagte er dann. »Er wurde aber schon vor längerer Zeit geschlossen.«

»Geschlossen?«

»Ja. Ich glaube, die Leichen wurden ausgegraben und entweder zu anderen Friedhöfen gebracht oder verbrannt. In dem Viertel waren neue Bauprojekte geplant, aber geschehen ist nie etwas.« Drummond trank sein Glas aus und stellte es auf die Theke. »Könnten Sie sich vorstellen, auf einem ehemaligen Friedhof zu wohnen?«

Jessica lief ein kalter Schauer über den Rücken. »Wissen Sie, wo der Friedhof lag?«

Drummond zuckte mit den Schultern. »Keine Ahnung. Tut mir leid. Auch dass da überhaupt einmal einer war, könnte ein Irrtum sein.«

»Herr Staatsanwalt!«, schrie jemand betrunken von der anderen Seite des Raumes. »Wir brauchen Sie für eine Vorvernehmung.«

Es waren zwei alte Hasen aus dem Büro der Bezirksstaatsanwaltschaft. Bei einer Vorvernehmung ging es um die Auswahl der Geschworenen. In der Regel wurde diese von Richtern und Anwälten durchgeführt, um potenzielle Geschworene nach ihren Erfahrungen und Ansichten zu fragen. Auf dem Tisch vor den beiden Staatsanwälten standen Gläser mit allen Drinks, die es in der Kneipe gab. Es mussten an die fünfzig volle Gläser sein. Drummond warf Jessica und Byrne noch einen Blick zu. »Sieht so aus, als wäre die Nacht für mich noch nicht zu Ende. Danke noch mal fürs Kommen.«

Drummond zog den Mantel aus und wankte zur anderen Seite der Kneipe.

Ein paar Minuten später hielt Byrne Jessica unten die Tür auf. Sie traten hinaus auf die Spring Garden Street.

»Wann sollen wir uns am Katasteramt treffen?«, fragte Byrne. Beim Katasteramt waren die Grundstücksverzeichnisse der Stadt aus den letzten zweihundert Jahren archiviert. Falls es in Parkwood oder in der Nähe mal einen Friedhof gegeben hatte, musste das dort verzeichnet sein.

»Sobald das Amt aufmacht, Detective«, sagte Jessica.

38.

Donnerstag, 28. Oktober

Der letzte offizielle Armenfriedhof war 1956 im Nordosten Philadelphias eröffnet worden. Davor wurden die meisten Mittellosen auf einem Grundstück Ecke Luzerne Street und Whitaker Avenue beerdigt, das heute als Polizeiparkplatz genutzt wurde und direkt neben dem Philadelphia Municipal Hospital lag. Auch Tausende, die 1918 während der Grippeepidemie gestorben waren, hatten hier ihre letzte Ruhestätte gefunden. In der Stadt waren Arme oder Verstorbene ohne Angehörige seit jeher an verschiedensten Orten beerdigt. Dazu gehörten auch der Logan Square, das Franklin Field, der Reyburn Park und sogar ein Platz an der Ecke Fünfzehnte und Catharine, der nur ein paar Blocks von dem Haus entfernt lag, in dem Jessica aufgewachsen war.

Weil es einfacher und kostengünstiger war, wurden heutzutage viele unidentifizierte Tote sowie mittellos Gestorbene verbrannt. Ihre Asche wurde in einem Nebenraum der Leichenhalle in der Rechtsmedizin aufbewahrt.

Kurz nach acht suchten Jessica und Byrne das Archiv des Katasteramts auf, das im Gebäude der Stadtverwaltung Ecke Fünfzehnte und John F. Kennedy Boulevard untergebracht war. Sie erfuhren, dass es in Parkwood im Nordosten Philadelphias einst einen Armenfriedhof gegeben hatte, dieser aber inzwischen aufgelassen worden war.

Unterwegs tranken sie einen Kaffee und fuhren dann kurz nach neun auf die I-95.

Der ehemalige Armenfriedhof lag in der Nähe der Kreuzung Mechanicsville Road und Dunks Ferry Road am Südende des Poquessing Valley Park.

Auf der Südseite der Dunks Ferry Road standen einstöckige Reihenhäuser, die zu Halloween geschmückt waren. Es waren außergewöhnliche Dekorationen dabei (an einem Dachsims hing ein Skelett, das sich anschickte, in den Schornstein zu klettern), aber auch ganz unauffällige (ein schon verbeulter Plastikkürbis steckte auf einer Laterne neben der Haustür).

Jessica und Byrne stiegen aus dem Wagen und überquerten die Straße. Sie liefen zwischen den Bäumen hindurch auf das große, unbebaute Grundstück zu. Der unebene Boden erinnerte an die ehemaligen Gräber.

Hier gab es keine Grabsteine, keine Grüften, keine Mausoleen. Der Armenfriedhof existierte nicht mehr. Die Toten waren entweder auf andere Friedhöfe verlegt oder verbrannt worden, und das Gelände war nun mit Gras und Unkraut bewachsen.

Jessica schaute auf die zerfurchte Erde. Sie dachte an die Generationen zukünftiger Kinder, die hier Drachen steigen lassen und Kickball spielen würden, ohne zu ahnen, dass unter ihren Füßen einst die sterblichen Überreste der Obdachlosen, der Armen und der Verlierer dieser Stadt geruht hatten.

Sie schritten langsam über den holprigen Boden und suchten nach irgendwelchen Hinweisen auf die frühere Nutzung des Geländes – einen vergrabenen Grabstein, einen Pfahl in der Erde, der auf die Grenze des Friedhofs hindeutete. Sie fanden nichts. Die Natur hatte schon lange dieses Gebiet zurückzuerobern begonnen.

»War das der einzige Armenfriedhof in dieser Gegend?«, fragte Jessica.

»Ja«, sagte Byrne. »Hier gab es nur diesen einen.«

Jessica drehte sich in alle Richtungen. Das sah alles nicht besonders vielversprechend aus, jedenfalls soweit es ihre Fälle betraf. »Wir vergeuden hier nur unsere Zeit, oder?«

Byrne erwiderte nichts. Stattdessen hockte er sich hin und strich über den nackten Boden. Nach zwei Minuten stand er wieder auf und rieb sich die Erde von den Händen.

Als Jessica ein Rascheln in den Bäumen hörte, hob sie den Kopf. Auf dem niedrigen Ast eines Ahorns saßen ein halbes Dutzend Krähen. Jedenfalls nahm sie an, dass es Krähen waren. Jessica wusste, dass sich Raben und Krähen kaum voneinander unterschieden. Kurz darauf landete wieder einer der schwarzen Vögel zwischen den anderen, die mit lautem Krächzen und Flügelschlagen darauf reagierten. Einer flog davon und stürzte sich auf die niedrigen Büsche auf der anderen Seite des Feldes. Jessica folgte ihm mit den Augen.

»Kevin«, sagte sie und zeigte auf den Vogel, bevor er außerhalb ihres Blickfeldes landete. Sie wechselten einen Blick und sprinteten los.

Noch bevor sie die halbe Strecke über das freie Gelände zurückgelegt hatten, entdeckten sie den unnatürlichen Schimmer zwischen dem Grün, den strahlend weißen Fleck, der in der Sonne glänzte.

Die letzten hundert Meter rannten sie, dann fanden sie den Leichnam in einer kleinen Mulde.

Das Opfer war ein Schwarzer um die vierzig oder fünfzig. Er war nackt, sein Körper war vollständig rasiert und der Kopf mit einem weißen Papierstreifen umwickelt. Auf der Erde unter ihm, einem ehemaligen Grab, wuchs noch kein Gras.

»Verdammte *Scheiße!*«, brüllte Byrne.

Vorsichtig ging er auf den Leichnam zu und achtete darauf,

keine Spuren zu zertreten. Byrne legte zwei Finger auf den Hals des Mannes. »Mein Gott! Der ist noch *warm*. Wir müssen die ganze Kavallerie zusammentrommeln. Eine Hundestaffel brauchen wir auch.«

Dann öffnete Byrne die Hand des Toten. Auf dem Ringfinger der linken Hand war das Tattoo eines Fisches.

Sie zogen beide ihr Handy aus der Tasche. Byrne kontaktierte die Kriminaltechnik und Jessica die Kollegen von der Mordkommission, die die Rechtsmedizin verständigen würden. Dann liefen sie mit gezogenen Waffen in entgegengesetzte Richtungen los und suchten das Gelände ab. Sie überprüften die unmittelbare Umgebung, durchkämmten das Gebüsch, schauten in Gräben. Sie fanden nichts.

Als sie sich später am Fundort der Leiche wiedertrafen, waren sie beide in Gedanken versunken. Obwohl sie die Identität des Opfers nicht kannten, bestand weder für Jessica noch für Byrne der geringste Zweifel, dass dieser Leichnam auf einem ehemaligen Grab der von Tyvander »Hoochie« Alice war.

Die Einsatzgruppe, ein Team aus Detectives des Dezernats für Sonderermittlungen und der Fahndung, traf mit sechs Fahrzeugen am Fundort der Leiche ein.

Russ Diaz und sein Team schwärmten nach Norden und Osten Richtung Wald aus. Der Hundeführer traf ein paar Minuten später ein. Im nächsten Wagen saß Dana Westbrook. In dieser relativ ruhigen Ecke im Nordosten Philadelphias – einstmals ein Ort der Ruhe und Einsamkeit – wimmelte es jetzt von Polizeibeamten.

Zehn Minuten später kehrte der Hundeführer mit seinem Tier zum Ausgangspunkt, dem Parkplatz in der Nähe der

Spielfelder, zurück. Das konnte nur bedeuten, dass der Mörder dort geparkt hatte und dorthin zurückgekehrt war, nachdem er den Leichnam abgelegt hatte. Falls dem so war, verlor sich die Spur hier.

Während die Kriminaltechniker ihrem Job nachgingen, standen Jessica und Byrne oben auf dem Hügel und beobachteten das rege Treiben am Fundort.

Detectives würden in Kürze die Anwohner in der unmittelbaren Umgebung befragen. In der Mechanicsville Road und der Eddington Road waren neben zwei Mietshäusern auch Eigentumswohnungen entstanden. Vielleicht hatte jemand etwas gesehen. Jessica bezweifelte es. Der Mörder war ein Geist.

Kenneth Beckman, Sharon Beckman, Preston Braswell, Tyvander Alice.

Vier Leichen, acht Tattoos.

Vier fehlten noch.

Und sie hatten keine einzige handfeste Spur.

Das Team verbrachte den ganzen Nachmittag damit, Anwohner zu befragen. In diesem Teil der Stadt war die Bevölkerungsdichte niedriger als in Center City. Daher war es hier noch ermüdender, die Anwohner zu interviewen und ihnen die immer gleichen Fragen zu stellen, und es ging auch langsamer voran.

Sie kehrten ins Roundhouse zurück und überprüften ein paar vage Hinweise. Nichts. Am Ende der Schicht waren alle erschöpft und frustriert. Jemand löste die ungelösten Mordfälle in Philadelphia, indem er die Mörder und deren Komplizen tötete. Jemand rasierte ihre Körper, entstellte ihre Gesichter und umwickelte die Köpfe mit Papier. Irgendjemand, der wie ein Phantom durch die Stadt schwebte.

Mit einer kalten Tasse Kaffee in der Hand setzte Jessica sich auf die Ecke eines Schreibtisches. Sie schaute zu dem begehbaren Schrank hinüber. In diesem Schrank standen dicke Bände mit kurzen Zusammenfassungen der Mordfälle aus mehr als hundert Jahren. Darunter waren auch Hunderte ungelöste Fälle mit Verdächtigen, denen niemals ein Verbrechen zur Last gelegt wurde, Verdächtigen, die nie angeklagt wurden, und Angeklagten, die aus den unterschiedlichsten Gründen freigesprochen wurden. Für den Scheißkerl, den sie suchten, bildeten diese Bände vor allem eine Liste potenzieller Opfer.

Im Büro hielt sich fast niemand mehr auf. Die zweite Schicht hatte schon begonnen, und diese Detectives waren auf den Straßen unterwegs, verfolgten Spuren und suchten Zeugen. Jessica beneidete sie.

»Hast du keine Familie, die auf dich wartet?«, fragte Byrne.

»Nee«, erwiderte Jessica. »Aber ulkig, dass du mich das fragst. Ich habe tatsächlich einen Mann und ein kleines Mädchen in meinem Haus gesehen. Ich sollte die Polizei anrufen.«

Byrne lachte. »Apropos, wie hast du dich in dem neuen Haus eingelebt?«

»Tja, abgesehen davon, dass ich ständig über die Möbel stolpere und mich fünf Minuten im Kreis drehe, weil ich keinen Platz finde, um eine Kaffeetasse abzustellen, ist es großartig.«

»Ist es wirklich so klein?«

Jessica nickte. »Es ähnelt dem Haus, in dem ich aufgewachsen bin. Derselbe Schnitt. Das einzige Problem ist, dass *ich* damals viel kleiner war.«

»Da war dir selbst Größe 36 noch zu groß, was?«

»Klugscheißer.«

Byrnes Handy klingelte. Er schaute aufs Display und lächelte.

»Eine SMS von Colleen«, sagte er. »Sie wollte mich nur informieren, dass sie heil aus Washington zurückgekehrt ist.«

Jessica nickte. »Wahnsinn. Colleen geht aufs College.«

»Erinnere mich nicht daran.«

Byrne nahm einen dicken Stapel Post in die Hand, der mit einem Gummi umwickelt war. Der Packen sah aus wie die Post von zwei Wochen, von der das meiste vermutlich im Papierkorb landen würde. Jessica wollte ihren Partner schon darauf hinweisen, dass es eine gute Idee wäre, ab und zu die Post anzuschauen, doch das wusste er sicherlich selbst.

Während Byrne den Stapel durchsah und das meiste in den Papierkorb warf, roch Jessica den Duft des parfümierten Briefes, noch ehe sie ihn sah. Er roch nach Jasmin. Byrne hob den Briefumschlag hoch, betrachtete ihn und schnupperte daran. Er hatte die Größe einer Grußkarte. Das Papier sah teuer aus.

»Ein Brief von einer Verehrerin?«, fragte Jessica.

»Wohl kaum«, erwiderte Byrne.

»Das liegt an deinem grauen Anzug, Kevin. Ich hab's gleich gesagt.«

Byrne nahm einen Brieföffner vom Schreibtisch, schlitzte den Umschlag auf und zog die Karte heraus.

Obwohl Jessica gerne einen Blick darauf geworfen hätte, trat sie ein paar Schritte zur Seite, um die Intimsphäre ihres

Partners nicht zu verletzen. Sie packte alles, was sie mitnehmen wollte, in ihre große Tasche. Als sie Byrne kurz darauf einen Blick zuwarf, war er aschfahl im Gesicht. Offenbar stimmte etwas nicht.

»Was ist?«, fragte Jessica.

Byrne schwieg.

»Kevin.«

Es dauerte einen Augenblick, bis Byrne sich ein wenig gefangen hatte. Dann umfasste er Jessicas Arm, führte sie in den kleinen Pausenraum und schloss die Tür. Er gab ihr die Karte. Sie bestand aus hochwertigem elfenbeinfarbenem Papier. Der Jasminduft war jetzt noch stärker. Jessica setzte die Brille auf und las die kurze Mitteilung, die in eleganter Handschrift mit lavendelfarbener Tinte geschrieben war.

Lieber Detective Byrne,

es ist lange her, nicht wahr? Ich frage mich, wie es Ihnen ergangen ist. Denken Sie manchmal an mich? Ich denke oft an Sie. Gestern habe ich sogar von Ihnen geträumt. Das erste Mal seit Jahren. Sie sahen elegant aus in Ihrem dunklen Mantel und mit dem schwarzen Fedora-Hut. Sie hatten einen Regenschirm mit einem geschnitzten Elfenbeingriff dabei. Nehmen Sie immer einen Regenschirm mit? Nein, ich glaube nicht.

Sagen Sie, haben Sie sie schon gefunden? Den Löwen, den Hahn und den Schwan? Gibt es noch andere? Sie meinen vielleicht, es bestünde keine Verbindung zwischen ihnen, doch es gibt eine. Ich hoffe, es geht Ihnen gut und die Zukunft bringt Ihnen Glück. Ich habe keine Angst mehr.

C.

Jessica war sprachlos. Sie las den Brief ein zweites Mal. Der starke Jasminduft stieg ihr zu Kopf.

»Was hat das zu bedeuten?«, flüsterte sie schließlich gut hörbar. »Der Löwe, der Hahn und der Schwan?«

Byrne schwieg.

»Wer zum Teufel hat dir das geschickt, Kevin? Wer ist C.?«

Byrne drehte den Briefumschlag immer wieder in den Händen hin und her und suchte nach Worten. Normalerweise war er um Worte nicht verlegen. Er wählte sie stets sorgfältig. Das konnte er gut.

Er erzählte ihr die ganze Geschichte.

39.

Jessica musterte ihren Partner. Sie wusste nicht, wie lange sie ihn schon mit offenem Mund und gerunzelter Stirn anstarrte. »Unglaublich«, stieß sie schließlich hervor.

Byrne erwiderte nichts.

»Ich erinnere mich an sie«, sagte Jessica. »Ich meine, ich erinnere mich an den Fall. Ich glaube, mein Vater sprach darüber. Außerdem stand es damals in allen Zeitungen.« Obwohl Jessica in jener Zeit noch zur Highschool ging, hatte sie mit ihren Freunden über den Fall gesprochen, vor allem weil es dabei um Sex, Gewalt und eine berühmte Persönlichkeit ging.

Im November 1990 war eine Frau namens Christa-Marie Schönburg, eine Cellistin des Philadelphia Orchestra, verhaftet und des Mordes an einem Mann namens Gabriel Thorne beschuldigt worden. Den Zeitungsberichten zufolge war Thorne Christa-Maries Psychiater. Damals wurde viel darüber spekuliert, ob die beiden auch eine Liebesbeziehung gehabt hatten, obwohl Thorne drei Jahrzehnte älter als Christa-Marie und seit ihrer Kindheit eine enge Bezugsperson für sie gewesen war. Wenn Jessica sich nicht irrte, gestand Christa-Marie den Totschlag, plädierte auf verminderte Schuldfähigkeit und wurde zu zwanzig Jahren in der State Correctional Institution, einem Frauengefängnis in Muncy, verurteilt.

»Das war dein erster Fall?«, fragte Jessica.

Byrne nickte. »Mein erster Fall als leitender Detective. Ich wurde mit Jimmy zusammengespannt.«

Jimmy Purify, von dem Byrne eine Menge gelernt hatte, war vor Jessica sein Partner gewesen.

»Ich versteh das nicht«, sagte Jessica. »Ist Christa-Marie noch in Muncy?«

»Nein«, erwiderte Byrne. »Sie wurde vor ein paar Jahren entlassen. Soviel ich weiß, wohnt sie noch in dem Haus in Chestnut Hill.«

Jessica beschloss, ihren Partner nicht zu fragen, warum er das alles wusste. Es war nicht ungewöhnlich, dass Detectives das Leben von Menschen, die sie verhaftet und eines Verbrechens überführt hatten, aus der Ferne verfolgten. Jessica wunderte sich allerdings, dass *sie* von alldem nichts wusste.

»Hast du seit ihrer Freilassung mit ihr gesprochen?«

»Nein.«

»Hat sie schon einmal versucht, dich zu kontaktieren?«

»Nicht, dass ich wüsste.«

Jessica atmete tief durch und betrachtete noch einmal die Handschrift. Sie sah nicht aus wie die Schönschrift einer geistig verwirrten Person. »Geht es ihr – wie soll ich sagen – jetzt *besser?*«

Byrne zuckte mit den Schultern. »Das weiß ich nicht. Es war ein sehr brutaler Mord, und es wurden damals mehrere psychologische Gutachten erstellt. Ich habe einige der Berichte gelesen. Chronische Depression. Borderline und bipolare Störung. Da sie ein Geständnis abgelegt hat, kam es nicht zum Prozess.«

»Warst du bei der Anhörung dabei?«

»Ja.«

»Hast du als Zeuge ausgesagt?«

Byrne zögerte kurz, ehe er antwortete. Jessica spürte ein Bedauern. »Ja.«

Sie versuchte, die Karte in einen zeitlichen Kontext einzuordnen. »Wann wurde der Brief abgestempelt?«

Byrne sah auf den Umschlag. »Letzten Donnerstag.«

Jessica rechnete nach. »Dann hat sie den Brief …«

»… vor den Morden verschickt.«

Jessica stockte der Atem. Es fiel ihr schwer, das alles zu begreifen. Es passierte nicht oft, dass sie irgendetwas dermaßen aus dem Konzept brachte. »Ist sie zu so etwas fähig?«

Jessica wusste, dass ihre Frage zum Teil rhetorisch war. Die Frau war immerhin eine verurteilte Mörderin und offenbar zu Gewalt fähig. Aber eine im Rausch blindwütiger Wut verübte Tat hatte nicht zwangsläufig zur Folge, dass jemand auch einen kaltblütigen, geplanten Mord beging. Und dann durfte man auch die körperliche Konstitution nicht außer Acht lassen.

»Sie ist dazu fähig«, sagte Byrne. »Die Ausführung? Sie ist keine starke Frau, Jess, und sie ist viel älter geworden. Ich glaube nicht, dass sie das alles ohne Hilfe hätte tun können.«

Jessica dachte kurz nach. »Okay. Vielleicht ist es nur ein Zufall. Der Löwe, der Hahn und der Schwan.«

Byrne starrte sie an.

»Okay. Jedenfalls müssen wir der Sache auf den Grund gehen«, sagte Jessica und warf einen Blick auf die Uhr. »Willst du jetzt oder morgen früh fahren?«

»Wohin?«

»Kevin. Wir müssen mit ihr sprechen.«

Byrne nahm ihr die Karte aus der Hand und steckte sie zurück in den Umschlag. »Ich finde, ich sollte alleine mit ihr reden.«

Vermutlich hatte Byrne recht, aber Jessica hätte ihn trotzdem gerne begleitet. »Du musst mit dem Boss sprechen, Kevin. Du musst das Team informieren.«

Byrne schaute sich in dem kleinen, beengten Raum um. Abgesehen von der uralten Kaffeemaschine und der Spiegelglasscheibe mit Blick in einen der Verhörräume gab es hier nicht viel Sehenswertes. Schließlich wandte er sich wieder Jessica zu.

»Morgen«, sagte er.

Jessica wollte widersprechen, doch Byrne fuhr fort.

»Sieh mal, diese Sache hängt mit dem Fall von Kenneth Beckman zusammen, und ich ermittle in diesem Fall. Welche Verbindung hier besteht, weiß ich nicht. Wenn sich aber herausstellt, dass es eine gibt, informiere ich natürlich alle. Wenn nicht, müssen wir uns damit nicht auch noch belasten.«

»Kannst du mir mal erklären, warum es da keine Verbindung zu unseren Mordfällen geben soll, Kevin? Es kann nicht sein, dass Christa-Marie gerade von irgendjemandem diese Fakten erfahren hat. Sie hat den Brief geschrieben, *bevor* die Morde verübt wurden.«

»Was wird Dana tun, wenn ich jetzt mit ihr darüber spreche? Zwei Detectives zu Christa-Marie schicken, um sie zu befragen? Ich *kenne* Christa-Marie. Mich würde Dana auf jeden Fall zu ihr schicken. Es besteht kein Grund, das Leben dieser Frau auf den Kopf zu stellen, bevor wir nicht wissen, was das alles zu bedeuten hat.«

»Du hast also vor, inoffiziell mit ihr zu sprechen?«

Byrne schwieg.

Jessica hätte ihren Partner gerne daran erinnert, dass Christa-Marie Schönburg sich eines Mordes schuldig bekannt und über fünfzehn Jahre im Gefängnis verbracht hatte. Byrne musste mit dieser Frau und dem Fall eine emotionale Verbundenheit spüren, auch wenn es ihm nicht klar war. Normalerweise würde er die ganze Kavallerie mobilisieren, wenn er hörte, dass jemand, der sich eines Mordes schuldig bekannt hatte, Informationen über neue Mordfälle besaß.

»Außerdem«, begann Byrne und zog nun seinen letzten Trumpf aus dem Ärmel. »Wer will behaupten, dass ich das nicht morgen gelesen habe? Alle wissen, dass ich nie meine Post aufmache.«

Kevin Byrnes Geheimnisse waren bei Jessica sicher aufgehoben, und das galt umgekehrt genauso. Sie vertraute seinem Urteil mehr als dem aller anderen, die sie kannte.

»Okay«, sagte Jessica. »Und was kann ich tun?«

»Ich fahre morgen früh als Erstes nach Chestnut Hill. Anschließend ruf ich dich an.«

Jessica nickte. Einen Augenblick lang herrschte Schweigen.

»Ist alles in Ordnung, Kevin?«, fragte Jessica schließlich.

Byrne öffnete die Tür des Pausenraums und sah hinaus. Es war niemand mehr da. »Ich weiß es wirklich nicht«, sagte er dann leise zu seiner Partnerin.

Zwanzig Minuten später beobachtete Jessica Byrne dabei, wie er seine Sachen zusammensuchte, die Aktentasche schloss, seine Waffe aus dem Aktenschrank nahm und nach seinem Mantel und den Schlüsseln griff. An der Tür blieb er stehen, drehte sich um, lächelte traurig und winkte ihr kurz zu. Als er um die Ecke verschwand, wusste Jessica, dass ihn noch etwas anderes beschäftigte, etwas anderes als der Job und etwas anderes als das Entsetzen über die vier Leichen, die an ganz bestimmten Stellen überall in der Stadt abgelegt worden waren.

Irgendetwas verschwieg er ihr.

40.

Er sitzt gegenüber von mir am Tisch, das zitternde Wrack eines Mannes. In der Hand hält er ein altes, zerknittertes Foto mit zerknickten Ecken, deren Farben längst verblasst sind.

Wir haben Kaffee getrunken und gescherzt. Mir ist Nostalgie fremd. Die Vergangenheit bedeutet mir nichts.

»Ich habe nicht damit gerechnet, dass du zurückkommst«, sagt er.

»Aber du weißt, warum ich hier bin, nicht wahr?«

Er nickt.

»Es hat sich alles geändert«, fahre ich fort. »Es gibt kein Zurück.«

Er nickt wieder. Jetzt hat er Tränen in den Augen.

Ich schaue auf die Uhr. Es ist Zeit, und die Zeit ist knapp. Ich stehe auf, bringe meine Kaffeetasse zum Spülbecken und spüle sie mit heißem Wasser aus. Ich trockne die Tasse ab und stelle sie in den Schrank. Ich trage Handschuhe, aber man kann nicht vorsichtig genug sein. Dann kehre ich an den Tisch zurück. Bevor die Wahrheit ans Licht kommt, herrscht stets Ruhe.

»Wird es wehtun?«, fragt er.

Ich lausche den Stimmen der Toten, die um mich herumwirbeln. Diese Frage würde ich ihnen gerne stellen. Leider kann ich es nicht. »Ich weiß es nicht.«

»Es ist alles so wie bei Cho-Cho-San, nicht wahr?«

»Ohne das Baby«, sage ich.

»Ohne das Baby.«

Ein paar Minuten vergehen. Sein Blick ist getrübt. »Erinnerst du dich, wie es war?«, fragt er.

»Ja, ich erinnere mich. Damals war alles möglich, nicht wahr? Jede Zukunft war denkbar.«

Wenn ich an diese Zeiten denke, werde ich traurig. Ich begreife, wie viel für immer vergangen ist, verloren im Labyrinth meiner Erinnerung. Ich stehe auf. »Möchtest du, dass ich noch warte?«

Er schaut kurz auf den Tisch und dann auf seine Hände. »Nein«, sagt er leise.

Ich nehme ihm das Foto aus der Hand und stecke es in meine Tasche. An der Tür bleibe ich stehen und drehe mich um. Ich sehe mich im Spiegel am Ende des Korridors. Er erinnert mich an die glänzende Blutlache auf dem Boden.

Ehe ich gehe, stelle ich die Musik lauter. Diesmal ist es nicht Chopin, sondern es sind Die Planeten *von Holst, der Satz mit dem Titel* »Venus, die Friedensbringerin«.

Frieden.

Manchmal, denke ich, als ich zum letzten Mal durch diese Tür schreite, erhöht die Musik den Augenblick.

Manchmal ist es genau umgekehrt.

41.

Das Schlaflabor im Klinikum der University of Pennsylvania war in einem modernen Gebäude aus Glas und Stahl in der Market Street nahe der Sechsunddreißigsten untergebracht.

Byrne fuhr gegen sechs Uhr über den Fluss, suchte sich einen Parkplatz und meldete sich an der Rezeption an. Er legte seine Versicherungskarte vor, nahm Platz und blätterte schnell ein Exemplar von *Neurology Today* durch, die seit jeher zu seinen Lieblingszeitschriften gehörte. Im Wartezimmer saßen ein halbes Dutzend Leute. Byrne musterte sie verstohlen. Es wunderte ihn nicht, dass sie alle erschöpft, zerschlagen und übermüdet aussahen. Er hoffte, es waren alles neue Patienten. Der Gedanke, dass sie noch immer so schlecht aussahen, obwohl es schon ihr zwanzigster Termin war, war nicht sehr angenehm.

»Mr. Byrne?«

Byrne hob den Blick. Am Ende der langen Theke stand eine Frau mit blondem Haar, die er auf knapp über eins fünfzig schätzte. Sie war Anfang vierzig und trug eine Brille mit rosafarbenem Rahmen. Sie schien putzmunter zu sein und sprudelte nur so vor Energie. Menschen, die an Schlaflosigkeit litten, hassten Energiebündel.

Byrne stand auf und ging auf die putzmuntere Frau in dem weißen Kasack zu.

»Hallo!«, trällerte sie. »Wie geht es Ihnen heute?«

»Es ging mir nie besser«, erwiderte Byrne. Das war natürlich Quatsch. Wenn es so gewesen wäre, hätte er sich kaum in einem Krankenhaus aufgehalten. »Und Ihnen?«

»Super!«, rief sie.

Auf ihrem Namensschild stand Viv. Der Name passte irgendwie zu ihr.

»Wir müssen Ihre Größe und Ihr Gewicht messen.« Sie führte ihn zu der Digitalwaage und bat ihn, die Schuhe auszuziehen. Byrne stellte sich auf die Waage.

»Ich möchte mein Gewicht nicht wissen, okay?«, sagte Byrne. »In letzter Zeit habe ich … Ich weiß nicht. Wahrscheinlich die Hormone, nehme ich an.«

Viv lächelte, verzog entsetzt den Mund und schrieb Byrnes Gewicht kommentarlos auf. »Wenn Sie sich jetzt mit dem Rücken an die Wand hier stellen würden, können wir Ihre Größe messen.«

Byrne drehte sich um. Viv stieg auf eine Fußbank, schob den Schieber des Stadiometers nach oben und dann langsam nach unten, bis er auf Byrnes Kopf lag. »Was ist mit Ihrer Größe?«, fragte sie. »Möchten Sie wissen, wie groß Sie sind?«

»Ich glaube, mit meiner Größe komme ich klar. Ich meine psychisch.«

»Sie sind noch immer eins zweiundneunzig.«

»Gut. Dann bin ich noch nicht geschrumpft.«

»Nein. Sie müssen sich in kaltem Wasser waschen.«

Byrne lächelte. Er mochte Viv trotz ihres überschäumenden Temperaments.

»Kommen Sie bitte«, sagte sie.

Byrne saß in dem kleinen, fensterlosen Untersuchungsraum. Während er wartete, blätterte er die beiden zerknitterten Zeitschriften durch. Dem Leser wurden unter anderem ein

Dutzend neue Rezepte für Hähnchengerichte in dreißig Minuten und ein paar Tipps präsentiert, wie man Flecken von Welpen aus der Polstergarnitur entfernte.

Ein paar Minuten später kam die Ärztin herein, eine recht attraktive Asiatin um die dreißig. An ihrem Kittel hing ein Namensschild mit Foto. Sie hieß Michelle Chu.

Zuerst sprachen sie kurz über das Wetter und die verrückten Autofahrer im Parkhaus. Dr. Chu las Byrnes Krankenbericht auf dem LCD-Monitor durch. Als sie genügend Informationen hatte, drehte sie sich auf dem Stuhl um und schlug die Beine übereinander.

»Wie lange leiden Sie schon an Schlaflosigkeit?«

»Ich will es mal so ausdrücken«, sagte Byrne. »Schon so lange, dass ich mich kaum noch erinnern kann.«

»Haben Sie Probleme, einzuschlafen oder durchzuschlafen?«

»Beides.«

»Wie lange dauert es in der Regel, bis Sie einschlafen?«

Die ganze Nacht, dachte Byrne. Aber er wusste, was sie meinte. »Vielleicht eine Stunde.«

»Wachen Sie nachts auf?«

»Ja. Mindestens ein Dutzend Mal.«

Die Finger der Ärztin flogen über die Tastatur, als sie sich noch ein paar Notizen machte. »Schnarchen Sie?«

Byrne kannte die Antwort auf die Frage. Er wollte ihr aber nicht sagen, woher er es wusste. »Nun, im Augenblick habe ich keine feste ...«

»Partnerin?«

»Ja«, sagte Byrne. »Genau. Meinen Sie, Sie könnten mir ein Rezept für eine feste Partnerin ausstellen?«

Die Ärztin lachte. »Könnte ich schon, aber ich glaube nicht, dass Ihre Versicherung sie bezahlen würde.«

»Wahrscheinlich haben Sie recht. Die sind kaum bereit, die Kosten für Stilnox zu übernehmen.«

Stilnox. Die Zauberdroge. Das Zauberwort. Jedenfalls in Neurologenkreisen. Jetzt war die Ärztin ganz Ohr.

»Wie lange nehmen Sie die Schlaftabletten schon?«

»Mal nehme ich sie und mal nicht, aber das geht schon eine Ewigkeit so.«

»Glauben Sie, dass Sie eine gewisse Abhängigkeit entwickelt haben?«

»Ohne Frage.«

Dr. Chu reichte ihm ein Merkblatt. »Das sind Tipps für eine gute Schlafhygiene ...«

Byrne hob eine Hand. »Darf ich mal raten?«

»Gerne.«

»Kein Alkohol, kein Koffein, kein zu fettes Essen am späten Abend. Kein Nikotin. Regelmäßig Sport treiben, aber vier Stunden, bevor man ins Bett geht, ist Sport tabu. Jeden Tag zur selben Zeit ins Bett gehen und zur selben Zeit aufstehen. Den Wecker umdrehen, damit man die Zeit nicht sehen kann. Im Schlafzimmer sollte es kühl, aber nicht kalt sein. Wenn man nach circa zehn Minuten nicht eingeschlafen ist, sollte man aufstehen, bis man sich wieder müde fühlt. Wenn man allerdings den Wecker nicht sehen kann, woher will man dann wissen, dass zehn Minuten vergangen sind?«

Dr. Chu starrte ihn an und tippte einen Augenblick lang nichts ein. »Sie wissen ja gut Bescheid.«

Byrne zuckte mit den Schultern. »Wenn man lange genug damit zu tun hat.«

Die Ärztin tippte wieder etwas ein. Byrne beobachtete sie. »Okay«, sagte sie dann. »Hüpfen Sie bitte auf den Tisch.«

Byrne stand auf, ging zu dem mit Papier ausgelegten Untersuchungstisch und setzte sich darauf. Er war seit Jahren nirgendwo mehr hinaufgehüpft, wenn überhaupt jemals. Dr. Chu schaute ihm in die Augen, die Ohren, die Nase und den Hals. Sie hörte sein Herz und die Lungen ab. Dann nahm sie ein Maßband und maß den Halsumfang.

»Hm«, murmelte sie.

Kein gutes Zeichen. »Ich bevorzuge Hemden mit Kentkragen und Umschlagmanschetten.«

»Ihr Halsumfang ist größer als dreiundvierzig Zentimeter.«

»Ich treibe Sport.«

Die Ärztin setzte sich hin und hängte sich das Stethoskop um den Hals. Sie sah besorgt aus. Ihre Miene drückte nicht gerade die Befürchtung aus, Byrne würde es nicht mehr lange machen, aber sie wirkte besorgt. »Es gibt Anzeichen für eine Apnoe.«

Byrne hatte schon mal davon gehört, aber er wusste nichts darüber. Die Ärztin erklärte ihm, dass Apnoe der Fachausdruck für nächtliche Atemstillstände war.

»Ich höre auf zu atmen?«

»Das wissen wir noch nicht genau.«

»Wissen Sie, ich bin nämlich in dieser Branche tätig, wo die Leute aufhören zu atmen.«

Die Ärztin lächelte. »Das hier ist etwas anderes. Ich glaube, ich sollte Sie im Schlaflabor anmelden.« Sie reichte ihm eine Broschüre. Farbfotos lächelnder, gesunder Menschen, die aussahen, als würden sie viel schlafen.

»Okay.«

»Möchten Sie es versuchen?«

Alles war besser als das, was er Nacht für Nacht durchmachte. Vor allem die Sache mit den Atemaussetzern machte ihm Sorgen. »Klar. Ich bin einverstanden.«

Drei von fünf Leuten im Wartezimmer schliefen.

Byrne kehrte kurz im American Pub im Center Square Building in der Market Street ein. Es herrschte reger Betrieb. Er suchte sich einen Platz am Ende der Theke und nippte an einem Bushmills. Kurz nach zehn klingelte sein Handy. Byrne beschloss, den Anruf zu ignorieren, doch dann sah er auf dem Display eine Rufnummer des Philadelphia Police Departments. Er musste den Anruf annehmen.

»Kevin hier.«

»Detective Byrne?«

Es war die Stimme einer Frau, einer jungen Frau. Er erkannte sie nicht. »Ja?«

»Hier ist Lucy.«

Es dauerte einen Moment, bis Byrne begriff, wer sie war. Dann erinnerte er sich. »Hallo, Lucy. Gibt es Probleme?«

»Ich muss mit Ihnen sprechen.«

»Wo bist du? Ich hol dich ab.«

Eine lange Pause.

»Lucy?«

»Ich bin im Gefängnis.«

Die kleine Polizeiwache lag in der South Street zwischen der Neunten und der Zehnten Straße. Sie war 1985 eröffnet worden und sollte sich ursprünglich nur von Frühling bis Herbst an den Wochenenden um die Probleme kümmern, die entstanden, wenn die Menschenmassen zu den Klubs, Geschäften und Restaurants in der South Street strömten. Mittlerweile war die Wache das ganze Jahr über sieben Tage die Woche rund um die Uhr besetzt und sorgte in dem gesamten Viertel mit über vierhundert Einzelhandelsgeschäften und fast achtzig Restaurants, Kneipen und Bars mit Alkoholausschank-Lizenz für Ruhe und Ordnung.

Als Byrne die Wache betrat, entdeckte er sofort einen alten Kumpel, Police Officer Denny Dorgan. Denny war ein kleiner, stämmiger Typ Anfang vierzig, der noch immer bei der Fahrradstreife arbeitete.

»Höchste Sicherheitsstufe. Wir haben hohen Besuch.«

Sie reichten sich die Hand. »Du wirst wohl immer kleiner und hässlicher, was?«, sagte Byrne.

»Ja. Das sind die Nahrungsergänzungsmittel, die meine Frau mir immer gibt. Sie glaubt, dass mich das davon abhält fremdzugehen. Da siehst du mal, was sie alles weiß.«

Byrne warf einen Blick auf Dorgans Fahrrad, das neben der Eingangstür stand. »Gut, dass es für diese Dinger starke Federungen gibt.«

Dorgan lachte und drehte sich zu dem Mädchen um, das auf der Bank hinter ihm saß und vollkommen verloren wirkte. »Eine Freundin von dir?«, fragte er mit Blick auf Lucy Doucette.

Byrne schaute kurz zu ihr hinüber. Sie sah aus wie ein kleines Kind.

»Ja«, sagte Byrne. »Danke.«

Byrne fragte sich, was Dorgan wohl dachte. Ob er glaubte, er würde mit einer Neunzehnjährigen flirten? Im Grunde war es ihm auch egal. Byrne interessierte es schon lange nicht mehr, was andere dachten. Es war klar, was hier soeben passiert war. Dorgan hatte im Fall eines kleinen Deliktes ein Auge zugedrückt, um Byrne einen Freundschaftsdienst zu erweisen. Als solcher würde diese Geste auch in die Akten eingehen, und Dorgan hatte bei seinem alten Kumpel was gut. Das war alles. Und die Streifenbeamten hatten ein Thema, über das sie sich das Maul zerreißen konnten.

Byrne und Lucy tranken in einem kleinen Restaurant in der South Street einen Kaffee. Lucy erzählte ihm, was passiert war. Oder, so kam es Byrne vor, den Teil der Geschichte, den sie ihm erzählen wollte. Die Security hatte sie in einer Boutique für Kindermoden festgehalten. Sie sagten, sie habe versucht, das Geschäft mit zwei Kinder-Pullovern zu verlassen. Die elektronischen Diebstahlsicherungen waren entfernt und unter einem Verkaufsregal gefunden worden. Lucy war beobachtet worden, als sie mit den Kleidungsstücken durch den Laden spazierte. Sie hatte sie nicht ins Regal zurückgelegt und konnte keine Kassenbelege vorweisen. Lucy leistete keinen Widerstand.

»Wolltest du das Geschäft mit den Pullovern verlassen?«

Lucy schlug die Hände vors Gesicht. »Ja. Ich wollte sie stehlen.«

Von den meisten Menschen hätte Byrne erwartet, dass sie alles vehement abstritten und ihm irgendeine Geschichte über einen Irrtum und eine heimtückische Falle auftischten. Nicht so Lucy Doucette. Er erinnerte sich, dass sie eine offene, ehrliche Person war. Nun, offenbar so ehrlich dann doch wieder nicht.

»Ich verstehe das nicht«, sagte Byrne. »Hast du ein Kind? Eine Nichte oder einen Neffen, für die diese Pullover waren?«

»Nein.«

»Das Kind einer Freundin?«

Lucy zuckte mit den Schultern. »Nicht ganz.«

Byrne beobachtete sie und wartete auf eine Erklärung.

»Es ist kompliziert«, sagte sie schließlich.

»Möchtest du es mir sagen?«

Lucy dachte kurz nach. »Muss ich es Ihnen jetzt sagen?«

Byrne lächelte. »Nein.«

Die Kellnerin füllte ihre Tassen nach. Byrne betrachtete die junge Frau, die ihm gegenübersaß. Ihm fiel wieder ein, was für einen Eindruck sie in der Therapiegruppe auf ihn gemacht hatte. Schüchtern, zurückhaltend, ängstlich. Sie hatte sich nicht verändert.

»Hast du noch mal eine Therapie gemacht?«, fragte er.

»So etwas in der Art.«

»Wie meinst du das?«

Lucy erzählte ihm die Geschichte von dem Traumweber.

»Wo hast du denn diesen Traumweber gefunden?«

Lucy verdrehte die Augen und trommelte ein paar Sekunden verlegen mit den Fingern gegen die Kaffeetasse. »Ich habe seine Visitenkarte in dem Abfalleimer auf meinem Putzwagen gefunden. Sie lag da und starrte mich an. Es war so, als wollte die Karte, dass ich sie finde. Als *sollte* ich sie finden.«

Byrne musterte Lucy und hoffte, dass sein Blick nicht zu streng und väterlich war.

»Ich weiß, ich weiß«, sagte Lucy. »Aber ich habe alles andere schon ausprobiert. Ich meine wirklich *alles*. Ich glaube, es könnte mir guttun. Ich glaube, es könnte mir tatsächlich helfen.«

»Nun, das ist das Wichtigste«, sagte Byrne. »Gehst du noch einmal zu diesem Mann?«

Lucy nickte. »Noch ein letztes Mal. Morgen.«

»Erzählst du mir, wie es war?«

»Okay.«

Sie standen an der Ecke South und Third Street. Es war ein kühler Abend.

»Hast du ein Auto?«, fragte Byrne.

Lucy schüttelte den Kopf. »Nein, ich hab gar keinen Führerschein.«

Byrne warf kurz einen Blick auf seinen Van. »Tut mir leid, aber ich fahre in die andere Richtung.« Er nahm sein Handy heraus und rief ein Taxi. Dann zog er aus seiner Hosentasche zwanzig Dollar heraus.

»Das kann ich nicht annehmen«, sagte Lucy.

»Du kannst es mir irgendwann zurückgeben.«

Byrne legte beide Hände auf ihre schmalen Schultern. »Hör zu. Du hast heute einen Fehler gemacht. Das ist alles. Es war richtig, dass du mich angerufen hast. Wir kriegen das schon hin. Ich möchte, dass du mich morgen anrufst. Versprichst du mir das?«

Lucy nickte. Byrne sah, dass ihre Augen glitzerten, aber sie begann nicht zu weinen. Tapferes Mädchen. Byrne wusste, dass sie eine Weile ganz auf sich allein gestellt gewesen war, aber heute hatte sie ihre Mutter nicht erwähnt. Byrne fragte auch nicht. Sie würde ihm das erzählen, was sie ihm erzählen wollte. Er war nicht anders.

»Muss ich jetzt ins Gefängnis?«

Byrne lächelte. »Nein, Lucy. Das brauchst du nicht.« Das Taxi wartete schon. »Solange du diesem Mann auf dem Weg nach Hause nicht das Auto klaust, hast du nichts zu befürchten.«

Lucy umarmte ihn und stieg ins Taxi.

Byrne schaute dem Wagen nach. Lucys Gesicht hinter der Heckscheibe war klein und blass und ängstlich. Er konnte sich nicht vorstellen, welche Last sie mit sich herumschleppte, doch er wusste aus eigener Erfahrung, was eine Erinnerungslücke bedeutete. Auch ihm fehlte jede Erinnerung an die kurze Zeit, als er für tot erklärt worden war. Dieses traumatische Erlebnis war ihm jedoch als Erwachsener und nicht wie Lucy als Kind widerfahren.

Lucy Doucette musste von einem Schreckgespenst verfolgt werden. Ein Schreckgespenst, das sie entführt und drei Tage gefangen gehalten hatte. Ein weißer Fleck in ihrem Leben von drei Tagen. Ein Schreckgespenst, das in jedem Schatten lebte und in jeder Ecke wartete.

Als Byrne sie umarmt hatte, kamen die Visionen. Er sah das klare Bild eines Mannes, der …

… sich mit Frauen trifft, die kleine Kinder haben, und später zurückkommt und sich an den Kindern vergreift … etwas über rote Magnetzahlen an einer Kühlschranktür … vier Zahlen …

1 … 2 … 0 … 8.

Byrne nahm sich vor, Lucy am nächsten Tag anzurufen.

42.

Jessica schaute sich im Schlafzimmer um. Wenigstens war keine Lampe zu Bruch gegangen. Dafür hatten sie aber von einem der Nachtschränke alles heruntergeworfen. Jessica hoffte, dass die Hummelfiguren ihrer Mutter noch heil waren.

Sie rollte zur Seite und kroch unter die Bettdecke. Vincent sah aus, als wäre er von einem Wagen angefahren worden.

»Hi, Sailor.«

»Nein«, sagte Vincent. »Nein, nein, nein.«

Jessica strich ihm mit dem Finger über die Lippen. »Was ist?«

»Du bist eine teuflische Verführerin.«

»Ich hab dir ja gesagt, heirate mich besser nicht.« Sie schmiegte sich an ihn. »Was ist? Bist du kaputt?«

Vincent rang nach Luft. Oder versuchte es zumindest. Sein Körper war schweißüberströmt. Er schob die Decke weg und schwieg.

»Mann, ihr machohaften italienischen Cops habt es wirklich drauf«, sagte Jessica. »Lust auf die zweite Runde?«

»Auf gar keinen Fall. Haben wir irgendwo Zigaretten?«

»Du rauchst doch gar nicht.«

»Ich würde jetzt gerne anfangen.«

Jessica lachte. Sie sprang aus dem Bett und stieg die Treppe zur Küche hinunter. Kurz darauf kehrte sie mit zwei Gläsern Wein zurück. Wenn ihr Gefühl sie nicht trog – und das passierte in solchen Situationen eher selten –, war es eine ausgezeichnete Gelegenheit, um das Thema in zehn Minuten anzuschneiden. Immerhin hatte sie es geschafft, sich in den letzten zwei Jahren mit Vincent auf die Anschaffung neuer Küchengeräte zu einigen, indem sie immer einen günstigen Augenblick auswählte.

Aber diesmal ging es nicht um eine neue Waschmaschine oder einen neuen Trockner. Es ging um ein Leben. Ihr Leben. Sophies Leben. Und das Leben eines kleinen Jungen.

Als Jessica wieder ins Bett stieg, überprüfte Vincent seine SMS auf dem Handy. Er legte es weg und nahm sein Glas Wein. Sie stießen an, tranken einen Schluck und küssten sich. Das war der richtige Augenblick.

»Ich möchte etwas mit dir besprechen«, sagte Jessica.

43.

Sein Liebhaber hatte zwanzig Mal auf den Mann eingestochen. Der Mörder, der Antony hieß – ein Name, dem shakespearesche Ironie anhaftete –, schlitzte sich anschließend den Bauch auf und verblutete auf dem Parkplatz, keine zweihundert Meter von der Treppe zum Kunstmuseum entfernt. Die Zeitungen berichteten fast eine Woche lang darüber. Sie konnten diesem furchtbaren Drama nicht widerstehen.

Ich weiß, was wirklich geschah.

Das Mordopfer hatte am Karfreitag im Jahr 1939 lediglich ein Fleischgericht gekocht, und Antony – ein strenggläubiger Katholik – konnte die Schande und die Schuld nicht ertragen. Ich weiß es, weil ich ihren letzten Streit hören kann. Er hallt noch durch die Luft.

Der Chor der Toten singt in der Tat mit schrillen Stimmen.

Denken Sie an den Mann, der wegen seines Schecks von der Sozialversicherung erstochen wurde und dessen letztes Flehen noch an der Ecke Fünfte und Jefferson Street zu hören ist.

Oder der Jugendliche, der wegen seines Fahrrads erschossen wurde und der für immer Ecke Kensington und Allegheny weint, genau vor der kleinen Bankfiliale, an der die Stammkunden mit selbstgefälliger Gleichgültigkeit vorübergehen.

Oder die Großmutter, die wegen ihres Portemonnaies Ecke Reese und West Dauphin Street erschlagen wurde. Bis zum heutigen Tage schreit sie den Namen ihres Mannes, der schon damals seit fünfunddreißig Jahren tot war.

Es wird schwieriger, die Stimmen zu verdrängen. Wenn ich einen auf die andere Seite befördere, verstummen sie eine Weile. Aber nicht lange.

Ich fahre durch das große, verrostete Tor und dann über den wild wuchernden Rasen. Es herrscht vollkommene Dunkelheit. Ich parke den Wagen und nehme meine Schaufeln heraus. Die Stimmen verstummen einen Augenblick. Alles, was ich höre, als ich zu graben beginne, ist das leise Rascheln der Blätter, die sich unaufhaltsam von den Ästen lösen und zu Boden fallen.

44.

Byrne konnte nicht einschlafen. Immer wieder tauchten die Bilder der vier Leichen vor seinem geistigen Auge auf. Er stand auf, goss sich einen Bourbon ein, schaltete den Computer an, stellte die Verbindung ins Internet her und startete einen Browser. Byrne schaute sich die Schlagzeilen auf philly.com an und besuchte ein paar andere Webseiten, die er nur überflog und nicht richtig verstand.

Haben Sie sie schon gefunden? Den Löwen, den Hahn und den Schwan? Gibt es noch andere? Sie meinen vielleicht, es bestünde keine Verbindung zwischen ihnen, doch es gibt eine.

Byrne öffnete YouTube und gab Christa-Marie Schönburgs Namen ein. Ehe er den ganzen Namen eingetippt hatte, wurde eine Dropdown-Liste mit verschiedenen Möglichkeiten angezeigt.

CHRISTA-MARIE SCHÖNBURG BACH
CHRISTA-MARIE SCHÖNBURG HAYDN
CHRISTA-MARIE SCHÖNBURG ELGAR
CHRISTA-MARIE SCHÖNBURG BRAHMS

Byrne hatte keine Ahnung, wo er anfangen sollte. Er wusste nicht einmal, was er hier tat oder was genau er suchte. Vordergründig nahm er an, dass er einen wenn auch zugegebenermaßen obskuren Zugang zu dem Fall suchte. Irgendetwas, das ihn auf eine Spur brachte. Irgendetwas, das ihm Christa-Maries unergründliche Mitteilung an ihn erklären könnte.

Vielleicht suchte er auch den jungen Detective, der 1990 ein Haus in Chestnut Hill betreten hatte. Wo eine lange, dunkle Odyssee des Blutvergießens, der Tränen und des Elends begann. Vielleicht suchte er in Wahrheit den Mann, der er einst gewesen war.

Der letzte Eintrag auf der Liste lautete:

CHRISTA-MARIE SCHÖNBURG INTERVIEW

Byrne klickte es an. Es war drei Minuten lang und 1988 bei einer Fernsehshow aufgezeichnet worden. Christa-Marie befand sich auf dem Höhepunkt ihres Ruhmes und ihrer Karriere. Sie sah wunderschön aus in ihrem einfachen weißen Kleid und mit den Ohrhängern. Als sie Fragen über ihr Spiel und ihre Berühmtheit in so jungen Jahren beantwortete und erklärte, wie es war, für Riccardo Muti zu spielen, schwankte sie zwischen der selbstbewussten Karrierefrau, dem schüchternen Schulmädchen und der geheimnisvollen Künstlerin. Ab und zu errötete sie und schob sich die Haare hinters Ohr. Byrne hatte sie immer für eine attraktive Frau gehalten, aber bei diesem Interview war sie einfach umwerfend.

Als das Interview zu Ende war, klickte Byrne CHRISTA-MARIE SCHÖNBURG BACH an. Der Link führte ihn auf eine Seite, auf der eine Reihe weiterer Videos von Christa-Marie Schönburg angeboten wurden. Ihr ganzes öffentliches Leben wurde auf der rechten Seite in Schnappschüssen gezeigt – glänzende Kleider und gleißendes Licht.

Byrne klickte auf *Bach Cello Suite Nr. 1*. Es war ein aus Fotos zusammengesetztes Video. Die Fotos, die langsam ineinander übergingen, zeigten Christa-Marie in verschiedenen Lebensphasen, in unterschiedlichen Posen und Umgebungen: in einem Studio, lächelnd vor der Kamera, eine Seitenansicht auf der Bühne, ein aus der Froschperspektive aufgenommenes Foto als Neunzehnjährige, auf deren Gesicht sich starke Konzentration spiegelte. Auf dem letzten Foto war Christa-Marie als neunjähriges Kind zu sehen. Neben ihr an der Wand lehnte ein Cello, das fast doppelt so groß war wie sie.

In der nächsten Stunde sah Byrne sich alle bei YouTube angebotenen Videos an. Viele bestanden aus Collagen, die Fans zusammengefügt hatten, doch es waren auch Konzertauftritte dabei. Auf dem letzten Video hielt Christa-Marie sich mit einem Pianisten in einem Studio auf. Sie spielten Beethovens Klaviersonate Nr. 3 in C-Dur. Etwa in der Mitte des Stückes wurde eine Nahaufnahme von Christa-Marie gezeigt, als sie den Kopf hob und direkt in die Kamera und in Byrnes Augen schaute.

Nachdem Byrne sich das Video zu Ende angesehen hatte, ging er in die Küche, nahm zwei Aspirin und spülte sie mit einem Schluck Wild Turkey hinunter. Das war nicht die vorgeschriebene Methode, aber jeder machte es so, wie es am besten funktionierte, oder?

Byrne blickte durchs Fenster auf die menschenleere Straße unten. In der Ferne sah er die Lichter von Center City. Irgendwo da draußen lag noch eine Leiche, die darauf wartete, entdeckt zu werden, eine rasierte Leiche mit aufgerissener Haut und einem blutigen Papierstreifen um den Kopf.

Er schaute auf die Küchenuhr, obwohl er wusste, wie spät es war.

2.52 Uhr.

Byrne nahm seinen Mantel und die Schlüssel und trat hinaus in die Nacht.

45.

Lucy saß auf der Feuerleiter. Sie hatte sich ihre dunkelblaue gehäkelte Decke um die Schultern geschlungen. Diese Decke gehörte zu den wenigen Dingen, die sie noch aus ihrer Kindheit besaß. Sie konnte sie in einen Nylon-Matchbeutel stecken und mitnehmen, wenn sie mal wieder umzog. In den letzten zwei Jahren war Lucy so oft umgezogen, dass sie aufgehört hatte zu zählen.

Sie schaute zum Fenster. In diesem Zimmer im zweiten Stock eines Reihenhauses in der Vierten Straße wohnte sie seit zwei Monaten. Die Familie war sehr nett. Ein älteres Ehepaar ohne Kinder, das sie sofort wie eine Enkeltochter behandelt hatte. In den ersten zwei Wochen wurde sie jeden Abend zum Essen eingeladen. Da Lucy keine Erfahrung mit Familienleben hatte, erfand sie tausend Ausreden, bis das Paar – Tilly und Oscar Walters – den Wink verstand.

Es war eine ruhige Nacht mit einem wolkenlosen Himmel, und zum ersten Mal seit langer Zeit sah sie ein paar Sterne. Vielleicht waren sie immer da gewesen und sie hatte nur vergessen hinzusehen. Vielleicht hatte die Dunkelheit sich in ihrer Seele eingenistet und weigerte sich nun, zu gehen und sie in Ruhe zu lassen.

Lucy schlang die Decke enger um ihren Körper, obwohl sie gar nicht richtig fror. Sie erinnerte sich an all die Jahre in zugigen Wohnungen, an all die Jahre, in denen die Heizung abgestellt worden war und sie im Winter vor einem Elektroofen kauerte, bis auch der Strom abgeschaltet wurde.

Seit dem Tag, als das Flugzeug vom Himmel fiel, hatte sie alles versucht, um diese Gefühle zu vertreiben. Drogen, Alkohol, Männer, Religion, Yoga, jedwede Art von Selbstzerstörung und Missbrauch. *Männer.* Die Männer, die sie auswählte – im Grunde waren es Jungen –, füllten oft nur die kleinen Lücken im Missbrauch und machten ihre Hölle komplett.

Und jetzt steckte sie in Schwierigkeiten. Lucy hatte immer gewusst, dass sie eines Tages beim Ladendiebstahl erwischt werden würde, obwohl sie wirklich gut war. Ihre Mutter schickte sie schon als Dreijährige in die Geschäfte. In den ersten Jahren ging es nur darum, ein paar Faxen zu machen, um die Ladeninhaber abzulenken, während ihre Mutter Zigaretten, Alkohol und ab und zu etwas Leckeres für Lucy klaute.

Aber heute war sie erwischt worden, und jetzt musste sie ins Gefängnis. Auch wenn Detective Byrne ihr versichert hatte, dass das nicht geschehen würde, glaubte sie ihm nicht so recht. Sie hätte ihm gerne von dem Mann in Zimmer 1208 erzählt, aber aus irgendeinem Grund konnte sie sich nicht dazu durchringen.

Und als sie nun auf der verrosteten Feuerleiter saß, begann sie zu weinen. Das erste Mal seit Jahren. Lucy schmeckte das Salz auf ihren Lippen. Sie fühlte sich jämmerlich.

Das Mädchen, das ermordet worden war, hatte Schlimmeres erlebt. Die kleine Stacy Pennell. Sergio hatte ihr alles erzählt.

1999 hatte sich ein zehnjähriges Mädchen, das mit seiner Familie im Le Jardin wohnte, als es noch ein Wohnhaus war, mit ihrer älteren Schwester Cyndy unten im Wasch- und Trockenraum aufgehalten. Offenbar konnte niemand Cyndy, die auf ihre kleine Schwester aufpassen sollte, einen Vorwurf machen. Als Cyndy zwei Minuten nicht achtgab, nahm Stacy die Schlüssel, die auf dem Trockner lagen, und schlich sich aus der Waschküche.

Als Stacy aus dem Aufzug stieg, sah sie den Mann, der nur ein paar Schritte von der Wohnungstür der Pennells entfernt am Ende des Korridors stand, vermutlich nicht.

Später wurde Stacys Leiche gefunden. Sie war brutal ermordet und ihr war die Kehle von einem Ohr zum anderen durchgeschnitten worden. Von Sergio erfuhr sie, dass Stacys Körper sogar Bisswunden aufwies.

Das geschah in Zimmer 1208.

Das konnte kein Zufall sein, dachte Lucy. Es konnte einfach nicht sein. Der Mann in Zimmer 1208 war aus einem bestimmten Grund hier. Vermutlich würde noch einmal einem kleinen Mädchen etwas zustoßen.

War der Mann, der Stacy Pennell ermordet hatte, derselbe Mann, der *sie* entführt hatte?

Plötzlich fror Lucy. Sie kletterte wieder in ihr Zimmer und schloss das Fenster. Dann ging sie zum Schrank, öffnete die Tür, setzte sich hinein und wartete darauf, dass die Dunkelheit über sie hereinbrach.

46.

Freitag, 29. Oktober

Als Jessica unter der Dusche stand, dachte sie an die vergangene Nacht. Vincent hatte sich ihre wohlüberlegte Rede aufmerksam angehört. Er schien erstaunlich empfänglich für den Gedanken zu sein, Carlos zu adoptieren, wenn man bedachte, dass Vincent allen Veränderungen nicht gerade besonders aufgeschlossen gegenüberstand.

Sie machten es ein zweites Mal, und dieses Mal war es der ruhige, zärtliche Sex eines Paares, das sich liebte, aber schon auf eine langjährige Ehe zurückschaute. Währenddessen sah Jessica etwas in Vincents dunklen Augen schimmern, das darauf hindeutete, dass sie es vielleicht tatsächlich tun würden. Später sagte Vincent ihr im Halbdunkeln, ehe sie einschliefen, dass er Carlos natürlich zuerst kennenlernen wolle, ehe er auch nur darüber nachdenke, eine Entscheidung zu treffen. Vielleicht will er mit dem Jungen eine Männerfreundschaft schließen, dachte Jessica. Den Kleinen zu einem Spiel der Flyers mitnehmen, ein paar Drinks kippen und ein Exemplar des neuen *Maxim* durchblättern.

Als sie angezogen war, stellte sie fest, dass Vincent das Bett gemacht hatte – etwas ganz Neues. Und auf ihrem Kissen lag eine Blume. Okay, eine Seidenblume, die Vincent aus dem Strauß vom Esszimmertisch genommen hatte. Doch es war die Geste, die zählte.

Marcel's Costume Company befand sich in der Market Street nahe der Dritten. Dieses Geschäft, das es schon seit 1940 gab, führte das volle Programm für Halloween-Kostüme, professionelles Make-up, Perücken und Accessoires. Marcel's entwarf auch Kostüme für Shows in regionalen TV-Sendern und wurde oft beauftragt, die Garderobe für Philadelphias boomende Filmindustrie bereitzustellen, falls unvorhergesehen zusätzlicher Bedarf bestand.

Doch heute drehte sich alles nur um Halloween. Marcel's hatte in dieser Woche rund um die Uhr geöffnet, und sogar um halb sieben war der Laden halb voll.

Als sie mit Sophie das Geschäft betrat, sah Jessica Rory hinter der Theke. Rory Bianchi, ein Junge aus ihrem alten Viertel, war seit jeher in sie verknallt. Seit dem neunten Schuljahr flirteten sie miteinander, aber mehr war daraus nie geworden.

»Die beiden hübschesten Mädels von Philly«, sagte Rory. »In meinem Geschäft!«

»Hi, Rory«, sagte Sophie.

»Hallo, mein Schatz«, erwiderte er. »Bist du bereit für den großen Abend?«

Sophie nickte. Ein Kind in einem Kostümladen. Abgesehen von einem Süßwarengeschäft gab es nichts Cooleres. Jessica erinnerte sich an einen Besuch bei Marcel's als kleines Mädchen, als Wonder Woman gerade groß in Mode war.

»Ich hab genau das Richtige für dich«, sagte Rory.

Hier gab es alles, was man sich nur vorstellen konnte – auch Disneyfiguren wie *Arielle, die Meerjungfrau*, Sophies Lieblingsfilm. Doch Sophie suchte sich etwas anderes aus, nämlich Fairy, die Schneeflockenfee. Jessica erklärte Sophie, Halloween sei ein Feiertag im Herbst, aber ihre Worte stießen auf taube Ohren. Im Gegensatz zu ihrer Mutter liebte Sophie den

Winter und ganz besonders Schneeflocken. Sobald es Dezember wurde, schnitt Sophie unermüdlich Schneeflocken aus Bastelpapier aus und übersäte die ganze Wohnung damit.

»Möchtest du auch die Flügel und den Zauberstab?«, fragte Rory.

Das war eine dumme Frage, doch Jessica warf Sophie dennoch einen Blick zu. Sophie schien in eine Märchenwelt entrückt zu sein. In ihren großen braunen Augen spiegelte sich weißer Satin.

»Klar«, sagte Jessica.

»Das Diadem nimmst du dann sicher auch.«

Jessica zog blitzschnell die Kreditkarte aus der Tasche, um zu bezahlen, bevor Rory noch mehr einfiel.

Noch immer wie benommen schwebte Sophie zum Parkplatz. Sie hielt das Kleid fest umklammert, als würde Monica Quagliata hinter dem nächsten SUV lauern – Monica, die ihr das Kostüm von Fairy, der Schneeflockenfee, klauen wollte.

Als sie an ihrem Wagen ankamen, beobachtete Sophie ihre Mutter ganz genau, die das Kostüm an den Haken neben die Rückbank hängte und erklärte, das sei für die kurze Fahrt ein sicherer Platz. Sophie setzte sich neben das Kostüm und schnallte sich an.

Ehe Jessica den Motor startete, überquerte eine Familie – Mutter, Vater, zwei Jungen, zwei Mädchen – die Straße. Jessica drehte sich zu Sophie um.

»Haben deine Freundinnen Brüder oder Schwestern?«, fragte Jessica. Es war eine rhetorische Frage, doch ein guter Einstieg für das Gespräch, das folgen sollte.

Sophie dachte nicht lange darüber nach, sondern nickte nur.

»Hast du dir schon mal gewünscht, einen Bruder oder eine Schwester zu haben?«

Sophie zuckte mit den Schultern. »Manchmal.«

»Was würdest du davon halten, einen Bruder zu haben?«

»Einen Bruder?«

»Ja.«

»Einen Jungen?«

Jessica lachte. »Ja, mein Schatz. Einen Jungen.«

Sophie dachte kurz nach. »Jungen sind okay. Sie wollen immer alles bestimmen, aber sonst sind sie ganz okay, glaub ich.«

Jessica brachte Sophie zur Schule und hielt am Old City Coffee in der Church Street kurz an. Draußen besorgte sie sich einen *Inquirer* und ein Freiexemplar des *Report*, des schlimmsten Boulevardblatts in Philadelphia, und das wollte schon etwas heißen. Wie zu erwarten, wurde die Mordserie in großer Aufmachung auf der ersten Seite gebracht.

Philly Noir, die Geometrie der Rache, lautete die reißerische Schlagzeile.

Jessica warf den *Report* in den Müll und klemmte sich den *Inquirer* unter den Arm. Sie stieg in den Wagen und fragte sich, wie es Byrne wohl erging.

Haben Sie sie schon gefunden? Den Löwen, den Hahn und den Schwan? Gibt es noch andere?

Was hatte Christa-Marie Schönburg mit alldem zu tun?

Jessica schaute aufs Handy. Kein Anruf von Byrne.

Die wichtigste Aufgabe des Jugendamtes bestand darin, einzuschreiten und vernachlässigte, missbrauchte und verlassene Kinder zu schützen sowie für ihr Wohlergehen zu sorgen, wenn unmittelbare Lebensgefahr bestand oder ihr Leben in anderer Weise gefährdet war.

Die Abteilung für Kinder- und Jugendhilfe kümmerte sich jedes Jahr um mehr als zwanzigtausend Kinder und ihre Familien.

Das Hauptbüro war in der Arch Street 1515, doch es gab auch in der ganzen Stadt verschiedene Einrichtungen, unter anderem Sozialstationen für die Kurzzeitunterbringung und Kinderheime für langfristige Aufenthalte.

Jessica parkte vor dem Hosanna House, einem frei stehenden Gebäude in der Zweiten Straße. Sie meldete sich an der Rezeption an und ging in den Aufenthaltsraum auf der Rückseite des Gebäudes. Der Lärm von einem Dutzend Kleinkindern, die sich am frühen Morgen austobten, hallte ihr entgegen. Es roch nach Orangensaft und Buntstiften.

Carlos saß mit zwei kleinen Mädchen und einer jungen Frau von etwa zwanzig Jahren an einem Tisch. Er trug eine rote Strickjacke und sah reizend aus.

Jessica beobachtete ihn ein paar Minuten. Kinder ließen sich nicht so schnell unterkriegen, schoss es ihr durch den Kopf. Noch vor zwei Wochen war das Leben dieses kleinen Jungen die reinste Hölle gewesen.

Jessica, die schon oft mit missbrauchten und vernachlässigten Kindern zu tun gehabt hatte, wusste aber, dass es oft lange dauerte, bis Trauer, Wut und Angst allmählich nachließen. Ein Großteil der Männer und Frauen, die sie in den letzten fünf Jahren verhaftet hatte, stammte aus zerrütteten Familien.

Carlos hob den Blick. Als er sie sah, stand er auf, rannte durch den Raum und schlang die Arme um sie. Dann lief er sofort zurück, nahm ein Blatt vom Tisch, rannte zu Jessica zurück und gab es ihr.

Es war eine mit Malstiften angefertigte Zeichnung eines Raumes, vermutlich des Wohnzimmers, in dem Carlos mit seiner Mutter gewohnt hatte. Jessica glaubte, einen Stuhl und einen Tisch zu erkennen. In einer Ecke stand eine Frau mit zerzaustem schwarzem Haar und Augen, die so groß waren wie der ganze Kopf. Patricia Lentz, Carlos' leibliche Mutter, hatte aschblondes Haar.

Jessica begriff schnell, dass sie die Figur auf dem Blatt sein sollte. Hinter ihr schien eine helle Sonne. Jessica hatte das Gefühl, ihr Herz würde vor Freude zerspringen.

Sie schaute auf den Tisch in Carlos' Bild. Auf dem Tisch lag etwas, das Jessica mühelos erkannte. So malte ein Zweijähriger eine Waffe.

Plötzlich spürte Jessica Traurigkeit in sich aufsteigen. Sie verdrängte sie.

»Darf ich das haben?«, fragte sie Carlos.

Carlos nickte.

»Stell dich mal gerade hin und lass dich anschauen.«

Carlos stellte sich aufrecht hin. Sein Haar war gekämmt, das Gesicht gewaschen, und der Pullover und die Hose sahen neu aus.

»Das ist ein schöner Pullover«, sagte Jessica.

Carlos kicherte und schaute auf den Pullover. Er drehte an einem Knopf, doch dann besann er sich eines Besseren. Er war zwei und kannte seine Grenzen.

Carlos drehte sich zum Tisch um und streckte seine kleine Hand aus. Jessica nahm den Kleinen an die Hand und ging mit ihm zum Tisch. Er setzte sich hin und begann mit einem neuen Bild.

»Hi«, sagte Jessica.

Die junge Frau, die ebenfalls an dem Picknicktisch aus Kunststoff saß, hob den Blick. »Hi.«

Jessica zeigte auf die Zeichnung in ihrer Hand. »Das ist sehr gut für einen Zweijährigen. Ich konnte in dem Alter noch keine gerade Linie ziehen. Kann ich immer noch nicht.«

Die junge Frau lachte. »Willkommen im Klub.« Sie wandte sich Carlos zu und strich ihm durchs Haar. »Er ist so ein hübscher Junge.«

»Ja, das ist er.«

»Für solche Wimpern würde ich alles geben.«

»Arbeiten Sie als Betreuerin hier?«

»Nein«, erwiderte die junge Frau. »Ich helfe nur aus. Ich arbeite einmal pro Woche ehrenamtlich hier.«

Jessica nickte. Die junge Frau wirkte kompetent, aber sie sah traurig aus. Manchmal fühlte Jessica sich genauso. Es war kaum möglich, all die Dinge, die sie jeden Tag erlebte, zu sehen und sie nicht an sich heranzulassen. Vor allem wenn es um Kinder ging. Jessica schaute auf die Uhr. Gleich begann ihre Schicht.

»Ich habe mich gefreut, Sie kennenzulernen«, sagte sie.

»Ich mich auch.«

Jessica streckte die Hand aus. »Ich bin übrigens Jessica.«

Die junge Frau stand auf und reichte ihr die Hand. »Lucy«, sagte sie. »Ich heiße Lucy Doucette.«

47.

Jessica spürte wieder Melancholie in sich aufsteigen, als sie an ihrem Wagen ankam. Die Zeichnung, die Carlos ihr gegeben hatte, wärmte ihr das Herz. Es würde lange dauern, bis seine Erinnerungen verblassten. Muteten sie sich mit der Adoption vielleicht doch zu viel zu?

Als Jessica die Autotür öffnete, hörte sie, dass sich jemand näherte. Sie drehte sich um. Es war Martha Reed, die Leiterin des Hosanna House. Martha war Anfang fünfzig, mollig, aber voller Energie. Sie hatte intelligente blaue Augen, denen nichts entging.

»Carlos sieht gut aus«, sagte Jessica. »Er sieht ... glücklich aus.« Das war ein wenig übertrieben, aber ihr fiel auf die Schnelle nichts anderes ein.

»Er lebt sich allmählich ein«, sagte Martha Reed, die schon etliche Jahre in dem Job tätig war. Sie wühlte in ihrer Tasche und holte ein BlackBerry heraus. Sie tippte auf ein paar Symbole und öffnete den Kalender. »Könnten Sie heute gegen elf Uhr mit Ihrem Mann hier sein?«

Jessicas Herz begann laut zu klopfen. Es ging um das Adoptionsgespräch. Sie hatte gewusst, dass der Augenblick kommen würde, aber jetzt fragte sie sich, ob sie dem überhaupt gewachsen war. »Ja. Wir werden da sein.«

Mit verschwörerischer Miene schaute Martha sich um und senkte die Stimme. »Unter uns gesagt, stehen die Chancen gut. Das darf ich Ihnen eigentlich nicht sagen, aber die Chancen stehen gut.«

Jessica hinterließ eine dicke Staubwolke, als sie vom Parkplatz fuhr. Noch ehe sie in die Zweite Straße einbog, klingelte das Handy in ihrer Hand. Es war Dana Westbrook.

»Morgen, Boss. Was gibt's?«

»Ich habe gerade den Bericht über Novaks Beschattung erhalten.«

»Okay.«

»Ein Detective vom Polizeibezirk West hat ihn die ganze Nacht beschattet. Ein erfahrener Mann, der schon in der Bekämpfung des organisierten Verbrechens und in Sondereinheiten der Drogenfahndung tätig war. Er saß während der ganzen Schicht im Auto vor dem Haus. Vom Beginn der Beschattung bis sechs Uhr morgens brannte kein Licht in der Wohnung, und es gab keinerlei Aktivitäten. Gegen acht Uhr heute Morgen zog er eine Jacke von den Wasserwerken an, nahm ein Klemmbrett, ließ sich vom Hausmeister die Eingangstür aufschließen und klopfte an Novaks Tür. Es öffnete niemand. Daraufhin ging der Detective um das Haus herum, stieg die Feuerleiter hinauf und schaute durchs Fenster.«

»War Novak zu Hause?«

»War er. Er saß an seinem Schreibtisch. Offenbar ist er gestern gleich vom Roundhouse nach Hause gefahren. Er hat seine ganzen Notenblätter und Zeitungsausschnitte geschreddert und sich irgendwann zwischen sechs Uhr gestern Abend und acht Uhr heute Morgen eine Waffe in den Mund gesteckt und abgedrückt.«

48.

Alles war voller Blut.

Jessica stand neben den Regalen mit den CDs. Die hellen Kunststoffhüllen waren mit Blut und Hirnmasse bespritzt. Splitter des zerborstenen Schädels klebten auf dem Volant über den Gardinen.

Joseph Novaks Leichnam hing in einer unnatürlichen Haltung im Schreibtischstuhl. Die Wucht des Schusses hatte seinen Körper in verschiedene Richtungen gedreht. Das obere Drittel des Kopfes fehlte. Nein, dachte Jessica, eigentlich fehlte es nicht. Dieser Teil war nun auf der Wand und der Gardine hinter ihm verteilt. Die Kugel hatte auch die Scheibe zertrümmert. Zwei Kriminaltechniker suchten in diesem Augenblick auf der Straße nach der Kugel.

War Joseph Novak ihr Mörder? Während der Befragung wirkte er unerschütterlich, aber warum war er gestern weggelaufen? Was hatte er zu verbergen?

Der Leichnam wurde um zehn Uhr morgens weggeschafft.

Jessica beobachtete die Kriminaltechniker bei der Arbeit. Sobald der Leichnam abtransportiert worden war, würde die Hausverwaltung eine Reinigungsfirma beauftragen, die auf die Säuberung von Tatorten spezialisiert war, eine Branche, die in den letzten zehn Jahren einen kleinen Wachstumsschub zu verzeichnen hatte. Die Welt drehte sich weiter.

Alles wies auf einen Selbstmord hin. Deshalb würden vermutlich keine intensiven Ermittlungen eingeleitet werden. Novak hielt die Waffe, einen Colt Commander, noch in der Hand, als er gefunden wurde, und sein Finger krümmte sich um den Abzugsbügel.

Jessica würde ihrer Vorgesetzten den Bericht präsentieren, die ihn an die Staatsanwaltschaft weiterleitete, die dann eine Entscheidung traf. Falls keinerlei Beweise zwingend auf ein Fremdeinwirken hinwiesen, würden sie diesen Fall als Selbstmord einstufen, und die Mordkommission des PPD wurde nicht länger in den Fall einbezogen.

Das alles bedeutete aber nicht, dass es keine Verbindung zu der Mordserie in der Stadt gab.

»Würden Sie mich bitte ein paar Minuten allein lassen?«, bat Jessica die beiden Kriminaltechniker, die gerade die Fingerabdrücke auf den Türen und dem Tisch sicherten.

Die beiden Kollegen, die nichts gegen eine Pause einzuwenden hatten, unterbrachen ihre Arbeit, traten ins Treppenhaus und schlossen die Tür hinter sich.

Jessica streifte Handschuhe über und drehte den Laptop zu sich herum. Auf dem Monitor lief der Standard-Bildschirmschoner. Jessica drückte auf die Leertaste, worauf vier kurze Zeilen eines Word-Dokumentes erschienen.

Klipp-klapp, klipp-klapp,
was für eine Sarabande!
Sie halten sich an den Händen
und tanzen im Kreis …

Jessica kannte den Text nicht. War das ein Abschiedsbrief?, fragte sie sich. Sie scrollte auf dem Touchpad nach unten, aber es kam nichts mehr. Das Dokument bestand nur aus diesen vier Zeilen. Sie schaute auf die Ecke des Fensters. Der Text war nicht gespeichert.

Hatte Joseph Novak vorgehabt, dem noch etwas hinzuzufügen? War es eine Botschaft des Toten, eine Art Rätsel, das er für Freunde und Angehörige hinterlassen hatte, damit sie sein gewaltsames Ende verstanden?

Jessica hatte keine Ahnung. Sie hätte den Laptop liebend gern mitgenommen, doch dazu brauchte sie eine richterliche Genehmigung, und die hatte sie nicht. Sie würde in der Bezirksstaatsanwaltschaft Druck machen, um für den verstorbenen Joseph Novak den Status eines wichtigen Zeugen zu erwirken. Vielleicht konnte sie den Laptop dann unter die Lupe nehmen.

Sie sah sich um. Es herrschte eine angespannte Stille.

Jessica musste vorsichtig sein, wenn sie sich den Inhalt des Laptops anschaute. Die Mordkommission hatte kürzlich Anweisungen von der Bezirksstaatsanwaltschaft erhalten, dass sie einen richterlichen Beschluss brauchten, sobald sie auch nur die Maus eines Computers oder eine Tastatur berührten. Wenn auf dem Monitor für jedermann sichtbar etwas zu sehen war, konnte niemand etwas dagegen einwenden, wenn man einen Blick darauf warf. Wenn man aber auch nur ein Fenster vergrößerte oder verkleinerte, ein Programm startete oder eine Webseite aufrief, die im Verlauf aufgeführt war, stand das auf einem ganz anderen Blatt.

Ein Fall gegen einen Mann, der mit Kinderpornografie handelte, war kürzlich fallen gelassen worden, weil der Detective, der wusste, dass auf der Festplatte des Mannes Tausende von Bildern gespeichert waren, ein Grafikprogramm geöffnet hatte. Wie sich herausstellte, war jedes Mal, wenn ein Programm gestartet wurde, ein Protokoll mit der genauen Uhrzeit erstellt worden. Da der Verdächtige in dem Augenblick in

U-Haft saß, konnte der Detective nicht behaupten, das Programm sei bereits geöffnet gewesen.

Jessica klickte auf die Seitenleiste. Es konnte nicht schaden, etwas genauer hinzuschauen, solange sie keine Dateien und Programme öffnete. Sie warf einen Blick auf den Inhalt der Festplatte. Es gab nur eine Datei. Saraband.Doc. Das war alles. Sonst war auf der Festplatte nichts. Keine Dokumente, keine Tabellen, keine Datenbanken, keine Fotos, keine Musik- oder Audiodateien. Es sah ganz so aus, als wäre die Festplatte kürzlich gelöscht worden.

Jeder Computerexperte der Kriminaltechnik konnte feststellen, wann eine Festplatte zum letzten Mal formatiert worden war, und fand normalerweise auch Beweise für die Dateien, die ursprünglich auf der Festplatte gespeichert waren. Jessica formulierte bereits im Geiste den Antrag bei der Bezirksstaatsanwaltschaft, um genau das zu veranlassen.

Inzwischen würde sie Kollegen zur Unterstützung anfordern, die in dem Haus die Leute befragten, um zu erfahren, ob Joseph Novak in den letzten Stunden Besuch gehabt hatte. Falls ja, könnte dieser Sachverhalt vielleicht zu intensiven Ermittlungen führen, um herauszufinden, ob Novak möglicherweise doch nicht durch einen Selbstmord ums Leben gekommen war.

Jessica zog das Handy aus der Tasche und überprüfte die Mailbox. Zwei Nachrichten.

Wann hatte sie die beiden Nachrichten erhalten? Warum hatte das Handy nicht geklingelt? Sie schaute auf die Seite des Handys. Bei einem iPhone befand sich die Taste, um von *Stumm* auf *Klingeln* umzustellen, oben links. Sie konnte leicht aktiviert werden, wenn man das Handy in die Tasche steckte. Viel zu einfach. Der Klingelton war ausgeschaltet gewesen.

Jessica stellte den Klingelton wieder an und klickte auf die erste Nachricht. Sie stammte von dem Mann, der hoffte, den Auftrag zu erhalten, die Markisen an dem neuen Haus anzubringen. Er wollte zwei Riesen haben. *Träum weiter.*

Der zweite Anruf stammte von einem unbekannten Anrufer. Jessica hörte sich die Nachricht an.

»Detective Balzano. Hier ist Joseph Novak.«

Wie von einer Tarantel gestochen sprang Jessica auf und bekam am ganzen Körper Gänsehaut. Sie warf einen Blick über die Schulter auf die dunkelroten Flecken auf dem Teppich und den Wänden. Der Geruch des Schießpulvers hing noch in der Luft. Jessica hatte den Kupfergeschmack von Blut in der Kehle. Joseph Novaks Blut. Sie lauschte der Nachricht eines Toten.

»Ich möchte mich für mein Verhalten entschuldigen. Ich kann so nicht weiterleben. Es steckt mehr dahinter, als Sie ahnen. Viel mehr. Sie kennen ihn nicht. Ich kann mich selbst nicht mehr ertragen.«

Jessica unterbrach die Wiedergabe und lief im Wohnzimmer auf und ab. Alles, was sie sah – die Bücher, die CDs und sogar die Möbel – bekam eine andere Bedeutung.

Sie blieb stehen, drückte auf die Taste und hörte sich den Rest der Nachricht an.

»Ich höre seine Schritte im Flur. Schauen Sie in der Küche in den Schrank über dem Herd.«

Die Nachricht war zu Ende.

Jessica steckte das Handy in die Tasche, durchquerte das Wohnzimmer und betrat die kleine Küche. Sie öffnete den Schrank über der Dunstabzugshaube. Dort standen circa ein Dutzend Kochbücher – Spezialitäten aus Mexiko, Italien und Louisiana. Jessica zog ein paar heraus und blätterte sie durch. Nichts. Auf dem zweitletzten Kochbuch stand *Hausrezepte*.

Als sie es herauszog, fiel etwas auf den Boden. Es war ein dünnes, ledergebundenes Tagebuch mit einem abgegriffenen, zerknitterten Cover. Jessica hob es auf. Zwischen den ersten Seiten steckte ein altes Foto, auf dem Joseph Novak mit etwa fünfzehn Jahren neben einem wunderschönen Cello stand. Jessica schob das Bild wieder in das Tagebuch und schlug es auf.

22. JUNI. Der Wettbewerb ist am Samstag. Aber es ist mehr als ein Wettbewerb um den ersten Platz. Das wissen wir beide. Es ist ein Wettbewerb um sie. So wird es immer sein.

Jessica blätterte zur letzten Seite und las den letzten Eintrag.

1. NOVEMBER. Allerheiligen. Es ist geschehen. Jetzt weiß ich, dass ich immer in seiner Schuld stehen werde. Ich werde niemals mehr aus seinem Schatten treten. Für den Rest meines Lebens muss ich tun, was er verlangt. Mein Herz ist für immer gebrochen, und er hat mich für immer in der Hand.

Klipp-klapp, klipp-klapp.

Er ist der rhythmische Tod.

Jessica klappte das Tagebuch zu. Sie brauchte einen Durchsuchungsbeschluss, damit sie jeden Quadratzentimeter der Wohnung untersuchen konnte. Und zwar schnell. Sie rief in der Bezirksstaatsanwaltschaft an, erklärte den Fall und brachte ihr Anliegen vor. Dann steckte sie das Tagebuch ein und nahm sich vor zu behaupten, es habe auf dem Tisch gelegen und sei deshalb durch keinen Durchsuchungsbeschluss geschützt gewesen. Jessica trat hinaus, schloss die Tür ab und sagte den beiden Kriminaltechnikern, dass sie ins Labor zurückkehren könnten. Sie würde sie anrufen, sobald die Spurensuche in Novaks Wohnung fortgesetzt werden würde.

Jessica überquerte die Straße, kaufte sich in einem Imbiss einen Kaffee zum Mitnehmen und betrat den dahinterliegenden Parkplatz. Zuerst rief sie Byrne an, doch es meldete sich nur die Mailbox. Anschließend rief sie Dana Westbrook an und informierte sie über den neuesten Stand der Dinge. Westbrook versprach, zwei zusätzliche Detectives aus der Abteilung für Sonderermittlungen zu schicken, die bei der Suche helfen sollten.

Nach dem Telefonat schlug Jessica das Tagebuch auf. Unter dem hinteren Einband steckte etwas. Sie zog es vorsichtig heraus. Es war ein zweites Foto, ein altes Polaroid-Foto, die Totale eines Fensters in einem sehr großen Haus. Am Fenster stand jemand. Man konnte nicht erkennen, wer es war, aber es schien sich um eine schlanke Frau zu handeln. Auf der Rückseite stand ein Wort in roter Schrift.

Hölle.

Ehe Jessica das Foto wieder in das Tagebuch stecken konnte, hörte sie Schritte auf dem Kies. Sie drehte sich um.

Der erste Schlag traf sie wie aus heiterem Himmel auf die rechte Seite des Gesichtes. Jessica sah Sterne und taumelte ein paar Schritte zurück. Das Tagebuch flog ihr aus der Hand. Der zweite Schlag streifte sie zwar nur, doch er war kräftig genug, um sie zu Boden zu strecken. Jessica war so geistesgegenwärtig, auf die Seite zu rollen, wo ihr Holster steckte.

Wie durch einen Schleier sah sie ihren Angreifer. Weißblondes Haar, dreckige Jeans, Sneakers ohne Schnürsenkel. Sie erkannte ihn nicht. Jedenfalls nicht auf den ersten Blick. Als er sie ansprach, wusste sie, wer es war, und sie erkannte auch diese unverkennbaren Augen.

»Ich hab noch eine Rechnung mit Ihnen offen, Detective Balzano«, sagte Lucas Anthony Thompson. »Oder sollte ich besser *blöde Fotze* sagen?«

Jessica rollte auf die rechte Seite und versuchte, die Glock aus dem Holster zu ziehen, aber sie war zu langsam. Thompson sprang auf sie zu und trat ihr die Waffe aus der Hand.

»Du hättest mich erschießen sollen, als du die Gelegenheit dazu hattest, Schlampe. Heute wird es nicht so weit kommen.«

Als Thompson noch einen Schritt auf sie zuging, sah Jessica eine Bewegung hinten auf dem Parkplatz. Ein Schatten huschte über das Straßenpflaster.

Hinter Thompson stand jemand.

Und dann wurde Jessica schwarz vor Augen.

49.

Das Philadelphia Orchestra wurde im Jahr 1900 gegründet. Im Laufe der nächsten hundert Jahre zeichnete es sich durch den von ihm geprägten »Philadelphia Sound« aus, der unter dem Dirigenten Eugene Ormandy für die Klarheit und das künstlerisch vollendete Spiel, die warme Tonalität und das präzise Timing bekannt wurde.

Mit nur sieben musikalischen Direktoren in seiner ganzen Geschichte erfreute sich das Ensemble einer Kontinuität in der künstlerischen Leitung, die in der Welt großer Orchester praktisch unbekannt war. Zwischen 1912 und 1980 hielten zwei Männer, Leopold Stokowski und Eugene Ormandy, die Zügel in der Hand.

Als Ormandy ausschied, stand das Philadelphia Orchestra am Scheideweg. Vielleicht in der Hoffnung, das etwas zu gesetzte Bild zu modernisieren, verpflichtete es einen jungen Hitzkopf, den Neapolitaner Riccardo Muti, als neuen musikalischen Direktor. Der dunkelhaarige, gut aussehende Mann, der so ernst war, dass er fast nie auf der Bühne lächelte, führte das Orchester in ein neues Zeitalter. Dieses Zeitalter war geprägt vom nachdrücklichen Beharren dieses Mannes auf den Buchstaben des musikalischen Gesetzes, was Muti den Spitznamen *lo sceriffo*, der Sheriff, einbrachte – jedenfalls in den italienischen Opernhäusern.

1981 engagierte das Orchester als erste Cellistin die neunzehnjährige Christa-Marie Schönburg – ein ungestümes Wunderkind, das die Welt der Streichinstrumente im Sturm eroberte. In einigen Kreisen wurde über diesen Schritt, der in der Welt der klassischen Musik für Aufsehen sorgte, noch immer diskutiert. Kaum ein Jahr später wurde Schönburgs Name ebenso wie der Mutis im selben Atemzug mit dem des Philadelphia Orchestra genannt. Und als das Kammerorchester in jenem Sommer durch Osteuropa tourte, war Christa-Marie Schönburg bei den Liebhabern klassischer Musik das Gesprächsthema Nummer eins.

Als sie zweiundzwanzig Jahre alt war, bestand für Musikkenner kein Zweifel, dass sie durch ihre überragende Spieltechnik, ihr künstlerisches Talent und ihre weltweite Anerkennung die einzige andere Frau, die es als Cellistin zu internationalem Ruhm gebracht hatte, übertreffen würde. Gemeint war natürlich Jacqueline du Pré, die brillante Cellistin, deren Karriere im Alter von achtundzwanzig Jahren durch Multiple Sklerose auf tragische Weise jäh beendet wurde.

Und während Jacqueline du Pré sich durch ihre Aufnahme des Cello-Konzertes in e-Moll von Edward Elgar ein Denkmal setzte, begründete Christa-Marie Schönburg ihren Ruhm durch die Interpretation von Bachs Suiten für Violoncello.

Fast zehn Jahre lang lag das Publikum in aller Welt Christa-Marie Schönburg mit ihrem spannungsvollen, leidenschaftlichen Spiel zu Füßen – vom Wiener Konzerthaus bis zum Grote Zaal in Rotterdam, von der Royal Festival Hall in London bis zur Avery Fisher Hall in New York City.

In einer kalten Herbstnacht 1990 sollte sich jedoch alles von Grund auf ändern.

Als Christa-Marie Schönburg an jenem Abend nach einer triumphalen Vorstellung in der Academy of Music nach Hause zurückkehrte, kam es zu einer Tragödie. Sie hatte auf einem Benefizkonzert gespielt, bei dem Gelder für die obdachlosen Kinder in Philadelphia gesammelt wurden und das viele Mitglieder der feinen Gesellschaft besucht hatten.

Die Details der letzten beiden Stunden blieben zwar im Dunkeln, aber man nahm an, dass Christa-Marie gegen circa 23.45 Uhr von einem Fahrdienst vor ihrem Haus in Chestnut Hill abgesetzt wurde. Nach Aussage der Haushälterin gab es ein paar Stunden später einen Streit in der Küche, auf den ein Kampf und dann ein Schrei folgten. Die Haushälterin rief die Polizei.

Die Polizei traf gegen halb drei in der Nacht ein. Sie fanden einen Mann namens Gabriel Thorne, einen Psychiater, der Christa-Marie seit Jahren behandelte, auf dem Boden liegend vor. Er blutete stark aus Wunden im Bauch und in der Brust. Das blutverschmierte Messer steckte in seiner Seite. Er lebte noch. Die Polizei rief sofort einen Rettungswagen. Die Sanitäter versuchten noch am Tatort, sein Leben zu retten, doch ihre Bemühungen schlugen fehl. Kurz nach ihrem Eintreffen wurde er für tot erklärt. Der Rechtsmediziner stellte nach der Obduktion fest, dass Thorne aufgrund zahlreicher Stichwunden verblutet war.

Christa-Marie Schönburg trat nie mehr öffentlich auf. Da sie das Verbrechen gestand, gab es keinen Schauprozess, zur großen Enttäuschung der Gerichtsshows der Kabelsender. Christa-Marie war genauso geheimnisvoll wie schön, und ihre Beziehung zu Thorne sorgte jahrelang für Gerüchte und Spekulationen.

Byrne hatte Christa-Marie zum letzten Mal gesehen, als sie vor einem Richter stand und ihre Schuld an dem Mord an Dr. Gabriel Thorne gestand.

Als Byrne Richtung Norden fuhr, dachte er an das Haus in Chestnut Hill und das damalige Ereignis. Als die Leute hörten, was geschehen war, versammelten sie sich am nächsten Morgen vor dem Haus und brachten Blumen und Stofftiere und sogar Notenblätter. Man hätte meinen können, Christa-Marie wäre das Opfer und nicht die Täterin gewesen.

Byrne hatte oft an Christa-Marie Schönburg gedacht, und das nicht nur, weil sie sein erster Fall als leitender Detective in einem Mordfall war. Diese Frau hatte noch etwas anderes an sich, das ihn verfolgte. Er hatte nie ganz verstanden, warum er sich zu ihr hingezogen fühlte.

Vielleicht würde er es heute erfahren.

50.

»Mir geht es gut«, sagte Jessica.

Das war eine Lüge, aber sie blieb dabei.

Der Sanitäter kontrollierte zum dritten Mal mit der Pupillenleuchte ihre Augen, überprüfte zum dritten Mal den Blutdruck und zum fünften Mal ihren Puls.

Jessica hatte in der Vergangenheit schon viele Faustschläge eingesteckt. Wenn man im Boxring stand, war das nicht weiter verwunderlich. Thompsons Schlag hatte sie mehr oder weniger nur gestreift, und das auch nicht mit voller Wucht. Doch der Angriff traf sie vollkommen unvorbereitet. Im Ring stellte man sich innerlich auf die Schläge ein, und das Adrenalin, das in so einer Situation ausgeschüttet wurde, fungierte für die Nerven als eine Art Puffer. Niemand auf Erden kann sich auf einen Schlag vorbereiten, mit dem er nicht rechnet. Jessicas Kopf pochte ein wenig, aber ihr Blick war klar, und sie fühlte sich energiegeladen. Sie wollte die Jagd nach dem Killer fortsetzen, doch sie zwangen sie, wie eine Kranke hier zu sitzen. Jessica hatte solche Situationen schon häufig in ihren vielen Dienstjahren als Polizistin erlebt und selbst oftmals auf Opfer von Angriffen beruhigend eingeredet.

Bleiben Sie bitte einen Augenblick dort sitzen.

Für Vincent Balzano schied diese Option aus. Als die Streifenwagen eintrafen, rief Jessica ihn an. Vincent ermittelte nur ein paar Straßen weiter in einem eigenen Fall. Auf dem Weg zum Tatort brach er jeden Geschwindigkeitsrekord. Das war für ihn kein Problem. Schwierig war es hingegen, ihn zu beruhigen. In diesem Augenblick lief er wie ein Löwe im Käfig hin und her. Leider stand Vincent Balzano mit seinem italienischen Temperament hier kein Boxsack zur Verfügung.

Sie hatten Jessicas Waffe gefunden. Aus ihr war kein Schuss abgefeuert worden.

Jessica erinnerte sich nur noch, dass sie Schritte einer zweiten Person gehört hatte, aber sie wusste nicht, von wem. Das Tagebuch erwähnte sie nicht. Es war nicht gefunden worden.

»Niemand hat etwas gesagt?«, fragte Westbrook.

Jessica schüttelte den Kopf. Das tat weh, und daher ließ sie es besser sein. »Nein. Ich habe Schritte gehört, die sich näherten. Dann bekam ich zwei Faustschläge verpasst. Es gab eine Rauferei, und ich verlor das Bewusstsein.«

»Was war das für eine Rauferei?«

»Ich weiß nicht genau. Jedenfalls habe ich zwei Personen stöhnen gehört. Und dann hat das Klingeln in meinen Ohren alle anderen Geräusche übertönt.«

»Und die andere Person haben Sie nicht gesehen?«

»Nein, aber ich ...«

Plötzlich schaute Jessica hektisch auf die Uhr und sprang auf. Im ersten Moment war ihr schwindlig, doch das verging sofort wieder. Ihre Verärgerung allerdings nicht.

»Was ist?«, fragte Vincent.

»Wir haben ihn verpasst. Verdammt!«

»Wen?«

»Den Termin beim Jugendamt.«

»Jess.«

»Jetzt komm mir nicht mit *Jess*.«

»Das kriegen wir schon hin. Mach dir keine Sorgen.«

»Keine *Sorgen?* Das kann der Grund sein, warum man abgelehnt wird, Vincent. Das ist der erste große Test. Wenn man nicht zum Termin erscheint und nicht anruft, ist es vorbei.«

Vincent drückte sie an sich. »Ich glaube, du hast eine gute Entschuldigung, mein Schatz. Das werden sie sicherlich verstehen.«

»Werden sie nicht«, widersprach Jessica und befreite sich aus der Umarmung. »Sie sprechen Carlos bestimmt keiner Familie zu, in der die Mutter jeden Tag großen Gefahren ausgesetzt ist.«

»Sie wissen, dass wir beide Cops sind. Unser Beruf ist ihnen bekannt.«

Jetzt kam alles heraus. Die Wut über den brutalen Fall. Die Enttäuschung darüber, dass sie nicht schwanger wurde, obwohl sie sich seit zwei Jahren ein zweites Kind wünschten. Die Demütigung, überfallen worden zu sein. Alles.

»Du warst nicht da, Vincent, aber ich. Ich habe gesehen, wie Carlos gelebt hat. Ich habe überall in der Wohnung die Hundescheiße und die verdammten Spritzen gesehen. Ich habe die Kakerlaken und die Ratten in der Spüle und das vergammelte Essen gesehen. Ich habe gesehen, dass er sich unter einem *Müllsack* versteckt hat. Du kannst dir nicht vorstellen, was für ein Dreckloch das war und was für ein beschissenes Leben er geführt hat. Sie werden uns den Jungen nicht zusprechen, damit es ihm bei uns noch schlechter geht.«

Jessica ging ein paar Schritte auf und ab, um sich zu fangen. So einfach ließ sich die Wut aber nicht vertreiben.

Schließlich beruhigte sie sich. Die Ermittlungen warteten auf sie. Es würde ein langer Tag werden, und er hatte gerade erst begonnen.

51.

Chestnut Hill im Nordwesten von Philadelphia im Stadtteil Germantown, wo Franz Daniel Pastorius einst die erste deutsche Ansiedlung in Nordamerika gründete, war ein wohlhabendes Viertel. In dieser ehemaligen »Eisenbahn-Vorstadt« war das Stadtbild von einer Vielzahl verschiedenartiger Wohnhäuser aus dem neunzehnten und frühen zwanzigsten Jahrhundert geprägt, die viele der bekanntesten Architekten Philadelphias entworfen hatten.

Ehe Byrne Center City verließ, rief er an, um einen Termin mit Christa-Marie zu vereinbaren. Er wurde mit Christa-Maries Anwalt verbunden, einem Mann namens Benjamin Curtin. Curtin zögerte zuerst, doch dann willigte er ein, sich um ein Uhr mit Byrne in dem Haus zu treffen.

Als Byrne die St. Andrews Road hinunterfuhr, sah er das Haus zum zweiten Mal in seinem Leben. Er war nach der Mordnacht nie wieder hier gewesen.

Es war ein großes, beeindruckendes Anwesen im Tudorstil mit einer kreisrunden, von Pflastersteinen gesäumten Auffahrt und einem von einem Giebel überragten Portal. Zum Teil hinter Bäumen versteckt, lag rechter Hand neben zwei Tennisplätzen ein Stall. Das Anwesen war von einem hohen, schmiedeeisernen Zaun umgeben.

Byrne parkte den Van, und obwohl er seinen besten Anzug trug, hatte er plötzlich das Gefühl, nicht gut genug gekleidet zu sein. Und ihm wurde bewusst, dass er für einen Augenblick den Atem angehalten hatte. Er stieg aus, rückte die Krawatte zurecht, strich über seinen Mantel und klingelte. Kurz darauf wurde die Tür von einer Frau um die sechzig geöffnet. Byrne stellte sich vor, worauf die Dame ihn ins Haus bat. Er schritt durch das hohe, bogenförmige Portal. Vor ihm befand sich eine mit Schnitzereien verzierte Wendeltreppe aus Mahagoni. Rechts daneben standen dicke, geriffelte Säulen, die zum offiziellen Speisezimmer führten. Linker Hand lag der großzügig geschnittene Salon mit Blick auf den Pool und die gepflegten Gärten. Byrnes Schritte hallten durch das herrschaftliche Haus. Die Frau nahm ihm den Mantel ab und führte ihn durch die Eingangshalle zum Arbeitszimmer.

Es war ein feudaler, mit dunklem Holz getäfelter Raum mit zwei eingebauten Bücherschränken, die vom Boden bis zur Decke reichten, und einer gewölbten Decke mit offenem Fachwerk. Im Kamin brannte ein Feuer. Der Kaminsims war mit Kiefernzapfen und anderen Herbstdekorationen geschmückt. Über dem Sims hing ein eindrucksvolles Porträt von Christa-Marie. Auf dem Gemälde saß sie auf einem mit Samt bezogenen Sessel. Es musste zu der Zeit gemalt worden sein, als Byrne sie 1990 in jener schwarzen Nacht kennengelernt hatte.

Es dauerte nicht lange, bis die Tür geöffnet wurde und ein Mann eintrat.

Benjamin Curtin war Anfang fünfzig, ein Mann mit einem markanten Kinn und dickem grauem Haar, das er nach hinten gekämmt hatte. Er trug einen maßgeschneiderten Anzug, dessen Preis Byrne auf eines seiner Monatsgehälter schätzte. Curtin war vermutlich zwanzig Pfund schwerer, als er aussah.

Byrne stellte sich vor, zeigte ihm aber nicht den Dienstausweis. Er war nicht in seiner Funktion als Detective hier. Noch nicht.

»Freut mich, Sie kennenzulernen, Detective«, sagte Curtin, vielleicht um Byrne an seinen Beruf zu erinnern. Curtin sprach mit einem Südstaatenakzent. Byrne schätzte, dass er aus Mississippi stammte.

»Ganz meinerseits, Herr Rechtsanwalt.«

Okay, dachte Byrne. Jeder kannte den Beruf des anderen.

»Sorgt Liam da unten noch immer für die öffentliche Sicherheit?«

Da unten, dachte Byrne. Es hörte sich an, als wäre er in der Provinz tätig. Er meinte Richter Liam McManus. Jeder wusste, dass er im nächsten Jahr für den Obersten Gerichtshof kandidieren würde.

»Wir sind froh, dass wir ihn haben«, sagte Byrne. »Den Gerüchten zufolge wird er nicht mehr lange bleiben. Ehe Sie sich versehen, wird er auch in Chestnut Hill wohnen.«

Curtin lächelte, doch es war ein aufgesetztes Lächeln ohne Wärme. Der Rechtsanwalt wies auf einen Stuhl auf der anderen Seite des Schreibtisches. Die beiden Männer nahmen Platz.

»Darf Charlotta Ihnen etwas bringen? Kaffee? Tee?«

»Nein danke.«

Curtin nickte, worauf die Tür hinter Byrne geschlossen wurde.

»Und was veranlasst Sie, Detective, Ms. Schönburg zu besuchen?«

»Es tut mir leid, aber dazu kann ich mich nicht konkret äußern. Ich kann Ihnen wohl sagen, dass Ms. Schönburg möglicherweise im Besitz von Informationen ist, die eine laufende Ermittlung des Philadelphia Police Departments betreffen.«

Curtin sah ein wenig irritiert aus. »Das wundert mich aber.«

»Und warum?«

»Nun, Sie wissen sicherlich, dass Ms. Schönburg nicht mehr öffentlich in Erscheinung tritt. Sie lebt keineswegs wie eine Einsiedlerin, aber wie Sie verstehen werden, verkehrt sie nicht mehr in den Kreisen, denen sie einst angehörte.«

»Ich verstehe.«

»Sie hat hier im Haus fast immer Gesellschaft, und daher verstehe ich nicht, wie sie in etwas verwickelt sein kann, was kürzlich in Philadelphia geschehen ist.«

»Ich bin hier, um das herauszufinden, Mr. Curtin. Ehe ich mit ihr spreche, möchte ich Ihnen ein paar Fragen stellen.«

»Wird sie verdächtigt, ein Verbrechen begangen zu haben?«

»Nein«, erwiderte Byrne. »Absolut nicht.«

Curtin stand auf, trat ans Fenster und schaute hinaus. Er sprach weiter, ohne sich umzudrehen. »Seitdem Ms. Schönburg vor ein paar Jahren aus dem Gefängnis entlassen wurde, gab es nicht weniger als hundert Interviewanfragen. Viele Menschen sind noch immer von ihr fasziniert, und zwar nicht nur Liebhaber klassischer Musik, sondern auch die Leser der Klatschpresse.«

»Ich bin nicht hier, um einen Bericht für den *Inquirer* zu schreiben«, sagte Byrne.

Curtin lächelte wieder – einstudiert und freudlos. »Ich verstehe. Ich wollte Ihnen nur sagen, dass Christa-Marie all diese Anfragen, die an sie gerichtet wurden, kategorisch abgelehnt hat.«

»*Sie* hat *mich* kontaktiert, Mr. Curtin.«

Der Anwalt straffte die Schultern. Das hatte er offenbar nicht gewusst. »Natürlich.«

»Ich muss ihr ein paar Fragen stellen, und ich möchte wissen, in welcher Verfassung sie ist. Ist sie bei klarem Verstand?«

»Meistens ja.«

»Und was heißt das genau?«

»Das heißt, dass sie meistens ganz vernünftig ist und gut zurechtkommt. Sie hätte nicht die geringsten Probleme, ihr Leben alleine zu meistern, aber ihr ist es lieber, immer eine psychologisch geschulte Krankenschwester in der Nähe zu haben.«

Byrne nickte, ohne sich dazu zu äußern.

Curtin kehrte langsam zum Schreibtisch zurück und setzte sich auf den wuchtigen Lederstuhl. Er stützte sich mit den Unterarmen auf dem Schreibtisch ab und beugte sich vor.

»Christa-Marie hat ein hartes Leben hinter sich, Detective. Als Außenstehender mag man meinen, sie hätte ein glamouröses, privilegiertes Leben geführt, und bis zu diesem tragischen Vorfall hat sie sich auch über die zahlreichen Auszeichnungen gefreut, die ihr für ihr Talent und ihre Erfolge verliehen wurden. Doch nach dieser Nacht, angefangen von den Verhören und ihrem Geständnis bis hin zu den achtzehn Monaten in Convent Hill und ihrer Inhaftierung in Muncy ...«

Byrne war wie vom Donner gerührt. »Wie bitte?«

Curtin schaute Byrne an.

»Sie haben Convent Hill gesagt?«, fragte Byrne.

»Ja.«

Die psychiatrische Klinik Convent Hill, ein großes, staatliches Krankenhaus für psychisch Kranke, lag mitten in Pennsylvania. Anfang der Neunzigerjahre war die Klinik nach fast hundertjährigem Bestehen geschlossen worden, nachdem immer wieder schwere Vorwürfe wegen der furchtbaren Missstände dort erhoben worden waren.

»Wann war Christa-Marie in Convent Hill?«

»Von ihrer Verurteilung bis zur Schließung der Klinik 1992.«

»Warum wurde sie in diese Klinik eingewiesen?«

»Sie bestand darauf.«

Byrne brauchte einen Moment, um das zu begreifen. »Sie sagen, Christa-Marie bestand darauf, in Convent Hill eingewiesen zu werden? Es war *ihre* Entscheidung?«

»Ja. Als ihr Anwalt habe ich mich dem selbstverständlich widersetzt. Doch sie engagierte einen anderen Anwalt und setzte sich durch.«

»Und sie hielt sich achtzehn Monate dort auf?«

»Ja. Und anschließend musste sie in der Justizvollzugsanstalt in Muncy ihre Haftstrafe verbüßen.«

Byrne hörte heute zum ersten Mal, dass Christa-Marie einige Zeit in der schlimmsten psychiatrischen Klinik östlich von Chicago verbracht hatte.

Während Byrne noch immer versuchte, die neuen Informationen zu verarbeiten, betrat eine Frau um die vierzig in einem eleganten blauen Kostüm und einer weißen Bluse das Arbeitszimmer.

»Detective, das ist Adele Hancock«, sagte Curtin. »Sie ist Christa-Maries Krankenschwester.«

Byrne stand auf und reichte ihr die Hand.

Adele Hancock war eine gepflegte, sportliche Frau mit der Figur einer Läuferin und kurz geschnittenem grauem Haar.

»Miss Schönburg möchte Sie nun empfangen«, sagte sie.

Curtin stand auf und nahm seinen Mantel und die Aktentasche. Er ging um den Schreibtisch herum und reichte Byrne eine Visitenkarte aus Leinenpapier. »Falls ich noch etwas für Sie tun kann, zögern Sie nicht, mich anzurufen.«

»Vielen Dank, dass Sie Ihre Zeit geopfert haben, Sir.«

»Beste Grüße an Liam.«

Klar, dachte Byrne. Immer freundlich – bis zur nächsten Konfrontation vor Gericht.

Benjamin Curtin nickte Adele Hancock zu und ging hinaus.

Byrne wurde durch einen mit dunklem Holz getäfelten Korridor an einem Raum vorbeigeführt, in dem ein großes Klavier stand. In jener Nacht vor zwanzig Jahren hatte er diesen Flügel des Hauses nicht betreten.

»Muss ich irgendetwas wissen, ehe ich mit ihr spreche?«, fragte Byrne.

»Nein«, erwiderte Adele Hancock. »Vielleicht sollte ich Ihnen aber sagen, dass sie seit Ihrem Anruf über nichts anderes mehr spricht.«

Als sie das Ende des Korridors erreichten, blieb die Frau stehen und deutete auf die letzte Tür. Byrne öffnete sie und betrat eine Art Wintergarten, einen achteckigen Raum mit beschlagenen Fensterscheiben. Überall standen riesige tropische Pflanzen. Aus unsichtbaren Lautsprechern erscholl Musik.

Haben Sie sie gefunden? Den Löwen, den Hahn und den Schwan?

»Guten Tag, Detective.«

Byrne drehte sich zu der Stimme um und sah Christa-Marie Schönburg zum ersten Mal nach zwanzig Jahren wieder.

52.

Jessica sah zu den zahlreichen Polizisten, die mittlerweile auf dem Parkplatz gegenüber von Joseph Novaks Haus eingetroffen waren. Sie mussten nun mit den Ermittlungen an zwei Tatorten beginnen, dem Schauplatz des Mordes und dem Ort, an dem Jessica überfallen worden war. Mit einem Notizbuch in der Hand löste Nick Palladino sich aus der Menge. Er sprach kurz mit Dana Westbrook, und die beiden blickten immer wieder zu Jessica hinüber. Größtenteils sprach Dino, und Westbrook nickte meistens nur.

Nach dem Gespräch ging Dino auf Jessica zu und fragte sie, wie es ihr gehe. Jessica erwiderte, dass alles in Ordnung sei. Sie erkannte allerdings an Dinos Miene, dass noch mehr passiert sein musste.

»Was ist los?«, fragte sie ihn.

Dino erzählte es ihr. Jessica erfuhr, dass sie es nicht mit zwei, sondern mit drei Tatorten zu tun hatten.

Lucas Anthony Thompsons Leichnam wurde drei Blocks entfernt auf einem anderen Parkplatz gefunden. Sein Körper war nackt, vollständig rasiert und sein Kopf mit einem Papierstreifen umwickelt. Auch er schien erdrosselt worden zu sein. Auf einem Finger der rechten Hand klebte das kleine Tattoo eines Elefanten.

Sie brauchten nicht lange, um die Bedeutung des Tatorts zu erkennen.

Lucas Anthony Thompsons Leiche wurde auf dem Parkplatz abgelegt, wo Marcia Kimmelmans Leichnam aufgefunden worden war. Das passte zum Vorgehen ihres Serienmörders. Erneut hatte er einen Mörder am Ort dessen Verbrechens abgelegt.

Zwei Teams kümmerten sich bereits darum, ein wachsames Auge auf die Angehörigen von Thompson zu haben. Falls einer von ihnen ein Komplize von ihm war, konnte er das nächste Opfer werden.

Jessica sah, dass hinter dem Absperrband am Ende des Parkplatzes jemand stand, der bat, durchgelassen zu werden. Es war David Albrecht. Er wollte mit Jessica sprechen. Der Polizist hielt ihn auf und warf einen Blick über die Schulter.

»Lassen Sie ihn durch«, sagte Westbrook.

Ganz außer Atem rannte Albrecht auf sie zu.

»Was gibt's?«, fragte Westbrook.

»Ich stand auf der anderen Straßenseite und wollte Außenaufnahmen von dem Gebäude drehen, als ich Detective Balzano aus dem Haus kommen sah.«

Albrecht hob einen Finger und rang nach Luft.

»Lassen Sie sich Zeit«, sagte Westbrook. »Möchten Sie einen Schluck Wasser?«

Albrecht schüttelte den Kopf, holte tief Luft und fuhr fort. »Okay. Ich habe gesehen, dass Detective Balzano den Imbiss betrat, ein paar Minuten später mit einem Kaffee wieder herauskam und dorthin ging.« Er zeigte auf den Parkplatz, auf dem es nun von Kriminaltechnikern wimmelte. »Zuerst dachte ich, ich könnte hier keine guten Aufnahmen machen, verstehen Sie? Ein Parkplatz ist ein Parkplatz, nicht? Keine besonders aufregende Kulisse. Ich bin kein Robert Flaherty.«

Albrechts Blick wanderte zu Jessica und dann zu Dana

Westbrook, als erwarte er eine Antwort oder eine Reaktion. Beides blieb aus, und daher fuhr er fort.

»Ich schaute mir jedenfalls die Bäume da hinten an, die den Parkplatz begrenzen, und diese halbhohe Mauer, die eine Art Horizont bildet. Und als Detective Balzano vor diesem Hintergrund auf und ab lief, fand ich, dass es ziemlich gut aussah.«

Er drehte sich um und zeigte auf seinen Transporter auf der anderen Straßenseite. »Ich befestigte die Kamera auf dem Stativ, schaute mir das Motiv an und fixierte es. Dann stieg ich ins Heck des Transporters, um einen Filter zu holen. Ich wollte einen Zirkular-Polarisationsfilter benutzen, weil die Aufnahmen keine starken Kontraste versprachen. Es dauerte ein paar Minuten, bis ich ihn gefunden hatte, und als ich wieder hinter der Kamera stand, war Detective Balzano verschwunden. Es flogen nur ein paar Blätter durch die Luft. Ihr Wagen stand noch ein Stück weiter unten auf der Straße. Also musste sie noch in der Nähe sein. Ich ging davon aus, dass sie wieder in den Imbiss oder das Wohnhaus zurückgekehrt war, und dachte, ich hätte sie verpasst. Dann wanderte mein Blick zu dem Haus und ... und ich sah sie dort am Boden liegen.« Albrecht stockte kurz.

»Und den Angreifer haben Sie nicht gesehen?«, fragte Westbrook.

»Nein, Ma'am. Ich habe ihn nicht gesehen. Jedenfalls nicht sofort.«

»Was soll das heißen?«

»Ich meine, ich habe ihn nicht mit eigenen Augen gesehen.«

Westbrooks Blick wanderte zu Jessica und dann zurück zu Albrecht. »Könnten Sie sich etwas konkreter ausdrücken?«

»Ich wusste nicht, dass die Kamera schon lief.«

»Was?«, fragte Westbrook, die allmählich ungeduldig wurde.

»Als ich die Kamera auf das Stativ gestellt habe, muss ich wohl auf den Auslöser gedrückt haben. Ehrlich gesagt muss ich mich noch an die Kamera gewöhnen. Sie ist nagelneu. Ich bin versehentlich an den Startknopf gekommen. Das ist mir ein bisschen peinlich, aber genau so war es.«

»Was sagen Sie da?«, fragte Jessica.

»Ich hab mir die Szene gerade angesehen, und ich glaube, wir haben ihn.«

»Wen?«

David Albrecht hielt die Kamera hoch. »Ich glaube, wir haben den Mörder auf Video.«

53.

Christa-Marie Schönburg saß in einem großen burgunderroten Ledersessel und hatte die Hände im Schoß gefaltet. Sogar von der anderen Seite des Raumes aus nahm Byrne als Erstes ihre wunderschönen hellbraunen Augen wahr. Sie waren ihm schon vor zwanzig Jahren aufgefallen und hatten sich trotz der zwei Jahrzehnte, die vergangen waren, nicht verändert. Zwei *schwierige* Jahrzehnte, in denen sie die Haftstrafe und die Behandlung in der psychiatrischen Klinik ertragen und gegen vermeintliche Dämonen ankämpfen musste, hatten ihr keineswegs einen harten Blick verliehen. Die Augen einer jungen Frau – noch immer so faszinierend wie damals, als Christa-Marie der hellste Stern am Firmament der klassischen Musik war – schauten ihn an.

Ihr Haar schimmerte in einem sanften Silberton. Sie trug einen schwarzen Hosenanzug aus Seide. Auf dem Tisch neben ihr lagen eine Brille und ein aufgeschlagenes Buch.

Als Byrne auf sie zuging, stellte er fest, dass ihm die Worte fehlten. Welche Macht übte sie auf ihn aus?

Christa-Marie stand auf. Sie war noch immer so schlank wie damals, doch als Byrne nun vor ihr stand, sah er die feinen Falten auf ihrem Gesicht, der Stirn und der dünnen Haut ihrer Hände. Mit den langen seidigen Haaren, die ihr bis auf die Schultern fielen, war sie dennoch eine schöne Frau. Vielleicht sogar noch eleganter als vor zwanzig Jahren.

Byrne erinnerte sich an die Nacht, als er ihr die Handschellen angelegt hatte.

Er reichte ihr die Hand. Fast hätte Byrne sich zu ihr vorgebeugt und sie auf die Wange geküsst. Im letzten Augenblick begriff er, dass das – gelinde gesagt – unangebracht wäre. Dennoch hätte er es gerne getan. Dann nahm Christa-Marie ihm die Entscheidung ab. Sie stellte sich auf die Zehenspitzen und hauchte ihm einen Kuss auf die Wange.

Bei ihrer letzten Begegnung war sie achtundzwanzig Jahre alt, und jetzt ging sie auf die fünfzig zu. So vieles, was sich in diesen Jahren im Leben eines Mannes oder einer Frau normalerweise ereignete, hatte sie nicht erlebt oder musste sie verschieben. Byrne fragte sich, welchen Eindruck er wohl auf sie machte und wie stark die Spuren, die der Job, die Gewohnheiten und das Leben auf seinem Gesicht und Körper hinterlassen hatten, das Bild von ihm veränderten, das ihr von jenem Tag im Jahr 1990 in Erinnerung geblieben war.

Ohne ein Wort zu sagen, deutete sie auf den zweiten Sessel am Fenster, der etwa zwei Meter entfernt stand. Byrne nahm Platz, ohne sich anzulehnen. Stattdessen rückte er ein Stück nach vorn, wie man es vielleicht bei einem Bewerbungsgespräch getan hätte. Im Hintergrund spielte leise Musik. Es war ein Cellostück mit Klavierbegleitung.

Es dauerte eine ganze Weile, bis Christa-Marie das Wort ergriff.

»Das war ihre letzte Studioaufnahme«, sagte sie.

»Wen meinen Sie?«

»Jackie du Pré. Sie hat 1973 eine Tournee gemacht, und die Kritiker fielen schonungslos über sie her. Ich frage mich, was sie über mich gesagt hätten.«

Nachdem Christa-Marie 1990 verurteilt worden war, hatte Byrne ein paar Bücher über sie gelesen. Die Vergleiche mit Jacqueline du Pré drängten sich einerseits zwar auf, entbehrten aber andererseits jeder Grundlage. Auf ihrem letzten Konzert konnte Jacqueline du Pré aufgrund ihrer Erkrankung die Saiten nicht mehr fühlen und war gezwungen, jedem Griff mit dem Blick zu folgen. Byrne, der niemals ein Instrument gespielt und niemals auf irgendeinem Gebiet als besonders begabt gegolten hatte – er war nur Weltmeister darin, seine eigenen Beziehungen zu zerstören –, konnte sich kaum vorstellen, welch ein Entsetzen und welchen Kummer ein solches Erlebnis bei einem so talentierten Menschen wohl ausgelöst haben mochte.

Christa-Marie Schönburg hatte nichts von ihrem Talent eingebüßt, als sie die Haftstrafe antreten musste. Zum Zeitpunkt ihrer Inhaftierung war sie noch immer eine der berühmtesten Cellistinnen weltweit, der die Fans zu Füßen lagen. Als Byrne ihr nun nach all den Jahren ins Gesicht sah, fragte er sich, welches Schicksal wohl schlimmer war.

»Wir kamen damals frisch vom Konservatorium«, sagte sie. »Ich ging zum Prentiss Institute. Mein Lehrer war ein Freund aus Kindertagen von Ormandy. Wäre er nicht gewesen, wäre ich vielleicht niemals entdeckt worden.«

Christa-Marie machte es sich in dem Sessel bequem und fuhr fort.

»Wissen Sie, damals gab es noch nicht so viele Musikerinnen. In einem großen Orchester zu spielen, zumindest in einem der Big Five – Boston, New York, Cleveland, Chicago und Philadelphia –, wurde erst viel später als Beruf angesehen, als Vollzeitjob, den auch eine Frau ausüben konnte. Als Erwerbstätigkeit, wie man sagte.«

Byrne schwieg. Sein Handy vibrierte schon zum dritten Mal. Er konnte die Gespräche jetzt nicht annehmen.

»Christa-Marie, ich muss Ihnen eine Frage stellen«, sagte er schließlich.

Christa-Marie rutschte auf dem Sessel erwartungsvoll ein Stück nach vorn. Jetzt sah sie aus wie ein Schulmädchen. Byrne zeigte ihr die Karte.

»Warum haben Sie mir geschrieben?«

Anstatt die Frage zu beantworten, schaute sie kurz aus dem Fenster und wandte ihm dann wieder den Blick zu. »Kennen Sie diese geschwungenen Löcher, die in die Vorderseite des Cellos geschnitten sind?«

Byrne spähte zu dem Cello hinüber, das in einer Ecke stand. Er sah, was sie meinte, und nickte.

»Wissen Sie, wie diese Löcher heißen?«, fragte sie.

»Nein.«

»Man nennt sie F-Löcher. Ich erinnere mich noch gut, als ich das Wort zum ersten Mal gehört habe.«

Auf Christa-Maries Gesicht spiegelte sich die Sehnsucht nach der unbeschwerten Zeit.

»Ich habe meine glücklichsten Jahre am Prentiss Institute verbracht, wissen Sie. Es gab keinerlei Druck, sondern nur die Musik. Bernstein sagte eines Tages zu mir, das Einzige, was zähle, sei die Liebe zur Musik. Das stimmt.«

Sie strich sich über die Haare und dann über die Wange. »Ich war erst neunzehn an diesem ersten Abend an der Akademie. *Neunzehn.* Können Sie sich das vorstellen?«

Das konnte Byrne nicht, und er sagte es ihr.

»Seitdem sind so viele Jahre vergangen«, stieß sie hervor und verstummte wieder.

Byrne hatte das Gefühl, dass er nie wieder die Gelegenheit haben würde, seine Fragen zu stellen, wenn er es jetzt nicht tat.

»Christa-Marie, ich muss mit Ihnen über den Brief sprechen.«

Sie warf ihm einen Blick zu. »Nachdem wir uns so viele

Jahre nicht gesehen haben, möchten Sie sofort zum Thema kommen.« Sie seufzte theatralisch. »Wenn es sein muss.«

Byrne hielt die Karte noch einmal hoch. »Ich muss wissen, was Sie damit meinten, als Sie mich gefragt haben, ob ich sie ›gefunden habe‹. Ob ich den Löwen, den Hahn und den Schwan gefunden habe.«

Christa-Marie starrte ihn eine Weile an und stand dann auf. Sie ging auf ihn zu und kniete sich vor ihn hin.

»Ich kann Ihnen helfen«, sagte sie.

Byrne antwortete nicht sofort und hoffte, sie würde fortfahren. Das passierte nicht. »Wie können Sie mir helfen?«, fragte er dann.

Christa-Marie blickte wieder aus dem Fenster. Aus der Nähe betrachtet sah ihre Haut in diesem Licht beinahe durchscheinend aus. Eigentlich nicht verwunderlich, nachdem sie so viele Jahre die Sonne entbehren musste.

»Kennen Sie die Suzuki-Methode?«, fragte sie.

Byrne schüttelte den Kopf. Er hatte den Begriff schon einmal gehört, wusste aber sonst nichts darüber.

»Diese Methode konzentriert sich mehr auf das Spielen der Melodie als auf die Technik. Suzuki erlaubte seinen Schülern, schon am ersten Tag zu spielen. Es besteht kein großer Unterschied zum Erlernen einer Fremdsprache.« Sie beugte sich vor. »Wir sprechen beide die Sprache des Todes, nicht wahr?«

Christa-Marie beugte sich noch weiter vor, als wolle sie Byrne ein Geheimnis anvertrauen.

»Ich kann Ihnen helfen, diese Morde zu beenden«, sagte sie leise.

Die Worte hallten von den beschlagenen Scheiben des Wintergartens wider.

»Die Morde?«

»Ja. Sie wissen, dass es noch mehr geben wird. Viel mehr. Vor Halloween um Mitternacht«, sagte Christa-Marie mit nüchterner, emotionsloser Stimme. Sie sprach über Morde wie zuvor über die Musik.

»Warum Halloween um Mitternacht?«

Ehe sie antwortete, bewegte sie plötzlich die Finger ihrer linken Hand. Zuerst glaubte Byrne, es könnte ein nervöses Zucken sein, eine unbewusste Bewegung, die hervorgerufen worden war, weil sie längere Zeit in derselben Position verharrt hatte. Doch dann sah er aus den Augenwinkeln, dass ihre Finger sich um einen imaginären Gegenstand schlangen, und er begriff, dass sie ein paar Passagen spielte, die sie einst auf dem Cello gespielt hatte. Und so plötzlich, wie die Bewegung begonnen hatte, hörte sie wieder auf, und sie legte die Hände in den Schoß.

»Es ist erst vorüber, wenn die Coda beginnt, Detective.«

Byrne kannte das Wort. Die Coda war der letzte Teil eines Musikstückes und wurde in der Regel mit dramatischem Nachdruck gespielt – zum Beispiel ein Tusch am Ende einer Symphonie. »Ich weiß nicht genau, was Sie meinen.«

»George Szell stand oft am Fenster seines Büros und beobachtete, welche seiner Musiker ihre Instrumente mit nach Hause nahmen.«

Byrne schwieg und hoffte, sie würde von selbst wieder auf das Thema zurückkommen.

»Das ist für die Oboisten nicht schwer, nicht wahr?«, fügte sie hinzu. »Für die Bassisten schon.« Sie setzte sich auf die Fersen. »Wissen Sie, dass die Cellisten und Bassisten für ihre Instrumente ein zusätzliches Flugticket kaufen müssen?«

Nein, das wusste Byrne nicht.

»Das Cavani String Quartet bucht immer fünf Plätze.«

»Christa-Marie«, sagte Byrne und hoffte, dass seine Stimme sich nicht anhörte, als würde er sie anflehen. »Ich muss ...«

»Kommst du Halloween wieder hierher?«, fragte sie. »Ich möchte dir einen besonderen Ort auf dem Land zeigen. Wir machen uns einen schönen Tag. Wir werden viel Spaß haben.«

Byrne musste herausfinden, was der Hinweis auf die Tiere in ihrer Mitteilung bedeutete. Doch jetzt wusste er, dass es nicht so einfach sein würde, diese Informationen zu bekommen. »Ja, ich komme«, sagte er.

Sie schaute ihn an, als sähe sie ihn erst jetzt zum ersten Mal. Ihre Miene verfinsterte sich. »Ich kann dir helfen, diese Morde zu beenden, Kevin. Aber zuerst musst du etwas für mich tun.«

»Was kann ich für dich tun, Christa-Marie?«

Er hatte mit allem gerechnet, aber das, was sie dann sagte, verschlug ihm schier den Atem und führte seine Gedanken zurück in die dunklen Stunden jener Nacht.

Christa-Marie nahm seine Hände in die ihren und schaute ihm tief in die Augen. »Schlaf mit mir«, sagte sie.

54.

Mit klopfendem Herzen stand Lucy vor der Tür von Zimmer 1208. Sie wollte es betreten, doch eine entsetzliche Angst, die sie gut kannte, lähmte sie. Sie hatte auf eigene Faust ein wenig recherchiert und wusste, dass alle Gäste auf dieser Etage Mitglied in der *Société Poursuite* waren. Heute besuchte die Gruppe ein Seminar im Crystal Room, das von 10.00 bis 15.00 Uhr dauern sollte. Dann gab es eine Pause. Lucy nahm an, dass zwischen 9.30 Uhr und circa 14.00 Uhr niemand diese Etage betreten würde.

Heute Morgen hatte sie auf dem Treppenabsatz gestanden und die Leute beobachtet, die den Crystal Room betraten. Seit ihrer Entführung beobachtete sie alle Menschen, die sie traf, ganz genau und lauerte auf eine Geste, eine vertraute Körperhaltung, ein Wort, einen Tonfall, einen Akzent, die sie zu diesen drei verlorenen Tagen und dem, was ihr zugestoßen war, zurückführen würden.

In Carlisle hatte sie einst das schrille Lachen einer Frau gehört. Es weckte ihre Erinnerung an einen Raum, aber nicht unbedingt an einen Raum, in dem sie gefangen gehalten wurde, sondern an einen, der als Zwischenstopp diente. Als sie sich zu der Frau umdrehte – einer korpulenten Rothaarigen um die vierzig mit Nikotinflecken auf den Lippen –, verflüchtigte sich das Gefühl schon wieder. Lucy begriff damals, dass dieses Gefühl immer wieder kommen und vergehen würde. Es reichte aus, wenn es wenige Minuten andauerte, damit sie es richtig registrieren und sich zu erinnern versuchen konnte.

Jetzt wartete eine andere Aufgabe auf sie.

Lucy hob die Hand, um zu klopfen, doch sie schaffte es nicht. Ihre Arme waren kraftlos und plötzlich zu leicht. Sie versuchte es noch einmal.

»Zimmerservice«, sagte sie und klopfte. Ihre Stimme hörte sich an wie ein leises Quieken.

Sie klopfte lauter. »Zimmerservice.«

Keine Reaktion.

Jetzt oder nie.

Lucy zog die Schlüsselkarte für diese Etage hervor, steckte sie in den Schlitz und betrat Zimmer 1208.

Das Zimmer war leer.

Die Zimmermädchen durften die Türen an sich nicht schließen, aber manchmal gingen sie von alleine zu, und das wusste die Hausdame. Heute passierte es eben einmal. Allerdings half Lucy etwas nach.

Sie schleppte alles, was sie brauchte, ins Zimmer und legte es aufs Bett. Dann überflog sie die Checkliste. Nie zuvor in ihrem Leben hatte Lucy so schnell gearbeitet wie heute.

Es war verrückt. Was machte sie hier? Sie bildete sich alles nur ein. Das war alles nur ein Hirngespinst. Seitdem sie von dem Traumweber gehört hatte, glich ihr Leben einem verrückten Traum. Die Tatsache, dass ein kleines Mädchen in diesem Zimmer ermordet worden war, konnte nur ein grässlicher, tragischer Zufall sein.

Mr. Adrian Costa verfügte über keine besonderen Fähigkeiten und keine außergewöhnliche Macht. Der Mann war ein Scharlatan, und er belog sie. Nur ein Hochstapler wie die anderen auch.

Blitzschnell erledigte Lucy die restlichen Arbeiten. Sie

schaffte es in fünfzehn Minuten und stellte damit einen neuen Rekord auf. Als sie fertig war, fühlte sie sich ein bisschen besser. Ein sauberes Zimmer übte diese Wirkung stets auf sie aus. Jetzt konnte sie wieder gehen.

Als sie das Zimmer gerade verlassen wollte, fiel ihr Blick auf die untere Schublade der Kommode, die einen Spalt breit offen war. Lucy schaute zur Tür und wieder auf die Schublade.

Sie konnte dem Drang, die Schublade zu öffnen, nicht widerstehen und zog sie vorsichtig auf. Dort lagen drei gefaltete Anzughemden. Und darunter lag etwas, das glänzte. Lucy schob die Hemden zur Seite, und dann sah sie es.

Unten in der Schublade lag ein Foto ihrer Mutter.

55.

Byrne saß in seinem Van. Auf dem Weg nach Chestnut Hill hatte er sich alles genau überlegt: Wie er sich verhalten, mit Christa-Marie sprechen und die Informationen, die er brauchte, von ihr bekommen würde. Er nahm sich vor, das Haus wie der erfahrene Ermittler, der er war, der coole Typ, der Master oft the Universe, zu betreten und es mit den Informationen, die er brauchte, wieder zu verlassen.

Er hatte kläglich versagt und war ohne die geringste Information wieder gegangen.

Byrne fragte sich, wie er jetzt vorgehen sollte. Er könnte sich mit Michael Drummond oder Paul DiCarlo von der Bezirksstaatsanwaltschaft in Verbindung setzen. Diese würden Christa-Marie Schönburg dann über ihren Anwalt Benjamin Curtin die Aufforderung zukommen lassen, im Roundhouse eine offizielle Aussage zu machen. Byrne konnte sich lebhaft vorstellen, was für einen Zirkus das zur Folge hätte.

Er wollte seinen Wagen gerade starten, da sah er, dass Adele Hancock quer über die Auffahrt auf den Van zusteuerte. Als sie näher kam, ließ Burne das Fenster herunter.

»Ich soll Ihnen das hier geben.«

Adele Hancock reichte ihm eine eingeschweißte CD. Auf dem Cover war ein Foto von Christa-Marie in einem Café in Italien abgebildet. Im Hintergrund sah man die Basilica di Santa Maria del Fiore.

»Sie hat gesagt, wenn Sie sie besser kennenlernen möchten, müssen Sie sich das hier anhören.«

»Was glauben Sie, was sie damit meint?«

Hancock lächelte verhalten. »Wenn Sie ein paar Jahre Zeit übrig haben, könnte ich vielleicht versuchen, Ihnen erste Einblicke zu geben.«

Fünfzehn Minuten später fuhr Byrne auf den Expressway. Er konnte noch nicht in die Stadt zurückkehren. Er musste noch einen Zwischenstopp einlegen.

Byrne steckte in einem Zwiespalt. Es gab etwas, was er unbedingt tun musste und auch tun sollte. Doch eine andere Sache war genauso dringend, und genau das würde er jetzt tun.

Als Byrne Richtung Westen fuhr, packte er die CD aus und schob sie in den CD-Player. Kurz darauf hallte der majestätische Klang von Christa-Marie Schönburgs Cellospiel durch den Wagen.

56.

Tommy Archer konnte sich nicht an den Geruch gewöhnen und würde es vermutlich auch niemals tun. Keine gute Voraussetzung für jemanden, der davon träumte, eines Tages seinen eigenen Friseursalon zu besitzen.

Der Geruch, der ihm heute besonders zu schaffen machte – es gab so viele in diesem Beruf –, war der widerliche Gestank der Dauerwelle, die er soeben Mrs. Smith gemacht hatte. Bei dem dominanten Geruch handelte es sich um den des Ammoniaks, und der stammte, wenn er sich noch richtig an das erinnerte, was er im Chemieunterricht gelernt hatte, von dem Ammoniumthioglykolat.

Tommy fand, das Zeug stank ganz erbärmlich.

Er sagte immer zu seinen Kundinnen, sie könnten den üblen Geruch des stark alkalischen Dauerwellenpräparats am besten mit einem säurehaltigen Produkt wie Tomatensaft loswerden. Tommy riet ihnen, ihn aufs Haar aufzutragen, zehn bis zwanzig Minuten einwirken zu lassen und das Haar dann mit Shampoo zu waschen und gut auszuspülen.

Die Kundinnen glaubten alle, er sei eine Art Genie, wenn er es ihnen erklärte, und dabei war das nur naturwissenschaftliches Grundwissen. Doch er ließ sie in dem Glauben. In seinen sechsundzwanzig Erdenjahren hatte es nicht allzu viele Leute gegeben, die Tommy Archer als Genie ansahen. Schon gar nicht sein Vater. Andererseits hatte ihm das, was er einst für seinen Vater getan hatte, die immerwährende Dankbarkeit des Mannes eingebracht, wenn nicht sogar dessen Respekt. Das hätte er aber niemals gezeigt.

Den Geruch der Dauerwelle aus dem Haar zu beseitigen war eine Sache. Ihn jedoch aus dem winzigen, nur fünfzig Quadratmeter großen Ladenlokal des Country Cutz (unbestritten der schlimmste Name in der Geschichte des Geschäftes) zu vertreiben stand auf einem ganz anderen Blatt.

Obwohl es draußen nur sieben Grad hatte, öffnete Tommy die beiden Fenster zur Straße. Mrs. Smith war heute seine letzte Kundin gewesen.

Tommy schob eine Kassette in den Rekorder hinter der Kasse und begann zu fegen. Er spürte die Kälte, die durch den Salon zog. Die Feiertage nahten, und das bedeutete mehr Arbeit und mehr Geld. Allerdings bedeutete es auch, dass er die Einsamkeit stärker spürte. Tommy gehörte zu den typischen Kandidaten für Winterdepressionen.

Im Laden war das Rauchen verboten. Nachdem Tommy den Boden gefegt, die Waschbecken ausgespült und die Kämme und Bürsten gereinigt hatte, trat er vor die Tür und zündete sich eine Zigarette an. Die Hauptstraße des Ortes war menschenleer. Nur die Lichter vom Patsy's Diner zwei Straßen weiter und von der Aamco-Autowerkstatt gegenüber erhellten die Dunkelheit.

»Haben Sie noch offen?«

Tommy fuhr der Schreck in die Glieder. Er drehte sich um. Neben ihm stand ein Mann, und zwar genau neben ihm. Tommy hatte ihn nicht kommen gehört.

Der Mann trug einen dunklen Mantel.

Tommy schaute auf die Uhr. »Ehrlich gesagt schließen wir in fünf Minuten.«

Der Mann strich sich über den Nacken. »Ich hatte gehofft, Sie würden mir noch kurz die Haare schneiden. Ich bin heute Abend zu einer Hochzeitsfeier eingeladen. Der coole Onkel mit der dicken Brieftasche. Wahrscheinlich könnte ich dort auch mit einer bunten Perücke auftauchen, aber ich würde gerne gepflegt aussehen.«

Tommy schaute noch einmal auf die Uhr, als läge die Antwort dort. Der Mann war ihm sympathisch, und durch die Erwähnung der *dicken Brieftasche* wollte er sicherlich andeuten, dass Tommy ein hohes Trinkgeld zu erwarten hätte. Außerdem hatte Tommy nichts vor. In diesem Nest gab es keine große Schwulenszene, ja nicht einmal ein Rotlichtviertel. Ihn erwartete nur eine billige Flasche Orvieto und die DVD-Box mit der zweiten Staffel von *Jericho – Der Anschlag*. Gut, dass es Netflix gab.

Er musterte den Mann. Freundliche Augen und ein freundliches Lächeln.

»Nur schneiden?«

»Ja«, erwiderte der Mann. »Ich bin auch bereit, den doppelten Preis zu zahlen.«

»Das ist nicht nötig«, sagte Tommy. »Was soll ich in so einem Kaff mit dem ganzen Geld anfangen?«

Im Grunde war der Haarschnitt gar nicht nötig. Tommy wusste jedoch, dass ein gepflegtes Äußeres vom persönlichen Empfinden des Einzelnen abhing und dass alle Menschen, die er jemals gestylt hatte, etwas anderes darunter verstanden. Jeder hatte das Recht, genau so auszusehen, wie er oder sie es sich wünschte.

»Ein netter, kleiner Ort«, sagte der Mann.

Tommy schnaubte verächtlich. »Ja, ist es, wenn es einem

nichts ausmacht, in einem Dorf zu wohnen, wo man die falsche Nummer wählt und dann trotzdem eine Stunde mit der Person spricht.«

Der Mann lachte. »Ich wette, so schlimm ist es auch wieder nicht.«

Tommy holte den Föhn und blies die Haare von den Schultern des Mannes. Dann puderte er ihm den Nacken.

»Sie sind also heute zu einer Hochzeitsfeier eingeladen?«, fragte Tommy.

»Ja.«

»Und wo? In der Legion Hall?« Tommy nahm den Umhang ab und bürstete die letzten Haare von Schultern und Nacken des Mannes.

»Nein, im Crystal Room.«

Tommy hatte noch nie etwas vom Crystal Room gehört. »Ist das hier in der Nähe?«

»In Philadelphia.«

Tommy zuckte mit den Schultern. Er nahm an, dass der Mann auf der Durchreise war. Das Denkmal zur Erinnerung an den Absturz des United-Airlines-Fluges 93 hier in der Nähe zog zahlreiche Touristen an. Tommy fragte sich, wie der Mann den Friseursalon gefunden hatte.

Der Kunde stand auf und zog die Bügelfalte in seiner Hose glatt. »Ich bin Ihnen sehr dankbar. Ich fühle mich wie neugeboren.«

Wie neugeboren, dachte Tommy. Das hätte er sich auch gewünscht.

»Kein Problem.«

Der Mann zog den Mantel an. »Was bin ich Ihnen schuldig?«

Tommy nannte den Preis. Wie versprochen bezahlte der Mann das Doppelte.

Kurz nach acht schloss Tommy den Laden ab. Auf ausdrückliche Anweisung seines Chefs ließ er die Kasse immer offen, zog die Lade heraus und richtete das Spotlight darauf.

Schnellen Schrittes lief er zum Parkplatz. In der letzten Stunde war es kälter geworden.

»Thomas?«

Er wirbelte herum, sah aber niemanden auf der Straße, auf die nur lange Schatten fielen.

Thomas? Wer zum Teufel nannte ihn Thomas? Die letzte Person, die ihn Thomas genannt hatte, war Jeremy, sein Ex. Aber das war in York gewesen und drei Jahre her.

»Hallo?«

Stille.

Tommy trat ein Stück hinter die Mauer zurück. Ein Auto fuhr langsam vorbei. In dem Wagen saß eine Person, die aber nicht in seine Richtung blickte. Tommy spähte die Straße in beide Richtungen hinunter. Und dann sah er ihn. Den Mann, dem er gerade die Haare geschnitten hatte. Aber jetzt trug er einen dunklen Overall, dessen Reißverschluss bis zum Hals zugezogen war.

»Benvenuto al carnevale.«

Der Mann hob etwas in die Höhe, das ungefähr die Größe und Form eines Wagenhebers hatte. Tommy hörte ein lautes Knacken und nahm den Geruch von Feuer wahr. Dann stürzte er zu Boden.

Er lag in einem fahrenden Transporter.

Tommy verlor die Besinnung und kam dann wieder zu sich.

Er konnte den Kopf nicht bewegen.

Der Transporter hielt an. Der Mann stieg ins Heck, streifte dünne Latexhandschuhe über und schloss die Tür. Aus der Stereoanlage des Autos ertönte klassische Musik. Geigen oder etwas in der Art.

Tommy hörte noch ein anderes Geräusch. Es klang wie eine Bohrmaschine.

Tommy begann zu schreien.

57.

Byrne trank in North Philly einen Kaffee. Auf der Toilette wusch er sich das Gesicht und die Hände. Die Müdigkeit machte ihm zu schaffen. Als er in den Van stieg, schaltete er das Handy ein und sah, dass er fünf neue Nachrichten bekommen hatte. Alle von Jessica. Er rief sie an. »Wo bist du?«, fragte er.

»Im Jefferson Hospital«, sagte Jessica.

»Im *Jefferson?* Warum?«

»Ich bin heute einem alten Bekannten in die Arme gelaufen.«

»Nun sag schon.«

»Lucas Anthony Thompson.«

»*Was?* Was ist passiert?«

Jessica lieferte ihm eine kurze Zusammenfassung der Ereignisse. Sie begann mit dem Selbstmord von Joseph Novak und fuhr dann fort mit der Nachricht des Toten auf ihrer Mailbox, seinem Tagebuch und dem Überfall durch Lucas Thompson. Byrne brauchte ein paar Sekunden, um das alles zu verarbeiten.

»Mann, wenn ich einmal nicht da bin.«

»Wem sagst du das.«

»Habt ihr Thompson eingebuchtet?«

»Nein, das war nicht möglich. Er ist tot. Und Novaks Tagebuch ist verschwunden.« Jessica informierte ihn über die weiteren Details.

»Wo ist es passiert?«

Jessica sagte es ihm.

»An dem Ort wurde die Kimmelman umgebracht, nicht wahr?«

»Ja.«

»Wurde er schon weggebracht?«

»Ja. Die Kriminaltechnik sucht nach Spuren.«

»Ich fahre schnell mal da vorbei. Und wann darfst du das Krankenhaus wieder verlassen?«

»In circa einer Stunde. Vincent ist bei Sophie. Holst du mich ab?«

»Bin gleich da.«

58.

Gegen halb zehn hielt Byrne vor dem Krankenhaus an. Jessica wartete schon. Sie hatten sie gezwungen, sich in einen Rollstuhl zu setzen, was den Eindruck erweckte, alles wäre viel schlimmer, als es war. Als Jessica den Van sah, stand sie auf, steuerte auf ihn zu und setzte sich auf den Beifahrersitz.

»Scheint ja nicht so schlimm gewesen zu sein«, sagte Byrne.

»War es auch nicht. Du weißt doch, wie das ist. Du brichst dir einen Fingernagel ab, und schon wollen sie an dir herumoperieren, damit sie ordentlich bei der Krankenkasse abkassieren können.«

»Was haben sie gesagt?«

»Alles in Ordnung. Keine Gehirnerschütterung. Wahrscheinlich werde ich ein oder zwei Tage Kopfschmerzen haben. In zwei Wochen soll ich noch mal zur Nachuntersuchung vorbeikommen.«

Byrne fuhr langsam auf den kleinen Parkplatz für Kurzparker. »Jetzt erzähl mal alles der Reihe nach.«

Jessica versuchte, ihre Gedanken zu ordnen, was nach den beiden Faustschlägen auf den Kopf noch ein wenig schwierig war. Sie erzählte Byrne, was in Novaks Tagebuch gestanden hatte.

»Er hat geschrieben, dass er in jemandes Schuld stand«, sagte sie.

»Das waren seine Worte?«

Jessica nickte. »Wenn ich mich nicht irre, stand da: ›Allerheiligen. Es ist geschehen. Jetzt weiß ich, dass ich für immer in seiner Schuld stehen werde.‹«

»Allerheiligen. Am 1. November.«

»Ja.«

Jessica sagte ihm auch, dass unter dem hinteren Cover ein Foto gesteckt hat.

»Irgendeine Idee, wer die Frau war oder wo das Foto aufgenommen wurde?«, fragte Byrne.

»Nee. Keine Ahnung.«

»Und auf der Rückseite stand das Wort *Hölle?*«

»Ja. Nur das eine Wort.«

Sie schwiegen einen Augenblick.

»So, jetzt bist du dran«, sagte Jessica dann. »Wie war es in Chestnut Hill?«

Byrne berichtete ihr über sein Gespräch mit Christa-Marie. Jessica hatte das Gefühl, dass ihr Partner ihr nicht alles sagte, aber das war seine Art. Offenbar erzählte er ihr nur das, was sie unbedingt wissen musste.

»Sie meinte, dass es noch mehr Morde geben wird«, fuhr Byrne fort. »Und dass sie uns helfen kann.«

»Und das war alles? Keine Details?«

»Keine Details.«

»Hattest du das Gefühl ... wie soll ich sagen ...«

»Dass sie verrückt ist?«

»Ja. Genau.«

»Ich bin mir nicht sicher. Ja, doch, ich glaube, sie ist ein bisschen verrückt. Aber ich würde gerne noch mal mit ihr sprechen, bevor wir da mit der ganzen Mannschaft anrücken. Du weißt genauso gut wie ich, dass sie sofort ein halbes Dutzend Psychologen zu ihr schicken, sobald ich die ganze Sache offiziell mache. Dann macht sie bestimmt vollkommen dicht.«

Es begann wieder zu regnen. Sie hörten nur die Musik aus der Stereoanlage und das Prasseln des Regens auf dem Dach des Vans.

Byrne drehte sich zu Jessica um und legte eine Hand auf die ihre. »Bist du sicher, dass du okay bist?«

»Alles bestens. Es ging mir nie besser.«

Byrne starrte sie an.

»Okay, einmal ging es mir vielleicht noch besser. Ich glaube, das war in dem Sommer, als ich mit meiner Cousine Angela den Joint geraucht habe.«

Byrne lächelte. Er drückte Jessicas Hand und setzte den Wagen zurück. Jessica beugte sich vor und stellte die Musik lauter. »Das klingt gut. Liege ich mit meiner Vermutung richtig, dass das von ihr ist?«

Byrne griff hinter Jessicas Sitz nach der CD-Hülle und gab sie ihr.

»Das hören wir uns an?«

Byrne nickte. »Ja. Christa-Maries Krankenschwester hat sie mir gegeben. Sie hat gesagt, Christa-Marie wolle, dass ich mir das anhöre.«

Jessica schaute auf den CD-Player und sah, dass es das zweite Stück war. Dann glitt ihr Blick über die Hülle. Das zweite Stück war *Nocturne in G-Dur* von Chopin.

»Unglaublich«, sagte sie.

Als das Stück zu Ende war, ließ Jessica es ein zweites Mal laufen.

Als sie vom Parkplatz herunterfuhren, las Jessica den Covertext durch.

»Die CD wurde hier in Philly aufgenommen«, sagte sie. »Im Prentiss Institute.«

»Das ist die Musikschule, nicht wahr? Das Konservatorium in der Locust Street?«

»Ich glaub schon.«

Jessica schaute auf die Rückseite der CD. Unten stand eine kurze Liste der Mitwirkenden.

»Kevin.«

Byrne wandte ihr den Blick zu. Jessica reichte ihm die CD-Hülle und deutete auf den letzten Namen.

Aufnahmeleiter: Joseph P. Novak.

59.

Das Prentiss Institute of Music in der Locust Street, gegenüber vom Rittenhouse Square, war in einem stattlichen Herrenhaus, einem imposanten georgianischen Sandsteingebäude aus dem frühen zwanzigsten Jahrhundert, untergebracht. In der Welt der klassischen Musik stand für viele diese Musikhochschule in Philadelphia auf einer Stufe mit der Juilliard School in New York. Viele Mitglieder des Philadelphia Orchestra hatten am Prentiss Institute studiert. Die meisten Kurse fanden auf Hochschulniveau statt, doch es gab auch Vorbereitungskurse. Viele bedeutende Musiker der großen Orchester auf der ganzen Welt hatten am Prentiss ihre Ausbildung absolviert.

Aufgrund des hohen Ansehens dieses Konservatoriums und der späten Stunde hielt Byrne es für angebracht, bei der Staatsanwaltschaft anzurufen. Diese rief daraufhin in der Schule an und vereinbarte für Jessica und Byrne einen Termin.

Der Dekan des Prentiss Institute of Music war ein gewisser Frederic Duchesne. Ein großer Mann um die vierzig mit markanten Gesichtszügen, schon ein wenig lichtem blondem Haar, braunen Augen und sportlich-eleganter Kleidung. Er empfing sie am Eingang des Instituts, schloss die Tür hinter ihnen und führte sie in sein Büro, einen großzügig geschnittenen, weiß getäfelten Raum im Erdgeschoss. Überall standen Notenständer mit Notenblättern, hohe CD-Stapel und verschiedene Musikinstrumente in ihren mit Samt ausgeschlagenen Kästen. An einer Wand hing ein großes, gerahmtes Exemplar der Gründungsurkunde der Schule. Duchesne bot ihnen Kaffee an, doch Jessica und Byrne lehnten ab. Sie nahmen alle Platz.

»Wir sind Ihnen sehr dankbar, dass Sie sich die Zeit nehmen, mit uns zu sprechen«, sagte Byrne. »Und dann auch noch zu so später Stunde.«

»Das ist kein Problem. Ich bin oft bis Mitternacht im Hause. Es gibt immer etwas zu tun.« Mit zerstreuter Miene sortierte er ein paar Unterlagen auf dem Schreibtisch, dann hörte er damit wieder auf. Vielleicht begriff er, dass es hoffnungslos war. Er wandte sich den beiden Detectives zu. »Es kommt nicht oft vor, dass wir Besuch von der Polizei bekommen.«

»Wir haben nur ein paar Fragen«, sagte Byrne.

»Ich nehme an, es hat etwas mit Joseph Novak zu tun.«

»Das ist richtig.«

Duchesne nickte. »Ich habe es in den Nachrichten gehört.«

»Was können Sie uns über Novak sagen?«

»Ich glaube, zwischen Mr. Novak und dem Prentiss bestand zehn Jahre lang eine lose Verbindung.«

»War er hier angestellt?«

»Nein, nein. Er hat freiberuflich bei verschiedenen Aufnahmen als Tonmeister gearbeitet. Das Institut engagiert verschiedene Toningenieure, je nachdem, um was für ein Projekt es sich handelt.«

Byrne zeigte ihm die CD, die er von Christa-Marie erhalten hatte. »Bei diesem Projekt hat er mitgearbeitet?«

Duchesne setzte seine Brille auf. Als er die CD sah, lächelte er. »Das wurde vor über zwanzig Jahren aufgenommen. Novak hat bei der Originalaufnahme nicht mitgewirkt, sondern nur bei der Neubearbeitung.«

»Kannten Sie Joseph Novak?«

»Wir sind uns ein oder zwei Mal begegnet. Ich persönlich habe aber nie mit ihm zusammengearbeitet.« Duchesne schüttelte den Kopf. »Das ist eine furchtbare Tragödie.«

»Wann haben Sie ihn zum letzten Mal gesehen?«

Duchesne dachte kurz nach. »Das muss etwa zwei Jahre her sein.«

»Seitdem hatten Sie keinen Kontakt zu ihm?«

»Nein.«

»Wissen Sie, bei wie vielen Aufnahmen er hier mitgearbeitet hat?«

»So aus dem Stegreif kann ich Ihnen das nicht sagen. Ich kann mich aber gerne erkundigen.«

Byrne schaute auf seine Notizen. »Ich muss Ihnen noch ein paar Fragen stellen. Einige werden Ihnen vielleicht banal erscheinen.«

Duchesne hob eine Hand. »Kein Problem. Das hier ist ein Ort des Lernens.«

»Würden Sie uns bitte etwas über das Institut erzählen?«

»Möchten Sie die Touristenversion oder die für potenzielle Spender?«

»Die für Touristen«, sagte Byrne. »Zunächst einmal.«

Duchesne lächelte und nickte. »Das Institut wurde 1924 von einer Frau namens Eugenie Prentiss Holzman gegründet. Es gilt heute weltweit als eines der führenden Konservatorien. Es ist nicht einfach, hier aufgenommen zu werden, aber der Unterricht ist kostenlos. Mehrere derzeitige Mitglieder des Philadelphia Orchestra geben hier Unterricht.«

»Wie viele Studenten haben Sie?«

»Im Augenblick um die hundertsechzig.«

»Und der Unterricht ist kostenlos?«

»Ja, aber nicht die Privatstunden.«

»Teuer?«

»Sehr«, sagte Duchesne. »Die Kosten für eine Stunde können ziemlich hoch sein.«

Duchesne fuhr fort und informierte sie, nach welchem Verfahren das Institut seine Studenten auswählte und wie der normale Lehrplan aussah. Er nannte auch die Namen einiger bekannter ehemaliger Studenten. Es war eine beeindruckende Liste. Dann verstummte er, langte in eine Schreibtischschublade, zog zwei große, farbige Broschüren heraus und reichte den beiden Detectives jeweils eine. Die Publikation hieß *Grace Notes*.

»Prentiss veröffentlicht diese Broschüre vierteljährlich«, erklärte Duchesne ihnen. »In diesem Heft finden Sie alle Hintergrundinformationen, die Sie brauchen.«

Jessica und Byrne blätterten sie durch. Byrne hielt sein Exemplar hoch und bedankte sich.

Duchesne nickte.

»Eine letzte Frage hätte ich noch«, sagte Byrne.

»Natürlich.«

»Gibt es bei der Orchestermusik – den Symphonien – immer auch eine Textvorlage?«

»Eine Textvorlage?«

»Wie beim Musical. Jemand schreibt ein Buch, ein anderer schreibt die Musik und ein Dritter schreibt den Songtext.«

»Ich kann mir ungefähr vorstellen, was Sie meinen. Sie möchten wissen, ob eine Symphonie auch eine *Geschichte* erzählt.«

»Ja.«

»Das ist eine schwierige Frage. Eine Frage, über die lange Zeit heftig diskutiert und gestritten wurde. Ich glaube das, was Sie meinen, sofern es instrumentale Musik anbelangt, nennt man Programmmusik.«

»Zur Programmmusik gehört eine Geschichte?«

»Ja und nein. In ihrer reinsten Form kann Programmmusik eine Geschichte auch nur andeuten.«

»Ein Musikstück, das einem erzählerischen Ansatz folgt, muss also nicht unbedingt kohärent sein?«

Duchesne lächelte. »Sagen Sie mal, Detective, wo haben Sie Musik studiert?«

»In einer kleinen Eckkneipe.«

»Bei dem geschätzten Mr. Johnson?«

»Genau«, sagte Byrne. »Meine Interessen liegen auf einem anderen Gebiet.«

Duchesne dachte kurz nach. »Um Ihre scharfsinnige Frage zu beantworten – ja. Größtenteils. Es gibt ein paar Ausnahmen, und eine davon sind Vivaldis *Vier Jahreszeiten*.«

Obwohl Jessica sich redlich bemühte, dem Gespräch aufmerksam zu folgen, verstand sie nur wenig. Byrne machte sich detaillierte Notizen. Sie hoffte, dass er seine unleserliche Schrift später noch entziffern konnte und alles verstand. Sobald es um klassische Musik ging, war sie vollkommen aufgeschmissen. Wenn jemand den *Barbier von Sevilla* erwähnte, musste sie an Bugs Bunny denken.

»Gibt es symphonische Dichtungen, Programmmusik, die Tiersymbolik beinhalten?«

»Ach du meine Güte. Sehr viele.«

»Vor allem einen Löwen, einen Hahn, einen Schwan oder einen Fisch?«

»Das ist vermutlich die bekannteste von allen. *Karneval der Tiere*«, erwiderte Duchesne, ohne einen Augenblick zu zögern. »Es ist eine musikalische Suite mit vierzehn Sätzen. Sehr beliebt.«

»In den einzelnen Sätzen geht es immer um Tiere?«

»Nicht in allen.«

»Wer war der Komponist?«, fragte Byrne.

»*Karneval der Tiere* wurde von einem großen Vertreter des vertonten Gedichtes geschrieben. Einem französischen Komponisten der Romantik namens Camille Saint-Saëns.«

»Haben Sie Informationen darüber, die Sie uns zur Verfügung stellen könnten?«, fragte Byrne.

»Natürlich«, sagte Duchesne. »Es wird einen Moment dauern, bis ich sie alle zusammengestellt habe. Möchten Sie warten?«

»Würden Sie uns die Informationen faxen, sobald Sie sie haben?«

»Sicher. Ich kümmere mich sofort darum.«

Jessica und Byrne standen auf. »Wir sind Ihnen sehr verbunden«, sagte Byrne und reichte dem Mann seine Visitenkarte.

»Gern geschehen.« Duchesne führte die beiden durch die Halle zum Ausgang.

»Waren Sie schon an diesem Institut, als Christa-Marie Schönburg hier studiert hat?«, fragte Byrne.

»Nein. Ich bin seit fast zwanzig Jahren hier tätig, aber damals hatte sie uns schon verlassen.«

»Hat sie auch hier unterrichtet?«

»Ja, hat sie. Nur für zwei Jahre oder so, doch ich habe gehört, dass sie ein ganz besonderer Mensch gewesen sein soll. Die Studenten haben sie geliebt.«

Sie stiegen die Treppe zum Seiteneingang des Prentiss Institute hinunter.

»Vielleicht dürfen Sie nicht darüber sprechen, aber ich

würde Sie dennoch gerne fragen, ob diese ganze Sache etwas mit Ms. Schönburg zu tun hat«, sagte Duchesne.

»Nein«, erwiderte Byrne, der hervorragend lügen konnte, wenn es die Situation erforderte. »Ich bin nur ein großer Fan von ihr.«

Duchesne sah auf die Wand neben der Tür. Jessica folgte seinem Blick. Zwischen hübsch angeordneten Porträts junger Musiker – Violinisten, Pianisten, Flötisten, Oboisten – hing in einem wertvollen Rahmen das Bild der jungen Christa-Marie Schönburg, die in einem Übungsraum im Prentiss Institute saß.

Sie gingen schweigend zurück zum Wagen. Er stand in der Nähe der Locust Street in einer kleinen Gasse, die Mozart Place hieß.

»Du hast es auch gesehen, nicht wahr?«, sagte Jessica schließlich.

»Klar.«

»War es dasselbe?«

»Dasselbe.«

Auf dem Foto von Christa-Marie neben der Tür, das vor über zwei Jahrzehnten aufgenommen worden war, trug sie einen Armreif aus Edelstahl mit einem großen Granatstein.

Dasselbe Armband hatten sie auf dem Regal in Joseph Novaks Wohnung gesehen.

60.

Die Audio-Videoabteilung des Philadelphia Police Departments war im Untergeschoss des Roundhouse untergebracht. Diese Abteilung hatte unter anderem die Aufgabe, alle städtischen Behörden mit Audio- und Videoequipment zu versorgen – Kameras, Fernsehapparate, Aufzeichnungs- und Überwachungsgeräte. Außerdem fiel es in ihren Zuständigkeitsbereich, alle öffentlichen Veranstaltungen aufzuzeichnen, in die der Bürgermeister oder das Police Department involviert waren, und diese so offiziell zu dokumentieren. Die Mordkommission wandte sich an diese Abteilung, wenn es darum ging, Filmmaterial aus Überwachungskameras zu analysieren, das ihre Fälle betraf.

Dafür war niemand besser geeignet als Mateo Fuentes. Er war Ende dreißig und Stammgast in der düsteren Enge der Kellerstudios und Schneideräume, ein pingeliger, überkorrekter Ermittler, der jeden Ausflug der Detectives in seine Welt als unwillkommene Störung anzusehen schien.

Mateo war kürzlich zum Sergeant aufgestiegen und nun Chef der Abteilung. Was als Perfektionismus angesehen wurde, als er noch Officer Fuentes gewesen war, grenzte jetzt an Besessenheit.

Als Jessica und Byrne im Untergeschoss ankamen, hielt Mateo Fuentes in einer Ecke des großen Studios Hof und unterhielt sich mit David Albrecht.

»Sie bevorzugen also die Objektive der L-Serie?«, fragte Mateo.

»Auf jeden Fall«, erwiderte Albrecht. »Es gibt nichts Besseres.«

»Keine Geisterbilder?«

»Nein.«

Mateo grinste. »Wenn ich eine Hypothek auf mein Haus aufnehmen und meine gesamten Besitztümer verkaufen würde, könnte ich mir dann so eine Ausrüstung kaufen?«

»Dann könnten Sie sich eine *leihen*.«

Die beiden Männer wandten sich Jessica und Byrne zu. Albrecht lächelte. Mateo runzelte die Stirn. Es sah so aus, als würden die beiden Detectives ihm die Laune verderben. Ein paar Minuten später stießen die anderen Mitglieder des Teams dazu. Insgesamt waren es sechs Detectives plus Sergeant Dana Westbrook.

Mateo war klar in der Minderheit.

»Dann wollen wir mal«, sagte Fuentes. »Sind Sie bereit?«

Die Detectives drängten sich um Albrechts Kamera. Das Display hatte eine Diagonale von ungefähr vier Zoll, doch Mateo hatte es mit einem externen 15-Zoll-Monitor verbunden.

Mateo spulte die Aufnahmen aus West Philly bis zu der Stelle vor, die den Parkplatz zeigte, auf dem Jessica angegriffen worden war.

Auf dem Video sahen sie, wie Jessica den Imbiss verließ und den Parkplatz betrat. Normalerweise hätten die Kollegen jetzt ein paar blöde Bemerkungen gemacht, um sie hochzunehmen. Doch heute schwiegen sie alle, denn sie wussten, was gleich kam.

Jessica telefonierte mit dem Handy und steckte es anschließend ein. Sie lehnte sich gegen die Mauer, schlug das Tagebuch auf und zog etwas heraus. Etwa eine Minute lang passierte nichts Besonderes. Im Vordergrund fuhren Autos vorbei. Eine Mutter mit drei kleinen Kindern blieb vor dem Parkplatz stehen. Eine Frau zog einem zweijährigen Kind die Jacke richtig an, dem das gar nicht gefiel. Sie gingen schnell weiter. Jessica las noch immer in dem Tagebuch.

Ein paar Minuten später bog Thompson um die Ecke. Er verpasste Jessica einen Faustschlag, worauf ihr das Tagebuch aus der Hand flog. Zwei lose Blätter segelten durch die Luft. Alle, die zuschauten, zuckten zusammen. Der zweite Faustschlag streckte Jessica zu Boden. Mit großspuriger Miene spazierte Thompson einen Augenblick hin und her. Sie hörten nur die Verkehrsgeräusche. Seine Worte konnten sie nicht verstehen, aber seine Gebärden waren unmissverständlich.

»Da«, sagte Albrecht. Er drückte eine Taste auf der kleinen Fernbedienung in seiner Hand. Der Film blieb stehen. Albrecht deutete auf die rechte Seite des Monitors. Genau hinter der Ecke des Gebäudes war ein Schatten auf dem Boden zu sehen, unverkennbar der Schatten einer Person. Albrecht ließ den Film weiterlaufen. Thompson beugte sich über Jessica, doch aller Augen waren auf den Schatten gerichtet. Der Schatten bewegte sich nicht.

Er beobachtet alles, dachte Jessica. Er steht da und verfolgt, was passiert. Er hilft mir nicht. Er gehört dazu.

Als Thompson sich der Ecke des Gebäudes näherte, tauchten auf einmal zwei Arme über seinem Kopf auf. Eine Sekunde später senkten sich die Arme und Thompson wurde mit enormer Kraft nach hinten gerissen, sodass er das Gleichgewicht verlor und fast völlig aus dem Bild verschwand.

Albrecht spulte den Film zurück und spielte ihn noch einmal in Zeitlupe ab. Die Arme steckten in dunkler Kleidung. Die Person trug dunkle Handschuhe. Als die Hände über Thompsons Kopf schwebten, hielt Albrecht den Film an. Vor dem Hintergrund der weißen Garage hinter dem Gebäude konnte man sehen, was der Mann im Schatten in der Hand hielt. Es war ein Draht. Eine lange Schlinge aus dünnem Draht. Er schlang den Draht über Thompsons Kopf und dann um dessen Hals, riss ihn nach hinten und zog Thompson aus dem Bild.

Dann war nichts mehr zu sehen.

»Ich möchte, dass eine Kopie davon an den technischen Dienst geschickt wird«, sagte Dana Westbrook. »Ich möchte, dass sie jedes einzelne Bild unter die Lupe nehmen.«

»Wird gemacht.«

»Ich will, dass alle Reifenspuren von dem Parkplatz und dem Bereich hinter dem Gebäude sichergestellt werden«, fuhr Westbrook fort. »Überprüfen Sie, ob es auf der Straße Überwachungskameras gibt.«

Ehe Westbrook dem noch etwas hinzufügen konnte, stieg Dennis Stansfield im Eiltempo die Stufen hinunter und stürmte in den Raum.

»Detective?«, sagte Westbrook. »Sie sind zu spät.«

Stansfield schaute auf den Boden, die Decke und die Wände. Er öffnete den Mund, doch es kam kein Ton heraus. Er schien erstarrt zu sein.

»Stansfield?«

Schließlich erwachte er aus seiner Erstarrung. »Wir haben noch eine Leiche.«

Der Fundort war ein chinesischer Schnellimbiss in der York Street in Fishtown. Dieses Arbeiterviertel im Nordosten von Center City erstreckte sich ungefähr vom Delaware River bis zur Frankford Avenue und der York Street. Mittlerweile gab es in Fishtown eine Reihe von Veranstaltungsstätten für Kunst- und Unterhaltungsevents, wo sich Künstler oder solche, die sich dafür hielten, sowie Cops, Feuerwehrleute und Arbeiter trafen.

Als Byrne und Jessica unter dem Absperrband hindurchschlüpften und zu dem Bereich hinter dem Restaurant gingen, fürchtete Jessica sich vor dem, was sie erwartete.

Zwei Streifenpolizisten standen an der Einmündung der Gasse. Jessica und Byrne unterschrieben das Tatortprotokoll, streiften Handschuhe über und gingen die schmale Gasse hinunter. Sie hatten es nicht eilig.

Kurz nach einundzwanzig Uhr war der Anruf bei der Notrufzentrale eingegangen. Es sah so aus, als wäre das Opfer schon seit Tagen tot.

Hinter dem Restaurant stapelten sich seit Wochen die Müllsäcke. Offenbar hatte der Restaurantbesitzer mit dem privaten Müllentsorger einen Streit, der eskaliert war. An einer Wand standen über hundert volle Plastiksäcke, die von Ratten und Mäusen aufgerissen worden waren, und jetzt quoll der halb verrottete Inhalt heraus. Der entsetzliche Gestank des bereits verwesenden Leichnams wurde von einem Dutzend anderer beißender Gerüche nach verfaultem Fleisch und Gemüse überdeckt. Drei mutige Ratten liefen am Ende der Gasse hin und her und warteten auf eine günstige Gelegenheit.

Jessica sah das Opfer nicht sofort. Die Kriminaltechniker hatten ihre Scheinwerfer noch nicht aufgestellt. In dem trüben Licht der Straßenlaternen und dem matten Schimmer der Sicherheitsleuchte über der Hintertür des Restaurants verschmolz der Leichnam mit dem Müll und dem löchrigen

Asphalt, als wäre er ein Teil dieser Stadt geworden. Erst als Jessica näher heranging, sah sie den Leichnam.

Hellbraune Haut, nackt und rasiert. Gase, die sich gebildet hatten, blähten den Toten auf.

Nicht nur das ganze Team war anwesend, sondern auch Russell Diaz, Mike Drummond und nun auch ein Vertreter aus dem Büro des Bürgermeisters.

Alle warteten darauf, dass der Rechtsmediziner den Leichnam für die Detectives freigab. Tom Weyrich hatte heute einen Tag freigenommen. Eine Schwarze in den Vierzigern, die Jessica noch nie gesehen hatte, vertrat ihn. Die Rechtsmedizinerin untersuchte den Leichnam auf Wunden und machte sich Notizen. Sie öffnete die Hände des Opfers und richtete den Lichtstrahl der Taschenlampe auf die Innenfläche, worauf alle das kleine Tattoo auf dem Mittelfinger der linken Hand sahen. Es schien ein Känguru zu sein. Es wurde aus allen Perspektiven fotografiert.

Die Rechtsmedizinerin stand auf und trat zurück. Stansfield ging auf das Mordopfer zu und entfernte vorsichtig den hellen Papierstreifen, der um den Kopf des Toten gewickelt war.

Der Tote war ein Lateinamerikaner Ende dreißig. Wie die anderen Opfer auch hatte er einen Schnitt auf der Stirn, doch die Stichwunde befand sich diesmal über dem linken Auge. Das rechte Ohr war komplett verstümmelt und bestand nur noch aus einer unförmigen Masse aus getrocknetem Blut und zerschnittenem Knorpel.

Als Byrne das Gesicht des Opfers sah, trat er ein paar Schritte zurück und steckte die Hände in die Taschen.

Was war los?, fragte Jessica sich. Warum wich er zurück?

»Ich kenne ihn«, sagte Drummond. »Das ist Eduardo Robles.«

Aller Blicke richteten sich auf Kevin Byrne. Alle wussten, dass Byrne versucht hatte, genügend Beweismaterial zusammenzutragen, damit Robles vor der Grand Jury des Mordes an Lina Laskaris angeklagt werden konnte. Und jetzt war Robles Opfer ihres Serienmörders geworden.

»Hier ist sie gestorben«, sagte Byrne. »Sie wurde auf der Straße von Kugeln getroffen und kroch in diese Gasse, um zu sterben. Hier haben wir die Leiche von Lina Laskaris gefunden.«

In der York Street wimmelte es von Fernsehreportern. Jessica sah CNN, Fox und andere nationale Nachrichtensender. Zwischen ihnen kämpfte David Albrecht um einen guten Platz.

Fünf Opfer.

61.

Byrne stieg in den Van und fuhr los. Zuerst wusste er gar nicht, wohin er fuhr. Doch kurz darauf fand er sich auf dem Expressway wieder und wenig später in Chestnut Hill.

Er schaute durch den schmiedeeisernen Zaun auf das große Haus. Hinter einem Fenster brannte Licht, und hinter den eleganten Seidenvorhängen bewegte sich ein Schatten.

Christa-Marie.

Byrne schloss die Augen, lehnte sich zurück und dachte zurück an die Nacht im Jahr 1990. Er und Jimmy Purify hatten sich etwas zu essen geholt. Sie hatten gerade einen Doppelmord im Drogenmilieu in North Philly abgeschlossen.

War er wirklich so jung gewesen? Damals gehörte er zu den erst kürzlich ernannten Detectives in der Abteilung, ein forscher junger Mann, der noch immer den Spitznamen aus seiner Jugend trug. Riff Raff. Wie nicht anders zu erwarten, ließ er es sich mit dem typischen Stolz der Iren gefallen. Jimmy wurde ›Clutch‹ genannt.

Riff Raff und Clutch.

Doch das waren alte Geschichten.

Er blickte auf den Schatten hinter dem Fenster im ersten Stock. Hielt sie nach ihm Ausschau?

Byrne nahm die Akte vom Beifahrersitz, schlug sie auf und betrachtete die Fotos des Leichnams von Gabriel Thorne, der auf dem Boden lag, und der blutverschmierten Küche, in der alles begonnen hatte.

Er hatte sich heute mit Robert Cole getroffen, einem Mann,

der ein unabhängiges Labor betrieb, das ab und zu Aufträge für das Police Department übernahm, wenn schnellstens kriminaltechnische Ergebnisse gebraucht wurden. Cole hatte schon mehrmals vor Gericht ausgesagt. Er war gut und gründlich und vor allem diskret. Cole versprach Byrne, die Sache zügig zu erledigen.

Byrne blätterte in der Akte und schielte auf seine Unterschrift unten auf dem Formular. Ein viel jüngerer Mann hatte an jenem Tag den Stift in der Hand gehalten. Ein Mann, vor dem noch Jahrzehnte in diesem Job und das ganze Leben lagen.

Byrne brauchte sich nicht die Uhrzeit der Festnahme anzusehen, den Zeitpunkt, als er Christa-Marie Schönburg verhaftet hatte. Er wusste ihn.

2.52 Uhr.

62.

Nachts, wenn die Hotelgäste in ihren Betten liegen und schlafen, wandeln die Toten durch die Gänge. Sie fahren mit dem Aufzug, steigen die Hintertreppe hinauf, huschen in Zimmer und stellen sich ans Fußende Ihres Bettes. Sie sitzen auf dem Rand des Waschbeckens, wenn Sie unter der Dusche stehen. Sie beobachten Sie beim Sex und wenn Sie die Hygieneartikel, die das Hotel kostenlos zur Verfügung stellt, in Ihre Tasche packen und glauben, wunder wie clever zu sein. Sie schauen zu, wenn Sie sich Late-Night-Pornofilme ansehen.

Auch Stacy Pennell wandelt durch diese Gänge, und ihre kleinen Füße hinterlassen kaum Abdrücke auf dem weichen Teppich. Gäste kommen und gehen, doch Stacy bleibt, und ihre letzten Worte kreisen wie sorgenvolle kleine Vögel durch Zimmer 1208.

Bald wird sie befreit werden.

63.

Samstag, 30. Oktober

Jessica joggte die Dritte Straße entlang. Zu dieser frühen Stunde war das Joggen gar nicht so schlimm, wie sie befürchtet hatte. Es herrschte wenig Verkehr, und man begegnete kaum jemandem auf den Straßen. Nur die Leute, die ihre Bäckereien und Coffee Shops öffneten, die Straßenreinigung, andere Jogger und Radfahrer waren jetzt schon unterwegs. Beim Joggen durch die Stadt stellten nur die unebenen Bürgersteige, die Bordsteinkanten und die paar streunenden Hunde ein Problem.

Es nieselte. Laut Wettervorhersage sollte es in ein paar Stunden aufhören. Jessica trug ihre Regenkleidung und eine Basecap der Eagles. Sie war zwar nass, aber nicht durchnässt. Die Temperatur lag bei knapp zehn Grad. Ideales Joggingwetter.

Als sie in die Wahrton einbog, dachte sie an ihr Gespräch mit Frederic Duchesne. Sie dachte auch an das Foto an der Wand im Prentiss Institute von Christa-Marie Schönburg mit dem Edelstahlarmreif, den sie in Joseph Novaks Wohnung gesehen hatten.

Heute Morgen würden sie die Hintergrundinformationen über *Karneval der Tiere* bekommen, und dann konnten sie herauszufinden versuchen, was für ein kranker Plan hinter der seltsamen Methode des Killers steckte.

Sie bog um die Ecke und sah jemanden vor ihrem Haus stehen. Nicht schon wieder, dachte Jessica und verlangsamte ihre Schritte.

Doch diesmal war es nicht Dennis Stansfield, sondern Kevin Byrne. Als Jessica sich ihm näherte, fiel ihr Blick auf sein abgespanntes, blasses Gesicht. So schlimm hatte er noch nie ausgesehen. Er war unrasiert, trug dieselbe Kleidung wie gestern und stand reglos im Regen. Er schien weder nach ihr Ausschau zu halten, noch sonst etwas zu tun. Byrne stand einfach im kalten Regen und hielt einen großen Briefumschlag in der Hand. Eine Markise in wenigen Metern Entfernung hätte ihm Schutz geboten.

Jessica blieb kurz stehen und ging dann auf Byrne zu.

»Hey«, sagte sie und rang nach Luft.

Byrne drehte sich zu ihr um. »Hey.«

»Willst du nicht reinkommen? Du bist ganz nass.«

Byrne hob den Blick zum Himmel und ließ den Regen auf sein Gesicht prasseln.

»Komm mit rein«, sagte Jessica. »Ich mach uns Kaffee und geb dir ein Handtuch.«

»Ist schon okay.«

Jessica umfasste seinen Arm und zog ihn unter die Markise der Nachbarn. Sie schüttelte den Regen von ihrer Basecap und strich die Tropfen von Byrnes Schultern. »Was ist los?«

Byrne antwortete ihr nicht und zeigte stattdessen auf ein Schild mit einem provokanten Spruch im Fenster eines Reihenhauses auf der gegenüberliegenden Straßenseite. Darauf stand: Parken nur für Italiener.

Jessica lächelte. »South Philly. Was soll man machen?«

Byrne drehte den Umschlag immer wieder in den Händen. Die Zeit verging. »Ich glaube, ich kann das nicht mehr, Jess.«

Er schaute die Straße hinunter und schwieg wieder. In einigen Fenstern ging Licht an. Ein ganz normaler Morgen in Philadelphia.

Jessica legte eine Hand auf Byrnes Schulter und sah ihm ins Gesicht. »An dem Fall arbeiten zwei Dutzend Leute. Wir haben alle Kräfte mobilisiert. Wir werden ihn schnappen. Nimm dir einen Tag frei. Ich ruf dich jede volle Stunde an. Falls es was Neues gibt, ruf ich dich sofort an.«

»Das Labor hat sich gemeldet«, sagte Byrne. »Irina hat etwas über die Mordwaffe herausgefunden.«

»Das ist doch gut, oder?«

»Der Killer benutzt Saiten eines Musikinstruments.«

»Saiten eines Musikinstruments?«

Byrne warf einen Blick auf die Straße. »Der Draht ist eine Cello-Saite, Jess. Er erdrosselt sie mit einer Cello-Saite. Das erklärt das Tierhaar an dem Draht. Es ist Pferdehaar vom Bogen.«

Diese Erkenntnis zwang sie zum Handeln. Jetzt verstand Jessica auch, warum ihr Partner die ganze Nacht nicht geschlafen hatte. Es gab nun keinen Vorwand mehr, Christa-Marie Schönburg nicht zum Verhör ins Roundhouse zu bringen. Da bestanden einfach zu viele Verbindungen.

Jessica erschien es für angebracht, das Thema behutsam anzusprechen. »Wie willst du vorgehen?«

Byrne schwieg. Eine Kehrmaschine fuhr langsam an ihnen vorbei. Sie traten ein Stück zurück. Als die Kehrmaschine sich entfernt hatte, drehte Byrne sich zu Jessica um.

»Als ich dieses Haus vor zwanzig Jahren betrat, habe ich etwas gespürt, verstehst du? Es war mein erster Fall als leitender Detective, und ich hatte die Sache in der Hand. Ich sah die Leiche, die Waffe und das Blut. Ich sah die Verdächtige, und ich kannte das Motiv. Innerhalb einer Sekunde war mir alles klar. Alles zusammen ergab ein vollständiges Bild, bei dem kein Puzzleteil fehlte.« Byrne warf Jessica einen Blick zu. Er war vollkommen fertig. »Und ich habe zu mir gesagt, das ist das, was du tun musst.«

Jessica wollte etwas erwidern, doch sie hielt es für besser zu schweigen.

»Jetzt sehe ich das nicht mehr so«, fuhr Byrne fort. »Jetzt sind es alles einzelne Teile, und ich habe Angst, dass ich einen Fehler gemacht habe. Ich habe Angst, dass ich dem nicht mehr gewachsen bin.«

»Du irrst dich, Kevin. Du bist dem gewachsen. Ich kenne niemanden, der besser ist als du. Weißt du, was mir Angst macht?«

»Was?«

»Mir macht der Gedanke Angst, dass der Killer untertauchen könnte. Dass er das, was er vorhat, beenden und dann für immer verschwinden könnte.«

»Er ist noch nicht fertig.«

Byrne sagte das mit so viel Nachdruck, dass Jessica einen Schreck bekam. »Wie meinst du das? Woher weißt du das?«

Byrne hielt den großen Briefumschlag hoch, der vollkommen durchnässt war. Es schien ihn nicht zu interessieren. »Das ist heute Morgen gegen vier Uhr gekommen.«

»Was ist das?«

Byrne zog das Dokument aus dem Umschlag. Doch er schaute es sich weder an, noch reichte er es Jessica, sodass es ganz nass wurde. »Gestern wurde in der Stadt Garrett Corners eine Leiche gefunden.«

»Und was haben wir damit zu tun?«

»Es sieht so aus, als hinge der Fall mit unserer Mordserie zusammen«, sagte Byrne. »Wir müssen da hin. Wir werden erwartet.«

64.

Der Traumweber erwartete Lucy an der offenen Tür. Sie erschrak, als sie ihn sah. Er sah schon wieder ganz anders aus. Noch jünger als am Tag zuvor. Er hielt sich aufrechter, und seine Kleidung sah neu aus.

»Lucy«, sagte er und bat sie herein.

Sie konnte gerade noch verhindern, dass sie vor Staunen den Mund weit aufriss. Der Raum war fast leer. Es stand nur noch die Kabine darin. Die Kabine des Traumwebers.

»Ziehen Sie um?«, fragte Lucy.

»Ja. In Kürze.«

Sie hätte ihn gerne nach Details gefragt. Eine Million Fragen lagen ihr auf der Zunge, doch sie beschloss, damit zu warten. Viel wichtiger war es, zu diesem entsetzlichen Tag im Jahr 2001 zurückzukehren und das Gesicht des Mannes zu sehen, der sie entführt und ihr die Erinnerung und einen Teil ihres Lebens geraubt hatte. Des Mannes, der in Zimmer 1208 wohnte. Des Mannes, der ihre Mutter kannte.

»Heute setzen wir uns da hinein«, sagte er. »Ist das für dich okay?«

Lucy zeigte auf die Kabine. »Da hinein?«

»Ja. Heute gehen wir all die Jahre zurück.«

Lucy atmete tief ein. »Okay.«

Mr. Costa öffnete die Tür. Lucy zog ihren Mantel aus und betrat die Kabine. Sie ähnelte einem Beichtstuhl. Sie setzte sich auf eine kleine Bank. Als Mr. Costa die Tür schloss, wurde es dunkel. Lucy hörte, dass er sich ihr gegenüber hinsetzte.

Er begann zu sprechen und …

… plötzlich war sie dorthin zurückgekehrt. Die Dunkelheit ringsum blieb unverändert, aber Lucy spürte, dass sie allmählich in ihr Unterbewusstsein eintauchte. Es war anders als bei den ersten beiden Sitzungen, weil sie es diesmal wusste. Es war, als würde man träumen und *wissen*, dass man träumte. Und daher konnte ihr nichts zustoßen. Zum ersten Mal seit neun Jahren fühlte sie sich stark.

Bist du allein?

Nein.

Wer ist bei dir?

Ein anderes Mädchen. Ein Mädchen in meinem Alter. Es heißt Peggy.

Erzähl mir etwas von ihr.

Sie trägt ein Paillettenkleid. Und Make-up. Sie ist noch zu jung für Make-up.

Trägst du Make-up?

Ich weiß nicht. Ich kann mich nicht sehen. Aber ich trage hohe Schuhe. Sie sind mir zu groß.

Was macht das andere Mädchen?

Es weint.

Weinst du auch?

Nein. Ich weine nicht.

Was siehst du noch?

Ich sehe Kerzen. Kerzen und Mondlicht.

Warum kannst du das Mondlicht sehen?

Weil ich nun renne. Ich renne durch die Bäume. Es riecht überall nach Äpfeln.

Ist es eine Obstplantage?

Ja. Eine Obstplantage.

Ist das andere Mädchen bei dir?

Nein, aber ich sehe es. Ich sehe es am See.

Was macht es?

Es bewegt sich nicht.

Warum bewegt es sich nicht?

Ich weiß nicht.

Kannst du das Gesicht des Mannes sehen?

Ich kann es nicht sehen. Aber ich weiß, wer er ist.

Ist es der Mann von Zimmer 1208?

Ja. Er ist es.

Bist du sicher?

Ja.

Hast du den Zettel in sein Zimmer gelegt? Die Notiz, die du letztes Mal hier geschrieben hast?

Ja.

Gut. Jetzt läute ich eine Glocke für dich. Ist das okay?

Ja.

Hörst du die Glocke?

Ich höre sie.

Es ist eine ganz besondere Glocke, Lucy.

Eine besondere Glocke.

Diesen Klang gibt es kein zweites Mal.

Kein zweites Mal.

Wenn du diese Glocke im Hotel hörst, musst du etwas Bestimmtes tun. Du musst es für mich tun.

Okay.

Du wirst mit niemandem darüber sprechen.

Mit niemandem.

Vergiss die Glocke nicht, Lucy.

65.

Die Fahrt durch den Südosten von Pennsylvania verlieh ihnen neue Energie. Es hatte zu regnen aufgehört, und nun versprach es, ein schöner, sonniger Tag zu werden. Viele Menschen meinen, Neuengland sei der beste Ort in den Vereinigten Staaten, um sich die bunten Herbstfarben anzuschauen, und sie haben recht. Aber die Hügellandschaft in Pennsylvania mit ihrer roten, goldenen und gelben Farbenpracht kann durchaus mit New Hampshire mithalten.

Jessica und Byrne sprachen während der Fahrt nicht viel. Beide dachten an die Ereignisse der letzten vier Tage und die Möglichkeit eines Durchbruchs in diesem Fall, eines Durchbruchs weit jenseits der Zuständigkeit ihrer Gerichte.

Ehe sie Philadelphia verließen, überredete Jessica Byrne, kurz bei ihm zu Hause anzuhalten, damit er duschen, sich rasieren und die Kleidung wechseln konnte. Jetzt sah er fast wieder wie ein normaler Mensch aus.

Unterwegs tranken sie einen Kaffee. Als Jessica wieder in den Wagen stieg, fiel ihr ein, dass sie ihren Partner noch etwas fragen wollte. Es hatte so wenig mit dem Fall zu tun, wie man sich nur vorstellen konnte.

»Du hast nicht zufällig ein Stück grünes Garn in deinem Van gefunden, oder?«

»Nein«, sagte Byrne. »Meinst du das Garn, das um die Schachtel mit den Sachen von deiner Mutter gewickelt war?«

Jessica nickte. Der Gedanke, das Garn verloren zu haben, machte sie krank. »Ich habe überall nachgesehen und alle gefragt. Es ist weg.«

»Vielleicht taucht es wieder auf.«

Jessica hatte keine große Hoffnung. Der materielle Wert des Garns tendierte gegen null, aber es hatte ihrer Mutter gehört. Und deshalb war es unbezahlbar.

Der Ort Garrett Corners war nur ein kleiner Fleck auf der Landkarte in der Nähe der I-80 und lag inmitten hügeligen Farmlands. Wenn man dort wohnte und etwas haben wollte, was man in dem Gemischtwarenladen, dem kleinen Baumarkt oder einer der beiden Imbissbuden nicht bekam, brauchte man höchstens dreißig Meilen bis zur nächsten Stadt zu fahren. Dort gab es große Geschäfte wie Mal-Mart, Lowe's und Bed Bath & Beyond. Zum Essen am Samstagabend oder zu besonderen Anlässen ging man zu Max & Erma's oder ins Outback.

Die Polizeiwache von Garrett Corners war mit drei Polizisten besetzt. Neben den typischen Tätigkeiten, zu denen etwa die Bearbeitung von Zivilsachen wie Gerichtsbeschlüssen aller Art gehörte, waren sie auch für Pfändungen, Zwangsvollstreckungen und Zwangsversteigerungen zuständig. Mit Mord hatten sie es hier selten zu tun.

Der Ort selbst bestand mehr oder weniger nur aus einer Kreuzung mit jeweils zwanzig Häusern in jeder Himmelsrichtung. In dem schmucklosen Kalksteingebäude der Stadtverwaltung waren die Polizeiwache, das Gericht und Ämter untergebracht. Es unterschied sich in nichts von den Rathäusern in den anderen Kleinstädten östlich der Rocky Mountains. Jessica und Byrne hatten den Auftrag, sich mit dem

Leiter der Polizeiwache, einem gewissen Rogers Logan, zu treffen.

Die Frau hinter dem Schreibtisch war in den Fünfzigern und trug eine recht komplizierte, mit viel Haarspray auf einer Seite des Kopfes fixierte Frisur. Man hatte das Gefühl, in eine Welt kleinstädtischen Beamtentums einzutauchen, aber auf Jessica machte sie sofort einen tüchtigen Eindruck. Für sie bestand kein Zweifel, dass diese Frau nicht nur in der Wache den Ton angab, sondern vielleicht sogar den drei Polizeibeamten sagte, wo es langging. Sie hieß Helen Mott, und auf ihrem Schreibtisch stand ein Teller mit Halloween-Keksen.

Jessica und Byrne stellten sich vor, zeigten ihre Dienstausweise und setzten sich auf die Eichenbank auf der anderen Seite des Raumes. Jessicas Blick glitt über die Wände.

An den Wänden hingen größtenteils mit vergilbtem Klebeband befestigte alte Poster für Anti-Drogen-Kampagnen und andere soziale Projekte. Nach ein paar Minuten ging hinten im Raum die Tür auf und ein Mann trat ein.

Rogers Logan war um die sechzig und machte einen fitten Eindruck: militärischer Kurzhaarschnitt, große Hände und die Schultern eines Farmers. Er kam entschlossenen Schrittes auf sie zu. Ihm folgte eine junge Frau in Uniform und mit Sam-Browne-Gürtel. »Ich bin Chief Rogers Logan«, sagte er. »Und das ist Officer Sherri Grace.«

Sie begrüßten sich per Handschlag.

Officer Grace war Ende zwanzig – eine vollschlanke junge Frau mit mürrischer Miene. Sie wog vielleicht fünfzehn Pfund mehr als in ihren besten Zeiten, und Jessica wusste auch, warum. Mit den unregelmäßigen Mahlzeiten und dem ständigen Fastfood in diesem Job ging das ganz schnell, wenn man nichts dagegen unternahm. Jessica führte diesen Kampf Tag für Tag. Doch Officer Grace hatte trotz ein paar Pfunden zu viel auf den Rippen eine gute Figur.

»Kann ich Ihnen einen Kaffee anbieten?«, fragte Grace.

»Gerne«, sagte Byrne.

»Wie trinken Sie ihn?«

»Hauptsache heiß.«

Grace zwinkerte ihm zu und verließ das Büro.

»Die Kaffeemaschine ist kaputt.« Logan wies verlegen mit dem Daumen über die Schulter. Vermutlich nahm er an, dass das Police Department in Philadelphia jeder Abteilung eine Espressomaschine mit Milchaufschäumer zur Verfügung stellte. Das war ein Irrtum. Als Jessica in das Büro kam, fiel ihr als Erstes auf, dass hier das gleiche Faxgerät stand wie in der Mordkommission.

Sie zogen sich in das Büro der Polizisten zurück. Die Einrichtung bestand aus zwei Schreibtischen, die sich gegenüberstanden, zwei großen Korktafeln an der Wand, einem Besprechungstisch in einer Ecke und fünf oder sechs verbeulten Aktenschränken.

Eine Minute später kehrte Officer Grace mit drei angeschlagenen Keramikbechern voll dampfendem Kaffee zurück. Sie stellte die Tassen auf den Tisch und eine Pappschachtel mit kleinen Portionen Kaffeeweißer, Zucker, Süßstoff sowie Plastiklöffeln daneben.

»Ich muss auf Streife«, sagte sie. »Hat mich gefreut, Sie kennenzulernen.«

Mit einem besonders charmanten Lächeln in Byrnes Richtung verließ sie das Büro.

Sie hielten sich nicht lange mit dem Kaffee auf, denn es wurde Zeit, zum Thema zu kommen. Logan, ganz Country-

Gentleman, bot Jessica seinen Stuhl an. Jessica lehnte ab. Sie standen alle drei, als Logan das Opfer beschrieb.

»Sein Name ist Thomas Archer. Sechsundzwanzig Jahre alt. Hat drüben in Kelton gewohnt, fast an der Grenze unseres Countys. In dem Friseursalon dort drüben hat er gearbeitet.«

»Wo wurde die Leiche gefunden?«, fragte Byrne.

Logan ging auf die Wand zu, an der eine Karte von Garrett Corners und den umliegenden Ortschaften hing. Er zeigte auf einen kleinen grünen Fleck an der Countygrenze. »Wir haben ihn hier auf dem Shadyside-Friedhof gefunden. Wie Sie sehen, liegt der Friedhof auf beiden Seiten des Baches. Tommy lag am südlichen Ende beim Mausoleum.«

Als Jessica und Byrne das Wort *Friedhof* hörten, wechselten sie einen Blick. Auf dem Weg nach Garrett Corners hatten sie nur gewusst, dass hier ein Toter mit einer möglichen Verbindung zu den Morden in Philadelphia aufgefunden worden war.

»Wer hat die Leiche gefunden?«, fragte Jessica.

»Der Postbote. Auf seiner Nachmittagsrunde bemerkte er eine Meute Hunde, die auf dem Friedhof herumstrichen. Wir hatten in den letzten Jahren ein paar Probleme mit Drogenküchen da draußen. Und wo es Drogenküchen gibt, gibt es auch streunende Hunde. Der Postbote glaubte, sie hätten sich losgerissen. Er hat uns angerufen, und wir sind dann hingefahren, um der Sache nachzugehen. Der Jagdaufseher des Countys konnte zwei der Hunde einfangen, und die anderen sind abgehauen. Die Hunde hatten sich schon über Tommys Leiche hergemacht, aber es war nicht so schlimm.«

»Wo ist die Leiche jetzt?«

»Sie wurde zum Rechtsmediziner in die Kreisstadt gebracht. Dort werden die wenigen Autopsien, die hier anfallen, durchgeführt.«

»Weiß man schon, wie lange der Leichnam dort lag?«, fragte Byrne.

»Schwer zu sagen, bevor er nicht sorgfältig untersucht wurde. Jedenfalls nicht sehr lange.«

»Haben Sie Fotos vom Tatort?«

»Ja«, sagte Logan. »Leider, ja.«

Logan führte sie in einen kleinen Nebenraum, der als Lager für Faxpapier, Toner und anderes Material diente. In der Ecke lehnte ein zusammengeklapptes Kinderbett. Logan schaltete das Licht ein.

An einer Wand standen Regale mit Formularen. Es war zwar ein kleiner Ort, aber dennoch schien der Bedarf an Formularen hier nicht kleiner als im Philadelphia Police Department zu sein. In der Mitte stand ein zusammenklappbarer Konferenztisch. Alles, was sich darauf befunden hatte, war nun auf einer Seite aufgestapelt, in der Mitte lagen nur zwei große Umschläge.

Logan öffnete sie und zog die Fotos heraus. Er legte sie nebeneinander auf den Tisch. Darunter waren auch Gesamtansichten des Dorffriedhofs und Nahaufnahmen von der Leiche. Dieser Anblick war Jessica und Byrne nur allzu vertraut.

Jessica schaute sich das Opfer genau an. Die Signatur stimmte mit der der anderen Opfer überein, die sie in Philadelphia gefunden hatten: ein nackter, von Kopf bis Fuß rasierter Leichnam mit einem Papierstreifen um den Kopf, der die Augen so eben verdeckte. Auf dem Papier waren drei Blutflecken, ein langer Strich, ein runder Fleck und dann das Blut des verstümmelten Ohrs. Der Leichnam lag auf einem Hügel, auf dem zahlreiche niedrige Grabsteine standen. Das linke Bein war offensichtlich gebrochen.

»Besteht eine Verbindung zu den Fällen, in denen Sie ermitteln?«, fragte Logan.

»Ja«, erwiderte Byrne.

»Wäre es möglich, dass wir Kopien dieser Fotos bekommen?«, fragte Jessica.

Logan nahm einen Stoß Umschläge von einem Aktenschrank und suchte zwei heraus. »Damit habe ich gerechnet. Hier sind Duplikate von allen Fotos.«

Er reichte Jessica die Umschläge, die sich bedankte.

Die drei schwiegen einen Augenblick und schauten betroffen auf die Farbfotos, die die entsetzliche Tat dokumentierten.

»Gab es schon einmal einen Mord in dieser Gegend?«, fragte Jessica.

Logan rieb sich über das Kinn. »Obwohl es schon ein paar Jahre her ist, fällt es mir schwer, darüber zu sprechen. Und ich war in Vietnam, verstehen Sie? Zwei Einsätze. Ich hab eine Menge gesehen. Aber dieser Mord hat mir arg zugesetzt.«

Jessica und Byrne schwiegen.

»Seitdem ich den Job mache, hatten wir hier nur zwei Mordfälle. Dem einen ging ein Ehestreit voraus, der dann eskalierte. Alle sahen es kommen, nehme ich an. Die beiden stritten sich seit Jahren. Und dann die kleine Peggy van Tassel.«

»Würden Sie uns bitte über die Details informieren?«, bat Byrne.

Logan trank einen Schluck Kaffee. Jessica fiel auf, dass seine Hand leicht zitterte. Als er die Tasse auf den alten Tisch stellte, klirrte sie leise. »Ein kleines Mädchen. Elf Jahre alt. Der Vater arbeitete bei den Wasserwerken, und die Mutter war Lehrerin an der Jefferson-Mittelschule. Sie war das einzige Kind. Eines Tages ging Peggy zur Schule und kehrte nicht nach Hause zurück. Wir veröffentlichten einen Aufruf, und am Abend hatten wir zweihundert Freiwillige für die Suche. Zehn Tage später fanden wir sie am Iron Lake. Sie war vergewaltigt und erstochen worden. Der Täter hatte sie übel zugerichtet.« Logan räusperte sich, griff nach seiner Tasse und besann sich dann anders. »Sie war geschminkt und trug ein schickes Damenkleid. Es war kein Kleid für eine erwachsene Frau, sondern ein kleines Kleid in ihrer Größe. Die Kollegen vom kriminaltechnischen Labor sagten, es sehe aus, als wäre es für sie genäht worden. Die Polizei des Staates Pennsylvania übernahm den Fall.«

Bei dem Gedanken, dass der Mörder ein Kleid für das kleine Mädchen genäht hatte, lief es Jessica kalt den Rücken hinunter. »Wurde der Fall aufgeklärt?«, frage sie.

Logan schüttelte den Kopf. »Ein Mann wurde in dem Fall befragt. Sein Name war George Archer.«

»Archer?«, fragte Byrne.

»Ja, Sir. Tommy Archers Vater. George arbeitete ein paar Jahre bei der Staatspolizei, aber wie ich gehört habe, wurde er entlassen«, fügte Logan hinzu. »Befehlsverweigerung lautete die offizielle Version, doch es gab Gerüchte.«

»Was für Gerüchte?«, fragte Jessica.

»Wie Sie sicherlich auch, versuche ich mich an Fakten zu halten, Ma'am. Gerüchte kommen und gehen und sollten das bleiben, was sie sind. Gerüchte.«

Jessica nickte. Im Grunde hatte er recht.

»Warum wurde George Archer verhört?«, fragte Byrne.

»Jemand hatte gesehen, dass George ein paar Tage, bevor Peggy verschwand, mit ihr gesprochen hatte. Wir haben übrigens Tommy Archers Leiche dort gefunden. Genau neben Peggys Grabstein.«

Jessica warf Byrne einen Blick zu. »Er wurde *neben* ihrer Grabstelle gefunden?«

»Ja, Ma'am.«

Logan suchte ein Foto aus dem Stapel heraus und zeigte es ihnen. Thomas Archers Leichnam war auf der rechten Seite des Fotos zu sehen. Auf der linken Seite sah man den Grabstein mit der Inschrift.

MARGARET VAN TASSEL
6. APRIL 1990–21. SEPTEMBER 2001
UNSERE GELIEBTE PEGGY

»Glauben Sie, jemand aus der Familie des Mädchens könnte etwas mit dem Mord zu tun haben?«, fragte Byrne.

Logan zuckte mit den Schultern. »Alles ist möglich, aber ich glaube, in diesem Fall kann man das wohl ausschließen.« Logan setzte sich auf die Tischkante. »Ein paar Jahre später wurde George in einem anderen Fall vom FBI verhört. Oben bei euch. Die Sache wurde nie aufgeklärt.«

»Es ging um einen Fall in Philadelphia?«, fragte Byrne.

Logan nickte. »Ich glaube, ja.«

»Erinnern Sie sich an irgendwelche Details?«

»Nein. Wir hatten nichts damit zu tun. Aber ich weiß noch, dass auch Tommy befragt wurde. Er schwor, George sei das ganze betreffende Wochenende mit ihm zusammen im Haus auf der Farm gewesen. Ich bin nicht sicher, dass George dort war, aber genau das sagte Tommy aus, und er blieb dabei.«

»Ich würde mir gerne den Bericht der Ermittlungen im Mordfall Peggy van Tassel ansehen«, sagte Byrne. »Könnten Sie die Staatspolizei bitten, ihn uns zu faxen?«

»Mach ich.« Logan sah auf die Uhr. »Ich habe heute noch ein paar wichtige Dinge zu regeln. Wenn wir sonst noch etwas für Sie tun können, sagen Sie Helen bitte Bescheid. Wir kümmern uns dann darum.«

»Wir würden gerne mit George Archer sprechen«, sagte Byrne.

»Ich erkläre Ihnen den Weg.« Logan kritzelte die Wegbeschreibung auf einen Block, riss das Blatt ab und reichte es Jessica.

»Sie können das Schild nicht übersehen«, sagte er. »Archer Farm.«

Jessica und Byrne bedankten sich bei Logan für seine Zeit und Mühe. Bevor die beiden zum Parkplatz gingen, stellte Jessica ihm noch eine letzte Frage.

»Was wird denn auf der Archer Farm angebaut?«

»Äpfel größtenteils«, sagte Logan. »Sie haben dort fast zwanzig Hektar Obstplantagen.«

66.

Archer wohnte in einem großen, alten Haus im Kolonialstil, das an einem Hang lag. Es entsprach nicht unbedingt einem typischen Farmhaus, sondern eher einem Anwesen, das auf einer Farm errichtet und im Laufe der Jahre viele Male umgebaut worden war. Auf drei Seiten grenzte es an Apfelbäume. Die Obstplantagen erstreckten sich, so weit das Auge reichte. Neben einer Garage für drei Fahrzeuge gab es noch zwei Nebengebäude – ein kleines, wohl für den Rasenmäher und Gartengeräte; ein großes, vermutlich für den Traktor, die Erntemaschinen und für die Lagerung der Obstkisten.

In der Luft hing der starke süß-säuerliche Geruch von Äpfeln.

Etwa fünfzig Meter vom Haus entfernt hielt Jessica auf der Zufahrt an. Sie sahen keinen Menschen und auch keine Fahrzeuge.

»Unglaublich, wie ruhig es hier ist, ne?«, sagte Jessica.

Byrnes Blick wanderte über das Haus und die Obstplantage. Auf der Veranda brannte ein Licht, aber im Haus war alles dunkel.

Jessica fiel es schwer, das idyllische Bild vor ihren Augen mit den Eindrücken der letzten vier Tage oder mit der Geschichte in einen Zusammenhang zu bringen, die sie soeben von Rogers Logan gehört hatte. Dennoch bestand nicht der geringste Zweifel, dass der Mord an Thomas Archer, der genau hier einst zu Hause gewesen war, mit den brutalen Morden in Philadelphia in Verbindung stand.

»Bist du bereit?«, fragte Jessica.

Byrne zögerte kurz und nickte dann.

Jessica überquerte den Schotterweg und blickte durch das schmutzige Fenster im Garagentor. Auf der rechten Seite stand ein Pick-up. Es schien ein fünf Jahre alter Ford F-150 zu sein. Die beiden anderen Stellplätze waren leer. Auf dem Pick-up lag eine dünne Schicht Staub. In den letzten drei Tagen hatte es in diesem Teil von Pennsylvania geregnet. Die Chancen waren groß, dass der Wagen nicht bewegt worden war.

Sie gingen auf die Veranda zu. Hier herrschte wirklich eine fast unheimliche Ruhe. Die Farm lag circa dreihundert Meter von der Route 68 entfernt, und es kam ihnen so vor, als würden sie sogar die Motorengeräusche der Autos, die ab und zu vorbeifuhren, nicht erreichen.

Auf der rechten Seite der Veranda war auf einem verrosteten schmiedeeisernen Gestell gut abgelagertes Brennholz gestapelt. Die Tür war ringsherum mit einer Girlande aus Weinreben verziert, in der Chrysanthemen und kleine Kürbisse steckten.

Jessica schaute durch das Fenster in der Tür. Es war niemand zu sehen. Sie klopfte und lauschte. Byrne lief über die Veranda bis zum Wohnzimmerfenster, vor dem dünne Gardinen hingen.

Jessica klopfte noch einmal und presste ein Ohr an die Tür. Stille.

Als sie um das Haus herum zur Rückseite gingen, entdeckten sie einen Gemüsegarten, dessen Beete der Jahreszeit entsprechend schon winterfest gemacht und umgegraben worden waren. Unten an einem kleinen Hügel war ein Teich mit grünem Wasser angelegt. Die Veranda auf der Rückseite des Hauses war kleiner als die vordere, aber dort standen zwei neue, bequeme Gartenstühle. Jessica und Byrne stiegen die Stufen hinauf und warfen einen Blick ins Innere. Sie sahen einen kleinen Raum, in dem nasse und schmutzige Outdoor-Kleidung abgelegt wurde. Von dort gelangte man in eine große Küche. Auf dem Tisch und im Spülbecken standen keine Tassen oder Teller.

Jessica klopfte noch einmal und wartete. Das Haus wirkte verlassen.

»Komm, wir schauen uns die Garage an«, sagte Byrne.

Sie liefen auf die Garage mit den drei Stellplätzen zu. Die kleine Tür an der Seite war nicht verschlossen.

Byrne blieb draußen stehen. Jessica stieß die Tür auf und betrat die dunkle, verstaubte Garage. Es roch nach Motoröl, und der unangenehme, süß-säuerliche Geruch der Äpfel, der überall auf dem Gelände vorherrschte, war hier noch stärker. An einer Wand hingen Gartenwerkzeuge und landwirtschaftliche Geräte – Rechen, Schaufeln, Hacken, Breithacken, Spitzhacken. Eine andere Wand war mit einer Sammlung von Nummern- und Straßenschildern dekoriert.

Jessica ging auf den Pick-up zu und legte eine Hand auf die Motorhaube. Der Motor war kalt. Sie zog ein Kleenextuch aus der Tasche und öffnete die Beifahrertür. Als die verrosteten Scharniere knarrten, verharrte Jessica einen kurzen Augenblick reglos. Inmitten der Stille hallte das Knarren wie ein Schrei durch die Garage. Langsam zog Jessica die Tür auf. Im Zündschloss steckte kein Schlüssel, und das Fahrerhaus war relativ sauber. Am Innenspiegel hing ein Duftbäumchen.

Auf dem Sitz lag ein kleiner Stapel Papiere. Jessica schob sie mit dem Kleenextuch auseinander. Sie entdeckte ein paar Flyer für ein Oktoberfest, das kürzlich in Kelton gefeiert worden war, einen Gutschein für eine kostenlose Wagenwäsche und eine Broschüre über Stadtrundfahrten in Philadelphia. Ganz unten lag eine Postkarte mit einem Strand in South Carolina. *Grüße von Edisto Island.* Jessica drehte die Karte um und richtete den Lichtstrahl ihrer Taschenlampe auf den Text.

Ich freue mich schon, Sie und die anderen bei der Société Poursuite *zu sehen! Ich übernachte im Hyatt Lenn's Landing. Kommen Sie doch vorbei, dann trinken wir ein Gläschen.*

Die Karte war nur mit R. unterschrieben.

Jessica betrachtete den Stempel auf der Briefmarke. Die Karte war am letzten Freitag abgeschickt worden.

Sie schob sie wieder in den Stapel, schloss die Wagentür und verließ die Garage. Sie erzählte Byrne von der Postkarte.

»Sieht so aus, als würde er das Jahrestreffen der *Société Poursuite* besuchen.«

»Das ist doch die Gruppe, die sich um ungelöste Fälle kümmert, nicht wahr?«

»Und es sind alles …«

»… ungelöste Fälle«, sagte Byrne. »Melina Laskaris, Marcellus Palmer, Antoinette Chan und Peggy van Tassel sind alles ungelöste Fälle. Genau das, wofür sich eine Gruppe wie *Société Poursuite* interessiert.«

Jessica nickte und dachte kurz nach. »Logan hat gesagt, der Typ war früher bei der Staatspolizei. Vielleicht ist er auch Mitglied in der Gruppe.«

»Die Tagung ist in dieser Woche.«

Sie begriffen beide gleichzeitig, was das bedeutete.

»Er ist in Philly«, sagte Jessica.

»Er ist in Philly.«

67.

Im Juli 1998 traf sich ein Detective des New York Police Departments im Ruhestand, ein gewisser Paul Ferrone, in einem kleinen italienischen Restaurant in Queens, New York – einer Trattoria im alten Stil auf dem Astoria Boulevard namens Theresa's –, mit zweien seiner ältesten Freunde.

Die drei Männer trafen sich schon seit vier Jahren einmal im Monat aus zwei Gründen bei Theresa's. Erstens war Theresa Colopintis Hähnchen mit Paprika das Beste in ganz New York. Und zweitens – noch viel wichtiger –, waren die drei Männer gerne zusammen.

Nachdem die Vorspeisenteller abgeräumt worden waren, sprach Paul Ferrone mit seinen beiden Freunden – Matt Grayson, einem Zahnspezialisten im Ruhestand aus Newark, New Jersey, der in der Kriminaltechnik gearbeitet hatte, und Eli O'Steen, einem pensionierten Richter aus Brooklyn – wie immer über Mordfälle. Ungelöste Mordfälle. Sie spielten mit dem Gedanken, einen Verein zu gründen, um sich regelmäßig in einem größeren Kreis mit ungelösten Mordfällen befassen zu können.

An diesem Abend gründeten sie die Vereinigung *Société Poursuite*. Mit dem Namen wollten sie der Vidocq Society Anerkennung zollen, einer Gruppe mit ähnlichem inhaltlichem Schwerpunkt, die nach dem französischen Kommissar Eugene François Vidocq aus dem neunzehnten Jahrhundert benannt worden war.

Die *Société Poursuite*, die zahlreiche Parallelen zur Vidocq

Society aufwies, zählte mittlerweile weltweit mehr als dreihundertsiebzig Mitglieder. Und seit der Gründung an jenem Sommerabend 1998 hatte der Verein zur Aufklärung von mehr als sechzig Morden in der ganzen Welt beigetragen.

Die kleine Gruppe traf sich jeden Monat in New York City. Einmal im Jahr kamen alle Mitglieder der *Société Poursuite* im Oktober abwechselnd in New York, Philadelphia oder Washington, D. C., an der Ostküste zu einer großen Tagung zusammen.

In diesem Jahr fand die elfte Jahrestagung in Philadelphia im Hotel Le Jardin statt. Am letzten Abend, an dem auch ein Fünf-Gänge-Menü von dem mit Michelin-Sternen ausgezeichneten Starkoch Alain Cochel serviert wurde, hielt der Justizminister des Staates Pennsylvania eine Rede.

Als Jessica und Byrne im Le Jardin eintrafen, wartete der Leiter des Sicherheitsdienstes, John Shepherd, bereits in der Empfangshalle auf sie.

Shepherd hatte über zwanzig Jahre als Detective beim Philadelphia Police Department gearbeitet. Als Jessica bei der Polizei anfing, hatten ihr vor allem Kevin Byrne und John Shepherd beigebracht, wo's langging. Byrne zeigte ihr, wie man an einem Tatort vorging, und im Grunde brachte er ihr bis zum heutigen Tag immer wieder etwas Neues bei. John Shepherd hingegen erklärte ihr, wie man einen Verhörraum betrat und welche Haltung man annehmen musste, um den Zeugen oder Verdächtigen nicht einzuschüchtern. Und auch wie man den schwierigen Spagat schaffte, jemanden als Verdächtigen oder als Zeugen zu behandeln, wie man ihm die erste Lüge entlockte und sie ihm dann ein oder zwei Stunden später ins Gesicht schleuderte.

Als er in den Ruhestand trat, verlor das Police Department einen großartigen Detective.

John Shepherd, der einen schicken blauen Anzug trug, breitete die Arme aus. »Jess«, sagte er. »Du siehst wie immer fantastisch aus.«

Sie umarmten sich. Sie standen zwar noch immer auf derselben Seite, arbeiteten aber nicht mehr im selben Team. Daher konnten sie nun auch offen ihre Zuneigung bekunden. »Wir vermissen dich, John.«

Shepherd wandte sich Byrne zu. »Wenn ich hier nicht der Leiter des Sicherheitsdienstes wäre, müsste ich die Security rufen, sobald ein so zwielichtiges Subjekt das Hotel betritt.«

Die beiden Männer schüttelten sich die Hand, klopften sich auf die Schulter und den Rücken. Eine Begrüßung nach dem Motto: Ich schwöre, ich bin nicht schwul. *Männer*, dachte Jessica. In der Öffentlichkeit um Himmels willen bloß keine Gefühle zeigen. Cops waren am schlimmsten.

»Du siehst gut aus, Johnny«, sagte Byrne.

»Nicht ausgelastet und überbezahlt.«

Shepherd sah gesünder aus als je zuvor. Sobald man den Dienstzeiten bei der Polizei und dem ständigen Fastfood nicht mehr ausgesetzt war, erholte man sich schlagartig. Der große, gut aussehende Mann mit den silbergrauen Haaren war mittlerweile in den Fünfzigern. Er wirkte entspannt und kompetent.

Er führte sie zur anderen Seite der Lobby hinter eine große Trennwand aus Mattglas, die die geschmackvoll eingerichtete Lounge vor dem Lärm der neu ankommenden Gäste schützte.

Sie standen am Ende der Theke, weit entfernt von allen anderen. Ohne dass sie etwas bestellt hatten, wurden ihnen drei Tassen Kaffee mit kleinen Bechern Kaffeesahne auf Eis serviert.

»Was habt ihr vor?«, fragte Shepherd. »Die öffentliche Sicherheit wahren?«

»Sie zerstören, so bald es möglich ist«, erwiderte Byrne. »Und wie läuft's hier?«

»Letzten Monat hatten wir einen Hoteldieb, einen von der Sorte, die in den Hotels nach offenen Zimmertüren suchen.«

Diese Typen, die meistens schon Vorstrafen wegen Einbruchs und Diebstahls hatten, waren in der Regel nicht gewalttätig, aber eine echte Plage für den Sicherheitsdienst des Hotels. Sie kamen ins Haus, gingen in die oberen Stockwerke und drückten gegen die Türen, bis sie eine fanden, die offen oder nicht richtig verschlossen oder – Gott steh den Zimmermädchen bei – die vom Hauspersonal offen gelassen worden war.

»Hast du ihn geschnappt?«, fragte Byrne.

»Im März trieb der Typ im Sheraton Society Hill sein Unwesen und im Mai im Hyatt Penn's Landing. Wir hatten ihn auf dem Schirm, aber er war geschickt – Ballcaps, Brillen, Polster um die Taille, um dicker auszusehen. Einmal trug er elegante Anzüge, dann wieder Jogginganzüge und Turnschuhe. Wir haben ihn trotzdem geschnappt.«

Sie sprachen noch eine Weile über den Job, bis Shepherd seinen Hocker näher heranzog und die Stimme senkte. »Ich weiß, wie anziehend und unglaublich charmant ich bin, aber deshalb seid ihr doch bestimmt nicht hier.«

Byrne dachte kurz nach. »Hier im Hotel findet eine Tagung statt. Wir glauben, dass es da eine Verbindung zu einem unserer Fälle geben könnte.«

Shepherd nickte. »Die Serienmorde?«

»Ja.«

»Dann lass mal hören.«

Byrne informierte Shepherd über die Details.

»Sein Name ist George Archer?«, fragte Shepherd.

»Ja.«

»Wartet mal kurz.«

Shepherd verließ die Bar und kehrte ein paar Minuten später zurück. »Unter diesem Namen hat hier niemand eingecheckt. Vielleicht wohnt er in einem anderen Hotel. Habt ihr eine Beschreibung des Typen?«

»Noch nicht«, sagte Byrne. »Wir haben bei der Staatspolizei um Informationen gebeten. Es könnte sein, dass sie nicht einmal ein Foto haben. Der Kerl wurde verhört, aber nie verhaftet oder angeklagt.«

Shepherd nickte. Er hatte früher denselben Job gemacht wie Jessica und Byrne.

»Kannst du in den anderen größeren Hotels nachfragen, ob da ein George Archer eingecheckt hat?«, fragte Byrne.

»Kein Problem. Ich ruf da gleich mal an.« Shepherd zeigte auf die andere Seite der Lobby. »Sie bereiten im Crystal Room alles für die Veranstaltung vor. Das wird heute Abend eine große Sache, und morgen ist hier noch mehr los.«

»Habt ihr Überwachungskameras hier?«

John Shepherd kicherte. »Ist der Papst … was war der Papst noch mal?«

»Deutscher.«

»Hört sich nicht so gut an wie Pole, oder?«

»Nein.«

»Wir haben Kameras«, sagte Shepherd. »Kommt mit.«

Von außen sah der Überwachungsraum im Le Jardin wie jedes andere Hotelzimmer aus. Eine unauffällige Tür und ein

Sicherheitsschloss. In der Mitte des Gangs draußen, zu dem die Hotelgäste keinen Zutritt hatten, hing eine Dome-Kamera mit einer dunkel getönten Halbkugel aus Glas.

Wenn man den Raum betrat, gelangte man zuerst in ein kleines Büro und dann durch eine weitere Sicherheitstür in den eigentlichen Überwachungsraum, in dem zwei Leute arbeiteten.

Shepherd sprach mit einer jungen Frau an einem der Schreibtische und schrieb etwas auf einen Block. Während er Jessica und Byrne das Überwachungssystem des Hotels erklärte, rief seine Kollegin bei den Leitern der Sicherheitsdienste umliegender Hotels an und fragte nach einem Gast namens George Archer.

Vor ihnen standen zwei 30-Zoll-Monitore mit hoher Auflösung, auf denen jeweils sechs Fenster zu sehen waren. Sie erfuhren, dass ein Mitarbeiter immer die Monitore im Auge behielt. Zwei Leute wechselten sich während ihrer Achtstundenschicht alle zwei Stunden ab.

Jessica schaute auf die Monitore. Auf dem rechten Schirm waren sechs Fenster geöffnet, die das große Atrium aus dem Blickwinkel des Zwischengeschosses zeigten. Etwa ein Dutzend Leute hielten sich in der Mitte des Atriums auf. Ein Mann und eine Frau mittleren Alters standen an der Rezeption. Eine ältere Frau sprach mit dem Portier. Ein paar Sekunden später wechselte das Bild zum Parkplatz und zum Haupteingang. Eine Limousine hielt vor dem Eingang an, und zwei junge Pagen hoben mehrere große Koffer aus dem Kofferraum. Ein anderer Page lehnte sich in das Beifahrerfenster eines wartenden Taxis.

Ein entsprechendes Programm regelte den Wechsel zwischen den Aufnahmen der einzelnen Überwachungskameras auf den unterschiedlichen Etagen. In der rechten oberen Ecke des Monitors waren jeweils die Aufzüge eingeblendet.

Shepherd setzte sich hin und drückte auf ein paar Tasten, worauf mehr als sechzig kleine Fenster auf den beiden Monitoren aufgingen. »Wir haben auf jedem Gang zwei Dome-Kameras, Überwachungskameras in Form von Uhren in allen Personalbereichen, wetterfeste und schusssichere Kameras auf beiden Seiten des Parkplatzes und vier hochmoderne Speed-Dome-Kameras mit Schwenkneigekopf im Atrium und in der Lobby, die auch die Rezeption und den Tresorraum überwachen. Hier passiert nicht viel, was wir nicht sehen.«

»Ein wahres Paradies für Spanner«, sagte Byrne.

»Warte erst mal, bis du die Kameras in den Badezimmern siehst«, sagte Shepherd mit einem Augenzwinkern.

Jessica und Byrne hatten schon häufig mit der Audio-Videoabteilung und den Computerspezialisten der Polizei zusammengearbeitet, die die Kameras des Police Departments kontrollierten, für die Philadelphia immer mehr Gelder zur Verfügung gestellt wurden.

Shepherd schaltete zur Kamera im Crystal Room, der kurz darauf auf dem geteilten Monitor erschien. Am Pult stand ein Mann, vermutlich ein Techniker der Firma, die das Beschallungssystem für die Tagung installierte. Er führte einen Soundcheck durch.

»Und die Mitglieder dieser Gesellschaft waren früher Polizisten oder Staatsanwälte?«, fragte Jessica.

»Nicht alle«, sagte Shepherd. »Einige waren in der Kriminaltechnik und andere in der Rechtsmedizin, wieder andere haben nie in diesem Bereich gearbeitet. Sie haben strenge Aufnahmebedingungen, und die Beiträge sind hoch, um zwielichtige Subjekte und Leute, die nur den Kick suchen, fernzuhalten.«

»Dann kann ich eine Aufnahme wohl vergessen«, sagte Byrne.

»Mit Sicherheit.«

»Und kommt etwas dabei heraus?«, fragte Jessica.

Shepherd nickte. »Ich glaub schon. Jeder Fall, den sie übernehmen, muss ihnen von einer vertrauenswürdigen Behörde präsentiert werden. Mit dem FBI und dem NYPD arbeiten sie nicht zusammen, doch jede andere bedeutende Institution hat schon mal etwas eingereicht.«

Die drei verfolgten eine Weile auf den Monitoren den ständigen Wechsel zwischen den einzelnen Überwachungskameras innerhalb und außerhalb des Hotels. Es war ein unaufhörliches Kommen und Gehen: Personal, Gäste, Besucher, Lieferanten.

War einer von ihnen ihr Mörder?, fragte Jessica sich. Würde sie ihn erkennen, wenn sie ihn sähe?

Nach ihrer Rückkehr ins Roundhouse überprüfte Jessica ihre Nachrichten. Nichts, was ihnen zu einem Durchbruch verhelfen konnte. Sie schaute in die Faxablage. Wie versprochen hatte Frederic Duchesne ihnen ein Fax geschickt. Es waren fünf Seiten, die eine detaillierte Beschreibung des *Karnevals der Tiere* enthielten. Jessica nahm sie mit zu ihrem Schreibtisch.

Sie ging auf die Website der *Société Poursuite*. Neben einer kurzen Einführung, in der die Gründung der Gesellschaft, ihre Philosophie und Zielsetzung dargestellt wurden, gab es Listen der Mitglieder, der Vorstandsmitglieder, der ehemaligen Vorstandsmitglieder und der Ortsverbände weltweit. Es war klar, dass die Gruppe sich ihre Fälle sehr sorgfältig aussuchte und dabei vermutlich auch abwog, wie groß die Aufklärungschancen waren.

Das Menü unten auf der Seite bot Links zu anderen Webseiten und zu Internetforen an.

»Schau dir mal die Diskussionsforen an«, schlug Byrne vor. Jessica klickte darauf. Im Augenblick waren ein paar Dutzend Diskussionsrunden aktiv. Bei einer Gruppe ging es um die neuesten Entwicklungen in der Kriminaltechnik und der Rechtsmedizin, bei einer anderen um Hintergründe und Häufigkeit von Mordfällen in der ganzen Welt. In einer weiteren Diskussion wurden Fälle vorgeschlagen, die die Gruppe übernehmen könnte. Es waren bereits viertausend Beiträge eingegangen. Jessica klickte einige an. Als sie durch die Postings scrollte, bekam sie eine Gänsehaut.

Ein Eintrag nach dem anderen erschien auf dem Monitor. Sie waren alle da. Alle ihre laufenden Mordfälle waren der Gruppierung zur Behandlung vorgeschlagen worden. Melina Laskaris, Marcellus Palmer, Antoinette Chan, Margaret van Tassel. Und all diese Fälle hatte ein und derselbe User vorgeschlagen. Sein Nick lautete *css1835*.

Jessica rief John Shepherd an und bat ihn, mit jemandem aus der Gruppe zu sprechen und ihn zu fragen, unter welchen Voraussetzungen man Beiträge verfassen konnte. Ein paar Minuten später rief Shepherd zurück.

»Ich habe mit dem Präsidenten der Gruppe gesprochen«, sagte Shepherd. »Er hat gesagt, man braucht sich nicht anzumelden oder Mitglied zu sein, um in diesem Forum Beiträge zu verfassen. Er meint, das würde die Menschen davon abhalten, sich an den Diskussionen zu beteiligen.«

»Sie wissen also nicht, wer ›css1835‹ sein könnte?«

»Nein. Tut mir leid.«

Jessica bedankte sich und legte auf. Sie schaute wieder auf den Monitor. Wer auch immer diese Vorschläge gemacht hatte, musste eine Verbindung zur *Société Poursuite* haben oder sich für diese Gesellschaft interessieren. War es George Archer? War George Archer *css1835*?

Jessica schaute das Material durch, das sie von Frederic Duchesne bekommen hatte.

Camille Saint-Saëns – css – wurde 1835 geboren.

Um halb sieben verließ Dana Westbrook ihr Büro und betrat das Großraumbüro der Detectives. »Kevin?«

Byrne drehte sich zu ihr um. »Ja?«

»Könnte ich Sie bitte kurz sprechen?«

Byrne durchquerte den Raum, legte seine Waffe in eine Schreibtischschublade und ging in Dana Westbrooks Büro.

68.

Als Byrne das Büro betrat, war er mehr als überrascht, dass nicht nur Sergeant Westbrook, sondern auch Michael Drummond von der Bezirksstaatsanwaltschaft und Inspector Ted Mostow anwesend waren. In einer Ecke saß Dennis Stansfield mit verschränkten Armen und selbstgefälliger Miene. Auf dem anderen Stuhl saß Russel Diaz.

»Inspector«, sagte Byrne. »Freut mich, Sie zu sehen, Sir.«

»Wie geht es Ihnen, Kevin?«

»Es ging schon besser.«

»Wie geht's dem Baby?«

Byrne zuckte mehr oder weniger wie aufs Stichwort mit den Schultern. »Zehn Finger, zehn Zehen.«

Es war ein alter Spruch, der bedeutete, dass mit dem Fall, an dem man gerade arbeitete, alles gut lief. In der Mordkommission beantwortete man die Frage immer auf diese Weise, ob die Ermittlungen nun gut liefen oder nicht.

Byrne nickte Michael Drummond zu. »Mike.« Drummond lächelte, doch seine Augen blieben kühl. Irgendetwas stimmte hier nicht.

»Nehmen Sie doch bitte Platz«, sagte Westbrook. Byrne setzte sich auf einen Stuhl am Fenster.

»Wie Sie wissen, bearbeitet Detective Stansfield den Mordfall Eduardo Robles«, begann Drummond.

Byrne hörte ihm zu. Drummond fuhr fort.

»Im Laufe der Ermittlungen stellte er fest, dass auf der gegenüberliegenden Straßenseite, genau gegenüber vom Chinarestaurant, eine Überwachungskamera hängt. Nachdem er sich das Filmmaterial dazu angesehen und die Nummernschilder der sechs Fahrzeuge überprüft hat, die auf der Straße parkten, hat er die Besitzer kontaktiert und befragt. Alle bis auf einen konnten genau nachweisen, wo sie sich in jener Nacht in der fraglichen Zeit aufhielten.«

Byrne schwieg.

»Das sechste Fahrzeug, ein schwarzer Kia Sedona, gehört einem Mann namens Patrick Connolly.« Drummond starrte ihn an. »Kennen Sie einen Patrick Connolly?«

Byrne wusste, dass Drummond ebenso wie alle anderen in diesem Raum die Antwort auf die Frage kannte. Dazu gehörten auch die Antworten auf die Fragen, die sie ihm noch nicht gestellt hatten. Byrne hatte schon so oft auf der anderen Seite des Tisches gesessen, dass er das Spiel ganz genau kannte. »Ja«, sagte er. »Das ist mein Cousin.«

»Als Detective Stansfield mit Mr. Connolly sprach, erfuhr er, dass dieser den Minivan verliehen hat, und zwar an Sie. Ist das richtig?«

»Ja«, sagte Byrne. »Ich habe mir den Wagen vor sechs Tagen ausgeliehen.«

»Haben Sie den Wagen in der fraglichen Nacht gefahren?«

»Ja.«

»Waren Sie in dieser Nacht in Fishtown?«

Auch in diesem Fall wusste Byrne, dass alle in diesem Raum die Antwort auf die Frage kannten. Vermutlich hatten sie mit Stammgästen von The Well gesprochen, mit Leuten, die ihn an dem Abend in der Kneipe gesehen hatten. »Ja.«

»Erinnern Sie sich, Mr. Robles an diesem Abend gesehen zu haben?«

»Ja.«

»Haben Sie an diesem Abend mit Mr. Robles gesprochen, oder kam es in irgendeiner Form zu einer Begegnung zwischen Ihnen?«

Byrne schickte sich an, die Frage zu beantworten, als Inspector Mostow ihn unterbrach. »Kevin, möchten Sie, dass jemand von der Police Benevolent Association bei dem Gespräch anwesend ist?«

Die Police Benevolent Association war die Organisation, die die Interessen der Polizisten vertrat und sie bei Problemen unterstützte.

»Ist das ein offizielles Verhör?«, fragte Byrne. Er kannte auch die Antwort auf diese Frage. Es war kein Gerichtsprotokollant anwesend; er war nicht vereidigt worden, und niemand schrieb irgendetwas mit. Er hätte in diesem Raum auch die Entführung Lindberghs gestehen können, ohne dass man es gegen ihn hätte verwenden können.

»Nein«, sagte Drummond.

Byrne warf Stansfield einen Blick zu. Er wusste, was dieser Typ vorhatte. Er wollte sich an ihm rächen. Die beiden Männer starrten sich an, bis Stansfield als Erster den Blick abwandte. »Dann möchte ich, dass ein offizielles Verhör geführt wird«, sagte Byrne.

Drummond dachte kurz nach und wandte sich Inspector Mostow zu. Dieser nickte.

Drummond sammelte seine Unterlagen ein und steckte sie in die Aktentasche. »Okay, dann treffen wir uns morgen früh hier wieder«, sagte er. »Punkt acht Uhr.«

Stansfield mischte sich ein. »Inspector, ich finde wirklich, wir sollten ...«

Mostow funkelte ihn wütend an. »Morgen früh, Detective«, sagte er. »Ist das klar?«

Stansfield schluckte und sagte dann: »Ja, Sir.«

Byrne verließ als Erster Westbrooks Büro und kehrte zu seinen Kollegen zurück. Alle starrten ihn fragend an.

Als Byrne den Raum durchquerte, um sich einen Kaffee zu holen, folgte Stansfield ihm.

»Das ist nicht lustig, was?«, sagte Stansfield.

Byrne blieb stehen und wirbelte herum. »Sprechen Sie mich nicht an.«

»Ach, jetzt wollen Sie nicht reden? In den letzten Tagen konnten Sie doch gar nicht oft genug über mich reden.« Stansfield stand dicht vor ihm – zu dicht. »Was haben Sie in jener Nacht in Fishtown gemacht, Detective?«

»Gehen Sie mir aus dem Weg«, forderte Byrne ihn auf.

»Haben Sie eine kleine Säuberungsaktion durchgeführt?«

»Ich sag es nicht noch einmal. Gehen Sie mir aus dem Weg.«

Stansfield legte eine Hand auf Byrnes Arm. Byrne holte aus und verpasste Stansfield mit voller Wucht einen linken Haken, der ihn genau am Kinn traf. Es hörte sich an, als wären zwei Widder mit den Köpfen zusammengestoßen. Das Echo des Schlages hallte von den Wänden des Büros wider. Detective Dennis Stansfield drehte sich auf der Stelle und ging zu Boden.

Und war k. o.

»Scheiße«, murmelte Byrne.

Im ganzen Raum herrschte einen Moment Stille, und alle atmeten tief ein. Stansfield bewegte sich nicht. *Niemand* bewegte sich.

Schließlich standen Nick Palladino und Josh Bontrager auf, durchquerten langsam den Raum und überzeugten sich davon, dass mit Stansfield so weit alles in Ordnung war. Im Grunde interessierte es keinen. Niemand in diesem Raum hätte bestritten, dass er das selbst herausgefordert hatte. Es warf aber kein gutes Licht auf die Mordkommission, wenn einer ihrer Kollegen mitten im Büro ausgestreckt auf dem Boden lag. Zeugen, Verdächtige, Staatsanwälte und Verteidiger liefen Tag und Nacht durch diesen Raum.

Jessica warf Byrne einen Blick zu. Er rieb sich die Fingerknöchel und nahm seinen Mantel und seine Schlüssel. Als er an der Tür stand, drehte er sich noch einmal um und sagte an Jessica gewandt: »Ruf mich an, wenn er tot ist.«

69.

Das Haus in der Neunzehnten Straße in der Nähe der Callowhill Street war sehr gepflegt. Unter dem Fenster stand ein Blumenkasten aus Kiefernholz, und in einem Fenster brannte eine Kerze.

Byrne klingelte. Es dauerte kaum eine Minute, bis die Tür geöffnet wurde. Anna Laskaris stand mit einer Schürze und einem Löffel in der Hand im Türrahmen. Sie schaute ihn verwirrt und überrascht an.

»Mrs. Laskaris, ich weiß nicht, ob Sie sich noch an mich erinnern. Ich bin ...«

»Gott mag mir mein jugendliches Aussehen und die Kraft, weiter als drei Straßen zu gehen, genommen haben, aber er hat mir nicht den Verstand geraubt. Noch nicht jedenfalls. Ich erinnere mich an Sie.«

Byrne nickte.

»Kommen Sie rein.«

Sie hielt ihm die Tür auf. Byrne betrat das Haus. Das Innere des gepflegten Hauses war makellos sauber. Überall lagen handgearbeitete Decken: Spitzendeckchen, Wolldecken und Überwürfe. Die Luft war erfüllt von verlockenden Düften.

Anna Laskaris bot ihm einen Platz an dem kleinen Küchentisch an und stellte ihm eine Tasse starken Kaffee hin.

Byrne streute Zucker in den Kaffee, rührte ihn um und ließ Zeit verstreichen. Schließlich sprach er das Thema an, das ihn hergeführt hatte. »Es ist nicht einfach, es Ihnen zu sagen, Ma'am. Eduardo Robles ist tot.«

Anna Laskaris starrte ihn an, ohne eine Miene zu verziehen. Dann bekreuzigte sie sich. Ein paar Sekunden später stand sie auf und ging zum Herd. »Jetzt essen wir erst einmal.«

Byrne hatte gar keinen richtigen Hunger, aber die Einladung abzulehnen war undenkbar. Kurz darauf stand eine Schale Lammeintopf vor ihm, und Mrs. Laskaris zauberte auch noch einen Korb mit frischem Brot auf den Tisch. Byrne begann zu essen.

»Es schmeckt fantastisch.«

Anna Laskaris verzog das Gesicht, als hätte sie niemals daran gezweifelt. Sie setzte sich gegenüber von Byrne hin und sah ihm beim Essen zu.

»Sind Sie verheiratet?«, fragte sie. »Sie tragen keinen Ring, aber heutzutage ...«

»Nein«, sagte Byrne. »Ich bin geschieden.«

»Haben Sie eine Freundin?«

»Im Augenblick nicht.«

»Welche Pullovergröße haben Sie?«

»Ma'am?«

»Pullover. Strickjacke. Sweatshirt. Ihre Pullovergröße?«

Byrne musste darüber nachdenken. »Um ehrlich zu sein, kaufe ich mir nicht oft Pullover.«

»Okay. Versuchen wir es andersherum. Wenn Sie sich einen Anzug kaufen, wie zum Beispiel diesen wunderschönen Anzug, den Sie heute tragen, welche Größe?«

»Normalerweise 110.«

Anna Laskaris nickte. »Okay. Also vermutlich XXL.«

»Vielleicht.«

»Was ist Ihre Lieblingsfarbe?«

Byrne hatte im Grunde gar keine Lieblingsfarbe, und er dachte auch nie darüber nach. Es gab jedoch Farben, die er nicht mochte. »Hm, egal, aber kein Pink und kein Gelb.«

»Lila?«

»Lila auch nicht.«

Anna Laskaris schaute auf ihren großen Strickkorb und dann zurück zu Byrne. »Grün, glaube ich. Sie sind Ire, nicht wahr?«

Byrne nickte.

»Ein schönes Grün.«

Byrne aß den Eintopf. Es war das erste Mal seit langer Zeit, dass er nicht in einem Restaurant oder aus einem Styropor-Becher aß. Anna starrte in die Ferne und dachte vermutlich an andere Zeiten in diesem Haus und an andere Zeiten an diesem Tisch, bevor Menschen wie Byrne großen Kummer in ihr Haus gebracht hatten, als würden sie ein Paket abliefern. Nach ein paar Minuten stand sie langsam auf. Sie wies mit dem Kinn auf Byrnes leere Suppenschale. »Nehmen Sie noch etwas?«

»Oh, nein. Ich bin satt. Es hat großartig geschmeckt.«

Anna Laskaris ging um den Tisch herum, nahm seine Schale und stellte sie in die Spüle. Byrne sah den Kummer in ihren Augen.

»Das ist ein Rezept meiner Großmutter. Sie hatte es von ihrer Großmutter. Zu den vielen Dingen, die ich vermisse, gehört auch, dieses Rezept an Lina weiterzugeben.«

Sie setzte sich wieder hin.

»Meine Melina war ein wunderbares Mädchen, aber nicht immer sehr clever. Vor allem, wenn es um Männer ging. Genau wie ich. Auf dem Gebiet war ich auch eine Niete. Drei Ehemänner. Alles Taugenichtse.«

Mrs. Laskaris sah kurz aus dem Fenster.

»Sie haben einen traurigen Job, nicht wahr?«, sagte sie dann.

»Manchmal«, erwiderte Byrne.

»Gehen Sie oft zu Menschen wie mir und bringen ihnen schlechte Nachrichten?«

Byrne nickte.

»Manchmal auch gute?«

»Manchmal.«

Annas Blick wanderte über die Wand neben dem Herd. Dort hingen drei Bilder von Lina – mit drei, mit zehn und sechzehn Jahren.

»Wenn ich manchmal auf dem Markt stehe, meine ich, ich würde sie sehen. Aber nicht als Jugendliche oder als junge Frau. Als kleines Mädchen. Wissen Sie, dass kleine Mädchen manchmal in ihrer eigenen Welt leben, wenn sie zum Beispiel mit ihren Puppen spielen? Und dass Puppen für sie wie richtige Menschen sind?«

Byrne wusste das nur zu gut.

»Meine Lina war auch so. Sie hatte einen Freund, den gab es gar nicht.«

Anna ließ ihre Gedanken einen Augenblick schweifen und warf die Hände hoch. »In Griechenland haben wir ein Sprichwort. *Das Herz, das liebt, ist immer jung.* Sie war mein einziges Enkelkind. Ich werde nie mehr ein anderes haben. Es gibt niemanden mehr, den ich lieben kann.«

Anna Laskaris umarmte Byrne an der Tür. Heute duftete sie nach Zitronen und Honig. Byrne hatte das Gefühl, als wäre sie kleiner geworden. Das kommt von dem Kummer, dachte er. Der Kummer braucht viel Platz.

»Es macht mich nicht glücklich, dass dieser Mann tot ist«, sagte Anna Laskaris. »Gott wird einen Platz für ihn finden, den er verdient hat. Darüber zu befinden steht uns nicht zu.«

Byrne ging zu seinem Van und stieg ein. Er warf noch einen Blick aufs Haus. Im Fenster stand schon eine neue Kerze.

Er war im Nebel des Delaware aufgewachsen und konnte dort seit jeher am besten nachdenken. Als er zu dem Fluss fuhr, dachte Kevin Francis Byrne über die Dinge nach, die er getan hatte, die guten wie die schlechten.

Du weißt es.

Er dachte an Christa-Marie und die Nacht ihrer ersten Begegnung. Er dachte an das, was sie zu ihm gesagt hatte. Er dachte an seine Träume und daran, dass er nachts immer um 2.52 Uhr aufwachte, exakt zum Zeitpunkt von Christa-Maries Verhaftung, durch die ihr Leben vollkommen aus den Fugen geraten war.

Du weißt es.

Doch es war nicht dieses *Du weißt es*. Er hatte die Aufnahme, die er während des Schlafens gemacht hatte, zurückgespult und sie sich aufmerksam angehört. Plötzlich fiel es ihm wieder ein.

Er hatte *Blue Notes* gesagt.

Es ging um die Stille zwischen den Noten, die Zeit, die die Musik brauchte, um nachzuklingen. Es war so, als würde Christa-Marie ihm seit zwanzig Jahren etwas sagen wollen. Byrne spürte tief in seinem Inneren, dass alles mit ihr begonnen hatte. Mit ihr würde auch alles enden.

Er schaute auf die Uhr. Es war kurz nach Mitternacht.

Halloween.

Dritter Teil

Rondo

70.

Sonntag, 31. Oktober

Ich lausche den Geräuschen der Stadt, die erwacht, dem Brummen der Busse, dem Zischen der Kaffeemaschinen, dem Läuten der Kirchenglocken. Ich beobachte, wie das Laub durch die Luft wirbelt und zu Boden fällt. Ich spüre die kühle Herbstluft, den schüchternen Vorboten des Winters.

Ich stehe im Innenhof des Rathauses, an der Kreuzung Broad und Market Street, die von beiden Flüssen etwa gleich weit entfernt liegt. Dies ist der Mittelpunkt der Stadt, hier schlägt das Herz von Philadelphia. Ich drehe mich auf der Stelle und schaue die beiden Hauptverkehrsstraßen hinunter, die sich quer durch meine Stadt ziehen. Auf beiden wird man heute von mir hören.

Die Toten werden lauter. Dies ist ihr Tag. Es ist immer ihr Tag gewesen.

Ich schlage den Kragen hoch, und als ich mich in das Getümmel stürze, spüre ich das angenehme Gewicht der Mordinstrumente in meinem Rücken.

Was für eine Sarabande!

Klipp-klapp, klipp-klapp.

71.

Wie ein riesiger Raubvogel saß der gewaltige Gebäudekomplex oben auf der Anhöhe. An den Mittelteil, der vermutlich vier Stockwerke hoch und wohl dreißig Meter breit war, schlossen sich auf beiden Seiten weit ausladende Flügel an. Sie waren beide mit einer Reihe von Türmen versehen, die in den Morgenhimmel ragten. Die Anlagen rund um das Gebäude, die einstmals sorgfältig gepflegt wurden und in denen prächtige Hemlocktannen, Rotkiefern und Eschenahorne standen, lagen schon seit Jahrzehnten brach. Stürme und Blitze hatten den Wald verwüstet, und Bäume und Sträucher waren abgestorben und verkrüppelt. Die einst beeindruckende Bogenbrücke aus Stein über dem künstlich angelegten Bach, der sich durch das Gelände schlängelte, war längst verfallen.

Im Jahr 1891 hatte die Erzdiözese den Bau eines Nonnenklosters oben auf dem Hügel, etwa vierzig Meilen nordwestlich von Philadelphia, genehmigt. Das Hauptgebäude wurde 1893 fertiggestellt und bot mehr als vier Dutzend Ordensschwestern Unterkunft. Neben dem Gemüse, das auf sechs Hektar Ackerland in der Nähe des Klosters angebaut wurde, und dem Getreide für das traditionell im Steinofen gebackene Brot lieferte der fruchtbare Boden rund um das Kloster Nahrungsmittel für Obdachlosenasyle in den Countys Montgomery, Bucks und Berks. Die Brombeermarmelade der Nonnen gewann Preise im ganzen Land.

1907 erhängten sich vier Ordensschwestern an einem Balken im Glockenturm. Die Kirche, die ohnehin Probleme hatte, Novizinnen für das Nonnenkloster zu gewinnen, verkaufte die Gebäude und Grundstücke an den Staat Pennsylvania.

Fünf Jahre später wurden vier neue Flügel an das ehemalige Kloster angebaut. Nachdem unter anderem zwei Vortragssäle, zwei Obduktionssäle, eine hochmoderne Chirurgie und in einem Apfelhain eine nicht-konfessionelle Kapelle entstanden waren, öffnete die Convent Hill Mental Health Facility ihre Pforten. Mit den zweihundert Betten, dem weitläufigen Gelände und dem hervorragenden Personal erwarb sich die Einrichtung schnell den Ruf einer der modernsten psychiatrischen Kliniken im Osten der Vereinigten Staaten.

Die Hauptaufgabe dieser Klinik bestand in der Behandlung und Rehabilitation psychisch Kranker. Daneben verfügte sie über einen Sicherheitstrakt, dessen Träger der Staat Pennsylvania war, der auch das Personal stellte. In den zwanzig Betten schliefen einige der schlimmsten Verbrecher des frühen zwanzigsten Jahrhunderts.

Anfang der Fünfzigerjahre gingen der Klinik die Gelder aus. Mitarbeiter wurden entlassen und die Gebäude nicht mehr instand gehalten. Die medizinischen Geräte veralteten, und da sie nicht repariert wurden, versagten sie irgendwann den Dienst. Es kursierten Gerüchte über menschenunwürdige Zustände in Convent Hill. In den Siebzigerjahren wurde ein Dokumentarfilm gedreht, der die erbärmlichen und abscheulichen Zustände offenlegte. Es folgte ein Aufschrei der Empörung in der Öffentlichkeit und in der Politik, und in die Klinik wurden eine Million Dollar gepumpt.

1980 war Convent Hill wieder in Vergessenheit geraten. Erneut liefen Gerüchte über Korruption und ungeheuerliche

Missstände um. Doch die Öffentlichkeit regt sich immer nur eine gewisse Zeit lang über irgendetwas auf.

Schließlich schloss Convent Hill 1992 endgültig seine Pforten, und die Häftlinge und Patienten wurden in andere staatliche psychiatrische Kliniken sowie in Justizvollzugsanstalten in New York und Pennsylvania verlegt.

In den nächsten achtzehn Jahren war das Anwesen den Elementen, Vandalen, Geisterjägern und Obdachlosen preisgegeben. Es wurden noch ein paar Anstrengungen unternommen, die Gebäude vor dem Verfall zu retten, doch angesichts des fast achtzig Hektar großen Geländes, das zudem größtenteils an Wälder grenzte, und der zahlreichen Eingänge war dies schier unmöglich.

An der Steinmauer neben der gewundenen Straße, die zum Haupteingang führte, hing noch immer ein Schild. Als Kevin Byrne und Christa-Marie Schönburg näher kamen, sah Byrne, dass jemand auf dem Schild herumgeschmiert und den Wortlaut verändert hatte. Es kündigte nun nicht mehr die Zufahrt zu der einst hochmodernen psychiatrischen Klinik CONVENT HILL an, einem Ort der Genesung und der Rehabilitation, einem Ort der Ruhe und des Friedens.

Nun wurde die Zufahrt zu einem Ort namens CONVICT HILL – der STRÄFLINGSHÖLLE – angekündigt.

Als sie die kurvenreiche Straße zum Hauptgebäude hinauffuhren, kam leichter Nebel auf. Die umliegenden Wälder wurden in perlgrauen Dunst gehüllt.

Byrne fragte sich, was er hier eigentlich tat. Er wusste, dass die Zeit lief und er in der Stadt gebraucht wurde. Doch er war überzeugt, dass die Antworten auf zu viele Fragen der Vergangenheit und der Gegenwart in Christa-Maries Kopf steckten.

»Kommst du Halloween wieder hierher?«, hatte sie ihn gefragt. *»Ich möchte dir einen besonderen Ort auf dem Land zeigen. Wir machen uns einen schönen Tag. Wir werden viel Spaß haben.«*

Einen besonderen Ort.

Christa-Marie wollte aus einem ganz bestimmten Grund, dass er sich den Ort ansah.

Byrne wusste, dass er die Chance nutzen musste.

Je höher sie den Hügel hinauffuhren, desto mehr nahm die Steigung ab. Kiefern und kahle Ahornbäume verdeckten noch immer die Sicht auf die Gebäude. Die Wege waren von morschen Ästen und Kiefern übersät. Das bogenförmige Portal war an beiden Seiten von palladianischen Fenstern flankiert. Das Dach zierte eine große Kuppel mit zwei kleinen Wachtürmen.

Als Byrne den Wagen parkte, hörte er Lerchen singen: Sie kündigten einen Sturm an. Der Wind frischte auf. Er schien die Gebäude mit eisigem Griff zu umklammern, sodass das Grauen im Inneren nicht nach außen dringen konnte.

Byrne stieg aus und öffnete Christa-Marie die Tür. Sie reichte ihm ihre schmale Hand, und sie stiegen die verfallenen Stufen hinauf.

Die gewaltige Eichentür hing in massiven, verrosteten Angeln. Im Laufe der Jahre hatten die Leute Sprüche, Bitten, Geständnisse und Beschimpfungen auf die Tür geschmiert. Rechts vom Eingang war eine Inschrift in den verwitterten Stein gemeißelt worden.

Christa-Marie drehte sich aufgeregt zu Byrne um.

»Mach ein Foto von mir«, bat sie ihn. Sie strich sich die Haare glatt und band sich den Seidenschal um den Hals. In dem fahlen Morgenlicht sah Christa-Marie wunderschön aus.

Byrne hatte nicht vorgehabt, hier Fotos zu machen. Dennoch nahm er sein Handy heraus, klappte es auf und fotografierte Christa-Marie vor dem Eingang.

Er steckte das Handy wieder ein, stemmte sich gegen die schwere Tür und stieß sie auf. Eine kalte Brise fegte durch die Eingangshalle und wirbelte den Staub und Dreck von Jahrzehnten auf.

Gemeinsam traten sie über die Schwelle in Christa-Marie Schönburgs Vergangenheit, in die furchterregenden Gemäuer von Convent Hill.

72.

Hier wandeln die Toten. Die Toten und die Verrückten und die Vergessenen. Wenn Sie mit mir kommen und hören, was ich höre, erfahren Sie, dass da viel mehr ist als das Wispern des Windes.

Da ist der junge Mann, der 1920 hierherkam. Er war in der Schlacht von St. Mihiel verwundet worden. Er blutete an beiden Handgelenken. »Ich gehe nach Hause«, sagt er zu mir. »Zuerst nach Pont-à-Mousson und dann nach Hause.«

Er ging nicht.

Da ist der Justizbeamte aus Youngstown, Ohio. Zwei Mal versuchte er, sich das Leben zu nehmen. Sein Hals ist voller Narben. Er kann nur noch flüstern. Seine Stimme gleicht dem trockenen Wind in der nächtlichen Wüste.

Da sind die beiden Schwestern, die versucht haben, das Fleisch der anderen zu essen. Sie wurden im Keller ihres Reihenhauses in Olney gefunden, in enger Umklammerung, mit Stacheldraht umwickelt, und Blut tropfte ihnen von den Lippen.

Sie versammeln sich um mich herum, und ihre Stimmen erheben sich zu einem Chor der Wahnsinnigen.

Ich gehe mit meiner Liebsten.

Ich gehe mit den Toten.

73.

Ihre Schritte auf den alten Fliesen hallten durch das Haus, als sie Arm in Arm durch die Gänge liefen. Dämmeriges Licht drang durch die Fenster. Circa zehn Meter über ihren Köpfen war eine Gewölbedecke, und Byrne sah drei Schichten Farbe, jede ein jämmerlicher Versuch, Fröhlichkeit zu verbreiten. Zitronengelb, Babyblau, Meergrün.

Christa-Marie deutete auf einen Raum in der Nähe des Eingangs. »Dorthin bringen sie dich nach der Einlieferung«, sagte sie. »Lass dich nicht von den Blumen täuschen.«

Byrne warf einen Blick hinein. Zwei alte, verrostete Ketten, die in der Wand verankert waren, lagen wie tote Schlangen auf dem Boden. Dort gab es keine Blumen.

Als sie immer tiefer ins Innere von Convent Hill vordrangen, kamen sie an Dutzenden von Räumen vorbei; an Räumen, in denen das Wasser stand, und an Räumen mit vom Boden bis zur Decke gefliesten Wänden. In anderen wiederum war der Putz von Schimmel und getrocknetem Blut befleckt, alte Kleidungsstücke verstopften die Abflüsse.

In einem Raum standen in einem Halbkreis sechs Stühle, deren geflochtene Sitzflächen fehlten, und ein Stuhl war seltsamerweise in eine andere Richtung gedreht. Im nächsten Raum entdeckten sie ein dreistöckiges Etagenbett, das auf einem abgetretenen orientalischen Läufer im Boden festgedübelt war. Byrne konnte sehen, dass jemand versucht hatte, den Läufer wegzuziehen. Er war an beiden Enden zerfetzt. Daneben lagen drei braune Fingernägel auf dem Boden.

In einem Raum am Ende des Hauptgangs standen verrostete Stahleimer an einer Wand, gefüllt mit verhärtetem Kot, der sich im Laufe der Zeit in eine weiße, kalkartige Masse verwandelt hatte. Auf einem Eimer stand das Wort *glücklich*.

Sie stiegen die geschwungene Treppe in den ersten Stock hinauf.

In einem Gruppenraum stand eine Bühne, die sich gefährlich neigte. Darüber hing ein großer, ovaler Rahmen mit einem Kunstwerk aus kreuz und quer gespannten schwarzen Fäden – möglicherweise irgendein Projekt aus der Beschäftigungstherapie.

Sie durchquerten den Flügel. Byrne fiel auf, dass viele Einzelzimmer Beobachtungsfenster hatten. Bei einigen waren nur zwei kleine Löcher in die Tür gebohrt. In Convent Hill blieb offenbar nichts verborgen.

»Das hier war Maristellas Zimmer«, sagte Christa-Marie. Es war keine vier Quadratmeter groß. An der mit einer längst verblassten Lackfarbe in Pink gestrichenen Wand lehnten drei uralte Tragen. »Sie war meine Freundin. Ein bisschen verrückt, glaube ich.«

Ein riesiges, über fünfzehn Meter langes Wandgemälde zierte die Turnhalle. Vor dem Hintergrund der Hügellandschaft rings um die Klinik hatten mehrere Leute unterschiedliche Szenen gemalt – höllische Darstellungen von Vergewaltigung, Folter und Mord.

Als sie zum Ostflügel abbogen, blieb Byrne plötzlich wie angewurzelt stehen. Am Ende des breiten Gangs stand jemand. In dem Dämmerlicht konnte Byrne nicht viel erkennen. Er sah eine kleine, gedrungene Person, die sich nicht bewegte.

Es dauerte einen Moment, bis Byrne begriff, dass es nur

eine Figur war. Als sie näher kamen, erkannte er die aus Sperrholz ausgesägten Umrisse eines Kindes, eines Jungen von zehn oder zwölf Jahren in einem gelben Hemd und einer dunkelbraunen Hose. Dahinter war ein blauer Streifen an die Wand gemalt, der vielleicht den Ozean darstellen sollte. Als sie an der Figur vorbeigingen, entdeckte Byrne kleine Dellen im Sperrholz sowie ein paar Löcher und auf gleicher Höhe auch Löcher in der Wand. Die Figur musste irgendwann einmal mit Kugeln durchsiebt worden sein. Jemand hatte Blut auf das Hemd gemalt.

Am Ende des Korridors blieben sie stehen. Das Dach über ihnen war undicht, und ein paar Tropfen Wasser fielen auf sie herab.

»Man merkt es beim ersten Ton«, sagte Christa-Marie.

»Was meinst du?«

»Ob ein Kind das Zeug dazu hat, ein Virtuose zu werden.« Sie schaute auf ihre langen, schmalen Finger. »Sie ziehen dich in ihren Bann. Die Kinder. Am Prentiss Institute haben sie mich hundertmal gefragt, ob ich nicht Unterricht geben könnte. Ich habe immer wieder abgelehnt und dann eines Tages eingewilligt, denn da waren zwei hochbegabte Jungs.«

Byrne nahm ihre Hand. »Wer waren diese Jungs?«

Christa-Marie antwortete nicht sofort. »Sie waren da, weißt du«, sagte sie schließlich.

»Wo?«

»Bei dem Konzert. Und anschließend.«

Irgendwo hallte ein Geräusch durch die Dunkelheit. Christa-Marie schien es nicht zu hören.

»Dieser Abend, Christa-Marie. Erzähl mir von diesem Abend.«

Byrne sah, dass sich in ihren Augen genau wie vor zwanzig Jahren Angst und Einsamkeit spiegelten.

»Ich trug Schwarz«, sagte sie.

»Ja. Du sahst wunderschön aus.«

Christa-Marie lächelte. »Danke.«

»Erzähl mir von dem Konzert.«

Leichtfüßig schritt Christa-Marie über den Korridor ins Halbdunkel. »Der Saal war für die Feiertage geschmückt. Es roch nach frischen Kiefern. Wir haben heftig über das Programm diskutiert. Im Publikum saßen größtenteils Kinder. Der Direktor wollte noch eine Vorstellung von *Peter und der Wolf* geben.«

Byrne hoffte, sie würde fortfahren, doch sie schwieg. Tränen traten ihr in die Augen. Christa-Marie kehrte langsam zu Byrne zurück und griff in ihre Tasche. Sie zog ein Blatt heraus und gab es ihm. Es war ein an Christa-Marie adressierter Brief, von dem ihr Anwalt Benjamin Curtin eine Kopie erhalten hatte. Er stammte von der Onkologie des Universitätskrankenhauses Pennsylvania. Byrne las den Brief.

Kurz darauf umfasste er ihre Hände. »Würdest du heute Abend für mich spielen?«

Christa-Marie schlang die Arme um ihn und legte den Kopf auf seine Schulter. Eine ganze Weile standen sie reglos und schweigend da. Dann brach sie die Stille.

»Ich werde sterben, Kevin.«

Byrne strich ihr übers Haar. Es fühlte sich an wie Seide. »Ich weiß.«

Sie schmiegte sich noch enger an ihn. »Ich höre dein Herz schlagen. Es schlägt regelmäßig und kräftig.«

Byrne schaute aus dem Fenster auf den in Nebel gehüllten Wald rund um Convent Hill. Er schwieg. Es gab nichts mehr zu sagen.

74·

Jessica konnte ihren Partner nirgendwo auftreiben. Sie war bei Byrne zu Hause vorbeigefahren und hatte ihn in allen Cafés, wo er gerne frühstückte, und in seinen Stammkneipen gesucht und gehofft, ihn nicht zu finden. Sie fand ihn auch nicht.

Byrne hatte weder in der Abteilung angerufen noch den Termin für seine offizielle Aussage, wo er in der Nacht von Eduardo Robles' Ermordung gewesen war, eingehalten. Jessica wusste, dass der Inspector den Bezirksstaatsanwalt beschwichtigt hatte, aber es war überhaupt nicht Byrnes Art, sein Wort nicht zu halten.

Den Rest des Vormittags verbrachte Jessica damit, das Material über *Karneval der Tiere* zu lesen. Es gab in der Tat vierzehn Sätze, die aber nicht allen Tieren gewidmet waren. Einer hieß *Fossilien*, ein anderer *Pianisten* und wieder ein anderer *Das Finale*. Aus irgendeinem Grund hatte der Mörder acht der Sätze ausgewählt. Allmählich ergab alles einen Sinn.

Alle Opfer hatten mit ungelösten Fällen zu tun. Sie wurden alle des Mordes beziehungsweise der Mitschuld an einem Tötungsdelikt verdächtigt.

Die Verbindung zu einer Gruppe namens *Société Poursuite* und einem Mann namens George Archer war nicht zu übersehen.

All diese Menschen waren in gewisser Weise schuldig. In den Augen ihres Mörders hatten sie sich alle eines Verbrechens schuldig gemacht. Aber warum gerade *diese* Personen? Was für eine Verbindung bestand zwischen ihnen? Warum die Fälle von Antoinette Chan, Marcellus Palmer, Marcia Kimmelman und Melina Laskaris? Warum nicht irgendein anderer von den Hunderten ungelösten Fällen in den verstaubten Akten auf den Regalen?

Um ein Uhr rief Jessica bei der Kraftfahrzeugbehörde an. Wenn George Archer einen im Staat Pennsylvania ausgestellten Führerschein besaß, müssten sie ein Foto bekommen können.

Jessica ließ das Mittagessen ausfallen und führte am frühen Nachmittag Telefonate mit dem Labor und der Staatsanwaltschaft. Michael Drummond war am Gericht, doch die Sekretärin versprach ihr, dass er sich bei ihr melden würde.

Um vier Uhr erfuhr Jessica, dass in keinem größeren Hotel im Umkreis von Philadelphia ein George Archer eingecheckt hatte.

Sie rief auch bei Rogers Logan an, dem Leiter der Polizeiwache von Garrett Corners, und bat ihn, an der Archer-Farm vorbeizufahren.

George Archer war nicht nach Hause zurückgekehrt.

Als die erste Hälfte des langen Arbeitstages sich dem Ende neigte, hatte Jessica noch immer keine neue Spur. Die anderen drei leitenden Detectives – Josh Bontrager, Nicci Malone und Dennis Stansfield – waren unterwegs und gingen anderen Spuren nach. Josh sprach mit Angehörigen von Antoinette Chan. Alle hatten wasserdichte Alibis. Nicci Malone verbrachte den Vormittag in Weirton, West Virginia, um mit

Marcellus Palmers Sohn und Schwiegertochter zu sprechen. Sie erfuhr nichts, was ihnen irgendwie weitergeholfen hätte. Gott allein wusste, was Stansfield, der von Kevin Byrne geradezu besessen zu sein schien, vorhatte.

Es sah so aus, als herrsche zwischen Byrne und Stansfield erst einmal Waffenstillstand. Vermutlich würde Stansfield noch auf die eine oder andere Weise auf den Zwischenfall reagieren, aber nicht heute Abend. Die Mordkommission hatte anderes zu tun.

Gegen halb sechs fuhr Jessica nach Hause und machte für sich und Sophie rasch etwas zu essen. Nach dem Abendessen lief Sophie in ihrem Kostüm von Fairy, der Schneeflockenfee, stolz durch die Wohnung. Sie sah entzückend aus.

Der Wind frischte auf und wehte das Laub durch die Straßen. Perfektes Halloween-Wetter. Philly hatte es an Halloween noch nie an der richtigen Atmosphäre oder an interessanten Erlebnissen gemangelt.

Es gab die Geistertour, bei der die Teilnehmer im Kerzenschein einen Ausflug nach Society Hill und in den Independence Park unternahmen. Auch eine Tour zur ehemaligen Strafanstalt Eastern State Penitentiary, wo es angeblich spukte, wurde angeboten. Das Mutter Museum und das Wohnhaus von Edgar Allan Poe erfreuten sich ebenfalls großer Beliebtheit.

Philadelphia fühlte sich mit seiner teils grauenhaften Vergangenheit verbunden, bewies aber auch Kreativität. Jessica hatte schon Berichte in den Fernsehnachrichten gesehen, wonach Jugendliche in rosafarbenen Ganzkörperbodys und einem weißen Papierstreifen um den Kopf von Haus zu Haus gingen und »Süßes oder Saures!« riefen. Offenbar verkleidete man sich in Philly jetzt am liebsten als Opfer des Serienmörders.

Jessica ging recht früh mit Sophie auf Halloween-Tour. Dieses Jahr war es anders. In Reihenhaussiedlungen Süßigkeiten zu sammeln war keine besonders große Herausforderung. Innerhalb einer Stunde klingelte Sophie an etwa hundert Türen. Sie kam mit zwei prall gefüllten Kopfkissen nach Hause.

Während Sophie ihre Ausbeute auf dem Boden des Wohnzimmers sortierte, stellte Jessica sich unter die Dusche und bereitete sich auf den Undercover-Einsatz im Hotel vor.

Ehe sie das Haus verließ, schaute sie im Korridor in den Spiegel. Nicht schlecht, dachte sie. Das schlichte schwarze Kleid stand ihr ausgezeichnet, war aber ein bisschen zu eng. Es war an der Zeit, nicht mehr so oft Cannoli von Termini's zu essen.

Die Waffe zu verstecken stellte natürlich ein Problem dar. Obwohl sie in vielerlei Hinsicht das perfekte Accessoire war, sahen die meisten Designer bei ihren Schnitten nicht vor, unter der Kleidung unauffällig eine Waffe mitzuführen. Es gab noch nie eine »Smith & Wesson«-Kollektion von Dior, und auch Vivienne Westwood würde sicherlich keine Kleider für Glocks präsentieren.

Um auf der sicheren Seite zu sein, packte Jessica eine Jeans und ein Kapuzenshirt in einen kleinen Rucksack und legte ihn in den Wagen. Sie hatte keine Ahnung, wie der heutige Abend ausgehen würde.

Das Team traf sich im Überwachungsraum von Le Jardin. Es waren insgesamt zehn Detectives, darunter auch Josh Bontrager, Dennis Stansfield, Nicci Malone und Nick Palladino. Die meisten trugen Zivil, aber einige auch die Blousons mit dem PPD-Logo.

John Shepherd erklärte ihnen genau den Grundriss der einzelnen Etagen, die Standorte der Überwachungskameras und die Notfallpläne des Hotels. Sie sprachen kurz über das Programm des Abends, auf dem ein feudales Abendessen, zahlreiche Redner und eine Grundsatzrede des Justizministers des Staates Pennsylvania standen. Daneben fanden in den kleineren Konferenzräumen verschiedene Diskussionsrunden und Präsentationen statt. Shepherd zufolge hielten sich fast tausend Personen im Hotel auf – das Personal vor und hinter den Kulissen nicht mitgezählt.

Jessica sah immer wieder zur Tür. Byrne tauchte nicht auf.

Nach der Einweisung durch John Shepherd wandte Dana Westbrook sich an die Sondereinheit. Sie hatte von der Kraftfahrzeugbehörde mehr als siebzig Fotos von Männern namens George Archer erhalten. Keiner der Führerscheine war auf den Mann ausgestellt, der die Archer-Farm bewirtschaftete. Die Mitarbeiter des Sheriff-Büros zeigten die Fotos ebenso wie die Detectives von der Staatspolizei Pennsylvania Nachbarn und Geschäftsleuten in der Gegend und hofften, jemanden zu finden, der den Betreiber der Archer-Farm erkannte.

In der ersten Stunde arbeitete Jessica am Empfangstisch gleich neben dem Eingang zum Crystal Room. Auf dem langen Konferenztisch, der mit weißen Tischtüchern bedeckt war, lagen ein paar Hundert Namensschilder, Programme und Anstecknadeln mit dem Slogan: *Wer nicht verfolgt wird, kommt davon.*

Während die Menschen sich anstellten, beobachtete Jessica ihre Bewegungen und ihr Verhalten. Die Mitglieder der Gruppe machten insgesamt einen seriösen Eindruck – konservativ gekleidet, ruhig und höflich. Innerhalb einer Stunde gab Jessica mehr als fünfzig Namensschilder aus.

Um acht Uhr kamen drei Männer von der anderen Seite der Lobby an ihren Tisch, von denen einer ziemlich betrunken war. Es waren leger gekleidete Weiße in den Vierzigern. Als sie sich näherten, bemühte sich der Kleinste von ihnen – der Betrunkene –, seinen Blick auf den Tisch, die Namensschilder und Jessica zu richten.

»Brrr!«, lallte er.

»Guten Tag«, sagte Jessica.

»Mein Name ist Jukka Tolonen«, sagte der große blonde Mann.

»Jay Bowman«, stellte der andere sich vor. Jessica suchte die Namensschilder heraus und reichte sie ihnen zusammen mit einem Programm.

»Danke«, sagten die beiden Männer im Chor, die sich offenbar ein bisschen für ihren Freund schämten.

»Wissen Sie«, sagte der Betrunkene. »Ich war vor ungefähr fünf Jahren auf diesem Kongress. Die meisten Frauen sahen aus wie Mrs. Marble.«

Jessica war ganz sicher, dass er Miss Marple meinte. »Wie ist Ihr Name?«, fragte sie.

Der Mann schaute seine Freunde an. »Habt ihr das gehört? Sie hat mich nach meinem *Namen* gefragt, Jungs. Sie will mich anbaggern!«

»Ich glaube, sie will dir dein Namensschild geben«, sagte Tolonen mit einem starken Akzent. Möglicherweise ein Finne.

»Oh.«

Der Betrunkene langte umständlich in die Tasche und zog seine Brieftasche heraus. Mit noch größeren Verrenkungen gelang es ihm schließlich, eine Visitenkarte herauszusuchen. Er grinste übers ganze Gesicht, als wäre das ein besonders witziger Einfall.

Jessica fand das gar nicht lustig.

»Sieht so aus, als hieße ich Barry Swanson«, sagte er dann.

Sie reichte Barry Swanson sein Namensschild und ein Programm. Swanson ließ sofort alles auf den Boden fallen. Tolonen hob die Sachen auf und heftete das Namensschild ans Revers seines schwankenden Freundes.

»Entschuldigung«, sagte Bowman zu Jessica. »Er arbeitet als Chemiker bei der Kriminaltechnik. Er kommt nicht oft raus.«

Jessica schaute den drei Männern nach und fragte sich, wie man mit solchen Leuten Kriminalfälle lösen konnte.

Als Jessica von einem Detective der Sondereinheit abgelöst wurde, einer Frau vom Polizeibezirk West namens Deena Yeager, ging sie zur Rezeption und nahm die überfüllte Lobby in Augenschein. David Albrecht hatte keine Genehmigung erhalten, im großen Konferenzsaal zu filmen. In der Lobby und auf der Straße durfte er jedoch Aufnahmen machen. Jessica sah, dass es ihm gelungen war, ein paar recht prominente Leute für ein Interview zu gewinnen.

Fast alle im Raum hatten eine Verbindung zu den Strafverfolgungsbehörden. Unter ihnen befanden sich Detectives im Ruhestand, Anklagevertreter, Kriminaltechniker aller Fachrichtungen, Männer und Frauen, die hauptberuflich Fingerabdrücke, Haare, Fasern, Blut und Dokumente untersuchten.

Auch Pathologen, Anthropologen, Psychologen, Verhaltensforscher und Mathematiker waren dabei. Jessica hatte gehört, dass sogar eine kleine Gruppe von der *Keishi-chō*, der Polizei von Tokio, gekommen war.

Hell Rohmer und Irina Kohl waren ebenfalls anwesend und taten so, als wären sie lediglich Kollegen. Man brauchte kein erfahrener Detective zu sein, um zu erkennen, dass sich ab und zu ihre Hände berührten und sie sich hin und wieder verliebte Blicke zuwarfen. Jessica sah Richter, Anwälte, Gerichtsvollzieher und eine Handvoll Staatsanwälte.

Kevin Byrne war noch immer nicht aufgetaucht.

75.

Lucy Doucette stand am Ende des Korridors im zwölften Stock.

Ihre Schicht endete um halb sieben, aber sie hatte Audrey Balcombe gefragt, ob sie noch ein paar Plusstunden sammeln könne. Es stellte sich tatsächlich heraus, dass drei Gäste gebeten hatten, ihre Zimmer zwei Mal täglich zu reinigen. Lucy nahm an, dass diese Leute in Laboren oder bei der Kriminaltechnik arbeiteten und eine ausgeprägte Phobie vor Keimen hatten. Ihr sollte es recht sein. Jedenfalls konnte sie zwei Stunden länger bleiben. Jetzt schlug sie nur noch die Zeit tot.

Sobald sie ihre Schlüsselkarte in das elektronische Schloss der Tür 1208 steckte, wurde die Zeit registriert. Lucy hatte wahnsinnige Angst, noch einmal das Zimmer zu betreten, doch sie litt schon so lange unter dieser Angst, dass das fast keine Rolle mehr spielte.

Sie warf einen Blick über die Schulter. Der Gang war menschenleer, aber Lucy war sich bewusst, dass sie genau genommen nicht allein war. Sie war einmal im Überwachungsraum gewesen und hatte die großen Monitore gesehen. Das Personal wusste, wo die Kameras hingen, jedenfalls jene, die sichtbar an der Decke angebracht waren. Am Ende eines jeden Flurs standen ein Sideboard und ein Spiegel, und Lucy fragte sich immer, ob es sich um Spiegelglasscheiben handelte, hinter denen Kameras versteckt waren.

Ehe sie es sich anders überlegen konnte, klopfte sie an die Tür von Zimmer 1208.

»Zimmerservice.«

Keine Reaktion. Sie klopfte erneut und wiederholte das Wort. Stille. Lucy drückte das Ohr an die Tür. Sie hörte keinen Fernseher, kein Radio, keine Gespräche. Die Vorschrift lautete, dass man zwei Mal klopfte und »Zimmerservice« rief und dann eintrat. Lucy versuchte es ein letztes Mal. Als sie keine Antwort erhielt, schob sie die Karte in den Schlitz und öffnete langsam die Tür. »Zimmerservice«, sagte sie noch einmal im Flüsterton und trat dann ein. Als die Tür mit einem lauten Klicken hinter ihr zufiel, wusste Lucy, dass das Schloss unwiderruflich registriert hatte, dass sie sich in Zimmer 1208 aufhielt.

Das Zimmer sah genauso aus wie beim letzten Mal. Niemand hatte etwas aus der Minibar herausgenommen, niemand im Bett geschlafen, niemand etwas in den Papierkorb unter dem Schreibtisch geworfen. Lucy sah ins Badezimmer. Auch dort hatte sich nichts verändert. Die Seifenstücke waren nicht ausgepackt, und das erste Blatt Toilettenpapier war noch immer so gefaltet, dass eine Spitze nach unten zeigte. Einige nette Gäste versuchten, die Handtücher wieder so hinzuhängen, wie sie ursprünglich hingen, aber Lucy hatte natürlich einen geschulten Blick dafür. Sie hingen niemals genau wie zuvor. Man merkte auch an der Feuchtigkeit und dem süßlichen Duft des Duschgels oder des Shampoos in der Luft, ob jemand geduscht oder gebadet hatte.

Lucy ging zurück zur Zimmertür, drückte ein Ohr dagegen und lauschte ein paar Sekunden. Stille. Sie ging auf den Schrank zu und öffnete die Tür. Der Kleidersack hing darin wie ein Toter am Galgen. Langsam griff sie in den Schrank und drehte mit zitternder Hand das Namensschild um.

Dieser Kleidersack gehört George Archer.

Lucy lief ein kalter Schauer über den Rücken. Er hieß George Archer. All die Jahre hatte sie sich vorzustellen versucht, wie ihr Kidnapper wohl hieß. Jeder Mensch hatte einen Namen. Sobald sie eine Zeitung oder Zeitschrift las, sich einen Film oder eine TV-Show ansah oder zum Beispiel im Wartezimmer eines Arztes oder bei der Kraftfahrzeugbehörde saß und jemand laut einen Namen sagte, fragte sie sich: Ist das sein Name? Könnte diese Person der Mann in ihren Albträumen sein? Jetzt wusste sie es. George Archer. Es war ein vollkommen harmloser Name, doch Lucy versetzte er in Angst und Schrecken.

Sie schloss die Schranktür, lief mit laut klopfendem Herzen schnell auf die Kommode zu und öffnete sie. Dort lagen noch immer dieselben Hemden – ein blaues, ein weißes und ein weißes mit schmalen grauen Streifen. Lucy prägte sich ihre exakte Lage in der Schublade ein, damit sie sie genau so wieder dorthin zurücklegen konnte. Als sie die drei Hemden herausnahm, kam es ihr fast so vor, als wären sie heiß. Doch als sie dann unter den Hemden nachschaute, sah sie, dass das Foto verschwunden war.

Hatte sie sich das nur eingebildet?

Nein. Es *hatte* dort gelegen. Lucy hatte dieses spezielle Foto nie zuvor gesehen, doch sie wusste, wo es aufgenommen worden war: in einer Eisdiele in der Wilmot Street. Es war ein Foto ihrer Mutter, auf dem sie den roten Pullover trug, den Lucy bei Sears in dem Einkaufscenter gestohlen hatte.

Lucy drehte sich um und ließ den Blick durch das Zimmer schweifen. Plötzlich erschien es ihr fremd, als wäre sie noch nie hier gewesen. Als sie die Hemden ordentlich zurück in die Schublade legte, bemerkte sie, dass in der Brusttasche des oberen Hemdes, des blauen, etwas steckte. Es war ein Blatt von den Notizblöcken des Le Jardin.

Lucy nahm das Blatt heraus und las es durch. Dort stand:

Wir treffen uns hier am Sonntagabend um halb zehn. Liebe Grüße von Lucy.

Es war ihre Handschrift.

Es war eine Notiz, die sie geschrieben und in dieses Zimmer gelegt hatte, damit Mr. Archer sie fand.

Sie schaute auf die Uhr. 21.28 Uhr.

Plötzlich drehte sich das Zimmer vor ihren Augen. Einen Augenblick lang hatte Lucy das Gefühl, den Boden unter den Füßen zu verlieren. Sie schlug die Schublade zu. Dass alles so aussah wie zuvor, war nicht mehr wichtig. Nun zählte nur noch, dass sie so schnell wie möglich dieses Zimmer verließ.

Sie wich von der Kommode zurück, als würde sie brennen und dann hörte sie …

… die Glocke.

Ihre Glocke. Ihre *spezielle* Glocke.

Jetzt war Lucy ganz ruhig und mit sich im Reinen. Sie wusste, was sie tun musste. Sie ging zur Zimmertür und riss sie auf. Dann kehrte sie zum Schrank zurück, setzte sich hinein und schloss die Tür.

Im Schrank roch sie den Duft der Äpfel und des Pfeifenrauchs, die Gerüche, die George Archer umgaben, die Gerüche des Bösen. Aber dieses Mal hatte sie keine Angst.

Als sich Schritte dem Schrank näherten – Schritte von zwei Personen im Abstand weniger Minuten –, brach die Dunkelheit über Lucy Doucette herein, und sie erinnerte sich wieder an alles.

»Es ist alles in Ordnung, Eve«, sagte er. »Es hat einen Unfall gegeben. Ich kümmere mich um dich.«

Er streckte die Hand aus. An einem Finger trug er einen Schlangenring. Dicker Rauch verdunkelte den Himmel.

»Was für einen Unfall?«, fragte sie.

Mr. Archer öffnete die Tür seines Wagens. Lucy stieg ein. »Einen Flugzeugabsturz«, sagte er. »Einen schlimmen Flugzeugabsturz.«

»Wo ist meine Mutter?«

»Sie möchte, dass ich auf dich aufpasse. Sie hilft den Menschen an der Unglücksstelle, wo das Flugzeug abgestürzt ist.«

»Meine Mutter hilft ihnen?«

»Ja, Eve.«

Mr. Archer startete den Wagen.

Er führte sie die schmale Holztreppe hinunter und dann durch eine schmale Tür in einen zugigen Raum mit gemauerten Wänden. Der Raum wurde nur von Kerzen erhellt. Es kam ihr so vor, als wären es Hunderte. In dem Raum roch es nach billigem Parfum und faulenden Äpfeln. Sogar der Staub und die Spinnweben waren kalt.

Als Mr. Archer ging und Lucy hörte, dass die Tür oben an der Treppe abgeschlossen wurde, sah sie, dass noch ein Mädchen in dem Raum saß. Es war ungefähr in Lucys Alter, um die elf, aber es trug das Kleid einer erwachsenen Frau – ein kurzes Paillettenkleid mit Trägern. Das Gesicht des Mädchens war mit Make-up verschmiert. Es hatte lange geweint. Seine Augen waren rot und geschwollen.

»Wer bist du?«, fragte Lucy.

Das Mädchen zitterte.

»Ich bin … ich bin Peggy.«

»Warum bist du hier?«

Das Mädchen antwortete nicht. Lucy betrachtete die Arme und Beine des Mädchens. Sie waren mit blauen Flecken übersät. Dann schaute Lucy sich um und sah, dass an einem Rohr an der Decke ein zweites Kleid hing.

Es verging eine lange Zeit. Stunden um Stunden, und Lucy konnte sich nicht erinnern, was in dieser Zeit geschehen war. Tage der Dunkelheit.

Am dritten Tag nahm sie ein Schaumbad. Das Badezimmer befand sich in einem kleinen Raum im Kellergeschoss. Die Wände waren mit rosafarbener Lackfarbe gestrichen. Das Waschbecken hatte goldene Wasserhähne.

Als die Dunkelheit hereinbrach, kam Mr. Archer in den Keller, um sie zu holen. Zum ersten Mal nahm er sie mit ins Esszimmer. Der Tisch war für zwei Erwachsene gedeckt. Weingläser und viele Kerzen. Lucy trug jetzt ihr Damenkleid und hochhackige Schuhe, die viel zu groß für sie waren. Mr. Archer war gekleidet wie ein Mann in einem alten Spielfilm und trug eine weiße Fliege. Er ging in die Küche.

Lucy schaute zum Fenster hinüber. Sie durchquerte den Raum, öffnete das Fenster und schlüpfte hinaus.

»Eve!«, schrie Mr. Archer.

Lucy rannte. Sie rannte, so schnell und so lange sie konnte, durch riesige Apfelgärten. Sie stolperte und fiel hin, schürfte sich Ellbogen und Knie auf und zertrat während des Laufens die verfaulten Äpfel, die auf der Erde lagen. Sie sah über die Schulter zurück, aber sie konnte Mr. Archer nicht entdecken. Bald kam sie zu einem dicken Rohr, das in den See mündete. Sie kroch hinein und wartete. Lucy wusste nicht, wie lange sie in dem Rohr kauerte. Stunden um Stunden. Sie musste sich in den Schlaf geweint haben, denn auf einmal schien ihr ein helles Licht ins Gesicht.

»Alles ist gut«, sagte der Mann mit der Taschenlampe.

Doch nichts war gut.

Sie sprachen stundenlang mit ihr, aber Lucy sagte kein Wort. Sie hatte alles, was sie erlebt hatte, verdrängt.

Ihre Mutter nahm sie mit nach Hause. Die Zeit verging, und die Erinnerung an den Mann mit dem Schlangenring verblasste allmählich. Doch dort, wo die Angst in ihrem Inneren saß, nahm der gesichtslose Mann Gestalt an und schwebte durch die Dunkelheit ihrer Träume.

Nachts hörte sie ihn immer summen. Sie hörte das Zuschlagen der Autotür, das Knarren der alten Holztreppe, seine sanfte Stimme, und sie hörte ...

... die Glocke.

Die Glocke läutete wieder.

Lucy hörte den Klang von weither, als läutete sie am Ende des langen Abflussrohres, in das sie gekrochen war. Einen winzigen Augenblick lang roch sie das Abwasser und spürte die Feuchtigkeit in der Luft. Dann war es wieder vorbei.

Lucy schaute sich um. Es dauerte einen Moment, bis sie begriff, wo sie war. Sie war im Hotel. Im Le Jardin. Sie kannte jeden Winkel dieses Hauses. Sie hob die Arme und ertastete über ihrem Kopf den dunklen Schrank.

Wie viel Zeit war vergangen? Sie wusste es nicht. Lucy stand auf, öffnete die Schranktür und trat hinaus. Die Luft hatte sich auf eine Weise verändert, die nur jemandem auffallen konnte, der Tag für Tag hier war und die Wände, die Decke, die Ecken und die Atmosphäre kannte.

Die Zimmertür war geschlossen. Lucy schaute auf die Uhr. Sie hatte nicht lange im Schrank gesessen. Sie musste dieses Zimmer verlassen. Mr. Archer konnte jede Sekunde zurückkehren.

Als sie gerade loslaufen wollte, wurde ihr schwindlig. Sie setzte sich kurz auf die Bettkante. Der Schwindel verging, aber irgendetwas stimmte nicht. Unter ihr fühlte es sich feucht an. Lucy stand auf und starrte auf ihre Hände. Sie waren voller Blut. Sie drehte sich um und bemerkte in dem düsteren Licht die Umrisse unter dem blutgetränkten Bettlaken.

Lucy spürte, dass ihr der Mageninhalt hochkam. Sie wich zurück in dem Gefühl, ihr Herz würde gleich zerspringen. Sie konnte den Brechreiz nicht länger unterdrücken und übergab sich auf den Boden.

Dann schaute Lucy zum Telefon auf dem Schreibtisch. Es schien eine Meile weit weg zu sein. Der Gestank ihres Erbrochenen und des Blutes stieg ihr in die Nase. Ihr wurde wieder übel.

Sie rannte ins Badezimmer.

76.

Jessica stand hinten im Crystal Room und beobachtete alles. Der Redner am Pult, ein Pathologe aus Toledo, hatte früher beim FBI in Ohio gearbeitet. Er sprach über einen ungelösten Fall, der sich 1985 in einem Vorort von Toledo ereignet hatte. Eine Frau und ihre alte Mutter waren mit einer langen Eisenstange, die vermutlich von einem Bettgestell stammte, erschlagen worden. Hinter dem Redner wurden Fotos des Tatorts an die Wand geworfen.

Jessica schaute sich die Fotos an. Der Tatort hätte auch in Tucson oder Toronto oder Tallahassee sein können. Im Grunde war es fast immer dasselbe, nicht aber für die Familien der Opfer. Und auch nicht für die Ermittler, denen die Aufgabe zukam, die für das Verbrechen Verantwortlichen aufzuspüren und vor Gericht zu bringen. Jessica wusste nicht nur aus persönlicher Erfahrung, sondern auch von ihren Kollegen, dass ein ungelöster Fall an einem nagte, bis er entweder gelöst war oder ein neues Entsetzen, ein neues Puzzle an seine Stelle trat. Und auch dann verschwand er nicht wirklich, er machte nur Platz für neue Fälle.

Sie dachte an Joseph Novaks Tagebuch.

Welche Verbindung hatte er zu dem Fall? Über Marcato LLC hatte Jessica nur die Information gefunden, dass diese Firma vor circa fünfzehn Jahren gegründet worden war und hauptsächlich Musik veröffentlichte. Alles wies darauf hin, dass Joseph Novak einen Partner hatte, doch die Dokumente bei den Banken trugen ausschließlich seinen Namen.

»Detective?«

Die Stimme eines Mannes. Ganz in ihrer Nähe. Jessica wirbelte herum. Frederic Duchesne, der Dekan des Prentiss Institute, stand vor ihr. Er hatte sich ihr genähert, ohne das geringste Geräusch zu verursachen. Nicht gut. Jessica war abgelenkt, und das bedeutete, dass sie verletzbar war. Sie atmete tief ein und bemühte sich um ein Lächeln.

»Mr. Duchesne.«

»Es tut mir leid, wenn ich Sie erschreckt habe«, sagte Duchesne.

Einen Schreck hatte Jessica nicht unbedingt bekommen, doch sie fand es befremdlich, dass Duchesne sich so leise herangeschlichen hatte. »Kein Problem«, erwiderte sie, aber das war nicht ehrlich gemeint. »Was kann ich für Sie tun, Mr. Duchesne?«

»Nennen Sie mich bitte Frederic.«

»Frederic.« Jessica sah sich um. Im Augenblick war alles im grünen Bereich.

»Ich wollte nur fragen, ob Sie das Material bekommen haben, das ich Ihnen geschickt habe.«

»Ja, das haben wir bekommen. Vielen Dank.«

»Haben Sie einen Moment Zeit?«

Jessica blickte auf die Uhr über der Tür. Das war nicht ganz so unhöflich, wie auf die Armbanduhr zu schauen. Ein bisschen Zeit hatte sie noch. »Sicher.«

Sie stellten sich in eine ruhige Ecke des Raumes.

»Als Sie bei mir im Institut waren, fragte Ihr Partner mich nach Programmmusik, nach symphonischen Dichtungen.«

»Ja. Ist Ihnen noch etwas dazu eingefallen?«

»In der Tat. Ästhetisch betrachtet ist die Tondichtung in gewisser Weise mit der Oper verwandt. Der Unterschied ist, dass der Text nicht vor Publikum gesungen wird. Es gibt Beispiele absoluter Musik, die auch so etwas wie eine Erzählung beinhalten.«

Jessica starrte ihn fragend an.

»Okay, dann sag ich es mal so. Auch wenn sie selbst keinen Text enthält, wurde oftmals etwas ergänzend zu der Musik geschrieben – ein poetisches Motto, wenn Sie so wollen.«

»Sie meinen im Anschluss an die Komposition geschrieben?«

»Ja.«

Duchesnes Blick wanderte kurz durch die Lobby und dann zurück zu Jessica.

»Mögen Sie klassische Musik, Detective?«

Jessica warf verstohlen einen Blick auf ihre Armbanduhr. »Klar«, sagte sie. »Ich verstehe nicht besonders viel davon, aber wenn ich klassische Musik höre, weiß ich, ob sie mir gefällt oder nicht.«

»Und«, begann Duchesne, »gehen Sie manchmal in Konzerte?«

»Nicht oft. Mein Mann ist kein großer Fan von klassischer Musik. Er steht mehr auf Southside Johnny.«

Duchesne blickte kurz auf Jessicas linke Hand. Im Dienst trug sie ihren Ehering nie – und übrigens auch keinen anderen Schmuck. Die Gefahr, den Ring zu verlieren, war zu groß, und außerdem gab man sofort seinen Familienstand preis, wenn es besser war, ihn zu verschweigen.

»Das war sehr direkt von mir«, sagte Duchesne. »Verzeihen Sie mir bitte.«

»Kein Problem.«

»Das ist mir jetzt wirklich peinlich. Mea culpa.«

Jessica bedankte sich noch einmal höflich für Duchesnes Mühe. »Mr. Duchesne – Frederic –, ich bin Ihnen wirklich sehr dankbar für die Informationen. Ich gebe sie an die anderen Detectives weiter, die an dem Fall arbeiten. Man weiß ja nie. Vielleicht bringt uns das weiter.«

Duchesne wirkte ein wenig nervös. Vermutlich war er es nicht gewohnt, abgeblockt zu werden. Er war kultiviert und gebildet und sah nicht schlecht aus, ein bisschen wie Julian Sands. Wahrscheinlich eine verdammt gute Partie in seinen Kreisen. »Sie können mich jederzeit anrufen, wenn Ihnen noch etwas einfällt, was uns weiterhelfen könnte«, sagte Jessica.

Duchesnes Miene hellte sich ein wenig auf, obwohl er mit Sicherheit durchschaute, dass Jessica nur die Situation zu retten versuchte.

»Versprochen.«

»Ach, übrigens … was führt Sie denn heute Abend hierher?«

Duchesne zog seinen Besucherausweis aus der Tasche und heftete ihn an sein Sakko. »Ich habe ab und an audiologische Gutachten für die Polizei erstellt. Nur auf Honorarbasis. Mein Fachgebiet sind physikalische Charakteristika und Messungen akustischer Stimuli.«

Manchmal wundert man sich doch, dachte Jessica und reichte ihm die Hand. »Viel Vergnügen.«

Als sie Duchesne nachsah, der den Raum durchquerte, vibrierte ihr Handy. Sie schaute aufs Display. Es war Byrne.

»Kevin. Wo bist du?«

Jessica hörte nur ein leises Rauschen. Sie wusste nicht, ob die Verbindung noch bestand. »Es müssen weitere Untersuchungen durchgeführt werden«, sagte Byrne dann.

Jessica wusste nicht, was er meinte. »Wovon sprichst du?«

Wieder eine Pause. »Sie haben mein MRT ausgewertet. Und jetzt müssen noch ein paar Untersuchungen gemacht werden.«

»Haben sie dir gesagt, warum?«

»Wenn alles in Ordnung wäre, müssten keine weiteren Untersuchungen gemacht werden, Jess.«

»Okay. Das kriegen wir schon hin. Ich komme mit.«

Wieder Stille. Dann hörte Jessica eine Klingel am anderen Ende der Leitung. Kündigte die Klingel einen Aufzug an?

»Wo bist du?«

Keine Antwort.

»Kevin?« Die Stille machte sie verrückt. »Wann musst du denn wieder ...?«

»Die ersten Morde. Die ungelösten Fälle. Wir hätten es sehen müssen. Ich habe es erst begriffen, als ich über den Parkway gefahren bin.«

Byrne meinte den Benjamin Franklin Parkway.

»Was meinst du damit? Was ist auf dem Parkway?«

»Ich bin an dem Hotel vorbeigefahren, und da wurde mir auf einmal alles klar. Man weiß nie, was einen Sinn ergeben oder wann es passieren wird. Das verbindet die Fälle miteinander.«

Jessica hörte lautes Rauschen. Byrne sagte noch etwas, aber sie verstand es nicht. Sie wollte ihn gerade bitten, es zu wiederholen, als sie plötzlich wieder deutlich hörte, was er sagte.

»Beim Portier liegt ein Päckchen für dich.«

Beim Portier?

»Kevin, du musst ...«

»Es ist die Musik«, fuhr Byrne fort. »Es ging immer um die Musik.«

Und dann brach die Verbindung ab. Jessica rief Byrne umgehend zurück, doch es meldete sich nur die Mailbox. Sie versuchte es noch einmal – wieder ohne Erfolg.

Beim Portier liegt ein Päckchen für dich.

Jessica verließ den Crystal Room, lief durch die Lobby und sprach den Portier an. Er hatte tatsächlich ein Päckchen für sie. Es waren zwei DIN-A4-Umschläge, auf denen ihr Name in Byrnes Handschrift stand. Sie trat zur Seite und schaute in die Umschläge. Sie enthielten Dokumente, Notizen, Fotos und Grafiken. Offenbar stammte all das nicht aus der offiziellen Akte, sondern aus einer zweiten Akte, die Byrne angelegt hatte.

Sie funkte Josh Bontrager an. Ein paar Minuten später trafen sie sich in einem kleinen Besprechungszimmer im Erdgeschoss. Jessica schloss die Tür und erzählte Bontrager von ihrem Telefonat mit Byrne. Dann öffnete sie den ersten Umschlag und legte das Material auf den Tisch.

Die ersten vier Seiten auf dem Stapel waren Fotokopien der Todesurkunden von Lina Laskaris, Marcellus Palmer, Antoinette Chan und Marcia Jane Kimmelman.

Warum hatte Byrne ihr diese Informationen zukommen lassen? Sie kannte diese Dokumente. Worauf wollte er sie hinweisen?

Jessica überflog die Seiten und speicherte die relevanten Daten ab: Name, Geburtsdatum, Adresse, Eltern, Todesursache, Todesdatum.

Todesdatum.

Ihr Blick wanderte über die Dokumente.

»Es sind die Daten, Josh«, sagte Jessica. »Sieh mal.«

Bontrager strich mit dem Finger über die Seiten und schaute sich die Todesdaten an. »Marcellus Palmer wurde am 21. Juni ermordet, Lina Laskaris und Margaret van Tassel am 21. September, Antoinette Chan am 21. März, Marcia Jane Kimmelman am 21. Dezember.«

»An diesen Tagen beginnen die vier Jahreszeiten«, sagte Jessica. »Der Mörder hat diese Fälle aufgegriffen, weil die Taten jeweils am ersten Frühlings-, Sommer-, Herbst- und Wintertag verübt wurden.«

»Ja.«

»Das meinte Kevin, als er sagte, dass es ihm einfiel, als er am Hotel vorbeigefahren ist. Er meinte das Hotel Vier Jahreszeiten.«

Es folgten Kopien von den Fotos der Tiertattoos auf den Fingern der Opfer. Jessica legte die sechs Fotos nebeneinander. »Die sind alle aus *Karneval der Tiere* von Saint-Saëns.«

Sie betrachteten die Fotos. Sechs Tattoos, sechs Finger. Sechs *verschiedene* Finger.

Im ersten Umschlag steckte noch etwas. Jessica zog es heraus, und dann hatten sie ihre Antwort.

Es war ein kleines Programmheft mit einem Datum aus dem Jahr 1990. Jessica schaute auf das Cover.

CHRISTA-MARIE SCHÖNBURG, Cello

EIN ABEND MIT SAINT-SAËNS UND VIVALDI
AUSZÜGE AUS DEN *VIER JAHRESZEITEN*,
KARNEVAL DER TIERE UND *TOTENTANZ*
FÜR DAS CELLO BEARBEITET VON
SIR OLIVER MALCOLM

Jessica schlug das Heft auf. Das Programm begann mit kurzen Auszügen aus allen Teilen der *Vier Jahreszeiten*. Anschließend folgten Auszüge aus *Karneval der Tiere*.

Der königliche Marsch des Löwen war der Löwe und *Hühner und Hähne* der Hahn. Vier Sätze der musikalischen Suite hießen *Schildkröten*, *Der Elefant*, *Kängurus* und *Der Schwan*. Das *Aquarium* war der Fisch und das *Vogelhaus* der Vogel.

Insgesamt waren es acht Auszüge.

»Jemand will ihre letzte Aufführung neu erschaffen.«

Bontrager zeigte auf das letzte Stück des Abendprogramms. »*Totentanz*?«, fragte er. »Was weißt du darüber?«

»Nichts.«

Bontrager setzte sich an den Computer und öffnete einen Webbrowser. Sekunden später hatte er einen Treffer.

Bei Wikipedia fanden sie erste Informationen. Camille Saint-Saëns hatte den *Totentanz* ursprünglich als Kunstlied für Stimme und Klavier geschrieben. Was hatte Duchesne gesagt?

»Oftmals wurde etwas ergänzend zu der Musik geschrieben – ein poetisches Motto, wenn Sie so wollen.«

»Schau mal nach, ob es eine Erzählung dazu gibt«, sagte Jessica.

Bontrager startete die Suche und wurde schnell fündig. »Ja, gibt es. Es war ursprünglich ein Gedicht eines gewissen Henri Cazalis.« Bontrager drückte ein paar Tasten, und kurz darauf erschien das Gedicht auf dem Monitor.

Die erste Strophe lautete:

Klipp-klapp, der rhythmische Tod
schlägt mit der Ferse auf ein Grab.
Um Mitternacht spielt der Tod eine Tanzmelodie
klipp-klapp, klipp-klapp, auf seiner Violine.

Allmählich ergab alles einen Sinn. *Mit der Ferse auf ein Grab schlagen* erklärte die Leichen, die sie auf dem Friedhof gefunden hatten, und ihre gebrochenen Beine. *Klipp-klapp* hatte auf Joseph Novaks Computer gestanden. Als Jessicas Blick über das Gedicht wanderte, erkannte sie weitere Übereinstimmungen.

Klipp-klapp, der Tod kratzt unaufhörlich
über die Saiten seines Instruments.
Ein Schleier ist gefallen! Der Tänzer ist nackt.

Der Tänzer ist nackt, dachte Jessica. Die rasierten Leichen.

»Gibt es eine Interpretation dazu?«, fragte Jessica. »Quellenmaterial?«

Bontrager scrollte nach unten. »Da steht, dass das Gedicht auf einem alten französischen Aberglauben beruht. Moment mal.« Er startete eine neue Suche und fand bald eine Erläuterung.

»Dem Aberglauben zufolge kommt der Tod jedes Jahr an Halloween um Mitternacht. Er hat die Macht, die Toten aus ihren Gräbern herbeizurufen, damit sie für ihn tanzen, während er auf der Geige spielt. Die Skelette tanzen für ihn, bis die Dämmerung anbricht. Dann müssen sie zurück in ihre Gräber bis zum nächsten Jahr.«

Die beiden Detectives wechselten einen Blick und schauten dann auf die Uhr. 21.50 Uhr.

Den Informationen zufolge, die sie gerade gefunden hatten, blieben ihnen noch zwei Stunden und zehn Minuten. Und sie hatten nicht die geringste Ahnung, wo der Mörder zuschlagen würde und auf wen er es abgesehen hatte.

Jessica öffnete den zweiten Umschlag, in dem sechs Overheadfolien in DIN-A4-Größe steckten. Zuerst konnte sie nichts darauf erkennen. Jessicas Blick wanderte zur unteren rechten Ecke einer Folie. Dort sah sie eine Zahl – das Aktenzeichen eines Mordfalls. Offenbar war es eine Folie des Fotos, das von dem weißen Papierstreifen gemacht worden war, mit dem der Mörder Kenneth Beckmans Kopf umwickelt hatte. Der Streifen war mit Blut befleckt, das von den Wunden auf der Stirn des Opfers stammte.

Jessica hielt die Folie vor die weiße Wand und betrachtete die Blutflecken. Links das verschmierte Blut, das von dem verstümmelten Ohr stammte und das sie ursprünglich als eine ungelenke Acht angesehen hatte. Oben auf dem Papierstreifen eine gerade Linie und darunter der ovale Blutfleck. Auf der Folie sah das Blut schwarz aus.

Warum hatte Byrne die Fotos auf Folien kopiert?

Jessica hielt die nächste Folie mit dem Foto von Preston Braswells Kopf hoch. Alles stimmte überein. Sie sah sich die dritte Folie mit dem Foto von Eduardo Robles' Kopf an. Weder für sie noch für die anderen Ermittler hatte der geringste Zweifel bestanden, dass die Signatur aller Morde identisch war und es sich um ein und denselben Killer handeln musste.

Doch jetzt sah Jessica die Unterschiede.

»Josh, stellst du bitte mal die Lampe hierhin?«

Bontrager stand auf und schob die Tischlampe über den Tisch zu Jessica. Mit klopfendem Herzen sortierte sie die Folien so, wie es ihr im Augenblick am sinnvollsten erschien.

»Schalte bitte das Oberlicht aus.«

Bontrager ging auf die andere Seite des Zimmers und schaltete das Licht aus. Als er zurückkehrte, hielt Jessica den Stapel Folien ins helle Licht der Lampe.

Und dann sahen sie es.

Es waren fünf Linien, die sich aber nicht genau an jeweils derselben Stelle befanden, sondern übereinanderlagen. Auch die Stichwunden waren an unterschiedlichen Stellen. Die

Blutflecken auf der linken Seite, die von der Verstümmelung der Ohren der Opfer herrührten, hatten die Form eines stilisierten Notenschlüssels.

»Mein Gott! Es sind Noten«, sagte Jessica, als sie die entsetzliche Wahrheit erkannte. »Er schreibt eine Melodie auf die Köpfe der Toten, bei jedem Opfer eine Note.«

Bontrager setzte sich wieder hin und gab in das Suchfeld die Begriffe *Totentanz* und *Noten* ein.

Sekunden später wurden die Noten auf dem Monitor angezeigt. Die beiden Detectives verglichen die Vorlage mit den Folien. Beides stimmte überein. Der Killer meißelte den letzten Takt vom *Totentanz* in die Köpfe der Opfer.

Mit den *Vier Jahreszeiten* war er fertig. Mit *Karneval der Tiere* noch nicht ganz. Im letzten Takt fehlten noch zwei Noten.

Jessica schaute wieder auf die Verse. Dort lag die Antwort. Sie las alles noch einmal durch.

Ihr Blick fiel auf einen Satz in der Mitte.

Ein wollüstiges Paar sitzt im Moos,
als wollte es vergangene Freuden kosten.

Waren Christa-Marie Schönburg und Kevin Byrne das wollüstige Paar? Führte der Mörder sie in die Nacht zurück, in der sie sich begegnet waren?

Jessica sah auf die Uhr. Es war 22.00 Uhr. Ihnen blieben weniger als zwei Stunden, um herauszufinden, was der Mörder vorhatte.

Und Kevin Byrne war nirgendwo aufzutreiben.

77.

Lucy versteckte sich in einem kleinen Raum neben der Damenumkleide im Untergeschoss an der Rückseite des Hotels. Zwei Frauen hielten sich dort auf. Sie unterhielten sich aufgeregt auf Spanisch. Lucy verstand nicht, was sie sagten, doch das brauchte sie auch nicht. Sie nahm an, dass die beiden das Blut im Flur gesehen hatten und sich fragten, was im Hotel vor sich ging.

Wir treffen uns hier am Sonntagabend um halb zehn. Liebe Grüße von Lucy.

Sie musste verschwinden. Sie würden herausfinden, was passiert war, wenn es nicht schon geschehen war. Sie würden das Türschloss von Zimmer 1208 überprüfen und zu dem Schluss kommen, sie hätte es getan. Es gab viele Möglichkeiten, exakt nachzuweisen, dass sich jemand in einem Zimmer aufgehalten hatte. Lucy glaubte, alles, was sie berührt hatte, abgewischt zu haben. Ganz sicher war sie sich aber nicht.

Sie lauschte dem Gespräch der beiden jungen Frauen. Ihre Schicht begann in Kürze. Wenn sie weg waren, würde sie das Hotel durch den Hintereingang verlassen.

Was hatte sie getan?

78.

Jessica und Bontrager standen in dem Souvenirshop im Erdgeschoss. Jessica hatte Dana Westbrook über ihre neuen Erkenntnisse informiert, und diese würde nun ihrerseits die anderen des Teams in Kenntnis setzen.

Jessica dachte an die Leute, die durch die Lobby schlenderten oder mit Getränken in der Hand in der Lounge saßen. Sie wusste genau, dass sie irgendetwas übersehen hatte, aber es fiel ihr partout nicht ein.

»Ich muss mir die Gästeliste noch einmal ansehen«, sagte Jessica.

»Warte. Ich besorg dir eine.«

Eine Minute später kehrte Bontrager zurück und reichte ihr einen dünnen Stapel Papier. Jessica legte ihn auf die Theke des Souvenirshops.

Ihr Blick glitt über die Seiten. Jessica wusste nicht, was sie suchte. Sie überflog die Liste der Städte. Pittsburgh, Los Angeles, Montreal, São Paulo, Zürich, Cincinnati.

Jessica lehnte sich gegen die Theke und zog ihr iPhone heraus.

Sie erinnerte sich an die Tatortfotos. Auf einer dieser Aufnahmen musste sie irgendetwas gesehen haben. Jessica scrollte durch die Fotos. Nichts Auffälliges. Aufnahmen des Tatorts in der Federal Street und vom Friedhof Mount Olive. Von der Gasse, in der sie Eduardo Robles gefunden hatten, und von dem ehemaligen Armenfriedhof im Nordosten der Stadt. Die nächsten Fotos stammten aus Carrett Corners und von der

Archer-Farm. Es folgten Aufnahmen aus der Akte der Staatspolizei mit den Ermittlungsergebnissen im Mordfall Peggy van Tassel. Darunter befanden sich drei Fotos vom Tatort. Die Leiche war so übel zugerichtet, dass sich einem beim Anblick der Fotos fast der Magen umdrehte. Jessica interessierte besonders eine Nahaufnahme vom Bauch des Mädchens.

Sie vergrößerte die Stelle des Fotos, wo der Mörder Peggy gebissen hatte. Als Jessica genauer hinsah, erkannte sie, dass es keine Bisswunde war, sondern ein Bluterguss. Sie vergrößerte das Foto noch stärker. Allmählich wurde es ein wenig unscharf, war aber noch immer deutlich genug. Der Bluterguss schien die Form einer Schlange zu haben.

Ein Ring?

Hatte sie heute Abend jemanden gesehen, der einen Schlangenring trug?

Ja. Einer der drei Männer, die an ihren Tisch gekommen waren, um die Namensschilder entgegenzunehmen, trug einen solchen Ring. Nicht der Betrunkene, Barry Swanson, und auch nicht der große Finne.

Wie hieß der dritte Mann noch gleich?

Jessica erinnerte sich wieder. Sie hatte das Namensschild vor Augen. Er hieß Jay Bowman.

Bowman.

Archer.

Mit klopfendem Herzen schritt Jessica eine Seite des Crystal Room ab. Einen Tisch nach dem anderen. Sie sah ihn nicht. Sie kehrte auf der anderen Seite zur Tür zurück und hielt nach ihm Ausschau. Nein. Er war nicht hier. Sie lief in die Lobby. Der Mann, der sich Jay Bowman nannte, war nirgendwo zu sehen. Sie funkte John Shepherd an.

»Ich suche einen Gast, der unter dem Namen Jay Bowman hier eingecheckt hat.«

»Warte.« Shepherd schaute schnell nach. »Ich hab ihn. Er hat Zimmer 1208 gebucht«, sagte er zwanzig Sekunden später.

Der Personalaufzug fuhr so langsam nach oben, dass es kaum auszuhalten war. Jessica überlegte kurz, ob sie die Treppe nehmen sollte, aber das würde vermutlich noch länger dauern. Josh Bontrager und John Shepherd wählten den Gästeaufzug, der sich auf der anderen Seite des Hotels befand. Sobald sie im zwölften Stock ankamen, konnte ihnen der Verdächtige nicht mehr entwischen. Inzwischen standen auf allen Etagen an allen Ausgängen uniformierte Beamte.

Als Jessica im zwölften Stock ausstieg, kamen ihr ein paar Gäste entgegen. Zwei Frauen, die etwa in ihrem Alter waren, trugen aufreizende Kostüme französischer Hausmädchen. Ein relativ kleiner Mann im Kostüm eines Zauberers. Zwei circa zehnjährige Jungen. Keiner von ihnen war George Archer.

Am Ende des Gangs traf sie Bontrager und Shepherd. Sie bogen zum Ostflügel ab, liefen den Flur hinunter und achteten aufmerksam auf alle Geräusche, die aus den Zimmern drangen. Sie erreichten Zimmer 1208. Stille. Jessica wechselte Blicke mit den beiden Männern.

Bontrager klopfte. Keine Reaktion. Er klopfte noch einmal.

Shepherd trat vor und hielt die Schlüsselkarte genau vor den Schlitz des Schlosses. Jessica und Bontrager zogen ihre Waffen. Jessica nickte. Shepherd schob die Karte hinein, drückte die Klinke herunter und stieß die Tür auf.

Mit erhobener Waffe rollte sich Jessica als Erste ins Zimmer. Kein Licht. Sie tastete an der Wand nach dem Schalter und drückte darauf. Das Oberlicht und ein kleiner Strahler über der Minibar auf der anderen Seite des Zimmers gingen an.

»Polizei«, rief sie. Keine Antwort. Vor der Badezimmertür blieb sie kurz stehen und stieß sie dann mit dem Fuß auf. Bontrager sicherte ihre rechte Seite, tastete über die Wand und schaltete das Licht ein.

Das Badezimmer war leer.

Langsam drangen sie weiter ins Zimmer vor. Jessicas Blick fiel auf die kleine Blutlache auf dem Teppich vor dem Schreibtisch. Daneben lag Erbrochenes. Sie berührte Bontragers Arm und wies mit dem Kinn auf den Fleck. Bontrager sah ihn ebenfalls.

Sie verständigten sich wortlos. Jessica rollte mit der Waffe im Anschlag weiter in den Wohnbereich des Zimmers.

Es sah aus wie auf einem Schlachthof. Die Wände und der Boden waren blutverschmiert. Das Fenster mit Blick auf die Siebzehnte Straße war mit roten Blutflecken übersät.

Josh Bontrager trat vor, öffnete den Schrank und schaute unters Bett. »Alles sauber«, sagte er.

Jessica steckte die Waffe ein.

Über dem Leichnam auf dem Bett lag ein Laken, auf dem sich die blutigen Umrisse eines Menschen abzeichneten. Josh Bontrager und Jessica stellten sich jeweils an ein Ende des Bettes. Sie nahmen jeder eine Ecke des Lakens und zogen es weg.

Der Mörder hatte George Archer regelrecht abgeschlachtet und seine Kehle von einem Ohr bis zum anderen aufgeschlitzt. Der Brustkorb war zerquetscht. Auf dem Bauch waren Bisswunden und auf den Oberschenkeln Blutergüsse in der Form einer Schlange.

Der Ring, auf dem Haare und Hautfetzen klebten, lag neben dem Kopf auf dem Kissen.

Jessica beugte sich vor und überprüfte die Finger des Toten. Keine Tattoos.

John Shepherd funkte den Leiter der im Hotel eingesetzten Sondereinheit an. »Riegelt das Hotel ab. Niemand kommt rein oder raus.«

Als Jessica die Lobby betrat, herrschte dort Chaos. Vor den Ausgängen, den Aufzügen und den Personalräumen standen Streifenbeamten. Die Türen des Restaurants waren geschlossen. Elegant gekleidete Gäste saßen im Kerzenschein an Tischen und nippten an ihrem Wein. Wenn sie das Hotel schon nicht verlassen durften, fanden sie es vermutlich gar nicht so schlecht, in einem mit Michelin-Sternen ausgezeichneten Restaurant eingesperrt zu sein, das über einen der größten und besten Weinkeller im Lande verfügte.

Um die Menschenmenge im Crystal Room nicht zu beunruhigen, ging ein Polizist der Sondereinheit zum Tisch des Justizministers und tippte auf seine Armbanduhr. Der Justizminister stand langsam auf, drückte ein paar Leuten die Hand und verließ den Raum dann schnell durch einen Hinterausgang.

Jessica hatte ihre Jeans und das Kapuzenshirt angezogen. Als sie die Damentoilette verließ, funkte Shepherd sie an.

»Jess. Eine der Kellnerinnen hat in der Nähe des hinteren Personaleingangs etwas gesehen. Gleich neben den Küchen.«

»Was denn?«

»Blut.«

Jessica und Bontrager trafen sich mit John Shepherd in der Küche. Shepherd deutete auf die roten Flecken, die zum Hinterausgang führten.

Er schob seine Schlüsselkarte in das Schloss. Sie näherten sich der Anlieferungszone. Hinter dem Gebäude stand ein Streifenbeamter. Als er Geräusche hörte, wirbelte er herum und legte eine Hand an seine Waffe. Er war noch jung, Mitte zwanzig, und sah ein wenig verängstigt aus. Als Jessica ihm ihren Dienstausweis zeigte, schien er erleichtert zu sein, dass ein Detective in der Nähe war.

»Wie lange stehen Sie schon hier?«, fragte Jessica.

»Etwa eine Minute«, erwiderte der Polizist. »Ich habe gerade den Einsatzbefehl bekommen.«

Die Blutspur endete auf dem Parkplatz.

»Haben Sie gesehen, dass jemand das Hotel verlassen hat?«

»Nein, Ma'am.«

Jessica ging zurück in den Servicebereich und schaute auf die Tür zu ihrer Linken.

»Wohin führt diese Tür?«, fragte sie.

»Zur Damenumkleide.«

Jessica richtete die Waffe auf den Boden und betrat den Raum. Die Umkleide war mit drei Bänken, einer Reihe Waschbecken, einer Dusche und zwei Toilettenkabinen ausgestattet. Jessica überprüfte sie. Der Raum war leer. Auf einer Toilettentür entdeckte sie eine Blutspur.

Der, den sie suchten, war längst über alle Berge.

79.

Jessica stand hinter John Shepherd im Überwachungsraum. Er spulte die Videofilme der Überwachungskameras zurück. Die Aufnahmen wechselten im Sechs-Sekunden-Takt zwischen den vier verschiedenen Kameras im zwölften Stock. Sogar einem so teuren und profitablen Hotel wie dem Le Jardin fehlten die Mittel, für jede Kamera in und rund um das Gebäude eigens eine Festplatte zu installieren.

Shepherd spulte den Film bis zu der Stelle zurück, als Jessica und die anderen Detectives vor Zimmer 1208 ankamen. Dann ließ er ihn noch weiter zurücklaufen. Ein paar Leute gingen rückwärts zu ihren Zimmern oder zum Treppenhaus am Ende des Flurs. Shepherd spulte den Film noch weiter zurück, bis er ein Zimmermädchen sah, das das Zimmer rückwärts verließ und dann den Gang hinunterlief. Er drückte auf Stop und spielte den Film nun ab.

Das Zimmermädchen lief den Gang entlang und steuerte auf Zimmer 1208 zu. Es war eine zierliche junge Frau mit hellbraunen, zu einem Zopf geflochtenen Haaren. Dann wechselte die Aufzeichnung zur Kamera bei den Gästeaufzügen.

»Weißt du, wer das ist?«, fragte Jessica.

»Schwer zu sagen«, erwiderte Shepherd. »Ich kenne viele der Zimmermädchen, im Grunde fast alle. Aus dieser Perspektive kann man sie aber schlecht erkennen.«

Als wieder die Aufnahme von dem Gang im Ostflügel gezeigt wurde, stand das Zimmermädchen ein paar Sekunden vor Zimmer 1208. Es klopfte nicht und versuchte nicht, die

Klinke herunterzudrücken. Es stand nur da und lauschte vermutlich. Dann wechselte die Aufnahme erneut sechs Sekunden lang zu den Aufzügen. Niemand kam oder ging. Es folgte die Ansicht vom anderen Ende des Flurs im Westflügel. Dort verließen zwei Frauen ein Zimmer. Die nächste Einstellung zeigte den Personalaufzug. Leer. Die Aufzeichnung schaltete zurück zu der jungen Frau vor Zimmer 1208, als sie gerade an die Tür klopfte. Es gab keine Tonaufzeichnung, aber Jessica konnte erkennen, dass die Lippen der jungen Frau sich bewegten. In dem Bruchteil einer Sekunde, bevor die Einstellung von Neuem wechselte, hob sie die Hand, als wolle sie eine Schlüsselkarte in den Schlitz schieben.

Dann waren wieder die anderen Kameras an der Reihe. Dort tat sich nichts.

In den nächsten Minuten schauten sie sich die wechselnden Kameraeinstellungen an, doch sie zeigten keinerlei Aktivitäten. Als wieder der Gang im Ostflügel erschien entfernte sich gerade ein Mann im Kostüm eines Zauberers von der Kamera. Er ging recht langsam, sodass die Aufnahme erneut umsprang, als er Zimmer 1208 erreichte. Als die Aufnahme zu ihm zurückkehrte, war er verschwunden und die Tür zum Treppenhaus fiel gerade zu.

»Scheiße«, entfuhr es Shepherd. Er spulte die Aufnahme mit dem Joystick mehrmals vor und zurück. Es waren keine Details erkennbar. Sie wussten nicht, ob der Mann das Zimmer betreten hatte oder nur daran vorbeigegangen war. Da er den Zauberhut, den langen Mantel und offenbar auch Handschuhe trug, fehlten ihnen jegliche Anhaltspunkte.

Shepherd deutete auf die Zeitangabe in der unteren rechten Ecke der Aufnahme.

»Um diese Zeit sind wir hochgefahren«, sagte er.

Eine Minute später lief Jessica mit Josh Bontrager den Gang hinunter. Ein paar Sekunden danach stieß Shepherd zu ihnen. Sie betraten das Zimmer.

»Ich überprüfe mal die Zugriffe auf die Schlösser«, sagte Shepherd. »Bin gleich wieder da.«

Inzwischen spulte Jessica die Aufnahme vor und zurück, entdeckte aber nichts Neues. In der Menüleiste auf der rechten Seite des Monitors war auch die Anlieferungszone aufgeführt. Jessica klickte sie an. Zu sehen waren eine der Laderampen, zwei Müllcontainer und der Shuttlebus des Hotels in seiner Parkbucht. Nichts tat sich. In der oberen rechten Ecke sah Jessica ein winziges Stück der Siebzehnten Straße.

Sie wollte gerade wieder die Aufnahme vom Ostflügel anklicken – John Shepherd war bestimmt nicht begeistert, wenn sie sich an seinem Computer zu schaffen machte –, als sie etwas entdeckte, das ihr bis dahin nicht aufgefallen war. Es befand sich über der Seitentür zur Anlieferungszone und nicht über dem riesigen Stahlrolltor. Das Kamerabild sprang erneut um, aber vorher sah sie noch etwas. Jessica spulte ein Stück zurück.

Da war kein Irrtum möglich. An der Einmündung der Gasse stand Kevin Byrne.

Jessica überprüfte die Zeitangabe.

War das der Zeitpunkt, als Byrne die Umschläge beim Portier abgegeben hatte? Was machte er auf der Rückseite des Hotels?

Jessica hörte, dass die Tür zum ersten Büro geöffnet wurde. Sie klickte wieder auf die Aufnahme vom zwölften Stock. Shepherd betrat den Raum.

»Ich habe die Zugriffe auf alle vier Schlösser entlang der Blutspur überprüft«, sagte er. »Das Schloss von Zimmer 1208, das des Personalaufzugs, das der Sicherheitstür zur Anlieferungszone und das der Tür in der Anlieferungszone selbst. Alle vier Schlösser haben dieselbe Schlüsselkarte registriert. Sie gehört einem unserer Zimmermädchen. Lucinda Doucette.«

Der Name kam Jessica bekannt vor. »Kennst du sie?«, fragte sie Shepherd.

»Ja sicher. Eine nette junge Frau. Ein bisschen schüchtern.«

»Hast du ein Foto von ihr?«

»Klar.« Shepherd setzte sich vor einen anderen Computer und drückte einige Tasten. Er gab Lucindas Namen ein, und ein paar Sekunden später wurde ihre Personalakte geöffnet. Mit einem Klick ließ er das Farbfoto ausdrucken. Sekunden später schaute Jessica in das Gesicht von Lucinda Doucette. Jessica kannte sie. Das war die junge Frau aus dem Hosanna House, die mit Carlos an dem kleinen Tisch gesessen hatte.

Jessica blieb keine andere Wahl. Sie ließ die junge Frau zur Fahndung ausschreiben.

Shepherd drückte nochmals ein paar Tasten und druckte hundert Fotos von Lucinda Doucette aus. »Das muss an alle Streifenwagen in der Gegend verteilt werden.«

Als John Shepherd das Büro mit den Fotos verließ, klingelte Jessicas Handy. Es war Nicci Malone.

»Nicci. Warum meldest du dich nicht über Funk?«

»Ich bin nicht mehr im Hotel.«

»Warum? Wo bist du?«

Nicci erklärte ihr, wo sie sich aufhielt. Sie war nur ein paar Blocks entfernt.

»Was ist los?«, fragte Jessica.

Detective Malone zögerte. »Am besten, du kommst sofort her.«

80.

Wie benommen ging Lucy die Sansom Street hinunter und achtete darauf, sich möglichst im Schatten der Häuser zu halten. Jeder, der ihr entgegenkam, stellte eine potenzielle Gefahr dar. Sie wussten alle, was sie getan hatte. Sie sah es in ihren Augen. Von dem Verkehr, den Gesprächen und dem Straßenlärm ringsum hörte sie nichts. Lucy hörte nur das Rauschen in ihrem Kopf. Es war so laut, dass sie schier verrückt zu werden glaubte.

Was hatte sie getan?

Sie erinnerte sich nur noch an die Glocke. Sie hatte zwei Mal geläutet.

Was hatte das zu bedeuten?

Lucy ging weiter und ließ eine Straße nach der anderen hinter sich. Weitergehen. Stehen bleiben. Rote Ampel. Grün. Ringsum bewegten sich Menschen, aber für Lucy waren sie alle Geister. Die einzige Person, die im Augenblick in ihrem Bewusstsein lebendig war, war ein toter Mann. Ein toter Mann unter einem blutgetränkten Laken.

All das Blut.

In der Zweiundzwanzigsten Straße hatte Lucy das Gefühl, die Beine würden ihr den Dienst versagen, doch sie zwang sich weiterzugehen.

Als sie die Ecke Sansom und Dreiundzwanzigste erreichte, riss etwas sie aus ihren dunklen Träumen. Plötzlich sah sie auf der Straße überall Streifenwagen, deren Blaulichter an den Hausmauern aufblitzten. An den Ecken hatten sich Menschen versammelt, die miteinander sprachen und auf die Kirche zeigten. Lucy war diesen Weg schon oft gegangen und ganz sicher, dass neben der Kirche ein kleiner Friedhof lag. Was war passiert?

Es spielte keine Rolle. Das hatte nichts mit ihr zu tun. Sie wusste, was sie tun und an wen sie sich wenden musste. Sie überquerte die Dreiundzwanzigste Straße. Mitten auf der Straße stand ein Polizist und leitete den Verkehr um. Lucy schlug den Mantelkragen hoch und wandte das Gesicht ab. Als sie an dem Polizisten vorbeiging, riskierte sie einen Blick. Er sah sie an. Lucy lief schnell über die Straße. Als sie einen halben Block weit gegangen war, trat sie in den Schatten der Häuser und warf einen Blick zurück. Der Polizist schaute noch immer in ihre Richtung.

Lucy begann zu rennen und versuchte, sich zu orientieren. Linker Hand war nur ein paar Straßen entfernt der Fluss, und vor ihr lagen Chestnut, Market, Arch und Cherry.

Cherry.

Es gab nur einen Ort, an den sie jetzt gehen konnte.

Lucy war vollkommen außer Atem, als sie vor der Wohnung 106 ankam. Die letzten vierhundert Meter war sie fast nur noch gerannt. Jetzt hatte sie schmerzhaftes Seitenstechen. Sie versuchte, sich zu beruhigen, und atmete tief durch. In einer anderen Wohnung auf der Etage lief der Fernseher. Irgendwo bellte ein Hund. Sie klopfte leise, aber es machte niemand auf. Sie versuchte es noch einmal. Keine Reaktion.

Lucy drehte den Türknauf, öffnete die Tür und betrat Mr. Costas Wohnung.

Sie traute ihren Augen nicht, als sie in die leere Wohnung starrte. Sogar die Kabine des Traumwebers war verschwunden, der Boden war gefegt und von den Wänden war alles genommen worden. Lucy roch die unterschiedlichen Reinigungsmittel – Fensterklar, Bodenblitz, Scheuermilch, Essigreiniger –, die sie alle kannte.

Sie durchquerte langsam das Wohnzimmer und sah sich in der winzigen Küche um. Die alten Küchengeräte standen noch da, aber das war auch alles. Kein Esstisch, keine Stühle, keine Teller in der Spüle, kein Abflusssieb. Sie kehrte ins Wohnzimmer zurück. Rechter Hand befand sich eine Tür. Lucy nahm an, dass sie ins Schlafzimmer führte. Vorsichtig ging sie weiter, doch die alten Holzdielen knarrten dennoch unter ihrem Gewicht. Sie blieb stehen und wartete darauf, dass das Licht anging und Mr. Costa plötzlich auftauchte, wie er es immer tat. Doch das geschah nicht. Langsam öffnete Lucy die Schlafzimmertür. Der Raum war leer. Keine Möbel, keine Kleidung, keine persönlichen Dinge, ein Fenster, das zur Straße ging. Sonst nichts.

Nein, das stimmte nicht.

An der Wand hing etwas. Ein kleines Bild in einem Rahmen. Lucy drückte auf den Schalter, doch das Licht ging nicht an. Sie durchquerte das Zimmer und schob die Gardine zur Seite. Ein Lichtstrahl von der Laterne auf der anderen Straßenseite schien ins Zimmer. Lucy nahm das kleine Bild von der Wand und hielt es ins Licht. Das Foto war sehr alt und schon ein wenig verblasst. Das kleine Mädchen auf dem Foto war nicht älter als zwei. Es saß auf einer Bank. Vor dem Kind stand ein roter Plastikeimer, und es hielt eine kleine Schaufel in der Hand. Das Mädchen blinzelte in die Sonne. Es trug einen Schlapphut mit Blumenmuster. Ein pausbäckiges, pummeliges Kleinkind.

Lucy kannte das Gesicht und die Augen. Als sie diese Augen das letzte Mal gesehen hatte, waren sie rot vom Weinen gewesen.

Es war Peggy van Tassel.

Lucys Hände begannen zu zittern. Sie versuchte, einen Zusammenhang zwischen diesem Bild und ihren Erlebnissen der letzten Tage herzustellen, doch es gelang ihr nicht. Sie wollte das Bild in ihre Manteltasche stecken, aber es passte nicht hinein.

Sie wusste, was sie tun musste. Sie musste sofort ein Telefon suchen und Detective Byrne anrufen. Je länger sie wartete, desto schlimmer wurde es für sie.

Ehe sie noch einen Schritt tun konnte, hörte sie die Bodendielen knarren, und dann spürte sie den warmen Atem in ihrem Nacken. Jemand stand genau hinter ihr.

»Polizei«, sagte der Mann. »Leg dich auf den Boden und Hände auf den Rücken. Sofort.«

Lucy spürte, dass sie weiche Knie bekam. Der Rahmen fiel ihr aus der Hand und zerbrach.

»Mach schon«, wiederholte er.

Lucy streckte sich neben den Glasscherben auf dem Boden aus und legte die Hände auf den Rücken. Der Mann umklammerte ihre Handgelenke, fesselte sie mit einem Plastikband und zog es stramm.

Eine Minute ließ er sie dort liegen. Lucy wagte nicht, sich umzudrehen. Sie hörte, wie er durchs Zimmer ging.

»Kannst du sie hören?«, fragte er sie leise.

Lucy wusste nicht, wovon er sprach. Sie lauschte angestrengt und überlegte, was er meinte, doch sie hörte nur das laute Dröhnen in ihrem Kopf. Eine wahnsinnige Angst lähmte sie.

»Die Toten sind überall in der Stadt«, fuhr er fort. »Die Nacht gehört heute ihnen. Das war immer so.«

Kurz darauf leuchtete der Mann mit einer Taschenlampe das Foto auf dem Boden an und hielt den Lichtstrahl eine Weile auf das Gesicht des kleinen Mädchens gerichtet.

»Du hättest sie retten können«, sagte er. »Du hättest sie retten können, aber du hast es nicht getan.«

Lucy konnte nicht mehr klar denken, aber eins stand fest: Dieser Mann war kein Polizist.

Er riss sie brutal hoch. Sie spürte den Atem des Mannes neben ihrem Ohr.

»Du bist genauso schuldig wie George Archer.«

81.

Hinter der orthodoxen Kirche St Demetrios, einem langen, rechteckigen Gebäude mit Kuppel, lag ein kleiner, über hundert Jahre alter Friedhof, auf dem die Verstorbenen aus dieser Gegend beerdigt wurden. Der Friedhof war von einer halb hohen Steinmauer mit einem breiten, schmiedeeisernen Tor am Eingang umgeben. Im Scheinwerferlicht der Streifenwagen und der Zivilfahrzeuge der Detectives warfen die Grabsteine lange Schatten auf die Erde und die Mauern der Reihenhäuser zu beiden Seiten. In den flackernden Blaulichtern tanzten riesige Geister über die Mauern und bewachten die Toten.

Nicci Malone lief auf Jessica zu, als diese näher kam, und deutete auf ein junges Paar neben einem der Streifenwagen. Den beiden saß der Schreck noch in den Knochen.

»Vor etwa einer halben Stunde sind sie diese Straße hier entlanggegangen. Sie haben nicht besonders auf die Umgebung geachtet, aber als sie die Straßenecke erreichten, sahen sie, dass jemand auf die Mitte des Friedhofs zusteuerte. Es war ein Mann, der eine schwere Last auf den Schultern trug.«

»Konnten sie den Mann erkennen?«, fragte Jessica.

Nicci schüttelte den Kopf. »Auf dieser Seite war es zu dunkel. Sie beobachteten ihn aber. Der Mann ließ das große Bündel auf den Boden fallen und packte es aus. Als sie sahen, dass es eine Leiche war, wurden sie starr vor Schreck. Kurz darauf legte er ein Bein der Leiche auf einen flachen Grabstein.«

Jessica wusste, was jetzt kam. Sie schwieg.

»Die Zeugen haben gesehen, dass der Mann auf das Bein der Leiche sprang. Die Frau konnte das Knacken der Knochen noch auf der anderen Seite des Friedhofs hören.«

Der Hubschrauber eines Nachrichtensenders flog über sie hinweg. Jessica fragte sich, was für ein grotesker Anblick sich den Reportern wohl von oben bot.

»Was ist mit dem Fahrzeug? Konnten sie irgendetwas erkennen?«

Nicci schüttelte wieder den Kopf. »Die ganze Sache hat sie so mitgenommen, dass sie nicht auf Details geachtet haben. Wir sind froh, dass sie so geistesgegenwärtig waren, uns sofort anzurufen.«

Jessica sah zu den beiden Straßenecken. Sie konnte keine Überwachungskameras entdecken. In dieser Gegend war die Verbrechensquote nicht hoch und gab es auch keine große Drogenszene. Sie schaute auf die Mauern der Kirche. Auch dort sah sie keine Überwachungskameras.

Als Jessica den Friedhof betrat und auf die Leiche zuging, erkannte sie die mittlerweile vertraute Signatur des Killers. Das Opfer war ein Weißer mittleren Alters, nackt, von Kopf bis Fuß rasiert und mit einem Streifen Papier um den Kopf. Der linke Fuß lag auf einem niedrigen Grabstein. Jessica ging zu der Grabstelle, richtete ihre Taschenlampe auf den Leichnam und sah den spitzen Knochen über dem linken Knie herausragen. Ihr fielen die Zeilen aus dem Gedicht *Totentanz* wieder ein.

Klipp-klapp, alle hüpfen umher,
man hört das Klappern der tanzenden Skelette.

Jessica beugte sich hinunter und schob das linke Bein des Opfers wenige Zentimeter zur Seite. Dann richtete sie die Taschenlampe auf den Grabstein. Dort stand:

O THEOS NA TIN ANAPAFSI

In dem Grab ruhte Melina Laskaris.

Jessica beleuchtete die rechte Hand des Opfers. Sie lag geöffnet auf dem Boden. Auf dem Ringfinger klebte das kleine Tattoo eines Esels – das siebte Tier. Das bedeutete, dass noch eines fehlte.

Ehe Jessica Nicci Malone daran hindern konnte – und im Grunde hatte sie es auch gar nicht vor –, kniete diese sich auf den Boden und zog den blutbefleckten weißen Papierstreifen vom Kopf des Toten. Jessica schaute in das Gesicht des Opfers. Das Dreieck war komplett.

In dem Grab lag Lina Laskaris.

Ihr Mörder war Eduardo Robles.

Der Komplize, die Harmonie in dieser Horrorshow – der Leichnam mit den gebrochenen Knochen, der auf diesem verfallenen Friedhof ausgestreckt auf einem Grab lag –, war Detective Dennis Stansfield.

82.

Er stand im Schatten, nur einen Block vom Le Jardin entfernt. Ringsum hörte er die vertrauten Geräusche seiner Stadt, und ein paar Straßen weiter standen die Streifenwagen mit eingeschaltetem Blaulicht. Er spürte die Hand auf seinem Arm.

»Kevin.«

Das Mondlicht hüllte Christa-Maries zarte Gestalt in ein geheimnisvolles Licht. Sie hob eine Hand und strich mit ihrem warmen Finger über die Falten in Byrnes Gesicht. Mit verträumter Miene schlang sie eine Hand um seinen Nacken, beugte sich vor und küsste ihn, zuerst zärtlich, doch dann mit wachsender Leidenschaft.

Kurz darauf lehnte sie sich wieder zurück und schaute ihm in die Augen.

»Es ist Zeit, nicht wahr?«, sagte sie.

»Ja«, sagte Byrne. »Bist du bereit?«

»Ja.« Sie nahm seine Hand. »Bring mich nach Hause.«

83.

»Jess?«

Es war Russell Diaz. In dem Viertel wimmelte es von Polizisten. Anwohner strömten aus ihren Häusern. Der Hubschrauber flog Schleifen und schwebte dann eine Weile über ihren Köpfen. Jessica drehte sich um. David Albrecht war noch nicht wieder aufgetaucht.

»Haben Sie eine Minute?«, fragte Diaz.

Hatte sie nicht. Aber sie hatte gewusst, dass dieser Augenblick kommen würde, und sie wusste auch, um was es ging. »Klar.«

Diaz warf seinen beiden Kollegen einen Blick zu. »Lasst uns bitte kurz allein.«

Die beiden Officer traten ein paar Schritte zur Seite und lehnten sich gegen Jessicas Wagen.

»Sie wissen, was ich Sie fragen muss, nicht wahr?«, sagte er leise, als die beiden außer Hörweite waren.

Jessica schwieg. Es war eine rhetorische Frage. Diaz kam gleich auf den Punkt. Für Nettigkeiten fehlte ihm die Zeit.

»Ich muss mit Kevin sprechen«, sagte er. »Hat er sich bei Ihnen gemeldet?«

»Am frühen Abend, aber dann hab ich nichts mehr von ihm gehört.«

»Wann ungefähr?«

Jessica dachte kurz nach. Diaz erwartete eine präzise Antwort. Es war ein offizielles Gespräch. »Vielleicht so vor einer Stunde.«

»Hat er Sie angerufen?«

»Ja.«

»Hat er erwähnt, wohin er wollte?«

Jetzt musste Jessica höllisch aufpassen. Byrne hatte nichts Konkretes gesagt. »Nein.«

»Fährt er noch immer diesen Van?«

»Das weiß ich nicht.«

Diaz warf kurz einen Blick auf die Menschenmenge.

»Ich möchte Ihnen etwas zeigen.«

Sie gingen zu dem Transporter, den man von außen nicht als Polizeifahrzeug erkennen konnte. Diaz öffnete die Schiebetür. Die Gestelle im Heck des Wagens waren mit elektronischen Geräten, Überwachungsmonitoren und drei verschlossenen Waffenständern bestückt. Diaz nahm einen Laptop vom Vordersitz, klappte ihn auf und stellte ihn auf den Boden des Vans. Auf dem Display war ein Flussdiagramm mit sechs verschiedenen Rechtecken zu sehen. Diaz klickte das erste an.

Sekunden später wurden drei verschiedene Dokumente geöffnet. Es handelte sich um Zeugenaussagen des PPD im PDF-Format.

»Uns liegen Zeugenaussagen von drei Leuten vor, die in der West Tioga Street wohnen«, sagte Diaz. »Nachbarn von Sharon und Kenneth Beckman. Sie haben alle übereinstimmend ausgesagt, dass sie Detective Byrne eine Stunde, bevor der Sohn Sharon als vermisst meldete, vor dem Beckman-Haus gesehen haben.«

»Sie war die engste Verwandte, Russell. Ich war mit Kevin an dem Morgen bei ihr. Wir haben ihr die Nachricht vom Tod ihres Mannes überbracht.«

»Wie Sie wissen, kehrte Kevin kurz darauf noch einmal zu dem Haus zurück. Haben Sie Detective Byrne begleitet?«

»Nein«, sagte Jessica. »Er wollte ihr noch ein paar Fragen stellen. Uns lagen neue Informationen vor.«

»Was für Informationen?«

Diaz kannte die Antwort auf die Frage. Er wollte sie auf die Probe stellen. »Dass Kenneth Beckman im Mordfall Antoinette Chan verhört wurde.«

»Wann kehrte Detective Byrne ins Roundhouse zurück?«

»Das muss so gegen drei gewesen sein.«

»Was hat er Ihnen über das Gespräch mit Sharon Beckman erzählt?«

»Sharon Beckman hat nicht aufgemacht.«

Diaz dachte kurz nach und klickte dann ein anderes Rechteck in dem Flussdiagramm an. Es handelte sich um den vorläufigen Bericht der Rechtsmedizin über Joseph Novak. »Laut Aussage des Rechtsmediziners trat Novaks Tod zwischen acht Uhr abends und sechs Uhr morgens ein. Wissen Sie, wo Detective Byrne sich um diese Zeit aufhielt?«

Es waren entsetzliche Fragen, und es ging alles so schnell. Hatte Diaz tatsächlich vor, Byrne etwas anzuhängen?

»Nein, das weiß ich nicht.«

»Hat Detective Byrne erwähnt, dass er Novak an diesem Tag noch einmal gesehen hat?«

»Nein.«

Diaz klickte das nächste Rechteck an, worauf ein Film in schlechter Auflösung abgespielt wurde. Es war eine dunkle Straße zu sehen.

»Das ist der Film einer Überwachungskamera der Polizei Ecke Frankford und York.«

Als die Zeitangabe auf dem Film vierunddreißig Sekunden anzeigte, lief ein Mann oben durchs Bild, zögerte kurz und verschwand wieder. Ein paar Sekunden später lief ein zweiter Mann von rechts nach links durchs Bild und verschwand dann ebenfalls. Diaz spulte den Film zurück. Er wies auf die untere rechte Ecke des Bildes, wo ein Van auf der Straße parkte. »Der Wagen mit diesem Kennzeichen ist auf einen Mann namens Patrick Connolly zugelassen, den Cousin von Detective Byrne. Connolly hat ausgesagt, dass er Detective Byrne diesen Wagen in der letzten Woche geliehen hat.«

Jessica schaute sich den Wagen genau an. Es war eindeutig der Sedona-Minivan. Dann betrachtete sie das ganze Bild noch einmal aufmerksam. »Soviel ich weiß, hat Kevin bestätigt, dass er in dieser Nacht dort war. Das ist keine neue Information.«

Diaz drückte auf Play. Der Film lief im Zeitlupentempo weiter. Als der erste Mann ins Bild kam, drückte er auf Pause. »Das ist Eduardo Robles.« Diaz ließ den Film weiterlaufen. Robles verschwand aus dem Bild und ging in die Gasse hinein, in der sie seinen Leichnam gefunden hatten. Der zweite Mann erschien im Bild. Diaz drückte wieder auf Pause.

»Erkennen Sie diese Person, Detective?«, fragte Diaz.

Jessica entging nicht, dass Diaz sie nun nicht mehr Jess, sondern Detective nannte. Jemand anderes hätte es vielleicht gar nicht bemerkt. Polizeibeamten entging so etwas nicht. »Nein. Tut mir leid. Das könnte jeder sein.«

»Nicht ganz.« Diaz drückte auf ein paar Tasten und holte das Bild näher heran. Es wurde etwas unscharf, aber einige Dinge waren dennoch deutlich erkennbar, zum Beispiel die linke Hand des Mannes. »Es kann nur ein Weißer sein, also nicht ›jeder‹.« Diaz deutete auf das Rohr neben der Person. »Wir haben anhand dieses Standrohrs eine Messung durchgeführt. Diese Person ist mindestens über eins achtzig. Sie trägt einen dunklen Mantel und eine dunkle Wollmütze.« Diaz nahm ein Foto von Kevin Byrne von einer Ablage. Jessica erkannte es sofort. Es war vor einem Jahr auf einer Benefizveranstaltung in den Poconos aufgenommen worden. Sie stand mit Kevin inmitten einer Schar Kinder. Kevin trug einen dunklen Mantel und eine blaue Wollmütze.

Jessica schwieg.

Diaz wies mit dem Kopf auf den Friedhof, auf dem sie Stansfields Leiche gefunden hatten. »Jeder wusste von den Spannungen zwischen Detective Byrne und Detective Stansfield. Denken Sie nur an den Zwischenfall im Roundhouse, dann verstehen Sie, dass ich vor einem großen Problem stehe.« Diaz klappte den Laptop zu und musterte sie. »Jetzt habe ich einen toten Cop, und Kevin Byrne ist abgängig.«

Diaz klappte einen zweiten Laptop auf. Auf dem Monitor waren zwei Fotos zu sehen. In beiden Fällen handelte es sich um ein unter dem Mikroskop aufgenommenes Haar. Diaz zeigte auf das linke Foto. »Dieses Haar stammt aus einer Bürste von Sharon Beckman.« Er zeigte auf das rechte Foto. Jessica war keine Expertin, aber für sie sahen beide Haare gleich aus. »Dieses Haar wurde auf dem Fahrersitz von Kevin Byrnes Van gefunden. Sie stimmen überein.«

Jessica erinnerte sich an die Haare auf Byrnes Schulter.

»Warst du beim Friseur?«

»Ja. Ich bin da rein und hab mir die Haare schneiden lassen.«

Jessica spürte Übelkeit in sich aufsteigen. Sie schwieg, und das war vermutlich auch das Beste, denn sie wusste nicht, was sie sagen sollte. Diaz schloss die Seitentür des Transporters und gab seinen beiden Kollegen ein Zeichen. Sie kamen näher und blieben ein paar Schritte entfernt stehen.

»Hören Sie, Jess. Wenn Sie diese Sache als Unbeteiligte betrachten würden, würden Sie verstehen, warum wir mit Detective Byrne sprechen müssen.«

Diaz hatte recht. Jessica hatte Leute schon aufgrund schwächerer Beweise zu einer Befragung ins Roundhouse zitiert.

»Ich weiß nicht, wo er ist, Russ. Ich habe ihm in der letzten halben Stunde fünf Mal auf die Mailbox gesprochen.«

»Wann haben Sie ihn zum letzten Mal angerufen?«

»Vor fünf Minuten.«

»Würden Sie es noch einmal versuchen?«

Jessica zog ihr Handy aus der Tasche. Sie schaltete den Lautsprecher ein und drückte auf die eingespeicherte Nummer. Es klingelte zwei Mal, dann meldete sich wieder die Mailbox. Es hatte keinen Zweck, noch eine sechste Nachricht zu hinterlassen. Jessica drückte auf die Aus-Taste.

Diaz nickte. »Führt Detective Byrne eine Glock 17 bei sich?«

Das war die Standardwaffe des Philadelphia Police Departments. »Ja.«

»Führt er noch eine zweite Waffe bei sich?«

Mein Gott! Jessica hatte sich selten so erbärmlich gefühlt. Sie verriet einen der wichtigsten Menschen in ihrem Leben. Wie würde Kevin sich wohl in so einer Situation verhalten, wenn ihm jemand diese Fragen über sie stellte, fragte sie sich. »Manchmal.«

»Heute?«

»Das weiß ich nicht«, erwiderte sie, und das entsprach der Wahrheit.

»Hat er noch andere Waffen bei sich?«

Diaz meinte Messer, Reizgas, Schlagringe, Stöcke. »Nein.«

Diaz dachte darüber nach. Sein Blick wanderte kurz zu der Menschenmenge und dann zurück zu Jessica. »Sie kennen ihn besser als jeder andere. Ich weiß, dass Sie sich nahestehen. Ich weiß auch, dass dies alles sehr schwer für Sie sein muss.«

Jessica erwiderte nichts.

Diaz reichte ihr seine Karte. »Auf der Rückseite steht meine Handynummer. Wenn Sie mit Kevin sprechen, richten Sie ihm aus, dass er mich anrufen soll.«

Jessica nahm die Karte schweigend entgegen.

»Sie wissen, dass ich gezwungen bin zu handeln, nicht wahr?«

»Ja, ich weiß.«

»Es wäre für alle besser, wenn er sich freiwillig meldet.«

Diaz zögerte einen Augenblick, drehte sich dann um und ging davon.

Jessica schaute auf den Friedhof. Dort hatten sich vermutlich dreißig oder vierzig Leute versammelt. Die meisten kannte Jessica mit Namen, und doch hatte sie sich nie in ihrem Leben einsamer gefühlt.

Ein paar Minuten später löste sich Josh Bontrager aus der Menge.

»Alles in Ordnung, Josh?«

»Nein, ist es nicht.«

»Was ist los?«

Bontrager senkte den Kopf. »Er war mein Partner, und jetzt ist er tot.«

»Josh, er war nicht dein Partner. Ihr habt nur in einem Fall zusammengearbeitet.«

»Das spielt keine Rolle. Heute war er mein Partner, und heute habe ich ihn im Stich gelassen.«

Jessica wusste, was er meinte. Sie hatte Kevin Byrne heute ohne jeden Zweifel ebenfalls im Stich gelassen.

»Und ich mochte den Kerl nicht mal.«

Jessica schwieg einen Augenblick und erzählte Josh dann alles, was Diaz gesagt hatte.

»Das ist lächerlich«, sagte Bontrager.

»Ich weiß.«

»Was machen wir jetzt?«

»Ich muss ihn finden, bevor sie ihn finden.«

»Ich helfe dir.«

»Nein, Josh. Das kann ich nicht von dir verlangen.«

»Ich bitte dich. Ich erinnere mich nicht, dass du mich gefragt hättest. Ich tue es freiwillig. Okay?«

Jessica senkte die Stimme, als zwei Kollegen aus der Kriminaltechnik an ihnen vorbeigingen. »Josh, ich kann mich nicht an die Dienstvorschriften halten und gerate vermutlich in Teufels Küche. Es könnte *sehr* gut sein, dass ich heute Nacht meinen Job verliere. Es könnte sogar noch schlimmer kommen.«

Bontrager trat ein paar Schritte zur Seite und schaute auf den Friedhof. Der blau-weiße Transporter der Rechtsmedizin fuhr langsam hinein. Bald würden sie Dennis Stansfields Leiche in den Transporter laden und ihn in die Rechtsmedizin bringen. Bontrager drehte sich wieder zu Jessica um. »Erinnerst du dich noch an meine ersten Tage in eurer Abteilung?«

Jessica erinnerte sich gut daran. Sie hatten in einem Fall ermittelt, der sie schließlich den Schuylkill River flussaufwärts nach Berks County führte. Josh Bontrager war ihnen für diese Ermittlung zugeteilt worden. »Ich erinnere mich.«

»Kevin war von meiner Mitarbeit zuerst nicht gerade begeistert, weißt du.«

»Er braucht immer ein bisschen Zeit, bis er mit jemandem warm wird.«

Bontrager lächelte. »Bechtelsville in Pennsylvania ist vielleicht keine Hochburg der Intellektuellen, aber wir haben eine gute Menschenkenntnis«, sagte er. »Ich begriff sofort, was für ein eingeschworenes Team ihr wart. Ich war der Neue und zudem noch sehr unerfahren.«

Jessica hörte ihm schweigend zu. Auch sie musste am eigenen Leibe erfahren, wie schwer die Kollegen es einem in der ersten Zeit machten.

»In den ersten Monaten sind mir viele Fehler unterlaufen.«

»Du hast deine Sache gut gemacht, Josh.«

»Nein, das sah nur so aus. Ich weiß gar nicht mehr, wie oft Kevin mich zur Seite genommen und mir erklärt hat, wie der Hase hier läuft. Und er hat mich zig Mal gedeckt.« Bontrager steckte die Hände in die Taschen. »Keiner war scharf auf die Zusammenarbeit mit mir. Ich habe all die Witze gehört, die sie auf meine Kosten gerissen haben. Alles, was hinter meinem Rücken getuschelt wurde. Die dachten vielleicht, ich krieg das nicht mit, hab ich aber.«

Jessica erinnerte sich gut an die harte Zeit, die Josh anfangs durchmachen musste. Für Neue war es nie einfach, für Josh Bontrager war es aufgrund seines ungewöhnlichen Hintergrunds jedoch doppelt schwer.

»Du hast es gut überstanden, Josh, und dir das Recht verdient, in der Mordkommission zu arbeiten«, sagte Jessica. »Du bist ein verdammt guter Detective.«

Bontrager zuckte mit den Schultern. »Du und Kevin, ihr habt mir damals die Stange gehalten. Wenn ihr beide nicht gewesen wärt, wäre ich gar nicht hier. Wenn ich heute Nacht alles verliere, kann ich damit leben.«

»Es könnte noch schlimmer kommen. Viel schlimmer.«

Josh Bontrager warf ihr einen Blick zu. Mit seinen hellen Augen, dem offenen Lächeln und der scheinbar unbezähmbaren Mähne sah er manchmal aus wie ein Kind, ein Junge vom Lande, der auf der I-95 die falsche Ausfahrt genommen hatte und in die Stadt spaziert war. In Momenten wie diesem hingegen sah er aus wie ein Detective der Mordkommission des Philadelphia Police Departments.

»Die Amischen haben ein altes Sprichwort«, sagte Bontrager. *»Mut ist Angst, die ihre Gebete gesprochen hat.«* Er zog seine Glock heraus, überprüfte sie, steckte sie wieder ein und schloss das Holster. »Ich habe meine Gebete gesprochen, Jess.«

Jessica schaute kurz zum Fundort der Leiche hinüber und dann wieder zu Bontrager. »Danke, Josh.«

»Ich schließ schnell meinen Wagen ab«, sagte er. »Bin gleich wieder da.«

Als Josh zu seinem Wagen ging, dachte Jessica an das, was Byrne gesagt hatte.

Es ging immer um die Musik.

Ehe sie darüber nachdenken konnte, wie sie jetzt am besten vorging, klingelte ihr Handy. Es war David Albrecht. Sie meldete sich.

»David, im Augenblick ist es etwas ungünstig.«

Sie hörte ein Rauschen in der Leitung. »Was ist los?«, fragte er.

»Was meinen Sie?«

»Ich habe gehört, dass die Meldung rausging. Gibt es noch ein Opfer?«

»Wie bitte? Sie haben die Meldung gehört? Ich versteh nicht.«

»Ich hab's im Polizeifunk gehört.«

»Haben Sie einen Scanner?«

»Ja«, sagte er. »Natürlich.«

Daran hatte Jessica überhaupt nicht gedacht, aber das ergab Sinn. »Wo sind Sie, David?«

»Ich folge Detective Byrne.«

Jessicas Pulsschlag beschleunigte sich. Sie winkte Bontrager zu sich. »Sie sind bei Kevin?«

»Genau hinter ihm. Er hatte in der Nähe des Hotels geparkt. Im Van saß eine Frau. Ich dachte zuerst, Sie wären das, und bin ihm hinterher.«

»Wo sind Sie?«

»Warten Sie. Ich schau schnell auf dem Navi nach.«

Die nächsten Sekunden kamen Jessica vor wie eine Ewigkeit.

»Wir sind in der Bells Mill Road.«

Die Bells Mill Road durchzog den Nordosten des Fairmount Parks und überquerte im Westen von Chestnut Hill den Wissahickon Creek.

»Wissen Sie, wohin er fährt?«, fragte Jessica.

»Keine Ahnung. Aber das gefällt mir gut. Das ist so ...«

»In welche Richtung fahren Sie?«

»Richtung Osten. Genau genommen Richtung Nordosten. Mein Navi zeigt an, dass wir gleich den Forbidden Drive erreichen. Das ist ja ein cooler Straßenname, nicht wahr? Ich glaube, ich ändere den Namen meines Films in *Forbidden Drive*.«

»David, ich möchte, dass Sie ...«

»Warten Sie.« Ein lautes Rauschen. Der aufkommende Sturm störte die Verbindung. »Er fährt langsamer. Ich ruf gleich noch mal an.«

»David, *warten Sie*.«

Die Leitung war tot. Jessica drückte auf Wahlwiederholung. David Albrechts Mailbox sprang sofort an.

Jessica erzählte Josh, was Albrecht gesagt hatte.

»Er ist auf der Bells Mill?«, fragte Bontrager.

»Ja.«

»Was glaubst du, wohin sie fahren?«

»Keine Ahnung.«

Jessica gab die Bells Mill Road in die Google Maps App auf ihrem iPhone ein. Sekunden später hatte sie die Karte von dem Gebiet auf dem Display. Diese Gegend des Parks kannte Jessica nicht. Sie zog den Autoschlüssel aus der Tasche.

»Komm, wir fahren los«, sagte sie. »Alles andere können wir unterwegs besprechen.«

84.

Die Bells Mill Road war eine zweispurige Asphaltstraße, die die Ridge Avenue mit der Germantown Avenue verband. Am westlichen Ende, wo sie Spring Lane hieß, standen Häuser, doch die Strecke durch den Fairmount Park führte durch dunklen Wald. Als Jessica und Josh der Straße folgten, erhellten nur die Scheinwerfer die Nacht.

Unterwegs wählte Josh Bontrager zwanzig Mal die Nummer von David Albrecht, aber es ging immer nur die Mailbox an. Währenddessen drückte Jessica ständig auf die Kurzwahltaste für Byrnes Handy, mit demselben Resultat.

»Vielleicht hat Kevin sein Handy irgendwo liegen lassen«, sagte Bontrager.

Jessica dachte darüber nach. »Nein. Er schaltet es manchmal aus, aber er hat es immer bei sich. Er geht nicht ran.«

Bontrager schwieg kurz. »Ist nicht in allen Handys ein Navi eingebaut?«, fragte er dann.

Jessica wusste nicht, ob das bei allen Handys der Fall war. »Was meinst du, Josh?«

»Wenn wir es schaffen, eine offizielle Genehmigung zu umgehen, könnten wir doch Kevins Handy orten lassen, oder?«

Daran hatte Jessica auch schon gedacht. Das bedeutete aber, jemanden einzuweihen. Für sie bestand kein Zweifel, dass Kevin bereits zur Fahndung ausgeschrieben war. Die Polizei hielt nach ihm und seinem Wagen Ausschau. Wenn sie jemanden bat, ihr bei der Suche nach ihm zu helfen, bestand die Gefahr, dass etwas durchsickerte und alles ein böses Ende nahm.

Jessica schaute auf die Uhr. 22.24 Uhr. Die Zeit rannte ihr davon.

Sie hatte keine andere Wahl. Sie wusste, an wen sie sich wenden musste. Sie rief Michael Drummond an.

»Michael Drummond«, meldete er sich.

»Hallo, hier ist Jessica Balzano.«

»Hallo, Jessica. Wie geht es Ihnen?«

»Ich hoffe, ich hab Sie nicht geweckt.«

»Keine Chance. Ich bin auf einer Halloween-Party«, erwiderte er. »Was gibt's?«

»Ich brauche eine Genehmigung für eine Handyortung.«

»Was liegt vor?«, fragte Drummond nach einem Augenblick des Schweigens.

Jessica erzählte ihm nur das Nötigste.

»Um wen geht es?«

Jessica blieb keine andere Wahl, als ihm den Namen zu nennen. »Kevin Byrne.«

Michael Drummond schwieg wieder einen kurzen Moment. »Es geht um Ihren Serienmörder?«

Jetzt war es offiziell. Wenn sie log, würde sie die Konsequenzen tragen müssen.

»Ja und nein.«

»Sie reden wie ein Politiker. Ich brauche aber mehr Informationen, wenn ich Ihnen eine Genehmigung für eine Handyortung besorgen soll. Die Sache muss dem Chef vorgelegt werden.«

Durchsuchungsbeschlüsse jedweder Art, die mit einem Mordfall zusammenhingen, mussten vom Leiter der Mordermittlungen im Büro der Bezirksstaatsanwaltschaft genehmigt werden.

Jessica hatte keine andere Wahl. »Es könnte sein, dass er in Schwierigkeiten steckt, Michael.«

Sie hörte, wie Drummond tief ein- und langsam ausatmete. »Ich brauche seine Handynummer und den Netzbetreiber.«

Jessica gab ihm die Informationen.

»Ich weiß nicht, ob ich das um diese Zeit durchkriege.«

»Verstehe.«

»Ich schau mal, was ich tun kann«, sagte Drummond. »Wo sind Sie?«

Jessica sagte es ihm.

»Sind Sie allein?«

»Detective Bontrager ist bei mir.«

»Okay. Ich ruf gleich zurück.«

Jessica beendete das Gespräch. Sie stand mitten auf der Straße in der undurchdringlichen Dunkelheit der ländlichen Vororte. Die Straße verlor sich in beiden Richtungen in der dunklen Nacht. Dunkel, verboten, unbekannt, still.

85.

Dunkelheit.

Sie lag in einem fahrenden Wagen. Über ihren Augen und auf dem Mund klebte Klebeband. Die Hände waren noch immer mit dem Plastikband auf dem Rücken gefesselt.

Lucy lauschte auf die Geräusche ringsherum. Sie fuhren über eine geteerte ebene Straße, vielleicht eine Schnellstraße, aber nicht mit hoher Geschwindigkeit. In regelmäßigen Abständen hörte sie ein kurzes, dumpfes Rauschen, als würden sie an Laternenpfählen vorbeifahren.

Im Hintergrund surrte permanent das Heizgebläse. Aus dem Radio erklang keine Musik, und der Fahrer unterhielt sich mit niemandem. Dann hörte sie ein leises Summen. Das Lied kannte sie nicht.

Lucy rollte auf die rechte und dann auf die linke Seite. Es waren nur minimale Bewegungen, doch sie spürte, dass das Plastikband an den Handgelenken jedes Mal ein wenig hin und her rutschte. Sie hatte kräftige Arme und Hände. Wenn man als Zimmermädchen jeden Tag Dutzende von Matratzen anhob, sparte man sich das Krafttraining.

Links.

Rechts.

Lucy bewegte die Handgelenke hin und her und entspannte sie wieder.

Allmählich lockerte sich das Plastikband.

86.

Zehn Minuten später rief Drummond zurück.

»Was haben Sie für mich?«, fragte Jessica.

Er antwortete nicht sofort. Jessica glaubte zuerst, die Verbindung sei unterbrochen worden. Sie schaute aufs Display. Die Verbindung bestand noch. Sie drückte das Handy wieder ans Ohr. Am anderen Ende der Leitung herrschte Stille. Entweder hatte Drummond die Halloween-Party verlassen, oder er war kurz vor die Tür getreten.

»Ich weiß nicht, wie ich es sagen soll, Jessica.«

Das klang gar nicht gut. »Sagen Sie schon.«

Jessica hörte Papier rascheln. »Das Büro des Staatsanwalts in Hudson County hat sich gerade gemeldet. Sie haben gestern einen Durchsuchungsbeschluss für die Postfiliale in Jersey City ausgestellt.«

Drummond sprach über das Postfach in dieser Filiale, an das World Ink die Tattoos geschickt hatte.

»Gibt es neue Informationen?«, fragte Jessica.

»In der Tat. Aber es sind keine guten Nachrichten.«

»Was haben sie gesagt?«

»Sie haben den Nachsendeauftrag gefunden. Jetzt wissen wir, wohin die Tattoos von Postfach 1606 gesandt wurden. Die Tattoos von World Ink. Das Päckchen wurde an eine Adresse in South Philly geschickt.«

Jessica wartete und wartete. »Michael?«

»Es war die Adresse von Kevin Byrne. Die Tattoos wurden an seine Adresse geschickt.«

Jessica hatte das Gefühl, in ein schwarzes Loch zu fallen. Sie wollte etwas erwidern, doch es dauerte einen Moment, bis sie ein Wort herausbrachte. »Das ist nicht möglich.«

»Es ist die einzige Postsendung, die im Rahmen dieses Nachsendeantrags jemals von diesem Postfach weiterverschickt wurde. Und zwar vor circa vier Wochen.«

Jessica schwieg. Drummond fuhr fort. »Die Hälfte der Abteilung sucht ihn, Jessica. Wenn ich diesen Antrag für eine Handyortung dem Chef vorlege, wird er sie dazu benutzen, Kevin zu orten und ins Roundhouse zu schaffen.«

»Okay, Michael. Verstehe«, sagte Jessica. »Ich möchte Sie um einen Gefallen bitten.«

»Und der wäre?«

»Ich brauche einen Vorsprung. Es gibt eine Erklärung dafür. Ich muss zuerst mit Kevin sprechen.«

Drummond schwieg einen Augenblick. »Ich kann das Gesetz nicht brechen, Jessica. Sie wissen genauso gut wie ich, dass über dieses Gespräch beim Netzbetreiber ein Nachweis existiert.«

»Ich verlange nicht von Ihnen, das Gesetz zu brechen. Ich brauche nur ein bisschen Zeit. Wer will denn wissen, worüber wir geredet haben? Vielleicht haben wir über die Phillies gesprochen.«

»Wie wäre es mit diesem Chase Utley, hm?«

Jessica dachte angestrengt nach. »Ich bitte nur um ein kleines Zeitfenster. Kevin ist unschuldig. Ich sorge dafür, dass er sich meldet, damit er alles aufklären kann.«

Die nächsten Sekunden zogen sich endlos in die Länge. »Wenn die Staatsanwaltschaft mich einschaltet, bin ich gezwungen zu handeln. Das wissen Sie, nicht wahr?«

»Ja.«

»Aber vielleicht muss das nicht sofort sein. Vielleicht habe ich keinen Handyempfang. Vielleicht ist mein Handy ausgeschaltet.«

Jessica war erleichtert. »Danke, Michael.«

»Viel Glück, Detective.«

Jessica beendete das Gespräch. Sie erzählte Josh Bontrager alles, was er nicht gehört hatte. Sie lief hin und her. Es regnete stärker, doch Jessica bemerkte es kaum.

»Okay«, sagte sie. »Der Mörder hat aus einem bestimmten Grund auf diese Nacht hingearbeitet.«

»Totentanz«, sagte Bontrager. »Halloween um Mitternacht.«

»Genau. Dem Mörder geht es nur um Christa-Marie. Warum?«

Bontrager dachte kurz nach. »Wenn wir mit unseren Vermutungen richtig liegen, wird er noch einen Menschen töten, für die letzte Note.«

»Wenn alles auf Christa-Marie hinausläuft, muss es eine Verbindung geben.«

»Sie kann aber nicht die Zielscheibe sein. Sie wurde des Mordes überführt. Sie kam eben nicht wie die anderen Opfer mit ihrer Schuld davon.«

»Es sei denn, es gibt da noch etwas, was wir nicht wissen.«

»Ich habe Angst, dass ich einen Fehler gemacht habe«, hatte Byrne gesagt.

Jessica zog das Handy wieder heraus und rief einen Mann namens Gary Peters an, einen Freund von ihr, der bei der Lokalredaktion des *Inquirer* arbeitete. Sie wechselten kurz ein paar Höflichkeiten und kamen dann auf den Punkt.

»Was brauchst du?«

»Du musst mir einen Gefallen tun.«

»Schieß los.«

»Ich brauche eine Todesanzeige«, sagte Jessica. »Der Mann ist im November 1990 gestorben.«

»Wie ist sein Name?«

»Gabriel Thorne.«

»Okay«, sagte Peters. »Was genau musst du wissen?«

»Ich brauche nur die Todesanzeige.«

»Okay. Soll ich sie dir faxen?«

»Kannst du sie mir mailen?«

»Kein Problem.«

Jessica gab ihm ihre E-Mail-Adresse. »Und bitte schnell, okay?«

»Bin schon dabei, Detective.«

Zwei Minuten später informierte sie das Klingeln des Handys über den Eingang der E-Mail. Jessica öffnete den Anhang. Es war eine PDF-Datei vom *Philadelphia Inquirer.*

Bekannter Psychiater mit 58 Jahren gestorben.

Jessica überflog die Todesanzeige und fand sofort das, was sie suchte.

»›Die Trauerfeier findet in der Kirche St. Stanislaus statt. Danach folgt die Beerdigung auf dem Briarcliff Cemetery‹«, las sie vor.

»Steht die Adresse da?«, fragte Bontrager.

Jessica vergrößerte das Bild und überflog die Anzeige. »Ja, hier steht sie. Sawmill Road 122.«

»Weißt du, wo das ist?«, fragte Bontrager.

»Nein«, sagte Jessica. »Warte mal.«

Sie startete Google Maps auf ihrem iPhone und gab die Adresse ein. Kurz darauf erschien eine Karte mit einer großen roten Pinnnadel in der Mitte.

»Das gibt's ja nicht.«

»Wo ist das?«, fragte Bontrager.

Der Briarcliff Cemetery war ein kleiner Vorstadtfriedhof,

der an eine Reihe großer Anwesen grenzte. Eines davon gehörte Christa-Marie Schönburg.

Sie bogen in die Sawmill Road ein. Es herrschte absolute Dunkelheit. Über dem Boden schwebte ein feiner Nebel, den die Scheinwerfer kaum durchdringen konnten. Jessica war gezwungen, auf der kurvenreichen Straße immer wieder das Tempo zu drosseln. Laut Navi lag der Hintereingang zum Briarcliff-Friedhof ungefähr in einer Meile Entfernung.

Jessica nahm langsam eine Rechtskurve.

»Halt an!«, schrie Bontrager.

Jessica trat auf die Bremse. »Was ist los?«

»Fahr zurück.«

Jessica legte den Rückwärtsgang ein und stieß knapp zwanzig Meter zurück. Dann sah sie, was Josh aufgefallen war. Auf der rechten Straßenseite führten Reifenspuren durch das hohe Gras in den Wald. Auch ein paar junge Bäume waren umgeknickt. Jessica richtete den Wagen so aus, dass die Scheinwerfer in den Wald strahlten. Knapp zehn Meter vor ihnen stand ein Wagen mit laufendem Motor. Die Scheinwerfer waren ausgeschaltet, doch sie sahen die Abgase in die kühle Nachtluft aufsteigen.

Jessica und Bontrager wechselten einen Blick. Sie zogen die Waffen, stiegen den Straßengraben hinunter und auf der anderen Seite wieder hinauf. Als sie sich dem Wagen näherten, erkannte Jessica, dass es ein Transporter war.

Ein ihr bekannter Transporter.

87.

Lucy Doucette erinnerte sich an eine Zeit, als sie ungefähr vier oder fünf war. Ihre Mutter hatte ein paar Jahre bei dem Discounter Dollar General gearbeitet und gut verdient. Sie waren reich. An jenem Thanksgiving Day aßen sie Truthahnbrust von Jennie-O und Kartoffelpüree von Hungry Jack mit leckerer Soße – ihr Lieblingsgericht.

Als sie daran dachte, verkrampfte sich ihr Magen. Lucy konnte sich nicht erinnern, wann sie das letzte Mal etwas gegessen hatte.

Es war ihr gelungen, das Plastikband an den Handgelenken noch weiter zu lockern. Allerdings konnte sie die Hände noch lange nicht hindurchziehen.

Seitdem der Transporter vor ein paar Minuten angehalten hatte, vermied sie jede Bewegung. Sie wusste nicht, wo sie war und was geschehen würde. Im Augenblick war es mit Sicherheit besser, wenn sie sich ruhig verhielt.

Zuerst dachte Lucy, sie bilde es sich nur ein, doch sie hörte wirklich Schritte. Schritte, die näher kamen.

Lucy hielt den Atem an.

88.

Mit gezogenen Waffen gingen sie auf den Transporter zu. Jessica übernahm die Fahrerseite. Josh Bontrager blieb ein paar Schritte hinter ihr und gab ihr Rückendeckung. Die unmittelbare Gefahr ging von den Hecktüren aus.

Hinter der Heckstoßstange blieb Jessica stehen, hob die linke Hand und ballte sie zur Faust. Bontrager blieb ebenfalls stehen. Jessica drückte ein Ohr an die Hecktür und lauschte. Stille.

Sie hob fünf Finger. Bontrager nickte.

Jessica pirschte sich an die Fahrertür heran und zählte leise von fünf herunter. Im Transporter brannte kein Licht, und deshalb spiegelte sich auf dem Seitenspiegel nicht der Innenraum des Wagens. Jessica hielt die Waffe in der linken Hand, richtete sie auf die Tür und tastete mit der rechten Hand nach dem Türgriff.

Bei vier riss sie die Tür auf, trat einen Schritt nach links, ging gleichzeitig in Angriffsstellung und richtete die Waffe ins Innere des Wagens. Auf dem Fahrer- und dem Beifahrersitz saß niemand. Der Schlüssel steckte im Zündschloss.

Bontrager öffnete bei fünf die Beifahrertür und leuchtete mit der Taschenlampe in den Wagen. Hinter dem Fahrersitz standen zwei Gestelle, an denen David Albrechts Videoausrüstung befestigt war – Stative, Kamera- und Zubehörtaschen, Scheinwerfer, Mikrofonständer und eine kurze Leiter.

Jessica knipste die Innenbeleuchtung an.

In dem Wagen war niemand.

In der Nähe der Hecktüren lag die Videokamera auf der Seite. Sie war eingeschaltet. Das ausgeklappte, rechteckige LCD-Display schimmerte blau. Jessica zog einen Latexhandschuh aus der Tasche und streifte ihn über. Dann ging sie zur Rückseite des Transporters, öffnete eine Tür und drehte die Kamera auf die Unterseite. Sie hatte mindestens zwei Dutzend Tasten und Knöpfe.

»Weißt du, wie so ein Ding funktioniert?«

»Im Prinzip schon«, erwiderte Bontrager. »Bei der Hochzeit meiner Cousine im letzten Jahr hab ich die Videoaufnahmen gemacht.«

»Bei einer amischen Hochzeit wird gefilmt?«

»Meine Cousine ist aus der Kirche ausgetreten. Sie hat traditionell geheiratet.«

Bontrager streifte einen Latexhandschuh über und betrachtete die Kamera genau. Dann drückte er auf eine Taste. Ein Surren und ein Klicken waren zu hören, ehe das Bandfach an der Seite geöffnet wurde.

»Da ist keine Kassette eingelegt.«

Jessicas Blick wanderte auf der Suche nach einer Kassette durch das Heck des Transporters. Anschließend ging sie zur Vorderseite des Wagens und durchsuchte die Ablagen und das Handschuhfach. Leer.

»Manchmal haben sie auch eine Speicherkarte«, sagte Bontrager. Er drückte wieder auf ein paar Tasten. Auf dem Display wurden nacheinander verschiedene Menüs angezeigt. »Ja, die Karte ist da.«

Bontrager drückte auf mehrere Tasten, woraufhin einige Anzeigen auf dem Display erschienen. Nachdem er eine andere Taste gedrückt hatte, wurde ein auf der Speicherkarte aufgezeichnetes Video abgespielt.

Die Länge der Aufnahme betrug nur etwa zwanzig Sekunden, aber die reichten aus, um ihnen einen kalten Schauer über den Rücken zu jagen. Auf einer dunklen Gasse näherte sich jemand der Kamera. Die verwackelte Aufnahme zeigte eine Person von den Schultern abwärts.

»Sie sind es«, flüsterte jemand. War das Albrechts Stimme? Sie konnten sie nicht eindeutig erkennen.

Die Tür von Albrechts Transporter wurde aufgerissen. Es folgte eine Collage schnell wechselnder Bilder: Bäume, der Nachthimmel, die Seite des Transporters.

Ehe das Display schwarz wurde, sahen sie noch ein paar Sekunden lang den Asphalt der dunklen Sawmill Road.

Bontrager entfernte sich ein paar Schritte vom Transporter und suchte die Erde mit der Taschenlampe ab. »Jess.«

Jessica ging zu ihm. Auf dem Stamm eines umgestürzten Baumes entdeckten sie eine kleine Blutlache. Die Blutspur setzte sich auf dem Gras und den niedergetretenen Zweigen fort und führte in den Wald.

Mit gezogenen Waffen drangen die beiden Detectives tiefer in den Wald ein.

89.

Lucy konnte sich nicht bewegen. Sie lag auf einem kalten Steinboden. Es zog. Sie war brutal aus dem Transporter gerissen, ein paar Stufen hinuntergeführt und auf den Boden geworfen worden. Dann hatte sie gehört, dass eine Tür zugeschlagen und abgeschlossen wurde.

Stille.

Die gute Nachricht war, dass ihr Entführer das Plastikband, das ihre Handgelenke fesselte, nicht wieder stramm gezogen hatte. Es war locker. Lucy rollte sich auf die Seite und versuchte, es weiter zu lockern, indem sie die Handgelenke hin und her bewegte und wieder entspannte. Nach ein paar Minuten hatte Lucy kaum noch Gefühl in den Unterarmen. Sie machte eine kurze Pause, ehe sie ihre Anstrengungen fortsetzte. Nach etwa zehn Minuten schien das Band sich so stark gelockert zu haben, dass sie versuchen konnte, die Hände hindurchzuziehen.

Als der Mann sie auf den Boden geworfen hatte, war Lucy ein bisschen nass geworden. Irgendwo musste eine Wasserpfütze sein. Sie rollte sich hin und her, bis sie genau in der Pfütze lag und ihre Hände nass wurden. Das Wasser war eiskalt. Lucy hatte in der Schule in den naturwissenschaftlichen Fächern nie besonders gute Noten gehabt, aber sie nahm an, dass sich ihre Hände in dem eisigen Wasser zusammenzogen, das Band jedoch nicht.

Sie atmete tief ein und bereitete sich innerlich auf die Schmerzen vor, mit denen sie rechnete, wenn sie versuchte, die Hände aus dem Plastikband zu ziehen. Keine Chance. Lucy tauchte ihre Hände ein zweites Mal in die Pfütze. Sie waren schon ganz taub, aber sie durfte jetzt auf gar keinen Fall aufgeben.

Als sie es ein drittes Mal versuchte, spürte sie, dass das Band über die unteren Daumengelenke rutschte. Mit viel Mühe zog sie die rechte Hand heraus.

Lucy stand auf und war im ersten Augenblick ein bisschen wacklig auf den Beinen. Sie zog sich das Klebeband vom Mund und atmete die kalte Luft ein.

In dem Raum war es nahezu stockdunkel. Sie streckte die Arme aus, tastete sich an der Wand entlang und erkundete den kleinen Raum mit den gemauerten Wänden. Vermutlich befand er sich in einem Keller. Eine Werkbank, ein paar alte Stühle, alles von einer dicken Staubschicht bedeckt. Lucy tastete sich zur Tür und lauschte. Stille. So leise wie möglich drehte sie den Türknauf.

Abgeschlossen.

90.

Nach etwa zwanzig Metern endete die Blutspur am Rande einer tiefen Schlucht, wo der Wald dicht und undurchdringlich war.

Jessica und Bontrager richteten ihre Taschenlampen in den Abgrund, doch die Lichtstrahlen wurden sofort von der Dunkelheit verschluckt.

»Albrecht muss schwer verletzt sein«, sagte Bontrager.

»Wenn es überhaupt Albrechts Blut ist.«

Bontragers Blick wanderte wieder zu der Blutspur, die der Nieselregen schnell verwischte. »Du hast recht. Wir wissen nicht, ob es Albrechts Blut ist.«

»Wir müssen das melden, Josh.«

Bontrager zögerte eine Sekunde – länger nicht. Er rannte zurück zur Straße, rief beim PPD an und nannte seinen Namen und ihre Position. Der Kollege würde einen Rettungsdienst in ihrer Nähe verständigen und jemanden von der Hundestaffel anfordern.

Jessica kehrte ebenfalls zur Straße zurück. Sie stellten sich an den Straßenrand.

»Ich bleibe hier«, sagte Bontrager. »Ich warte auf die Suchmannschaft.«

»Es ist vorbei, Josh. Selbst wenn Mike Drummond Wort hält, können sie sich alles zusammenreimen.«

Bontrager lief ein paar Schritte in den Wald hinein, dachte nach und kehrte zurück.

»Okay. Folgendes ist passiert. Ich bin einer Spur gefolgt.

Ich habe den Wagen gesehen, angehalten, das Blut entdeckt und den Vorfall gemeldet. Ehe ich wieder an meinem Wagen ankam, wurde ich niedergeschlagen. Darum weiß ich nicht so genau, was anschließend geschah.«

»Das kauft dir doch keiner ab.«

»Vielleicht nicht, vielleicht aber doch. Darüber können wir uns später Sorgen machen.«

Jessica dachte darüber nach. »Bist du sicher?«

»Ja«, sagte Bontrager und nahm eine Haltung wie beim Boxen ein. »Mach es so, dass es echt aussieht.«

Jessica trat einen Schritt zurück. »Josh ...«

»Ich weiß, dass du boxt. Pass also auf, dass du mich nicht umbringst.«

Jessica streifte einen Wollhandschuh über und zögerte. Sie verstrickten sich immer mehr in Lügen. »Du bist ganz sicher? Hundertprozentig?«

»Versuch nicht, es mir auszureden.«

Jessica holte aus und schlug zu, aber nicht mit voller Wucht. Sie traf Bontrager rechts vom Kinn. Bontrager geriet ins Taumeln und wäre beinahe gestürzt.

»Mann!«

Jessica hatte ihm die Unterlippe blutig geschlagen.

»Mein Gott. Bist du okay?«

Bontrager zögerte. »Ja, alles in Ordnung. Jetzt kann ich zwar nie mehr in der Oper singen, aber sonst ist alles in Ordnung.« Er griff mit der Hand in die Erde am Straßenrand und rieb sein Jackett damit ein.

Jessicas Blick wanderte vom Transporter zu Josh und dann die Sawmill Road hinunter. Den Angaben auf der Karte zufolge war sie etwa eine Meile von ihrem Ziel entfernt.

Sie hätte Josh gerne gebeten, sie anzurufen oder ihr eine SMS zu schicken, um sie auf dem Laufenden zu halten, doch sie sah ein, dass das keine so gute Idee war. Dann würde die ganze Geschichte auf jeden Fall auffliegen.

»Ist wirklich alles in Ordnung?«

Bontrager rieb sich die Wange, die bereits anschwoll. »Jetzt hau schon ab.«

Jessica überprüfte ihre Glock, steckte sie ins Holster und lief die Straße hinunter.

91.

Der Geruch von frisch umgegrabener Erde steigt mir in die Nase. Jede Schaufel Erde wird von einer klagenden Stimme begleitet: ein Beteuern der Unschuld, ein Schrei reuelosen Stolzes, ein wehleidiges Jammern. Ich höre sie alle.

Mit einem Schlag seines rot gefärbten Hammers beförderte Kenneth Beckman Antoinette Chan auf die andere Seite. Seine Frau Sharon half ihm dabei. Auch sie riechen jetzt die Erde, die mit Haaren, Blut und Knochen vermischt ist. Preston Braswell, Tyvander Alice, Eduardo Robles, Tommy Archer, Dennis Stansfield und viele andere gesellen sich zu ihnen. Die Erde verlangt sie stets zurück.

Heute Nacht werden an diesem Ort weiße Skelette durch die Dunkelheit schreiten. Sie sind rings um mich herum.

Eine Note muss noch gespielt werden. Ich höre den Spieler kommen. Er schleicht durch die Nacht. Ich verdränge die Geräusche der vorherigen Morde aus meinem Kopf und lausche auf die Schritte, die sich nähern.

Da. Hören Sie es?

Ich höre es.

Noch eine Note.

Meine Instrumente liegen bereit.

92.

Jessica lief die Straße entlang. Es war so dunkel, dass sie nicht einmal ihre eigenen Füße sehen konnte. Da es noch immer nieselte, kam sie noch langsamer voran. Die einzige Orientierung bot der weiße Streifen auf beiden Seiten der Straße und der integrierte Kompass auf ihrem iPhone. Sie schaltete ihn aber nur ungern ein, weil sie das Gefühl hatte, das beleuchtete Display würde sie wie ein Scheinwerfer anstrahlen. Dem Navi zufolge müsste sie den Friedhof in wenigen Minuten erreichen.

Jessica kam immer wieder an Einfahrten vorbei, Schotterwegen, die sich durch den Wald zu den Anwesen schlängelten.

Schließlich erreichte sie den Hintereingang des Briarcliff Cemetery, wo sie nirgendwo einen Hinweis auf den Friedhof entdeckte. Stattdessen standen dort zwei Pfeiler aus Naturstein, zwischen denen eine Kette mit einem Vorhängeschloss gespannt war. An einem der Pfeiler hing ein verrostetes Schild, auf dem stand: UNBEFUGTES BETRETEN VERBOTEN! Jessica schaltete die Taschenlampe ein, richtete sie auf den Boden und betrat den Friedhof.

Die Bäume schützten sie ein wenig vor dem Regen. Bald erreichte sie das südliche Ende des Friedhofs. Sie konnte nicht weit sehen, aber in der Ferne brachen ein paar Lichter durch die Dunkelheit. Jessica schätzte, dass dort drei große Häuser standen, vielleicht drei- oder vierhundert Meter voneinander entfernt. Als sie dem Hauptweg folgte, kam sie an Gruften und Grabmalen und zahlreichen Reihen mit gepflegten Grabstellen und teuren Grabsteinen vorbei. Dieser Friedhof unterschied sich gewaltig vom Mount Olive.

Um halb zwölf erreichte Jessica das andere Ende des Friedhofs, den Bereich, der an die Rückseite des Hauses von Christa-Marie Schönburg grenzte.

Jessica wollte den Friedhof gerade verlassen, da fiel das Licht ihrer Maglite auf einen Grabstein mit der Inschrift:

DR. GABRIEL THORNE
HEILER UND FREUND

Das Grab war vor kurzem umgegraben worden.

Als Jessica sich dem Haus näherte, staunte sie über die ungeheure Größe. Es war ein zweistöckiges Fachwerkhaus im Tudorstil mit einem steilen Kreuzgiebeldach. Auf beiden Seiten ragten zwei gemauerte Schornsteine mit Aufsätzen in die Höhe. Auf der Hofseite schloss sich an das Haus eine breite Veranda an.

Jessica hörte nur das Prasseln des Regens.

Sie betrachtete die Rückseite des Hauses. In drei Fenstern schien mattes Licht. Ihr Blick glitt auf der Suche nach Bewegungen oder Schatten umher, aber sie sah nichts.

Jessica stellte das Funkgerät auf Lautlos, überquerte den Hof hinter dem Haus und stieg die hintere Veranda hoch.

Die Schiebetür aus Glas war geschlossen. Jessica lief die Stufen hinunter und um das Haus herum zum Ostflügel. Sie versuchte, die Fenster zu öffnen, doch sie waren alle fest verschlossen.

Jessica hatte keine andere Wahl. Sie suchte im Garten einen schweren Stein, stellte sich auf die Klimaanlage und zerschlug das Fenster des Badezimmers im Erdgeschoss.

Nachdem sie das Badezimmer betreten hatte, rubbelte sie sich mit einem Handtuch durchs Haar und trocknete sich das Gesicht ab. Sie öffnete die Tür. Vor ihr lag ein langer Flur, der zu einer großen Eingangshalle und der Haustür führte. Sie verließ das Badezimmer und ging langsam den Gang hinunter. Linker Hand war der Eingang zu einer kleinen Vorratskammer, dahinter befand sich die Küche.

Irgendwo im Haus spielte leise Musik.

In den meisten Zimmern brannten Kerzen, Dutzende von Kerzen, die ein mattes gelbes Licht in die großen Räume warfen.

Vorsichtig schlich Jessica den Flur entlang. Die toten Vorfahren auf den großen Ölgemälden an den Wänden verfolgten sie mit den Blicken. In dem schummerigen Kerzenlicht nahmen Gegenstände Gestalt an und verblassten wieder – ab und zu ein Sideboard, ein Beistelltisch, ein Schrank. Alles konnte Gefahren bergen. Jessica zog die Waffe und drückte sie an die Hüfte.

Sie näherte sich einem Zimmer, dessen Tür angelehnt war und in dem Dunkelheit herrschte. Jessica pirschte sich an die Tür heran und stieß sie leise mit dem Fuß auf.

In dem Kerzenlicht, das ins Zimmer fiel, erkannte sie ein paar Umrisse. Zwei Bücherschränke, eine Nähmaschine, ein

Stuhl und zwei Türen. Jessica fehlte die Zeit, sie zu überprüfen. Sie musste das Risiko eingehen.

Im Schutz der Wand ging sie weiter. Schweiß rann ihr über Schultern und Rücken.

Ehe Jessica um die Ecke bog und – wie sie vermutete – die Eingangshalle betreten würde, blieb sie stehen und lauschte auf jedes Geräusch. Die Musik spielte noch. Es war ein Streichquartett. Sie hörte auch die Stimme einer Frau, die die Melodie summte.

Jessica holte tief Luft, rollte sich bis zur Ecke und richtete die Waffe in den Raum.

Jemand stand am Fuß der großen Treppe, keine fünf Meter von ihr entfernt. Es dauerte einen Moment, bis Jessicas Augen sich an das trübe Licht gewöhnt hatten.

Kevin Byrne.

Er stand unten an der Treppe und sah in dem dunklen Anzug und dem weißen Hemd mit der burgunderroten Krawatte großartig aus. Über ihm hing ein gewaltiger Kristallleuchter. Jessica schaute auf Byrnes Hände. Er hielt eine weiße Rose in der Hand.

Nicht, Kevin.

Bitte nicht.

Als Jessica etwas sagen wollte, hob sie auch den Blick und sah Christa-Marie oben an der Treppe stehen. Sie trug ein langes schwarzes Kleid und eine Perlenkette. Ihr seidiges Haar schimmerte silbern. Sie sah bezaubernd aus. Während ihre schmale Hand über das Geländer glitt, stieg sie langsam die Treppe hinunter und wandte den Blick nicht von dem Mann ab, der unten stand.

Als Christa-Marie die letzte Stufe erreichte, blieb sie stehen.

Kevin Byrne reichte ihr die Rose.

93.

Es gibt eine Schönheit, die so selten und so flüchtig ist, dass sie die Dichter seit Jahrhunderten in tiefe Verwirrung gestürzt hat. Byron, Shakespeare, Keats, Wordsworth – sie alle haben versagt. Diese Schönheit haftet Christa-Marie an. Von der ersten Sekunde an, als ich sie sah, gehörte ihr mein Herz. Sie nahm es mit rund um die Welt und dann in die tiefsten Abgründe der Hölle.

Ich habe nie etwas dafür verlangt.

Ich habe immer gewusst, dass wir diesen letzten Moment, wenn unsere Herzen wieder vereint sind, gemeinsam erleben werden.

94.

Christa-Marie und Byrne standen sich gegenüber.

Wie hypnotisiert beobachtete Jessica dieses Bild, als Byrne Christa-Marie die Hand reichte und sie in die Mitte der großen Halle unter den prunkvollen Kronleuchter führte.

Ein neues Lied setzte ein, ein Walzer. Sie tanzten.

Kevin Byrne und Christa-Marie Schönburg drehten sich zur Musik der Streichinstrumente mit harmonischen, fließenden Bewegungen, als hätten sie schon ihr ganzes Leben miteinander getanzt. Nach dem Tanz nahm Byrne Christa-Marie in die Arme und küsste sie.

Es war eine so surreale und unerwartete Szene, dass Jessica den Atem anhielt, doch sie fasste sich schnell wieder. Sie hatte einen Job zu erledigen.

Als sie den Mund öffnete, um etwas zu sagen, flog die Haustür auf, und ein ohrenbetäubender Lärm hallte durch das große Haus. Die Tür war mit einer Ramme aufgebrochen worden, und zwei SWAT-Officer sprangen mit ihren AR-15-Sturmgewehren im Anschlag in die Eingangshalle und rollten sich ab. Russell Diaz und zwei seiner Männer folgten ihnen mit gezogenen Waffen. Sie rannten den breiten Korridor hinunter auf Byrne und Christa-Marie zu.

Diaz kam als Erster bei dem Paar an und blieb zwei Schritte entfernt stehen. Er richtete die Waffe auf Kevin Byrne.

»Auf den Boden!«, brüllte er.

Byrne löste sich langsam von Christa-Marie und streckte die Hände zur Seite.

»Runter, verdammt!«, brüllte Diaz noch einmal.

Christa-Marie trat zurück. Auf ihrem Gesicht spiegelten sich Entsetzen und Verwirrung. Plötzlich herrschte Stille im Haus. Byrne legte sich langsam auf den Boden und streckte die Arme zur Seite. Zwei uniformierte Beamte rissen ihm die Hände auf den Rücken und legten ihm Handschellen an.

Sekunden später strömten noch mehr Leute ins Haus, unter ihnen auch Michael Drummond und Dana Westbrook. Ein Dutzend Polizisten folgten ihnen.

Byrne wurde über seine Rechte aufgeklärt. Als sie ihn in Gewahrsam nahmen, legte Jessica ihre Waffe auf den Boden. Dann trat sie mit erhobenen Händen in die Eingangshalle.

95.

Lucy bewegte sich tastend durch den Raum, bis sie wieder vor der langen Werkbank stand. Vor ein paar Minuten war sie kurz stehen geblieben, als sie in der Ferne dumpfe Schreie gehört hatte. Oder hatte sie sich das nur eingebildet? Sie wusste es nicht. Jetzt herrschte Stille, sie musste sich beeilen.

In der Werkbank waren zwei Schubladen. Lucy öffnete sie, tastete über den Inhalt und entdeckte Schmirgelpapier, einen öligen Lappen, Zündholzheftchen und zwei kurze Schraubenzieher. Sie tastete über die Spitzen. Ein Schlitz- und ein Kreuzschlitz-Schraubenzieher.

Oben auf der Werkbank lagen ebenfalls einige alte Lappen, ein kleiner Stapel Papier und ein paar alte Zeitschriften. Dort stand auch eine alte Petroleumlampe. Lucy nahm sie in die Hand und schüttelte sie leicht. In der Lampe war Flüssigkeit. Der Geruch des alten Petroleums stieg ihr sofort in die Nase.

Lucy tastete wieder durch die Schubladen, nahm die Zündholzheftchen heraus und klappte eines auf. Die Zündhölzer waren feucht. Sie versuchte es dennoch und rieb die Streichhölzer nacheinander über die Reibefläche. Nicht ein einziger Funken. Lucy nahm das zweite Heftchen in die Hand und tastete über die Zündhölzer. Die obere Reihe fühlte sich feucht an, aber die hintere schien ziemlich trocken zu sein. Lucy riss die vordere Reihe Streichhölzer ab. Dann nahm sie eine der alten Zeitschriften, riss ein Blatt heraus und rollte es zusammen.

Sie rieb das erste Streichholz über die Reibefläche, worauf

ein kleiner Funke sprühte, aber das Papier fing nicht Feuer. Beim dritten Versuch klappte es endlich. Sie hielt das brennende Streichholz unter das zusammengerollte Blatt, und es begann lichterloh zu brennen. Dann drückte sie den Hebel an der Petroleumlampe herunter. Der Docht entzündete sich, und ein warmer Lichtschein erhellte den Raum. Nie zuvor in ihrem Leben war Lucy für irgendetwas dankbarer gewesen.

96.

Wenn nach einem erfolgreich abgeschlossenen Polizeieinsatz alle Anspannung von den Beamten abfiel, breitete sich oft Hochstimmung aus. In den Minuten und Stunden nach einer Festnahme schalteten erst einmal alle einen Gang herunter, schüttelten sich die Hände, klopften sich auf den Rücken und reckten die Fäuste in die Luft. Es fehlte auch nie an Galgenhumor. Das war diesmal anders. Die Polizisten, die durch das riesige Haus in Chestnut Hill strömten, empfanden keine Freude und kein Glücksgefühl bei dieser Festnahme. Es war einer von ihnen.

Kevin Byrne war in Gewahrsam genommen worden und nun unterwegs ins Roundhouse. Christa-Marie Schönburg wurde vorsorglich ins Mercyhurst Hospital gebracht. Ihre private Krankenschwester Adele Hancock hatte heute Abend eine Vorstellung in der Oper besucht. Sie wurde informiert und war bereits auf dem Weg zu Christa-Marie.

Es dauerte nicht lange, bis sich nur noch Jessica, Dana Westbrook und Michael Drummond mit ein paar Polizeibeamten, die das Haus durchsuchten und sicherten, dort aufhielten. In Kürze brach der 1. November an, Allerheiligen, der Tag, an dem Christa-Marie vor genau zwanzig Jahren in diesem Haus verhaftet worden war.

Westbrook nahm Jessica zur Seite. Eine ganze Minute standen sie schweigend da. Keine der beiden Frauen fand die richtigen Worte. »Es wird sich alles aufklären«, sagte Westbrook schließlich. »Es gibt da eine ganze Menge, was ich nicht verstehe.«

Jessica nickte nur.

»Kevins Haftbefehl kam von höchster Stelle«, fügte Westbrook hinzu. »Ich musste mich dem beugen. Das wissen Sie, nicht wahr?«

Jessica erwiderte nichts. Das Bild von Kevin Byrne in Handschellen ging ihr nicht aus dem Kopf. Gemeinsam hatten sie im Laufe der Jahre so viele Verhaftungen durchgeführt, so viele Verbrecher gejagt und vor Gericht gebracht, dass sie sich überhaupt nicht vorstellen konnte, dass Byrne auf dieser Seite stehen könnte. Der Gedanke bereitete ihr Übelkeit.

»Sehen wir uns im Roundhouse?«, fragte Westbrook.

Jessica schaute auf die Uhr. »Geben Sie mir eine Stunde.«

»Einverstanden.«

Westbrook blieb noch einen Augenblick, legte eine Hand auf Jessicas Schulter und schien nach den richtigen Worten zu suchen, ohne sie zu finden. Dann drehte sie sich um, durchquerte die große Eingangshalle und verschwand durch die Tür.

Jessica schaute sich um. Ihr Blick fiel auf die Treppe, die Christa-Marie soeben noch hinuntergestiegen war. Jessica brauchte einen klaren Kopf. Sie musste nachdenken.

»Soll ich Sie irgendwo absetzen?«

Jessica drehte sich um. Es war Michael Drummond.

»Josh hat meinen Wagen«, erwiderte Jessica.

»Okay«, sagte Drummond. »Sobald am anderen Tatort alles geregelt ist, schicke ich ihn hierher.«

Er trat ein paar Schritte zur Seite und telefonierte kurz. Anschließend kehrte er zu Jessica zurück und sagte: »Es tut mir leid, dass es so gekommen ist.«

»Dazu möchte ich mich nicht äußern.«

»Wie meinen Sie das?«

»Ich brauchte nur ein bisschen Zeit, Michael. Das war alles. Ein bisschen Zeit.«

»Ich habe das nicht veranlasst, Jessica.«

Sie funkelte ihn böse an. »Ach, nein? Und wie kommt es dann, dass gerade jetzt die ganze Kavallerie hier angerückt ist?«

»Polizeiarbeit, Detective. Russ Diaz hat noch mal mit Kevins Cousin Patrick gesprochen. Es stellte sich heraus, dass in Mr. Connollys Van ein LoJack installiert war.«

Ein LoJack war ein System, mit dessen Hilfe gestohlene Fahrzeuge aufgespürt werden konnten.

»Russ meldete den Van als gestohlen und erfuhr diesen Standort«, fuhr Drummond fort. »Ich habe nichts damit zu tun.«

Jessica kämpfte noch immer gegen ihre Wut an, doch es war ihr auch peinlich, angedeutet zu haben, Drummond hätte sie verraten.

»Nur damit Sie es wissen, ich habe mit Detective Diaz gesprochen«, sagte Drummond. »Kevin wird anständig behandelt. Ich will nicht, dass hier irgendjemand meint, er müsste den starken Mann markieren.«

Es gab so vieles, was Jessica gerne gesagt hätte, aber über ihre Lippen kam kein Laut. Am liebsten hätte sie geschrien.

»Wir brauchen heute Nacht noch Ihre vollständige Aussage«, fügte Drummond hinzu.

Jessica nickte, hob ihre Dienstwaffe auf und steckte sie ins Holster.

»Ich weiß, dass es hart für Sie ist, Detective, doch die Menschen in Philadelphia können aufatmen. Wir sind alle froh, dass dieser Albtraum endlich vorbei ist.«

Tausend Eindrücke und Gedanken stürmten auf Jessica ein, aber es kam ihr nicht eine Sekunde in den Sinn, Kevin Byrne könnte irgendetwas mit der Sache zu tun haben. Sie zweifelte nicht im Geringsten an ihrem Partner. Ihr fiel die Aufgabe zu, Kevin Byrnes Unschuld zu beweisen, und damit würde sie auf der Stelle anfangen. Ehe Jessica eine Bewegung machen konnte, sah sie, dass links von ihr jemand stand.

»Ma'am?«

Jessica drehte sich um. Vor ihr standen zwei Streifenpolizisten aus dem Vierzehnten Revier. Der, der sie angesprochen hatte, ein stämmiger junger Mann Anfang zwanzig, war leichenblass, aber er hatte ruhige Hände. »Das Haus ist sauber, Ma'am.«

Jessicas Blick wanderte durch die riesige Eingangshalle und über die hohe Decke. »Sind Sie sicher? Es ist ein großes Haus, Officer.«

Der junge Polizist starrte sie irritiert an und drehte sich dann um. Hinter ihm standen vier weitere Polizisten und zwei Detectives vom Polizeibezirk Nord, die Jessica kannte. Der junge Officer hatte gesagt, dass acht Polizisten das Haus durchsucht hatten und dass sich dort niemand mehr aufhielt.

»Tut mir leid«, sagte Jessica. »Es ist kein schöner Abend.«

»Nein, Ma'am«, erwiderte der Polizist. »Zwei Türen sind abgesperrt, eine auf dem Dachboden und eine im Keller. Alle anderen Räume wurden überprüft.«

Er blieb noch stehen, wohl in Erwartung weiterer Anweisungen. Jessica schüttelte den Kopf. Der Officer tippte gegen den Schirm seiner Dienstmütze, worauf die acht Polizisten hintereinander das Haus verließen.

Als die Streifenwagen die Auffahrt hinunterfuhren, schlüpfte Michael Drummond in seinen Mantel. Er warf Jessica einen Blick zu, sagte aber nichts. Wortlos ging er durch die Tür und schloss sie hinter sich.

Im Haus herrschte Stille.

Jessica war allein.

97·

Lucy stellte die Petroleumlampe auf die Werkbank und schaute sich in dem kleinen, fensterlosen Raum um. Das einzige Fenster war vor langer Zeit zugemauert worden. Überall hingen Spinnweben, und alles war von Staub bedeckt. Mäuse huschten an der Mauer entlang.

Peggy.

Lucy schloss die Augen und versuchte, alles zu verdrängen.

Ihr Blick wanderte zu dem Türknauf, auf dem ebenfalls eine dicke Staubschicht lag. Sie nahm einen alten Lappen und säuberte ihn. Es handelte sich um einen dieser altmodischen Türknäufe aus weißem Porzellan, die in eine gusseiserne Platte eingelassen waren. Lucy tastete über den Hals des Knaufs, bis sie die Schraube fand. Dann richtete sie den Schraubenzieher hinter dem Knauf auf die Schraube und drehte sie vorsichtig. Ein paar Sekunden später fiel sie heraus. Behutsam zog sie den Knauf ab und hielt den Vierkant fest. Lucy musste aufpassen, dass der Knauf auf der anderen Seite nicht auf den Boden krachte. Anschließend begann sie, die Metallplatte abzuschrauben. Vier Schrauben. Im matten Licht der Petroleumlampe sahen die vier Schrauben in der Platte stark abgenutzt aus. Sie hatte nur einen Versuch.

Lucy schaute auf die Spitze des Schraubenziehers, die durch den jahrelangen Gebrauch rund geworden war. Sie steckte ihn in den Schlitz, wendete ihre ganze Kraft auf und achtete darauf, den Schraubenzieher senkrecht zur Tür zu halten.

Lucy atmete tief ein und begann, die Schraube zu drehen, doch sie lockerte sich nicht. Sie trat zurück und versuchte es erneut. Jetzt spürte sie, dass der Schraubenzieher griff.

Die Schraube drehte sich. Nicht viel, aber sie drehte sich.

Ja, dachte Lucy.

Ein Schloss war auch nur eine Vorrichtung mit beweglichen Teilen, nicht wahr? Wenn es sich um bewegliche Teile handelte, kam Lucy Doucette damit zurecht.

Sie machte sich an die Arbeit.

98.

Im Haus herrschte eine so absolute, bedrückende Stille, wie sie in einem kleinen Raum niemals möglich wäre. Nur der Regen, der ab und zu an die riesigen Fenster in dem großen Zimmer prasselte, störte die Stille, und hin und wieder schlug ein Zweig gegen die Dachrinne.

Jessica hatte den größten Teil ihres Lebens in zu kleinen Häusern gelebt, wo schon ein Wandschrank oder ein winziger Raum, die für zusätzlichen Platz sorgten, ein großer Segen waren. Leute, die in Philadelphia in Reihenhäusern wohnten, kannten dieses Problem nur allzu gut. Aber dieses Anwesen mit den hohen Decken, den breiten Türen und den riesigen Räumen war zu groß. Jessica konnte sich nicht vorstellen, in einem so herrschaftlichen Haus zu wohnen, obwohl die Wahrscheinlichkeit, dass das jemals geschah, nicht nur gegen null tendierte, sondern de facto bei null lag.

Jessica hatte es eilig, ins Roundhouse zurückzukehren. Als sie einen Blick aus dem Fenster warf, klingelte ihr Handy. Sie zuckte zusammen und hoffte, Josh würde sie informieren, dass er sich auf den Weg gemacht hatte. Es war nicht Josh, sondern eine ihr unbekannte Nummer. Jessica meldete sich.

»Hallo?«

»Eigentlich wollte ich Detective Byrne sprechen.«

Es war die Stimme eines Mannes.

»Mit wem spreche ich?«, fragte Jessica.

»Mein Name ist Robert Cole. Ich versuche, Kevin Byrne zu erreichen. Er hat mir zur Sicherheit diese Nummer gegeben.«

»Ich bin seine Partnerin, Detective Balzano. Kann ich Ihnen vielleicht weiterhelfen?«

»Ich habe diese Untersuchung für ihn durchgeführt.«

»Welche Untersuchung?«

»Er bat mich, für ihn am Dienstweg vorbei einen DNA-Test durchzuführen. Es geht um einen ungelösten Fall.«

»Verzeihung, bei welcher Behörde arbeiten Sie?«

Cole erklärte ihr, dass er ein privates, unabhängiges Labor betrieb und dass er diese Untersuchung für Byrne inoffiziell durchgeführt hatte. Es handle sich um den zwanzig Jahre zurückliegenden Mord an Gabriel Thorne, fügte er hinzu.

»Welche Unterlagen liegen Ihnen vor?«, fragte Jessica.

»Ich habe Kopien der ganzen Akte.«

»Auch die Tatortfotos?«

»Ja.«

»Könnten Sie mir die Ergebnisse des DNA-Tests und die Tatortfotos mailen?«

»Klar«, sagte Cole. »Die Fotos kann ich Ihnen sofort schicken, aber die Ergebnisse des DNA-Tests einzuscannen wird ein paar Minuten dauern. Der Scanner ist an einen anderen Computer angeschlossen.«

Jessica gab ihm ihre E-Mail-Adresse. Dreißig Sekunden später erhielt sie die Datei auf ihrem iPhone. Jessica klickte die Datei an und öffnete sie.

Cole hatte ihr vier Fotos geschickt, unter anderem eines von der Eingangshalle, in der sie sich gerade aufhielt. Der Gedanke, dass dieses Foto vor zwanzig Jahren an der Stelle, an der sie nun stand, aufgenommen worden war, jagte ihr einen kalten Schauer über den Rücken.

Das Foto der Küche glich einem Horrorszenario. Gabriel Thornes Leichnam lag ausgestreckt auf den weißen Küchenfliesen in einer Blutlache neben der Kochinsel. Er schien regelrecht hingemetzelt worden zu sein.

Jessica lief den breiten Korridor hinunter bis zur Küche und schaltete das Licht ein. Der Raum hatte sich nicht verändert. Dieselbe Kochinsel, dieselben weißen Fliesen, dieselbe Beleuchtung. Während Jessicas Blick zwischen dem Foto und der Küche hin und her wanderte, verglich sie die einzelnen Teile miteinander. Es war fast unheimlich, aber bis hin zur Farbe der Handtücher an dem Handtuchhalter neben der Spüle stimmte alles überein.

Die beiden anderen Fotos zeigten den Flur, der von der Küche in die Speisekammer führte, und das Musikzimmer, das neben der Speisekammer lag. Auch das Musikzimmer glich dem Foto fast aufs Haar, nur dass jetzt kein Blut auf dem Cello klebte.

Der kurzen Zusammenfassung zufolge, die den Fotos beigefügt war, ging man davon aus, dass Christa-Marie Schönburg im Musikzimmer auf Gabriel Thorne eingestochen hatte und ihm dann in die Küche gefolgt war. Als er zusammenbrach, stach sie weiter auf ihn ein.

Jessica versuchte sich vorzustellen, was in jener Nacht geschehen war. Es gelang ihr nicht. Sie wusste aber, was sie tun musste. Da sie das Haus gleich verlassen und hinter sich abschließen würde, hielt sie es für ratsam, die Dutzende von Kerzen, die im Musikzimmer brannten, zu löschen. Sie pustete sie nacheinander aus. Der Geruch des verbrannten Wachses stieg ihr in die Nase.

Als der Raum nur noch vom Licht der Gaslampen auf der Veranda an der Rückseite des Hauses erhellt wurde, lief Jessica zurück in die Eingangshalle und schaute auf die Uhr. Wo zum Teufel blieb Josh? Sie rief ihn an, doch es meldete sich nur die Mailbox.

Noch ehe Jessica eine Entscheidung treffen konnte, klingelte ihr Handy. Als sie sich meldete, hörte sie nur ein Rauschen. Sie lief auf die Eingangstür zu, bekam aber auch dort kein Signal. Als sie das große Zimmer durchquerte, verstand sie endlich alles, was Robert Cole sagte.

»Haben Sie die Fotos bekommen?«, fragte er.

»Ja.«

»Ich habe Probleme, die Ergebnisse der DNA-Tests einzuscannen. Ich kann es noch einmal versuchen, oder ich lese Ihnen die Ergebnisse vor. Was ist Ihnen lieber?«

»Lesen Sie sie am besten vor.«

Cole las ihr den Bericht vor. Jessica stockte der Atem. Wie sich herausstellte, klebte auf der Mordwaffe und dem Küchenboden nicht nur das Blut von Gabriel Thorne und Christa-Marie, sondern es waren noch zwei andere eindeutige DNA-Profile gefunden worden.

Mit anderen Worten, es hatten sich noch zwei weitere Personen in der Mordnacht in diesem Haus aufgehalten.

Was bedeutete das für den Fall? Was bedeutete es für Christa-Maries Schuld in jener Nacht vor zwanzig Jahren?

Als Cole ihr die restlichen Angaben durchgab, bekam sie Gänsehaut auf den Armen.

Jessica bedankte sich und beendete das Gespräch. Sie war vollkommen durcheinander.

Das änderte alles.

Jessica ging zur Eingangstür, öffnete sie und erwartete, einen Streifenwagen vom Vierzehnten Revier am Tor stehen zu sehen. Dort stand aber keiner. Das war seltsam. In den nächsten vierundzwanzig Stunden würde das Haus nicht auf Spuren untersucht werden, und da war ein Streifenwagen Standard.

Sie rief über Funk die Einsatzzentrale an. Keine Antwort.

Was ging hier vor?

Sie schloss die Tür und kehrte in die Eingangshalle zurück.

Und da hörte Jessica Balzano die Musik.

99.

Als Jessica durch den großen Salon schritt, wurde die Musik lauter. Sie erinnerte sich an das Stück, Chopins *Nocturne*, das sie in Byrnes Van zum ersten Mal gehört hatte.

Die Musik kam aus dem Musikzimmer, doch sie hörte sich nicht wie eine Aufnahme an, sondern so, als würde jemand live spielen. Es hörte sich an, als spiele dort jemand Cello.

»Das Haus ist sauber, Ma'am«, hatte der Officer gesagt.

Jessica sah das Kerzenlicht, das den Raum erhellte. Es waren die Kerzen, die sie soeben ausgepustet hatte. Sie ging auf die Tür zu und spähte um die Ecke. Hinten im Zimmer saß jemand auf einem Stuhl. Es war Christa-Marie. Das wunderschöne Cello stand zwischen ihren Beinen, und sie spielte mit geschlossenen Augen Chopins *Nocturne*.

Was hatte das zu bedeuten?

Wer hatte Christa-Marie erlaubt, in ihr Haus zurückzukehren?

Jessica zog die Waffe, drückte sie an die Hüfte und presste sich mit dem Rücken gegen den Türrahmen. Im Schatten des kurzen Flurs, der zur Küche führte, entdeckte sie eine zweite Person.

Dort stand jemand, den sie sehr gut kannte.

100.

Die Person im Flur bewegte sich nicht. Christa-Marie spielte weiter. Die Töne stiegen und fielen mit dem Rauschen des Windes draußen. Als das Stück ein Crescendo erreichte, betrat Jessica das Musikzimmer.

»Ist es jetzt?«, fragte die Person auf dem Gang.

Jessica wusste nicht, was sie darauf antworten sollte. Wenn sie die falsche Antwort gab, konnte zu viel schiefgehen.

Die Person trat aus dem Schatten heraus.

Michael Drummond hatte sich umgezogen. Er trug nun einen dunkelblauen Anzug mit abgewetzten Ärmeln. So ein Anzug mochte für fünfzehnjährige Jungen einst modern gewesen sein, als Drummond Gast und vermutlich Musikschüler in diesem Haus gewesen war.

Eine Tasche seiner Anzugjacke war ausgebeult. Jessica schaute auf seine Hände.

»Die Lehrerin ist böse mit mir«, sagte Drummond leise.

Jessica spähte zu Christa-Marie hinüber. Sie war vollkommen in ihr Cellospiel versunken.

»Ist es jetzt?«, fragte Drummond noch einmal.

»Nein«, sagte Jessica. »Es ist damals, Michael. Es ist die Halloween-Nacht 1990.«

Drummond schien es verstanden zu haben. Jessica erkannte an seinem milden Gesichtsausdruck, dass er im Geiste in die damalige Nacht zurückkehrte, als noch alles möglich war, als die Liebe in seinem Herzen brannte und er noch nicht durch das, was kommen sollte, vollkommen abgestumpft war.

»Erzählen Sie mir von jener Nacht«, sagte Jessica und schob sich Zentimeter für Zentimeter weiter auf ihn zu.

»Wir waren im Konzert. Joseph und ich.«

»Joseph Novak?«

»Ja. Als wir zurückkamen, war er hier.«

»Dr. Thorne?«

»Dr. Thorne!« Drummond stieß den Namen wie ein Schimpfwort aus und sah kurz in die Küche. Jessica kam ihm so unauffällig wie möglich näher.

»Was ist passiert?«, fragte sie.

»Wir haben gestritten.«

Als Jessica sich ihm noch ein bisschen weiter näherte, sah sie einen Schatten zu ihrer Linken, bei der Küchentür, nur wenige Schritte von Michael Drummond entfernt. Sie schaute genauer hin, und das tat Drummond ebenfalls. Dort stand jemand.

»Joseph?«, fragte Drummond.

Natürlich war es nicht Joseph Novak. Dort stand Lucinda Doucette. Lucinda Doucette aus dem Hosanna House und dem Le Jardin.

Blitzschnell streckte Michael Drummond den Arm aus und zog Lucy zu sich heran. Er hatte jetzt ein Rasiermesser in der Hand und klappte es auf.

Jessica hob ihre Waffe. »Tun Sie das nicht, Michael.«

»Klipp-klapp, klipp-klapp.«

Drummonds milder Blick, der in ihr die Hoffnung geschürt hatte, er könne zur Aufgabe bereit sein, war hart geworden. Jetzt stand ein eiskalter, berechnender Killer vor ihr.

»Lassen Sie sie gehen.«

Drummond presste Lucy an sich. Jessica sah, dass die junge Frau kurz vor einem Zusammenbruch stand.

»Ich habe noch eine Kleinigkeit zu erledigen«, sagte Drummond.

»Das wird nicht passieren.«

Drummond riss das Rasiermesser hoch. Die glänzende Klinge war kaum einen Zentimeter von Lucys Kehle entfernt. »Passen Sie auf, was Sie sagen.«

»Warten Sie!«

Drummond schaute auf die Uhr. 23.51 Uhr.

»Ich habe keine Zeit zu verlieren.«

»Legen Sie das Messer aus der Hand und lassen Sie sie gehen.«

Drummond schüttelte den Kopf. »Das geht nicht, Detective. Es fehlt noch eine Note.«

»Wir holen Hilfe für Sie«, sagte Jessica. »Es muss nicht so enden.«

»Wird es aber, verstehen Sie nicht? Ich muss es zu Ende bringen.«

Jessica schaute auf die Standuhr in dem breiten Flur. »Es ist noch nicht Mitternacht. Lassen Sie sie gehen.«

»Es gibt so viele unvollendete Symphonien. Beethoven, Schubert. Ich werde nicht so ein Vermächtnis hinterlassen.«

Jessica schaute Lucy ins Gesicht. Die junge Frau stand unter Schock. Jessica wusste, dass sie das Gespräch mit Drummond unbedingt fortsetzen musste.

»Warum diese Menschen, Michael? Warum haben Sie gerade sie ausgewählt?«

»Sie sind ungeschoren mit einem Mord durchgekommen, Jess. Das verstehen Sie doch sicher. Niemand wird sie vermissen.«

»Sie hatten Familie«, sagte Jessica. »Söhne, Töchter, Mütter, Väter. Über sie zu richten steht uns nicht zu.«

Drummond lachte. »Wir können nicht alles tun, Sie und

ich. Ich beobachte das seit Jahren. Die Polizei macht ihren Job, die Staatsanwälte machen ihren Job. Und doch kommen Menschen immer wieder ungeschoren davon. Heute Nacht tanzen all diese Menschen mit den Toten. Eddie Robles, Kenny Beckman und seine Frau, diese Schlampe. Und viele mehr.«

»Was ist mit George Archer?«

Drummond lächelte. »In diesem Fall plädiere ich auf nicht schuldig, Euer Ehren. Aber glauben Sie mir, nicht weil ich mich nicht bemüht hätte. Ich war ihm seit Jahren auf der Spur. Schon seit Abschluss meines Jurastudiums.«

»Wer, Michael? Wer hat ihn getötet?«

»Machen Sie Ihren Job, Detective, und ich mache meinen.«

Drummond beugte sich ein Stück nach hinten, sodass sich das Rasiermesser für einen kurzen Augenblick von Lucys Kehle entfernte. Jessica richtete ihre Waffe nach unten. Sie hatte nur einen Schuss.

»Warum Lucy?«, fragte Jessica. »Sie ist unschuldig.«

»Nein, ist sie *nicht!*«, stieß Drummond wütend hervor und zog Lucy wieder enger an sich. Jessica hatte keine freie Schussbahn mehr. »Es ist ihre Schuld, dass Peggy van Tassel gestorben ist.«

»Ich verstehe nicht.«

»Die kleine Lucy hätte der Polizei von George Archer erzählen können. Sie hat es nicht getan, und niemand weiß, wie viele kleine Mädchen Archer noch getötet hat. Dieses kleine Luder ist Teil des Problems.«

Drummond blieb vor der Küchentür stehen. »Kommen Sie nicht näher, Detective. Legen Sie Ihre Waffe auf den Boden.«

Jessica bewegte sich nicht.

23.54 Uhr.

»Machen Sie schon.«

»Okay, Michael«, sagte sie und legte die Glock auf den Boden. »Ich habe sie abgelegt.«

Jessica warf einen Blick nach links. Durch die Tür konnte sie die nackten Füße und die aufgekrempelte Hose einer auf dem Boden liegenden Gestalt und ein paar Tropfen Blut auf den Fliesen sehen. Sie sah auch das Messer auf dem Küchentresen. Es war genau dasselbe Bild wie in der Nacht vor zwanzig Jahren, eine Inszenierung des Mordes an Gabriel Thorne. Doch das Bühnenbild hatte sich ein wenig geändert. Auf dem Küchentresen lagen ein weißer Papierstreifen und eine rote Kerze.

Jessica blickte wieder auf den Küchenboden.

War das David Albrechts Leichnam?

Das Grauen nahm kein Ende.

»Sehen Sie«, sagte Jessica. »Dr. Thorne ist tot.« Sie deutete in die Küche.

Drummond warf einen Blick in die Küche und auf die Gestalt am Boden. Dann wanderte sein Blick zurück zu Jessica. Dieser Mann hatte definitiv den Verstand verloren. Ob schon damals nach Thornes Ermordung oder im Laufe der nächsten zwanzig Jahre – wer konnte das sagen?

»Ist es wirklich damals?«, fragte er.

»Ja.«

Drummond nickte schnell. »Er wollte mit ihr weggehen«, sagte er. »Für immer. Darum musste er sterben.«

»Ich verstehe.«

Langsam drehte Drummond sich zu der Stereoanlage in seinem Rücken um und drückte auf Play.

Christa-Marie schien aus ihrer Trance zu erwachen. Sie begann, ein neues Stück zu spielen und zupfte eine der Saiten – denselben Ton zwölf Mal.

»Was ist der *Totentanz* ohne den Chor?«, fragte Drummond und stellte den Ton lauter.

Inmitten von Christa-Maries Celloklängen ertönten kurz darauf verschiedene Geräusche – Straßengeräusche, Sirenen. Und dazu begann ein Chor zu singen:

Klipp-klapp, der rhythmische Tod
schlägt mit der Ferse auf ein Grab.
Der Tod spielt um Mitternacht eine Tanzmelodie,
klipp, klapp, auf seiner Violine.

Doch das lauteste Geräusch im Hintergrund war das Glucksen eines Babys.

»Heute Nacht gehört die Welt den Toten«, sagte Drummond. »Hören Sie ihnen zu. Ich habe seit Jahren ihre Stimmen gesammelt.«

23.56 Uhr.

Die Stimmen wurden immer lauter. Todesschreie und das Jammern von Sterbenden.

»Sehen Sie«, sagte Jessica und rückte unmerklich weiter nach links vor. Sie musste irgendwie in die Küche gelangen. »Ich habe meine Waffe abgelegt, Michael. Ich kann Ihnen nichts tun. Der Arzt ist tot. Lassen Sie das Mädchen gehen. Wir reden miteinander.«

»Es geht nicht um mich. Es ging nie um mich.« Drummond begann zu schwitzen. Er fuchtelte mit dem Rasiermesser durch die Luft und hielt es dann gefährlich nahe an Lucys Gesicht. Der Chor der Schreie im Hintergrund nahm ebenso an Intensität zu wie Christa-Maries Spiel.

Die Dame, so hieß es, ist eine Markgräfin oder Baronin
und ihr unerfahrener Verehrer ein armer Wagenbauer.
O Schreck! Seht, wie sie sich ihm hingibt,
als wäre der Flegel ein Baron!

»Sie gab sich ihm hin«, sagte Drummond und deutete auf die Gestalt auf dem Boden. »Sie hat nicht mehr lange zu leben, wissen Sie. Es musste erledigt werden.«

»Wer hat nicht mehr lange zu leben?«

»Die Lehrerin. Sie wird sterben. Darum musste ich schneller schreiben.«

Drummond ging einen Schritt rückwärts in die Küche und zog Lucy mit. »Hören Sie ihnen zu. Hören Sie es?«

»Ich höre es, Michael.«

23.58 Uhr.

Jessica schob sich kaum merklich weiter vor.

»Was ist mit Gabriel Thorne?«, fragte sie und zeigte auf die Gestalt auf dem Küchenboden. »Christa-Marie hat ihn nicht getötet, nicht wahr? Sie waren es, Sie und Joseph Novak.«

»Thorne war in sie verliebt. Er hat sie manipuliert.« Drummond schüttelte den Kopf. Seine Augen füllten sich mit Tränen. »Joseph war schwach. Er war immer schwach.«

»Aber Sie haben zugelassen, dass Christa-Marie die Schuld auf sich nahm.«

Tränen rannen ihm über die Wangen. »Ich musste zwanzig Jahre damit leben.«

Drummond ging rückwärts bis in die Mitte der Küche, als der *Totentanz* sich seinem glanzvollen Schlusssatz näherte.

Inmitten dieses Gewirrs an Klängen und Geräuschen erscholl auf einmal die Stimme eines Mannes:

»Michael.«

Im Inneren, wo die Musik lebt, in dieser vergoldeten Halle, beobachte ich alles und warte. Die Lehrerin weiß, was ich tun muss.

Eine Note muss noch gespielt werden.

Eine letzte Note.

Als die Stimme des Mannes erklang, hielten alle den Atem an. Drummond drückte Lucy noch fester an sich. Langsam hob er das Rasiermesser hoch und zog es blitzschnell über seine Stirn. Rotes Blut rann über sein Gesicht und tropfte auf Lucy hinab.

Wieder erklang von irgendwoher: »Michael.«

Drummond zögerte einen Augenblick und lauschte der Stimme. »Dr. Thorne?«

Noch eine Note.

Noch eine Stimme.

Drummond schaute zu Christa-Marie hinüber, die wie von Sinnen im Musikzimmer auf dem Cello spielte.

Sie drängeln, sie fliehen. Der Hahn hat gekräht.
Oh, was für eine wunderschöne Nacht für die arme Welt!

Mitternacht.

Michael Drummond hob das Rasiermesser hoch in die Luft. Er zog Lucys Haare zurück und entblößte ihren weißen Hals.

»Die Lehrerin ...«, sagte er.

Als er die Hand wieder senkte und das Rasiermesser sich Lucys Hals näherte, sah Jessica, dass sich die Gestalt auf dem Boden bewegte.

Es war nicht David Albrecht.

Detective Kevin Byrne rollte sich auf die rechte Seite, hob die Glock 17 und drückte ab. Die Kugel drang in Drummonds Kopf ein, genau über seinem rechten Auge. Dicke Knochensplitter und Hirnmasse spritzten aus seinem Hinterkopf auf die weißen Fliesen an der Wand.

Drummond knallte mit dem Gesicht auf den Küchentresen, genau auf den weißen Papierstreifen. Sein blutverschmiertes Gesicht schrieb die groteske Parodie von Notenlinien auf das Papier. Dann brach er auf dem Boden zusammen.

Der laute Schuss hallte Jessica noch in den Ohren. Sie schaute in die Küche. Als sie in die Ecke des Musikzimmers trat und Lucy Doucette in die Arme schloss, wechselte sie einen Blick mit Byrne. Er war voller Blut, aber es war nicht seines. Kevin hatte auf dem Küchenboden auf der Lauer gelegen. Er schaute Jessica an, doch er sah noch etwas anderes, vielleicht etwas, das vor langer Zeit in diesem Raum geschehen und das nun zu einem Abschluss gekommen war.

Der Mann, nach dessen Musik die Toten tanzen sollten, war tot, aber seine Symphonie hatte er vollendet.

101.

Zum zweiten Mal in dieser Nacht sicherte das Philadelphia Police Department Spuren an einem Tatort in diesem Haus. Dutzende von Polizisten bewegten sich wie stumme Geister durch die nun hell erleuchteten Räume.

Jessica und Byrne traten hinaus in die Dunkelheit. Als sie allein und außer Hörweite waren, drehte Jessica sich zu Byrne um und ließ ihrer Wut freien Lauf. »Ich gebe dir genau fünf Sekunden, um mir das zu erklären, verdammt!«

»Ich weiß, dass du verärgert bist.«

»Ich bin nicht verärgert. Ich bin stinksauer«, erwiderte Jessica. »Wann hast du dir das denn ausgedacht? Gestern?«

»Nein.«

»Blödsinn.«

Jessica lief hin und her. Byrne wartete, bis sie sich ein wenig beruhigt hatte.

»Jess, glaub mir. Die Verhaftung war nicht inszeniert. Diaz und seinen Leuten lagen Beweise vor, dass die Tattoos an meine Adresse geschickt wurden. Haar- und Faserspuren aus meinem Van wiesen ebenfalls auf mich als Täter hin. Es war ihnen verdammt ernst. Ich wusste überhaupt nicht, wie mir geschah.«

»Was zum Teufel hast du hier gemacht?«

Byrnes Blick wanderte zum Haus und dann zurück zu Jessica. »Ich weiß nicht, ob dich meine Antwort zufriedenstellen wird.«

»Versuch es.«

»Ich wusste, dass die Antworten auf all die Fragen in Christa-Maries Kopf eingeschlossen waren. Ich wusste auch, dass die Zeit knapp war, aber ich musste es versuchen.«

Jessica hörte Byrne zu und beschloss, ihm nicht zu sagen, dass sie bereits von den Beweisen wusste, die Diaz vorlagen. Jetzt begriff sie, dass Drummond Byrne die Beweise in der Hoffnung, dessen Verhaftung durchzusetzen, untergeschoben hatte, um heute Nacht mehr Zeit für sich herauszuschlagen.

»Als wir im Roundhouse ankamen, führten sie eine Leibesvisitation durch«, fuhr Byrne fort. »Sie haben mir das Handy abgenommen. Russ Diaz scrollte durch meine Anrufe. Er schaute sich auch die Fotos an und fand dieses hier.« Byrne hielt sein Handy hoch. »Ich hatte es mir selbst noch gar nicht angesehen, und als ich es tat, wurde mir alles klar.«

Byrne tippte aufs Display und zeigte Jessica ein Bild. Christa-Marie stand auf der Treppe eines riesengroßen Hauses. Neben der breiten zerkratzten Eichentür war eine Inschrift. Byrne tippte noch einmal aufs Display und vergrößerte den Text.

»Was man hinterlässt, ist nicht das, was in Stein gemeißelt ist, sondern das, was in den anderen weiterlebt.«

»Das hat Drummond auf seiner Abschiedsparty gesagt«, sagte Jessica.

Byrne nickte.

»Und dieses Bild wurde in Convent Hill aufgenommen«, fügte sie hinzu.

»Ja.«

Jessica erkannte den Ort wieder. Es war dasselbe Motiv wie auf dem Foto in Joseph Novaks Tagebuch mit dem Wort *Hölle* auf der Rückseite.

»Drummond war in Convent Hill, um Christa-Marie zu besuchen. Dort hat er die Inschrift gesehen. Wir haben vom Roundhouse aus das Prentiss Institute angerufen und sie gebeten, in den Unterlagen nachzuschauen. Michael Drummond hat bei Christa-Marie studiert. Er und Novak waren ihre Schüler an dem Tag, als Gabriel Thorne ermordet wurde.«

Jessica trat einen Schritt zur Seite und dachte über die neuen Informationen nach. Dann wandte sie sich wieder Byrne zu. Ihre Wut war noch lange nicht verraucht.

»Ich war mehr als einmal in so gefährlichen Situationen, Kevin.«

»Ich weiß.«

»Da hätte ganz schnell etwas schiefgehen können.«

Byrne wies auf die sechs SWAT-Officer draußen vor dem Haus. Sie hatten ein freies Schussfeld auf die Ostseite des Hauses, wo sich die Küche und das Musikzimmer befanden.

»Du warst zu keinem Zeitpunkt in Gefahr, Jess. Sie hatten Drummond durch die Fenster im Visier. Wenn er sich dir genähert hätte, hätten sie ihn ausgeschaltet. Wir hofften nur, dass das nicht geschehen würde, bevor er geredet hätte. Wir mussten ihn dazu bringen, ein Geständnis abzulegen.«

»Warum? Wovon sprichst du?«

Byrne hielt eine CD in einer Klarsichthülle hoch.

»Was ist das?«, fragte sie.

»Auf dieser CD ist alles aufgezeichnet. Christa-Marie hat ein hochmodernes, gut ausgestattetes Tonstudio oben. Im Musikzimmer gibt es sechs Mikrofone. Mateo ist jetzt oben in dem Studio. Er fühlt sich wie ein Kind im Spielzeugladen.«

»Du sagst, alles, was passiert ist, wurde *aufgenommen?*«

Byrne nickte. »Als Drummond heute Abend hier ankam, ging er hoch in das Zimmer und bereitete alles vor. Es ist alles hier drauf. Christa-Marie, die den *Totentanz* spielt, und im

Hintergrund Drummonds grauenhafte Aufnahmen der Todesschreie. Er hat schließlich sein Meisterwerk bekommen.«

Jessica drehte sich der Kopf. »Was ist mit Lucy?«, fragte sie. »Es interessiert mich nicht, wie gut die SWAT-Officer sind. Drummond hat ihr das Rasiermesser an die Kehle gehalten.«

Byrne wandte kurz den Blick ab, als der Transporter der Rechtsmedizin die Auffahrt hochfuhr.

»Lucy hatten wir nicht einkalkuliert«, sagte er. »Ich hatte keine Ahnung, dass sie hier war.«

Als das Haus neunzig Minuten später versiegelt war und ein Streifenwagen vor dem Eingang stand, wartete Byrne auf der runden Auffahrt auf Jessica. Sie würden zurück ins Roundhouse fahren und mit der schwierigen Arbeit beginnen, die Schrecken der letzten Wochen Stück für Stück zusammenzufügen.

Jessica trat durch die Tür und schloss sie hinter sich. Sie schaute auf die Uhr. 2.52 Uhr.

Allerheiligen.

102. Kapitel

Dienstag, 2. November

Das Medieninteresse ließ nicht nach. Das Tudorhaus in Chestnut Hill war für TV- wie Zeitungsjournalisten gleichermaßen ein wahres Fest der Bilder. Sicherlich würde es beim nächsten Halloween auf der Liste der Horrortouren stehen. Auf der Straße vor Christa-Marie Schönburgs Haus wimmelte es von nationalen und internationalen Reportern. Noch zwei Tage nach den schrecklichen Ereignissen nahm ihre Anzahl ständig zu.

Die Polizei würde viel länger brauchen, alle Fakten in diesem Fall zusammenzutragen.

Die Ermittler fanden heraus, dass Michael Drummond und Joseph Novak beide am Prentiss Institute studiert und beide bei Christa-Marie Schönburg Privatstunden genommen hatten. Im Laufe der Jahre wuchs die Rivalität zwischen den beiden Jungen, aber nicht um den ersten Platz in einem Ensemble, sondern um die Zuneigung von Christa-Marie.

In der Halloween-Nacht 1990 spitzte sich die Situation zu. Die ganze Wahrheit würden die Ermittlungen wahrscheinlich niemals ans Licht bringen. Jedenfalls wurde angenommen, dass Michael Drummond und Joseph Novak Gabriel Thorne in dieser Nacht töteten. Drummond, der Dominantere der beiden, setzte Novak in den nächsten zwanzig Jahren damit unter Druck.

Die beiden Männer gründeten einen kleinen, unprofitablen Verlag, in dem sie Nachdrucke von handschriftlich verfassten Partituren berühmter Komponisten in limitierten Auflagen herausgaben. Sie benutzten Atriana-Papier.

Als Drummond, der einen Job in Benjamin Curtins Anwaltskanzlei – Paulson Derry Chambers – annahm, von Christa-Maries Krankheit erfuhr, brach seine Psychose aus. Er schlug den Weg des Mordens ein und versetzte eine ganze Stadt in Angst und Schrecken. Die Folgen seines Terrors würden noch lange nachwirken.

Es war Michael Drummond, der Lucas Anthony Thompson den gefälschten Besucherausweis und die Kleidung besorgt hatte.

Die Belege über die Zahlungen der Grundsteuer führten zu Drummonds kleinem Geschäftshaus in South Philly. Die Polizei fand seinen Tötungsraum mit den Aufnahmegeräten und einem Versteck mit fast zweihundert CDs und Kassetten – alle sorgfältig mit Daten versehen – voller Straßenlärm und Geräusche von Menschen. Auf einigen waren sogar Schreie im Todeskampf zu hören. Es würde Monate, wenn nicht Jahre dauern, bis es den Audiologen der Kriminaltechnik gelingen würde, all diese Aufnahmen zu entschlüsseln. Wenn es ihnen überhaupt je gelang. Michael Drummond hatte lange auf seinen grauenvollen Höhepunkt hingearbeitet.

Mit Josh Bontragers Hilfe fanden die Beamten der Hundestaffel den bewusstlosen David Albrecht in der Schlucht an der Sawmill Road. Albrecht hatte viel Blut verloren, doch die Sanitäter kamen noch rechtzeitig. Die Ermittler waren sicher, dass Michael Drummond ihn angegriffen und geglaubt hatte, er hätte ihn getötet. Dieser Anklage würde Drummond durch seinen Tod entgehen.

Doch das alles erklärte nicht den Mord an George Archer.

Lucy Doucette berichtete der Polizei in ihrer Aussage von dem Mann, mit dem sie sich getroffen hatte. Dem Mann, der sich Adrian Costa nannte. Dem Traumweber. Die Polizei setzte sich mit der Hausverwaltung des Wohnhauses in der Cherry Street in Verbindung. Der Vermieter sagte aus, ein Mann habe die Wohnung 106 für sechs Monate gemietet und die Miete im Voraus bezahlt. Er gab der Polizei eine vage Personenbeschreibung.

Sie zeigten Lucy die in der Halloween-Nacht im Hotel aufgenommenen Videoaufnahmen des Gangs im zwölften Stock. Jessica legte ihr auch ein Standbild des Mannes in dem Kostüm und mit der Maske des Zauberers vor.

Lucy sagte, sie könne sich nicht erinnern.

Jessica fuhr noch einmal nach Garrett Corners und versuchte, etwas über den Namen Adrian Costa herauszufinden. Niemand dieses Namens war in diesem Bezirk jemals als Wähler oder Einwohner registriert worden. Es war allgemein bekannt, dass die van Tassels sehr zurückgezogen lebten. Von der Familie gab es nur ein fast fünfzehn Jahre altes Foto. Als Jessica das Grab von Peggy van Tassel besuchte, schaute sie sich auch die beiden Gräber links und rechts daneben an. In einem lag ein Mann namens Ellis Adrian begraben. In dem anderen eine gewisse Evangeline Costa.

War der Traumweber Peggy van Tassels Vater?

Die Ermittler fanden heraus, dass Florian van Tassel Archer seit Jahren auf der Spur war, aber nicht genau wusste, ob tatsächlich Archer Peggy und Lucy Doucette im September 2001 gekidnappt hatte. In seiner Rolle als Traumweber riet van Tassel Lucy, sich einer Hypnose zu unterziehen. Während dieser Sitzungen erfuhr er, dass er recht gehabt hatte. George Archer hatte Peggy getötet. Offenbar wies van Tassel Lucy durch eine posthypnotische Suggestion an, einen Zettel in Archers Zimmer zu hinterlassen und die Tür zu Zimmer 1208 im richtigen Augenblick zu öffnen. Dadurch gelang es van Tassel, Archer um 21.30 Uhr in das Zimmer zu locken.

Die vergrößerten Videoaufnahmen vom Korridor des zwölften Stocks in jener Nacht zeigten den als Zauberer verkleideten Mann – vermutlich Florian van Tassel – mit einer alten Schulglocke in der Hand.

Da all das nur Indizienbeweise waren, konnte der Haftbefehl für Florian van Tassel alias der Traumweber erst ausgestellt werden, als die Ergebnisse der kriminaltechnischen Untersuchungen nach und nach eintrafen. Auf dem alten Foto, das in dem Raum lag, wo der Traumweber sich mit Lucy Doucette getroffen hatte, wurde George Archers Blut sichergestellt.

Die Akte im Mordfall George Archer lag in einem Aktenschrank im Roundhouse.

Der Fall war noch nicht abgeschlossen.

103.

Montag, 8. November

Byrne saß in der kleinen Cafeteria auf der Rückseite des Roundhouse. Die Schicht von vier bis zwölf hatte bereits begonnen, und die Kollegen waren auf den Straßen unterwegs. Byrne, der seit dem Schuss auf Drummond beurlaubt war, saß alleine am Tisch. Vor ihm stand eine Tasse kalter Kaffee. Er hatte keinen Schluck getrunken.

Als Jessica eintrat und auf Byrne zuging, sah sie noch etwas auf dem Tisch liegen. Es war Byrnes 50-Cent-Münze.

»Hey, Partner.«

»Hey«, erwiderte Byrne. »Hast du den Bericht über meinen tödlichen Schuss auf Drummond fertig?«

Wenn ein Polizist im Einsatz von der Waffe Gebrauch machte, verlangte das Amt für Alkohol, Tabak, Schusswaffen und Sprengstoffe einen ausführlichen Bericht.

»Alles erledigt«, sagte Jessica und setzte sich zu Byrne an den Tisch. »Fährst du nach Hause?«

»Gleich.«

Sie schwiegen. Byrne sah müde aus, aber nicht ganz so müde, wie er in letzter Zeit ausgesehen hatte. Mittlerweile lagen ihm die Ergebnisse der Untersuchungen vor. Die Ärzte hatten keinen Tumor und keine ernsthafte Erkrankung diagnostiziert. Sie sagten, es sei eine Kombination aus Müdigkeit, schlechter Ernährung, Schlaflosigkeit und zu viel Bushmills. Jessica schaute auf das Speisenangebot, das über der Theke in der Ecke angeschlagen war, und dachte, dass auch das Essen an diesem Ort ein Teil des Problems sein konnte.

Byrne hob den Blick zu den angeschlagenen Tischen, den Plastikblumen, den Verkaufsautomaten an der Wand, zu dem Ort, an dem er seit über zwanzig Jahren Dienst tat. »Ich habe meinen Job nicht richtig gemacht, Jess.«

Jessica hatte gewusst, dass er das Thema ansprechen würde. Alle Antworten, die sie sich zurechtgelegt hatte, waren plötzlich wie weggeblasen. Sie beschloss, einfach das zu sagen, was ihr gerade in den Sinn kam. »Es war nicht deine Schuld.«

»Ich war so jung«, sagte Byrne. »Und so arrogant.«

»Christa-Marie hat den Mord gestanden, Kevin. Ich hätte nicht anders gehandelt. Ich kenne keinen Cop, der es anders gemacht hätte.«

»Sie hat gestanden, weil sie krank war«, sagte Byrne. »Ich bin der Sache nicht weiter nachgegangen. Das hätte ich tun müssen, aber ich habe es nicht getan. Ich habe meinen Bericht abgeliefert, und der ging dann zum Staatsanwalt. Alles lief wie immer. Und schon hast du den nächsten Fall auf dem Schreibtisch liegen.«

»Ganz genau.«

Byrne drehte die Kaffeetasse in seiner Hand.

»Ich frage mich, wie ihr Leben verlaufen wäre«, sagte er. »Ich frage mich, wohin sie gegangen wäre und was sie getan hätte.«

Jessica wusste, dass es auf diese Fragen keine Antworten gab, die ihm helfen würden. Sie wartete eine Weile und stand dann auf.

»Was hältst du davon, wenn wir was trinken gehen? Ich gebe einen aus. Im Finnigan's Wake kostet das Miller Lite heute Abend nur fünfzig Cent. Wir lassen uns zulaufen, brettern durch die Gegend, halten Leute an und legen den Verkehr lahm. Wie in alten Zeiten.«

Byrne lächelte mit traurigem Blick. »Vielleicht morgen.«

»Okay.«

Jessica legte Byrne eine Hand auf die Schulter. Als sie an der Tür ankam, drehte sie sich noch einmal zu dem großen, stattlichen Mann um, der am hintersten Tisch saß und den all die flüsternden Geister seiner Vergangenheit umringten. Sie fragte sich, ob sie jemals verstummen würden.

104.

Er fand sie hinter dem Hotel. Sie saß in ihrer Mittagspause allein auf einer Bank. Neben ihr stand ein Salat, den sie nicht angerührt hatte. Als sie Byrne sah, stand Lucy auf und umarmte ihn. Er hielt sie so lange umschlungen, bis sie sich aus der Umarmung löste.

Dann drehte Lucy sich um und fegte mit den Händen die Bank sauber. Immer aufmerksam, dachte Byrne und setzte sich hin.

Sie schwiegen einen Moment. »Wie läuft's?«, fragte Byrne schließlich.

Lucy Doucette zuckte mit den Schultern. »Der ganz normale Wahnsinn.«

»War es schwierig für dich, deine Aussage zu machen?« Byrne hatte alle gebeten, die junge Frau mit Samthandschuhen anzufassen. Es sah so aus, als hätten sie sich daran gehalten. Byrne wollte es von ihr persönlich hören.

»Ging so«, sagte sie. »Ich wäre aber froh, wenn ich niemals mehr in meinem Leben ein Polizeirevier betreten müsste.«

»Diese andere Sache«, begann Byrne. Er bezog sich auf den Ladendiebstahl, bei dem Lucy erwischt worden war. »Ich habe mit dem Staatsanwalt und dem Inhaber des Geschäftes in der South Street gesprochen und die Sache aus der Welt geschafft. Es war nur ein großes Missverständnis.« Da Byrne sich eingeschaltet hatte, ehe es zu einer Anklage gekommen war, würde die Sache nicht aktenkundig werden.

»Danke«, sagte Lucy. Ihr Blick wanderte zu Byrne, über

die Bank und die nähere Umgebung. »Wo ist Ihre Umhängetasche?«

»Ich trage sie nicht mehr.«

Lucy lächelte. »Haben Ihre Kollegen Sie damit aufgezogen?«

Byrne lachte. »Kann man so sagen.«

Sein Blick fiel auf den silbernen Anhänger an Lucys Kette. Es war ein kleines Herz.

»Hübsche Kette«, sagte er.

Lucy nahm das Herz in die Hand und zog es auf der Kette hin und her. »Danke. David hat es mir geschenkt.«

»David?«

»David Albrecht. Ich habe ihn im Krankenhaus besucht.«

Byrne schwieg.

»Wir waren ja irgendwie beide in die Sache verwickelt, nicht wahr?«, sagte Lucy, die das Gefühl hatte, es erklären zu müssen. »Er wird doch wieder gesund?«

»Die Ärzte sagen, es sieht gut aus.«

Lucy drückte den Anhänger an ihre Brust. »Er hat ein paar Angebote für seinen Film bekommen, wissen Sie.«

»Ich hab es gehört. Seid ihr jetzt zusammen?«

Lucy wurde rot. »Ich bitte Sie! Wir sind nur Freunde. Wir haben uns gerade erst kennengelernt.«

»Okay, okay.«

»Also wirklich.«

Zwei Mädchen von vielleicht achtzehn oder neunzehn Jahren gingen in ihrer hübschen neuen Arbeitskleidung des Le Jardin an ihnen vorüber. Sie musterten Lucy voller Respekt.

Als sie verschwunden waren, sagte Lucy zu Byrne: »Das sind Neue.«

Sie schwiegen wieder. Die Herbstsonne wärmte ihre Gesichter.

»Was hast du jetzt vor, Lucy?«

»Ich weiß nicht. Vielleicht fahre ich im Urlaub nach Hause. Vielleicht bleibe ich auch dort.«

»Wo bist du zu Hause?«

Lucy Doucette schaute auf das Hotel, die Sansom Street und dann zu Byrne. In diesem Augenblick sah sie zum ersten Mal, seit Byrne sie kannte, fast wie eine junge Dame und nicht wie ein kleines Mädchen aus.

»Weit, weit weg von hier«, sagte sie.

105.

Freitag, 12. November

Die Frauen saßen an dem kleinen Tisch und spielten Rommé. Zwischen den Aschenbechern, den Styroporbechern, den zahlreichen Dosen Pepsi light und Mountain Dew light, den Tüten mit den Schweineschwartenchips und den Paprikachips war kaum noch Platz für die Karten.

Als die kleine junge Frau in dem viel zu großen, blauen Parka den Raum betrat, stand Dottie Doucette auf. Dottie war furchtbar dünn. Sie sah älter als vierzig aus, doch ihre Freunde sagten, ihre Augen würden wieder strahlen. Zugegeben, nur ein bisschen, aber immerhin.

Als Lucy ihre Mutter umarmte, hatte Dottie das Gefühl zu zerbrechen.

Lucy hätte ihre Mutter gerne nach George Archer gefragt. Sie hatte mit ein paar Frauen gesprochen, die ihre Mutter als junge Frau gekannt hatten, und erfahren, dass Dorothy Doucette ein paar Mal mit George Archer ausgegangen war. Vermutlich hatte der Mann damals ein Auge auf Lucy geworfen. Lucy wusste, dass ihre Mutter sich wegen vieler Dinge Vorwürfe machte. Es war nicht nötig, sie noch mehr zu belasten.

Dottie ließ ihre Tochter los, wischte sich über die Augen und langte in ihre Tasche. Sie zeigte Lucy ihren AA-Chip. Sie war seit sechs Monaten trocken.

»Ich bin stolz auf dich, Mama.«

Dottie drehte sich zu den anderen Frauen am Tisch um.

»Das ist Lucy, mein kleines Mädchen.«

Die Frauen begrüßten sie herzlich, und Lucy ließ es sich gefallen. Sie hatte in einer Pension in der Stadt ein Zimmer genommen. Vielleicht würde sie einen Monat oder so bleiben. Sie brauchte das Zimmer nicht zu bezahlen und half dafür als Zimmermädchen aus. In dem Augenblick, als sie aus dem Bus gestiegen war, wusste sie, dass sie nicht für immer bleiben würde, und auch, dass sie nie wirklich fortgegangen war.

Ihre Mutter streifte den abgetragenen Pullover über, der über der Lehne des Klappstuhls hing. Lucy erkannte ihn wieder. Sie hatte den Pullover vor vielen Jahren bei JC Penney's gestohlen. Der Pullover war völlig zerschlissen. Ihre Mutter brauchte einen neuen. Lucy nahm sich fest vor, ihn dieses Mal zu bezahlen.

»Gehen wir spazieren?«, fragte Dottie.

»Klar, Mama.«

Im Eingangsbereich half Lucy ihrer Mutter, die Stiefel anzuziehen. Als Lucy die Schleife band, hob sie den Blick. Ihre Mutter lächelte.

»Was ist?«, fragte Lucy.

»Das habe ich auch immer für dich gemacht, als du klein warst. Es ist schon seltsam, wie sich der Kreis schließt.«

Ja, dachte Lucy. Das Leben ist irre komisch.

Sie gingen Arm in Arm den Weg hinunter zum Stadtpark. Es wurde kühler. Lucy zog den Pullover enger um den Hals ihrer Mutter.

Der Winter nahte, aber das war okay. Im Grunde, dachte Lucy Doucette, trägt man die Sonne im Herzen. Und jetzt, da sie sich an alles erinnerte, konnte sie anfangen, alles zu vergessen.

106.

Donnerstag, 25. November

Sie hatte für zwanzig Personen gekocht. Wie so viele italienische Thanksgiving-Feste begann das Menü mit einem umfangreichen Pasta-Gang. In diesem Jahr hatten Jessica und ihr Vater die frischen Ravioli nach dem Rezept ihrer Großmutter zubereitet, die mit einer delikaten Mischung aus Rind-, Schweine- und Kalbfleisch gefüllt waren.

Zum ersten Mal half Sophie beim Servieren.

Um sechs Uhr streckten die Männer im Wohnzimmer alle viere von sich und schnarchten. Die Tradition verlangte, dass sie um halb sieben wieder wach sein mussten, wenn die zweite Runde begann.

Um zehn nach sechs öffnete Jessica die Haustür. In South Philly wurde überall gefeiert. Sie schaute die Straße in beiden Richtungen hinunter, ohne Byrnes Wagen zu entdecken. Jessica hätte ihn gerne angerufen, doch sie ließ es lieber bleiben. Byrne war jedes Jahr zu Thanksgiving bei ihnen eingeladen, und dieses Mal hatte er vielleicht gesagt. »Vielleicht« bedeutete bei Kevin Byrne in Bezug auf derartige Einladungen normalerweise Nein. Möglicherweise kam er dennoch.

Jessica wollte die Tür gerade wieder schließen, als sie ein kleines weißes Päckchen auf der Treppe liegen sah. Sie hob es auf, schloss die Tür und nahm es mit in die Küche. In dem Päckchen lag ein Garnknäuel. Grünes Garn. Als sie es ins Licht hielt, sah sie, dass es dieselbe Farbe hatte wie der sonderbare Strickpullover mit Zopfmuster, den Kevin Byrne neuerdings im Roundhouse trug. Er hatte ihr erzählt, dass

Anna, Lina Laskaris Großmutter, den Pullover für ihn gestrickt hatte.

Jessica warf einen Blick auf ihre Familie. Die Männer lagen im Truthahn-Chianti-Koma. Die Frauen kümmerten sich um den Abwasch und rauchten hinter dem Haus heimlich Zigaretten. Jessica stieg die Treppe ins Schlafzimmer hinauf und schloss hinter sich die Tür.

Sie schnitt ein Stück von dem Garn ab, frisierte ihr Haar zu einem Pferdeschwanz und band ihn mit dem Garn zusammen. Dann betrachtete sie sich im Spiegel der Frisierkommode. Der Herbst hatte die rötlichen Farbtupfer, die der Sommer immer in ihr Haar zauberte, längst wieder verblassen lassen. Jessica drehte sich zur Seite und erinnerte sich an ihren ersten Schultag, als ihre Mutter ihr Haar mit grünem Garn zusammengebunden hatte. Wie erfüllt von jugendlicher Vitalität und Energie die Welt damals gewesen war.

Jetzt hätte sie etwas davon brauchen können.

Als frischgebackene Mutter eines lebhaften, zweijährigen Jungen brauchte Jessica alle Energie und Kraft, die sie aufbringen konnte. Die Unterlagen waren vor einer Woche gekommen, und Carlos Balzano verzauberte in diesem Augenblick unten im Wohnzimmer die ganze Familie.

Jessica schaute noch einmal auf das Garn in ihrem Haar. Im Grunde war es genauso gut wie das Original.

Nein, dachte sie, als sie das Licht ausschaltete und die Treppe wieder hinunterstieg. Eigentlich war es noch besser.

Epilog

Wo Licht ist, ist auch Schatten. Wo Geräusche sind, ist auch Stille.

In dem riesigen Konzertsaal herrschte absolute Stille. Wenn man bedachte, dass sich im Verizon Center fast zweitausendfünfhundert Menschen versammelt hatten, war diese Stille nur noch erstaunlicher.

Als die letzte Note der *Sinfonia Concertante* verhallte, setzte der Applaus ein.

Der Dirigent wandte sich zum Publikum um. Byrne sah, dass einige Leute Christa-Marie erkannten und zu tuscheln begannen. Vor ein paar Wochen war in allen Medien groß und breit über Christa-Maries Unschuld im Mordfall Gabriel Thorne berichtet worden. Byrne konnte sich nur mit Mühe vorstellen, welchen Mut sie aufbringen musste, um heute Abend hierherzukommen.

Kurz darauf wandte sich der allgemeine Applaus von der Bühne ab und konzentrierte sich auf die Frau in der zehnten Reihe, auf die nun ein sanftes Spotlight fiel. Der Dirigent trat an den Bühnenrand und verbeugte sich. Das Orchester erhob sich.

Byrne wusste nicht, wie viel Zeit ihnen noch gemeinsam blieb, aber er wusste, dass er bis zum Ende mit Christa-Marie zusammenbleiben würde. Er fragte sich, wie sich das für sie anhören mochte. Er fragte sich auch, ob es sich genauso anhörte und ob es dasselbe bedeutete wie vor zwanzig Jahren, als sie der hellste Stern am Firmament gewesen war.

Kevin Byrne nahm Christa-Maries Hand und hielt sie fest, als der Applaus anschwoll und dessen Echo durch die tiefen Abgründe der Erinnerung hallte und die kostbare Zeit, die vor ihnen lag.

Danksagung

Mein besonderer Dank gilt:

Meg Ruley, Peggy Gordijn, Jane Berkey, Christina Hogrebe, Don Cleary, Mike McCormack, Kristen Pini und dem großartigen Team der Jane Rotrosen Agency.

Kate Elton, Susan Sandon, Georgina Hawtrey-Woore, Jason Arthur, Rob Waddington, Emma Finnigan, Claire Round, Glenn O'Neill und allen bei Random House UK.

Darin Brannon, Tara Klein, Francis Gross, Jane Sembric, Ray Villani, Douglas Bunker, Diana Richardson, Sandra Brancaleone und Tacy Dooley.

Jennifer Kallend vom Curtis Institute of Music; Evan Evans vom Le Meridien Philadelphia; Emily McCarthy vom Ritz Carlton Philadelphia; Frank Thompson vom Sheraton Society Hill.

Gino Rafaelli für seine freundliche Unterstützung und seine Zeit und den Bibliothekaren in den CH-UH-Bibliotheken für die Hilfe bei meinen zahlreichen Anliegen.

Detective Eddie Rocks, Sgt. Joe Rosowski, Lt. Edward Monaghan und den tapferen Frauen und Männern des Philadelphia Police Departments.

Mike Driscoll und dem Team des Finnigan's Wake; Patrick Ghegan, Dom Aspite, Joe Sickman, Bob Mulgrew, Al Kurtz, John Dougherty, Vita und Adjani DeBellis und dem Rest der Philly-Crew.

Meinem Vater, Dominic Montanari. *Nine and change, Pop.*

Der Stadt Philadelphia und dem Staat Pennsylvania danke ich, dass sie mir die Freiheit zugestanden, Hotels, Behörden und Ortschaften zu erfinden und Straßen, Gebäude und Viertel zu verschieben. Ich verspreche, alles wieder dorthin zu schieben, wo ich es gefunden habe.